SUSAN ISAACS

Heiratsschwindel

Buch

Bei Männern ist Vorsicht geboten. Das hat Lily White, eine Rechtsanwältin auf Long Island, von Kindesbeinen an gelernt. Denn schon ihr Vater war da keine Ausnahme. Der hatte es mit einem feinen Pelzsalon in Manhattan zu Reichtum und Ansehen gebracht und war stets darum bemüht, die heile Ehefassade aufrechtzuerhalten, während er sich all die Jahre mit seiner Geliebten vergnügte. Und auch Lilys eigener Mann Jasper war keinen Deut besser: Er hat sie ausgerechnet mit ihrer eigenen Schwester betrogen und anschließend verlassen.

Kein Wunder, daß Lily seitdem von Männern die Nase voll hat. Ihnen ist einfach nicht über den Weg zu trauen. Dieses Gefühl wird sie auch bei Norman Torkelson, ihrem neuen Klienten, nicht los. Torkelson wird beschuldigt, seine Freundin, die Barbesitzerin Bobette Frisch, ermordet zu haben. Er gibt zwar zu, ein Heiratsschwindler zu sein, der einsame Frauen beglückt und sie als »Lohn« dafür ihrer Barschaft beraubt. Aber einen Mord bestreitet er mit aller Entschiedenheit. Dennoch, Lily wird den Verdacht nicht los, daß Torkelson einen raffinierten Plan verfolgt und auch sie aufs Glatteis führen will.

Autorin

Susan Isaacs lebt mit ihrem Mann, einem Rechtsanwalt, und ihren beiden Kindern auf Long Island. »Heiratsschwindel« ist ihr siebtes Buch und wurde von der Kritik als bester Roman der Autorin gefeiert.

Außerdem im Goldmann Verlag erschienen:

Wie ein Licht in dunkler Nacht. Roman (9560)
Die magische Stunde. Roman (41109)
Und das nach all den Jahren. Roman (43205)

Susan Isaacs

Heiratsschwindel

Roman

Deutsch von Birgit Moosmüller
und Elke Hosfeld

GOLDMANN

Die amerikanische Originalausgabe
erschien unter dem Titel »Lily White«
bei HarperCollins Publishers, Inc., New York

Umwelthinweis:
Alle bedruckten Materialien dieses Taschenbuches
sind chlorfrei und umweltschonend.

Genehmigte Taschenbuchausgabe 3/99

Umschlaggestaltung: Design Team München
Umschlagfoto: Tony Stone/McComb
Druck: Elsnerdruck, Berlin
Verlagsnummer: 44316
CN · Herstellung: Sabine Schröder
Made in Germany
ISBN 3-442-44316-4

1 3 5 7 9 10 8 6 4 2

Für meine Schwiegertochter
Leslie Stern
mit Bewunderung und Liebe

1

Ich war niemals Jungfrau.

Zugegeben: Im technischen Sinn war ich es natürlich. Aber selbst in meinen taufrischen Tagen habe ich die Welt nie mit großen, staunenden Augen betrachtet. Falls ich nicht schon als Baby besonders ausgekocht war, bin ich zumindest im Lauf der Jahre zu clever geworden, um noch als naiv gelten zu können. Wie läßt es sich also erklären, daß ich in der Blüte meiner Jahre, auf der Höhe meiner Kräfte, nicht vorhersehen konnte, was im Fall Torkelson passieren würde? War ich zu abgebrüht? Hatte ich schon zu viel gesehen, so daß mir schließlich mein Orientierungssinn abhanden gekommen war?

Ein kurzer Exkurs: Vor einer Ewigkeit – ich arbeitete damals noch nicht lange als Strafverteidigerin – jubelte mir Fat Mikey LoTriglio quer über die weite Betonfläche der Gerichtstreppe zu: »Hey, Girlie!« Sein Tomatengesicht war (wie ich blinzelnd feststellte) durchaus freundlich, was eigentlich erstaunlich war, wenn man bedachte, daß er gerade zweieinhalb Jahre in Elmira abgesessen hatte, nachdem ich ihm als Vertreterin der Staatsanwaltschaft drei Fälle von schwerer Körperverletzung nachgewiesen hatte.

»Kommen Sie rüber!« rief er. »Hey, ich werd Sie schon nicht umbringen!« In Fat Mikeys Welt war das keine Übertreibung, sondern ein Versprechen. Eifrig strich er seine Krawatte glatt, um zu demonstrieren, daß er keine Walther PPK darunter versteckte. »Wie ich höre, arbeiten Sie nicht mehr für den Staatsanwalt!« dröhnte er. Ich ging lächelnd hinüber, um ihm zu zeigen, daß ich ebenfalls nicht nachtragend war. Als ich ihm die Hand gab, schüttelte er sie mit der übertrieben forschen Art, die Männer manchmal an den Tag legen, wenn sie einer Karrierefrau zeigen wollen, daß sie mit Frauen dieses Kalibers kein Problem haben. Ich reichte ihm meine Visitenkarte. Mir war durchaus bekannt, daß Fat Mikey eine der drei Mafia-Gestalten war, auf die die Cops routinemäßig zurückgriffen, wenn sie Informationen aus dem Sumpf des organisierten Verbrechens brauchten. Fat

Mikey als Klienten zu haben war mit einer Rentenversicherung gleichzusetzen.

Er warf einen Blick auf meine Karte, um sich meinen Namen ins Gedächtnis zu rufen. »Lee?«

Natürlich verkniff ich es mir, mit »Fat?« zu kontern. Ihn »Mike« zu nennen, nachdem ich ihn in meinem Schlußplädoyer als »in den Innereien der Gesellschaft schmarotzenden Aasgeier« bezeichnet hatte, erschien mir ebenfalls etwas unpassend. Also murmelte ich ein höfliches »Mmm?«

»Ein Mädchen wie Sie, aus gutem Hause ...«

Ich wollte einwerfen: »Machen Sie Witze?«, aber er ließ mich nicht.

»Ich hab schon damals beim Prozeß gemerkt, daß Sie Klasse haben«, fuhr er fort. »Wissen Sie, woran? Sie halten sich so gerade – und das nicht nur morgens. Und Sie benutzen das Wort ›wohingegen‹. Trotzdem – glauben Sie wirklich, daß Sie davon leben können, Typen wie mich zu verteidigen?« Es klang eigentlich nicht sexistisch, sondern ernsthaft neugierig. Ich nickte ihm aufmunternd zu. »Ist es das, was Sie im Sinn hatten, als Sie Ihr Jurastudium begannen?« fragte er.

»Nein. Damals trat ich noch für die Fischereirechte der Eskimos ein. Aber inzwischen mache ich das, was ich am besten kann.«

Er schüttelte den Kopf über meine Dummheit. »Entschuldigen Sie meine Ausdrucksweise, aber glauben Sie wirklich, daß ein Typ, der den Arsch in der Schlinge hat, ein Mädchen engagiert, das ›wohingegen‹ sagt?«

»Wenn ihm etwas an seinem Arsch liegt, dann schon.«

Fat Mikeys Oberlippe zuckte. Für seine Verhältnisse war das ein Lächeln. Dann hob er mit einer fast väterlichen Geste seinen fleischigen Zeigefinger. »Ein Mädchen wie Sie sollte besser darauf achten, in was für Gesellschaft es sich begibt.«

Erst Jahre später wurde mir klar, welch weise Worte Fat Mikey damals gesprochen hatte.

Trotzdem wußte ich von Anfang an, daß man es mit der schlechten Gesellschaft nicht übertreiben durfte. Ich war durchaus in der Lage, Mitgefühl mit einem Mandanten zu empfinden, ohne mich emotional zu sehr reinzuhängen: Viele von ihnen hatten eine traurige Kindheit hinter sich. Viele waren das Opfer schlimmer sozialer Ungerechtigkeit oder schrecklicher Eltern (die ihrerseits selbst wieder Opfer schrecklicher Eltern waren). Trotzdem vergaß ich nie, daß es sich um Kriminelle handelte. Auch wenn ich mich manchmal am schwarzen Humor eines Schurken oder am Zynismus einer knallharten Prostituierten ergötzte, gehörte ich nie zu den Anwälten, denen es ein heimliches Vergnügen bereitete, in Ganovenkreisen zu verkehren. Es kam nie vor, daß ich eine Mandantin – sagen wir mal Melody Ann Toth, nur um ein Beispiel zu nennen – zu einem Einkaufsbummel mit anschließendem Essen einlud, um mich mit ihr über alte Verehrer zu unterhalten ... oder über das, was sie bei ihrem bevorstehenden Prozeß zu erwarten hatte, nachdem sie an einem Donnerstag, der ansonsten wahrscheinlich recht langweilig gewesen wäre, gleich drei Filialen der Long Island Savings Bank ausgeraubt hatte.

Die meisten meiner Mandanten (einschließlich Fat Mikey, der mich zwei Jahre nach unserer Unterhaltung auf der Gerichtstreppe als Verteidigerin engagierte) hielten mich ihrerseits auch nicht gerade für eine Stimmungskanone. Wie auch immer ihre persönliche Definition von Spaß aussehen mochte, mit mir hatte sie nichts zu tun. Höchstwahrscheinlich fuhr Fat Mikey nicht wie ich darauf ab, Afghan-Teppiche zu knüpfen oder National Public Radio zu hören. Er hatte Fäuste von der Größe riesiger Steaks, und man sah schon auf den ersten Blick, was er war: ein Mann, für den schwere Körperverletzung nicht nur ein Beruf, sondern auch ein Vergnügen war. Und was Melody Ann mit ihrem roséblonden Haar betraf, das eine gewisse Ähnlichkeit mit dem Zeug aufwies, mit dem man Speicher isolierte: Sie ging sowieso nur zu Saks, um den Estée-Lauder-Stand abzuräumen, wenn ihr der Lip Liner ausging. Meine Mandanten hatten weder einen Grund noch den Wunsch, einen auf seriös zu machen.

Schon allein aus diesem Grund war Norman Torkelson von Anfang an ein Sonderfall.

Natürlich darf ein Betrüger nicht wie ein Gauner aussehen, wenn er sich auf diese Weise seinen Lebensunterhalt verdienen will. Wenn Norman Torkelson äußerlich der nichtsnutzigen Ratte geähnelt hätte, die er war, dann hätte er als häßlicher Zwerg mit einem schmalen Schnurrbart in Form einer gezupften Augenbraue durch die Gegend laufen müssen. Aber dann hätten ihm die neunhundert Frauen, denen er einen Heiratsantrag gemacht hatte, mit einem »Verpiß dich, du Wichser!« geantwortet.

Aber er war kein Zwerg; er war einsfünfundneunzig groß. Ein Glück für ihn, denn in Amerika weiß schließlich jeder, daß die Charakterstärke eines Mannes direkt proportional mit seiner Körpergröße wächst. Was aber nicht heißen soll, daß Norman sich ausschließlich auf diese Stärke verließ. Er war clever genug, gelegentlich über seine eigene Schuhgröße sechsundvierzig zu stolpern, und das verlieh ihm das gewisse Etwas ... In den Zeugenaussagen, die die Opfer seiner Betrügereien im Lauf der Jahre zu Protokoll gaben, wurde er als »sensibel« beschrieben, als »tragische Gestalt wie Abraham Lincoln« und (mein persönlicher Favorit) als »warmherzig«. Aus diesem Grund sagten alle Frauen, denen er einen Antrag machte: Ja, mein Liebling! Ja, Norman! (oder Ja, Soundso – je nachdem, welchen Namen er gerade benutzte) und ließen sich von ihm das Herz brechen.

Inzwischen frage ich mich: Was, wenn wir uns nicht im Gefängnis – dem Nassau County Correctional Center – begegnet wären? Was, wenn er nicht die offizielle Gefangenenkluft getragen hätte – Hose und Hemd in einem Orangeton, der jedem Gefangenen alle Farbe aus dem Gesicht saugte? Hätte ich dann den Wunsch verspürt, mit meinen Fingerspitzen die Linien seines Mount-Rushmore-Gesichts nachzuzeichnen? Nein. Hätte ich nicht.

Trotzdem (um noch kurz beim Thema Farbe zu bleiben) konnte nicht einmal das bösartige Leuchten dieses Orangetons die Tatsache verbergen, daß Normans Augen von einem ausgesprochen aufregenden Blau waren: Wickingerblau, irgendwo zwischen Königsblau und Türkis. Ob es den unzähligen Frauen, die voller Begeisterung ihr Bankkonto für ihn abräumten, wohl genauso ergangen wäre, wenn diese Augen nicht gewesen wären? Ob sie am Ende dann genauso dagestanden hätten – völlig mittellos, plötzlich auf angewiderte Verwandte oder Arbeitslosengeld angewiesen?

Trotzdem sollten wir wegen der Sache mit den blauen Augen nicht gleich völlig in Ekstase geraten. Ein Heiratsschwindler kann es sich nicht leisten, so gut auszusehen, daß es schon wieder verdächtig ist, und das war bei Norman Torkelson auch nicht der Fall. Zum einen hatte er eine zu kleine Nase. Statt an der Spitze frech himmelwärts zu ragen, wie man es von einer solchen Nase erwartet hätte, krümmte sie sich nach unten. Bei einem bestimmten Lichteinfall hätte man schwören können, daß Norman halb Mann, halb Sittich war. Also gar nicht so umwerfend – für einen Heiratsschwindler ein Plus, weil wahre Schönheit stets Neugier erregt. Und schmierig war er auch nicht. Zumindest wirkte er nicht so. Wie jeder professionelle Schwindler war er gerade überzeugend genug, um eine Frau, die noch nie einen Yale-Absolventen kennengelernt hatte, davon zu überzeugen, daß er in Yale studiert hatte.

Außerdem achtet ein kompetenter Heiratsschwindler immer darauf, es nicht zu übertreiben. Norman mag aufmerksam zugehört haben, wenn eine Frau mit ihm sprach, aber er tat nie so, als würde er in den Tiefen ihrer Augen ertrinken. Er rutschte auch nicht auf seinem Stuhl herum oder schlug die Beine übereinander, um eine angebliche Erektion zu verbergen. Oh, noch ein passender Schönheitsfehler: Er sprach mit einem leichten Lispeln.

Seine ersten Worte klangen für mich so: »Iss swöre, dass is es nis war, Miss White.« Dann senkte er seinen großen Kopf und flüsterte: »Jesuss!«

»Mich brauchen Sie nicht zu überzeugen, Mr. Torkelson«, erklärte ich ihm. »Ich bin auf Ihrer Seite. Ihr Problem ist der Staatsanwalt.«

Seine Hände umklammerten die Oberseite der weißen Resopalbarriere, die die Insassen von den Besuchern trennte. »Bitte«, flehte er mich an, »nennen Sie mich Norman.«

Wirklich erstaunlich: Er legte sein ganzes Sein in diese Bitte. Seine Stirn zog sich in Falten, seine Schultern hoben sich, sein Adamsapfel trat hervor, jeder Teil seines Körpers schien zu flehen: Nennen Sie mich Norman!

Die sentimentale Masche eines Heiratsschwindlers? Absolut. Ich versuchte cool zu bleiben und mir den Besuchsraum anzusehen; ein riesiger Raum, in dem die Reihen von Resopaltischen an eine Schul-Cafeteria denken ließen. Aber statt der patrouillierenden Lehrer gab es hier bewaffnete Wärter mit halbautomatischen Gewehren und Überwachungskameras, die jeden Winkel des Raumes erfaßten.

Obwohl wir uns an einem so häßlichen öffentlichen Ort befanden, bewirkte die Bitte meines Mandanten – Bitte nennen Sie mich Norman! –, daß eine Welle der Dankbarkeit durch meinen Körper schoß. Fast als hätte er mich durch reine Willenskraft dazu veranlaßt, nahm ich doch tatsächlich meinen Aktenkoffer vom Schoß, stellte ihn neben meinen Füßen ab und schob meinen Stuhl ein Stück zurück, damit er mich besser sehen konnte: Ich führte mich auf, als hätte ich gerade eine Überdosis Östrogen bekommen. Schließlich schlug ich sogar in Filmsternchenmanier die Beine übereinander und begann mit meinem Fuß ein verführerisches O zu zeichnen.

Natürlich fand das alles im Bruchteil einer Sekunde statt. Dann realisierte ich, daß ich manipuliert wurde – was mir lediglich bestätigte, was ich bereits vermutet hatte. Norman Torkelson war kein besonders begnadeter Heiratsschwindler. Bloß ein ziemlich cleverer.

»Ich habe Bobette nicht – und jetzt zitiere ich – um ihr Geld betrogen!« verkündete er in diesem Moment.

»Norman«, antwortete ich und stellte meine Beine wieder nebeneinander, »lassen Sie uns doch mal klarstellen, worum es hier eigentlich geht. Die Anklage wegen Betrugs unter Vorspiegelung falscher Tatsachen ist im Moment Ihr kleinstes Problem.«

»Bobette und ich waren *befreundet*«, beharrte er. »Sie hat mir das Geld *geliehen*. Ich habe zu ihr gesagt: ›Laß deinen Anwalt einen entsprechenden Vertrag aufsetzen, mit einem Zinssatz, der dir angemessen erscheint. Den unterschreibe ich dann. Anders kommt es für mich gar nicht in Frage!‹«

»Norman.« Ich versuchte, ihm das Wort abzuschneiden.

»Es war eine völlig legale geschäftliche Transaktion!«

»Das mag ja sein, aber im Moment sind Sie nicht mehr im Geschäft. Sie sind im Knast, und Bobette Frisch liegt drüben in der Gerichtsmedizin auf Eis.« Ein leichter Schauder ließ seine Schultern erzittern – eine Reaktion, die ich bei neuen Mandanten öfters feststelle, wenn ich wie eine Strafverteidigerin rede, das heißt, ohne ein Blatt vor den Mund zu nehmen. Aber ich glaube, deutliche Worte sind besser als Süßholzgeraspel, insbesondere wenn einem Typen fünfzehn Jahre bis lebenslänglich drohen. Nein, ich muß mich verbessern: Deutliche Worte sind immer besser als Süßholzgeraspel. Punkt. Was aber nicht heißen soll, daß ein Anwalt die Wirkung solch brutaler Direktheit nicht mit einem mitfühlenden Lächeln und der Kenntnis des Strafgesetzbuches mildern darf. Ich sah Norman in die Augen. »Sie sind des Mordes angeklagt«, erinnerte ich ihn.

»Ich habe sie nicht angerührt!« Norman nahm die Hände von der Absperrung und klammerte sich statt dessen an die Tischkante. »Wie kann nur jemand annehmen, daß ich einen Menschen umbringen könnte?«

Ich schüttelte verzagt den Kopf, um ihm zu zeigen, wie unglaublich diese Vorstellung für mich war. Dann erklärte ich ihm mit meiner beruhigenden, trostspendenden Ich-weiß-daß-Sie-unschuldig-im-Knast-sitzen-Stimme: »Wenn ich richtig informiert bin, ist Bobette letzten Freitag gegen halb drei in ihre Bank gegangen und hat von den zweiundfünfzigtausend Dollar, die sie auf dem Konto hatte, achtundvierzigtausend abgehoben. Danach scheint sie niemand mehr gesehen zu haben – bis gestern.«

»Wer ...« Er räusperte sich, wahrscheinlich, um mir zu zeigen, wie schockiert er war. »Wer hat sie gefunden?« fragte er.

»Ein paar Jungs aus der Nachbarschaft. Sie verkauften Schokoriegel, um ihrer High-School-Band die Teilnahme am Hula Bowl zu ermöglichen. Als sie an ihre Tür klopften, rochen sie etwas. Ihre Eltern haben die Cops angerufen, und die Cops haben Bobette gefunden. Von dem Geld keine Spur.«

Scheinbar verblüfft ließ Norman sich in seinen Plastikstuhl zurücksinken: Von dem Geld keine Spur?! Nachdem er seine Vorstellung beendet hatte, beugte er sich über den Tisch. Sein Gesicht war vor Entrüstung krebsrot. »Wie sind die Cops auf mich gekommen?«

»Fingerabdrücke?« schlug ich hilfsbereit vor.

Es kommt nur ganz selten vor, daß ein Gauner sofort die Karten auf den Tisch legt und zu seinem Anwalt sagt: »Ich bin ein Schurke.« Standesbewußte Kriminelle sind zu kultiviert, um ein konkretes Verbrechen zuzugeben, weil sie wissen, daß der Anwalt sie nicht in den Zeugenstand rufen kann, wenn er davon ausgehen muß, daß sie das Blaue vom Himmel herunterlügen werden. Außerdem haben die meisten von ihnen eine Abneigung dagegen, für irgend etwas die Verantwortung zu übernehmen, ganz zu schweigen von ihrem gestörten Verhältnis zur Realität. Entrüstet rufen sie aus: »Wer, ich? Ich habe doch gar nichts getan!« Und das gilt in besonderem Maß für diejenigen, die des Mordes angeklagt sind. Sie beschränken sich nicht darauf, ihre Schuld zu leugnen, sondern spielen darüber hinaus gern das Opfer: »Warum hacken Sie ausgerechnet auf *mir* herum?« Meine Aufgabe als ihre Anwältin besteht nicht darin, sie zu einem Geständnis zu bewegen; mein Job ist es, ihnen die bestmögliche Verteidigung angedeihen zu lassen. Um das zu tun, muß ich sie immer wieder sanft anstupsen, bis sie schließlich bereit sind, den Tatsachen ins Auge zu sehen.

»Fingerabdrücke?« wiederholte er. Ich beobachtete ihn, während er über diesen Punkt nachdachte und dabei mit seiner knochigen Hand über sein großes Kinn rieb. Was mich betrifft, ist bei einem Mann jeder Zentimeter über einsachtzig reine Verschwendung, aber viele Frauen genießen es, sich an etwas zu lehnen, das die Größe eines Plymouth Voyager hat. Sie fühlen sich dann beschützt und zierlich – außerdem läßt es sie wahrscheinlich auf ein Geschlechtsorgan hoffen, das größer ist als der durchschnittliche Totempfahl. Traurig dachte ich an eine zweihundertfünfzig Pfund schwere einsame Seele, die eine unbeschreibliche Freude empfinden mußte, wenn Norman zu ihr sagte: »Lehn dich an mich, Liebling!«

»Können Sie sich nicht denken, wie man Ihnen auf die Schliche gekommen ist?« fragte ich. Norman zuckte mit den Achseln, was bedeutete, daß ihn die Frage brennend interessierte. Genauso brennend wie mich. »Sie haben bei Bobette einen falschen Namen benutzt?«

»Weil ich Angst hatte, daß ihr Anwalt mich überprüfen würde. Ich brauche Ihnen ja wohl nicht zu sagen, wie lange sich das hinziehen kann.«

»Was für einen Namen haben Sie ihr genannt?«

»Denton Wylie.«

»Haben Sie den Namen vorher schon einmal benutzt?« Er schüttelte den Kopf nicht ohne eine Spur von Stolz. Weniger fleißige Heiratsschwindler haben eine Liste mit etwa zehn Namen oder bleiben bei ihren richtigen Initialen: Jimmy Dellacroce heißt beim nächstenmal John Doughtery und so weiter. Die richtigen Profis nehmen jedesmal einen neuen Namen an. Das macht den Cops das Leben schwerer. Außerdem glaube ich, daß ein neuer Name einem Betrüger das Gefühl von Sauberkeit gibt, als würde er sich nach einem Vollbad in einem glasklaren Strom frisch getauft aus den Fluten erheben. »Haben Sie Ihr Telefon auch auf den Namen Denton Wylie angemeldet?«

»Nein.«

»Ihre Wohnung?«

»Nein.«

»Welchen Namen benutzen Sie da?« Er zögerte. Bevor er sich etwas Neues ausdenken konnte, fügte ich hinzu: »Ich muß herausfinden, wie die Cops auf Sie gekommen sind.«

»Robert McNulty«, gab er widerwillig zu.

»Und Ihre Adresse?«

»Ich habe sie Ihrer Sekretärin gegeben, als ich Sie angerufen habe.«

»Ich spreche von Ihrer richtigen Adresse. Wenn ich erst jemanden losschicken muß und der findet heraus, daß es sich um eine leerstehende Wohnung handelt, dann können Sie bald Konkurs anmelden, das garantiere ich Ihnen.« Er holte tief Luft. Es war einer dieser zitterigen Atemzüge, die aus vielen kleinen, nervösen Atemzügen bestehen. »Norman, ich brauche eine Basis, auf der ich arbeiten kann.«

»Fifty-four Homewood Avenue – in Mineola. Es ist ein Apartment.« Ich wartete. »Apartment 3-C.«

»Arbeiten Sie allein?«

»Natürlich«, antwortete er. Er klang so absolut überzeugend. Ich nahm an, daß er das Blaue vom Himmel herunterlog. Ich hatte recht. »Ich lebe mit jemandem zusammen«, sagte er nach einer halben Minute. (Versuchen Sie mal, als Gefängnisinsasse im Besuchsraum zu sitzen und sich von Ihrem Anwalt fixieren zu lassen. Dann werden Sie schon sehen, wie bedrückend dreißig Sekunden Schweigen sein können.) »Sie ist einfach ... Ich liebe sie.«

»Wie heißt sie?«

»Mary. Sie ist der süßeste, unschuldigste Mensch auf der ganzen Welt.«

»Mary wie?«

»Mary Dean. Wir leben zusammen. Ich schwöre Ihnen, Miss White, bei allem, was mir heilig ist, daß ich allein arbeite. Mary hat keine Ahnung ...« Er schlug die Hände vors Gesicht und rieb sich mit den Fingerspitzen fest über die Stirn, fast schon brutal, als versuchte er, rasende Kopfschmerzen mit Gegendruck zu bekämpfen.

Nun, warum sollte er keine Kopfschmerzen haben? Ich wußte zu dem Zeitpunkt noch nicht, wieviel Beweismaterial die Cops tatsächlich hatten. Erst eine halbe Stunde später gab mir Sam Franklin, der Beamte, der die Ermittlungen leitete, einen Tip. Ich hatte ihm gegenüber die Vermutung geäußert, die Polizei könnte unter Umständen zu voreilig gehandelt haben, weil Norman Torkelson, dessen Strafregister zugegebenermaßen so lang war, daß man den Globus sechzehn Mal damit umwickeln könnte, Ms. Frisch vielleicht doch nicht erwürgt hatte, so daß unter Umständen (jetzt, in diesem Moment) ein Mörder auf Long Island Amok lief. »Wer es auch war, er könnte es wieder tun!« rief ich leidenschaftlich in den Hörer hinein.

»Ich habe heute keine Zeit für Ihr Theater, Lee«, antwortete Sam, was darauf hindeutete, daß ihm bereits jemand aus dem Büro des Staatsanwalts versichert hatte, daß dieser Fall gut in den Griff zu bekommen war. Dann legte er den Hörer auf, ohne sich die Mühe zu machen (wie er es sonst tat), ihn mit Wucht auf die Gabel zu knallen. Ich mußte meine Einschätzung noch einmal revidieren. Dies war kein guter Fall: es war ein erstklassiger Fall.

Aber ich sollte von vorne anfangen. Ich sollte …

2

In Wirklichkeit hatte Lee White, die an der Cornell und der New York University Jura studiert hatte, keinen blassen Schimmer, wo und wann die Geschichte eigentlich angefangen hatte. Sie hätte mit einer gewissen Berechtigung sagen können, daß alles in dem Moment begann, als J. J. O'Shaughnessy (ein pensionierter Anwalt, der in einem Seniorenheim namens Dominican Village in Amityville, Long Island, saß und seine goldenen Jahre damit verbrachte, die Haarsträhnen zu zwirbeln, die aus seinen Ohren wuchsen, während er *Court TV* anschaute) einen alten Mandanten, Norman Torkelson, an seinen Pokerkumpel Chuckie Phalen verwies. Chuckie, der gerade mit einem Fall von Brandstiftung befaßt war, reichte Norman an seine Partnerin Lee weiter.

In einem ihrer seltenen besinnlichen Momente – vielleicht vor einem lodernden Kaminfeuer, an der Seite ihres Lebensgefährten (seines Zeichens ebenfalls Anwalt) – hätte Lee aber auch folgendes durch den Kopf gehen können: Es muß in dem Sommer angefangen haben, als ich die ersten beiden Jahre meines Jurastudiums hinter mir hatte und im Büro des Staatsanwalts von Manhattan mein Praktikum absolvierte. Weißt du, das war das erste Mal in meinem Leben, daß ich einen abstrakten Gedanken hatte! Er schlich sich einfach an und biß mich in den Hintern. Der Lebensgefährte würde amüsiert in sich hineinlachen. Lee würde fortfahren: Urplötzlich – ka-bumm! – verstand ich die Schönheit des Rechtsprechungssystems, seine Ausgewogenheit, und daß ein Mensch, der eines Verbrechens angeklagt ist, trotzdem ein Recht auf Verteidigung hat – sogar verteidigt werden *muß* –, selbst wenn er der letzte Dreck ist und einwandfrei schuldig.

Aber wie die meisten Leute hatte Lee White keine Ahnung, wo alles tatsächlich begann: Vielleicht mit dem Theater um den Namen White. Wäre Lee etwas zu früh auf die Welt gekommen, hätte sie mit Nachnamen Weiss geheißen. Zwei Wochen, bevor sie geboren wurde, ging ihr Vater, Leonard, nach der Arbeit ins Gericht und ließ den Nachnamen der Familie in White umändern, damit der Sohn, mit dem er rechnete, seine Geburtsurkunde überall in Amerika auf den Tisch knallen konnte, ohne schief angesehen zu werden.

Obwohl sie jetzt White hießen, hielten Leonard und seine Frau Sylvia an der althergebrachten Tradition fest, ihr Kind nach einem toten und zwangsläufig langweiligen Familienmitglied zu benennen. Leonard und Sylvia tauften ihr Baby, das sich überraschenderweise als Tochter entpuppte, Lily Rose, nach Sylvias Großmutter mütterlicherseits, Leah Rivka Mutterperl; einer Frau, die vor Verzweiflung außer sich geraten war, als ihr am zweiten Tag an Bord der *S. S. Polonia,* die nach Ellis Island unterwegs war, einfiel, daß sie ihr Gebiß in einem Städtchen etwa sechzig Meilen südlich von Krakau, wo sie drei Wochen zuvor in irgendeiner Bruchbude abgestiegen war, neben dem Waschbecken hatte liegenlassen. Die Ärmste erlangte ihr seelisches Gleichgewicht nie wieder.

Ehe Weiss zu White geworden war, hatte die Familie eigentlich Weissberg geheißen. Erst 1948 – zwei Jahre vor Lees Geburt – verkürzte Leonard ihn zu Weiss. Als eine Kundin, der er seinen Namen genannt hatte, noch einmal nachfragte: »Weiss?« und dabei so tat, als hätte sie etwas Unangenehmes gehört, antwortete er (zu schnell): »Weiss bedeutet dasselbe wie ›white‹. In Deutschland ist das ein sehr gängiger Name … wie White hier in Amerika.« Da der Pelzhandel in jenen Tagen von Männern namens Glickstern, Steinberg und Rubin beherrscht wurde, empfand Leonard das wissende Lächeln auf dem Gesicht der Kundin als äußerst beschämend, und er beschloß, sich in

White umzubenennen, auch wenn es noch zwei Jahre dauerte, bis er den Mut aufbrachte, es tatsächlich zu tun.

Auf jeden Fall waren sich Leonard und Sylvia vor Lees Geburt so sicher, einen Sohn zu bekommen (den sie Bartholomew nennen wollten, nach Leonards Großvater Baruch Weissberg), daß sie kaum einen Gedanken daran verschwendeten, wie sie eine Tochter nennen würden, und erst recht nicht darüber nachdachten, wie albern Lily White klang, und das um so mehr, als sich nach ein paar Monaten herausstellte, daß das Mädchen eine eindeutig südländische Hautfarbe bekommen würde.

Glücklicherweise sprach ihre Erstgeborene ihren Namen als Kind Lee-Lee aus, so daß die Kleine sich in gewisser Weise selbst umtaufte ... obwohl sie in ihrem Alter eigentlich noch gar nicht wissen konnte, daß ihr lilienweißer Name 1954, in den Monaten, nachdem der Oberste Gerichtshof die Rassentrennung in Schulen für unrechtmäßig erklärt hatte, ganz unabsichtlich etwas Beleidigendes bekam.

Daß Leonard Weissberg-Weiss-White für die Gefühle der Schwarzen Verständnis hatte, ist nicht weiter überraschend, da er die Inkarnation jenes alten Nixon-Ausspruchs war, daß die amerikanischen Juden wie Episkopalisten lebten und wie Puertorikaner wählten. Sein Liberalismus entsprang jedoch nicht der üblichen Sorge um die sozial Benachteiligten. Im Grunde waren ihm diese Leute völlig egal, es sei denn, sie hatten es geschafft, ein paar Dollar zusammenzukratzen, und schenkten ihrer Frau oder Freundin ein Kleidungsstück aus Pelz. Nein, Leonards Liberalismus war das unausweichliche Erbe seines radikal kommunistischen Vaters Nat, der sich in der Gewerkschaft der Pelzindustrie engagiert hatte, und seiner Mutter Bella, die nicht nur ein großes Herz, sondern auch eine große Klappe besaß.

Leonard bekam noch ein weiteres Erbe mit auf den Weg: Nat konnte seinem Sohn zwar weder einen Studienplatz in Harvard noch einen Job an der Börse verschaffen, aber er war durchaus in der Lage, ihm eine Stelle als Putzkraft im Hinterzimmer von Frosty Furs in Forest Hills zu sichern. So begann seine Karriere: 1942 reiste der siebzehnjährige Leonard – dank einer launischen Niere vor den Fängen der Armee sicher – von Borough Park in Brooklyn nach Queens. Er scheuerte die Böden und kratzte das stinkende Fett weg, das von den unbehandelten Waschbärfellen auf die Arbeitstische tropfte. Er spannte Luchsfelle für den Zuschneider und übertrug Schnittmuster auf künftige Kleidungsstücke. Er arbeitete hart, und was er machte, machte er gut. Trotzdem konnte er seinem Chef, Isadore Frumkin, nichts recht machen. Jedesmal, wenn keine Kunden im Geschäft waren, knurrte er Leonard an: »Beweg deinen Hintern, Sonnyboy!« Er verfolgte jede Bewegung Leonards mit dem verbissenen Gesichtsausdruck des geborenen Sadisten.

War Rache an Mr. Frumkin vielleicht der Grund, warum Leonard beschloß, eines Tages selbst Chef von Frosty Furs zu werden und seine eigenen Putzkräfte wie menschliche Wesen zu behandeln? Wer weiß schon, was letztendlich das unternehmerische Feuer in einem jungen Mann entfacht? Die Rebellion gegen seinen trotzkistischen Vater? Die Schmach, neben Fetzen von Bisamratten und Zigarettenkippen auch noch die öligen Salatblätter wegfegen zu müssen, die aus dem saftigen Sardinen-Sandwich zu quellen schienen, das Milton Kuperschmidt, der Zuschneider, jeden Mittag verschlang? War es der Blick aus dem Fenster auf die Austin Street, wo Mr. Frumkins prächtiger 1942er Packard die Februardämmerung erhellte? Oder war es vielleicht der Anblick von Mr. Frumkin selbst, der sich auf den Boden kniete, um den Saum von Mrs. Whitcomb Knolls Lammfellmantel besser abstecken zu können, und der dabei seine Hand wie zufällig an Mrs. Knolls bleicher und seidiger Protestantinnenwade hinaufgleiten ließ?

In jenen Tagen war Queens noch nicht der dynamische ethnische Mischmasch von heute. Ganze Viertel – Douglaston Manor, Forest Hills Gardens – waren nicht nur lilienweiß: Selbst den hellhäutigsten Juden war es verboten, sich dort niederzulassen, und sogar den Katholiken – selbst den strohblonden ohne besonders zahlreichen Nachwuchs oder einem O' oder Mc' vor dem Namen – wurde nahegelegt, anderswo zu wohnen. Für den jungen Leonard, der gelegentlich einen Kaninchenmuff mit passender Haube für Mrs. William Warrens kleine Tochter Amanda abgeben oder Mrs. Bradley Mercers Nutriajacke abholen durfte, weil sie gereinigt werden mußte (nachdem Mr. Bradley an Silvester fünf Rob Roys und mehrere überbackene Käseschnitten auf die Jacke gekotzt hatte), war Forest Hills Gardens das reinste Paradies. Er brauchte nur drei Häuserblocks zwischen sich und den Laden zu bringen, und schon fand er sich auf einer Straße wieder, wo flachshaarige Engel importierten blonden Hunden Bälle zuwarfen. Samtige Rasenflächen umgaben Häuser mit mindestens vier Schlafzimmern und jeder Menge Sprossenfenstern. Wie Leonard bald erfahren sollte, nannte man diese Häuser (wenn auch widerwillig) English Tudor.

Die Hausherren bekam er nur selten zu Gesicht. Sie kämpften auf der anderen Seite des Erdballs gegen Heinies und Japsen. Oder sie saßen zumindest in Manhattan und schrieben Werbetexte für Abführmittel.

Aber die Frauen blieben in jenen Tagen zu Hause, und Leonard war davon nicht nur sehr angetan, sondern schon nach kurzer Zeit in sie alle verliebt: die wohlerzogenen Debütantinnen, die Frischverheirateten, die jungen Mütter, die reifen Matronen, die Frauen in den Wechseljahren. Es war natürlich ein reines Vorurteil, eine ganze Gruppe von Frauen zur Traumfrau hochzustilisieren: eine Frau in weißen Tennissachen, mit glänzendem blonden Haar und einer Stimme so weich und edel wie Luchs. (Diese leidenschaftliche Anbetung alles Weiblichen war ein eindeutiges Zeichen dafür, daß es bei Leonard ein paar ungelöste Problemchen im ödipalen Bereich gab; daran änderte sich auch nichts, als er sich zehn Jahre später vom Psychiater behandeln ließ. Trotzdem ist an dieser Stelle anzumerken, daß seine Mutter Bella, eine gutherzige, überschwengliche Frau, die von sich behauptete, auf eine kurze Karriere im jiddischen Theater zurückschauen zu können, annähernd dreihundert Pfund wog und ihr fransiges Haar in einem Ton färben ließ, der an rostige Stahlwolle erinnerte. Bellas Stimme war so bar jeden Wohlklangs, daß ein einfaches »Wie geht's dir, *Tataleh?*« ihrem Sohn größere Qualen bereitete als das kreischende Geräusch von tausend neuen Tafelkreiden.)

Aber diese Frauen aus Forest Hills Gardens waren so weit von Leonards Alltag entfernt, daß sie genausogut zu einer anderen Spezies hätten gehören können. Er konnte sie nur aus der Ferne anbeten. Während er sich leicht (sogar sehr leicht) vorstellen konnte, in der Eingangshalle eines der größeren Tudorhäuser zu stehen, ein Cape aus goldenem Zobel um perlmuttfarbene Schultern zu legen und eine Ehefrau ein dankbares »Danke, Leonard, Liebster!« hauchen zu hören, brachte er es im wirklichen Leben nicht fertig, eine von ihnen mit seinem breiten, gewinnenden Lächeln anzustrahlen, so sehr fürchtete er sich vor einem Korb – oder vielleicht auch vor einem Ja. Seine einzigen sexuellen Begegnungen fanden in einem anderen Viertel statt: Gelegentlich tauschte er ein paar züchtige Küsse mit der einen oder anderen Brooklyner Stenographin – oder er befummelte Flo Feinman, die Schlampe von Borough Park. Insgeheim befürchtete er, nie eine Frau zu finden, die er genügend begehren würde, um sie zu heiraten.

Sechs Jahre vergingen. Da dies Lees Geschichte ist und nicht die von Leonard, sei nur gesagt, daß in der Zeit nicht viel passierte. Obwohl Leonard unschuldig blieb, was die wundersame Topographie der Frauen betraf, war er in geschäftlichen Dingen auf dem besten Weg, ein Mann von Welt zu werden. Er war höher aufgestiegen, als er es sich je erträumt hatte – und das hatte er dem Fiesling Isadore Frumkin zu verdanken. Kurz nach dem amerikanischen Sieg über Japan hatte die Schwarzmarktdiät aus fetten Steaks und Hershey-Schokoriegeln, der Leonards Boß gefrönt hatte, zu einem Herzinfarkt geführt. Weihnachten 1946 wurde Leonard dank eines Kredits, den ihm ein übereifriger Juniorvizepräsident der East New York Savings Bank (ein Mitglied von Nats kommunistischer Zelle) gewährte, stolzer Besitzer von Frosty Furs. Ein Jahr später hatte er bereits bewiesen, daß er der geborene Kapitalist war. Das Geschäft boomte dermaßen, daß er seinen Kredit zurückzahlte, einen 1947er Lincoln Continental kaufte, der Mr. Frumkins Packard wie eine alte Blechkiste aussehen ließ, und seinem Vater verkündete: »Keinerlei Spenden für kommunistische Organisationen!«, als Nat ihn wegen einer Fünfzig-Dollar-Spende für die russisch-amerikanische Volkstanzliga anhaute.

Es war Leonard nicht genug, sich von seiner Vergangenheit zu distanzieren. Er arbeitete auch hart daran, sich den Schliff anzueignen, der ihm aufgrund seiner Herkunft fehlte. Er ging ins Theater und sah Cornelia Otis Skinner in *Lady Windermeres Fächer* (er hatte angenommen, daß das Stück etwas mit der Modebranche zu tun hatte). Er hörte Radio, um sich kulturell zu bilden. Er ging ins Kino, um seine Ausdrucksweise zu verbessern (obwohl er sein hochherrschaftliches Gehabe schnell wieder aufgab, als seine Mutter Bella deswegen in schallendes Gelächter ausbrach).

Aber sein weltmännisches Auftreten erschöpfte sich nicht nur in solchen Oberflächlichkeiten. Leonard besuchte jedes Treffen, das von der Pelzindustrie veranstaltet wurde, und saugte alles in sich auf, was seine vornehmen Manhattaner Kollegen an Weisheit zu bieten hatten, angefangen bei der besten Methode, einen Astrachan-Mantel umzuarbeiten, über die richtige Whiskeymarke (Johnnie Walker Black) bis hin zum genauen Wortlaut der Bestellung (»On the rocks, mit einem Schuß Soda – nicht umrühren, Schätzchen!«). Er überwand seine angeborene Schüchternheit und zwang sich, seinen Kundinnen suggestive Fragen zu stellen. (»Wie werden Sie denn das Thanksgiving-Fest verbringen, Mrs. Fiske?« »Nein, wirklich, Mrs. Guilfoyle, ich brenne darauf, von Ihrem österlichen Tafelaufsatz zu hören.«) So sammelte er einen Haufen Daten über die traditionelle Lebensweise der oberen Mittelklasse.

Allmählich gewann der junge Mann an Selbstvertrauen. Seine Kundinnen begannen ihn charmant zu finden: »Mrs. Johnston, dieser Seehund würde mit den Flossen klatschen, wenn er Sie in seinem Fell sehen könnte! Nein, wirklich, ich meine das ernst. Sie sehen einfach«, er holte tief Luft, als müsse er erst den Kopf frei bekommen, um das richtige Wort zu finden, »bezaubernd aus!« Mit dreiundzwanzig gehörte Leonard fast die ganze Welt. Er hatte Geld in der Tasche, ein kantiges Kinn, einen Kopf voller glänzender, rabenschwarzer Locken (eine ganze Reihe seiner Kundinnen sahen in ihm einen jüdischen Robert Taylor) und einen sich entwickelnden Sinn für Stil. Das einzige, was ihm noch fehlte, war eine Frau.

Anfang 1948 betrat Sylvia Bernstein das Tudor Rose (wie der Pelzsalon neuerdings hieß, nachdem Leonard nächtelang in der Bibliothek gesessen und alle möglichen Schmöker gewälzt hatte). Leonard musterte ihr gutgeschnittenes graues Wollkostüm, dessen Jacke an den Hüften ausgestellt war. Nur wenige, sehr schlanke Frauen konnten diesen Schnitt tragen. Dann sah er in ihre blaugrauen Augen, betrachtete ihre hohen Wangenknochen und ihr glattes, blondgesträhntes Haar und dachte im wesentlichen: Hubba bubba! Äußerlich aber war er ganz Geschäftsmann. Er nahm an, daß er ihr von einer seiner vornehmeren Kundinnen empfohlen worden war. Mal sehen – nein, sie trug keinen Ehering. Also mußte sie die Tochter einer seiner Kundinnen sein. Wie auch immer, eine Fuchsjacke würde sie sich bestimmt leisten können. Er fragte sie: »Kann ich Ihnen helfen, Miss …?« Als sie mit der schönsten Stimme, die man sich nur vorstellen konnte, antwortete: »Sylvia Bernstein«, wäre er beinahe in Ohnmacht gefallen, wenn er sich nicht gleichzeitig verliebt hätte.

Es war nicht nur ihr Aussehen. Sylvia hatte Klasse, wie Leonard erleichtert feststellte. Zugegeben, wer sie reden hörte, merkte gleich, daß es nicht zum renommierten Vassar-College gereicht hatte. Aber nie, nicht einmal an den heißesten Sommertagen, ging sie aus dem Haus, ohne Handschuhe zu tragen. Das Haus, in dem sie wohnte, hatte ebenfalls Klasse (Tudorstil, was sonst): Die Fenster in der Eingangshalle waren bleiverglast, und auf dem Giebeldreieck über dem Aufzug thronte ein Löwe. Und nicht nur das: Das naturblonde Haar ihrer Mutter wies mit fünfundvierzig Jahren noch keine einzige graue Strähne auf.

Und ihr Vater war Richter!

Als Leonard den Bernsteins zum erstenmal gegenüberstand, nahm ihn das so sehr mit, daß er kaum Luft bekam. Wie gern hätte er auch solche Eltern gehabt! Für ihn waren es Bilderbucheltern.

Allein schon Sylvias Mutter. Nicht genug, daß sie ständig kochte und putzte. Wäre Sockenstopfen eine Wettkampfdisziplin gewesen, hätte Eva Bernstein einen ganzen Kaminsims voller Trophäen vorzeigen können. Was war sie für eine Hausfrau! Aber es gab Löcher, die selbst für Eva zu groß zum Stopfen waren, und wenn ihr ein solches unterkam, beschlagnahmte sie den betroffenen Strumpf und trug ihn und seinen lochlosen Bruder über ihren feinbestrumpften Beinen, so daß sie durch die Wohnung gleiten konnte, ohne sich ihre Nylonstrümpfe zu ruinieren oder ihren Mann, Richter Bernstein, zu stören. »Schhh!« ermahnte sie Sylvia und Sylvias jüngeren Bruder Victor. »Der Richter macht ein Nickerchen!« »Der Richter liest!« »Der Richter telefoniert!«

Richter Arthur Bernstein war mehr als ein Pfeiler der Rechtschaffenheit; er war eine einsfünfundsiebzig große Säule der Stille. Im Gericht, dem Queens Domestic Relations Court, dem er vorsaß, meckerten die Gerichtsstenographen, daß sie eine Sonderzulage verdient hätten, weil sie sich so anstrengen müßten, die fedrige Stimme des Richters zu verstehen. Aber abgesehen davon gab es keine Klagen. Sein Ruf war weder glänzend noch befleckt; er war nicht übermäßig hart zu den Angeklagten, die vor ihm erschienen (obwohl er allzu schnell bereit zu sein schien, den Antrag einer Ex-Frau auf Unterhaltszahlungen abzulehnen, wenn ihr Ex-Mann von einem Anwalt vertreten wurde, der Verbindungen zum Ronald Goldberger Kew Gardens Democratic Club hatte). Aber gegenüber Kollegen, Nachbarn, Freunden und nicht zuletzt Leonard gab sich Arthur Bernstein stets als Gentleman. Er nahm den Hut ab, wenn eine Dame anwesend war. Er trug einen Alpakamantel und benutzte einen kleinen, aber echten Schildpatthalter für seine Philip-Morris-Zigaretten. Wenn er einem anderen gegenüber seine Dankbarkeit zum Ausdruck bringen wollte, nickte er einfach nur – aber auf eine so anmutige und würdevolle Weise, daß diejenigen, die ihr »Danke« laut aussprachen, daneben fast vulgär wirkten.

Was für ein Unterschied zu Leonards Eltern! Nat, der Kommunist, hatte eine klare Meinung zu jedem erdenklichen Thema, angefangen vom dialektischen Materialismus bis hin zu der besten Art, Kletterbohnen an der Feuerleiter hochzuziehen: »Hey, Lenny, du sollst sie nicht ersäufen, du *Schmendrick.* Jeden zweiten Tag etwas gießen, das reicht!« Und Bella, die immer wollte, daß er ein bißchen lockerer wurde! Jeden Morgen machte sie sich einen Spaß daraus, die Tür zu blockieren, wenn er zur Arbeit gehen wollte. »Was ist los, hat dir jemand einen Eiswürfel in den *Tuchis* geschoben, Lenny? Ein kleines Lächeln! Das kostet dich doch nichts.« Er hatte schon oft versucht, seitlich an ihr vorbeizukommen und nach dem Türknauf zu greifen, aber trotz ihres Umfangs war sie flinker als er. »Komm schon, stell dir vor, ich wäre eine Kundin, die einen Pelz kaufen will. ›Entschuldigen Sie, mein Bester‹ «, zwitscherte sie. Es gelang ihr tatsächlich recht gut, eine Vanderbilt-Stimme nachzuahmen. »›Ich suche etwas Schickes aus Lammfell, etwa so lang wie meine Fingerspitzen.‹« Irgendwann platzte Bella dann heraus und krümmte sich vor Lachen über ihre eigene Vorstellung. Diesen Moment nutzte Leonard, um in die Freiheit zu entkommen.

In jenen Tagen war es noch nicht üblich, daß ein junger Mann eine eigene Wohnung hatte. Deshalb war Leonard Sylvia doppelt dankbar: Sie befreite ihn aus seiner persönlichen Hölle in Brooklyn und gab ihm zusätzlich einen Richter und eine echte Blondine als Schwiegereltern. Natürlich war Sylvia ihm ebenfalls dankbar, denn mit ihren zweiundzwanzig Jahren hatte sie kaum noch Aussichten auf eine gute Partie. Zum Entsetzen ihrer Eltern hatte sie ein Jahr zuvor den Verlust von Selwyn Youdelman beklagen müssen, einem Absolventen der Brooklyn Law School mit einer Anwaltskanzlei in Kew Gardens. Daß dieser Verlust auf das Interesse des jungen Mannes an einem anderen Mädchen zurückzuführen war, hatte die Sache für die Bernsteins noch schmerzlicher gemacht, als wenn er einfach gestorben wäre. Sylvia wußte, daß sie ihr die Schuld daran gaben. Nach Meinung ihrer Eltern hatte er sie verlassen, weil sie zuviel von ihrer künstlerischen Veranlagung preisgegeben und ihn ständig in irgendwelche Opern und Museen geschleppt hatte, während ein normaler junger Mann doch weiß Gott nichts anderes wollte, als sich *Die Glocken von St. Marien* anzusehen und hin und wieder ein Bier zu trinken. »Ich habe ihn nirgendwohin *geschleppt*!« erklärte Sylvia heulend.

»Schhh!« antwortete ihre Mutter. »Der Richter ist im Bad.« Sie brauchten beide einen Moment, um sich wieder zu fangen und ihre Lautstärke auf Flüsterton zu drosseln.

»Er hat mich doch immer gefragt, was ich tun will«, versuchte Sylvia zu erklären. »Also habe ich ihm erzählt, ich hätte gelesen, daß im Metropolitan Museum eine Turner-Ausstellung sei. Das ist dieser englische Maler. Und Selwyn war derjenige, der immer gesagt hat, daß er gute Bilder mag und nicht genug davon kriegen kann.«

»Das heißt noch lange nicht, daß er seine Abende im Museum verbringen will. Noch dazu werktags! Der Mann ist schließlich Anwalt!«

Ein säuerlicher Geschmack stieg aus Sylvias Magen auf und brannte in ihrem Rachen. Am liebsten hätte sie sich übergeben. Aber der Richter war im Bad, und selbst, wenn er gleich fertig sein sollte, würde sie das Badezimmer erst einmal lüften müssen, wenn sie sich nicht den Rest ihres Lebens übergeben wollte. Sie ließ ihre Mutter stehen, stürzte in das Schlafzimmer, das sie sich mit ihrem Bruder teilte, warf sich aufs Bett, preßte ihr Gesicht ins Kissen und weinte – still und leise.

Was für eine Ungerechtigkeit! Jedesmal, wenn sie einen Verehrer nach Hause mitbrachte, krümmte er schon nach ein paar Minuten den Finger über der Krawatte, um den Knoten zu lockern. War es ihm denn zu verdenken? Die ganze Wohnung wirkte düster und muffig. Die Fenster wurden nie geöffnet, die Jalousien waren immer heruntergelassen, und es drang kaum Licht herein – gerade genug, daß man sah, wie der Staub in der Wohnzimmerluft tanzte. Noch bevor ihre Mutter hauchen konnte: »Schhh! Der Richter!«, bekam jeder ihrer Verehrer den Nichts-wie-raus-hier-Blick, als hätte man ihn in die Gruft von Boris Karloff gesperrt.

Leonard dagegen mochte ihre Eltern! Sie wußte, daß das teilweise damit zusammenhing, daß sie in ihrer Wohnung Teppichböden hatten und seine eigenen Eltern, wie er ihr erklärt hatte, aus der Arbeiterklasse kamen. Aber selbst diejenigen ihrer früheren Verehrer, die – wie Selwyn – ganz aus dem Häuschen gewesen waren, weil ihr Vater Richter war, hatten die Stille in der Wohnung irgendwie abstoßend gefunden. Das Radio war nicht mehr gelaufen, seit Roosevelt gestorben war. Sylvia wußte, daß der Richter irgend etwas an sich hatte, das ... nicht ganz in Ordnung war. Und ihre Mutter war irgendwie auch ... nicht ganz in Ordnung.

Nicht ganz in Ordnung? Bekloppt wäre der Wahrheit wohl näher gekommen, aber das wäre ein zu revolutionärer Gedanke für Sylvia gewesen. Und während Leonard (hätte man ihn unter Eid einem Kreuzverhör unterzogen) vielleicht auch zugegeben hätte, daß mit den Bernsteins etwas nicht ganz in Ordnung war, gab ihm die grabesähnliche Stille in ihrer Wohnung das Gefühl, daß sie zumindest eine Familie mit Klasse waren.

Als Sylvia das erstemal zuließ, daß er seine Hand unter ihren Rock schob, dachte er doch tatsächlich: Ich erwecke ein schlafendes Dornröschen zum Leben. Sie faszinierte ihn. Wenn er mit ihr auf dem Sofa saß, während nebenan ihre Eltern schliefen, hätte er am liebsten geflüstert: »Deine Schenkel sind so weich wie Chinchilla.« Aber er riß sich am Riemen, weil er nicht wollte, daß sie ihn falsch verstand und für stillos hielt, weil er sie mit einem Nagetier verglich, oder – schlimmer noch – daß sie dachte, er finde ihre Schenkel pelzig, obwohl sie sich tatsächlich ein bißchen ... flaumig anfühlten. Also hielt er den Mund, was in der Wohnung der Bernsteins immer eine gute Entscheidung war.

Als Leonard drei Monate später um Sylvias Hand anhielt, hatte er plötzlich eine Idee. Er beschloß, seinem Dornröschen zusätzlich zum Verlobungsring eine Silberfuchsstola zu schenken, die ihre bleiche Schönheit gut zur Geltung bringen würde. Leider hatten Dornröschen *und* ihre Mutter eher an eine schicke Nerzjacke gedacht, wenn nicht gar an einen richtigen Mantel. Trotzdem – eine Fuchsstola ist besser als nichts: Obwohl Leonard kein Jurist war, ja nicht einmal ein Studium vorzuweisen hatte, wußte Sylvia, daß sie mit nichts Besserem rechnen konnte. Zumindest sah er gut aus, und ihm gehörte ein ansehnliches Geschäft, so daß sie sich eigentlich nicht zu schämen brauchte – was sie aber trotzdem tat.

Nun denn! Drei Jahre später, als Lee auf die Welt kam, sah das alles längst anders aus. Aber alles zu seiner Zeit.

3

Bobette Frisch unterschied sich deutlich von den anderen Opfern meines Mandanten. Die meisten von Norman Torkelsons Frauen waren irgendwie verletzlich und wehrlos. Nicht so Bobette. Sie kam aus Brooklyn, einem Ort, der nicht dafür bekannt ist, zerbrechliche Frauen zu produzieren. Anfang der sechziger Jahre, als sie um die Zwanzig war, zog sie etwas weiter nach Osten, nach Queens. Sie arbeitete als Kellnerin in einem Restaurant in Flushing, dem Dew Drop Inn. Ein paar Jahre später, als die Gäste immer unangenehmer wurden und der Barkeeper sicherheitshalber einen Hammer hinter dem Wild Turkey deponierte, zog sie noch weiter nach Osten, diesmal nach Nassau County.

Wie ich wollte Bobette Karriere machen. Sie ließ sich zur Barmixerin ausbilden und fand einen Job in Murray's Shamrock in Williston Park. Es dauerte noch einmal zehn Jahre, aber schließlich wechselte sie vom Service ins Management, nachdem sie Murrays rasende Gläubiger davon überzeugt hatte, daß der Laden tatsächlich einen anständigen Gewinn machen könnte, wenn er nur von jemandem geführt würde, der in der Lage war, eine Registrierkasse zu betätigen. Nun gehörte die Kneipe zur Hälfte ihr, und sie wachte mit Adleraugen darüber, was an der Bar vor sich ging, so daß keiner der Barmixer mehr seinen Kumpels die Drinks gratis ausschenken konnte. Sie setzte die Schlägertypen vor die Tür und hielt immer nach den Gästen Ausschau, die für ihren empfindlichen Magen bekannt waren, um sie rechtzeitig aus dem Lokal zu schaffen und auf diese Weise zu verhindern, daß sie (wie man es hier auf Long Island so taktvoll ausdrückt) ihre Kotzbrocken über die ganze Theke verteilten.

Von einem schwach beleuchteten Tisch im hinteren Teil der Kneipe wachte Bobette über ihr Eigentum. Wie sich herausstellte, war das eine gute Idee. Zum einen war sie offenbar nicht der gesprächige Typ. Sie begrüßte ihre Gäste mit einem durchaus freundlichen »Hi!«, aber das war dann auch schon das Ende der Konversation. Falls sie eine Meinung über die Yankees, die Schulgebühren oder die Romane von Danielle Steel hatte, behielt sie sie für sich. Nach dem Mord schufen ihre Gäste, die sie eigentlich überhaupt nicht kannten, für die Medien ihre eigene Bobette Frisch, indem sie in das Mikrophon von Channel 12 Dinge murmelten wie: »Ihr Gesicht hatte etwas Herzliches. Aber es war eine Art, ähm, stille Herzlichkeit. In was für Zeiten leben wir, daß so ein Mensch ermordet wird?« Oder: »Sie war extrem scheu. Wissen Sie, was ich meine? Aber ein wunderbarer Mensch.« Eine anonyme Quelle von *Newsday* dagegen bezeichnete sie als »ausgesprochenen Geizkragen«: »Die ließ einen nicht mal zwei Dollar anschreiben.« Ein Gast, der von der *Post* interviewt wurde, nannte sie Bofette. Das mit dem Fett ist ein bißchen ungerecht. Den Akten zufolge war Bobette nicht allzu übergewichtig. Ihr Körper war nur so stämmig und kompakt, daß er von der Form her einem Bierfaß ähnelte. Ihr ovales, von hellbraunem Haar eingerahmtes Gesicht wäre vielleicht sogar hübsch gewesen, oder zumindest nicht unattraktiv, wären da nicht die fleischigen Falten gewesen, die sich zu beiden Seiten ihres Mundes zum Kinn hinunterzogen. Das sah fast so aus, als wäre ihr Kinn separat befestigt, wie bei einer Marionette.

Bobette hatte ein Händchen für Geld. Anfang der achtziger Jahre gehörten ihr bereits drei Bars und zwei Wohnhäuser. Jeden Morgen brach sie um vier Uhr früh auf und drehte in ihrem frostbeigen Cadillac Eldorado ihre Runde von Williston Park über Franklin Square nach Hicksville, um persönlich die Abrechnungen vom Vorabend zu überprüfen. Die monatlichen Mieten ließ sie sich persönlich geben.

Weder die Cops noch mein Ermittler fanden auch nur die Spur eines Hinweises darauf, daß sie eine leichte Beute war, wenn es um Männer ging. Sie war nicht die Sorte Frau, die einem Süßholzraspler auf den Leim ging, der sie um ihre gesamten Ersparnisse bringen wollte. Ganz im Gegenteil: Sie war durch und durch Geschäftsfrau. Wenn man die Leute, die mit ihr zu tun hatten, nach ihrem Liebesleben fragte, reagierten sie völlig ratlos. Häh? Wie bitte? Die Wörter »Bobette« und »Sex« schienen nicht in einen Satz zu passen.

Ihr Leben sah in etwa so aus: Sie verwaltete ihre Besitztümer – zu denen auch ihr bescheidenes, aber hübsches Eigenheim im Kolonialstil gehörte, das in Merrick auf einem zwanzig mal dreißig Meter großen Grundstück stand. Jeden Dienstag besuchte sie einen Friseursalon namens Mane Event, wo sie sich die Haare waschen und anschließend in einem Stil frisieren ließ, den Patricia Nixon während des Wahlkampfes von 1956 bevorzugt hatte; einmal im Monat ließ sie sich die Haare schneiden und färben. Bobette ging jeden Samstagnachmittag ins Kino und schaute hinterher auf einen Salat bei Mario's vorbei, wo sie noch eine Portion Linguine mit Muschelsauce für zu Hause mitnahm. Jeden Sonntag um halb elf besuchte sie in der St. Agnes Cathedral in Rockville Centre die Messe. In den örtlichen Büchereien und Videotheken war sie nicht geführt.

Ihre Eltern waren tot. Sie hatte einen Bruder in Cherry Hill, New Jersey, der bei einem Hondahändler als Mechaniker arbeitete. Sie hatte keine Feinde. Sie hatte keine Freunde.

Ich räusperte mich und fragte den Cop: »Wieso glaubst du, daß Bobette nicht nur rein geschäftlich mit Norman Torkelson zu tun hatte?«

Da er mich während der letzten fünf Minuten erfolgreich ignoriert hatte, wußte ich, daß Sergeant Samuel Franklin nicht begeistert war, als ich ihn jetzt daran erinnerte, daß wir uns von Angesicht zu Angesicht gegenüberstanden. Eine Sekunde später holte er tief Luft und blies seine untere Gesichtshälfte auf. So konnte er mich anschließend beim Ausatmen mit einem unflätigen Geräusch beglücken, ohne sich – rein technisch – des Vergehens schuldig zu machen, einer Anwältin gegenüber Furzgeräusche von sich zu geben.

Sam war ständig in Bewegung. Er war so spindeldürr, daß man an ihm überprüfen konnte, wieviel man aus dem Biologieunterricht der zehnten Klasse behalten hatte. Sam verbrannte die Kalorien genauso leicht, wie ich sie einlagerte. Abgesehen davon, daß sich irgend etwas in seinem Gesicht immer bewegte, klopfte er ständig mit den Füßen auf den Boden, ließ die Gelenke seiner Finger knacken, verdrehte den Oberkörper, streckte und beugte seine Armmuskeln. Diesmal bewegte er zusätzlich den Kopf, indem er zunächst die schalldämmenden Deckenplatten betrachtete, mit denen der Bürotrakt der Staatsanwaltschaft ausgestattet war, anschließend den Boden begutachtete und den Blick dann den Gang mit den vielen Türen hinunterwandern ließ. Das ging über seine übliche Hyperaktivität hinaus; ein Großteil seiner Kopfbewegungen diente dem Zweck, mich nicht ansehen zu müssen.

»Ermittelt die Polizei heutzutage nicht mehr in Mordfällen?« fragte ich mit meiner Gerichtssaal-Stimme, so daß er nicht so tun konnte, als würde er mich nicht hören. Sam, mein früherer Freund, trommelte mit seinen knorrigen Fingern auf den Aktenordner, den er mit beiden Händen umklammerte; seine Haut war so trocken, daß sich bleiche Risse zickzackförmig über die Knöchel zogen. »Komm schon, Sam.« Er versuchte weiterhin, mich zu ignorieren. Leider recht erfolgreich. »Was läuft hier eigentlich?« Ich blieb hartnäckig. »Ihr findet ein paar Fingerabdrücke, laßt sie durch den Computer laufen und findet einen Typen, der passenderweise ein langes Strafregister hat. Also sagt ihr: ›Oh, sehr gut, klagen wir doch diesen Norman Torkelson des Mordes an. Dann haben wir alle am Wochenende frei.‹«

»Wir können das erst diskutieren, wenn Ms. Nuñez da ist«, sagte Sam zu der baumelnden Michglaskugel, die die Stadt als Lampe aufgehängt hatte, und schaffte es so, auf meinen Protest zu antworten, ohne meine Gegenwart voll zur Kenntnis zu nehmen. Die noch fehlende Holly Nuñez arbeitete erst seit kurzem in der für Mordfälle zuständigen Abteilung der Staatsanwaltschaft.

»Wir warten nun schon zwanzig Minuten! Wir waren für halb elf verabredet.«

»Die Sekretärin hat gesagt, sie ist auf dem Klo«, erklärte Sam dem Leuchtkörper.

»Ich hole sie.«

»Das würde ich lieber nicht tun.«

»Warum nicht?«

Keine Antwort. Die Finger seiner linken Hand zerrten an seinem Hosenbein, versuchten es ordentlich über seinem Schuh zu drapieren. Es klappte nicht. In seiner weiten, marineblauen Hose sah er aus, als würde er bei den Weight Watchers Seminare geben und dabei seine alten Klamotten tragen, um zu beweisen, daß er tatsächlich achtzig Pfund abgenommen hatte.

»Sam, wirf mal einen langen, intensiven Blick auf Normans Strafregister. Siehst du da irgend etwas, das Ähnlichkeit mit gewalttätigem Verhalten hat?« Seine einzige Reaktion bestand darin, daß er genervt Luft holte, als wollte er sagen: »Was bin ich doch für ein geduldiger Mensch!«, um die Luft anschließend zwischen geschürzten Lippen wieder auszustoßen. Das gab mir den Rest, was wahrscheinlich auch der Zweck der Übung war. »Norman Torkelson hat Bobette Frisch *nicht* umgebracht«, erklärte ich ihm. »Typen wie Norman hassen die Frauen zu sehr, um sie umzubringen. Sie wollen nicht, daß der Schmerz, den sie ihnen zufügen, eine Ende hat.«

Diese geniale Erkenntnis ließ ihn ziemlich kalt. Was nicht weiter verwunderlich war, denn inzwischen ließ Sam Franklin alles kalt, was ich sagte. Vor Jahren, als ich gerade aus Nassau County in das Büro des Staatsanwaltes von Manhattan übergewechselt war, hatten wir uns sehr gut verstanden. Er war damals gerade erst in den Polizeidienst eingetreten, nachdem er in Adelphi seinen Magister in Soziologie gemacht hatte. Er hatte damals sehr gut ausgesehen. Mit seiner straffen Haut und den ausgeprägten Wangenknochen hatte er mich immer an die Models erinnert, die die Unterwäsche von Calvin Klein vorführen. In seiner blauen Streifenpolizistenuniform sah er absolut umwerfend aus. Ich hatte damals einen Raubüberfall zu bearbeiten, und Sam war der Polizist, der den Täter verhaftet hatte. Was für ein süßer Kerl! war mein erster Gedanke. Aber mein zweiter war: Gescheit ist er auch noch. Ich war von seinem Bericht beeindruckt, nein, schlichtweg begeistert. Er war so sorgfältig formuliert, so überzeugend, so durch und durch lebendig (und noch dazu grammatisch korrekt) – ich konnte kaum glauben, daß ein Cop das geschrieben hatte. Jedenfalls verstanden wir uns auf Anhieb. Wir konnten beide den Staatsanwalt nicht ausstehen, schwärmten für Jazz, mochten die Witze des anderen und respektierten unsere politischen Überzeugungen – wobei letzteres keine besondere Schwierigkeit war, da wir beide etwa eineinhalb Schritte links von der demokratischen Mitte standen.

Außerdem stellten wir fest, daß wir beide insgeheim glaubten, obwohl wir auf Long Island geboren und aufgewachsen waren, eine Nummer zu groß für diesen Ort zu sein. Zweimal die Woche trafen wir uns in Bob and Cathie's Coffee Shop auf ein überbackenes Käsesandwich und erzählten einander, was wir zu unseren Kollegen nicht sagen konnten. Nämlich: Ich hätte es zu was bringen können.

Sam: Ich hätte es zu was bringen können. Ich hätte als Sozialarbeiter Stipendienanträge für die Ford Foundation prüfen können, aber nach unserem vierten Kind wurde meine Frau manisch-depressiv, und ich mußte mehr Kohle ranschaffen.

Ich: Ich hätte es zu was bringen können. Ich hätte eine der Top-Anwältinnen von New York werden können. Jedesmal, wenn eine Berühmtheit verhaftet worden wäre, hätten NBC und CNN ein Kamerateam in mein Büro geschickt, um meine Darstellung des Falles zu hören. Aber obwohl mein Mann nie ein Wort darüber verlor, ließ er mich doch spüren, daß er aus Manhattan weg wollte – und daß unsere Ehe in Gefahr geriete, wenn ich ihm nicht in die Randbezirke folgte.

Zwei große Fische in einem kleinen Teich: Genau so sahen wir uns. Aber um ehrlich zu sein – keiner der anderen Fische, die neben uns herschwammen, äußerte jemals, daß sie Sam Franklin und mich für außergewöhnlich hielten. Trotzdem gaben wir einander die Bestätigung: Hey, aus dir hätte was Großes werden können. Du hast das Zeug dazu. Aber da wir beide damit beschäftigt waren, uns in Gegenwart des anderen aufzuplustern, um zu zeigen, wie toll wir waren und wie klaglos wir die Karten akzeptierten, die das Schicksal uns zugedacht hatte, war jedes Eingeständnis von Verletzlichkeit undenkbar. Auf diese Weise war wirkliche Nähe zwischen uns nicht möglich. Aber wir verdrückten zusammen eine Menge überbackenes Weißbrot mit Käse. Wahrscheinlich waren wir ineinander verliebt. Es war hart, als ich bei der Staatsanwaltschaft aufhörte, um als Rechtsanwältin zu arbeiten, und daraufhin unsere Freundschaft zerbrach. Knall auf Fall.

Ich hatte schon seit längerem kleine Veränderungen an Sam bemerkt, aber seine angenehme Gesellschaft und seine noch angenehmeren Wangenknochen hatten mich die Augen vor der Wahrheit verschließen lassen: Fünf Jahre Polizeidienst hatten aus jener Rarität, die er mal war – ein Menschenfreund mit einem scharfen Verstand – einen rechtsgerichteten Hohlkopf gemacht. Plötzlich war ich in seinen Augen ein Schandfleck. Nein, eine Teufelin. Ich war auf die andere Seite übergewechselt. Statt wie früher »Hi!« zu sagen, wenn er mich sah, verlegte er sich auf ein schnelles Nicken, mit dem er mir zu verstehen gab, was ich war: eine *Straf*verteidigerin. Er deutete an, daß es allein dem unzulässigen Druck dubioser Lobbyisten zu verdanken sei, daß Individuen, die eines Verbrechens angeklagt seien, einen Rechtsbeistand haben dürften. Eines Tages lief ich Sam kurz vor der Mittagspause in die Arme. Als ich vorschlug, trotz unserer gegensätzlichen Positionen mal wieder auf ein überbackenes Käsesandwich zu Bob and Cathie's zu gehen, starrte er mich bloß an, völlig überrascht, wie ich auch nur im Traum an so etwas denken konnte. Also ging ich zurück in mein Büro, kopierte den sechsten Zusatzartikel zur Verfassung und schickte ihn ihm. Wie nicht anders zu erwarten, reagierte er nicht. Als ich ihn das nächste Mal in Mr. Big's Bar traf, wo viele Cops nach der Arbeit herumhingen, fragte ich ihn: »Na, Sam? Was hältst du von jenem kleinen Abschnitt der Verfassung der Vereinigten Staaten? Hast du ihn gelesen?«

Sam antwortete: »Mir ist kotzübel davon geworden.« Er sagte es leise, aber das lag nur daran, daß an die zwanzig Leute um uns herumstanden. Da wurde mir auch kotzübel, weil ich wußte, daß er es ernst meinte.

Kurz bevor Holly Nuñez in Sicht kam, waren ihre Absätze zu hören. Mir blieben zehn Sekunden: Ich konnte nicht an Sams Gewissen appellieren, weil er keines mehr hatte, also beschloß ich seinen Stolz anzugreifen. »Schnelle Arbeit bedeutet nicht automatisch gute Arbeit«, erklärte ich ihm. »Ich wette zwanzig Dollar, daß sich herausstellen wird, daß deine Ermittlungen nicht gerade gründlich waren – wenn nicht sogar schlampig.«

»Bullshit«, setzte Sam an, biß sich aber nach dem »Bull« auf die Zunge. Zufrieden darüber, daß ich endlich zu ihm durchgedrungen war, begrüßte ich Holly mit einem herzlichen Lächeln, obwohl ich auf den ersten Blick sah, daß sie gerade eine knappe halbe Stunde damit zugebracht hatte, ihr Haar auf beheizbare Lockenwickler zu drehen. Ihr sonst so glattes, gerades Haar wirkte aufgeblasen und rund wie ein Strandspielzeug. Ein pfirsichfarbenes Kabel baumelte aus ihrer Tasche. Ein zweifelsfreies Indiz. Zwei Sekunden später verstand ich: Die Show mit ihrem Haar sollte mir zeigen, daß sie es sich leisten konnte, arrogant zu sein, weil die Staatsanwaltschaft alle Trümpfe in der Hand hatte. Ich kann es nicht ausstehen, wenn ein Anwalt auf solch billige Tricks zurückgreift, und ich kann es erst recht nicht ausstehen, wenn es sich dabei um eine Frau handelt; das bestätigt bloß das Klischee, daß Frauen zu gerne affektiert auftreten und man nicht damit rechnen kann, daß sie sich wie Erwachsene benehmen.

»Tut mir leid«, sagte Holly und versuchte dabei, atemlos zu klingen. Es kann aber auch sein, daß ihr die übelriechende Haarspray-Wolke, die über ihrem Kopf hing, Atembeschwerden verursachte.

»Kein Problem«, antworteten Sam und ich in einem unbeabsichtigten Duett.

Hollys winziges Büro war ein würfelförmiger Raum mit der niedrigsten Decke, die die Bauvorschriften zuließen, und wenn drei Leute darin standen, mußte man sich sehr zusammennehmen, um keinen Anfall von Platzangst zu bekommen. Dazu kam, daß der Raum einfach potthäßlich war. Der republikanische Verwaltungsheini, der anhand eines Farbmusters die Wandfarbe ausgesucht hatte, war höchstwahrscheinlich der Meinung gewesen, sich für rohweiß entschieden zu haben, aber in natura hatte sich die Farbe als leichengelb entpuppt. Und da das Bezirksbudget kein Geld für einen Fensterputzer vorsah, zierte eine Wandseite ein rechteckiges Gemälde aus den grauen Rückständen von Regen und Umweltverschmutzung. Holly hatte ihr Bestes getan, um den Raum etwas aufzupeppen. Wie bei weiblichen Vertretern der Anwaltschaft traditionellerweise üblich, lautete die Botschaft: Seht mal, wie friedfertig ich bin, ihr braucht also keine Angst zu haben, daß ich euch die Eier mit der Zickzackschere abschneide! Sie hatte ein paar gerahmte Museumsposter aufgehängt – eine Mutter mit Kind von Cassatt und eine Ballerina von Renoir – und eine ochsenblutrote Vase mit seidenem Rittersporn und Hortensien auf ihren Schreibtisch gestellt. Aber die Wahrheit war, daß es nur einen einzigen Ort gab, der weniger einladend war als das Büro einer stellvertretenden Staatsanwältin: eine Zelle im Trakt D des Männergefängnisses.

»Was haben Sie zu bieten, Holly?« fragte ich. Sam hielt Holly einen Ordner hin. Wie bei einem Ritter, der seiner Lehnsherrin sein

Schwert überreicht, ließ seine Geste keinen Zweifel daran, wer die Hosen anhatte. Da das definitiv nicht Sams üblicher modus operandi war – normalerweise führte er sich auf, als wäre er der ältere Partner jedes jungen Staatsanwalts, mit dem er zusammenarbeitete –, ging ich davon aus, daß zwischen den beiden ein Machtkampf stattgefunden hatte. Das Erstaunliche an der Sache war, daß Holly einen Kampf gewonnen hatte, den die männlichen Jungstaatsanwälte trotz ihrer Körpergröße, ihrer Brustbehaarung, ihrer Abgebrühtheit und ihrer politischen Kontakte regelmäßig verloren.

Sie schlug den Ordner auf, als könne sie es nicht erwarten, den Inhalt zu lesen. Dieser gottverdammte Eifer! Abgesehen von ihren funkelnden dunklen Augen und ihrem Namen wies nichts darauf hin, daß sie Hispano-Amerikanerin war. Trotzdem wußte ich, daß der Name Nuñez echt war, weil mein Partner, Chuckie Phalen, mit ihr mal in Streit geraten war, da sie mit einem seiner Mandanten Spanisch gesprochen hatte. Sie hatte damals in der Abteilung für Raubüberfälle gearbeitet und war vor Beginn der Verhandlung immer wieder zum Tisch der Verteidigung gegangen, um mit Chuckies Mandanten auf spanisch zu sprechen. Natürlich war der Mandant hocherfreut gewesen, daß an einem so schrecklichen und unwirtlichen Ort jemand seine Sprache sprach, und hatte gar nicht mehr aufgehört zu reden. »Halten Sie die Klappe!« hatte Chuckie ihn angefahren. Dann hatte er sich an Holly gewandt und ihr mit so ziemlich allem außer Mord gedroht. »Ich habe doch nur gesagt, was für ein schöner Tag heute ist«, hatte Holly geflötet. »Ja«, hatte der Mandant beigepflichtet. »Ein schöner Tag.« Am Ende bekam er fünf bis sieben Jahren in Sing Sing.

Nach fünf Minuten mit dem Ordner war klar, daß Holly trotz ihres Übereifers entweder eine langsame oder eine sehr gründliche Leserin war. Sam bewegte seine Füße, als würde er Diagramme aller Cha-Cha-Cha-Variationen nachzeichnen. Sein sitzender Tanz wurde immer schneller.

Zu den Segnungen meines etwas reiferen Alters gehört, daß sich, wenn man eine Lesebrille braucht, zugleich die Weitsicht verbessert. Ich konnte also problemlos die Papiere identifizieren, die auf Hollys Schreibtisch herumlagen. (Jeder Strafverteidiger, der etwas auf dem Kasten hat, kann auf dem Kopf stehende Seiten lesen.) Ein paar Vorladungsformulare, ein Fax vom Staatsanwalt des östlichen Distrikts von New York, das sich auf ein Urteil in einem Fall von Bankraub und Mord bezog – und die neue Frühjahrsausgabe eines Versandkatalogs. Auf dem Titelblatt war ein Weidenkorb voll pastellfarbener Handschuhe zu sehen. Sofort überfiel mich jene Mischung aus Sehnsucht und Schwindelgefühl, die Kataloge für gewöhnlich hervorrufen, und ich rieb zwischen meinen geistigen Fingern bereits das Wildleder eines seladongrünen Exemplars Größe sieben, als ich plötzlich unter einer Ecke des Telefons ein paar Polaroidphotos entdeckte. Die ersten Photos vom Tatort, die gemacht werden, damit die Ermittler eine Arbeitsgrundlage haben, während das Labor die eigentlichen Photos entwickelt, die eine viel bessere Auflösung haben. Ich hatte den leisen Verdacht, daß es sich bei der Leiche um Bobette handelte. Ich beugte mich über Hollys Schreibtisch, und da weder Holly noch Sam mir auf die Finger schlugen, nahm ich die Photos und las die Informationen auf der Rückseite: »Bobette Frances Frisch, geb. 26. Okt. 1940.«

Bobette trug eine dieser Negligé-und-Nachthemd-Kombinationen, die für frischgebackene Bräute gedacht sind. Zumindest habe ich das immer angenommen, denn wer außer einer Hochzeitsreisenden hat die Muße, jedesmal siebzehn Schichten Chiffon zu lüften, wenn sie aufs Klo muß? Sie lag auf einem dunklen Teppich. Ob er dunkelblau oder lila war, war nicht zu erkennen, aber es handelte sich um den Typ Teppich, in den wellige Linien eingeschnitten sind, daß es aussieht, als wäre er gepflügt worden. Negligé und Nachthemd bauschten sich um ihre Taille. Das Fett an ihren Hüften war zusammengeschoben, um auf dem engen Raum zwischen dem dunklen Holzfuß des Wohnzimmertisches und der Couch, von der sie wahrscheinlich gerutscht war, Platz zu finden. Neben ihrem Oberschenkel lagen drei braune Bankumschläge auf dem Teppich. Alle drei waren aufgerissen.

Im brutalen Licht des Kamerablitzes wirkten Bobettes nackte Beine und Hüften im wahrsten Sinn des Wortes leichenblaß, abgesehen von einem leichten Schatten von Schamhaar. Ich hatte schon zu viele Jahre als Staatsanwältin und Verteidigerin gearbeitet, um mich noch von solchen Tatortphotos schockieren zu lassen, es sei denn, es handelte sich um besonders brutale Verbrechen. (Außerdem glaube ich, daß wir Anwältinnen uns antrainieren, nicht mit der Wimper zu zucken, damit die gemeineren unter unseren männlichen Kollegen uns nicht für schwach halten und folglich für so verachtenswert, wie sie es gerne hätten. Ich habe keine Ahnung, warum wir ständig gegen dieses Klischee ankämpfen, um zu beweisen, wie hart wir sind. Eigentlich wäre es taktisch viel klüger, die Gegenpartei davon zu überzeugen, daß wir richtige Memmen sind, bevor wir in den Gerichtssaal gehen und sie fertigmachen.)

Wie dem auch sei, zurück zu Bobette. Ihr Negligé bildete eine Art lavendelfarbene Pfütze um den oberen Teil ihres Körpers. Wenn man die Augen zusammenkniff und die schwarzen Blutergüsse an ihrem Hals ignorierte ... »Erwürgt?« fragte ich.

»Mm-hm«, murmelte Holly, ohne von ihrer Lektüre aufzublicken.

»Aber nicht vergewaltigt?« fuhr ich hoffnungsvoll fort. Die beiden schwiegen. »Es sieht aus, als wäre das Nachthemd hochgerutscht, als sie von der Couch fiel. Ich sehe keine Blutergüsse an den unteren Extremitäten.« Holly las weiter, und Sam schwieg ebenfalls beharrlich, so daß ich nicht sagen konnte, ob ich in diesem Punkt recht hatte oder nicht. Und wenn selbst auf diesem schlechten Photo die Abdrücke großer Finger auf Bobettes Hals zu erkennen waren, konnte ich in keinem Fall so tun, als hätte sie sich die tödlichen Verletzungen selbst zugefügt.

»Ich kann Ihnen nicht helfen, Lee«, sagte Holly schließlich. Sie klappte den Ordner zu. »Wir haben zu viele Beweise.«

»Zum Beispiel?« fragte ich leichthin. Ihr zweifelnder Blick entlarvte sie als Anfängerin, denn jede erfahrene Staatsanwältin würde begeistert demonstrieren, daß sie alle Trümpfe in der Hand hat. Um die Verteidigung dazu zu bringen, auf schuldig zu plädieren, würde sie offen über alle belastenden Informationen sprechen, vor allem, wenn sie unabweisbar sind, wie beispielsweise die Spuren physischer Gewaltanwendung. »Spielen Sie Poker mit mir, Holly?« fragte ich.

Sie blinzelte mit ihren großen, schwarzen und sehr hübschen Augen. »Nein!« antwortete sie. Sie gehörte nach Colorado oder Kalifornien, in irgendein Aerobic-Studio. Für Long Island war sie viel zu fröhlich. »Mit einem alten Profi wie Ihnen würde ich doch nie Poker spielen«, versicherte sie. Ich sah, daß sie sofort bereute, »alt« gesagt zu haben, aber es war zu spät.

»Alt«, entgegnete ich, »aber noch nicht senil.« Bevor sie sich entschuldigen und das Gefühl loswerden konnte, mir etwas zu schulden, fügte ich hinzu: »Ich weiß, daß Sie die Fingerabdrücke meines Mandanten gefunden haben.«

»Nicht nur auf der Türklingel oder sonst einem harmlosen Ort. Sondern auf dem Klebeband, mit dem die Bankumschläge zusammengeklebt worden waren. Der Bankangestellte hat das für sie gemacht. Drei von den Umschlägen sind auf dem Photo zu sehen.« Dann fügte sie mit Nachdruck hinzu: »*Völlig* zerfetzt.«

»Aufgerissen«, erwiderte ich ruhig. »Wie dem auch sei, mein Mandant bestreitet ja gar nicht, Bobette Frisch gekannt zu haben. Er hatte geschäftlich mit ihr zu tun.«

»Lee«, sagte Holly, »er hat den Türknauf und den Lichtschalter neben der Wohnungstür abgewischt. Aber seine Fingerabdrücke finden sich *im ganzen Haus!* Auf dem Thermostat im Wohnzimmer! Auf dem Toilettenspülkasten im Bad neben ihrem Schlafzimmer!«

»Das heißt bloß, daß er irgendwann zwischen 1890 und jetzt dort gewesen sein muß.«

Holly bedachte mich mit einem widerlich selbstbewußten Lächeln, als wollte sie sagen: Was sind wir heute wieder schlau! Aber dann fügte sie hinzu: »Sie vergessen seine Fingerabdrücke auf dem Klebeband. Bobette Frisch hat die Umschläge am Freitag abgeholt.«

»Vielleicht hat er vor der Bank im Wagen auf sie gewartet. Sie hat ihm die Umschläge gegeben und ...« Hollys Lächeln verwandelte sich in jenes amüsierte Staatsanwaltgrinsen, das soviel heißt wie: Glauben Sie wirklich, die Geschworen werden Ihnen *das* abkaufen?

»Sonst noch was?« fragte ich, ohne mir anmerken zu lassen, wie gerne ich dieses Grinsen aus ihrem Gesicht gewischt hätte. »Denn sollte das alles sein, dann ist es sensationell unbeeindruckend.«

Holly tätschelte ihre aufgeblasene Frisur. »Was halten Sie von einem Augenzeugen, der Ihren Mandaten etwa zur Zeit des Mordes am Tatort gesehen hat?«

Ich könnte noch hundert Jahre als Strafverteidigerin arbeiten, und eine solche Bemerkung würde mich auch dann noch – wumm! – genau in den Magen treffen. Aber im Lauf der Jahre hatte ich gelernt, mir nichts anmerken zu lassen. »Könnten Sie ›etwa zur Zeit des Mordes‹ näher definieren?«

Auf der Suche nach einer Antwort blätterte Holly im Ordner. Sam, da war ich mir sicher, hatte den Autopsiebericht auswendig gelernt. Die Tatsache, daß er mit seinen Cha-Cha-Cha-Schritten aufhörte und sich vorlehnte, bestätigte mir, daß ich recht hatte. Holly blickte zwar zu ihm hoch, gab ihm aber nicht die Erlaubnis zu sprechen. Sam und ich warteten. Schließlich verkündete sie: »Der Gerichtsmediziner sagt, der Mord habe sich in der Nacht von Freitag auf Samstag ereignet, irgendwann zwischen sechs Uhr abends und acht Uhr morgens.«

»Und Ihr adleräugiger Zeuge sagt was?« fragte ich.

»Der Zeuge hat den Angeklagten am Freitagabend gegen achtzehn Uhr dreißig gesehen.«

Ich bedachte sie mit dem, was der Mann in meinem Leben als mein wissendes Barbara-Stanwyck-Lächeln bezeichnet. »Letzten *Freitag*? Ist sich Ihr Zeuge da ganz sicher?« Damit verbringe ich etwa ein Drittel meiner Arbeitszeit: Ich lächle wissend, als hätte ich nichts anderes zu tun, als mich über das Ausmaß der menschlichen Dummheit zu amüsieren, damit der Angelächelte sich denkt: Vielleicht sind meine Beweise doch nicht so gut, wie ich dachte.

»Letzten Freitag«, bestätigte Holly mit Nachdruck. Dabei leuchteten ihre Augen, und sie lächelte ihrerseits beherzt, als wollte sie sagen: Junge, was macht es doch für einen Spaß, Staatsanwältin zu sein! Man hätte erwarten können, daß eine Frau, die mit Nachnamen Nuñez heißt, sich ein wenig spanischen *dolor* bewahrt hätte, egal, wie gut ihre Familie inzwischen assimiliert war. Aber ihr Gefühl für Tragik entsprach in etwa dem einer Tambourmajorin.

»Und wo hat der Augenzeuge meinen Mandanten gesehen?«

»Zusammen mit der Verschiedenen – vor ihrem Haus.«

Oje. »War die Verschiedene zu diesem Zeitpunkt bereits verschieden?« erkundige ich mich höflich.

An diesem Punkt hätte jeder andere junge Staatsanwalt einen Blick zum zuständigen Cop hinübergeworfen oder zumindest gezögert. Nicht so Holly. »Nein. Sie und der Angeklagte wurden dabei beobachtet, wie sie zusammen die Straße entlangschlenderten und dann auf das Haus der Verschiedenen zugingen.« Sie machte eine Pause. »Hand in Hand.«

»Mal angenommen, mein Mandant war tatsächlich der Mann, mit dem Ihr Zeuge Bobette Frisch gesehen hat – was ich persönlich keineswegs annehme. Hört sich das nach einem Tête-à-tête an, das mit einem Mord enden wird – oder eher mit einem Abendessen? Ich plädiere für letzteres. Außerdem ...«

»Es war Ihr Mandant. Sein Wagen parkte in der Auffahrt zu Bobette Frischs Haus. Der Zeuge ist ihr Mieter. Ms. Frisch hatte ihm ein Zimmer mit Bad und Küche im Souterrain vermietet. Torkelsons Wagen blockierte die Auffahrt. Der Mieter hatte geklingelt, aber Ms. Frisch war nicht da, so daß er warten mußte. Wütend ging er die Auffahrt auf und ab. Er konnte nicht wegfahren, und das, obwohl er zur Arbeit mußte. Er arbeitet abends, irgendwas mit Computern, drüben in Valley Stream. Ihm zufolge war es schon das zweite Mal, daß Torkelson ...«

»Oder jemand anderes«, unterbrach ich sie.

»Oder jemand anderes, der einsfünfundneunzig groß ist und eine kleine Hakennase und blaue Augen hat«, platzte Sam heraus. Holly befeuchtete ihren Zeigefinger und entfernte damit ein paar Fusseln von ihrer Schreibtischunterlage. Eine unbedeutende Geste, aber Sam verstand sofort, daß er nicht hätte sprechen sollen. »Tschuldigung, Holly«, sagte er viel zu schnell. War es möglich, daß seine Stimme tatsächlich zitterte? Zumindest klang sie eine Oktave höher als sonst. Wie zum Teufel schaffte sie das? Mit ihren achtundzwanzig, neunundzwanzig Jahren war sie in der Lage, Sam Franklin wie einen Grünschnabel piepsen zu lassen.

»Was den großen Mann betrifft, den Ihr Zeuge gesehen hat«, sagte ich, obwohl ich dieses amüsante Spiel nur ungern unterbrach, »wissen Sie ja selbst, wie das ist: Man sieht einmal einen großen Menschen, und wenn das nächste Mal so ein Riese vor einem steht, macht man sich nicht mehr die Mühe aufzublicken. Man geht einfach davon aus, daß es derselbe große Mann ist. Aber es hätte jeder große Mann sein können.«

»Es war Norman Torkelson«, fiel mir Holly ins Wort. »Unser Zeuge hat die beiden nicht nur gesehen, sondern zusätzlich die nächste Polizeidienststelle angerufen und Torkelsons Wagen gemeldet – samt Autokennzeichen.« Sie ließ mir nicht einmal eine Sekunde Zeit, um mich mit dem Gedanken zu trösten: Norman ist ein viel zu gewiefter Betrüger, um je einen Wagen zu fahren, der auf seinen Namen zugelassen ist. »Er war unter dem Namen Robert McNulty registriert, wohnhaft in 54 Homewood Avenue. Apartment 3-C«, berichtete sie. »In Mineola.« Ich traute meinen Ohren nicht! Was für ein

Idiot! »Wir haben am Sonntag ein paar Leute hinübergeschickt«, fuhr sie fort, »und schon hatten wir Ihren Mandanten Norman Torkelson, alias Robert McNulty, alias ...« Sie schlug erneut den Ordner auf. Ich wollte die nun folgende Litanei wirklich nicht hören, aber ich hatte keine Wahl. »... Henry Reuther, alias Philip Nugent, alias William Brightman, alias ...«

»Holly, ich behaupte ja nicht, daß er nie einen falschen Namen benutzt hat oder nie wegen Betrugs verhaftet und verurteilt worden ist. Ich behaupte nur, daß er kein Mörder ist. Wenn Bobettes Begleiter tatsächlich Norman war, hat er sie bestimmt nicht tot zurückgelassen. Eher mit einem Lächeln auf den Lippen und einem Lied im Herzen. Ich will damit nur sagen ...«

»Und *ich* will damit nur sagen, daß er sich am besten gleich des Mordes schuldig bekennt. Ich werde fünfundzwanzig Jahre fordern.«

»Sie wissen, daß ich das nicht akzeptieren kann, Holly«, sagte ich und rutschte dabei ganz nach vorne auf die Stuhlkante, als wollte ich jeden Augenblick aus ihrem Büro stampfen, was natürlich überhaupt nicht meine Absicht war. Ich würde weitere zwanzig Minuten mit ihr schachern und sie schließlich auf zwanzig Jahre herunterhandeln.

Holly aber starrte auf ihre Uhr, und ein Ausdruck des Entsetzens huschte über ihr Gesicht. Sie stand auf. »Das liegt ganz allein bei Ihnen«, sagte sie atemlos. Dann fügte sie hinzu: »Entschuldigen Sie, aber ich habe einen dringenden Termin und bin schon eine Viertelstunde zu spät dran.« Sie stand auf und wedelte mir mit allen zehn Fingern vor der Nase herum: »Höchste Zeit für neues Acryl«, erklärte sie. »Mehr brauche ich dazu wohl nicht zu sagen, oder? Sie wissen ja selbst, wie lange das dauert. Eine Ewigkeit!«

»Neues Acryl?« fragte mein Partner, Chuckie Phalen. Ich war nach unten in den Gerichtssaal gewandert, wo gerade sein Brandstiftungsfall verhandelt wurde, und hatte gewartet, bis der Richter, der allen Ernstes glaubte, der Gouverneur werde ihn wegen seiner Verdienste als Harvard-Student für eine frei werdende Stelle am Berufungsgericht vorschlagen, die Verhandlung kurz unterbrach. Da es im Schnitt alle fünfzehn Minuten zu einer solchen Unterbrechung kam, damit der Richter in Albany anrufen und sich nach dem neuesten Stand der Dinge erkundigen konnte, hatte ich nicht lange warten müssen.

»Was zum Teufel meint sie damit?« fragte Chuckie.

»Falsche Nägel.«

Chuckie Phalen war mit seinen achtundsechzig Jahren einer jener irischstämmigen Amerikaner der zweiten Generation, für die ein Abend mit ein paar Kumpels das absolut Größte ist. Also erklärte ich es ihm etwas näher: »Künstliche Fingernägel. Damit sie lange Nägel haben kann, die nicht dauernd brechen.«

»Wenn ein Mann in ihrer Position so etwas bringen würde ...«

Ich bereute bereits, mich bei Chuckie ausgeweint zu haben, weil spätestens am Abend sämtliche Strafverteidiger von Nassau County, die für gewöhnlich in TJ's Taproom herumhingen, sich über »neues Acryl« lustig machen und die Geschichte in den nächsten zehn, zwanzig Jahren jedesmal wieder erzählen würden, wenn jemand der Meinung war, daß man Frauen bei Gericht auch gut in anderen Funktionen als der einer Stenographin einsetzen konnte. Daß ich und ein paar andere Anwältinnen aus irgendeinem Grund vom Makel der Frivolität freigesprochen waren, tröstete mich nicht besonders. Es bedeutete bloß, daß die Jungs bei TJ's uns zu Mitgliedern eines neutralen, harmlosen Geschlechts erklärt hatten, das mit anderen Anwältinnen nichts zu tun hatte.

Chuckie schob seinen Stuhl vom Tisch der Verteidigung zurück und streckte seine kurzen Beine aus. Selbst diese minimale körperliche Betätigung verursachte ihm Atemnot, und bei jedem Luftzug konnte ich das schwache Pfeifen des Emphysems hören, das ihn langsam umbrachte. Nachdem ich mich auf der Tischkante niedergelassen hatte, konnte ich außerdem den bitteren Zigarettenrauch riechen, der sich in seinem dunkelgrauen Anzug festgesetzt hatte; er vermischte sich mit dem noch schärferen Geruch der Zigarren, die er und seine Kumpels sich fünfmal die Woche bei TJ's anzündeten.

»Hoffentlich läßt Holly Nuñez mit sich reden«, überlegte ich. »Ich würde es in diesem Fall ungern auf einen Prozeß ankommen lassen.«

»Der Typ ist schuldig«, sagte Chuckie, ohne sich die Mühe zu machen, seinen Satz mit einem Fragezeichen zu versehen.

»Wenn er es nicht ist, dann gibt es einen Typen, der genauso große Finger hat wie er und damit ein paar häßliche Abdrücke auf dem Hals einer gewissen Bobette Frisch hinterlassen hat. Ach ja, und derselbe Typ scheint seine Fingerabdrücke im ganzen Haus hinterlassen zu haben, unter anderem auf dem Klebeband, mit dem die Briefumschläge mit den achtundvierzigtausend Dollar zusammengeklebt waren, die sie an dem Tag von der Bank abgehoben hatte.« Ich warf einen Blick nach unten. Meine schwarze Strumpfhose hatte knapp oberhalb der Zehen eine Laufmasche, die sich gerade an meinem Schuh vorbeikämpfte und über den Rist nach oben vorarbeitete, so daß ich den Vergnügungen des heutigen Tages eine weitere hinzufügen konnte: Ich würde zu Bloomingdale's hetzen müssen, um fünf weitere Strumpfhosen zu kaufen, von denen ich eine in meinem Handschuhfach, eine in meinem Aktenkoffer und drei in meinem Büro verstauen würde, um dann beim nächstenmal, wenn ich eine Laufmasche hatte, feststellen zu müssen, daß sämtliche Strumpfhosen wie durch Zauberei verschwunden waren. »Wenn ich Norman in den Zeugenstand rufen könnte, würde er die Jury wahrscheinlich davon überzeugen, daß man ihm für seine Güte und Menschenliebe den Nobelpreis verliehen hat. Aber leider hat er ein Strafregister.«

»Und zwar ein ziemlich langes«, keuchte Chuckie, obwohl ich ihm noch nichts davon erzählt hatte.

»Länger geht's nicht. Und noch dazu als Heiratsschwindler.«

»Oh nein!« Chuckie schüttelte traurig seinen kleinen Kopf. Ich versuchte mir Chuckie neben Norman am Tisch der Verteidigung vorzustellen. Er war klein und dünn, fast schon schmächtig. Wenn Achtundsechzigjährige noch an Schulaufführungen teilnehmen müßten, wäre Chuckie Phalen die ideale Besetzung für den Kobold. »Einen solchen Typen kann man unmöglich in den Zeugenstand schicken.« Er blickte zu mir auf. Seine Augen waren vom grauen Star getrübt. »Hat er die Frauen tatsächlich geheiratet?«

»Nein, er hat ihnen bloß einen Antrag gemacht, soweit ich das bis jetzt sagen kann. Ich habe noch nicht alle Akten gelesen, weil der Tag dafür nicht genug Stunden hat. Aber er erzählt den Frauen, er komme aus einer erstklassigen Familie und habe in Yale studiert. Später habe seine Familie ihr Geld verloren, aber er habe es durch ›Investitionen‹ zurückgewonnen. Leider habe ihn dann seine Frau geschröpft und das Sorgerecht für die Kinder bekommen, so daß er momentan in einer finanziellen Klemme stecke. Ein paar von den Zeugenberichten sind wirklich lesenswert. Sie würden dir das Herz brechen.«

»*Mir?* In der Anwaltskanzlei Phalen und White«, sagte er genau in dem Moment, als der Gerichtsdiener wieder in den Saal geschlurft kam, »gibt es nur ein einziges Herz, das brechen kann. Und es ist nicht das meine, Lee.«

Da wir gerade beim Thema Herzen sind: Am nächsten Morgen im Besucherraum beobachtete ich Norman Torkelsons Reaktion auf die Neuigkeit, daß es einen Augenzeugen gab, der ihn nicht nur zu der Zeit am Tatort gesehen hatte, die dem Gerichtsmediziner zufolge als Tatzeit in Frage kam, sondern außerdem die örtliche Polizeidienststelle angerufen hatte, um sich wegen Normans Wagen zu beschweren, und den Cops auf diese Weise sein Kennzeichen verschafft hatte. Er preßte die Hand gegen die Brust. »Aber der Wagen war doch gar nicht auf meinen Namen zugelassen!« erklärte er.

»Er war auf den Namen Robert McNulty zugelassen, denselben Namen, den Sie für Ihre Wohnung benutzt haben.«

»Das kann nicht sein!« antwortete er, wütend, daß ich ihn für einen solch üblen Dilettanten hielt. »Ich habe Mary mit einem falschen Paß zu Motor Vehicles geschickt, ausgestellt auf den Namen ...« Er dachte kurz nach. »Daniel Stevenson. Daran kann ich mich noch genau erinnern. Ich habe zu ihr gesagt: ›Nimm den Dan-Ausweis und ...‹«

»Vielleicht hat sie einfach die falschen Papiere erwischt.«

Normans Gesicht lief puterrot an und verfinsterte sich dann zu einem intensiven Dunkelrot. Gerade als ich aufspringen wollte, um einen Wärter zu rufen – »Hierher! Schnell, bringt diesen Mann auf die Krankenstation!« –, gewann er seine Fassung wieder. Das dunkle Rot wurde blasser, und seine Hände entspannten sich, als er die Arme über der Brust verschränkte. »Sie ist wirklich nicht unintelligent«, sagte er ruhig. »Viele Leute glauben das, aber sie irren sich. Mary ist irgendwie so ... unschuldig. Ihr ist oft gar nicht bewußt, was sie tut.« Er zuckte mit den Achseln. »Ich nehme an, das ist der Grund, warum ...« Sein Gesicht verfärbte sich wieder. Diesmal rosa. »... ich sie liebe«, fuhr er mit sanfter Stimme fort. »Sie sollten sie sehen. Dann würden Sie verstehen ...«

»Und Bobette?« fragte ich.

»Rein geschäftlich«, antwortete er knapp. »Sonst war da gar nichts. Nur Dollars und Cents.«

»Hören Sie, ich habe Ihr Strafregister gesehen und einen Teil dessen gelesen, was Ihnen zur Last gelegt wird. Sie sollten sich überlegen, ob Sie sich mir gegenüber nicht etwas klarer ausdrücken wollen. Ich brauche jede Hilfe, die ich kriegen kann, und im Büro der Staatsanwaltschaft ist man nicht gerade entgegenkommend, wenn es um …« Ich legte eine Pause ein, um die Wirkung zu steigern. Ein billiger Trick, aber ich wußte, daß er funktionierte. »… Mord geht.«

»Wie kann ich Sie bloß davon überzeugen, daß es eine rein geschäftliche Beziehung war? Ich hatte kein Verhältnis mit ihr.«

Das Problem mit den meisten professionellen Kriminellen ist natürlich, daß man nie weiß, ob sie lügen. Die klügeren unter ihnen neigen allerdings dazu, die Wahrheit zu sagen, wenn es in ihrem Interesse ist. Auf professionelle Betrüger läßt sich diese allgemeine Regel nicht immer anwenden. Das Vergnügen zu lügen kann auf sie berauschender wirken als die Freude an der Freiheit. »Falls Sie doch mit ihr im Bett waren«, sagte ich, »läßt sich das unter Umständen nachweisen. Ein Mann kann Türknaufe abwischen und trotzdem Fingerabdrücke hinterlassen. Und er kann Körperflüssigkeiten hinterlassen, wenn schon nicht Sperma, dann vielleicht Speichel oder ein, zwei Haare mit Wurzel und …«

»Ich war nicht mit ihr im Bett«, unterbrach mich Norman. Sein Ton war barsch, als wäre er mein Lehrer und ich eine unverbesserliche Schülerin, die schlechteste seiner Klasse. »Keinen Sex!« bekräftigte er, während er dem Wärter winkte, ihn in seine Zelle zurückzubringen. »Keinen Sex!«

4

S-E-X.

Dieses Wort paßt genausogut wie jedes andere, um auf die Ehe von Lees Eltern zurückzukommen. Also lassen Sie uns dieses Wort buchstabieren. Der erste Buchstabe, S, steht für schlank. Vor Lees Geburt hatte Sylvia die Figur eines Models – das heißt, sie hatte einen großen, schön geformten Kopf, einen langen Hals und einen Körper, der so viele Kurven aufwies wie der durchschnittliche Fahnenmast. Aber Sylvia war nicht nur dünn, sondern gehörte außerdem zu den Menschen, die schon schick auf die Welt kommen und das einfachste weiße Hemd anziehen können, schnell die Ärmel hochkrempeln, den Kragen aufstellen, und – voilà – schon sehen sie aus, als hätte Monsieur Dior persönlich sie ausstaffiert. Aber in den Wochen nach der Geburt stellte sich heraus, daß ihre Linie etwas weicher geworden war. Ihre Körperchemie hatte sich verändert, ihre Zellwände etwas von ihrer Elastizität eingebüßt, und obwohl sie nur zehn Pfund zugenommen hatte, war ihre Taille nicht mehr ganz so schmal wie vor der Geburt. Ihre Hüften wurden beinahe kurvig. Und nicht nur das: Aus ihrem Busen, den ihre Schwiegermutter Bella immer als »ein Paar Spiegeleier« bezeichnete, wurden zwei sichtbare Hügel unter ihrem Kaschmir-Twinset. Man achte auf das »Kaschmir«.

Tudor Rose Furs war eine Goldmine. Ende der Vierziger, spätestens Anfang der Fünfziger, begannen alle Soldaten und Matrosen, die wieder in zivile Berufe zurückgekehrt waren, den Frieden zu feiern und die boomende Wirtschaft zu genießen. Sie wollten die verlorene Zeit wettmachen. Womit konnten sie besser zeigen, aus welchem Holz sie geschnitzt waren, als für ihr kleines Frauchen einen Pelzmantel zu kaufen? (Oder eine Pelzboa für die Konkurrenz des kleinen Frauchens?) Bereits 1951 waren Leonard und Sylvia in der Lage, ihr erstes Haus zu kaufen, eine Luxus-Luxusranch, wie der Immobilienmakler es feierlich ausdrückte.

Knapp sechs Kilometer nördlich und sechzehn Kilometer östlich von Forest Hills gelegen, hätte sich ihr Haus genausogut in einer anderen Galaxie befinden können. Für den Sohn eines Kommunisten und die Tochter eines nicht unehrlichen Richters war Great Neck derart luxuriös, daß die Whites immer wieder zueinander sagten: »Zwick mich in den Arm, damit ich weiß, daß ich nicht träume.« Ihr Haus, so versicherte ihnen der Makler, war in jeder Hinsicht der letzte Schrei. Nein, nicht in jeder Hinsicht, aber immerhin gehörten zu dem Haus, das auf einem gut zweitausend Quadratmeter großen Grundstück stand, ein Kamin, der sowohl vom Wohnzimmer als auch vom Arbeitszimmer aus beheizbar war, ein komplettes Kellergeschoß mit eingebauten Vorratstruhen aus Zedernholz, die gleichzeitig als Sitzplätze dienten, und, hinter jalousienverkleideten Türen, durch die man direkt in die Küche gelangte, ein mit allen Schikanen ausgestatteter Waschkeller.

»Zwick mich in den Arm, damit ich weiß, daß ich nicht träume«, sagte Sylvia zu Leonard, als sie mit der Hand über die kalte weiße Oberfläche des Wäschetrockners fuhr. Leonards Hand legte sich auf ihre rechte Pobacke und kniff kurz zu. Der Mann in ihm liebte es, ihren neuen, runderen und ausladenderen Po zu fühlen, aber gleichzeitig sehnte sich der Snob in ihm nach der alten Sylvia, deren hohle Wangen und fleischlose Flanken verkündeten: Hier läßt man sich nicht so gehen wie in der unteren Mittelschicht! Er konnte seine Enttäuschung darüber nicht verhehlen, daß sie ihr hohlwangiges, arrogantes Aussehen verloren hatte. Er hatte es so sehr geschätzt! Sie sah immer noch aus wie Lauren Bacalls Zwillingsschwester – aber eine Zwillingsschwester, die das Naschen nicht lassen konnte.

Und noch etwas. Nachdem sich die Aufregung, ein eigenes Haus zu besitzen, etwas gelegt hatte und alle Fragen, die eine Ehe so mit sich brachte, geklärt waren – Sollten sie das große Badezimmer grau oder pfirsichfarben fliesen lassen? Konnten sie sich einen Urlaub in Frankreich leisten? Und wenn ja, sollten sie Lily bei seinen oder bei ihren Eltern lassen? –, wußte er kaum noch, was er zu Sylvia sagen sollte. Genausowenig schien sie der Meinung zu sein, mit ihm reden zu müssen. Er hatte Verständnis für ihre Unfähigkeit, ein Gespräch anzufangen, weil er den Grund dafür kannte: Im Hause Bernstein wurde nicht gesprochen, weil alle Angst hatten, den Richter zu stören. Trotzdem konnte er den Artikel nicht vergessen, den ein promovierter Psychologe in *Collier's* veröffentlicht hatte. »Sind Sie mit Ihrer besten Freundin verheiratet?« Dieser Titel war für ihn ein Schlag ins Gesicht.

Hätte eine beste Freundin einfach nur mit den Achseln gezuckt – sie hatte tatsächlich mit den Achseln gezuckt! –, wenn er sie in ein französisches Restaurant ausgeführt und ihr bei einem Glas Wein seinen Traum anvertraut hätte, einen Laden in Manhattan zu eröffnen, und zwar in der Upper East Side, weit weg vom Pelzhändlerviertel, und ihn so elegant einzurichten, daß nur die allerfeinsten Leute es wagen würden hineinzugehen? Wenn diese Leute erst einmal dort einkauften, würden natürlich alle kommen wollen. Auch wenn er die ungehobelteren Typen wissen lassen würde, daß sie einen Termin vereinbaren mußten. Nicht, daß er ihr Geld nicht wollte. Offen gesagt kauften sie mindestens doppelt so viel wie die geizigen reichen Christen, aber – verstehst du, Sylvia? – er wollte, daß sie das Gefühl hatten, eine Welt zu betreten, zu der sie eigentlich nicht gehörten. So würden sie noch mehr Hochachtung vor dem Laden empfinden. Nein, nicht vor dem Laden. Vor dem Salon. Und wenn dann erst einmal die vornehmen Protestantinnen das Geschäft betraten! Es würde ihnen gefallen, von dünnen Franzosen bedient zu werden, die »Kann ich Ihnen helfen?« auf französisch sagten. Er war sogar in die nächste Bibliothek gegangen, die örtliche Filiale der Queens Borough Public Library, und hatte den Satz in einem Wörterbuch nachgeschlagen: »Puis-je vous aider?«, obwohl er selbst ihn nicht auszusprechen wagte, weil er annahm, daß die Worte nicht so ausgesprochen wurden, wie man sie schrieb. Aber natürlich würde Leonard darauf bestehen, daß die Verkäufer sofort mit dem Französischreden aufhörten, wenn sie merkten, daß die Kundin Angst bekam. Angst war schlecht, erklärte er Sylvia. Die Kundin ein wenig einzuschüchtern war dagegen gut, weil sie und ihr Mann dann ein noch hochwertigeres Kleidungsstück erstehen würden, um zu beweisen, daß sie es sich leisten konnten, in einer so vornehmen Umgebung einzukaufen.

Er hatte also fast eineinhalb Stunden damit zugebracht, seine Frau in diese Ideen einzuweihen, und sie hatte bloß *mit den Achseln gezuckt.* »Ist das alles, was dir dazu einfällt?« hatte er gefragt. Schließlich hatte sie gesagt: »Ich finde, das klingt wundervoll«, aber er merkte ihr an, daß es nicht stimmte. Wahrscheinlich hatte sie Angst. Ein florierendes Geschäft in Queens zu verkaufen und in Manhattan ganz von vorne anzufangen! Was für ein Risiko! Wußte sie denn nicht, daß er morgens um vier aufwachte, weil sich sein Magen zu einem schmerzenden Knoten zusammenkrampfte? Eine riesige Auslage und ein Warenlager und einen Vorführraum mit Parkettböden und antiken französischen Sesseln mit Armlehnen, die pro Stück etwa zweihundert Dollar kosteten!

Trotzdem, die Art, wie sich ihr Rock über ihr Hinterteil spannte, wie die Haut über einer Knackwurst …

»Ich habe gesagt, du sollst mich in den *Arm* zwicken«, lachte Sylvia und wand sich aus seinem Griff, um in die Küche zu gehen und die Einkaufstüten auszupacken. Lege einen anständigen Vorrat an, hatte Leonard am Vortag, ihrem ersten richtigen Tag als Hausbesitzer, zu ihr gesagt. Sie hatte das Baby bei ihrer Mutter gelassen, die ihnen half, bis sie sich in ihrem neuen Heim eingerichtet hatten, und war zu einer Einkaufsorgie aufgebrochen, nach der der stellvertretende Geschäftsführer des Supermarkts mit offenem Mund dagestanden war – obwohl er noch in der Lage gewesen war, zu ihr zu sagen: Darf Ihnen einer von meinen Jungs helfen, die Tüten in Ihren Wagen zu bringen, Mrs. … Und sie war ihm zu Hilfe gekommen. White, hatte sie gesagt. Um ganz ehrlich zu sein, hatte sie es als erniedrigend empfunden, sich von Weissberg in Weiss und dann White umzubenennen, aber jetzt, da sie in einem neuen Stadtteil lebten und als White neu anfingen, war sie froh, daß Leonard darauf bestanden hatte. Sie wußte, daß er ihren Namen nicht noch einmal würde ändern lassen, auch wenn er ein paar Tage lang mit »Whyte« geliebäugelt hatte. Wie dem auch sei, der Geschäftsführer des Supermarkts – ein Mann, der extrem breite Schultern hatte, wahrscheinlich, weil er ständig diese Kartons voller Obstkonserven stemmen mußte – hatte zu ihr gesagt …

»Wieviel hast du ausgegeben?« wollte Leonard wissen.

»Was du mir gegeben hast«, antwortete Sylvia ein wenig gereizt, weil sie dem Kaufrausch erlegen war und rollenweise Papierhandtücher in ihren Einkaufswagen gestapelt hatte. Und sie hatte ein Marmeladenglas nach dem anderen aus dem Regal genommen, bis sie Erdbeer-, Johannisbeer-, Kirsch-, Himbeer-, Stachelbeer-, Pflaumen-, Apfel- und Orangenmarmelade hatte.

Aber eins mußte man Leonard lassen: Er war nicht geizig. Das Beste war gerade gut genug. Nun, nicht das *Aller*beste, denn die allerbeste Art von Haus war ein Tudorhaus oder eines in dem Stil, den man »georgianisch« nannte, hatte er ihr erklärt. Aber die Möbel für ein solches Haus mußten antik sein oder zumindest von B. Altman. Deswegen war es besser, ein modernes Haus zu haben. Das konnte man spartanisch einrichten. Spartanisch. Das war sein neues Lieblingswort; es ersetzte »klassisch«, das nach »luxuriös« gekommen war, das seinerseits »erlesen« verdrängt hatte. Er hatte immer ein großspuriges neues Wort im Repertoire. Um ehrlich zu sein, war es ganz schön dreist von ihm, so großspurig zu sein, wenn man an Lady Speck, seine Mutter, und Nathan den Roten, seinen Vater, dachte. »Spartanisch.« Nun, ihre Kleidung war spartanisch, aber schließlich hatte sie immer schon einen phantastischen Geschmack gehabt. Das war ein Teil ihrer künstlerischen Begabung. Man brauchte sich nur anzusehen, was sie zu ihrem grünen Wollkostüm von Hardy Amies trug: einen grünen Filzhut mit grünen Federn, aber schwarze Wildlederpumps. Sie hatte ihren Ohren nicht getraut, als die Verkäuferin grünes Krokodilleder vorgeschlagen hatte. Nein! Sie wußte, wann es genug war. Schwarze Wildlederhandschuhe, große goldene Ohrstecker, und *das war's*. Kein Armband, keine Halskette, kein Schal. Spartanisch.

Sie liebte es, einzukaufen. Die dunklen, edelsteinfarbenen Marmeladen bei A & P. Den eleganten, modernen skandinavischen Couchtisch mit den zierlichen hellen Beinen, die den Tisch aussehen ließen, als würde er auf Zehenspitzen über den kakaofarbenen Teppich trippeln. Und auf dem Tisch, nicht ordentlich gestapelt, sondern lässig arrangiert, als hätte gerade jemand darin geblättert, die um die Hälfte reduzierten Kunstbände, die sie in einem Laden ganz in der Nähe ihres Gynäkologen entdeckt hatte: Wie gut das Dunkelrot auf dem Utrillo-Umschlag zu den Scharlach- und Karmintönen des Rembrandt-Bandes paßte! Sie war nicht wie so manche andere Frau, die aus lauter Langeweile kaufte und kaufte. Sie liebte, was sie kaufte, freute sich jedesmal, wenn sie das Gekaufte bei sich zu Hause sah. Gut, vielleicht nicht gerade eine Schachtel Lipton-Teebeutel. Aber beispielsweise den Unterrock, den sie 1949 gekauft hatte, in einem Fliederton, der so blaß war, daß er fast schon grau wirkte. Er hatte schmale Satinträger und war am Saum mit einem dekorativen Bogenband eingefaßt. Jedesmal, wenn sie die Schublade mit ihrer Unterwäsche herauszog, freute sie sich über den bloßen Anblick des Unterrocks. Genauso war es mit dem gelben Nachthemd und dem gesteppten Bettjäckchen.

Sie dachte viel an die Dinge, die ihr gehörten, und an Dinge, die sie sah, wenn sie in die Stadt fuhr. Dinge, die sie sich nicht leisten konnte, aber im Gedächtnis behielt, als würden sie ihr gehören. Wenn ihr einmal etwas aufgefallen war, vergaß sie es nie wieder. Wie zum Beispiel das silberne Teeservice mit dem zarten, eingravierten Blattmuster, das sie im Schaufenster eines Antiquitätengeschäfts an der East Fifty-eighth entdeckt hatte. Der Deckel der Kanne und der Zuckerdose waren mit silbernen Rosen verziert. Als sie das letzte Mal daran vorbeigegangen war, hatte ihr der Ladenbesitzer von drinnen zugewinkt.

Als wollte er sagen: Ich weiß genau, wie es Ihnen geht. Nein, mehr als das: Ich weiß, daß Sie wiederkommen werden. Er trug einen anthrazitfarbenen, fast schon schwarzen Anzug und sah mit seinem weißen Haar und dem weißen Schnurrbart sehr gut aus. Sehr schlank. Sauber und ordentlich. Wie eine gut verpackte Zigarette.

Leonard achtete ebenfalls sehr auf Sauberkeit. Es gab auf Erden keinen Mann, der reinlicher war als er. Jeden Morgen verwendete er vier Q-Tips für seine Ohren. Aber er war nicht ... wie hieß noch mal das Wort, das ihm so gefallen hatte, obwohl es nicht zu seinen absoluten Favoriten gehörte? Etepetete. Er hatte es zwei oder drei Wochen lang ständig benutzt. Aber er selbst war nicht etepetete, weil er sich nicht völlig unter Kontrolle hatte, nicht wie der Mann in dem Antiquitätengeschäft, dessen Taschentuch perfekt gefaltet aus der Tasche lugte. Wenn Leonard nervös war, fuhr er sich mit der Hand durchs Haar, und am Spätnachmittag klebten die mit Frisiercreme gebändigten Spitzen nicht mehr glatt am Kopf, sondern kringelten sich wie kleine Spiralen in seinem Nacken. Oder er kleckerte etwas auf seine Krawatte, nur ein winziges Tröpfchen, auf dem dann aber ein Mohnsamen klebenblieb. Und was sein Aussehen betraf: Er wirkte weder besonders gediegen noch besonders männlich, wie beispielsweise der stellvertretende Geschäftsführer bei A & P, unter dessen weißem Unterhemd schwarzes Haar hervorlugte und kleine Kringel bildete, die fast bis zu seinem Hals hochreichten. Oder ihr Stilleben-Lehrer Jeffrey mit seinen schwarzen Augen und der engen Bluejeans. Leonard sah okay aus, mehr nicht. Dunkelbraunes Haar, braune Augen. Okay. Seine Haut? Pockennarben hatte er keine, aber man konnte die Poren auf seinen Wangen sehen. Einsvierundsiebzig, obwohl auf seinem Führerschein einsachtundsiebzig stand, also nicht groß genug. Man konnte nicht sagen, daß er fett wurde, aber in seinem neuen, schmal geschnittenen englischen Jackett sah er in letzter Zeit aus, als würde er darunter statt eines Gürtels eine Fuchsboa tragen.

Verlassen wir Leonards Schwimmringe und Sylvias Gedanken, und kehren wir noch einmal zum Wort S-E-X zurück. Betrachten wir das E. Wenn der vertikale Strich für die Institution Ehe steht und die zwei horizontalen Linien an seinen Enden die beiden Whites darstellen, dann steht da eindeutig etwas zwischen ihnen. Wir dürfen nicht vergessen, daß die beiden damals im Jahre 1951 lebten. Sie waren weder

Schickimickis noch Libertins. Ihr Problem war also keineswegs exotischer Art. Sie *schienen* durchaus ein glückliches Paar zu sein. Jeden Abend sagten sie vor dem Zubettgehen »Ich liebe dich« zueinander. Sie hatten dreimal die Woche Geschlechtsverkehr. An diesem Punkt in ihrem Leben hatten weder sie noch er je an einen Seitensprung gedacht. Was zwischen ihnen stand, war also definitiv kein anderer Mann und auch keine andere Frau.

Sie hatten mehr Geld als so manche ihrer Nachbarn in Great Neck, die doppelt so alt waren wie sie. Zugegeben, Leonards großspurige Pläne konnten sie ins Armenhaus bringen, aber nachdem seine Bank bereit war, sein grandioses Vorhaben von einem Vorführraum mit Louis-XV.-Lehnsesseln in der Lexington Avenue und East Sixty-fifth Street zu finanzieren, war es bestimmt nicht Geld, was zwischen ihnen stand.

Konnte es daran gelegen haben, daß sie jetzt ein Kind hatten? Höchst zweifelhaft. Wenn schon kein herausragendes Exemplar, so war Lily Rose White doch immerhin ein schrecklich nettes Kind. Im Frühsommer 1951 hatte sie, inzwischen dreizehn Monate alt, bereits drei Zähne und ein süßes Lächeln. Zumindest lächelte sie süß, wenn die Leute freundlich zu ihr waren, reagierte mit einem Lächeln auf ein Lächeln: Erst der rechte Mundwinkel, dann ein Zucken links – bevor sich das Lächeln über ihr ganzes Gesicht ausbreitete und ihre großen braunen Augen zum Strahlen brachte. Definitiv keines jener Bin-ich-nicht-phantastisch-Lächeln, das die Kinder auf Lager haben, die schon selbstbewußt auf die Welt kommen. Aber durchaus gewinnend.

Und in den folgenden Monaten wurde sie noch besser. So manches ganz normale Kind wird für kurze Zeit von einer Monomanie befallen, so daß man glauben könnte, es wäre vom Heiligen Geist erfüllt. Wer kann schon sagen, warum ein normaler kleiner Junge beim Anblick der Müllabfuhr von innen heraus zu strahlen beginnt? Oder warum ein kleines Mädchen beim Anblick eines Tieres zu einer Göttin unter den Kleinkindern wird? Bei Lily Rose White rief ein Eichelhäher Freude, eine Katze Entzücken und ein Hund … unvorstellbare Glückseligkeit hervor. Sylvia fand bald heraus, daß ihre Tochter dann am schnellsten zur Kooperation bereit war, wenn sie ihr damit drohte, entweder die Bluse mit dem schottischen Terrier am Kragen oder die Tasse mit der Eule und der Katze verschwinden zu lassen. Leonard war der positiv denkende Elternteil. Er entdeckte, daß sich dieses durchaus nette (aber nach zehn Minuten Guckguck ziemlich langweilige) kleine Mädchen problemlos in das beste Kind der Welt verwandeln ließ. Man brauchte bloß mit ihr in den Zoo fahren. Wenn man ihr einen Tapir zeigte, brach sie in lauten Jubel aus, beim Anblick einer Giraffe verfiel sie in ehrfürchtiges Schweigen.

Es war also auch nicht das Kind, das zwischen Mr. und Mrs. Leonard White stand. Wie ließ es sich dann erklären, daß die beiden zwar alle vierundzwanzig Stunden »Ich liebe dich« zueinander sagen konnten, zugleich aber nicht in der Lage waren, diese Liebe auch zu *fühlen*? Es ist leicht, auf einer Liste möglicher Erklärungen eine nach der anderen abzuhaken: Narzißmus. Mangelndes Vertrauen in den anderen. Selbstzweifel, die Überzeugung, daß ein wirklich liebenswerter Mensch einen sowieso nicht lieben könnte. Emotionale Unreife. Aber die Wahrheit ist: Auf manche Fragen gibt es keine Antwort. Beschränken wir uns also auf die Feststellung, daß Mr. und Mrs. White zwar den Anschein erweckten, wunschlos glücklich zu sein, es aber nicht waren. Ihnen fehlte etwas.

Nachdem wir uns um dieses Thema geschickt gedrückt haben, kommen wir nun nicht mehr umhin, das Thema S-E-X zu Ende zu führen. Interessanterweise treffen sich die beiden Linien des X nur in einem Punkt. Nun, zwei Jahre nach ihrem Umzug nach Great Neck konnte man das auch über Sylvia und Leonard sagen. Sylvia war damals mit ihrem zweiten Kind im zweiten Monat schwanger. (Leonard betete um einen Sohn, richtete seine Gebete allerdings an niemand Bestimmten. John Bradley White? Radley Wilson White? Oder sollte er es wagen, ihn Dalton Kendall White III. zu nennen?) Nachdem Sylvia die zehn Pfund, die sie bei Lee zugenommen hatte, erfolgreich abgenommen und noch nicht wieder zugesetzt hatte, hatte sie mit ihren hohen Wangenknochen und dem honigfarbenen Haar einen Teil jener Eleganz wiedererlangt, die man bei der Frau eines Polospielers erwarten würde, vorausgesetzt, man kannte Polospieler. An den Abenden, an denen sie im Geschäft vorbeikam, um auf ihren Mann zu warten, weil sie mit anderen Pelzhändlerpaaren zum Abendessen verabredet waren oder ins Museum of Modern Art gehen wollten, wo er auf Sylvias Rat hin – er war ihr dafür sehr dankbar – Sponsor geworden war, so daß sie zu allen Ausstellungseröffnungen eingeladen wurden, konnte Leonard beobachten, wie sich seine Kunden den Hals verrenkten: Wer *ist* bloß diese Frau im Lavin-Kostüm? Die Kostümjacke war mit einem Seidenstoff gefüttert, dessen Leopardendruck genau zu dem Leopardenmantel paßte, den Sylvia lässig über dem Arm trug. Sie war auf ihrem persönlichen Gipfel angelangt.

Das gleiche galt für Leonard. Er war inzwischen Besitzer von Le Fourreur, einem Manhattaner Pelzsalon, der so exklusiv war, daß das Gerücht ging, Mrs. John Foster Dulles habe die unverblümte Auskunft bekommen, daß sie zwei Monate warten müsse, wenn sie einen wadenlangen goldbraunen Nerzmantel wolle. *So* groß war die Nachfrage nach den exklusiven Entwürfen von Jean-Louis, Leonards Couturier. Das Gerücht über Mrs. Dulles stimmte nicht. Es war von Leonard selbst erfunden und verbreitet worden, genauso wie er seinen Designer »Jean-Louis« getauft hatte, obwohl er bis dahin Bobby Anello geheißen und für Westchester Fancy Furs gearbeitet hatte.

Gerüchte in die Welt zu setzen war nur eine von Leonards Marketing-Strategien. Er nannte den zwanzigprozentigen Nachlaß, den er allen seinen guten Kunden regelmäßig gewährte, einen »Branchenhöchstrabatt«, als er die Herausgeber von *Vogue, Harper's Bazaar, New York Times* und *Herald Tribune* anrief, um ihnen davon zu erzählen. Wenn sie daraufhin im Le Fourreur vorbeischauten, beeindruckte er sie, indem er ihnen in kostbaren Tassen Tee servierte und ihnen zu jedem Kleidungsstück, das sie kauften, eine schwarze oder silberne Fuchsstola schenkte, um ihnen auf diese Weise für ihre Unterstützung zu danken. Nach einer spektakulären 1952er Weihnachtssaison ging es den Whites nicht mehr bloß gut. Sie waren reich.

Sylvia hatte jetzt Kundenkreditkonten bei Saks Fifth Avenue, Tailored Woman und Henri Bendel. Leonard kaufte seine englischen Anzüge nicht mehr bei Moe Ginsburg von der Stange, sondern ging dazu über, in einer Suite des Plaza, wo M. Thierry Boucault, der berühmte französische Herrenausstatter, zweimal im Jahr residierte, ein Buch mit Stoffmustern durchzusehen. Außerdem stellten die Whites ein Vollzeithausmädchen an. Sie leisteten sich für ihr Wohnzimmer eine Serie von signierten Picasso-Lithographien. Sie spendeten Geld für United Way und die Boy Scouts. Sie kauften einen Weihnachtsbaum. (Allerdings kam Leonard nicht dahinter, wie man das Ding dazu brachte, von selbst zu stehen. Er verbot Sylvia, das Hausmädchen zu fragen, so daß der Baum bis zum zweiten Januar vor sich hinsiechend auf dem Wohnzimmerboden lag. Erst im Jahr darauf feierten sie ihr erstes richtiges Weihnachtsfest: An einem Samstag Anfang Dezember verbrachte Leonard eine halbe Stunde in einem Gartencenter, angeblich damit beschäftigt, das Angebot an Schneeschaufeln zu sichten, während er in Wirklichkeit den geschäftseigenen Weihnachtsbaum unter die Lupe nahm. Schließlich war das Geheimnis gelüftet: Unter einem damenhaften grünen Samtröckchen versteckte sich ein klobiger Metallständer. Um ihren Baum richtig schmücken zu können, verbrachte Sylvia einen ganzen Tag bei Bergdorf Goodman – ohne sich die Zeit zum Mittagessen zu nehmen – und suchte Christbaumschmuck aus: mundgeblasene Kugeln, die von einer zweiten Kugel umgeben waren, und dazu eine Galaxie von silbernen Sternen.) Zwei Wochen, bevor die Himbeersträucher, die Sylvia in den fruchtbaren Boden von Great Neck gepflanzt hatte, erstmals Früchte trugen, verkauften sie ihr Haus. Zum zweiten Mal zogen die Whites nach Osten, die soziale Leiter hinauf.

Kehren wir einen Augenblick zu dem X zurück. Sylvia war nach der Geburt ihres ersten Kindes nicht besonders glücklich gewesen. Während sie ausgezehrt, von Dammschnitt und Depressionen gequält, in ihrem Krankenzimmer lag, war Leonard mit einem riesigen Strauß weißer Rosen und einem Es-macht-mir-nichts-aus-daß-es-kein-Junge-ist-Grinsen hereingetanzt, und sie hatte gedacht: Wer ist dieser Mann? Natürlich wußte sie, daß er ihr Ehemann und der Vater ihres Babys war, aber er war ihr sehr fremd erschienen. Diese riesigen Lippen, deren Innenseiten man sehen konnte, rosa und feucht, wie bei einer insektenfressenden tropischen Pflanze. Er hatte sich auf die Bettkante gesetzt und ihre Hand in die seine genommen. Sie hatte versucht ihm in die Augen zu sehen, aber diese riesigen Lippen hatten ihr ganzes Gesichtsfeld ausgefüllt und sich unaufhaltsam auf sie zu bewegt, wobei sie sich in Erwartung eines Kusses leicht spitzten. Am liebsten hätte sie geschrien wie die Frau in – wie hieß der Horrorfilm noch mal? – *Ich folgte einem Zombie*. Grotesk! Abscheulich! Bitte, bitte, komm nicht näher! Nicht ...

Nun, er küßte sie, und sie überlebte es. Aber in den folgenden Jahren kehrten diese schrecklichen Momente immer wieder, und ein paarmal schienen sich die Lippen direkt vor ihren Augen aufzublähen. Wie konnten ihn seine Kundinnen bloß so attraktiv finden? Sie fragte sich das vor allem bei den Protestantinnen, deren Ehemänner durchwegs reißverschlußschmale Lippen hatten.

Aber es war besser geworden. Viel besser. Im Juni zuvor hatten sie einen schönen Hochzeitstag verlebt. Leonard hatte sie ins beste Restaurant der Stadt geführt, ins Le Pavillon, wo er dem Mann am Eingang die Hand geschüttelt hatte. Sie hatte nicht gleich gemerkt, daß er ihm ein Trinkgeld gab, vielleicht war es auch eher ein Bestechungsgeld. Der Mann hatte einen Blick in seine Hand geworfen, war überfreundlich geworden und hatte sie an einen schönen Tisch geführt. Leonard bestellte Champagner, und später ließ er den Sommelier ihre Weine aussuchen, und am Ende des Abends streifte Sylvia einen Schuh ab – ein Modell von Chanel, aus feinstem schwarzen Wildleder – und rieb mit dem Fuß an der Innenseite von Leonards Oberschenkel entlang. Und im September desselben Jahres forderte er sie auf, ihn nach Ladenschluß im Geschäft – Salon – abzuholen. Er bat sie, den russischen Zobel anzuprobieren, den Mrs. General Motors bestellt hatte. Aber dann sagte er: »Der ist zu gut für Mrs. General Motors. Wieso behältst du ihn nicht einfach an?« Als sie endlich verstand, was er meinte, wäre sie vor Freude beinahe in Ohnmacht gefallen. Die Verkäufer hatten Beifall geklatscht, und Dolly, die zugleich Model und Buchhalterin war, hatte den Kopf aus dem Büro gestreckt und ebenfalls geklatscht.

So kam es, daß sich die beiden Linien des X kreuzten. Sylvia verstand endlich, was die Kundinnen ihres Mannes an ihm fanden. Obwohl kein Mensch Leonard als im herkömmlichen Sinn gutaussehend bezeichnet hätte, konnte er mit seinen maßgeschneiderten Anzügen und dem schön geschnittenen Haar extrem schick aussehen – irgendwie italienisch, aber auf vornehme Art, als käme er tatsächlich aus Italien, und zwar direkt aus einer feinen Familie. Sie hatte nicht vergessen, wie sehr sie früher seine Lippen verabscheut hatte, aber jetzt wurde ihr klar, daß er, wenn man ihn als Ganzes betrachtete, sehr attraktiv aussah. Hin und wieder sogar richtig umwerfend.

Leonard gab seinem Herzen ebenfalls einen Stoß. Er machte sich erneut bewußt, daß die Sprechweise seiner Frau zwar deutlich verkündete: »In Brooklyn geboren! In Queens aufgewachsen!«, daß sie aber während ihrer gesamten Kindheit gezwungen gewesen war, zu flüstern statt zu sprechen. Wer also hörte den Akzent? Dem Aussehen nach hätte sie eine waschechte Britin sein können.

Aber nachdem sich die Schenkel des X getroffen haben, trennen sie sich wieder. So war es auch bei Mr. und Mrs. White. Als sie mit ihrer zweiten Tochter (die Robin Renée heißen sollte) im dritten Monat schwanger war, wurde Sylvia jeden Morgen schrecklich übel. Dann dehnte sich die Übelkeit auf den ganzen Tag aus. Leonard machte sich Sorgen, weil sie so dünn wurde, und er fragte sich, ob sie damit vielleicht dem Baby schadete. Manchmal bestand Sylvias ganzes Abendessen aus einem einzigen Cracker. Ihr Gesicht wurde fleckig, und ihr Haar verlor allen Glanz, aber wenn er abends nach Hause kam, nahm er sie jedesmal in den Arm und sagte etwas Tröstliches wie: »Es wird nicht ewig dauern.«

Aber statt sich trösten zu lassen, begann sie zu weinen und klammerte sich an ihn. Wenn sie am Wochenende im Kino saßen, umklammerte sie seinen Arm und drückte ihn zwischen ihre geschwollenen Brüste. Nachts schob sie ihr Kissen ganz nah an seines, so daß er ihren heißen Atem im Nacken spüren konnte. Aber es war nicht nur körperliche Anhänglichkeit. Sie rief ihn schon am Morgen an: Wie war die Zugfahrt in die Stadt? Kurz vor Mittag: Mit wem gehst du zum Mittagessen? Am frühen Nachmittag: Was hast du gegessen? War es gut? Hast du dir eine Nachspeise bestellt? Am Spätnachmittag: Wie läuft's? Waren gute Kunden da? Am frühen Abend: Mit welchem Zug kommst du nach Hause? Sie ist schwanger, sagte er sich. Und sie liebt mich.

Aber ihr Verhalten machte ihm auch klar, daß sie noch nie zuvor dieses Interesse, diese Leidenschaft für ihn an den Tag gelegt hatte. Lag es an ihrem veränderten Hormonspiegel, daß sie sich jetzt freier und ungehemmter fühlte? Aber als sie mit Lee schwanger gewesen war, war sie nicht so hemmungslos gewesen. Damals hatte er genau gemerkt, daß Sylvias Erregung manchmal nur gespielt war. Und sie war eine lausige Schauspielerin. Oooo. Oooo. Immer dieses Oooo, und jedesmal in doppelter Ausführung. Jetzt aber verfügte sie über ein ganzes Repertoire von Lauten, und sie waren alle echt. Sie war verrückt nach ihm. Jetzt, wo er reich war.

Jetzt war sie immer für ihn bereit. Nicht nur bereit: Wenn er nicht zu ihr kam, kam sie zu ihm. Egal, was sie anhatte, ihre Brustwarzen waren immer aufgerichtet. Er konnte sie spüren, wenn sie sich an ihn klammerte. Nun ja, dachte er, wobei er sich alle Mühe gab, gerecht zu sein. Ich bin jetzt eine große Nummer. Das finden die Frauen sehr attraktiv. Aber eine Stimme aus seinem Unterbewußtsein rief ihm zu: Hey, Len! Ist es wirklich das Wahre, wenn das Mädchen erst Zobel sehen muß, bevor sie sich verliebt?

Ein paar Monate, nachdem sie ihrem Mann verfallen war, kam Sylvia auf dem Weg zu Tailored Woman im Salon vorbei, um dort auf die Toilette zu gehen. Leonard stellte ihr Mrs. Wriston Brandt vor, die Frau des Seniorpartners der *größten* Anwaltskanzlei in der Wall Street, eines Mannes, den *Wall Street Journal* einmal als »Mr. Treuhand persönlich« bezeichnet hatte. Statt »Freut mich sehr« oder, wenn ihr das zu lang war, einfach »Hallo« zu sagen, hatte Sylvia »Hi« gesagt. Aber wie sie es gesagt hatte! Nasal, mit dieser typischen New Yorker Intonation. Es klang wie »Hoy«. Man muß Leonard zugute halten, daß ihm durchaus bewußt war, was für ein schrecklicher Snob er war – und daß der einzige, der im Hause White einen anständigen Stammbaum besaß, ihr neuer Collie war, der auf den Namen Duchess hörte. Aber trotzdem ... »Hoy.«

Wenige Wochen nach dem Zwischenfall mit Mrs. Wriston Brandt saß Leonard im Büro und sah mit Dolly Young die zu zahlenden Rechnungen durch. (Miss Young stammte aus Bristol, Massachusetts, und war nach New York gekommen, um Model zu werden, war aber gescheitert – nicht, weil ihr Gesicht zu rund war, sondern weil sie mit ihren einsdreiundsechzig schlichtweg zu klein war.) Das Entscheidende ist in diesem Zusammenhang, daß Dolly in ihrem ganzen Leben noch kein einziges Mal »Hi« gesagt hatte, sondern immer »Hallo«, auch wenn dies in ihrem Fall mehr mit regionaler Herkunft als mit gesellschaftlicher Klasse zu tun hatte. Während sie und Leonard die Rechnungen ihrer Zulieferer durchgingen, erzählte Dolly ihm beiläufig, daß eine der Stammkundinnen auf ihr freundliches »Hallo« überhaupt nicht reagiert habe. Da gab ihr Leonard spontan einen Kuß.

So begann eine Affäre, die mehrere Jahrzehnte dauern sollte.

5

Wenn ich recht gehe in der Annahme, daß ich repräsentativ für die meisten amerikanischen Frauen bin, dann müssen auf den Böden der Duschkabinen und den Ablageflächen der Badewannen von Maine bis Hawaii Millionen von halbvollen Haarkurtuben herumliegen. In den Schminkköfferchen muß so viel nicht aufgebrauchte Wimperntusche vor sich hinvegetieren, daß jeder Haushalt in den USA eine ganze Truppe von Rockettes versorgen könnte. Und was das nationale Überangebot an verschmähten Feuchtigkeitscremes angeht: Besser, sie liegen vergessen in irgendwelchen Arzneischränkchen herum, als daß sie auf den Mülldeponien des Landes landen, wo sie eine ökologische Katastrophe auslösen könnten.

Soll das eine der üblichen Tiraden über die Schönheitsindustrie werden, die das schwache Selbstwertgefühl der amerikanischen Frauen ausbeutet? Nein, ganz im Gegenteil. All diese Gesellschaftskritiker jammern ständig über unsere Unsicherheit und ignorieren dabei völlig, welch extravagantes Selbstbewußtsein wir täglich unter Beweis stellen. Alle Kritiker hergehört! Lauscht dem weiblichen Ego! Es sagt nicht: Ich hasse mich selbst. Nein, es sagt euch vielmehr: Ich bin bloß einen maulwurfgrauen Lidschatten davon entfernt, absolut umwerfend auszusehen. In jeder von uns ist ein atemberaubend schönes Wesen gefangen. Und alles, was uns noch fehlt, um endlich unendlich begehrenswert zu werden, ist eine neue Cellulitiscreme.

Nehmen wir beispielsweise mich. Man möchte meinen, daß ich mit meinen fünfundvierzig Jahren allmählich kapiert haben sollte, was Gott mir zu sagen versucht: »Lee White wird es in diesem Leben nicht mehr zur Sexgöttin bringen.« Aber nein, ich stelle mich taub. Genauso wie der Rest meiner amerikanischen Schwestern. Weil nur der Tod jenes hinreißende Weib töten kann, das voller Schönheit in uns wandelt. Wenn eine normale erwachsene Frau kurz vor dem Einschlafen von einer lieblicheren, anmutigeren und porenlosen Version ihrer selbst träumt, von welcher Frau träumt dann eine wahre Schönheit, wie es sie unter einer Million Frauen nur einmal gibt? Von einem aufgeschwemmten, pickeligen weiblichen Drachen? Vielleicht spielen Sie gerade mit dem Gedanken, mir auf die Schulter zu tippen und zu fragen: Hey, was hat das alles mit dem Fall Torkelson zu tun? Also gut, ich verrate es Ihnen: All das dient als Vorspiel für den Moment, in dem Mary Dean mein Büro betrat.

Mir war nicht sofort klar, daß sie das schönste Wesen war, das ich in meinem Leben je gesehen hatte. Nein, während sie versuchte, mit meiner Sekretärin Sandi, die sie hereinführte, Schritt zu halten, sah ich bloß eine große junge Frau Anfang Zwanzig, beschmiert mit einer Tonne Make-up und angetan mit einem ... Der Mann in meinem Leben hat einmal zu mir gesagt, daß es auf der Welt nichts Bösartigeres gebe als einen New Yorker Klamottensnob. Also zensierte ich meine gemeinen Gedanken über ihr froschgrünes Kostüm mit dem tannengrünen Samtrevers. Ich stand auf, um sie zu begrüßen. »Nehmen Sie Platz, Ms. Dean.«

»Danke«, stieß sie nervös hervor. Ihr war nicht klar, daß ich ihr meine Rechte nur deswegen entgegenstreckte, weil ich ihr die Hand geben wollte. Statt auf meinen Begrüßungsversuch zu reagieren, drückte sie mir einen prall gefüllten Umschlag in die Hand.

»Oh!« sagte ich. Ihre Nervosität verblüffte mich. Ich hatte mir unter Normans Freundin ein etwas abgebrühteres Früchtchen vorgestellt. Der Umschlag enthielt zweifellos mein Honorar: fünfzehntausend Dollar. Bar. So, wie es sich anfühlte, wahrscheinlich in Hundertern. Keine ungewöhnliche Methode der Bezahlung, da viele meiner Mandanten nur ungern einen Scheck ausstellten – zumindest dann, wenn der Scheck ihre eigenen Vermögenswerte verringerte. Sie zahlten nur dann gerne mit Scheck, wenn die Vermögenswerte jemand anderem gehörten. (Kurz nachdem wir Partner wurden, erzählte mir Chuckie Phalen mal eine Geschichte, die mir als Warnung dienen sollte: Ein Jahr, nachdem er sein Jurastudium abgeschlossen hatte, hatte er von einem Mandanten einen Scheck erhalten. Als er schließlich auf die Bank ging, um ihn einzulösen – nachdem die Jury seinen Mandanten freigesprochen hatte –, fiel sein Blick zufällig auf den Namen in der ersten Zeile, den Namen des Kontoinhabers: Charles Michael Phalen, Strafverteidiger.)

Da Mary immer noch stand, forderte ich sie erneut auf, sich zu setzen. Dann reichte ich den Umschlag an Sandi weiter, die sich wieder nach draußen an ihren Schreibtisch begab, wo sie das Couvert öffnen und sicherstellen würde, daß es tatsächlich mein Honorar enthielt – und nicht bloß ein Bündel zurechtgeschnittenes Zeitungspapier. Man hätte meinen können, daß ich es eigentlich verabscheuen müßte, auf diese Weise meinem Beruf nachzugehen und ständig mit Ganoven zu tun zu haben. Aber jedes Mal, wenn ich an einem schönen, sauberen Fall von Wirtschaftskriminalität arbeitete – Steuerbetrug zum Beispiel –, spürte ich in mir ein gigantisches Gähnen aufsteigen, das selbst der größte Firmenscheck nicht unterdrücken konnte.

Mary, nach wie vor furchtbar nervös, hatte noch immer nicht Platz genommen. In mitleiderregender Pose stand sie da, ihre Tasche fest gegen die Brust gepreßt, Schultern und Kopf abwehrend nach vorne geschoben. Sie starrte aus dem Fenster. Es war einer jener scheußlichen Tage Anfang Mai, die eigentlich besser in den März passen: regnerisch, grau, begleitet von einem leichten, eisigen Wind, der die Straße hinunterblies und die Fußgänger in die Knöchel biß. Ich sprach sie noch einmal an, diesmal in so herzlichem Tonfall, daß ich fast schon gurrte: »Bitte setzen Sie sich doch.«

»Lieber Himmel!« sagte sie und ließ sich auf die vordere Kante eines Sessels sinken, der vor meinem Schreibtisch stand. »Entschuldigen Sie bitte, ich wollte Sie nicht so lange warten lassen.« Ihre Handrücken waren rot, ihre Nägel abgekaut. Unvermittelt plapperte sie los, eine lange, aufgeregte Entschuldigung. Die Polizei habe Normans Wagen beschlagnahmt, und das Taxi, das sie gerufen habe, sei nicht gekommen, und als sie endlich meinte, es geschafft zu haben, habe sie festgestellt, daß der Bus, in dem sie saß, Richtung Long Beach fuhr. Normalerweise hätte ich ihr so höflich wie möglich das Wort abgeschnitten, aber plötzlich ertappte ich mich dabei, wie ich sie fasziniert anstarrte.

Erst jetzt fiel mir auf, daß ihr Gesicht ein makelloses Oval war. Zugegeben, das dicke, kalkweiße Make-up, das sie trug, war unvorteilhaft, vor allem im Vergleich zum goldenen Schimmer ihres Halses. Ihre Wangen leuchteten so rot wie Geranien. Ihr Lippenstift, ein Neon-Orange, war so dick aufgetragen, daß es, wenn sie Wörter sagte, die mit b oder p anfingen, so aussah, als würden ihre Lippen ineinander verschwinden. Trotzdem konnte ich sehen, daß das Makeup nicht dem Zweck diente, ernsthafte Unreinheiten zu kaschieren. Ihre Haut wirkte makellos.

Marys kalkweißes Gesicht war von glänzenden schwarzen Locken eingerahmt, die ihr bis auf die Schultern fielen. Ihre Frisur ließ weder auf den Dreihundert-Dollar-Wahnsinn eines Manhattaner Salons noch auf die gemeißelte Perfektion der großen texanischen Frisierkunst schließen. Mir kam sie vor wie der hausgemachte Versuch, den Kommt-mir-bloß-nicht-mit-so-einem-androgynen-Mist-Stil einer Dolly Parton zu kopieren. Anders als bei diesem Country-Star bestand Marys Haar aber nicht aus mehreren Schichten makelloser Locken. In dem nassen Wetter hatten die Strähnen auf ihren Schultern alle Spannkraft verloren und lagen schlaff und wurmgleich auf ihrer grünen Kostümjacke.

Offensichtlich hatte sie sich für die Farbe Grün entschieden, um ihre leuchtenden Augen noch besser zur Geltung zu bringen. Dabei brauchten diese Augen keine Unterstützung. Im Gegenteil, das grüne Kostüm war viel zuviel des Guten. Aber um ehrlich zu sein, vermochte sowieso nichts, von diesen Augen abzulenken, nicht einmal der schimmernde pistaziengrüne Lidschatten, der sich bis zu ihren Augenbrauen hochzog, und auch nicht das verschmierte schwarze Kajal.

Und was den Rest von Mary Dean betraf: Ihre Nase wäre perfekt gewesen, hätte sie nicht an der Spitze eine winzige Einbuchtung gehabt, so als hätte sie als Kind ständig dagegengedrückt, damit sie sich himmelwärts recke. Ihre Lippen waren voll, aber hübsch, nicht wie jene collageninjizierten Fischmäuler, die neuerdings so in Mode sind. Und kurz bevor sie sich hinsetzte, registrierte ich endlich ihre Figur. Straffer Busen, Wespentaille, lange Beine. Eine wandelnde Barbiepuppe.

Bloß daß Mary ein Wesen aus Fleisch und Blut war. Sie schwitzte und verströmte eine Mischung aus natürlichem Moschusduft, feuchter Wolle und billigem Parfum – Gardenie? Jasmin? –, in dessen Namen, da ging ich jede Wette ein, das Wort »Dschungel« vorkam. Ich beobachtete, wie ein Schweißtropfen an ihrer linken Schläfe hinunterglitt und über ihre Wange auf ihr Kinn zurollte. Kurz bevor er auf ihren Hals tropfen konnte, wischte sie ihn mit dem Handrücken weg. Dabei verlor sie die Kontrolle über die schwarze Wildledertasche, die sie an ihre Brust gedrückt hatte. Sie fiel zu Boden. Als Mary sich hinunterbeugte, um die Tasche aufzuheben, krachte sie mit der Stirn gegen die Kante meines Schreibtisches. Sie stieß einen Schmerzensschrei aus.

Ein Schauder ließ meine Zähne aufeinanderschlagen und meine Schultern erbeben – jener Schauder, der einen überläuft, wenn man zu sehr mit einem anderen Menschen mitleidet. Eine Sekunde lang pochte meine Stirn an der gleichen Stelle, wo Mary sich den Kopf angeschlagen hatte. Ich drückte auf den Knopf und bat Sandi, uns möglichst schnell eine Tasse mit Eiswürfeln zu bringen. Ich muß ziemlich verzweifelt geklungen haben, denn Sandi kam schon Sekunden später damit hereingestürzt. Auf Marys Stirn bildete sich bereits ein großes rotes Rechteck, das wie ein Felsvorsprung ihre Braue überragte. Ich wickelte das Eis in ein paar Kleenex und preßte es gegen die Beule. Sandi stand daneben. »Wie fühlen Sie sich?« fragte ich Mary nach einer Minute.

»Ein bißchen ...« Als sie zu mir hochblickte, wirkte der Blick ihrer schönen Augen leicht benommen. An ihren Wimpern klebten winzige schwarze Mascaratröpfchen.

»Es wird Ihnen gleich bessergehen«, versicherte ihr Sandi eine Spur zu barsch. Sandi hatte früher in einer Kanzlei gearbeitet, wo man es mit der Standesehre nicht so genau genommen hatte. Sie lebte in der ständigen Furcht, daß jemand gegen uns prozessieren könnte. Im Lauf der Jahre hatte ich immer wieder versucht, sie zu beruhigen: Niemand wird gegen mich prozessieren, und wenn doch, dann bin ich dem durchaus gewachsen. Aber ich konnte sagen, was ich wollte, sie war durch nichts zu beruhigen. Neben ihren üblichen Sekretariatsarbeiten stand sie ständig Wache, um diese beiden überkultivierten Trottel – mich und Chuckie – vor dem sicheren Ruin durch die Winkeladvokaten zu bewahren, die unsere verbrecherischen Mandanten anheuern würden, um gegen uns vor Gericht zu ziehen.

»Ich komme jetzt allein zurecht«, erklärte ich Sandi, die es offensichtlich nicht übers Herz brachte, mich mit einem Gaunerliebchen allein zu lassen. »Alles in Ordnung, Sandi. Danke für das Eis.« Widerwillig und mit einem feindseligen Blick auf Mary (deren Augen glücklicherweise noch immer in Tränen schwammen) räumte Sandi das Feld.

Nach einer Weile flüsterte Mary: »Entschuldigen Sie bitte.«

Ich nahm das Eis von ihrer Stirn. »Wie fühlen Sie sich?«

»Es geht mir gut.« Ihre Stimme zitterte.

»Ist Ihnen übel?« fragte ich. »Haben Sie Kopfschmerzen?«

»Nein, wirklich, es geht mir gut«, versicherte mir Mary mit einem lieben Lächeln. »Ich bin bloß so erschrocken. Wow, was für ein Knall!« Sie lachte über ihre eigene Ungeschicklichkeit. Einen Augenblick später begann sie zu schluchzen.

»Tut es so weh?« fragte ich.

»Es ist nicht ... mein Kopf«, erklärte sie und holte dann tief Luft. »Es ist ... wegen Norman.«

»Es muß ...« Ich wollte etwas möglichst Unverfängliches, Beschönigendes sagen, beispielsweise »schwierig«, aber statt dessen sagte ich: »... schrecklich für Sie sein.«

»Er sitzt wegen *Mordes* im Gefängnis. Und es ist alles meine Schuld!« Ihre Schuld? Ich wartete. Dabei setzte ich den Gesichtsausdruck Marke »völlig neutral« auf, einen Ausdruck, auf den ich zurückgreife, wenn ich mein Gegenüber weder er- noch entmutigen will. Es ist wichtig, daß ich alles zu hören bekomme: die Verrücktheiten, die bizarren Geständnisse und monströsen Lügen. Mary holte tief und hörbar Luft, ehe sie weitersprach: »Wenn ich damals nicht gerade in meiner prämenstruellen Phase gewesen wäre ... wissen Sie, ich habe dann nur Essen im Kopf. Alles, woran ich denken kann, ist, mich vollzustopfen. Ich wollte mir bei Burger King einen doppelten Whopper mit Käse genehmigen. Und mit Zwiebelringen – die schmecken so salzig, ich steh total darauf. Mir ging durch den Kopf, daß ich nicht vergessen durfte, mir Pfefferminzbonbons zu besorgen, damit Norman nicht merkte, daß ich bei Burger King war, weil er immer stinksauer wird, wenn ich Junk-food esse. Ich überlegte, ob ich mir noch einen Vanille-Shake gönnen sollte. Eventuell sogar Pommes. Eigentlich stehe ich nicht besonders auf Kartoffeln, Sie können sich also vorstellen, wie schlecht ich drauf war. Als ich schließlich aufbrach, erwischte ich statt des Dan-Ausweises den Bob-Ausweis. Bei den vielen Namen, die er benutzt, komme ich manchmal durcheinander, auch wenn ich das letzte Mal, als er mich abfragte, nur einen einzigen falsch hatte. Wenn ich das Auto auf Dan angemeldet hätte, wären sie nicht auf Normans Adresse gekommen.«

»Sie hätten ihn trotzdem gefunden. Seine Fingerabdrücke waren überall in Bobettes Wohnung.«

»Aber wir hätten abhauen können, wenn wir gewußt hätten, daß die Alte tot ist. Die Cops hätten jedes Haus auf Long Island durchsuchen müssen. Sie hätten uns nicht rechtzeitig gefunden. So aber …«, sie fing wieder an zu weinen, »… standen sie plötzlich vor der Tür. Und ich hab auch noch aufgemacht, als es klopfte. Ich hab nicht einmal gefragt: ›Wer ist da?‹ Hätte ich das getan, hätte Norm durch die Hintertür entwischen können.«

»Wenn jemand verhaftet werden soll, der unter Mordverdacht steht, werden normalerweise auch Leute vor der Hintertür postiert.« Das war als Trost gedacht. Andererseits wollte ich es ihr auch nicht zu leicht machen. Da aus meinem Mandanten nichts herauszubekommen war, was mir bei seiner Verteidigung geholfen hätte, beschloß ich natürlich, es bei Mary zu versuchen. Sie hatte schreckliche Schuldgefühle. Nicht, weil sie sich als Komplizin mitschuldig an einem Verbrechen gemacht hatte – bestenfalls Betrug, schlimmstenfalls Mord. Nein, sie fühlte sich schuldig, weil sich Norman nicht auf sie hatte verlassen können.

»Nehmen Sie es nicht so schwer«, sagte ich und reichte ihr ein paar Kleenex. (Ich habe eine Schachtel davon in der obersten Schublade meines Schreibtisches, so daß ich sie immer griffbereit habe, wenn es einen sensiblen Mandanten zu trösten gilt, oder, was noch häufiger vorkommt, die hysterische Familie eines unsensiblen, soziopathischen Mandanten.) »Vielleicht können wir etwas für Norman tun.«

»Er hat gesagt, daß es hoffnungslos ist. Die Cops glauben, daß er es war.«

»Das tun sie tatsächlich. Aber deswegen haben wir ja ein Geschworenengericht. Und deswegen haben Sie mich engagiert. Vielleicht können wir die Jury davon überzeugen, daß Norman nicht schuldig ist.«

»Er ist *unschuldig!*« korrigierte mich Mary, bevor sie sich die Nase putzte. »Er war es nicht!«

»Dann helfen Sie mir, das zu beweisen.«

»Er hat das Haus sofort wieder verlassen, nachdem dieser Zeuge ihn mit Bobette gesehen hatte. Er ist direkt zu mir nach Hause gefahren, und von da an waren wir zusammen. *Jede Minute,* bis die Cops kamen.«

»Wie sah seine Beziehung zu Bobette aus?« fragte ich. Sie richtete sich auf und bemühte sich um eine möglichst prüde Haltung, Füße und Knie zusammengepreßt, die Hände im Schoß. »Er hat gesagt, daß ich nichts erzählen darf.«

»Warum nicht?«

»Weil ... Sie wissen schon.« Mir fielen auf Anhieb mehrere mögliche Gründe ein. Der stichhaltigste war, daß er Bobette tatsächlich getötet hatte und sich nun Sorgen machte, Mary könnte es versehentlich ausplaudern. An Normans Stelle würde ich mir auch Sorgen machen. Ich konnte nicht sagen, ob Mary schlichtweg einfältig war oder ob es daran lag, daß sie erst seit kurzem das Leben einer Erwachsenen führte; sie hatte noch nicht gelernt zu lügen, ohne dabei auf ihrer Wange herumzukauen und rot zu werden. »Norman hat gesagt: ›Egal, wer es ist, du sagst kein Wort, und damit meine ich wirklich *kein Wort.*‹«

»Hören Sie, ich arbeite schon zu lange als Anwältin, um darauf zu hoffen, daß er zusammenbricht und gesteht ...«

»Er war es nicht!«

»Schön. Aber wenn ich ihm helfen soll, brauche ich alle Informationen, die ich bekommen kann, egal, ob sie für oder gegen ihn sprechen. Ich würde diese Dinge lieber von ihm selbst erfahren, als mich von der Staatsanwältin überraschen zu lassen.« Dann fügte ich düster hinzu: »Sie ist ein furchterregendes Frauenzimmer.«

»O Gott!« wimmerte Mary. Sie begann an ihrem Daumennagel herumzukauen. Statt sie zu beruhigen, kniff ich die Augen zusammen und blähte die Nüstern. Plötzlich wurde ich ebenfalls zu einem furchterregenden Frauenzimmer, was genau der gewünschte Effekt war. Ich war nicht besonders scharf darauf, Mary in den Zeugenstand zu rufen und zu Normans Alibi aussagen zu lassen. Sie würde schon nach dreißig Sekunden Kreuzverhör alles durcheinanderbringen. Außerdem hatte ich das ungute Gefühl, daß Holly diesmal alle Trümpfe in der Hand hielt. Es war einer jener Fälle, bei denen ich die gute alte Zeit zurücksehnte, als ich selbst noch als Staatsanwältin arbeitete – als die Welt noch jung und die Fakten auf unserer Seite waren. Deswegen mußte ich Mary Angst machen, damit sie redete. Außerdem ging ich davon aus, daß ein Gespräch mit ihr erfolgversprechender war als mit Norman; bei Mary hatte ich wenigstens die Chance, etwas zu hören, was der Wahrheit nahe kam. Aber sie blieb stumm.

»Zu schade, daß Sie ihm nicht helfen können«, sagte ich und schob meinen Stuhl zurück, als wollte ich aufstehen und sie zur Tür begleiten. Aber sie blieb, wo sie war – auf der Sesselkante. Sie streckte die Hände aus und klammerte sich an den Schreibtisch, ein riesiges altes Ding, das früher einmal in einem Farmhaus gestanden hatte. Es sah aus, als würde sie versuchen, ihn zu sich herzuziehen.

»Angenommen, ich erzähle Ihnen etwas«, fing sie an, »müßten Sie das Norman dann sagen?«

»Nun ja ...« Ich zögerte. Das war eine jener Fragen, die nur der Vorsitzende einer Ethikkommission zu schätzen weiß: Hat die ethische Verpflichtung eines Anwalts, seinen Mandanten über sämtliche ihm bekannten Fakten in Kenntnis zu setzen, Vorrang vor allem anderen? Oder ist es die Pflicht des Anwalts, Stillschweigen zu bewahren, wenn dieses Stillschweigen der Preis für Informationen ist, die besagten Mandanten retten können? »Solange es nicht um Leben oder Tod geht, werde ich ihm kein Wort davon verraten. In Ordnung?«

»In Ordnung.«

»Erzählen Sie mir von Normans Beziehung zu Bobette.«

»Rein geschäftlich«, erklärte sie mit Nachdruck.

»Wie kommt es dann, daß sie Nachthemd und Negligé trug, als ihre Leiche gefunden wurde?«

»Vielleicht hat der Mörder sie umgezogen, nachdem er sie getötet hatte!« meinte sie. Zufrieden über diesen Geistesblitz, gestattete sie sich zum ersten Mal, sich in dem großen Sessel zurückzulehnen und die Beine übereinanderzuschlagen. Ihre Schuhe waren nicht für einen ungewöhnlich kalten Maimorgen gedacht, sondern für eine hochsommerliche Galaparty: Zwei schmale Goldriemen knapp über ihren Zehen, ein weiterer Riemen um ihren Knöchel waren alles, was sie an Ort und Stelle hielten. Die Absätze waren hohe goldene Dolche.

»Der Mörder hat sie nicht umgezogen«, entgegnete ich. »Die Autopsie hätte sonst ergeben, daß Bobette post mortem noch einmal bewegt worden ist. Wie kommt es also, daß sie im Nachthemd war?« Mary kaute erneut auf ihrer Wange herum, um Zeit zu gewinnen, eine Angewohnheit, die mir ziemlich auf den Wecker geht. Sie hätte sagen können: Norman war schon weg, als sie ihre Straßenkleider auszog. Oder: Sie hat ein sexy Nachthemd angezogen, weil ihr Freund – *der Typ, der sie umgebracht hat* – sie besuchen wollte. Ich erklärte:

»Norman wurde gegen halb sieben abends bei ihr gesehen. Sie haben gesagt, er sei aufgebrochen, kurz nachdem er von dem Zeugen gesehen worden war. Sagen wir mal, gegen Viertel vor sieben.« Mary rutschte langsam nach vorne. »Von Merrick bis zu Ihrer Wohnung … Fünfzehn, zwanzig Minuten? Dann müßte es etwa sieben Uhr gewesen sein, also noch hell. Und um diese Zeit zieht diese Frau, die schon ihr Leben lang allein lebt, ein sexy Negligé an?«

»Aber er war den ganzen Abend bei …« Sie kam ins Stocken. Sie wußte nicht, was sie sagen sollte. Selbst wenn ich Wochen damit zubrachte, sie auf ihre Aussage vorzubereiten, würde sie eine lausige Zeugin abgeben. Die abhärtende Wirkung der Straße konnte man in ihrem Fall vergessen: Sie besaß nicht einmal genug Selbstvertrauen, um einen einzigen Aussagesatz von sich zu geben und dann so stehen zu lassen. »Ich sollte sagen, daß er die ganze Zeit mit mir zusammen war, nicht wahr?«

»Wenn das die Wahrheit ist«, antwortete ich. »Aber ich würde Sie lieber nicht in den Zeugenstand schicken. Sie scheinen ein bißchen nervös zu werden, wenn Sie unter Streß stehen.«

»Da haben Sie recht!« pflichtete sie mir bei.

»Eben deswegen muß ich genauer wissen, was vorgefallen ist. Ich brauche etwas, womit ich der Staatsanwältin einen Strich durch die Rechnung machen kann.«

»Verstehe.«

»Lassen Sie uns also über Norman und Bobette reden – und zwar offen und ehrlich.«

Mary stellte die Beine nebeneinander, klimperte ein paarmal mit den Wimpern und riß die Augen dann weit auf. »Okay.«

»Sie haben gesagt, daß das, was sich zwischen Norman und Bobette abspielte, rein geschäftlicher Natur war. Wenn sogar ich weiß, daß das Unsinn ist, können Sie sich dann vorstellen, was Holly Nuñez, die stellvertretende Staatsanwältin, alles weiß? Ihr steht ein ganzes Heer von Kripobeamten zur Verfügung, die alle im Fall Norman Torkelson ermitteln. Also, wie ist es? Hatte er es auf Bobette Frischs Geld abgesehen?« Ein mädchenhaftes Schulterzucken, den Kopf zur Seite geneigt. Ihr Getue wirkte viel zu niedlich für eine so große Frau. Für eine solche Schönheit. Entweder sie war erst zu einem sehr späten Zeitpunkt ihrer Pubertät erblüht, oder sie hatte eine zierliche, entsetzlich reizende Mutter gehabt. »War das ein Ja? Hatte er es auf ihr Geld abgesehen?«

»Ähm ... ja. Aber er ist nicht mit ihr ins Bett gegangen.«

Ach ja. »Wirklich nicht?«

»Wirklich nicht. Wissen Sie, er hat mir erzählt, daß er *nie* mit ihnen ins Bett gegangen ist, nicht einmal, als er mich noch nicht kannte. Er hat gesagt, daß einsame Frauen ...« Sie war nicht so naiv, nicht zu wissen, daß das, was Norman tat, verwerflich war. Aber sie schien darüber überhaupt nicht entsetzt zu sein; im Moment war sie sich bloß nicht ganz sicher, wie sie es ausdrücken sollte. »Einsame Frauen sind ...«

»Sagen Sie es klipp und klar.«

»Einsame Frauen ... Ich *kann* es nicht sagen. Mir fällt das Wort nicht ein. Wie nennt man jemanden, der nicht genug kriegen kann?«

»Unersättlich?«

»Das ist es!« rief sie. »Hey, Sie und Norman sollten zusammen Scrabble spielen!«

»›Einsame Frauen sind unersättlich ...‹«, half ich ihr auf die Sprünge.

»Wenn man anfängt, mit ihnen ins Bett zu gehen, saugen Sie einen völlig aus. Ich meine, wenn er es ihnen besorgt hätte, glauben Sie, er hätte dann noch Zeit für mich gehabt?«

»Er bleibt also immer auf Distanz?«

»Er *kuschelt* mit ihnen«, erklärte sie gelassen, so, wie Norman es wahrscheinlich ihr erklärt hatte: Ich weiß, das klingt unglaublich, Mary, mein Engel, aber es ist die Wahrheit (an dieser Stelle hatte er wahrscheinlich traurig mit den Schultern gezuckt). Mehr ist da nicht. »Er hält sie im Arm und streichelt ihnen den Rücken. Manchmal gibt er ihnen auch einen Kuß, aber nur auf die Wange oder die Stirn. Keinen richtigen Kuß.«

Das Nieseln ging in einen heftigen Schauer über. Regentropfen klatschten gegen die Fensterscheibe und wurden von einem scharfen Wind in diagonalen Linien am Glas hinuntergetrieben. Im selben Moment warfen Mary und ich einen Blick auf ihre Füße, die abgesehen von den goldenen Riemchen praktisch nackt waren. Es waren große, breite Füße, wie sie sonst nur Ziegelträger haben – bloß daß Ziegelträger ihre Zehennägel nicht korallenrot lackieren.

»Wie hat Norman Bobette kennengelernt?« fragte ich.
»Auf die übliche Weise.«
»Sie wollten mir helfen, Norman zu helfen, Ms. Dean.«
»Mary.«
»Mary. Ich muß alles wissen, was Sie wissen.«
»Okay. Aber ich habe vergessen, was Sie mich gerade gefragt haben.«
»Wo haben er und Bobette sich kennengelernt?«
»Richtig! Ähm, über eine Kontaktanzeige. In *Newsday.*«
»Seine oder ihre Anzeige?«
»Oh, seine. Wir haben in jeder Stadt denselben Text verwendet. Bloß der Anfang war immer anders. In Louisville haben wir beispielsweise ›Herz meines Herzens‹ benutzt und in Scranton ›Liebe ist ein wertvolles Geschenk‹.
»Und auf Long Island?«
»›Auf der Suche nach Liebe.‹ Norman sagt, daß ein Cop oder Privatdetektiv, der ihm auf den Fersen ist, nie die ganze Anzeige liest, sondern ... Wissen Sie, was sein Motto ist?«
»Was?«
»Man kann gar nicht vorsichtig genug sein!« Sie verkündete es voller Stolz, mit zurückgeworfenen Schultern und hoch erhobenem Kopf, genau so, wie die Ehefrau eines Industriemagnaten den Slogan einer Multimillionen-Dollar-Werbekampagne für die Firma ihres Mannes verkünden würde.
»Was stand sonst noch in der Anzeige? In dem Teil, der immer gleich war.«
»›GWM‹ – das heißt geschiedener weißer Mann ... oder geschieden, weiß, männlich. Egal, jedenfalls ›GWM, fünfunddreißig, gutaussehend, groß, Geschäftsmann mit Yale-Abschluß, sucht die wahre Liebe.‹« Mary brach in wohltönendes Lachen aus. »Norman sagt immer: ›Die wissen zum Glück nicht, daß *meine* wahre Liebe ihr Geld ist.‹ Lassen Sie mich nachdenken ... die wahre Liebe. Oh ja, ich hab's: ›Du mußt die Sonette von Shakespeare und schöne Musik mögen, Reisen und lange, romantische Spaziergänge. Oberflächliche Bekanntschaften interessieren mich nicht. Wünsche mir eine dauerhafte Beziehung. Bitte antworte mit Brief und Photo. Hilf mir. In meinem Herzen klafft ein Loch.‹«

Sie sah mich erwartungsvoll an, also sagte ich: »Ich wette, so etwas wirkt wie ein Zauberspruch.«

Meine Anerkennung von Normans literarischer Begabung schien ihr zu gefallen. Sie lächelte wohlwollend. »Und dann, na ja, dann warten wir auf die Post.«

»Bekommen Sie viel?«

»Tonnenweise! Kaum zu glauben. Norman mixt uns jedesmal ein paar Martinis, ich mache uns einen Teller mit kleinen Käsewürfeln, und dann lesen wir die Briefe und teilen sie in Gruppen ein.«

»Zum Beispiel?«

»›Müll‹: Zu jung, mit Familie, Studentin, schlecht bezahlter Job als Kellnerin. Oder sie hat Kinder oder andere Angehörige, um die sie sich kümmern muß – es sei denn, es handelt sich um einen Verwandten, der schon völlig hinüber ist. Dann gibt es den Stapel ›Zu hübsch‹. Wir wollen keine, die Kontaktanzeigen beantwortet, weil ihr die Typen, die sie schon hat, zu langweilig sind. Eine solche Frau wäre nicht verzweifelt genug. ›Zu gescheit‹: Ärztinnen und Anwältinnen zum Beispiel. Wir passen auf, ob sich eine besonders gewählt ausdrückt. Norm sagt: ›Wenn sie Wörter gebraucht, die *ich* erst im Wörterbuch nachschlagen muß, ist sie zu gescheit für mich.‹ Ein paarmal waren sogar Polizistinnen dabei! Briefe von Yale-Absolventinnen kommen auch auf den ›Zu gescheit‹-Stapel, weil Norm etwas Falsches sagen könnte und sie ihm dann auf die Schliche kämen. Aber Sie glauben gar nicht, was die für Briefe schreiben! Eigentlich sollten die in Yale Seminare geben. Und zwar zum Thema: ›Wie angle ich mir einen Mann.‹ Dann gibt es noch die ›Eventuellen‹: Frauen mit mittelmäßig bezahlten Jobs, die aber möglicherweise gute Nebeneinkünfte haben oder vielleicht eine Menge Gespartes, Krankenschwestern und Lehrerinnen und so. Und dann«, sie hielt inne, um sich mit der Zungenspitze über die Oberlippe zu fahren; ihre Stimme wurde heiser, »gibt es die Goldgruben.«

Am liebsten hätte ich auf der Stelle ein heißes Bad genommen und das, was ich gerade gehört hatte, mit einem Massage-Handschuh und antibakterieller Seife wieder abgeschrubbt. Es war nicht so sehr die Gemeinheit dessen, was Mary sagte, sondern das pure Vergnügen, mit dem sie sich im Dreck wälzte. Der Spott, die Grausamkeit, der Jubel. Mir wurde richtig übel davon. Ich drückte auf den Knopf und bat

Sandi, mir als Gegenmittel einen Ingwertee zu bringen. (Sandi und ich hatten einen Getränkepakt: Jedesmal, wenn ich mir von ihr ein Getränk bringen ließ, durfte sie an einem Tag ihrer Wahl fünfzehn Minuten eher Schluß machen. Natürlich hatte ich diesen Pakt in dem Wissen abgeschlossen, daß ihre Arbeitswut ans Zwanghafte grenzte; in den sechs Jahren, die sie bereits für mich arbeitete, war sie erst zweimal früher gegangen.) »Wer kommt auf den Goldgruben-Stapel?« fragte ich.

»Alle, die eine schicke Adresse haben. Norman macht immer fleißig seine Hausaufgaben und weiß in jeder Stadt, in die wir ziehen, wo die reichen Viertel sind. Außerdem alle, die ein Geschäft haben. Wie Bobette. Alle, die schon in Europa waren oder zumindest eine Amerika-Rundreise gemacht haben. Deswegen schreibt er das mit dem Reisen in die Annonce; wenn die Frauen wirklich schon gereist sind, bedeutet das meistens Geld.«

Mary erklärte mir, daß zwar der Anzeigentext immer gleich war, die Antworten auf die Briefe aber jedesmal neu geschrieben wurden. Hier eine kleine Schmeichelei (»Einundfünfzig ist doch nicht alt!«), da ein wenig gezügelte Lust (»Ich konnte meinen Blick nicht von der wunderschön geschwungenen Linie abwenden, mit der Ihre Hand in Ihr Handgelenk übergeht. Bitte entschuldigen Sie. Ich wollte nicht die Grenzen des Schicklichen überschreiten. Aber ich hoffe, Sie werden mir vergeben, wenn ich Ihnen sage, daß Sie aussehen, als würden Sie Eleganz und Emotion in sich vereinen, eine, wie ich finde, *höchst* interessante Kombination.«). Sie kramte aus ihrer Tasche zwei Photos hervor, die er den Frauen mit seinem Antwortbrief schickte. Auf dem einen saß er in Anzug und Krawatte auf der Kante eines Mahagoni-Schreibtisches, die Arme über der Brust verschränkt, ein Mona-Lisa-Lächeln auf den Lippen – damit wäre er glatt als Rausnehmposter in der *Business Week* durchgegangen. Das andere Photo zeigte ihn in Kordhosen und Karohemd, wie er inmitten eines Herbstwaldes an einem Baum lehnte. Er hatte die Ärmel hochgekrempelt, und eine widerspenstige Haarlocke fiel ihm in die Stirn. Norman machte es vom Ton der jeweiligen Briefschreiberin abhängig, welches der beiden Photos er schickte.

»Und dann?« fragte ich.

Mary klatschte vergnügt in die Hände. »Na ja, eine halbe Stunde vor dem ersten Rendezvous gehe ich in die Cocktailbar oder das Restaurant – Norman sagt, wenn sie so klingen, als würden sie nicht gern Alkohol trinken, ist es besser, man lädt sie zum Mittagessen ein. Auf Spesen, wie es so schön heißt. Aber manche von diesen fetten Kühen können drei Gänge verdrücken, deswegen kommt ein Abendessen nicht in Frage. Eine von ihnen hat mal ...«

»Sie arbeiten mit Norman?« fragte ich, erstaunt, daß sie bei seinen betrügerischen Spielchen eine aktive Rolle spielte. Sie machte auf mich den Eindruck eines Menschen, der schon nervös wurde, wenn er seine Karte in einen Kassenautomaten schieben mußte.

»Klar.«

»Mir war nicht bewußt, daß er mit einer Partnerin arbeitet. Sie haben gesagt, daß Sie eine halbe Stunde vor seinem Erscheinen eintreffen. Um sicherzustellen, daß es keine Falle ist?«

»Ja!« antwortete sie, erfreut über meine Fähigkeit, logische Schlüsse zu ziehen. »Norman sagt immer: ›In diesem Geschäft muß man aufpassen wie ein Schießhund.‹« Vor allem mit einem Strafregister wie dem seinen, dachte ich. Wo hatte er bloß dieses Mädchen aufgegabelt? Ja, ich weiß: diese Frau. Aber Mary war gerade zwanzig. Zugegeben, sie hatte nicht alles, aber sie hatte eine ganze Menge. Die Schönheit einer Schauspielerin – wenn sie in ein Stemmeisen investiert und ein paar von ihren Make-up-Schichten weggemeißelt hätte. Eine Ausstrahlung wie ein Engel. Zumindest bis sie über Normans Verbrechen sprach. Dann kroch etwas Erotisches in ihre Stimme, eine heisere Intensität, die ich nicht hören wollte.

»Beim ersten Rendezvous überläßt Norm das Reden den Frauen. Man möchte meinen, sie müßten wissen, daß sie den Mann eigentlich aus der Reserve locken sollten, aber er sagt, ihr Geplappere ist der Schlüssel zum Erfolg. Sie brennen darauf zu reden, und er ist ein sehr guter Zuhörer. Wissen Sie, warum?«

Sie wartete, also fragte ich: »Warum?«

»Weil er ihnen *wirklich* zuhört. Er vergißt kein Wort von dem, was sie sagen. Verwechselt nie eine mit der anderen, selbst wenn er zwei gleichzeitig in Arbeit hat, was inzwischen kaum mehr vorkommt. Er sagt, daß er das früher, als er noch jünger war, oft gemacht hat. Aber das ewige Hin- und Herfahren hat ihn fertiggemacht. Außerdem mußte er ständig die doppelte Menge Liebesbriefe schreiben und jeden Tag zwei Gute-Nacht-ich-liebe-dich- und Guten-Morgen-ich-liebe-dich-Anrufe starten.« Sie hielt inne und legte den Kopf schräg. »Hilft Ihnen das weiter?«

»Möglicherweise.« Wäre ich ein Mann gewesen, hätte mich mein froschgrünes Gegenüber mit den korallenroten Zehennägeln wahrscheinlich entzückt. Mein Partner Chuckie hätte zu ihr gesagt: »Sie sind an diesem trüben Tag ein wahrer Lichtblick, meine Liebe.« Aber für mich war Mary ein Schandfleck in der Landschaft. Ich liebe meine ländliche Kanzlei mit ihrer blauweißen Couch und den gerahmten Photos von der Küste Long Islands – wahren Schönheiten –, die mein Freund gemacht hat; sie hängen neben meinen Diplomen an der Wand. Zugegeben, ich bin in einem dieser schrecklichen modernen Vorstadtbürokomplexe aus weißem Stein und getöntem Glas gelandet, in deren oberen Etagen Ärzte und Anwälte residieren, während die unteren von gefragten Fußpflegern und kleineren Softwarefirmen besetzt sind. Aber in der Kanzlei selbst hatte ich es mir recht schön gemacht. Da paßte Mary mit ihrem schreiend froschgrünen Kostüm absolut nicht hinein.

Warum, so werden Sie vielleicht fragen, hatte ich solche Vorbehalte gegen Mary Dean, obwohl ich mich doch mit manchen meiner Mandanten, die vielfache Mörder waren oder ihre Frauen schlugen, gemütlich unterhalten konnte? Ich weiß es nicht – ich fand nur, daß ihre mädchenhafte Freude an Normans Grausamkeit den Frauen gegenüber eine derbe, sexuelle Seite hatte, die zu verbergen sie sich nicht einmal die Mühe machte. Ganz im Gegenteil: sie protzte sogar noch damit. Was war bloß mit dieser jungen Dame los, daß sie eine solche Show abzog? »Erzählen Sie mir, wie Sie beide die Frauen gelinkt haben.«

»Also, beim ersten Rendezvous passiert noch gar nichts«, sagte sie und lehnte sich in ihrem Sessel zurück. Allmählich schien sie sich wohler zu fühlen. »Das dient nur dazu, sie zu erobern. Nein, das ist nicht das richtige Wort.«

»Becircen?«

»Schon eher.« Sie massierte ihre rechte Wade auf eine Weise, die ein Mann bestimmt als eindeutiges Angebot aufgefaßt hätte. Für eine Frau kurz vor der Menopause war der Anblick bloß frustrierend. Sie dachte dabei aber gar nicht an mich. Sie dachte an Norman und den

Nervenkitzel ihrer gemeinsamen Betrügereien, und das ließ jede ihrer Bewegungen selbstbewußt und sinnlich wirken. »Wenn alles gut läuft, laden sie ihn beim nächsten Mal schon zu sich nach Hause zum Abendessen ein. Das kommt daher, daß er ihnen immer erzählt, wie sehr es ihm zum Hals heraushängt, immer vor laufendem Fernseher oder im Restaurant zu essen. In neunzig Prozent aller Fälle kommen sie darauf zurück. Also bringt er französischen Wein mit, sie unterhalten sich, und er erzählt ihnen ein bißchen von seiner Scheidung.«

»Ist er wirklich geschieden?« fragte ich. Hoffentlich hörte sie bald auf, ihr Bein zu betatschen.

»Natürlich nicht!« lachte Mary amüsiert, als hätte ich gerade einen fürchterlichen Fauxpas begangen. »Er war noch nie verheiratet.« Ihre Heiterkeit verebbte. »Eigentlich hatten wir geplant zu heiraten. Am ersten Juni. Eine Juni-Hochzeit.«

Ich wollte nicht hören, daß sie die erste Frau sei, die er je geliebt habe, und wie sehr sie darauf zähle, daß ich ihn freibekommen würde. »Was erzählt er seinen Opfern über die angebliche Scheidung?«

»Daß er sich eine gutgehende kleine Firma aufgebaut hatte. Als Verleger einer Zeitschrift für Anlageberatung. Verstehen Sie? Auf diese Weise fangen die Frauen an, ihn wegen ihrer Finanzen um Rat zu fragen, und er bekommt schnell eine Vorstellung davon, was sie haben und wie gut sie sich auskennen. Er erzählt ihnen, daß die Firma leider auf den Namen seiner Frau läuft, die sie ihm nicht mehr zurückgeben will. Ohne ihn ist das Geschäft wertlos, aber seine Frau läßt es vor die Hunde gehen. Er tischt ihnen auf, daß sie aus einer reichen Familie kommt, so daß es für sie keine Rolle spielt. Daß sie ihn damit bloß verletzen wolle.« Sie hob eine schlaffe Haarlocke von ihrer Schulter und begann sie auf ihren Zeigefinger zu drehen, als wäre es ein Lockenwickler.

»Und bei Bobette hat er das auch so gemacht? Sie hat für ihn gekocht?«

»Ja. Schmorbraten nach Yankee-Art. Norm hat gesagt, daß es ein wirklich leckerer Schmorbraten war. Dann hat er ihr von der Firma erzählt und Photos von seinen Jungs gezeigt. Die Bilder stammen aus einer Brieftasche, die er in einem Einkaufszentrum in Chicago geklaut hat. Er ist kein Taschendieb oder so was, aber wenn jemand etwas kauft und die Brieftasche auf dem Tresen liegenläßt, dann nimmt er sie, weil er darin manchmal gute Familienphotos findet. Die letzte war großartig. In der waren gleich mehrere Photos von denselben beiden Jungs, also hat er je eins für seine Brieftasche behalten und die anderen vergrößern und einrahmen lassen. Sie sehen so *echt* aus.«

»Die geklauten Kreditkarten benutzt er nicht?«

»Nein. Er sagt, das ist zu riskant. Aber er benutzt den Ausweis, bloß nicht in dem Staat, in dem er ihn geklaut hat.«

»Er hat ihr also die Photos von den Jungs gezeigt.« Sie nickte eine Spur zu heftig. Ich merkte, daß es ihr bloß darum ging, mit ihren wippenden Locken anzugeben. »Warum nicht mal ein Photo von einem Mädchen?« fragte ich, die Mutter einer Tochter.

»Nennen Sie mir eine Frau auf der Welt, die gerne eine Stieftochter hätte! Ein Stiefsohn ist nicht so schlimm, und diese beiden Jungs sind wirklich süß. Einer trägt eine Pfadfinderuniform. Norman hat den einen Joey getauft und den anderen Soundso junior, je nachdem, welchen Namen er gerade benutzt.«

»Wie geht es dann weiter?«

»Er wartet bis zum dritten Rendezvous. Das findet im Liebesnest statt.«

»Was meinen Sie mit Liebesnest?«

»Ein kleines möbliertes Zimmer, das wir mieten. Nicht für uns. Wir haben unsere eigene Wohnung. Das Liebesnest ist für ihn und die jeweilige Heiratskandidatin. Wissen Sie, früher hat Norman immer bloß ein Apartment benutzt, für seine Freundinnen und die Kandidatinnen, aber das hieß, daß die Freundinnen jedesmal verschwinden mußten, wenn eine Kandidatin anrückte. Und sie mußten einen großen Koffer oder eine riesige Tasche mit ihrem ganzen Zeug im Kofferraum des Wagens verstecken, damit die Kandidatin nichts merkte. Als ich anfing, mit Norman zu arbeiten, mußte ich das auch noch.« Sie lächelte und wurde dabei rot wie eine glückliche Braut. »Aber dann sagte er, er könne es nicht mehr ertragen, daß ich so leben müßte, und deswegen haben wir in letzter Zeit immer ein billiges Zimmer als Liebesnest gemietet. Er erzählt den Frauen, daß das nur für den Übergang ist, bis er sich wieder gefangen hat. Am Anfang hatte er Angst, daß das Zimmer vielleicht zu schäbig sein könnte und die Frauen abschrecken würde, aber ... es erübrigt sich eigentlich, daß ich das sage. Nichts kann sie abschrecken.«

»Wo ist dieses Liebesnest?« fragte ich.

»In Manhasset. Es ist nicht *so schlimm,* abgesehen davon, daß bei der Klobrille auf einer Seite ein großes Stück abgesplittert ist, so daß die Stelle aussieht wie – Sie wissen schon – eingetrocknete Kacke.«

»Wann benutzt er das Liebesnest?«

»Nicht sehr oft, aber er muß schließlich zeigen, daß er irgendwo wohnt. Außerdem gibt es mir die Möglichkeit, ihn wegen seines Wagens anzurufen.« Ich wartete. »Wissen Sie«, fuhr sie fort, »wir haben uns da etwas ausgedacht. Er geht genau um fünf vor halb zehn aufs Klo. Dann rufe ich an und hinterlasse eine Nachricht auf seinem Anrufbeantworter, der auf volle Lautstärke gestellt ist: ›Mr. Soundso, hier spricht Ms. McDonald. Ich rufe sie im Auftrag des Pinnacle Zwangspfändungsbüros an.‹« Mary sprach plötzlich abgehackt, in einem gereizten, fast ärgerlichen Ton. »›Hören Sie, wenn Sie das Geld für Ihren Wagen nicht bald auftreiben, wird er gepfändet, entsprechend der gerichtlichen Verfügung, die Ihre Ex-Frau gegen Sie erwirkt hat. Wir haben nun wirklich genug Geduld bewiesen, Mr. Soundso.‹«

Normalerweise bin ich ziemlich gut darin, eine linke Tour zu durchschauen, aber diesmal dauerte es eine Minute, bis ich dahinterkam, und ich brauchte Hilfe. »Die Heiratskandidatin hört die Nachricht und …«

»Norman tut, als wäre ihm das furchtbar peinlich. Und dann schüttet er ihr sein Herz aus. Er zeigt ihr ein Photo von seinem Wagen, einem Jaguar XJS Cabriolet. Manchmal ist es auch ein Mercedes E320. Wir machen ab und zu eine Probefahrt, und dann photographiere ich ihn mit heruntergelassenem Verdeck.«

Da kapierte ich. »Damit die Heiratskandidatin denkt, daß er in sein Auto verliebt ist.«

»Na ja, er ist wirklich vernarrt in solche Autos. Ehrlich. Jedenfalls fängt er an zu weinen, während er von dem Auto redet. Er erzählt den Frauen, daß der Wagen für ihn die ganze Scheidung symbolisiert, alles, was er verloren hat.«

»Damit die Betreffende weiß, daß sie Dreißig- oder Vierzigtausend hinblättern und den Wagen für ihn zurückkaufen muß, wenn sie ihn glücklich machen will?«

»Oh, so ein Auto kostet mehr als Vierzigtausend!« Sie lächelte über meine Unwissenheit. »Zumindest soll sie ihm helfen, es zurückzukaufen. Aber das passiert noch nicht an diesem Abend. Ich meine, er trifft sich einfach weiterhin mit der Frau. Anfang der dritten Woche erklärt er ihr, er wünschte, er wäre in der Lage, eine ernsthafte Beziehung mit ihr einzugehen. Ende der Woche ist sie dann bereit, zur Bank zu gehen. Aber er sträubt sich noch. Er sagt: ›Ich werde das auf keinen Fall zulassen!‹«

»Wie lange dauert es, bis er sich überzeugen läßt?«

»Weitere zwei Wochen.« Ich war überrascht, daß er sich so lange Zeit ließ, und das muß man mir angesehen haben, denn sie setzte zu weiteren Erklärungen an. »Auf diese Weise verlieben sie sich so hoffnungslos in ihn, daß sie es gar nicht mehr raffen, wenn er schließlich das Geld nimmt und losfährt, um den Wagen zu holen. Er ruft sie von unterwegs aus an und sagt ihnen, daß der Papierkram ihn noch eine Weile aufhalten wird, und dann – Bingo! Nichts wie weg. In der Zwischenzeit …« Ich glaube, ihr war klar, daß der gute Geschmack ein schadenfrohes Grinsen verbot, aber ansatzweise brach es trotzdem immer wieder durch. Ihre Augen funkelten. »Sie warten *tagelang*, bevor sie es sich endlich eingestehen und die Polizei anrufen.«

Ich sagte: »Ich nehme an, Sie wissen, daß viele Opfer nicht zur Polizei gehen, wenn sie auf einen Heiratsschwindler hereingefallen sind. Sie fühlen sich zu sehr gedemütigt.«

»Zu verliebt!« entgegnete sie lebhaft. »Er ist ein großartiger Schauspieler! Sie wollen es einfach nicht glauben, daß er sich aus dem Staub gemacht hat. Wissen Sie, was ich oft zu ihm sage? Daß ich glaube, daß er sich doch ein bißchen in jede von diesen Puten verliebt, weil er sie sonst nie davon überzeugen könnte, daß seine Gefühle echt sind.« Ihre Stimme klang plötzlich weich wie Seide. »Mir ist noch nie eine Frau untergekommen, die sich nicht in ihn verliebt hätte. Ich meine, selbst wenn sie ihm nur eine Sekunde gegenübersteht. Die Frau in der chinesischen Wäscherei. Die Kartenverkäuferin im Kino.« Sie musterte mich, als erwartete sie, daß ich gleich die Hand heben und rufen würde: Ich auch! Als ich ihr den Gefallen nicht tat, fügte sie hinzu: »Es ist, als hätte er einen Zauberstab. Ich muß oft an eine Stelle denken, die ich mal gelesen habe, wahrscheinlich in einem Märchen. Vielleicht war es aber auch ein Taschenbuch: ›Es stand nicht in ihrer Macht, ihm zu widerstehen.‹ Ich glaube, es gibt auf der ganzen

Welt keine Frau, die Norman widerstehen kann. Es gibt solche Männer. Ich war ihm schon nach zwei Sekunden verfallen. Er hätte mich am nächsten Morgen einfach stehenlassen können.«

»Aber das hat er nicht getan.«

»Er hat gesagt, daß er erst seit er mich kennt weiß, was Liebe ist.« Der Schimmer in ihren Augen verwandelte sich in Feuchtigkeit. Eine einzelne Träne wurde von einer Mascara-Barriere aufgehalten. Vielleicht weinte sie diese besondere Träne nicht aus Liebe, sondern aus Angst. Marys Züge erstarrten, als hätte sie jemand auf Zelluloid gebannt und eingefroren, damit vor dem Hintergrund dieses Gesichtsausdrucks der Abspann des Films ablaufen konnte. Vielleicht war ihr klargeworden, wie brutal Normans Masche war und wie deutlich sich darin sein tiefer Frauenhaß zeigte. Glaubte sie allen Ernstes, daß ihre Schönheit sie davon ausnahm? Oder spürte sie, daß sie ebenfalls ein Opfer Normans war? Hatte sie insgeheim immer schon befürchtet, daß er sie auch nur benutzte, um sie dann eines Nachts zu verlassen?

»Wo wollten Sie heiraten?«

»In der nächsten Stadt. Boston, hat er gesagt. Er hatte schon über zehn Jahre nicht mehr in Boston gearbeitet. Ich habe gefragt: ›*Boston?* Und vielleicht Flitterwochen in Miami Beach?‹ Daraufhin hat er gemeint, daß all die reichen alten Witwen dort unten viel zu gerissen sind, was Heiratsschwindler betrifft. Die rechnen schon fast damit. Er hat gesagt, wir sollten erst mal aus Long Island verschwinden, wenn er mit Bobette fertig sei, und dann weitersehen.«

»Was hat er mit Bobettes Geld gemacht?« fragte ich.

»Das hat er nie bekommen! Er hatte sie noch nicht so weit.« Aber ich wußte, daß Bobette an dem Nachmittag, an dem sie ermordet wurde, achtundvierzigtausend Dollar abgehoben hatte. Mary sprach weiter: »Norman hat gesagt, daß Bobette eine harte Nuß war, aber wenn er erst einmal ihre Schale geknackt hätte ...«

»Was dann?«

»Er war sicher, daß sich der Aufwand lohnte. Daß unter der harten Schale ein saftiges Sümmchen auf uns wartete!«

6

Bei den Katholiken heißt es, daß ein Kind mit sieben Jahren das Alter der Vernunft erreicht hat. Da Sylvia White keine Katholikin war, gab es keinen Grund, warum sie von diesem Meilenstein hätte wissen müssen. Trotzdem war sie sich vage bewußt, daß ein siebter Geburtstag besondere Bedeutung hatte. Deshalb richtete sie Lees Zimmer neu ein.

Herunter mit der pastellfarbenen Lämmer-Tapete, weg mit der gelbweißen Gingham-Tagesdecke! Das ganze Zimmer wurde mit einem zotteligen pflaumenfarbenen Teppich ausgelegt, und als Bett sollte von nun an eine Schlafcouch mit einem Bezug aus schwerer Baumwolle dienen. Der Stoff war babyrosa, mit einem Muster aus ineinandergreifenden Dreiecken in Himbeerrot und rostigem Orange.

Im Zusammenhang mit vorpubertären Töchtern radikaler gesellschaftlicher Aufsteiger war eine rosa-orange Farbpalette zwar durchaus schon gesichtet worden, aber an der Nordküste von Long Island war Lees Zimmer das erste seiner Färbung. Unter den modebewußten Vorstadtfrauen, mit denen Sylvia befreundet war, brachte ihr das einiges Ansehen ein: »Ich bin sprachlos! Einfach umwerfend!« »Erst habe ich meinen Augen nicht getraut ... rosa und orange! Aber es funktioniert! Diese Sylvia ... sehr talentiert.« »Mehr als das: eine richtige Künstlerin!«

Ästhetische Fragen sind für eine Zweitkläßlerin normalerweise kein Thema, aber Lee mußte sich zwangsläufig damit auseinandersetzen. Sie vermißte ihre pastellfarbenen Lämmer. Aber da sie tatsächlich schon das Alter der Vernunft erreicht hatte, wußte sie, was für ihre Eltern wirklich zählte: erstens Kleidung, zweitens Möbel. Sie lernte schnell. Ein stilistischer Fauxpas rief zwangsläufig eine heftige Reaktion hervor – was sie insgeheim als »Mommys wildes Wutgeschnaube« bezeichnete, ein verärgertes, durch Raucherbronchien verstärktes Schnaubgeräusch. Es dauerte nicht lange, bis sie herausgefunden hatte, wie sie es vermeiden konnte. Wenn ihr ihre Mutter, sagen wir mal, ein Stück gechintzten mandarinefarbenen Baumwollstoff unter die Nase hielt und fragte: »Was hältst du davon?«, war sie klug genug, erst einmal zu überprüfen, was für ein Gesicht ihre Mutter gerade machte – das »Igitt-Gesicht« oder das »Ist-das-nicht-wunderbar-Gesicht« – und dann entsprechend zu reagieren.

Dabei war Lee keineswegs ein unterwürfiges Kind. Ganz im Gegenteil. Aber nachdem sie herausgefunden hatte, daß es ihrer Mutter hauptsächlich um Äußerlichkeiten ging, mußte Lee, um als brave Tochter zu gelten, lediglich ihre Nagelbürste benutzen, oft »danke« sagen, viel lächeln und Sylvia immer dann die Entscheidung überlassen, wenn es um Kleidung oder Inneneinrichtung ging. Zu schweigen, wenn über die Haarspange des Tages entschieden wurde, schien kein zu hoher Preis für ihre Freiheit zu sein. Dann ließ man sie in Ruhe. Dieses Kind hatte es nicht nötig, nachts klammheimlich auf Keksjagd zu gehen. Sie mußte nicht mit der Taschenlampe unter der Bettdecke lesen und sich dabei akutem Sauerstoffmangel aussetzen. Lee konnte nach Lust und Laune Mallomars in sich hineinschlingen. Niemand hielt sie davon ab, bis in die frühen Morgenstunden zu lesen, angestrahlt vom hellen Lichtkegel einer Hundert-Watt-Glühbirne unter einem kürbisfarbenen Glasschirm, der wie ein Chinesenhut geformt war und direkt über ihrem Bett hing.

Mit sieben Jahren wußte Lee (während sie auf Sylvias Schmuckstück saß, einer Chaiselongue, die wie eine Amöbe geformt und mit einem apricot und knallpink gestreiften Stoff bezogen war), daß Unterwerfung unter die modischen Launen ihrer Mutter der beste Weg, nein, der einzige Weg war, um mit ihr gut auszukommen. Wenn Sylvia mit ihr in die Stadt fuhr, um einen neuen Frühjahrsmantel und Halbschuhe zu kaufen, konnte das richtig Spaß machen: Erst gab es ein Bloß-wir-Mädels-Mittagessen in einem Restaurant mit aquamarinblauen Tischdecken und heißem Eierkuchen; dann machten sie sich gemeinsam über alle möglichen Igitt-Kleider lustig, beispielsweise das mit den Plastikkirschen am Busen, das sie bei Best & Company gesehen hatten; zum Schluß schauten sie in Daddys Pelzgeschäft vorbei, wo Mommy alle neuen Modelle anprobierte und Dolly ihr ein Stück Chinchilla zum Streicheln gab. Sie begriff, daß es taktisch klug war, »Wow!« zu rufen, wenn ihre Mutter einen dreiviertellangen Silberfuchs vorführte. Es zeigte, daß Lee wußte, was im Leben wichtig war – Pelze und Stilgefühl –, und ließ ihre weinerliche kleine Schwester, die immer bloß nach Hause wollte, noch schlechter wegkommen.

Im Alter von vier Jahren hatte Robin Renée White die Verdauungsbeschwerden, die sie als Kleinkind fast rund um die Uhr hatten schreien lassen, gegen eine permanente Persönlichkeitskolik eingetauscht. Nichts machte sie wirklich glücklich. Man hörte sie nie lachen. Die Gesellschaft anderer Kinder machte sie nervös. Der Lärm auf dem Spielplatz verursachte ihr Kopfschmerzen. Ein einfaches Spiel konnte sie in helle Aufregung versetzen. Natürlich gab es Momente – wenn sie sich »Bibbidi-Bobbidi-Boo« auf ihrer *Cinderella*-Platte anhörte oder für Papierpuppen Kleider ausschnitt –, in denen Robins hübsches, herzförmiges Gesicht einen rührend weichen Ausdruck annahm. Dann sahen sich Sylvia und Leonard an und stießen einen Seufzer der Erleichterung aus: Vielleicht haben wir das Schlimmste überstanden. Vielleicht können wir diesmal den Photographen kommen lassen, ohne daß sie vor Entsetzen aufheult – »Oooo! Wooo!« –, wenn das Blitzlicht losgeht. (Gerechterweise sei hier angemerkt, daß sich Lee bei den seltenen Gelegenheiten, wenn Robins Nerven sich entspannten und sie zu lächeln begann, nicht zu schade war, sich von hinten an ihre Schwester heranzuschleichen, sobald Sylvia und Leonard ihr den Rücken zukehrten, und Robin schnell und fest in die Rippen zu knuffen, so daß das kleine Mädchen das bißchen Gleichmut, das sie besaß, sofort wieder verlor und in wahnsinniges Kreischen ausbrach.)

Trotzdem stellte Robin eine Konkurrenz für sie dar. Daran bestand kein Zweifel. Sie war viel hübscher als Lee, wenn man unter »hübsch« große Augen in einem elfengleichen Gesicht verstand und eine Rosenknospe von einem Mund. Außerdem war sie auffallend zierlich. Lee war eher kräftig gebaut: Ihr Körper entging den unvermeidlichen Folgen der Mallomars nur deswegen, weil sie ein streunendes Gen für Sportlichkeit aufgeschnappt hatte. (Dieses bestimmte Gen war zum letztenmal in ihrem Ur-Urgroßvater väterlicherseits aufgetreten, der der schnellste Läufer im ländlichen Pinsk gewesen war – angesichts der Neigungen der benachbarten Bauern ein nicht unwillkommenes Talent.) Abgesehen davon wies Lee keine besonderen Merkmale auf. Ihr braunes, zu Zöpfen geflochtenes Haar war weder gerade genug, um in der Sonne zu glänzen, noch lockig genug, um sie unwiderstehlich zu machen. Ihre Züge waren durchaus sympathisch, aber nicht so einzigartig, um deswegen viele Worte zu verlieren.

Robin war außerdem gescheiter als Lee, zumindest wenn sich Intelligenz anhand normierter Intelligenztests messen läßt, anhand des Alters, mit dem man zu lesen beginnt, oder anhand der Fähigkeit, ausführliche Division als faszinierenden Prozeß statt als Plage zu betrachten. Aber das kam erst später. Mit vier Jahren neigte die schlaue kleine Robin dazu, spöttische Tsk-tsk-Laute auszustoßen, wenn ihre siebenjährige Schwester eine Meinung zum Ausdruck brachte – was ziemlich häufig vorkam. Daß Lee diesen Spott ignorierte und einfach weitersprach, war ein frühes und auffallendes Anzeichen dafür, daß sie tatsächlich das Zeug dazu hatte, Anwältin zu werden. Natürlich war das damals noch niemandem klar.

Von ihrer Chaiselongue neben dem Fenster konnte Lee die leicht abfallende Rasenfläche vor dem Haus sehen und etwas weiter unter den nierenförmigen Swimmingpool in seiner sommerlich türkisen Pracht. (Das Whitesche Haus selbst, eine durchaus anmutige Ansammlung von Holz, Stein und Glasflächen, entworfen von einem Architekten, der bei einem Architekten studiert hatte, der seinerseits im Jahre 1937 für Frank Lloyd Wright gearbeitet hatte, thronte auf einem knappen Hektar samtigen Rasens.) Lee konnte sehen, daß ihre Mutter auf der anderen Seite des Badehauses – einem Schuppen mit zwei Umkleidekabinen und einer Bar, für den Leonard viel zuviel bezahlt hatte – damit beschäftigt war, ein Kunstwerk zu schaffen. Oder es zumindest versuchte.

Sylvia White war der lebende Beweis dafür, daß der Mythos von der intellektuellen Überlegenheit der Juden nicht immer stimmte. Sie hatte kaum Phantasie, so gut wie keine Wißbegierde und nur eine sehr grundlegende, intuitive Intelligenz. Was sie hatte, war Stil. Sie wirkte elegant, war immer eine Augenweide – selbst in hochgekrempelten, farbverkleckten Khaki-Shorts und dem alten weißen Oxford-Hemd von Leonard, das sie zum Malen trug. Ihr honigfarbenes Haar war mit einem blauen Band zurückgebunden, damit ihr der Wind nicht das Haar auf die feuchte Leinwand blasen konnte, die auf der Staffelei vor ihr stand.

Das Gemälde! Von dort, wo Lee saß, sah es aus, als würde Sylvia mit einem Dolch auf ihr Bild einstechen. Aber Lee wußte, daß ihre Mutter damit beschäftigt war, die Blätter der Platane zu malen, die sie seit drei Monaten einzufangen versuchte. Mit der flachen Seite ihres

Pinsels tupfte sie Grün auf nackte graubraune Äste. Puff, puff, puff, machte der Pinsel. Lee war zu weit entfernt, um irgendwelche Details erkennen zu können, aber sie hatte schon genug von den Werken ihrer Mutter gesehen, um die Wahrheit zu kennen: Sie malte erbärmlich. Selbst ein siebenjähriges, künstlerisch so gut wie gar nicht begabtes Kind konnte sehen, daß Sylvias Bäume eindimensionale, leblose Dinge waren. Dasselbe galt für Sylvias Stilleben – Orangenschnitze und ein Hammer, eine Blumenvase neben einer Hutschachtel ... ganz zu schweigen von ihrem Porträt von Duchess, der Collie-Hündin. Letzteres hatte Sylvia über dem Kamin im Wohnzimmer aufgehängt. Lee hatte gesehen, wie ihr Vater hin und wieder einen schnellen, verlegenen Blick darauf warf. Ein paar Monate später wurde es abgenommen und durch ein Gemälde ersetzt, das aus lauter schwarzen Schnörkeln bestand. Lee hörte ihren Vater nicht ohne Stolz sagen, das Bild sei so teuer gewesen, daß er sich dafür auch ein Schlachtschiff hätte kaufen können.

Auf diese Weise hatte Lee bereits im Alter der Vernunft begriffen, wie mittelmäßig ihre Mutter war, und war zu dem Schluß gekommen, daß für sie nur Äußerlichkeiten zählten. Mit einer Ausnahme allerdings. Lee erkannte, daß es im Leben ihrer Mutter eine einzige wahre Leidenschaft gab: ihren Vater.

Während sich Leonards Distanziertheit Sylvia gegenüber in völlige Gleichgültigkeit (hart an der Grenze zu eisiger Kälte) verwandelte und er seine Aufmerksamkeit immer mehr Le Fourreur und seiner modelnden und buchhaltenden Geliebten Dolly Young zuwandte, wurde die Leidenschaft, die seine Frau für ihn empfand, immer größer. Es war eine perfekte umgekehrt-proportionale Entwicklung. Lee beobachtete, wie ihre Mutter ihren Vater mit ihren Blicken verschlang, während er Barbecue-Sauce auf Spare Ribs pinselte – mit so vielen Pinselstrichen, daß Lee sofort klar war, daß seine Gedanken bei etwas anderem als Schweinefleisch waren. Sie beobachtete das kokette Getue ihrer Mutter – wie sie ihn auf den Nacken küßte, während er den neuen Fernseher im Arbeitszimmer ausprobierte, oder wie sie sich neben ihm auf dem Liegestuhl räkelte, während er am Pool seine Sonntagszeitung las. Sylvias Annäherungsversuche schienen bei ihm nur Befremden hervorzurufen. Aber offenbar konnte die Frau einfach nicht anders. Lee beobachtete ihre Mutter oft dabei, wie sie sich herausputzte, bevor ihr Vater nach Hause kam: Sie frisierte sich neu, tupfte sich einen weiteren Punkt flüssiges Rouge auf die Wangen, verstrich die Farbe fast zärtlich auf ihrer Haut, fummelte anschließend am Ausschnitt ihrer Folklorebluse herum – zog ihn über beide Schultern, schob ihn wieder hoch, ließ ihn wie zufällig über eine Schulter gleiten und zerrte schließlich so lange daran, bis ein Stück von ihrem Busen freigelegt war. All das bewies Lee zweifelsfrei, daß Sylvia durchaus in der Lage war, Gefühle zu entwickeln.

Wie kam es dann, daß sie keine für ihre Tochter erübrigen konnte? Nicht daß Lee sich diese Frage bewußt gestellt hätte: Warum ist eine privilegierte amerikanische Frau nicht in der Lage, ihrem Nachwuchs genausoviel Zuneigung entgegenzubringen wie eine durchschnittliche Hyäne? Das war eine gute Frage. Aber mit sieben (und mit vierzehn und wahrscheinlich auch noch mit einundzwanzig) kann selbst ein noch so analytisch denkendes Kind diese Frage nicht befriedigend beantworten. Letztendlich läuft es darauf hinaus: Die Mutter liebt es nicht, weil es einfach nicht liebenswert ist.

Immerhin gab es in Lees Leben doch ein wenig Zärtlichkeit, ein bißchen körperliche Zuwendung. Sie bekam ihre Streicheleinheiten einmal im Monat, wenn die Eltern ihres Vaters auf Besuch kamen, Big Bella und Nat, der Kommunist.

Wenn ihre dreihundert Pfund schwere Grandma Bella sie umarmte (»Wie geht es meinem hübschen Schätzchen?«), lief sie jedesmal Gefahr, zwischen dem monströsen großmütterlichen Busen zu ersticken. Und wenn Grandpa Nat ihr voller Dankbarkeit durchs Haar wuschelte, weil sie nach oben gelaufen war und ihr Sparschwein geleert hatte (damit sie, wie er ihr erklärte, ihre siebzehn Dollar und vierundvierzig Cent den »bedürftigen Negerkindern unten im Süden« spenden konnte), riskierte sie jedesmal eine Glatze.

Das Risiko lohnte sich. Menschen sind nun mal wärmesuchende Wesen. Allerdings reicht einmal im Monat nicht aus, und die Besuche der Weissbergs bei den Whites wurden durch schlimme Spannungen beeinträchtigt: Leonards Gesicht wurde erst aschgrau und dann bläulich, fast schon blau, wenn er die Stimme seiner Mutter hörte (»Bist du jetzt eine so große Nummer, daß du deiner Mutter keinen Kuß mehr geben kannst?«). Und erst Sylvias entsetzter Gesichtsausdruck, wenn sie die weißen, haarlosen und klapperdürren O-

Beine ihres Schwiegervaters in roten Bermuda-Shorts erblickte! Da Lee ein aufgewecktes Mädchen war, wurde ihr zwangsläufig irgendwann bewußt, daß sie das, was ihr rechtmäßig zustand – nämlich Liebe –, von ihren eleganten, stets leise sprechenden Eltern nicht bekam. Warum nicht? War es denn nicht die Pflicht ihrer Eltern, ihr bedingungslose Liebe zu schenken? Und wie kam es, daß ihre Großeltern, die bereit waren, diese Liebe zu geben, ihren Eltern fast schon Übelkeit verursachten?

Aber wenn die traditionellen Psychologen recht haben, kommt die Schlüsselrolle im Leben eines Kindes ohnehin der Mutter zu. Lee, die als Erwachsene durchaus zur Selbsterforschung neigte, hatte keine Ahnung, wie viele verschiedene Taktiken sie im Lauf ihrer Kindheit anwandte, um diese Frau für sich zu gewinnen, die im besagten Moment des Jahres 1957 etwa hundertfünfzig Meter von ihr entfernt stand und ein schreckliches Bild von einem sehr schönen Baum malte.

Um der Gerechtigkeit willen und im Interesse des Feminismus sollten wir allerdings darauf verzichten, Sylvia Weissberg-Weiss-White den schwarzen Peter zuzuschieben. Erstens gibt es in dieser Geschichte schlimmere Menschen. Viel schlimmere. Und zweitens war Sylvia, selbst wenn man davon ausgeht, daß die Mutter der Stern am Firmament eines Kindes ist, nur einer von zwei Elternteilen. Wenn sie ihrer Rolle nicht gerecht wurde, wie kommt es dann, daß der andere Elternteil nicht einspringen konnte, um seinerseits seiner Rolle gerecht zu werden? Glaubte Leonard wirklich, daß vier Zoobesuche, gelegentliche Ausflüge nach Carvel und ein paar Gutenachtgeschichten, wenn Lee Windpocken hatte, ihn zu einem guten Vater machten?

Glaubte er allen Ernstes, daß er, um ein guter Familienvater zu sein, lediglich die Ballettstunden seiner Töchter bezahlen und darauf verzichten mußte, sich von seiner Frau scheiden zu lassen und seine Geliebte zu heiraten? Leonard wußte es besser. Nein, er *fühlte* es besser, denn gelegentlich stieg in ihm eine Welle der Liebe für seine Kinder auf, die direkt aus seinem Herzen kam. Aber bei solchen Gelegenheiten, beispielsweise, wenn Lees Geschicklichkeit beim Baumklettern ihn mit großer Angst und noch größerem Stolz erfüllte, oder wenn Robins Interpretation von Jerry Lewis' Rolle in *Der Held von Brooklyn* ihn stolz machte und er sie packte, umarmte und mit Küssen bedeckte, spürte er jedesmal eine Veränderung in Sylvia. Dann blickte er fragend auf: Nein, da war nichts, bloß ein breites Ist-sie-nicht-süß?-Lächeln. Aber dieses Lächeln (vielleicht bildete er es sich nur ein?) wirkte eine Spur zu breit, so daß sogar ihre Backenzähne zu sehen waren. Also befreite er sich aus der Umarmung des kleinen Mädchens, zwinkerte ihr freundlich zu, gab ihr einen Klaps auf den Hintern und entließ sie wieder für ein, zwei Jahre.

Jenseits von Sylvias Staffelei erstreckte sich dort, wo der gut gedüngte Rasen endete, ein etwa dreißig Meter breiter Waldstreifen, der, wenn die Bäume belaubt waren, die Illusion erweckte, als wäre das Whitesche Grundstück ein herrschaftliches Anwesen, zu dem ein großer Wald gehörte. Aber von ihrem Fenster im ersten Stock konnte Lee sehen, daß dem nicht so war. Das Land stieg etwa zwölf Meter an, um dann dort, wo Hart's Hill begann, wieder flacher zu werden. Ja, ein Haus mit einem Namen. Lee konnte es von ihrem Fenster aus zwar nicht sehen, aber sie wußte, daß es da war. Ein Anwesen. Das Nachbaranwesen.

Hart's Hill wurde im achtzehnten Jahrhundert nach den Hirschen benannt, die an der Nordküste von Long Island entlangstreiften. Diese edlen (wenn auch hoffnunglos zeckengeplagten) Säugetiere schienen sich zu dieser Erhebung besonders hingezogen zu fühlen. Sie grasten an genau der Stelle, an der 1757, 1820 und 1898 das Herrenhaus gebaut werden sollte. (Das erste Haus wurde durch ein Feuer zerstört, dem neben einer gewissen Mrs. Rebecca Taylor auch die heiße Milch mit Rum und Gewürzen zum Opfer fiel, die sie gerade zubereitete. Das zweite wurde von einem Mr. Arthur Taylor niedergerissen und das dritte von selbigem neu erbaut, nachdem er sich als Anwalt zwei Millionen damit verdient hatte, daß er Edward Harriman mit juristischem Rat zur Seite stand, als Harriman die Union-Pacific-Eisenbahn erwarb.)

Aber bevor alle diese Bauprojekte und gesellschaftlichen Aufstiege dem Treiben des edlen Rotwilds ein Ende setzten, konnte ein richtiger Hirsch problemlos besagten Ort erklimmen. Während sein Fell rot in der Sonne leuchtete, konnte so ein Hirsch beispielsweise nach Norden über die grimmig grauen Wasser des Long Island Sounds auf die dunkelgrünen Wälder des amerikanischen Festlandes starren.

Die Taylors von Hart's Hill selbst hatten es nicht so mit dem Starren, zumindest nicht zu der Zeit, als sich ihre junge Nachbarin Lee

White ihrer Existenz bewußt wurde. Sie waren zu beschäftigt. Foster Taylor hatte die Manhattaner Anwaltskanzlei Willoughby, Crane und Buffet verlassen, um für das olympische Komitee der Vereinigten Staaten zu arbeiten. Er saß außerdem im Kuratorium der Boy Scouts of America, der American Bobsledding Association sowie der Iron Lung Alliance und engagierte sich ferner für A Mighty Fortress, einen reisenden Goodwill-Chor der episkopalischen Kirche. Georgina, seine Frau, war allgemein als Ginger bekannt. Es hieß, wenn sie im zweiten Jahr ihres Studiums in Hollins nicht geheiratet hätte und anschließend schwanger geworden wäre (in Wirklichkeit hatten die Ereignisse in umgekehrter Reihenfolge stattgefunden), hätte sie ohne weiteres Tennis-Profi werden können. Zusätzlich zu ihrem täglichen Training auf dem Grasplatz von Hart's Hill züchtete Ginger Basenjis, eine Hunderasse, die an sich sehr nachbarfreundlich ist, weil sie nämlich nicht bellt. Allerdings ist sie mit einer regen Verdauung gesegnet, und ganze Rudel von Basenji-Welpen kamen oft den Hügel heruntergetollt und hinterließen übelriechende braune Häufchen in Sylvias ganz in Weiß gehaltenem Garten.

Foster und Ginger waren groß und schlank. Beide waren mit zwei seltenen, rezessiven Genen gesegnet, die die Bildung von Fett an Oberschenkeln und Oberarmen verhinderten. Sie gaben diese Gene an jedes ihrer vier Kinder weiter, so daß die jungen Taylors auch alle groß und schlaksig waren. Und gutaussehend. Sie hatten die feinen Gesichtszüge ihrer Mutter und die gesunde Farbe ihres Vaters. Da Fos und Ginger ein übersprudelndes Paar waren, das sich über fast alles erheitern konnte, angefangen vom Haschen nach hochhängenden Äpfeln bis hin zu albernen Witzen, mußten sie beide herzhaft lachen, als sie feststellten, daß die Initialen ihrer Vornamen im Alphabet direkt aufeinanderfolgten. F für Foster! Ha-ha-ha! G für Georgina. Ho-ho-ho! Deswegen nannten sie ihre Kinder Hope, Irene, Jasper und Kent. (Vielleicht hätten sie sich noch bis zu Lawrence, Melanie oder gar Nathaniel vorgearbeitet, aber Kent kam behindert auf die Welt, und Foster fand, daß es danach irgendwie keinen Spaß mehr machte, weil Kent den Witz nicht verstand.)

Im Gegensatz zu den Basenjis kamen die Taylors nicht den Hügel heruntergetollt. Obwohl sie sich vage der Tatsache bewußt waren, daß irgend jemand auf dem Grundstück unter ihnen ein modernes Haus gebaut hatte, lebten sie weiter unbeschwert vor sich hin, ohne die Existenz der Whites jemals richtig zur Kenntnis zu nehmen.

Dasselbe kann man von den Whites leider nicht sagen. Es verging kein Tag, an dem Leonard nicht an die Taylors dachte. Selbst der versteckteste Bezug reichte aus, um ihn an ihre Gegenwart zu erinnern. Worte: *Sportler, Hügel, Tennis, altes Geld, Anwalt, reich* und *olympisch* erfüllten ihn mit einer schwindelerregenden Mischung aus Sehnsucht und Wut. Bilder: ein Segelboot im Hintergrund einer Philip-Morris-Werbung; ein Kirchturm; ein Hund (statt die kleinen Bestien durch Bellen zu vertreiben, schien sogar Duchess die Ausscheidungsaktivitäten der Basenjis mit an Ehrfurcht grenzender Bewunderung zu betrachten). Fos Taylor selbst, wenn er auf dem Bahnsteig des Bahnhofs von Shorehaven stand und seine *Herald Tribune* mit ausgestreckten Armen las, um seine Weitsichtigkeit auszugleichen, oder seine Kumpels aus dem Zug (die Leonard im Geiste als die Taylor Boys bezeichnete) mit der für ihn typischen Geste begrüßte, einem zackigen militärischen Gruß, bei dem er aber nur seinen Zeigefinger benutzte. Einmal hatte er auch Leonard auf diese Weise begrüßt – zumindest hatte Leonard sich das eingebildet. Das Gefühl von Freude, das in seinem Inneren explodierte, war so mächtig gewesen, daß ihm vorübergehend die Sinne schwanden. Irgendwie schaffte er es trotzdem, den zackigen Gruß zu erwidern. Er dachte: Ich bin erwählt worden! (Erwählt! Was für ein wunderbares Wort!) Jetzt gehöre ich auch zu den Taylor Boys. Einen Moment später sah er, wie Foster vor Verblüffung mehrmals blinzelte, weil er, Leonard, sich irrtümlich angesprochen fühlte, und da wußte er ... Als er sich umdrehte, entdeckte er einen von den Taylor Boys direkt hinter sich, den fetten, der aussah wie ein zu stark aufgeblasener Audie-Murphy-Ballon. »Entschuldigen Sie«, begann Leonard lahm, »ich dachte, die Begrüßung galt ...« Aber natürlich interessierten weder Fos noch Fat Boy seine Entschuldigung. Sie begrüßten gerade Paper Boy, der den Zug jeden Tag mit vier Zeitungen bestieg: der *Times*, dem *Trib*, dem *Journal-American* und dem *Wall Street Journal*. Sie grinsten über beide Ohren, als könnten sie es nicht erwarten, ihm etwas wahnsinnig Komisches zu erzählen.

Gerüche: Der Gestank von Hundescheiße trieb ihn zur Weißglut. Einmal mußte er sich richtig beherrschen, um nicht einer Frau, die auf der Lexington Avenue gleich gegenüber von Le Fourreur einen Zwergpudel Gassi führte, die Hundeleine zu entreißen und sie damit zu strangulieren. Vor seinem geistigen Auge sah er, wie sich die Haut an ihrem Hals rötete und unter der Lederleine Falten warf, und diese Vorstellung befriedigte ihn, genauso wie es ihm Vergnügen bereitete, sich vorzustellen, welche Geräusche sie verursachen würde, wenn er sie in das kleine braune Häufchen drücken würde, das ihr beschissener kleiner Köter auf der Straße hinterlassen hatte.

Geräusche: Das *Womp!* der Bälle, das vom Tennisplatz der Taylors herüberdrang, ließ ihn zwischen Melancholie und Wut hin und her schwanken. Die Taylors waren eine große Familie, und jedes Familienmitglied schien hundert tennisspielende Freunde zu haben, so daß dieses *Womp!* am Samstagmorgen schon um sieben Uhr einsetzte und erst wieder aufhörte, wenn es am Sonntagabend dunkel wurde. Einmal, als Sylvias Eltern anläßlich des Muttertags zu Besuch kamen, hatte der Richter geflüstert: »Eure Nachbarn spielen viel Tennis, nicht wahr?« Leonard war untröstlich. Er konnte nur nicken. Dann entschuldigte er sich, ging in sein Schlafzimmer, sperrte die Tür ab, rief Dolly an und brach damit seine eigene Kein-Kontakt-am-Wochenende-Regel. Sie redeten zweieinhalb Stunden lang über unanständige Dinge, bis Sylvia an die Tür klopfte. »Leonard? Was tust du da drin? Ist etwas nicht in Ordnung?« Er machte sich nicht die Mühe, die Hand über den Hörer zu legen. Das tat er nie. Er hatte keine Geheimnisse vor Dolly. »Es ist Jack Feldman, Syl. Du weißt schon, unser Lieferant für sibirischen Zobel. In ihrem Lagerhaus hat es gebrannt. Bitte, ich kann jetzt nicht weg vom Telefon.« Sylvia entschuldigte sich und ging selbst Kohlen nachlegen.

Ein Geheimnis hatte Leonard allerdings doch vor Dolly. Er wußte, daß sie für alles zu haben war, aber obwohl er für sein Leben gerne mal Mr. und Mrs. Taylor gespielt hätte, wagte er es nicht, ihr diesen Vorschlag zu machen. Wie sehr er sich wünschte, mit diesem Princeton-Akzent oder was immer es war zu sprechen und in Fos Haut zu schlüpfen! (»Ginger, Darling, ich bin ganz anders als die anderen Jungs in der Mannschaft, nicht wahr?«) Dolly würde Gingers Rolle übernehmen, was gar nicht so schwierig war, weil sie ebenfalls schlank wie ein Schilfrohr war. Aber genauso mächtig wie Leonards Wunsch war auch seine Angst, daß Dolly, falls sie sich jemals gegen ihn wenden sollte, mit diesem Wissen alles aus ihm herauspressen könnte, was er besaß. Und er würde es ihr geben, denn die Vorstellung, jemand könnte von seinem Geheimnis erfahren, war entsetzlich für ihn.

Natürlich hätte er Sylvia verlassen und Dolly heiraten können. Dann hätten sie die ganze Zeit Fos und Ginger spielen können. Wie kam es dann, daß er das nicht tat? Ach ja, es gab noch etwas, das Leonard vor Dolly geheimhielt: Er würde sie niemals heiraten. Selbst, wenn Sylvia sich umgebracht hätte, was er bezweifelte, und obwohl er Dolly von ganzem Herzen liebte, wußte er doch, daß sie nicht gut genug für ihn war. Sie gab sich Mühe, seinen Ansprüchen gerecht zu werden, indem sie bei Hunter Französischstunden nahm und am Samstag Matineen besuchte. Sie hatte fast jedes Stück gesehen, das am Broadway gespielt wurde, und konnte auf sehr intelligente Weise darüber diskutieren. Sie nahm im Central Park Reitstunden. Aber selbst wenn etwas Schreckliches geschehen sollte, Sylvia sterben würde und er plötzlich frei wäre, würde er Dolly nicht heiraten. Er würde nur eine Frau mit *echter* Klasse heiraten.

Die siebenjährige Lee wußte natürlich nichts von der Affäre ihres Vaters, aber da sie ein schlaues Kind war, merkte sie intuitiv, daß mit Dolly irgend etwas faul war. Warum war Dolly immer so übertrieben nett zu ihr? Bei den seltenen Gelegenheiten, wenn Leonard Lee mit in die Arbeit nahm, schnappte Dolly vor Freude praktisch nach Luft. »Lee! Was für eine Überraschung!« sprudelte sie jedesmal hervor und sah dann zu Leonard hinüber. »Bitte, Mr. White, ist es Ihnen recht, wenn ich Lee auf einen Früchtebecher einlade?« Und ihr Vater stimmte zu. Sobald sie bei Schrafft's angekommen waren, stellte Dolly eine Menge Fragen – Lee kam es vor, als wären es Hunderte – über die zweite Klasse und über Robin und ihre Mutter. Egal, was sie antwortete, Dolly war begeistert. Sogar dann, wenn sie etwas Dummes sagte wie: »Oh, ähm, ich weiß gar nicht, was meine Lieblingsfarbe ist.« Dolly war sehr nett, sah immer schön aus und duftete nach Blumen, aber Lee wünschte, sie würde einfach den Mund halten, damit sie sich auf ihr Eis konzentrieren konnte. Aber statt dessen wartete Dolly darauf, daß sie eine ihrer Fragen beantwortete. Ach ja. Ihre Lieblingsfarbe. »Ähm, gelb. Nein, rot.« Daraufhin meinte Dolly atemlos: »Rot! Ich glaub's einfach nicht! Rot ist auch meine Lieblingsfarbe!«

Obwohl Lee wußte, daß Dollys Begeisterung für sie, nun ja, nicht ganz echt war, mochte sie Dolly. Es war wundervoll, mit einer Frau am Tisch zu sitzen, die einen für so wichtig hielt, daß sie es der Mühe wert fand, Begeisterung zu heucheln. Ihre Mutter dagegen …

Zu ihrer Mutter hatte sie nie ein gutes Verhältnis gehabt. Lee war zwar klug genug zu wissen, daß sie, wenn ihre Mutter eine Schachtel mit der Aufschrift »Tailored Woman« nach Hause brachte und ein Kostüm oder ein Kleid auspackte, sagen mußte: »Mommy! Es ist wunderschön!« Nicht nur das: Sylvia war erst dann wirklich zufrieden, wenn ihre Tochter noch irgend etwas Originelles – und Witziges – hinzufügte. Aber woher sollte sie wissen, was ihre Mutter witzig fand? Als Sylvia einmal ein gelbes Chiffonkleid aus seinem Seidenpapierbett befreite und vor sich hinhielt, um es ihrer Tochter vorzuführen, fragte Lee: »Mommy, kann ich das Kleid bekommen, wenn du tot bist?« Ihre Eltern fanden das sehr witzig oder, wie ihr Vater neuerdings statt »witzig« sagte, »drollig«. Als ihre Mutter das nächste Mal etwas kaufte – einen Mantel von Balenciaga –, fragte sie also wieder, ob sie den Mantel haben könne, wenn ihre Mutter tot sei. Diesmal aber fauchte ihre Mutter: »Hör endlich damit auf!« Sie mußte sich also etwas neues Witziges ausdenken. Es war sehr anstrengend oder, wie ihr Vater sagte, »zermürbend«, die ganze Zeit drollig sein zu müssen. Schließlich kaufte sich ihre Mutter fast jeden Tag etwas Neues.

Und wenn ihr mal nichts Witziges einfiel, war ihre Mutter nicht zufrieden mit ihr. Gerechterweise mußte man sagen, daß sie dann keineswegs wütend wurde. Auch nicht gemein. Bloß … gelangweilt. Ihre Mutter fand sie langweilig, weil sie für die Dinge, die Lee interessant fand – den Collie, ihr neues Fahrrad mit den Stützrädern, ihr *Madeline*-Buch und die Frage, was es zum Mittagessen geben würde – keinerlei Interesse aufbrachte.

Aber Lee war fest entschlossen, die Anerkennung ihrer Mutter zu gewinnen. Als sie erneut einen Blick aus dem Fenster warf, sah sie, daß ihre Mutter den Pinsel weglegte. Aber warum? Ach ja, da kam Ethel, das neue Kindermädchen, mit Robin auf dem Arm über den Rasen. Robin schien ihren Mittagsschlaf beendet zu haben. Durch das offene Fenster konnte Lee das schwache »Mimmy« hören, mit dem Robin Sylvia begrüßte. (Lee wußte, daß das für Ethel nichts Gutes verhieß, denn indem sie Robin Sylvia aufzwang, bewies sie, daß sie »nicht bereit war, Verantwortung zu übernehmen«, was bedeutete, daß Sylvia mit Leonard reden würde, woraufhin Leonard Ethel gleich am Samstagmorgen feuern würde. Kindermädchen zu entlassen machte ihn sehr griesgrämig, so daß die Stimmung am Wochenende ziemlich mies sein würde.)

»Mimmy!« Robins Stimme war nicht so hoch, daß sie einen dazu veranlaßte, sich die Ohren zuzuhalten, aber doch schrill genug, um sich durch die Gehörgänge aller Anwesenden in ihre Köpfe vorzuarbeiten und an ihren Nerven zu zerren. Noch ein paar »Mimmys«, und Sylvia und Ethel würden mit den Zähnen knirschen. Nichtsdestotrotz mußte Lee zugeben, daß Robin goldene Locken hatte. Noch bedenklicher war, daß Robin, wie Lee feststellen mußte, gefährliche Anzeichen für Modebewußtsein an den Tag legte. Erst kürzlich hatte sie, während sie in der Küche auf dem Boden saß, an Sylvias Espadrilles gezogen und ausgerufen: »Hübsch!« Sylvias Wangen waren ganz rosig angelaufen, und sie hatte lachend geantwortet: »Ja. Hübsch und *sehr* teuer.« Lee sprang von der apricot und pink gestreiften Chaiselongue auf und raste nach unten.

Als sie auf der anderen Seite des Gartens ankam, saß Robin im Gras und wimmerte. »Was ist denn los?« fragte Sylvia. Sie hatte die Hände auf die Hüften gestützt, und von ihrem Pinsel tropfte dunkelgrüne Farbe auf das Gras. Als Robin die verärgerte Stimme ihrer Mutter hörte, verwandelte sich ihr Wimmern in Heulen. Obwohl Lee darüber keineswegs traurig war, begriff sie doch, daß die kurzen, spitzen Grashalme, auf die Ethel ihre Schwester gesetzt hatte, das kleine Mädchen in die Beine stachen. Lee zog Robin hoch, zerrte sie zu den Schaukeln hinüber und setzte sie auf die Wippe. »Danke, Liebes!« rief ihre Mutter und widmete sich wieder ihrem Gemälde. Es war ein träger Augustnachmittag. Hin und wieder zwitscherte ein Vogel, oder eine Biene flog auf dem Weg zu Sylvias Rosengarten an ihnen vorbei. Lee nahm ihrer Schwester gegenüber Platz und begann zu wippen, wenn auch nur ganz langsam, um Robin nicht zu erschrecken. Die Schule begann erst in zwei Wochen, ihre beste Freundin, Dorie, war zu Besuch bei ihrer Großmutter in New Jersey, und Lee hatte ihre Papierpuppen zerrissen und ins Klo gespült, weil ihre Mutter gesagt hatte: Keine neuen Spielsachen mehr! Du hast doch die schönen Papierpuppen! Unglücklicherweise hatte ihre Mutter ein Papierbein (angetan mit einer Capri-Hose) in der Toilettenschüssel gefunden, und zur Strafe mußte Lee am Sonntag auf Ed Sullivan verzichten.

»Möchtest du reingehen und mit meinem Puppenhaus spielen?« fragte sie Robin.

»Nein.«

»Möchtest du, daß wir unsere Badeanzüge anziehen?« Lee versuchte ihren Vorschlag möglichst verführerisch klingen zu lassen. »Und den Sprenkler einschalten?« Ihre Stimme schwang sich in begeisterte Höhen empor. »Reinlaufen und wieder …«

»Nein!«

»Möchtest du malen?«

»Nein.«

»In meinem Peter-Pan-Malbuch, Robin. Du darfst meine Farben benutzen.«

Robin machte Anstalten, von ihrem Sitz zu klettern. Schnell versuchte Lee, die Wippe so sanft wie möglich zum Stehen zu bringen. Trotzdem fiel Robin zu Boden und rannte kreischend zurück zu Sylvia. »Mimmy!« Sylvia knallte ihren Pinsel in eine Dose, warf Lee einen bösen Blick zu, packte Robin am Handgelenk und führte, nein, zerrte sie in Richtung Veranda.

Die Verandastühle, die aus weißem Drahtgeflecht bestanden und von der Form her an eine hohle Hand erinnerten, gehörten zu einem Ensemble von Gartenmöbeln, die Leonard aus Frankreich hatte kommen lassen. Lee wußte, daß die Stühle lustige Abdrücke auf den Beinen hinterließen, wenn man Shorts trug, aber sie waren bequem. Ihre Mutter zündete sich eine Zigarette an und schloß die Augen. Jedesmal, wenn sie den Zigarettenrauch ausatmete, spitzte sie die Lippen zu einem kleinen Vogelschnabel. Als Robin merkte, daß die Augen ihrer Mutter fest geschlossen waren, hob sie einen Fuß an den Mund und begann auf ihren Zehennägeln herumzukauen. »Laß das!« raunte Lee, aber Robin ignorierte sie. Lee schloß die Augen, lehnte sich in ihrem Drahtgitterstuhl zurück, rauchte eine imaginäre Pall Mall und stellte sich vor, daß sie nach jedem Zug eine perfekte feine Rauchsäule ausatmete.

So kam es, daß weder Sylvia noch Lee mitbekamen, wie Robin von ihrem Stuhl glitt und auf den Swimmingpool zusteuerte. Der Gärtner hatte endlich das Tor des weißen Eisenzauns geölt, der den Pool umgab (nachdem Leonard seinem monatlichen Scheck eine unfreundliche Notiz zu diesem Thema beigelegt hatte), so daß weder Lee noch Sylvia etwas hörten, als Robin nach oben faßte und mit bemerkenswertem Geschick die Kindersicherung aushängte. Als Robin schließlich die vier Stufen in den Pool hinunterstieg, gab es natürlich auch kein Geräusch, denn zu dem Zeitpunkt, als ihre Füße den Grund des Pools erreichten, befand sich ihr Kopf bereits unter Wasser.

Eine Gefahr sollte mit dem Tosen einer Flutwelle oder – wie bei einem Autounfall – mit dem Krachen von Metall auf Metall einhergehen. Nicht mit Stille. Sylvia rauchte weiter. Aber Lee schlug die Augen auf. Irgend etwas stimmte nicht. Aber was? Oh, das war's: Sie hörte Robin weder weinen noch schniefen noch mit den Füßen schaben. Lee drehte den Kopf, ließ ihren Blick an der Steinmauer des Hauses entlangwandern, dann weiter zu den Schaukeln, dem immergrünen Garten, dem Wald, der sich den Hügel hinaufzog ... Aber der dotterblumengelbe Spielanzug ihrer Schwester war nirgendwo zu sehen. Lee kletterte von ihrem Drahtgitterstuhl. »Mommy.«

»Schhh.«

»Mommy, wo ist Robin?« Sylvia, die von der Hitze und der Langeweile, die ihre eigene Kunst bei ihr hervorrief, träge geworden war, zuckte bloß mit den Achseln, während sie tief inhalierte. Man muß ihr zugestehen, daß sie die Wichtigkeit von Lees Frage nicht begriff. Ohne bösartig sein zu wollen, kann man sagen, daß Sylvia sich gerade in einer anderen Welt befand: Sie dachte darüber nach, wie sie Ananas, Trauben und Melonen wohl am besten zu einer Obstplatte arrangierte, um bei der Pool-Party, die sie für den Labor Day plante, einen möglichst dramatischen Effekt zu erzielen. Plötzlich sah Lee ein Fleckchen Gelb aufblitzen.

Einen Augenblick später flog sie über den frisch gemähten Rasen auf den Pool zu. Bevor ihre Mutter auch nur ahnte, daß etwas schiefgegangen war, hatte Lee White bereits das Tor zum Pool geöffnet und war im Wasser. Robin war auf der flachen Seite, aber zu weit weg, um sie von den Stufen aus zu erwischen. Das Wasser war überheizt. Es fühlte sich schrecklich an, fast schon heiß. Der Chlorgeruch war so stark, als müßte er einen anderen, schrecklichen Geruch überlagern. Sie sollte schleunigst den Pool verlassen und ihre Mutter rufen. »Du hast Robin überhaupt nichts zu sagen!« erklärte ihr ihre Mutter ständig. »*Ich* sage ihr, was sie zu tun hat. Laß sie in Ruhe!« Sie konnte wie ein Hund paddeln, aber was sollte sie dann mit Robin machen? Sie konnte sie nicht einfach packen und mit einer Hand weiterschwimmen, oder doch? Robin war genau an der Stelle, wo der flache Teil in den tiefen überging und sie beide nicht mehr stehen konnten.

»Mommy!« rief Lee, aber Sylvia hörte sie nicht.

Robin trieb an der Wasseroberfläche. Nein, nicht ganz an der Oberfläche, weil ihr Kopf ein bißchen unter Wasser war. Sie bewegte sich nicht, und ihre schlaffen Arme waren ausgestreckt, als würde sie einen toten Vogel nachmachen. War das so, wenn man ertrank? In den Zeichentrickfilmen schrien die Ertrinkenden immer: »Hiiiilfe! Rettet mich!« Aber Lee hörte keinen Laut, abgesehen vom *Blub-Blub* der Luftblasen aus dem Wasserfilter. Ob Robin am Ertrinken war? Ja, das war sie!

Aber was konnte eine Siebenjährige tun? Losrennen und ihre Mutter holen? Den Notruf wählen, wie man es in der Schule lernte: »Das ist ein Notfall. Meine blöde Schwester ertrinkt gerade«? Sie konnte nichts tun. In diesem Augenblick übernahm die in ihr schlummernde Anwältin das Regiment und tat *trotzdem* etwas. Lee schwamm zu ihrer Schwester hinüber. Wie ein Hund, dachte sie. Wie ein Hund. O je, mein Kopf ist unter Wasser! Ich könnte auch ertrinken. Ich darf nicht so weit rausschwimmen. Los, weiter! Wie ein Hund.

Wie Lassie. Also reckte Lee ihren Kopf nach vorne und packte den gelben Spielanzug mit den Zähnen – und rettete auf diese Weise ihre kleine Schwester.

Sylvia, die das Platschen der Paddelbewegungen aufgeschreckt hatte, war zur Stelle, als Lee Robin die Stufen hinaufbugsierte. »O Gott!« kreischte Sylvia immer wieder. »Mein Baby! O Gott!« Sei still, dachte Lee, als ihre Mutter ihr Robin entriß, als hätte Lee etwas Schlimmes getan. »Gott im Himmel!« Schluchzend preßte Sylvia das schlaffe Kind so fest an sich, daß sie damit einen Teil des Wassers aus Robins Speiseröhre drückte. Den Rest spie sie von allein aus, und zwar auf die Arme ihrer Mutter, was Lee mit großer Genugtuung erfüllte. »Was ist passiert?« weinte Sylvia, richtete diese Frage aber mehr an Gott als an Lee, während sie Kopf und Gesicht des kleinen Mädchens mit angsterfüllten Küssen übersäte.

»Sie ist in den Pool gegangen«, erklärte Lee.

»Warum hast du sie nicht aufgehalten?«

»Ich habe es nicht mitbekommen.«

Jetzt, da Robin hustete und würgte und eindeutig noch am Leben war, legte Sylvia sie sanft auf den gepflasterten Rand des Pools, beugte sich, fast lautlos weinend, über sie und tauchte ihre Vorderarme ins Wasser, um das Erbrochene abzuwaschen. Nachdem sie ihre Haut wieder und wieder abgerieben hatte, roch sie an ihrem Arm und zog angeekelt den Kopf zurück.

»Mim ...«, keuchte Robin.

»Baby«, antwortete Sylvia und nahm das Kind wieder auf den Arm, wobei sie allerdings kein Hehl daraus machte, daß der Geruch von Erbrochenem ihre Nase beleidigte.

»Mimmy.«

»Baby.«

Lee drehte sich um und ging zum Haus zurück. Weder ihre Mutter noch ihre Schwester nahmen ihren Rückzug zur Kenntnis. Und das wäre das Ende der Geschichte gewesen, wäre da nicht Ethel gewesen, das achte Hausmädchen, zu dem Sylvia, als sie sie einstellte, gesagt hatte: Ich hoffe, Sie werden bald ein Mitglied der Familie sein. Als Leonard sie an diesem Samstag feuerte, antwortete ihm Ethel, eine Dreiundzwanzigjährige aus Macon, Georgia, die wußte, daß es auf der Welt außer Pfirsichpflücken auch noch andere Jobs gab, und nicht bereit war, sich von einem weißen Mann schlecht behandeln zu lassen, der ihr gerade erklärt hatte, sie sei »nicht bereit, ihre Pflicht zu tun«, daß er ein fieser alter Hund sei und eine Bekloppte zur Frau habe ...

»Ich habe genug gehört!« schrie Leonard sie an.

... und er solle seiner Freundin sagen, sie solle nicht soviel Make-up tragen, weil das auf seine Hemden abfärbe, auch wenn die Bekloppte es nicht merke. Ob er eigentlich wisse, daß Lee ihrer kleinen Schwester das Leben gerettet habe, als die Bekloppte eingeschlafen und das Baby beinahe im Swimmingpool ertrunken sei. Das habe er wohl nicht gewußt, wie?

»Was ist passiert?« schrie Leonard Sylvia an.

Sie schloß die Schlafzimmertür, damit er die Mädchen nicht aufweckte. »Nichts.«

»Sie wäre also nicht beinahe ertrunken?«

»Nein!«

»Verdammt noch mal, Sylvia! Ich bin es leid, mich ständig mit irgendwelchen Hausmädchen herumschlagen zu müssen, und wenn du mit der nächsten wieder nicht klarkommst, dann war's das. *Endgültig.* Entweder du lernst sie richtig an, oder du machst die Betten in Zukunft selbst. Hast du mich verstanden?« Seine Stimme wurde noch lauter, erfüllte jeden Zentimeter des Raumes. Kein Winkel war vor seinem Zorn sicher. »Ich habe verdammt noch mal keine Lust, noch einmal eine von diesen dummen Gören zu feuern und mir ihre Unverschämtheiten anzuhören und ...« Es mußte schon eine ganze Weile an der Schlafzimmertür geklopft haben, aber Leonard und Sylvia hörten es erst, als er eine Pause machte, um Luft zu holen und dann seine Schimpfkanonade fortzusetzen. Statt dessen öffnete er die Tür.

»Mommy? Daddy?« Lee trug ein blaßrosa Nachthemd, dessen Oberteil zahllose Biesen zierten. Sie hätte lieber einen Little-Lulu-Schlafanzug gehabt, aber ihre Mutter hatte mit der Begründung abgelehnt, das Nachthemd sehe viel schöner aus, und außerdem passe der Rosaton perfekt in ihr Zimmer. Lee kniff die Augen zusammen, um nicht vom grellen Licht im Schlafzimmer ihrer Eltern geblendet zu werden. »Ich habe jemanden schreien gehört und Angst bekommen.«

»Lee«, begann ihr Vater.

»Laß das, Leonard«, versuchte Sylvia ihn zurückzuhalten.

»Lee, ist am Pool irgend etwas mit Robin passiert?« Lee war nicht dumm. Sie wußte, daß es ihrer Mutter lieber gewesen wäre, wenn sie geschwiegen hätte. Aber sie hatte genauso heldenhaft gehandelt wie Lassie. Tapfer und mutig. Und keiner hatte zu ihr gesagt: »Du bist ein edelmütiges Wesen, Lily Rose«, oder wenigstens: »Danke.«

»Robin wäre beinahe ertrunken«, antwortete sie und legte dabei den Kopf schräg, um möglichst keck zu wirken. Mit einem – zugegebenermaßen recht selbstgefälligen – Lächeln fuhr sie fort: »Ich habe sie gerettet. Wie Lassie.«

»Wo war Mommy?«

»Mommy war ...« Zu spät wurde Lee klar, daß das ein Thema war, zu dem sie besser geschwiegen hätte. Sie zuckte mit den Schultern, als wollte sie sagen: Lieber Himmel, jetzt habe ich vergessen, was ich gerade sagen wollte.

»Wo war Mommy?« Die Stimme ihres Vaters war so laut, daß der Spiegel über der Kommode ihrer Mutter erzitterte. »Wo?« Sie konnte seine Stimme in ihrem Magen spüren. *»Wo?«*

»Auf der Veranda«, flüsterte Lee.

»Was hat sie getan?« Lee sah zu ihrer Mutter hinüber. Ihre Mutter wandte den Kopf ab, als gäbe es hinter der Badezimmertür etwas, das ihre ganze Aufmerksamkeit erforderte: »WAS HAT SIE GETAN?«

»Geraucht.« Lee schien das Wort mehr mit den Lippen zu formen, als richtig auszusprechen. »Ihre Augen waren einen Moment lang geschlossen. Deswegen hat sie es nicht gesehen. Nur einen Moment lang.«

Daraufhin schickte ihr Vater sie weg, ohne sie nach den Details zu fragen. Dabei war es genau das, was sie ihm hatte erzählen wollen. Die Details. Sie waren so wundervoll: das zu heiße Wasser, das Paddeln, der Chlorgeschmack, als sie Robins tropfnassen Spielanzug mit den Zähnen packte, das Wasser in ihrem Hals und ihrer Nase, und wie schwer Robin war – ihr braucht also gar nicht zu meinen, daß sie so viel dünner ist als ich. Und sie hatte sich gewünscht, ihren Vater sagen zu hören: Lee, du warst tapfer und mutig.

Statt dessen bekam sie Greta Wolff, eine durch und durch anständige, unermüdliche, stets wachsame und absolut humorlose Zuchtmeisterin aus Frankfurt am Main, die die gesamte Familie White ständig daran erinnerte, daß Sylvia ihren Pflichten nicht gewachsen und außerdem eine Lügnerin war, daß Robin ständig verhätschelt werden mußte und daß Leonard der Herr im Haus war – und zwar ein gnadenloser Herr.

Und daß Lee die geborene Unruhestifterin war.

7

Glauben Sie mir, ich bin nicht dafür, Kriminelle zu verhätscheln. Ich habe ebensowenig wie jeder andere Lust, mir die Handtasche klauen oder den Schädel einschlagen zu lassen. Aber so, wie wir Amerikaner mit den Leuten umgehen, die gegen das Strafgesetz verstoßen, hat das nichts mit Gerechtigkeit zu tun. Denken Sie an Norman Torkelson (oder jeden anderen meiner Mandanten, den ich nicht gegen Kaution freibekomme). Wenn sie erst einmal eingesperrt sind, berauben wir sie nicht nur ihrer Freiheit. Nein. Wir erniedrigen sie.

Ich soll Ihnen ein Beispiel nennen? Nehmen Sie das Essen. Es unaussprechlich zu nennen, ist noch harmlos ausgedrückt. Dreimal täglich bekommen die Insassen irgendein undefinierbares Zeug in Hügel-, Klops- oder Klumpenform vorgesetzt, das dieselbe graubraune Farbe hat wie die eingetrockneten, oft Jahre alten Kaugummiflecken, die an den Gehsteigen der Großstädte kleben.

Ein Exkurs zum Thema Gefängnisfraß: Vor Jahren, als ich noch als Staatsanwältin arbeitete, war ich einen Tag damit beschäftigt, einen Häftling namens Alfred Dunder zu befragen. Der Typ war einsachtundachtzig groß und wog dreihundert Pfund. Da ihm lebenslänglich ohne Bewährung drohte, hatte Alfred beschlossen, mit uns zusammenzuarbeiten – das heißt, seine Mitmörder zu verpfeifen. Natürlich wollte ich, daß er lange genug am Leben blieb, um aussagen zu können, und deshalb mußte unser Treffen geheim bleiben. Er, Sam Franklin und ich saßen in einem Raum neben der Krankenstation, der nicht viel größer war als eine Duschkabine. Gegen ein Uhr begann Sams Magen im Duett mit meinem zu knurren. Genau in dem Augenblick brachte einer von den lachenden Jungs aus dem Büro des Sheriffs Alfreds Essen herein. Er knallte ein Tablett mit einem Teller auf den Tisch, auf dem sich drei verschiedene Sorten einer Substanz befanden, die die Bürokraten von Nassau County Essen nannten. Nicht genug, daß das Zeug absolut widerlich aussah: Ich mußte auch noch durch den Mund atmen, um es nicht riechen zu müssen. Obwohl Alfred einen IQ von fünfundachtzig, durch seinen zwölfjährigen Drogenkonsum einen Dachschaden und grundsätzlich kein Mitleid mit seinen Mitmenschen hatte, realisierte er innerhalb von zwei Sekunden, wie sehr ich mich ekelte. »Hey, Frau Staatsanwältin«, fragte er mich höhnisch, »wollen Sie mein Essen haben?«

Aber das Essen ist nicht der problematischste Teil des Gefängnislebens. Wenn Sie Ihren Würgereflex ernsthaft testen wollen, dann werfen Sie einen Blick auf die Toiletten in einem Männergefängnis. Oder, wenn Sie Angst beklemmender finden als Ekel, werfen Sie einen Blick auf die Häftlinge selbst. Nein, besser nicht auf sie selbst, denn viele von ihnen sind keineswegs unattraktiv. Sie trainieren und sind muskulös. Manche von ihnen haben ein nettes Lächeln und wirken trotz der einen oder anderen Zahnlücke nicht bösartiger als der durchschnittliche Tankwart. Nein, man sollte sich lieber ihre Strafregister ansehen. Oder die Aussagen ihrer Opfer, die oft auf dem Krankenbett gemacht werden. Ich bin nicht dagegen, Verbrecher einzusperren. Warum auch nicht? Haben sie es nicht verdient, eingekerkert zu werden, damit sie aus ihrer Gefängnisstrafe den Nutzen ziehen können, den eine solche Strafe traditionellerweise haben soll: Rehabilitation und Abschreckung? (Daß in der Regel weder das eine noch das andere klappt, ist eine Tatsache, die in Amerika niemanden überraschen dürfte.)

Aber wenn schon niemand rehabilitiert oder abgeschreckt wird, so passiert in unseren Gefängnissen doch zumindest eines: So ziemlich jeder, der länger als einen Monat dort zubringt, kommt als professioneller Verbrecher wieder heraus. Nur wenn jemand beim ersten Mal weniger als vier Wochen bleiben muß, kann es sein, daß er von seinen Erlebnissen dort noch so erschüttert ist – und noch so unfähig, sich der Brutalität anzupassen –, daß er gelobt: Nie wieder!

Ein hartgesottener Cop wie Sam Franklin würde sagen, daß diese schlimmen Jungs schon vorher hoffnungslose Fälle gewesen sind. Ich habe da so meine Zweifel. Ich habe schon genug Achtzehnjährige gesehen, die lediglich dumm oder wütend oder großspurig waren, als sie ihre Gefängnisstrafe antraten. Wenn sie nach zwei Jahren wieder herauskommen, sind sie unheilbar bösartig. Vielleicht sind das Essen, die Toiletten, der Gestank und die absolute Verderbtheit im Gefängnis für die Gesellschaft eine Möglichkeit, sich zu rächen, so nach dem Motto: Etwas anderes hast du nicht verdient, du stehlender/mordender/scheckfälschender/drogendealender Bastard. Möglicherweise bringen die Gefängnisverwaltungen durch die Häßlichkeit des Ganzen aber auch ihre eigene Wut zum Ausdruck, nach dem Motto: So zahle ich es euch heim, daß ich mein Leben damit verbringen muß, in einem Dschungel zu arbeiten und euch Tiere unter Kontrolle zu halten. Was einen Menschen dazu veranlaßt, Gefängniswärter zu werden, steht natürlich auf einem anderen Blatt: Ein Typ mit einem runden, fröhlichen, sommersprossigen Gesicht – einer von denen, die am St. Patrick's Day alle anderen dazu animieren, eine weitere Strophe »Toorra-Loorra-Looral« zu singen, hat mir mal erzählt, daß er früher Eisenbahnschaffner gewesen sei, aber daß man als Gefängniswärter zweitausend Dollar mehr im Jahr verdiene. Zweitausend zusätzliche Dollar im Jahr, damit man vierzig Stunden die Woche in der Hölle verbringt? Ich kann das einfach nicht glauben. Meiner Meinung nach ist Geld allein nie der Grund, warum ein Mann oder eine Frau diese Uniform anzieht – ebensowenig wie ein Vergewaltiger durch das bloße Bedürfnis nach Sex zu seiner Tat getrieben wird.

Auf jeden Fall ist das, was wir als Gesellschaft mit unseren faulen Eiern anstellen, ein Thema, das ich und der Mann in meinem Leben (habe ich schon erwähnt, daß er ebenfalls Anwalt ist?) immer wieder mal anschneiden – unter anderem jedesmal dann, wenn es einen Gefängnisaufstand gibt, oder wenn ein Wärter endlich vor Gericht gestellt wird, nachdem er vorher Hunderte von Häftlingen vergewaltigt hat.

Ich sage dann immer, daß unsere Gefängnisse inzwischen die Labore unserer verrückten Wissenschaftler sind, Labore, in denen wir unsere eigenen Monster schaffen. Mein Freund gibt mir darauf zur Antwort, daß ich viel zu zartbesaitet bin, um beurteilen zu können, wie die kriminelle Klasse auf scheußliche Unterbringung und schlechte Gesellschaft reagiert, da ich lieber an einer geplatzten Blase sterben würde, als im Shea-Stadion aufs Klo zu gehen. Und ich antworte: »Siehst du? Jetzt hast du es selbst gesagt! Die kriminelle *Klasse.*« Woraufhin er entgegnet: »Es hat schon immer eine kriminelle Klasse gegeben, Lee. Das ist ein kriminologisches Klischee – Taschendiebe, die die Menge erleichtern, während vorne andere Taschendiebe gehängt werden.« Und ich sage: »Nenn mir eine einzige Maßnahme, die wir in Amerika ergreifen, um das Anwachsen der gewalttätigen kriminellen Klasse zu verhindern! Wir züchten Soziopathen, als würden wird dafür vom Landwirtschaftsministerium subventioniert.« Und er schenkt sich noch ein Glas Rotwein ein und sagt …

Vergessen Sie, was er sagt, weil es bloß noch unterstreichen würde, wie pervers wir beide sein müssen: zwei Anwälte, Leute, die ihr Geld durch Streiten verdienen und sich trotzdem gegenseitig als Partner erwählen.

Aber er hat recht, was mich und die Damentoilette im Shea-Stadion betrifft. Das ist genau der Punkt. Würde man mich in den Knast stecken, würde ich erst einmal vor dem Essen zurückschrecken und beim Anblick der Toilette heftig würgen, aber früher oder später würde ich essen. Und ich würde aufs Klo gehen. Nach einer Weile wäre das Aufnehmen und Ausscheiden von Nahrung nichts als ein weiterer fester Bestandteil meines Tages, und ich würde dabei keinerlei Reaktionen mehr zeigen. Wie kommt das? Nun, mein Freund würde sagen, daß der Mensch sich an alles gewöhnen kann. Daß es den Häftlingen irgendwann gar nicht mehr auffällt, falls es ihnen jemals aufgefallen ist. Und ich würde ihm entgegnen: Es fällt ihnen nicht mehr auf, weil man ihnen ihre Menschlichkeit nimmt. Ihre Sinne stumpfen ab. Das Maß an Sauberkeit und Höflichkeit, das sie einmal besessen haben, verliert sich mit der Zeit. Ergo verlieren sie auch das individuelle »du«: Je mehr du in deiner Persönlichkeit reduziert wirst, desto mehr wirst du zu einem undifferenzierten Mitglied der Herde. Du bedeutest weniger. Ein Menschenleben bedeutet weniger.

Und damit wären wir wieder bei Norman Torkelson, der, als er den Besuchsraum betrat, weniger wie ein Mensch aussah als noch am Vortag. Zum Teil lag das natürlich an der Kleidung: dieser schreiend orangen Hose und dem dazu passenden Hemd, dessen weiter Schnitt an eine Umstandsbluse erinnert. Die Sachen saugten ihm die Farbe aus dem Gesicht und raubten ihm einen Teil seiner Männlichkeit. Er setzte sich in Bewegung, um sich auf dem Plastikstuhl niederzulassen, der mir gegenüber auf der anderen Seite der Absperrung stand. Dabei stützte er erst die Hände zu beiden Seiten der Sitzfläche auf und ließ sich dann langsam in den Stuhl sinken, als wäre er gebrechlich oder arthritisch.

»Wie kommen Sie klar?« fragte ich.

»Nicht schlecht.« Seine Stimme klang leise und ein bißchen schwach, als hätte er nicht die Kraft, seine Lungen ganz mit Luft zu füllen. »Sie haben Mary kennengelernt«, sagte er.

»Ja.« Als ich merkte, daß ihm das nicht reichte, fügte ich hinzu: »Sie ist sehr nett.« Das war noch immer nicht genug. »Und sehr schön!«

Normans Gesicht bekam ein bißchen Farbe. Seine Wirbelsäule richtete sich auf, bis seine Haltung aufrecht, aber noch lässig war. Sein Besitzerstolz ähnelte dem eines Autonarren, der sich gerade einen brandneuen BMW geleistet hat. »Sie ist nicht nur äußerlich, sondern auch innerlich schön.«

»Dann können Sie sich glücklich schätzen.«

»Sie hat mit Ihnen gesprochen, nicht wahr?«

»Worüber?« fragte ich und sah ihm in die Augen.

»Über meine Arbeit.« Er seufzte. »Sie hat versucht, vor mir geheimzuhalten, daß sie Ihnen alles gesagt hat. Das hat sie gerade fünf Sekunden durchgehalten.«

»Mary möchte Ihnen helfen, beziehungsweise mir, damit ich Ihnen helfen kann. Bei unserem letzten Gespräch haben Sie mir gesagt, daß sie mit Ihrer Arbeit nichts zu tun hatte. Ich nehme an, es ist Ihnen entfallen, daß das, was sie getan hat, in Juristenkreisen Beihilfe genannt wird.«

Norman versuchte es mit einem jungenhaften Grinsen, bei dem sich ein Mundwinkel zu einem richtigen Lächeln verzog, während der andere auf blasiert machte, als wäre er nur leicht amüsiert. Ich ertappte mich dabei, wie ich zurücklächelte, als hätte er gerade etwas absolut Köstliches gesagt.

»Sie wären überrascht. Mary ist eine gute kleine Schauspielerin«, bemerkte er, während ich mich bemühte, meinem Gesicht wieder die unbeeindruckte Miene von Lee White, der Rechtsanwältin, zu verpassen. »Sie hat ein ganzes Repertoire von Stimmlagen. Sie sollten sie mal hören. Normalerweise klingt ihre Stimme richtig lieb, aber wenn sie wegen der Pfändung meines Wagens anruft – dann hört sich das an, als wäre ihr Herz ein Eiszapfen.« Er verstummte, ballte die Hand zur Faust und fing an, auf seinen Knöcheln herumzukauen. Irgend etwas nagte an ihm. »Hören Sie, es besteht doch keine Gefahr, daß sie da mit reingezogen wird, oder?«

Nur aus Solidarität biß ich kurz in den Knöchel meines Zeigefingers. »Tja, Sie hatten da doch dieses, ähm, ich glaube, Mary nannte es Liebesnest ... Hat sie dort nicht eine Nachricht wegen der Pfändung Ihres Wagens hinterlassen, die Bobette hören sollte?« Norman nickte. »Falls die Cops irgendwie hinter die Sache mit dem Liebesnest kommen und sich einen Durchsuchungsbefehl besorgen, werden sie das Band im Anrufbeantworter beschlagnahmen. Das würde Mary mit hineinziehen.«

»Mist! Hören Sie, Sie müssen mir einen Gefallen tun. Es gibt hier in dem ganzen lausigen Trakt nur ein einziges öffentliches Telefon. Rufen Sie Mary für mich an. Sagen Sie ihr, sie soll rüberfahren und das Band verschwinden lassen – aber achten Sie darauf, daß sie nicht beschattet wird.«

Ich schüttelte den Kopf. »Ich darf sie nicht auffordern, Beweismaterial zu vernichten.«

Ich wußte, daß er sie anrufen würde, sobald er konnte, um ihr zu sagen: Zerreiß es, zerstampf es, verbrenn es! Ich konnte ihn nicht daran hindern. Aber es kommt nie etwas Gutes dabei heraus, wenn man für einen kriminellen Mandanten gegen die Regeln verstößt. Zum einen ist das Recht eine ehrwürdige Institution, wenn Sie meine Ausdrucksweise verzeihen, und als Anwalt sollte man es respektieren. Lieber bin ich ein Rädchen im Getriebe der Justiz als ein käufliches Stück Dreck. Außerdem kann man keinem Mandanten trauen, selbst wenn er einem ein Vermögen dafür bezahlt, daß man ein bißchen bescheißt oder einfach ein Auge zudrückt. Sobald er sich einen Vorteil davon verspricht, kann er sich um hundertachtzig Grad drehen und einen verpfeifen – und dann gute Nacht!

»Norman, mir ist klar, daß es zu Ihrem Geschäft gehört, sich selbst und die Leute, mit denen Sie arbeiten, zu schützen. Aber ich bin Ihre Anwältin. Je mehr Sie mir vorenthalten – zum Beispiel die Sache mit Mary –, desto mehr Angriffsflächen bieten Sie der Staatsanwaltschaft. Wenn Sie mir gegenüber offen sind, weiß ich, wie die Gegenseite argumentieren wird und kann mich darauf vorbereiten, sie abzuschmettern.«

»Was erwarten Sie von mir? Daß ich einen Mord gestehe, den ich nicht begangen habe?«

»Natürlich nicht. Aber wenn Sie mir etwas erzählen, dann lügen Sie nicht! Wenn Sie über bestimmte Punkte lieber nicht sprechen wollen, sagen Sie das einfach, und ich gehe zum nächsten über.« Mir war klar, daß meine Chancen, Norman Torkelson zum Reden zu bringen, ungefähr so groß waren wie meine Aussichten, jemals so straffe Oberarme zu bekommen, daß ich ein schulterfreies Kleid tragen konnte. Aber wir Mädchen müssen es zumindest versuchen.

»Was wollen Sie wissen?« fragte er.

»Bobette. Sie haben gesagt, Sie hätten am Abend des Mordes nicht mir ihr geschlafen.«

»Das ist bei Gott die Wahrheit.«

»Mary scheint zu glauben, daß Sie nie mit Ihren Opfern geschlafen haben.« Ich sah ihm direkt in die Augen.

Norman kippte seinen Stuhl ein wenig nach hinten, verschränkte die Arme vor der Brust und lachte. »Was hätte ich ihr denn sonst sagen sollen? Warum hätte ich sie verletzen sollen? Es macht mir keinen Spaß; es ist mein Job. Ich muß die Glocken für Damen zum Läuten bringen, die bis dahin vielleicht gar nicht wußten, daß solche Glocken existieren. Glauben Sie mir, ich reiße mich nicht darum, aber in meinem Geschäft geht es nun mal nicht ohne.«

»Wie oft haben Sie mit Bobette geschlafen?«

»Neunmal. Ich schlafe mit jeder neunmal. Das ist der ideale Zeitpunkt: Wenn sie anfangen, sich meiner sicher zu fühlen, und bevor ihnen irgendwelche Zweifel kommen. Ich habe versucht, die Sache zu verkürzen ...«

»Die Phase zwischen dem Beginn der Intimitäten und dem eigentlichen Betrug?«

»Genau. Aber neun ist die magische Zahl.«

»Ist die Zeit, die Sie warten, ehe Sie mit den Frauen ins Bett gehen, ebenfalls festgesetzt?«

»O nein!« antwortete Norman, ein wenig überrascht, daß ich für die Feinheiten seines Vorgehens keinen Sinn hatte. »Das hängt ganz von der jeweiligen Dame ab. Selbst dann, wenn es so aussieht, als hätte sie in finanzieller Hinsicht nicht übermäßig viel zu bieten, ich es aber trotzdem für der Mühe wert halte, zu nehmen, was sie hat, warte ich mindestens zwei Wochen, bevor ich mit ihr ins Bett gehe. Damit Sie sich sicher ist, eine richtige *Beziehung* zu haben.«

»Frauen mögen das«, bemerkte ich. »Beziehungen, meine ich.«

»Absolut«, antwortete Norman. »Sie wollen als Mensch ernstgenommen werden. Genau das gebe ich ihnen. Das, und Sex. Aber was ich zu Mary gesagt habe, entspricht zu hundert Prozent der Wahrheit: Es bedeutet mir nichts.« Er lehnte sich nach vorne, bis sein Stuhl wieder auf allen vier Beinen stand. Seine Miene wurde plötzlich sehr ernst. »Sie hat ein so hartes Leben gehabt.«

»Mary?«

»Ja. Als ich sie kennenlernte, war sie neunzehn. Sie ist schon mit sechzehn von zu Hause fort. Ihre Eltern haben sie geschlagen. Ihre

Mutter zog ihr den Besenstiel über den Kopf, bis sie ohnmächtig wurde. Der Mann, den sie geheiratet hat – um von zu Hause wegzukommen – war nicht viel besser, deswegen ist sie ihm davongelaufen. Dann hat sie einen älteren Mann geheiratet, aber der ist gestorben. Seine Kinder haben ihr alles abgeluchst. Dabei hat sie ihn wirklich geliebt. Als ich sie kennenlernte, arbeitete sie als Zimmermädchen in einem Motel in Phoenix! Sie glauben gar nicht, wie sie ausgesehen hat! Ihre Hände waren knallrot – fast schon violett – und total geschwollen, weil sie gegen die Putzmittel allergisch war. Und in den ganzen neunzehn Jahren hat es keinen einzigen Menschen gegeben, der sie gut behandelt hätte.« Norman starrte eine Weile auf den Boden. Als er mich wieder ansah, wirkte sein Blick ratlos. »Ich kann das überhaupt nicht begreifen!« sagte er. Dabei klang seine Stimme so erstickt, daß ihm für das letzte Wort kaum mehr Luft blieb. »Wie kann es Menschen geben, die *nicht* den Wunsch haben, wunderbare Dinge für Mary zu tun?«

»Haben Sie schon immer mit einer Partnerin gearbeitet? Ich denke da an das Telefonat wegen der Pfändung und solche Dinge.«

»Am Anfang nicht«, murmelte er. Es war offensichtlich, daß ihm das Thema nicht gefiel. Viel lieber hätte er die Ode an Mary Dean fortgesetzt. »Ich wollte niemanden mit hineinziehen. Ich kam ganz gut allein zurecht. Allerdings mußte ich damals die Sache mit der Wagenpfändung selbst erzählen, und das ist nicht so plausibel«, er zögerte einen Augenblick, um zu sehen, ob ich das »plausibel« registriert hatte und von seinem Vokabular gebührend beeindruckt war, »wie wenn ein anderer anruft und mir Daumenschrauben ansetzt. Aber vor etwa zehn Jahren habe ich eine Frau kennengelernt, die mich gedrängt hat, sie bei der Sache mitmachen zu lassen.« Der Farbton seiner Uniform und die Folgen von Gefängnisfraß, Neonlicht und schlechter Luft ließen ihn so leichenblaß aussehen, daß er nicht mehr den Eindruck machte, als könnte er eine Frau zu einem Leben als Gaunerliebchen verführen, geschweige denn dazu, ihm ihr Herz und ihr Erspartes zu schenken. Bei unserem ersten Treffen hatte das dunkle Haar auf seinen Unterarmen attraktiv gewirkt. Nein, mehr als das: erotisch. Jetzt sah er aus wie ein sterbendes Tier, dessen kränkliche Haut durch seinen dünner werdenden Pelz schimmert.

»Was ist aus ihr geworden?«

Er zuckte mit den Schultern. Offenbar wollte er diese Frage nicht beantworten. Ich wartete. »Keine Ahnung. Es hat eben nicht funktioniert.«

»Irgendwelche anderen?«

»Wie meinen Sie das?«

»Haben Sie außer mit dieser Frau und Mary noch mit anderen zusammengearbeitet?« Er rutschte auf seinem Stuhl hin und her, gab mir aber keine Antwort. »Norman, ich bin nicht Ihre Mutter, die Ihnen irgendwelche Informationen über Ihre Freundinnen entlocken will. Ich muß bloß die Möglichkeit in Betracht ziehen, daß das Fernsehen über diesen Fall berichtet. Jemand könnte Ihren Namen oder Ihre Vorgehensweise wiedererkennen. Es wäre nicht gerade vorteilhaft für Sie, wenn die Staatsanwaltschaft jemanden in den Zeugenstand riefe, der über die Details Ihrer Geschäftspraktiken berichten könnte.«

»Ich habe bei jeder einen anderen Namen benutzt.«

»Mit ›jeder‹ meinen Sie Ihre Freundinnen, Ihre Komplizinnen – nicht nur Ihre Opfer.«

»Richtig.«

»Sie kennen Sie also nicht unter dem Namen Norman Torkelson oder Denton Wylie oder ... welchen Namen haben Sie benutzt, als Sie Ihre Wohnung gemietet haben?«

»Robert McNulty. Nein, ich benutze nie zweimal denselben Namen.« Nachdem man ihn erwischt hatte, war er offiziell natürlich auf Norman Torkelson festgelegt, da es zu diesem Namen ein Strafregister mit Fingerabdrücken gab. Ob Norman sein richtiger Name war oder nicht, wußte ich nicht, aber unter diesem Namen war er 1978 in West Quoddy Head, Maine, zum erstenmal wegen Unterschriftenfälschung aktenkundig geworden, nachdem er versucht hatte, einen Scheck aus einem Scheckbuch einzulösen, das er sich nach einer Liebesnacht mit einer Zweiundvierzigjährigen namens Lorraine Krumholz unter den Nagel gerissen hatte. Zu dem Zeitpunkt war er achtzehn.

»Sie müssen ein gutes Gedächtnis haben, bei den vielen Namen«, sagte ich.

»Sie kennen bestimmt das alte Sprichwort«, er lächelte, »daß ein Lügner ein gutes Gedächtnis haben muß. Ich habe ein *ausgezeichnetes* Gedächtnis.«

»Dann können Sie sich bestimmt noch daran erinnern, wie Sie die achtundvierzigtausend Dollar in Empfang genommen haben, die Bobette von der Bank abgehoben hat?« Er gab mir keine Antwort. »Ich brauche Sie wohl kaum über das besondere Verhältnis zwischen Anwalt und Mandant aufzuklären, oder? Alles, was Sie mir erzählen, bleibt unter uns.« Ich wußte, daß das für ihn nicht gerade eine große Neuigkeit war, und wie erwartet nickte er. »Und es geht mir auch nicht darum, herauszufinden, wieviel Bares Sie haben, damit ich noch mehr Geld aus Ihnen herausquetschen kann. Vergessen Sie nicht, daß wir die Höhe meines Honorars bereits vertraglich geregelt haben.«

»Bobette hat mir das Geld gegeben.«

»Und dann?«

»Ich habe ihr für ihr Vertrauen gedankt. Dann bin ich losgefahren.«

»Sie haben sie nie wieder gesehen.« Langsam, als würde ihn mein langweiliges Gequatsche allmählich lähmen, schüttelte Norman den Kopf: Das ist richtig – ich habe sie nie wieder gesehen. »Sie wissen, warum ich Sie das frage, Norman?«

»Nein«, murmelte er.

»Wenn Sie aus irgendeinem Grund in die Wohnung zurückgekehrt sind und Bobette dort tot oder sterbend vorgefunden haben, dann könnte es Beweise für Ihre Anwesenheit *post mortem* geben, die Sie mit dem Verbrechen in Verbindung bringen könnten. Es widerstrebt mir, ständig darauf herumzuhacken, aber wir haben es hier mit einer Mordanklage zu tun, und die Staatsanwältin scheint nicht bereit zu sein, sich auf, sagen wir mal, Totschlag herunterhandeln zu lassen.«

»Ich habe sie nicht ermordet!«

»Dann ist es noch wichtiger, daß wir für das Gerichtsverfahren gut gerüstet sind. Ich möchte nämlich nicht, daß uns die Gerichtsmediziner Dinge präsentieren wie, sagen wir mal, ein paar von Ihren Hautzellen unter ihren Fingernägeln, falls sie, als sie im Sterben lag, versucht haben sollte, sich an Sie zu klammern und Sie um Hilfe zu bitten … gesetzt den Fall, Sie sind rein zufällig dazugekommen, nachdem sie attackiert worden war.«

»Unter ihren Fingernägeln sind keine Hautzellen von mir«, erklärte er mißmutig.

»Gut. Ich brauche solche Informationen. Das Schlimmste, was Sie sich antun können, ist zuzulassen, daß ich von der Staatsanwaltschaft überrascht werde. Ich hasse Überraschungen. Alle Strafverteidiger tun das.« Ich versuchte, ihm direkt in die Augen zu sehen – seine schönen, klaren blauen Augen, um genau zu sein –, aber er starrte zu der Plattform mit den Wärtern hinüber, die für die Überwachungskameras zuständig waren. »Haben Sie zu dem Thema noch etwas zu sagen, oder sollen wir weitermachen?«

»Nachdem sie mir das Geld gegeben hat«, sagte Norman ruhig, »bin ich losgefahren, um Champagner zu kaufen. Das mache ich jedesmal so. Wissen Sie, tief drinnen haben die Frauen Angst, ich könnte das tun, was ich dann tatsächlich tue: mit ihrem Geld auf Nimmerwiedersehen verschwinden. Ihr Unterbewußtsein sagt ihnen, daß ich sie nicht begehren kann ... daß das zu schön wäre, um wahr zu sein.« Er grinste. »Na ja, so ist es ja auch. Wenn ich also bloß das Geld nehmen und verschwinden würde, könnte so manche von ihnen nach einer Stunde oder so nervös werden. Ich kann es mir nicht leisten, daß sie es sich anders überlegen. Ich will nicht, daß sie bei ihrer Bank anrufen oder bei einem Verwandten oder der Polizei. Deswegen ziehe ich los, kaufe eine Flasche Champagner und komme damit zurück – Überraschung! –, um mit ihr zu feiern. Ich sage dann etwas in der Art: ›Ich liebe dich, weil du bist, wie du bist. Wenn es möglich wäre, dich noch mehr zu lieben – was ich nicht glaube –, dann deswegen, weil du mir dein ganzes Vertrauen schenkst.‹« Norman wandte seinen großen Kopf nach oben, himmelwärts, und während er sein Sprüchlein aufsagte, wirkte er kein bißchen schmierig. Einen Augenblick lang sah es tatsächlich so aus, als wäre er nicht nur vom Heiligen Geist erleuchtet, sondern das Licht Gottes würde direkt auf ihn herabstrahlen. »›Ich war völlig am Ende‹«, setzte er sein Sprüchlein fort. »›Ich dachte: Mir bleibt nichts anderes übrig, als ewig so weiterzuleben. Ein halbes Leben lang. Ich werde es schon schaffen. Ich muß es einfach schaffen, um meiner Söhne willen. Aber dann‹«, vor lauter Rührung schnappten Norman und ich gleichzeitig nach Luft, »›hast du mir meine Leidenschaft wiedergegeben.‹«

Gottes Licht erlosch. Norman benutzte den Nagel seines rechten kleinen Fingers, um damit den Dreck unter dem Nagel seines linken Zeigefingers zu entfernen. »Als ich mit dem Champagner zurückkam, war sie tot.«

»Haben Sie sie angefaßt?«

»Nein«, sagte er und blickte von seiner Nagelpflege auf. »Ich sah, daß sie ermordet worden war. Erwürgt. Ihr Hals ...« Er lehnte sich vor und fügte mit viel Gefühl hinzu: »Ihr Gesicht trug die Maske des Todes!« Zu laut. Eine Reihe weiter wandten ein anderer, mir seit Jahren bekannter Anwalt – eine Schande für unseren Beruf – und sein wegen Drogenhandels angeklagter Mandant den Kopf, um sich zu vergewissern, daß Norman tatsächlich das ungeschriebene Gesetz gebrochen hatte, das da besagt, daß alles, was sich zwischen Anwalt und Mandant abspielt, im Murmelton vonstatten zu gehen hat. Norman war nicht nur zu laut. Seine Darbietung war einfach übertrieben. Sein ohnehin schon langes Gesicht wurde durch seine todernste Miene noch mehr in die Länge gezogen, als wollte er die Ähnlichkeit mit Lincoln zusätzlich betonen.

»Und Sie sind sicher, daß Sie ihre Maske des Todes nicht berührt haben?« fragte ich vorsichtig. Ich hätte meine Frage etwas weniger sarkastisch formulieren können, aber am Vorabend hatte ich bis spät in die Nacht im Haus meines Lebensgefährten ausgeharrt (er hatte einen schlimmen Bronchialkatarrh), und ich wurde allmählich müde – nicht nur, weil ich zuwenig geschlafen hatte, sondern auch, weil mir Normans beharrliches Lügen auf die Nerven ging. Ich mußte endlich die Wahrheit wissen. Ich hatte keine Lust, von Holly plötzlich mit einem Nachtrag zum Bericht des Gerichtsmediziners konfrontiert zu werden, in dem stand, daß man in Bobettes Ausschnitt einen halben Liter von Normans Speichel gefunden habe, weil er vor Vergnügen sabberte, als er sie erwürgte.

»Sie haben nicht zufällig irgendeinen anderen Teil ihres Körpers angefaßt, nachdem Sie sie tot vorgefunden haben?«

Mir war klar, daß ich damit ethisch gesehen auf einem ziemlich durchhängenden Seil balancierte. Es war schwer, da noch das Gleichgewicht zu halten. Ich mußte für Normans Verteidigung alle Informationen sammeln, die ich bekommen konnte, aber ein paar von meinen Fragen hätten jedem Menschen, dessen IQ höher war als der eines Chicken McNugget, dringend nahegelegt, für den Fall, daß er irgendeine Spur auf der Leiche hinterlassen hatte, zu antworten: O doch! Ich habe sie *post mortem* noch angefaßt.

»O doch, ich habe sie noch angefaßt«, antwortete Norman. »Ich weiß, ich hätte das nicht tun sollen, aber ich war wirklich total durcheinander. Ich meine – ich spaziere da mit einer Flasche Champagner hinein, und dann dieser Anblick! Ich wollte ganz sicher sein, daß sie tot war. Sie hat tot *ausgesehen*, aber was, wenn sie noch gelebt hätte? Ich hätte vielleicht noch etwas für sie tun können.«

»Können Sie sich erinnern, welchen Teil ihres Körpers Sie berührt haben?«

»Mein Gott, ich bin mir nicht sicher. Ich nehme an ... ihre Hand oder ihr Handgelenk, als ich versucht habe, ihren Puls zu fühlen. Und wahrscheinlich auch ihr Gesicht. Sie müssen wissen ...« Er schloß die Augen, vermutlich, um sich die Szene ins Gedächtnis zu rufen. »Ich bin mit meinem Gesicht ganz nahe an ihres ran, um festzustellen, ob sie noch atmete.«

»Glauben Sie, Sie haben sie auch am Hals berührt?« fragte ich.

»Sie meinen, dort, wo sie ...«, Norman schien Schluckbeschwerden zu haben und massierte mit Daumen und Zeigefinger die Seiten seines Adamsapfels, »... gewürgt wurde?«

Offensichtlich bereitete ihm dieser Gedanke großes Unbehagen. Wie so häufig begann das Mädchen in mir mit der Anwältin zu kämpfen. Das Mädchen hätte am liebsten zu Norman gesagt: Ist doch egal. Denken Sie nicht mehr an diese häßlichen Fingerabdrücke auf Bobettes Hals. Ein *schrecklicher* Anblick. Aber er zahlte mir schließlich keine zweihundert Dollar die Stunde, damit ich mich wie ein Mädchen benahm. »Ja«, sagte ich, »dort, wo sie gewürgt wurde.« Dann fügte ich hinzu: »Auf den Autopsiephotos kann man die Male sehen, die die Finger des Mörders auf ihrer Haut hinterlassen haben.«

»Warum hätte ich sie dort anfassen sollen?« fragte Norman und erhob dabei die Stimme, als hätte ich ihm die dümmste, unverschämteste Frage gestellt, die er je gehört hatte.

»Ich habe keine Ahnung. Aber in Streßsituationen kann selbst der vernünftigste, disziplinierteste Mensch seltsam reagieren.«

»Ich weiß nicht.« Norman atmete aus. »Vielleicht habe ich die Hand ausgestreckt und ... Ich glaube, einen Moment lang habe ich meinen Finger an ihre Kehle gelegt. Irgendwie aus Mitleid.«

»Gut«, sagte ich cool, als würden sich meine Eingeweide nicht gerade zu einem Knoten zusammenziehen, den ich bestimmt drei Tage lang nicht mehr aufbekommen würde. »Ich bin froh, daß Sie es mir gesagt haben.«

So. Meine Damen und Herren Geschworenen. Die riesigen Daumenabdrücke, die Sie auf den Photos gesehen haben und die den Anschein erwecken, als hätte irgendein Unhold schrecklichen Druck auf die Gegend oberhalb des Kehlkopfes ausgeübt … Diese Abdrücke wurden von meinem Mandanten hinterlassen, nachdem er Ms. Frisch tot aufgefunden hatte. Sie waren eine Geste des Mitleids und – ja, meine Damen und Herren – der Liebe. (Warum, werden Sie sich fragen, mache ich diese Art von Arbeit, wo ich doch die Königin des Scheidungsrechts sein könnte? Dann käme ich jeden Tag um halb sechs nach Hause und könnte endlich die Fransen des Afghan-Teppichs fertigknüpfen, an dem ich nun schon seit acht Monaten arbeite, mir anschließend einen schönen Barsch dünsten und Dickens' *Große Erwartungen* noch einmal lesen. Die Antwort lautet: Ich weiß es nicht.)

»Ich fühlte mich wirklich schrecklich«, sagte Norman gerade. »Kein Mensch sollte auf so entsetzliche, brutale Weise sterben. Und ich *mochte* Bobette.«

»Was für eine Art von Mensch war sie?«

»Sie war clever. Aus dem Bauch heraus. Sie war nicht gebildet oder so. Aber sie hatte einen messerscharfen Verstand, wenn es um Geld ging. Sie wußte genau, was die Mieter in den Häusern, die ihr gehörten, für jede einzelne Wohnung bezahlten, wer ihr wieviel schuldete und wie lange ihre Mietverträge noch liefen. Sie mußte sich nie etwas aufschreiben.«

»Würden Sie sagen, daß sie ein netter Mensch war?«

Ein kleines, verlegenes Lächeln huschte über Normans Lippen, als wäre es ihm unangenehm, schlecht von einer Toten sprechen zu müssen, aber da ich ihm als Betrüger bereits eine Zwei minus gegeben hatte, überraschte es mich nicht, daß er Verlegenheit heuchelte – und noch dazu schlecht. »Sie war nicht besonders nett. Eigentlich … war sie gar nicht so, wie man es von Frauen gewohnt ist. Die meisten Frauen wollen allen gefallen. Von allen geliebt werden. Nein, Bobette war ziemlich ungewöhnlich. Sie machte ihre Arbeit, und wenn jemand sie nicht mochte, war das für sie okay.«

»Klingt nach einer harten Frau. Wie haben Sie es geschafft, an sie ranzukommen?« fragte ich.

Natürlich trommelte Norman nicht mit den Fingern gegen seine Brust und ließ auch sonst keine selbstgefällige Geste vom Stapel, aber im grellen Neonlicht des Besuchsraums war nicht zu übersehen, wie sich seine Stirn vor Stolz rötete. »Sie war einsam.«

»Sie war sechsundfünfzig. Ich nehme an, sie war schon seit Jahren einsam.«

»Da haben Sie sicher recht«, Norman beugte sich so weit vor, daß sein Kinn aussah, als wäre es an der weißen Resopalabsperrung zwischen uns festgeklebt, »aber die Damen, mit denen ich zu tun habe, selektieren sich selbst! Die Tatsache, daß sie auf eine Kontaktanzeige antworten, beweist, daß sie einsam sind. Vielleicht sogar verzweifelt, weil sie keine Männer kennenlernen.«

»Also war diese harte Frau auf der Suche nach Liebe?«

»Hey, das ist die Überschrift der Kontaktanzeige, auf die sie geantwortet hat! ›Auf der Suche nach Liebe.‹ In ihrem Brief hat sie geschrieben, sie wolle bloß Gesellschaft, aber dann hat sie sich in mich verliebt.«

»Warum? Ich meine, Sie sind natürlich ein gutaussehender Mann und all das ...«

»Schon gut«, meinte Norman großzügig. »Sie brauchen sich nicht zu entschuldigen. Wissen Sie, ich nutze die Sehnsüchte und Schwächen der Frauen aus. Bobette wollte Liebe: das war ihre Sehnsucht. Und es war ihr peinlich, daß sie ziemlich ungebildet war: das war ihre Schwäche. Deswegen zitierte ich Gedichte für sie: ›Lieb ist nicht Liebe/Die wechseln würd mit wechselvoller Stund.‹ Das ist Shakespeare. Und ein Sonett von Elizabeth Barrett Browning: ›Wie soll ich ...‹«

»Ich kenne es«, fiel ich ihm ins Wort.

»Ich habe ihr eine völlig neue Welt gezeigt. Eine bessere, schönere Welt. Ich habe mit ihr Spaziergänge gemacht. Wissen Sie, wir sind durch den Wald gegangen, und ich habe ihr alle möglichen Pflanzen gezeigt und ihr die lateinischen Namen genannt ...«

»Sie kennen die wissenschaftlichen Namen der Pflanzen?«

»Soll das ein Witz sein? Ich benutze einfach ein paar Namen, die ich selbst erfunden habe: ›Du hast recht, das sieht hübsch aus, aber es ist nur ein ganz ordinärer Stechginster, Bobette, *Rowinda numonica.*‹ Das haben wir auch an dem letzten Tag gemacht, als ihr Mieter wegen meines Wagens die Cops angerufen hat. Einen Waldspaziergang.«

»Erzählen Sie mir von dem Mieter.«

»Ich weiß nicht mal, wie er heißt«, antwortete Norman.

»Haben Sie ihn je zu Gesicht bekommen?«

»Ja. Ein Ausländer. Ziemlich dunkel. Aber nicht wie ein Inder oder so. Wahrscheinlich kam er aus einem dieser Länder hinter dem eisernen Vorhang. Allein die Art, wie er ihren Namen aussprach: ›Miss Frisch.‹ Als hätte er einen riesigen Frosch im Hals. Aber so sprechen diese Leute nun mal. Guttural.«

»Ich weiß.«

»Entschuldigung«, murmelte er und versuchte dabei, jungenhaft und schuldbewußt auszusehen, was ihm aber nicht so ganz gelang. Trotzdem spürte ich, wie mein Herz einen kleinen Satz machte, und ich wünschte, mir wäre etwas eingefallen, um ihn aufzuheitern. Das haben Betrüger einfach drauf, sogar die lausigsten unter ihnen. Sie bringen das Beste in dir zum Vorschein – deine Freundlichkeit, deine Fürsorge, deine Liebe, deine Leidenschaft – und dann, wenn du auf deiner Wolke der Menschenfreundlichkeit schwebst, hoch über der Niedertracht der Normalsterblichen … Wumm! Dann stoßen sie dich hinunter, so daß du mit dem Kopf voraus auf die Erde stürzt.

»Sind Sie diesem Mieter vorher schon einmal begegnet?«

»Ein paarmal. Wenn ich meinen Wagen hinter seinem beschissenen Hyundai parkte, bekam er jedesmal einen Anfall.«

»Was für einen Anfall? Hat er geschrieen? Ist er hysterisch geworden?« Ich dachte gerade: Meine Damen und Herren Geschworenen, Sie haben Mr. Soundso im Zeugenstand erlebt. Sie haben gesehen, wie schnell er in Rage gerät. Sie haben seine Voreingenommenheit gegenüber meinem Mandanten erlebt. Nein, streichen Sie das. Seinen *Haß* auf Norman Torkelson. Er ist der *einzige* Mensch, der meinen Mandanten am Tag des Mordes in der Nähe des Hauses gesehen haben will. Aber wie Ihnen der ehrenwerte Herr Richter erklären wird, muß auch das Verhalten eines Zeugen in Betracht gezogen werden …

»Nein, nicht hysterisch. Er hat bloß entnervt geguckt. Außerdem hat er ständig ›verdammt!‹ gesagt. Immer wieder. Aber es klang wie ›verdommt!‹« Norman ahmte ihn nach: »›Verdommt! Verdommt! Verdommt!‹«

Wieder im Büro, wiederholte ich dieses »Verdommt! Verdommt! Verdommt!«, als ich meinen Lebensgefährten anrief, um ihm die Ereignisse des Vormittags zu schildern und mich nach seinem Befinden zu erkundigen. »Geht es dir schon besser?«

»Na ja«, meinte er. »Das Fieber ist gesunken, aber ich fühle mich immer noch ziemlich mies. Aber du weißt ja, wie wir Männer sind. Lausige Patienten.«

»Soll ich in der Mittagspause bei dir vorbeischauen und dir was zum Essen bringen?«

»Nein, ich komme schon klar. Sag mir lieber, wie du darüber denkst.«

»Worüber?«

»Über deinen Mandanten, Norman.«

»Was denkst *du?*« fragte ich zurück, weil ich großen Respekt vor seinem kriminologischen Gespür hatte, und das nun schon seit ... mein Gott, seit fast zwanzig Jahren. »Ist er schuldig?«

»Lee, welche Meinung hast du?« Ich hatte plötzlich dieses ungute Gefühl, wenn einem erst der Magen ein Stück tiefer rutscht und dann alles andere dem Drängen der Schwerkraft nachzugeben scheint.

»Sag du es mir. Was für eine Meinung hast *du*?«

Und der wichtigste Mann in meinem Leben sagte: »Ganz ohne Zweifel schuldig.«

8

Greta Wolff, die Haushälterin, klapperte mit ihren Töpfen und summte eine kleine Melodie aus *Der fliegende Holländer* vor sich hin. Dabei neigte sie sonst überhaupt nicht zum Summen und war normalerweise viel zu bedächtig, um mit dem Geschirr zu klappern. Mit diesen Geräuschen versuchte sie lediglich, den Streit zwischen Leonard und Sylvia zu übertönen, der oben im Gange war, um Robin ein ungestörtes Abendessen zu ermöglichen. Die zehnjährige Lee saß ebenfalls am Küchentisch, aber um sie machte Greta sich keine Sorgen. Lee würde eine Mahlzeit nur dann stehenlassen, wenn das Haus in die Luft flöge und die Zimmerdecke auf ihrem Teller landete.

»Ich verlange doch nur eines von dir, verdammt noch mal!« wütete

Leonard. Irgendeine Kombination von Materialien – Stein und Holz und die Wolle ihres Schlafzimmerteppichs – bewirkte im Haus einen Trompeteneffekt, so daß Leonards tiefe, zornige Stimme unten in der Küche als nasales *waa-waa* ankam. Greta rührte hektisch in irgend etwas herum. Lee vermutete, daß es sich um Wasser handelte. Aber das Schlagen des Metallöffels gegen die Topfwand war eher ein Ärgernis als eine Ablenkung. »Sei diesen Kindern eine Mutter. Ist das zuviel verlangt?«

»Ich war so im Streß. Ich hatte so viel zu tun …«

Aber er ließ sie nicht ausreden. »Ich bin aus der Schule angerufen worden …«

»Leonard, Liebling, *bitte* sprich leiser!« flehte Sylvia.

Ohne sich dessen bewußt zu sein, legte Lee die Finger an die Lippen. »Schhh!« machte sie.

»Die verdammte Tür ist doch geschlossen!« brüllte Leonard. »Jetzt hör mir endlich zu. Ich bin aus der Schule angerufen worden …«

»Ich weiß! Ich gebe es ja zu. Ich habe einen Fehler gemacht.«

»Halt den Mund und hör mir zu, wenn ich mit dir rede! ›Mr. White, wir belästigen Sie nur ungern in der Arbeit, aber Mrs. White sollte eigentlich Robin abholen. Sie hat über achtunddreißig Grad Fieber.‹ *Über achtunddreißig Grad!* ›Und sie klagt über Hals- und Ohrenschmerzen.‹«

»Sei mir nicht mehr böse«, flehte Sylvia. Gleich wird sie zu heulen anfangen, dachte Lee.

Sie warf einen Blick zu ihrer Schwester hinüber. Robin, inzwischen sieben, stieß immer wieder mit der Gabel in die Leber mit Zwiebeln, die Greta zum Abendessen gebraten hatte. Vielleicht hoffte Robin, daß das Fleisch so seine stoffliche Qualität verlieren und sich in Luft auflösen würde.

Aber auf den zweiten Blick bemerkte Lee, daß Robin den Kopf wie eine Schildkröte zwischen ihre knochigen Schultern gezogen hatte, als wäre die Konfrontation im oberen Stockwerk ein Angriff, der allein gegen sie gerichtet war. Die weiße Haut des Mädchens war aschfahl geworden, und ihr Atem ging schnell und flach. Sensibel: Das war das richtige Wort für Robin, wobei Freunde der Familie und Leonards Angestellte höflicherweise das »hyper-« wegließen. Wäre Lees kleine Schwester in einem Märchen vorgekommen, dann wäre sie die hübsche Prinzessin gewesen, die die Erbse durch fünfzig Matratzen hindurch spürte – obwohl sie wahrscheinlich schon lange, bevor sie das Gemüse wahrgenommen hätte, einem Anfall von Höhenangst erlegen wäre.

»Es tut mir leid. Was soll ich sonst dazu sagen?« fragte Sylvia. Aber natürlich fiel ihr noch etwas ein. »*Listenweise* Aufträge. Du sagst, ich habe nichts zu tun, aber ...«

»Du kochst ja nicht mal!« Das ärgerte ihn maßlos. Am letzten Memorial Day hatten sie das Strandfest besucht, das die Einwohner von Shorehaven Estates jedes Jahr veranstalteten, und er hatte zufällig gehört, wie Ginger Taylor zu zwei anderen Frauen sagte, daß sie sich, nachdem sie mit Fos im Manhasset Cinema den Film *La Dolce Vita* gesehen hatte, sofort ein italienisches Kochbuch gekauft habe. Gingers Freundinnen hatten sich vor Lachen gebogen, während sie von ihren Erfolgen berichtete: Ihr glaubt ja gar nicht, was ich einem Päckchen Spaghetti alles antun kann! Von den drei Frauen war eine blonder als die andere, und alle drei hatten ein schönes, kehliges Lachen. Und sie waren für das Strandfest genau richtig angezogen. Zu Reiterhosen, die in Bermudalänge abgeschnitten waren, trugen sie ärmellose Blusen. Sylvia wirkte mit ihrem grünen Leinenhosenanzug und dem gigantischen Strohhut mitleiderregend overdressed. Und alle ihre Nachbarn hatten – wahrscheinlich aufgrund von Sylvias Kleidung – genau gewußt, was sie *nicht* waren. Schuhe mit Seidenschleifen und kleinen Absätzen! Und das, obwohl von vornherein klar war, daß sie bei dieser Party im Sand stehen würden. Und dann das Make-up! Keine der anderen Frauen trug Make-up – abgesehen von rotem Lippenstift. O Gott, was für eine Wirkung! Roter Lippenstift zu blondgesträhntem Haar! Zwar hatten die meisten ihrer Nachbarn zur Begrüßung genickt oder ihnen zugewinkt oder sogar »Hi« gesagt, aber am Ende landeten die Whites an einem großen runden Tisch für zehn Personen – zusammen mit einem Paar namens Turtletaub, die beide schon über sechzig waren, sowie Frank und Louise Petullo aus der Harbor Road, demselben Petullo, den die *New York Times* als Frankie »Salami« Petullo bezeichnet hatte und der angeblich für die Übernahme der Sand- und Zementindustrie durch die Unterwelt verantwortlich war. Leonard wäre am liebsten davongelaufen, um dem Horror zu entfliehen, aber statt dessen mußte er ruhig dasitzen und mit Beaky Turtletaub Konversation machen, die ihn ständig drängte, ihr einen Sonderpreis für einen Silberfuchs zu machen.

»Was hast du denn schon zu tun!« schrie Leonard in voller Lautstärke. »Putzen tust du auch nicht! Nicht einmal ...«

»Wann soll ich das denn machen? Ständig drückst du mir irgendwelche Listen in die Hand. Ich soll neue Abfalleimer besorgen. Und ein Bord mit Haken, damit du in der Garage dein Werkzeug aufhängen kannst. *Warum?* Du benutzt die Sachen doch nie! Deine Schlagbohrmaschine hat vierundfünfzig Dollar gekostet, und da hast noch kein einziges Mal ...«

»Halt verdammt noch mal den Mund!«

»Hat dir vielleicht jemand erzählt, daß Foster Taylor ein solches Bord und eine Schlagbohrmaschine in *seiner* Garage ...«

»Ich *warne* dich.« Die Wut packte Leonard am Hals und drückte seine Stimme höher und höher, bis ein so schreckliches, schrilles Schreien daraus wurde, daß Robin sich die Ohren zuhalten mußte. »Das reicht, Sylvia!«

»Leonard, jetzt hör mir doch mal ...«

»Halt den Mund, oder ich gehe und komme nie wieder!«

Plötzlich krampfte sich Lees Magen schmerzhaft zusammen. Sie hatte diese Schmerzen immer dann, wenn sie schlimmem Streß ausgesetzt war. Aber im Gegensatz zu ihrer übernervösen Schwester (Robin hatte die Hände auf die Ohren gepreßt, ihr Kinn zitterte, und ihre Augen schwammen in ungeweinten Tränen) konnte Lee alles mit dem Kinn – oder mit dem Magen – abfangen, ohne gleich zusammenzubrechen. Dabei litt sie nicht weniger intensiv als Robin. Das schreckliche Ziehen knapp oberhalb ihres Nabels war so schmerzhaft, daß sie kaum einatmen konnte. Aber Lee besaß – abgesehen von einer einzigen Ausnahme – immer genug Kraft, um den Schmerz zu ertragen. Auch wenn das vielleicht nicht der Stil der Heldinnen war, die in ihren Büchern vorkamen – leidende Schönheiten oder tapfere Opfer, denen lediglich moralische Courage, aber keine wirkliche Unerschrockenheit oder Tollkühnheit zugestanden wurde –, Lee White war nun mal so. Ein mutiges Mädchen. Eine junge Dame, die sich nicht unterkriegen ließ.

»Sie werden sich schon wieder vertragen, Robin«, sagte sie. Robins Hände, mit denen sie sich immer noch die Ohren zuhielt, zitterten so stark, daß sich ihr ganzer Kopf bewegte. Lee versuchte es mit einem Ablenkungsmanöver. »Hey, Rob, hast du schon die neuen Welpen von nebenan gesehen?« Lee bezog sich natürlich auf Ginger Taylors jüngsten Basenji-Wurf, aber jeder im Haus, selbst Woofer, der neue Jagdhund, den sie bekommen hatten, nachdem Duchess gestorben war, schien zu wissen, welche Gefühle der Name Taylor in Leonard weckte, so daß man prinzipiell vermied, den Namen zu erwähnen.

»Hör zu«, fuhr Lee fort. »Weißt du, wer einen von den Welpen bekommen hat?«

»Wer?« hickste Robin.

»Cathy Foti aus der sechsten Klasse. Ihre Eltern haben Mrs. Dingsda einen abgekauft!« Robin blinzelte ein paarmal, und dann begannen die Tränen zu fließen. Lee versuchte es noch einmal. »Diese süßen Hundebabys! Sie sind so lieb – na ja, nicht gerade, wenn sie ihre Häufchen machen. Gestern waren sie in Mommys Kräutergarten. Mommy mußte ihre ganze Petersilie ausreißen. Jedenfalls hat Cathys Mutter sie von der Schule abgeholt, und der kleine Hund saß im Auto. Du hättest ihn sehen sollen!« Lee massierte Woofers Bauch mit der Spitze ihres Schuhs, um seine Enttäuschung über ihren Verrat zu mildern. »Er hatte winzige Falten auf seiner niedlichen Hundestirn. Und ein klitzekleines Ringelschwänzchen!«

Nachdem sich die Fachleute auf das Konzept der geschwisterlichen Rivalität versteift haben, sind sie oft zu schnell bereit, die Kraft der geschwisterlichen Liebe zu vernachlässigen. Lee, die jedes Hundebaby an sich drückte und jedes kleine Kätzchen streichelte, war zwangsläufig auch von der Verletzlichkeit der siebenjährigen Robin gerührt, den riesigen graugrünen Augen, die das feine Gesicht des jüngeren Mädchens beherrschten und sie fast wie eine Figur aus einem Zeichentrickfilm aussehen ließen, der engelsgleichen Weichheit ihres hellen Haars. Wenn sie sich nicht gerade über Robins übertriebene Reaktionen auf Menschen, Gerüche und Geräusche aufregen mußte, verspürte sie oft den Wunsch, ihre Schwester vor der Realität zu beschützen.

»Du hast mich gezwungen, die Grape-Nuts Flakes zurückzubringen!« kreischte Sylvia gerade.

»Das hört sich ja an, als hätte ich dir eine Pistole an den Kopf gehalten. Ich wollte Grape-*Nuts*, und du hast *Flakes* gebracht. Du weißt, daß ich die nicht ausstehen kann! Herrgott im Himmel, ist es denn so eine große Sache, etwas in den Supermarkt zurückzutragen? Was zum Teufel hast du denn sonst den ganzen Tag zu tun?«

»*Was sonst?* Deine schwarzen Halbschuhe abholen, die neu besohlt werden mußten. Dein graues Sakko in die Reinigung bringen.« Wahrscheinlich war sie gerade dabei, dachte Lee, ihre Pflichten an ihren schönen, schmal zulaufenden Fingern abzuzählen, deren Nägel stets perfekt lackiert waren – diese Woche kirschrot. »Ein Geschenk für das Baby besorgen, das die Schwester deiner Buchhalterin bekommen hat ...«

»Wie konntest du deswegen dein eigenes Kind vernachlässigen?« dröhnte Leonard. »Wie konntest du sie so lange im Sanitätsraum warten lassen, obwohl sie solche Schmerzen hatte?«

Lee dachte, daß sie an der Stelle ihrer Mutter gefragt hätte: Wie kommt es, daß *du* sie so lange im Sanitätsraum hast warten lassen, obwohl sie solche Schmerzen hatte? Du hast dich auch nicht gerade beeilt, den nächsten Zug nach Shorehaven zu erwischen! Lee registrierte – mit einer Klarsicht, die mit dem ziehenden Schmerz in ihrer Magengegend einherging –, daß ihre Mutter erbärmlich argumentierte und nie die richtige Antwort parat hatte. Nach einem solchen Streit legte sich Sylvia immer verstört und beschämt ins Bett, wo sie tagelang hinter geschlossenen Jalousien verharrte, sich weigerte, zum Essen nach unten zu kommen, und sich nicht einmal die Haare kämmte oder die Zähne putzte. Ihr Vater dagegen wirkte immer, wenn er Dampf abgelassen hatte, unbeschwerter als sonst; vielleicht lag das auch daran, daß Sylvia in ihrem Kummer kein Wort von sich gab und deshalb nicht in der Lage war, irgendwelche emotionalen Forderungen an ihn zu stellen.

Aber noch hatte Sylvia den Versuch nicht aufgegeben zu gewinnen, was nicht zu gewinnen war. »Leonard, Liebling, Robin lag doch bei Gott nicht im Sterben. Sie hatte bloß Halsschmerzen. Sie hat ständig Halsschmerzen.« Zerstreut fügte sie hinzu: »Ich muß mit Dr. Gould wirklich mal über ihre Mandeln reden.«

In diesem Augenblick begannen Robins Tränen zu strömen. Sofort spürte Lee den Neid und die Bewunderung, die sie bei dieser Gelegenheit immer empfand. Wie umwerfend Robin weinen konnte! Zuerst begannen ihre großen Augen feucht zu schimmern. Dann liefen perfekt geformte, riesige Tränen ihre Wangen hinunter. Dabei war kein Schluchzen zu hören, obwohl ihr Schilfrohr von einem Körper zuckte, als würde sie jemand ununterbrochen mit »Buh!«-Rufen bombardieren. Wie durch ein Wunder brachte ihr dieses stille Leiden die doppelte – nein, die dreifache – Aufmerksamkeit ein, die ein normales, wie am Spieß schreiendes Kind bekommen hätte.

Es war aber nicht nur der Streit ihrer Eltern, der Robin die Tränen in die Augen trieb. Lee sah deutlich ihren Ekel, als sie erneut einen Blick auf die Leber warf. Jedes äußere Ereignis konnte bei ihr einen inneren Sturm auslösen. Plötzlich war nicht mehr der Streit ihrer Eltern, sondern das Essen der Grund für ihre Pein. Wahrscheinlich dachte Robin gerade: Das ist das Ende. Sie saßen in der Frühstücksecke, und Greta war nur ein paar Schritte von ihnen entfernt damit beschäftigt, abwechselnd mit ihren Töpfen zu klappern und die Äpfel auszusuchen, die sie in Apfelmus verwandeln würde. Robin hatte keine Chance, der gräßlichen Leber zu entkommen. Zwar wandte Greta den Mädchen ihren mächtigen Rücken zu, aber das hatte nichts zu bedeuten. Selbst wenn Robins Stuhlbeine so leise über den Boden schabten, daß nicht einmal Woofer es hören würde, würde Greta herumfahren und schmettern: Ha! In jedem anderen Haus in Shorehaven Estates konnten die Kinder dem Hund Essensreste zuwerfen, aber Woofer hatte genauso großen Respekt vor Greta wie Leonard und Sylvia, so daß man sich, auch wenn er direkt unter dem Tisch lag, nicht darauf verlassen konnte, daß er sich als der vollendete Resteverwerter erweisen würde, der ein Hund von Natur aus eigentlich ist.

Robins Art zu weinen war noch in anderer Hinsicht genial, überlegte Lee. Man hätte meinen können, daß ein solches Nervenbündel von einem Kind Berge von Kleenex verbrauchen würde oder zumindest mit dem Handrücken über Wangen oder Nase wischen würde. Aber nein, Robin wischte ihre Tränen nie weg; sie sammelten sich rund um ihre Nase oder hinterließen glänzende Spuren auf ihren Wangen, bis sie dann von ihrem Kinn tropften. Sie waren ein faszinierender, wunderschöner Anblick.

Wenn Robin weinte, hätte Lee am liebsten vor Eifersucht geheult. Gleichzeitig fühlte sie sich gezwungen, ihrer Schwester zu Hilfe zu kommen – und zwar augenblicklich.

»Gib mir deinen Teller!« befahl Lee leise.

»Was?«

»Heb ihn leise hoch und gib ihn mir rüber. Du darfst ihn nicht schieben. Das würde sie hören. Du bekommst meinen Teller. Aber sei nicht zu leise, sonst dreht sie sich um.«

»Warum soll ich dir meinen Teller geben?« fragte Robin.

»Du bist zu aufgeregt, um deine Leber zu essen. Ich werde sie essen.«

»Du nimmst mich bloß auf den Arm!« Der Ausdruck auf Robins Gesicht war zunächst ungläubig, dann verwundert.

»Ich meine es ernst.«

»Oh, Lee-lee!« rief Robin mit ihrer hohen Piepsstimme aus. Wenn auch nicht allzu laut. (Sogar als Erwachsene klang sie oft noch wie das Vögelchen Tweety.) »Danke!«

»Gern geschehen.« Natürlich zog Lee eine richtige Show ab, was die Leber betraf, verzog wegen des Geschmacks das Gesicht und schauderte vor Abscheu über die Konsistenz des Fleisches. In Wirklichkeit aber war sie verrückt nach Leber mit Zwiebeln. Nachdem sie jahrelang Sylvias halb durchgebratene Hackfleischbällchen mit chinesischem Gelee – einer unglückseligen Kombination aus Gelatine mit Zitronengeschmack und feingeschnittenen Wasserkastanien mit einem Schuß Sojasoße – genossen hatte, war sie ganz versessen auf alles, was Greta kochte. Obwohl Lee ihren Geschmack als Erwachsene etwas verfeinerte, behielt sie im Grunde doch ihr Leben lang die kulinarischen Vorlieben eines hessischen Tagelöhners.

»Ich bin fertig, Greta!« säuselte Robin.

Im selben Augenblick brüllte Leonard: »Du bist nach Garden City gefahren, zu einem Schuhausverkauf bei Saks, während dein Kind sterbenskrank im Sanitätszimmer saß!«

»Ich habe doch gesagt, daß es mir leid tut!« schrie Sylvia. »Was willst du denn noch von mir hören?«

»Ich möchte hören, daß du sagst: ›Ich habe keine anderen Pflichten, als meinen gottverdammten Kindern eine gute Mutter zu sein!‹«

Greta legte ihre Äpfel beiseite und drehte sich um, um Robins Teller zu inspizieren. »Siehst du?« sagte Robin. Ihre Augen schimmerten immer noch feucht. »Alles aufgegessen!« Ihr herzförmiges Gesicht überzog sich mit jenem Leuchten, das anmutige Menschen auszustrahlen pflegen, wenn sie großem Druck ausgesetzt sind: Ich habe unter schrecklich schwierigen Bedingungen mein Bestes getan.

Die schlaue Greta richtete den Blick ihrer hellen Augen auf Lees fettige Lippen und glänzendes Kinn. »Glaubst du, ich bin von gestern, Miss Lee White? Glaubst du wirklich, ich weiß es nicht?«

Schon damals, im Jahre 1960, folgte Lee dem Prinzip, sich nie einer Straftat schuldig zu bekennen. »Was denn?« fragte sie zurück und tat, als wäre sie wirklich neugierig, obwohl ihr allmählich ein wenig übel wurde, weil sie fast ein Pfund Leber gegessen hatte – allerdings nicht so übel, daß sie bereit gewesen wäre, auf ihren Nachtisch zu verzichten.

»Ich weiß, daß du das Abendessen deiner Schwester gegessen hast. Schäm dich!«

»Ich habe überhaupt nichts getan!«

»Du kriegst heute Abend keine Nachspeise.«

»Ach, Greta«, protestierte Lee. »Das ist nicht fair!«

»*Ich* entscheide, was fair ist!« Greta schlug mit der Faust auf die Spüle. Ein Sieb wackelte, und Robin begann zu zittern.

Trotzdem sollte man mit Greta an dieser Stelle nicht zu hart ins Gericht gehen. Zwar war sie eine schrecklich sture Person, aber ihr stählernes Rückgrat gab der Familie White Halt. Ihr war es zu verdanken, daß die Böden geputzt und die Mahlzeiten serviert wurden, daß Woofer seine Tollwutspritze und die Mädchen ihre Polio-Impfungen bekamen – was Sylvia genug Freizeit verschaffte, um ihren gottgegebenen Talenten nachzugehen: Augenbrauenzupfen, Rauchen und dem Malen schlechter Bilder. Und Greta beklagte sich kein einziges Mal, obwohl es ein trauriger und anstrengender Job ist, in den Häusern anderer Leute zu arbeiten.

(Greta war 1937 in die Vereinigten Staaten gekommen, weil ihrem Mann klargeworden war, daß er als halbjüdischer Gewerkschaftler wahrscheinlich keine Eintrittskarte für ein glückliches Leben in Nazi-Deutschland besaß. Obwohl die Wirtschaftskrise noch andauerte, gelang es ihm, einen Job zu finden. Er betätigte eine Maschine, die in einem Bäckereigroßhandel in Manhattan Pumpernickel schnitt. Obwohl er dabei nicht reich wurde, ging es ihm recht gut, abgesehen von seinem hohen Blutdruck, von dem er aber nichts wußte. Auf jeden Fall fiel er wenige Tage vor dem ersten Jahrestag seines Eintreffens in

Amerika tot um. Greta nahm das bißchen Geld, das sie hatten sparen können und schrieb sich in einen Sekretärinnenkurs ein. Aber in den späten dreißiger und frühen vierziger Jahren war ihr starker deutscher Akzent ein unüberwindbares Hindernis für eine Anstellung im Büro. Allerdings hatten dieselben erfolgreichen Geschäftsleute, die nicht wollten, daß sie ihr Diktat aufnahm, nichts dagegen einzuwenden, daß sie ihre Badewannen schrubbte. Ganz im Gegenteil, die Familien der oberen Mittelklasse, für die sie in den Jahren arbeitete, ehe sie zu den Whites kam, waren von ihrem teutonischen Stil sehr angetan.)

»Die Kleine besteht nur aus Haut und Knochen!« schalt Greta Lee. »Wie konntest du sie da um ihr Essen bringen? *Keine unverschämten Antworten, Miss Lee White!*«

Gerade, als sich ein freches Grinsen über Lees Gesicht auszubreiten begann, schrie ihre Mutter ihren Vater an: »Meinetwegen kannst du tot umfallen!«

»Ladies first!«

Lees Grinsen verschwand, aber Robin, die schließlich nicht dumm war und wußte, daß sie in Sachen Essen für diesmal davongekommen war, bedachte Greta mit ihrem gewinnenden Elfenlächeln. Dann stand sie auf und steuerte zielstrebig auf ihr Zimmer zu. Lee war sofort klar: Bis Greta sie ins Bett schickte, würde Robin wie wild zeichnen und malen und schließlich eine weitere Kollektion von Nerzmänteln, Persianerjäckchen und Zobelboas für ihre Papierpuppen ausschneiden. Und sobald Mommy und Daddy ihren Streit beendet hatten, würde Robin quietschen: »Ooh, Daddy, schau mal!« Und Leonard würde ausrufen: »Phantastisch, Robbie-mein-Baby!« Selbst Sylvia, die bis dahin sicher längst im Bett lag, würde die Kraft finden, Robin auf den Scheitel zu küssen und zu seufzen: »Wunderbar, Liebling!«

Es würde ein erbärmlicher, einsamer Abend werden. Für den Bruchteil einer Sekunde zog Lee in Betracht, sich Robin und ihrer Papiermode anzuschließen. Aber Robin dabei zuzusehen, wie sie ihren Bleistift spitzte, damit die Härchen der Pelze nicht zu dick wurden, und dann mit der alten Nagelschere ihrer Mutter im Zeitlupentempo und unter Aufbietung ihrer ganzen Konzentration diese schwachsinnigen papierenen Miniaturpelze ausschnitt, war einfach unerträglich.

Robins Sinn fürs Detail war ... beschissen. Und ihr Stilgefühl ... Daddy, ich finde es toll, wie bei dem Mantel in deinem Schaufenster die Ärmel zur Manschette hin enger werden. Ist das geschorener Nerz oder Lammfell, Daddy? Er sog so etwas gierig in sich auf, wie eine Katze ihre Milch. Er konnte gar nicht genug davon bekommen. Und Mommy, sieht es nicht hübscher aus, wenn ich den obersten Knopf zumache? Mommy schwebte im siebten Himmel, und die beiden redeten eine halbe Stunde lang darüber, wie entscheidend es war, ob man den beschissenen obersten Knopf zumachte oder nicht. Beschissen! Lee liebte dieses Wort: *Beschissen!*

Sie hatte es zwei Jahre zuvor an der Bushaltestelle gelernt und noch kein einziges Mal laut ausgesprochen, aber im Geiste hatte sie es schon tausendmal gesagt. Beschissen, dachte Lee. In letzter Zeit tat Robin nichts anderes, als die Zeitschriften ihrer Mutter durchzublättern und Photos von Pelzen oder Kleidern abzumalen, und ihre Eltern bekamen vor Freude jedesmal einen halben Herzinfarkt. »Du hast soviel Flair!« rief ihr Vater dann. »Wenn das ein wirklicher Zobel wäre, könnte ich ihn glatt Mrs. Continental Can verkaufen. Und den Gewinn mit dir teilen, Robbie-Baby.« Sylvias Stimme klang fast ehrerbietig: »Er sieht fast aus wie ein Norell! Ich meine das absolut ernst!« Lee dachte: Sie wird wieder drei verdammte Stunden damit zubringen, ein beschissenes kleines Pelzhärchen nach dem anderen zu zeichnen, und wenn eines nicht richtig sitzt, wird sie es wieder ausradieren! Die beschissene kleine Schleimerin.

Wenn man Lee gefragt hätte, hätte sie sicher geschworen, daß das Wort nie über ihre Lippen kommen würde. Aber schon am nächsten Tag schrie sie es laut heraus – noch dazu, um Robin zu verteidigen. »Nimm deinen beschissenen Lacrosse-Schläger von der Pausenbox meiner Schwester, oder ich schlage dir deine dicke Nase ein!«

»Ach ja?« höhnte Jasper Taylor, der Nachbarsjunge. Der wirklich große Junge. Jasper, das dritte von Fos' und Gingers Kindern, war mit seinen zehn Jahren schon über einsfünfzig. Man konnte ihm fast beim Wachsen zusehen. Obwohl er schlank war, hatte er die kräftigen Beine eines geborenen Sportlers und die Präsenz eines Stars. Lees Körpermasse war bei weitem nicht so beeindruckend wie die seine, aber mit ihren zehn Jahren war sie zwei Zentimeter größer als er. »Du und wer noch?« wollte Jasper wissen.

»Da brauche ich keine Hilfe«, knurrte Lee, ballte die Hand zur Faust und hielt sie Jasper vors Gesicht. »Ich kann dir die Nase ganz allein einschlagen.«

Woraufhin Jasper ein heiseres, spöttisches Lachen von sich gab. Es ließ Robin vor Entsetzen aufheulen. Ihr Schrei klang so beängstigend, daß er sämtliche Streitkräfte der beiden Armeen mobilisierte, die an der Ecke North Road und Taylor Farm Lane auf gegenüberliegenden Straßenseiten Stellung bezogen hatten. Während Lee mit hochgerissener Faust in Jaspers Augen blickte – die langweilig braun, aber dick bewimpert waren – und Jasper zurückstarrte, packten zwei von Lees Mitschülerinnen aus der fünften Klasse der Grundschule von Shorehaven ihre Freundin am Arm und zogen sie weg. Gleichzeitig traten drei stämmige Jungs, das gesamte Mittelfeld der Lacrossemannschaft der Wheatley Country Day School, auf Jasper zu und zerrten ihn zu ihrer Bushaltestelle auf der gegenüberliegenden Straßenseite – was allerdings nicht ohne wichtigtuerisches Gekeuche abging, weil er sich dagegen wehrte, in Verwahrsam genommen zu werden.

Normalerweise gab es keine Feindseligkeiten. Die beiden Armeen – die Schüler der privaten Tagesschule und die der staatlichen Schule – ignorierten sich meistens. Oh, von gelegentlichen Spuckkämpfen abgesehen. Der Ursprung dieser besonderen Form der Kriegsführung läßt sich nicht genau festmachen, aber jede neue Schülergeneration, die an dieser Straßenecke Amerikas eingeschult wurde, schien von Geburt an genau zu wissen, wie die Regeln dieses Klassenkampfes lauteten: Der Spucker muß die Straße überqueren und zunächst zwischen den Mitschülern des zu Bespuckenden Spießruten laufen. Seinen Gegnern steht es frei, dem Spucker ein Bein zu stellen oder ihn aus dem Weg zu schubsen, aber es ist ihnen untersagt, sich dabei an den Gliedmaßen oder der Kleidung des Spuckenden festzuhalten und zu versuchen, ihn wegzuzerren. Hat der Aggressor es jedoch zu seinem oder ihrem Opfer geschafft, steht es ihm oder ihr frei, den bestmöglichen Schuß abzufeuern, sobald das Gesicht des zu Bespuckenden nicht mehr weiter als dreißig Zentimeter entfernt ist.

Dabei wäre es Jasper Taylor gar nicht in den Sinn gekommen, sich die kleine Robin White als Ziel seiner Spuckattacke auszusuchen. Das Opfer, das er eigentlich im Sinn gehabt hatte, war Todd Lomax, ein Shorehavener Viertkläßler, der das ausgemergelte, gehetzte Aussehen eines zukünftigen Poeten hatte. (In Wirklichkeit war Todd ein durch und durch derber Mensch, der nur deswegen so fertig aussah, weil er die besonderen Eigenschaften von Flugzeugkleber schon Jahre vor seinen Zeitgenossen entdeckt hatte.) Aber Jasper hatte es so eilig zu spucken, daß er ganz vergaß, seinen Lacrosse-Schläger wegzulegen, bevor er angriff; er knallte zufällig gegen Robins Pausenbox – klack! – und hinterließ eine leichte Delle in dem Bild von der Märchenfee, die vor Freude strahlt, während Cinderella an sich hinunterblickt und voller Erstaunen feststellt, daß sich ihre Lumpen durch die Berührung eines Zauberstabs in ein Ballkleid verwandelt haben. In dem Moment war Lee vorgesprungen, um ihre Schwester zu verteidigen.

»Nächstes Mal ist deine Nase fällig!« schrie Lee zu ihm hinüber.

»Halt den Mund, blöde Kuh!« rief Jasper zurück. Er klang gelangweilt.

Lee sah ihm nicht nach. Genausowenig spürte sie ihr Herz schneller schlagen. Jasper war kaum auf der anderen Straßenseite angelangt, als sie ihn bereits wieder vergessen hatte. Im Gegensatz zu ihrem Vater interessierte sie sich kaum für die Taylors. Zugegeben, ihre Welpen bewunderte sie sehr, aber Fos' und Gingers Kinder ließen sie kalt. Wenn sie überhaupt neugierig war, dann nur, weil ihr Vater auf so unerklärliche Weise auf alles reagierte, was mit den Taylors zu tun hatte.

Wie letzten Sommer. Als die Klänge von »Sail Along, Silv'ry Moon« über die Veranda von Hart's Hill bis zum Rasen der Whites herunterdrangen, weil die Taylors mal wieder eine Party gaben, zeigte Leonard keine sichtbare Reaktion. Er wurde weder starr vor Zorn noch schlug er die Hände vors Gesicht, um vor Kummer zu weinen, weil er mal wieder unbemerkt und uneingeladen geblieben war. Nein, er blieb reglos auf seiner Chaiselongue liegen, um ja nicht vor seiner Frau seine empfindlichste Stelle zu entblößen. Trotzdem hatte Sylvia etwas gemerkt.

»Leonard? Möchtest du einen Schluck Limonade, Leonard?«

»Nein.«

»Sie ist überhaupt nicht süß.«

»Nein.«

»Greta hat sie gemacht.«

»Nein.«

»Irgendwas nicht in Ordnung, Leonard?«

»Nein.«

Lee hatte den Aufruhr in ihrem Vater ebenfalls bemerkt. Woran? Vielleicht an einer kleinen Bewegung, einem Zurückzucken, als hätte ihm gerade jemand ein Messer ins Herz gerammt, während die Musik über ihn hinwegwehte. Oder daran, daß sich seine Aura – falls erfolgreiche Pelzhändler, die den Wirtschaftsteil der sonntäglichen *Times* lesen, überhaupt so etwas wie eine Aura haben – von einem selbstzufriedenen Pfirsichbeige in ein gewittriges Grau verwandelte. Daß die Taylors die Macht hatten, ihren Vater durch das bloße Abspielen einer Billy-Vaughn-Platte an den Rand des Wahnsinns zu treiben, wenn auch nur für einen Augenblick, war für seine älteste Tochter ein Grund, sich Sorgen zu machen. Aber kein Grund, vor ihnen Angst zu haben. Sie hatte sich die Taylors angesehen: Sie waren wirklich nicht beängstigend.

Mr. Taylor hatte Lee nur ein paarmal gesehen. Ihrer Meinung nach ein ziemlicher Widerling. Sein Kinn war mit seinem Hals durch einen großen, lappigen Hautsack verbunden. Wie bei einem Pelikan. Mit seinen Glupschaugen sah er aus, als wäre er ein extrem langsamer Leser. Mrs. Taylor war blond und hübsch, es sei denn, sie kam einem auf der Main Street entgegen und ging wirklich nahe an einem vorbei: Dann konnte man sehen, daß ihr ganzes Gesicht von Falten durchzogen war, Hunderten von winzigen Zickzackmustern. Und die Kinder: Die beiden großen Mädchen waren inzwischen im Internat. Sie waren in Ordnung; die eine war ständig am Kichern, die andere lächelte nie. Jasper mochte ja ein Trottel sein, aber er war auch nicht schlimmer als alle anderen Wheatley-Trottel mit ihren blöden Krawatten und Sakkos, mit denen sie aussahen, als wären sie auf dem Weg ins Büro. Es gab einen kleineren Taylor-Bruder, der noch nicht in die Schule ging und der jedem zuwinkte, den er sah, indem er sein Handgelenk ganz locker machte und dann die Hand wie wild auf und ab schlenkerte. »Hiya! Hiya! Hiya!« rief er dazu.

»Wie geht es deinem Vater, dem *Goj*?« fragte ihre Großmutter Bella. Sie hätte diese Frage gleich am darauffolgenden Wochenende stellen können, denn es war eine Frage, die Bella regelmäßig stellte, aber inzwischen waren zwei Jahre vergangen. Im Gegensatz zu vielen anderen Zwölfjährigen stand Lee nicht mehr an der Grenze zur Pubertät; sie hatte sie bereits überschritten. Ihre Brüste waren jetzt größer als ihre Bizepse, und sie hatte aufgehört, auf Bäume zu klettern, wie wild durch die Gegend zu rennen und mit den Jungs aus der Nachbarschaft herumzutoben; statt dessen hatte sie sich der Tennismannschaft ihrer High-School angeschlossen, auch wenn ihr das nicht ganz so viel Spaß machte. 1962 war das Jahr, in dem der Kult um Jacqueline Kennedy seinen Höhepunkt erreichte, und da Lee außerdem Sylvias Tochter war, gab sie sich ziemlich elegant. Im Sitzen schlug sie die Beine nur an den Knöcheln übereinander, egal, wie sehr sich ihr Körper danach sehnte, in sich zusammenzusacken und sich zu seinem gemütlichen vorpubertären Knoten zu verschlingen. Mit ihren schönen Schultern und starken Oberschenkeln erinnerte Lees gutgewachsene, fast schon aristokratisch wirkende Gestalt an die geflügelte Siegesgöttin – obwohl sie sich neben ihrer Schwester und ihrer Mutter, die beide eine zierliche Figur mit Wespentaille hatten, viel zu wuchtig vorkam und deshalb das Gefühl hatte, fett zu sein. Sie begann einen lebenslangen Kreuzzug gegen eine immer länger werdende Liste von hinterhältigen Kohlehydraten und satanischen Fetten. Ihr Gesicht wirkte nicht mehr so rund, hübsch und mädchenhaft wie früher, war aber noch ein ganzes Stück von der schönen reinen Haut und den strahlenden Augen entfernt, die die erwachsene Lee so attraktiv machen würden; jeden Tag sprießte irgendwo in ihrem Gesicht mindestens ein neuer Pickel. Ihre Nase war schneller gewachsen als ihre Wangenknochen, ihre Stirn oder ihr Kinn, und sie hätte ihr Gesicht total beherrscht, wenn Lees abstehende Ohren ihr nicht Konkurrenz gemacht hätten. Lees ganzer Stolz war inzwischen ihr Haar, das sich von einem simplen Braun in einen dichten Kastanienmix verwandelt hatte – das warme Gold der Frucht vermischte sich mit dem intensiven Rotbraun der Schale.

»Daddy? Es geht ihm gut, Grandma«, antwortete Lee geistesabwesend, weil sie ihre ganze Aufmerksamkeit auf eine einzelne Schlinge rosafarbener Wolle konzentrierte.

»Wen will er eigentlich zum Narren halten? *White!* Mit einem *Schnozz* wie einer Knackwurst!«

Lee war versucht zu fragen, was »Schnozz« bedeutete, aber da sie befürchtete, es könnte ein weiteres jiddisches Wort für »Penis« sein, ließ sie es bleiben. Sie verbrachte das Wochenende in der Wohnung ihrer Großeltern in Brooklyn und hatte, wie sie es immer tat, Bellas Häkelarbeit übernommen. Das gegenwärtige Projekt war eine karierte Afghan-Decke mit einem komplizierten Rosenmuster in der Mitte, das ihre ganze Aufmerksamkeit erforderte.

»Streiten sie sich viel?« fragte Bella so beiläufig, daß Lee sofort hellhörig wurde. Bella behauptete immer, von sich aus mit der Schauspielerei aufgehört zu haben, aber in Wirklichkeit war man sogar beim jiddischen Theater der Meinung gewesen, daß es ihr an der nötigen Subtilität mangelte, und das, obwohl das Publikum dort von vornherein mit extravaganten Gesten rechnete und übertriebenes Spiel mit Beifall bedachte. Die Wahrheit war, daß sie nicht freiwillig von der Bühne gesprungen war; man hatte sie gestoßen. Aber da Bella die Wahrheit nicht angenehm fand, ignorierte sie sie und schuf sich ihre eigene »Biographie eines Stars« (sie war einfach zu gut gewesen, um immer nur die Naive zu spielen). Ihr zufolge hatte das Publikum geweint und die Kritikerschar vor Verzweiflung mit den Zähnen geknirscht, als sie sich von der Bühne verabschiedete. Und sie hatte es nur aus Liebe getan, aus Liebe zu einem – wie Bella es immer ausdrückte, wenn sie ins Detail ging – »Pfundskerl namens Nat.«

»Streiten? Wer? Meine Eltern?«

»Nein, nicht deine Eltern. Debbie und Eddie.« Zufrieden über ihre Show-Business-Anspielung, tätschelte sich Bella selbst am Kopf. Sie hatte eine neue Frisur, stellte Lee fest, einen Knoten aus rotgefärbtem Haar, ein geschwollenes Etwas, das aussah wie der Biß eines riesigen, bösartigen Insekts, aber ihre Großmutter schien mit ihrer Erscheinung sehr zufrieden zu sein. Allerdings war Bella auch der Meinung, Rita Hayworth zum Verwechseln ähnlich zu sehen, was von einem ausgeprägten Selbstwertgefühl zeugte, wie man es bei dreihundert Pfund schweren, sechsundfünfzigjährigen, aus der Arbeiterklasse stammenden und in den äußeren Bezirken von New York City wohnenden Frauen nur selten findet. Zufrieden mit ihrer Frisur, ließ Bella ihre linke Hand zum Couchtisch gleiten, wo sie in eine Schüssel voll M & Ms griff und so viele nahm, daß ihr noch genau drei Stück zu der kritischen Menge an zuckerüberzogener Schokolade fehlten, die zu einem diabetischen Schock geführt hätte. »Natürlich rede ich von deinen Eltern. Hey, du hast die Wolle zu stark gespannt, Miss Lilly Weissberg.«

»So heiße ich nicht.«

»So solltest du aber heißen. Jetzt ist der Faden zu locker. Du mußt ihn ein ganz klein wenig straffen. Gut. Und du weißt das, und ich weiß das, und dein Vater, Mr. White, weiß es auch. White! Als wäre er mit einer Kuh im Schlepptau aus Ohio gekommen. ›Hallo, Farmer White. Wie wächst die Luzerne dieses Jahr?‹ ›Nicht schlecht, wenn ich das so sagen darf.‹«

Lächelnd gab Lee das auf, was ihre Mutter eine »anständige Haltung« nannte, und kuschelte sich tief in eine Ecke der Couch: Ah, was für ein perfektes Aufeinandertreffen von Pobacken und Kissen! Die Möbel im Wohnzimmer ihrer Großeltern waren ihnen bei einer Geschäftsauflösung von einem Verkäufer aufgeschwatzt worden, der beteuerte, die ganze Garnitur – eine Couch, zwei Klubsessel, ein Beistelltisch und ein Couchtisch – würde ewig halten, wobei er allerdings nicht ahnen konnte, daß er ausnahmsweise einmal die Wahrheit sagte. Die Möbel waren zerschlissen, aber bequem. Und außerordentlich häßlich, eine Brooklyner Version des französischen Landhausstils, auf die die Menschheit gut hätte verzichten können: weiß gestrichenes Holz mit goldenen Farbtupfern, dünnen Beinen und königsblauem Bezug. Eigentlich eine seltsame Wahl für einen radikalen Kommunisten und seine unpolitische (dennoch offiziell linientreue) Ehefrau, aber die Weissbergs ignorierten den prätentiösen Charakter ihrer Möbel und konzentrierten sich auf die gute Laune, die sie verbreiteten. »Die ganze Wohnung wirkt gleich viel fröhlicher!« hatte Bella entschieden. Lee, die ihren Sinn für Ästhetik in erster Linie Sylvia zu verdanken hatte, begriff durchaus, daß die Einrichtung ihrer Großeltern der Gipfel der Geschmacklosigkeit war. Nichtsdestotrotz existierte in ihrem Kopf Seite an Seite mit ihrem Wissen um die Häßlichkeit der Möbel die feste Überzeugung, daß es weit und breit keine prächtigere Couchgarnitur gab als die ihrer Großeltern. Dazu kam, daß die Sitzmöbel dank ihrer prallen, mit Schaumstoffschnipseln gefüllten Kissen bei weitem bequemer waren als die kühlen, schnörkellosen Bauhaus-Möbel der Whites.

»Also?« fragte Bella.

»Was?«

»Streiten sie?«

»Gelegentlich.«

»Weswegen?«

»Das weiß ich nicht. Sie gehen jedesmal nach oben und schließen die Tür. Ich höre dann nur ... Ihre Stimmen werden lauter, aber ich kann nicht verstehen, was sie sagen.«

»Das kannst du deiner Großmutter nicht erzählen!« meinte Bella. Sofort schwächte sie ihre Reaktion mit einem gutmütigen Lächeln ab. In ihrem runden Vollmondgesicht wirkte ihr lächelnder Mund wie ein kleiner, auf dem Rücken liegender Halbmond. »Du brauchst mir nichts zu erzählen, wenn du nicht magst, Schätzchen.«

»Es gibt nicht viel zu erzählen, Grandma.«

»Wie du meinst.«

Kurzes Schweigen. Aber dann, nach zwei Maschen: »Mommy kann tun, was sie will, sie kann es ihm einfach nicht recht machen. Wie sehr sie sich auch bemüht.«

»Nenn mir ein Beispiel«, sagte Bella, während sie sich zurücklehnte und die Arme verschränkte.

»Wenn sie abends Gäste haben, zum Beispiel. Letztes Mal hatten sie zwölf Leute eingeladen, und ich habe ihr beim Tischdecken geholfen. Der Tisch sah wirklich schön aus, mit dem silbernen Georg-Jensen ...«

»Mit *wem* bitte?«

»Ihrem guten Tafelsilber.«

»Tafelsilber«, seufzte Bella. »Gütiger Himmel!«

»Jedenfalls hat sie als Tischdekoration ein Gesteck aus Zweigen, dürrem Laub und weißen Rosen gemacht.« Als Lee sah, daß ihre Großmutter den Mund verzog, fügte sie hinzu: »Ich weiß, es klingt scheußlich, aber es hat wirklich schön ausgesehen. Sehr ... Mommy und Daddy nennen es ›sachlich‹. Das bedeutet schlicht und einfach, aber auf eine sehr elegante Weise.« Lee holte tief Luft, weil sie zögerte, ihrer Großmutter weitere Munition für ihren Feldzug gegen den Lebensstil ihres Sohnes zu liefern. »Es war ein Samstag, und er ist gegen halb sieben nach Hause gekommen. Er war den ganzen Tag im Geschäft gewesen. Mommy führte ihn ins Eßzimmer, um ... na ja, du weißt schon, um sich ein bißchen loben zu lassen. Und er sagte bloß: ›Oh.‹ Einfach bloß: ›Oh.‹ Und sofort fängt Mommy an, so übertrieben fröhlich zu tun, wie sie es immer macht, wenn sie ...«

»Wenn sie was?«

»Wenn sie Angst vor ihm hat. Nein. Ich weiß auch nicht. Wenn sie ... Sie möchte so gern, daß ihm das, was sie tut, gefällt, aber als er die Tischdekoration entdeckte, starrte er sie einfach bloß an. Und sie tat noch fröhlicher – lachte viel zu viel – ha-ha-ha! – und erzählte ihm, daß die Zweige und das ganze Zeug aus dem Wald hinter dem Haus stammten und daß sie eine ähnliche Dekoration bei dem Ball im Museum of Modern Art gesehen habe ... sie hörte gar nicht mehr zu reden auf.«

»Und was hat er gesagt?«

»Nichts. Nein, warte. Er hat gesagt: ›Solche Tischdekorationen waren vor *zwei Jahren* mal modern.‹ Dann hat er gesagt, daß er nach oben müsse, um zu duschen und sich umzuziehen, aber sie hat sich an seinen Arm geklammert und immer wieder gefragt: ›Ist irgendwas nicht in Ordnung, Leonard?‹ Bis er schließlich geantwortet hat: ›Nein, alles bestens.‹ Und dann hat er sich einfach losgerissen und ist nach oben gegangen. Mommy ist in einen der Sessel gesunken und hat auf die übliche Weise geheult.«

»Wie meinst du das?«

»Sie legt dabei immer den Kopf nach hinten. Damit ihre Wimperntusche nicht verläuft.«

Bella nahm Lee die Handarbeit ab, legte die Arme um das Mädchen und zog sie an ihren dicken, Wärme und Geborgenheit spendenden Körper. »Ist er zu dir auch so, Schätzchen?«

»Nein.«

»Ist er nett zu euch Mädchen?«

»Ich albere immer mit ihm herum. Er sagt, ich habe eine große Klappe, aber das meint er nicht böse. Er mag meine ... mir fällt das richtige Wort nicht ein. Meine Schlagfertigkeit. Und es gefällt ihm, daß ich beim Tennis gut bin und in der Schule fast nur Einsen kriege. Robin kriegt immer Eins plus. Sie ist eine richtige Heulsuse und absolut unsportlich. Daddy sagt, beim Sport lernt man faires Verhalten. Er sagt, das ist ganz wichtig.«

»Wichtig für was?«

»Fürs Leben. Aber er selbst treibt keinen Sport.«

»Woher weiß er dann, daß es so wichtig ist?«

»Keine Ahnung. Jedenfalls erzähle ich ihm von allen unseren Spielen und was unser Trainer über meine Rückhand sagt – eine Killer-Rückhand –, und dann freut er sich jedesmal ganz fürchterlich.« Lee zog die Wollrose auf ihren Schoß. »Auf so eine gekünstelte, übertriebene Weise. Er sagt: ›Super-duper!‹ Ich glaube, er freut sich viel mehr, wenn Robin etwas für ihn zeichnet.« Lees normalerweise goldene Haut nahm einen leichten Gelbstich an, als wäre die ganze Bitterkeit, die tief in ihr brodelte, plötzlich an die Oberfläche gestiegen. »Er verwendet einen ihrer Entwürfe sogar für sein Geschäft. Er will ihn tatsächlich nähen lassen. Einen Waschbärmantel mit einer abnehmbaren Kapuze.« Lees Lippen wurden immer schmäler, bis man sie kaum mehr sah. »Ich kann nicht zeichnen.«

»So ein Pech aber auch. Dafür hast du eine Killer-Rückseite, oder nicht?«

»Rückhand.«

»Egal. Du weißt, ich liebe deine Schwester, aber wenn ein Tennisball auf sie zugeschossen käme, würde sie bestimmt vor Angst in die Hose pinkeln.«

»Nicht nur pinkeln.«

»Stimmt. Deswegen bist du etwas ganz Besonderes. Vergiß das nie. Du kannst Tennis spielen, bekommst lauter Einsen und kannst häkeln, als wärst du schon mit einer Häkelnadel in der Hand auf die Welt gekommen. Außerdem bist du ein braves, durch und durch liebes Mädchen. *Und* du läßt dir von niemandem was vormachen. Du hast einen messerscharfen Verstand. Scharf genug, um zu wissen, daß es nichts gibt, was deinen Vater jemals glücklich machen könnte.«

»Warum nicht?«

»Weil er jemand sein möchte, der er einfach nicht ist – Mr. Joe College.«

»Wieso hat er eigentlich kein Stipendium bekommen? Er war doch intelligent genug, oder?«

»Es war keine Frage der Intelligenz. Was ihm fehlte, war«, Bella tippte auf eine Stelle über ihrem Solarplexus, »ein mutiges Herz. Ich habe immer zu ihm gesagt: ›Lenny, dir stehen alle Türen offen. Du bist ein gescheiter Junge, und du hast wie jeder andere die Chance, es bis ganz nach oben zu schaffen.‹ Aber er hat es mir nie geglaubt. Er sah bloß, daß er schlechte Karten hatte, weil die Plutokraten – du weißt schon, die, die das Geld haben – immer noch mehr scheffeln und die Arbeiterklasse nur *Dreck* bekommt. Das ist tatsächlich so, und das solltest du nie vergessen. Aber hin und wieder schafft es jemand, diese

Regel zu durchbrechen. Bloß ist bei Lenny irgend etwas schief gelaufen. Es war, als hätte er eine Krankheit, die ihm das Fleisch aus dem Herzen fraß. Trotzdem hat er es weit gebracht, nicht wahr? Aber er ist nie das geworden, wovon er geträumt hat. Ein berühmter Anwalt in einem dreiteiligen Anzug. Eine Sportskanone. Ein *Goj*. Er war in seiner eigenen Haut gefangen.«

»Und er hatte nicht den Mut, sich daraus zu befreien?« fragte Lee leise.

»Du sagst es.«

»Und warum ist er immer so unfreundlich zu Mommy?«

»Weil ... Vielleicht bist du noch zu jung für solche Gespräche, aber weißt du, was ich immer sage? ›Verdammt, was soll's!‹ Ich sage dir also, was ich denke und was ich auch zu deinem Großvater gesagt habe. Und das einzige Mal in seinem Leben hat er mir nicht geantwortet: ›Bella, du bist verrückt.‹ Lenny ist deswegen böse auf Sylvia, weil das Mädchen seiner Träume keinen Pelzhändler liebt.«

»Aber sie gibt sich solche Mühe, ihn glücklich zu machen. Sie wird es nie schaffen, stimmt's?«

»Ich fürchte nicht, Schätzchen.«

»Eine Frage hätte ich noch.«

»Schieß los.«

»Wenn er sich selbst nicht mag und wenn er Mommy nicht mag und sie beide nie – du weißt schon – ein glückliches Paar sein werden ... Unsere Nachbarn sind ein glückliches Paar. Die, die in dem großen Haus auf dem Hügel wohnen. Aber nicht meine Eltern. Sie werden immer die Verlierer sein, die mein Vater nicht ausstehen kann.«

»Sprich weiter.«

»Haben Verlierer nicht auch Verlierer-Kinder?«

»Nein! Auf gar keinen Fall, Schätzchen.«

»Das ist ja auch nicht *meine* Meinung, Grandma. Es ist Daddys Meinung. Er hat bloß mich und Robin. Aber wenn er einen Sohn hätte wie ...« Der Name Jasper Taylor ließ sie nach Luft ringen. Sie konnte ihn nicht aussprechen. Sie hatte gesehen, daß ihr Vater wie angewurzelt stehengeblieben war und zu Jasper hochgestarrt hatte, der über das Gelände von Hart's Hill spurtete und einen riesigen, wie ein Segelboot geformten Drachen hinter sich herzog. Leonard war gerade dabei gewesen, den Pool mit frischem Wasser zu füllen, aber Jaspers

Anblick hatte ihn so fasziniert, daß er es gar nicht merkte, als ihm das Wasser bereits über seine Wildlederschuhe lief.

Lee wechselte das Thema und bat um eine Vanille-Cola. So kam es, daß sie Jaspers Namen niemals in Gegenwart ihrer geliebten Großmutter Bella aussprach, die drei Monate später an einem Eisbecher mit Früchten starb.

Im darauffolgenden September verschwand Jasper aus Lees Leben. Er verließ Hart's Hill, um eine Schule zu besuchen, die ihn aufs College vorbereiten sollte, dieselbe Schule, die Foster einst besucht hatte, eine prestigeträchtige und pädagogisch drittklassige Institution, die nach einem so obskuren anglikanischen Heiligen benannt war, daß sein Name nicht einmal dem Erzbischof von Canterbury etwas gesagt hätte. Das nächste Mal sah sie ihn drei Jahre später, im Sommer 1965, als sie beide fünfzehn waren. Sie erkannte ihn nicht wieder.

»Jazz!« rief ihm einer seiner Freunde in Dante's Pizza vom Tresen aus zu, und Jasper, der jetzt Jazz hieß, glitt aus seiner Nische und schlenderte hinüber, um seinem Freund beim Tragen der Getränke zu helfen.

Was Lees Aufmerksamkeit von ihrer mit Pilzen und Hackfleisch gefüllten Pastete ablenkte, waren seine Füße. Nackte Füße. »Igitt!« meinte Lee. Ohne Socken zu gehen, war schon so eine Sache: Für Sylvia war selbst das nur akzeptabel, wenn man dazu eine weiße Hose und einen gestreiften Pullover im Marine-Stil trug und ein Nettoeinkommen von mehr als hunderttausend Dollar im Jahr hatte. Aber ein Junge, der barfuß ging, und sei es nur bei sich zu Hause, verlangte geradezu danach, von der Gesellschaft verdammt und von opportunistischen Infektionskrankheiten befallen zu werden.

»Würg!« pflichtete Robin ihr bei. Trotz dieses Kommentars hatte sie sich inzwischen sehr gebessert. Das Einsetzen der Menstruation, das für viele junge Frauen und deren Familien eine Zeit des Leidens einläutet, hatte in ihrem Fall eine beruhigende Wirkung gehabt. Irgendein biochemischer Zauber besänftigte ihre überreizten Dendriten, und obwohl sie nach wie vor ziemlich nervös war, gab sie sich nicht mehr auf den ersten Blick als Nervenbündel zu erkennen. »*Bar*fuß!«

Jazz' Füße waren ziemlich groß, wie Lee feststellen konnte, als er an ihrem Tisch vorbeiging. Auf der Oberseite und den Zehen entdeckte sie ein paar hellbraune Haare. Seine Waden waren ebenfalls behaart, aber da er ziemlich braungebrannt war, hatte sich das Braun der Haare dort in einen Goldton verwandelt. Muskulöse Waden. Sie blickte hoch. Blaugrüne Bermudas und ein blaues T-Shirt mit einem Alligator auf der Brust. Einem Alligator! *Mon dieu,* dachte Lee bei sich. (Sie war zu der Zeit viel mit der Intellektuellen-Clique der Shorehaven High-School unterwegs und stieß enerviert die Luft aus, was sich anhörte wie eine Kreuzung aus einem Schnarch- und einem Lachgeräusch.) Wie nicht anders zu erwarten, waren seine Bizepse recht kräftig, aber was ihr Interesse, um nicht zu sagen ihre Libido erregte, waren seine Unterarme. Deutlich ausgeprägte Muskeln, die sich unter der gebräunten Haut wölbten. Und wieder diese gelockten goldenen Härchen. Wenn sie eines davon mit den Fingerspitzen hochziehen könnte, würde es bestimmt wieder zurückfedern. Lee hob den Kopf, aber er stand neben seinem Freund am Tresen, einem klapperdürren Riesen, und plauderte mit Dante junior.

»Ich kann nicht mehr!« verkündete Robin.

»Erzähl keinen Scheiß, Ajax!« murmelte Lee, den Blick immer noch auf seine Unterarme gerichtet.

»Ich erzähle Mommy, daß du ›Scheiß‹ gesagt hast«, erklärte Robin, nicht so sehr aus Boshaftigkeit, sondern weil sie sich die Aufmerksamkeit ihrer Schwester wünschte. Greta hatte einen ihrer seltenen freien Tage genommen, und ihre Eltern waren auf einer Wohltätigkeitsveranstaltung in einem Zelt weit draußen auf Long Island, wo einer von Leonards Kunden sein »Cottage« hatte – Lee wußte, daß die Reichen damit ein Anwesen am Meer meinten (es sei denn, der betreffende Reiche sprach gerade von dem Verschlag im Wald, in dem sein Verwalter in Schmutz und Elend lebte). Da Lee von Sylvia und Leonard erzogen und von den Romanen Galsworthys geprägt war (*Der silberne Löffel* war in der Bibliothek aus dem Regal gefallen und hatte Lee an der Schulter getroffen, als sie gerade ihren Blick über die Buchreihen gleiten ließ – zu einer Zeit, als sie eigentlich Planimetrie büffeln sollte), war ihre Kenntnis der Sitten und Gebräuche der weißen angelsächsischen Protestanten aus der oberen Mittelschicht nahezu enzyklopädisch, wenn auch stark veraltet und mehr oder weniger nutzlos, es sei denn, man hält es für wichtig, über die einem Lakaien angemessene Livree Bescheid zu wissen.

»Es ist mir scheißegal, was du Mommy erzählst«, erklärte Lee. »Erzähl ihr, daß ich ›Scheiß‹ sage. Erzähl ihr, daß ich ›fuck‹ sage.«

In diesem Moment ging Jazz, beladen mit vier Pappbechern voll Eis und einer großen Flasche Nedick's, an ihr vorbei. Er war auf dem Rückweg zu seinem Tisch und wirkte einen Augenblick lang verblüfft. Dann sah er sie an und lächelte. Es war ein bezauberndes Lächeln (obwohl er leicht vorstehende Zähne hatte, was einerseits auf Platzmangel zurückzuführen war, andererseits aber auch auf Gingers Überzeugung, daß anständige Familien ihre Kinder nicht zum Kieferorthopäden schicken). Er hatte auch ein nettes Gesicht. Die früher so runden Konturen waren härter und eckiger geworden, was sein Gesicht schön männlich wirken ließ. Sein ausgeprägtes Kinn bildete jetzt einen rechten Winkel zum Rest seines Gesichts.

Lee blickte zu ihm hoch. Sie sah, daß sein Lächeln weder gemein noch anzüglich war. Es war nicht die Art Lächeln, mit der ein Junge die Sorte Mädchen ansah, die in Dante's »fuck« sagten. Es war ...

»Er hat gehört, was du gesagt hast!« flüsterte Robin entsetzt. »Das Wort mit F!«

Lee widersprach ihr nicht, aber ihre Aufmerksamkeit war inzwischen auf seinen entschwindenden Rücken gerichtet, beziehungsweise auf den Winkel, den die kräftigen Muskeln seiner Pobacken an der Stelle bildeten, wo sie in die strammen Säulen seiner Oberschenkel übergingen. Als er sich wieder hinsetzte, entschied er sich für einen Platz, von dem aus er sie sehen konnte. Danke, sagte Lee zu dem Gott, an den sie bereits nicht mehr glaubte. Aber der Junge lächelte sie nicht mehr an, sah nicht einmal in ihre Richtung. Das war auch ganz gut so, denn es gab ihr die Möglichkeit, ihn ausgiebig zu betrachten. Seine Freunde waren reiche Vollidioten, wahrscheinlich Privatschüler wie er. Aber er war nicht wie sie. Die anderen unterhielten sich lauthals über irgendeinen blöden Sportler, der nach Detroit verkauft werden sollte, und zogen währenddessen lange Mozzarellafäden von ihrer Pizza, die sie sich mit widerlichen Sauggeräuschen in den Mund schoben. Er dagegen saß bloß da, kaute auf einem Stück Pizza herum und blickte nachdenklich vor sich hin. Nein, sein Blick war heiter. Nein, empfindsam. Das war es! Er stand so weit über diesen Idioten, daß es schon nicht mehr lustig war.

»Lee!« Robin forderte mit weinerlicher Stimme ihre Aufmerksam-

keit. Lee haßte das: am Wochenende ihre Schwester am Hals zu haben.
»Lee!« Es war ein Fehler, den Jungen so anzustarren, denn Robin drehte sich um und folgte ihrem Blick. »Warum starrst du ihn so an?«

Und ein noch größerer Fehler, es so vehement abzustreiten. »Ich starre niemanden an, du infantiles Huhn!«

»Tust du doch!«

»Halt den Mund!« fauchte Lee.

Robin schwieg erschrocken, weil sie nicht verstand, wieso ihre Schwester so heftig reagierte. Eine Sekunde später war ihr alles klar. »Du bist in ihn verliebt!« höhnte Robin. »Ich merke es ganz genau!«

»Nein, bin ich nicht!« widersprach Lee mit Nachdruck. Sie spürte, wie ihr Gesicht und ihr Hals vor Scham erst rot und dann violett wurden. Sie brachte die Worte kaum heraus, so schrecklich war das Gefühl, das ihr den Atem nahm. »Wenn du nicht den Mund hältst, bringe ich dich um!«

»Ooh, ich habe solche Angst!«

Lee blähte die Nüstern, was Robin normalerweise wenigstens dazu brachte, unruhig auf ihrem Platz hin und her zu rutschen, aber diesmal konnte sie keinerlei Wirkung feststellen. Also kniff sie die Augen zu schmalen Schlitzen zusammen und starrte Robin drohend an. »Ich werde Mommy erzählen, wo ihre drei Stück Je-Reviens-Seife abgeblieben sind.«

»Ach ja?« entgegnete Robin herausfordernd, obwohl Lee hinter ihrer Entschlossenheit ein leichtes Zittern wahrnahm. »Wo denn?«

»Bei Erica Johanson, wo kürzlich eine Pyjama-Party stattgefunden hat. Und wenn Mommy das rauskriegt …«

»Wenn du ihr das erzählst, erzähle ich ihr, daß du bis über beide Ohren in Jasper Taylor verliebt bist!«

»Was?« fragte Lee verwirrt.

»In Jasper Taylor.«

»Der Junge von nebenan? Machst du Witze? Ist er das?«

»Das ist er. Dein Pizza-Junge.«

Lee starrte den Jungen an, der zwei Tische weiter saß. »Das ist …?« Noch bevor Robin triumphierend nicken konnte, wußte Lee, daß es stimmte. Er war woanders zur Schule gegangen. Sie hatte ihn schon wer weiß wie lang nicht mehr gesehen. Seit … Gott, wahrscheinlich seit der Grundschule. So sehr hatte er sich gar nicht verändert.

Sein langes Bein war ausgestreckt. Sein nackter, schmutziger Fuß – hatte reichen Kindern, im Gegensatz zu denen, die die öffentliche Schule besuchten, eigentlich jemand garantiert, daß die diversen Krankheitskeime nicht in winzige Hautrisse krochen und zu Entzündungen führten, so daß sie am Ende nur noch vier Zehen hatten und ihr Leben lang keine Sandalen mehr tragen konnten? – ragte auf den Gang hinaus, der zum Tresen führte. Dieser Junge war Jasper Taylor? Er konnte doch unmöglich der eingebildete Idiot von damals ... obwohl seine Augen und das glänzende braune Haar ... Doch! Jemand hatte ihn Jazz gerufen!

»Du liebst Jasper Taylor!« jubelte Robin. Zu laut. Er hatte nicht gehört, was sie gerufen hatte, zumindest nicht bewußt, aber sein Unterbewußtsein hatte seinen Namen registriert, und Lee sah, wie seine Zehen einen schrecklichen Augenblick lang erstarrten. »Du liebst ...«

Lee packte das knochige Handgelenk ihrer Schwester. »Halt den Mund!« befahl sie. »Halt den Mund, oder ich ...« Sie war so aufgeregt, daß ihr ausnahmsweise mal die Worte fehlten. Ihr fiel keine Drohung ein, die schrecklich genug gewesen wäre, um Robin zum Schweigen zu bringen.

Aber Robin schwieg freiwillig. Schuld war der Gesichtsausdruck ihrer großen Schwester: Sie biß die Zähne zusammen, ihr Mund war zu einer gequälten Grimasse verzogen, ihre Brauen trafen sich zu einem ängstlichen V ... »Schon gut«, beruhigte Robin Lee. »Ich sag's nicht.« Lee nickte, unfähig zu sprechen – und, wie Robin feststellte, ebenso unfähig, den Blick vom Gesicht des Taylor-Jungen abzuwenden. Lees Schultern entspannten sich etwas, aber sie wurde noch immer von einer Leidenschaft beherrscht, die sie davon abhielt, wieder Lee zu werden, die normale Lee, die große Schwester mit dem lässigen Lächeln und der gescheiten Klappe. »Lee?«

»Was ist?« Lees Blick hing an dem Jungen, der sich gerade einen Tropfen tomatenrotes Olivenöl vom Kinn leckte.

»Ist er *so* toll?«

»Ja«, sagte Lee zu Robin, als sie endlich wieder sprechen konnte. »Er ist so toll.«

9

Mein privater Ermittler, Terry Salazar, hatte eine angenehme, heisere Tenorstimme und eine Art zu sprechen, wie sie sonst nur heroinsüchtige Blues-Sänger mit Kultgemeinde haben: jedes einzelne Wort betont und provokativ. Beim Klang einer solchen Stimme träumt jede Frau – jugendliche Halb-Analphabetinnen im Punkeroutfit ebenso wie Republikanerinnen aus Indiana – sofort davon, sich auf zerwühlten Laken zu wälzen.

»Hallo«, sagte ich ins Mikrophon.

»Hey, Lee!« Ich mußte nicht fragen, wer dran war. »Du steckst in der Scheiße!« verkündete er hämisch.

»Tief?«

»Nein. Tiefer.« Terry war ein typisch amerikanischer Mann. Er hütete sich vor jeder Verhaltensweise, die man auch nur im entferntesten als weiblich hätte einstufen können. Deswegen kam ihm das Wort »bitte« prinzipiell nicht über die Lippen, und seine Ausdrucksweise war im allgemeinen recht direkt. »Du steckst bis zum Hals in der Scheiße.« Ich schaltete den Lautsprecher aus, nahm den Hörer ab und hörte mir an, was er zu sagen hatte. »Sie haben Bobettes Mieter in der Mangel, sein Name ist ...« Terry hielt kurz inne, und ich hörte, wie er die Seiten des kleinen Spiralblocks durchblätterte, den er für jeden seiner Fälle anlegte. »Eugene Pohl. Gestern gab es eine Gegenüberstellung. Alle fünf Typen waren mindestens einsneunzig und größer – damit du hinterher nicht sagen kannst, der lange, große Norm hätte sie alle überragt.«

»War Pohl in der Lage, Norman zu identifizieren?« fragte ich.

»Es war nicht leicht. Er brauchte dazu – ob du's glaubst oder nicht – mindestens eine Zehntelsekunde.«

Anwälte wie ich beauftragen gerne ehemalige Nassau-County-Cops wie Terry damit, den Hintergrund eines Falles zu recherchieren, weil sie die richtigen Leute kennen – Leute aus der Exekutive, die mit einem Strafverteidiger nie reden würden. Aber es hat nicht nur mit ihren Kontakten zu tun: Ein kluger Cop weiß, wie man in einem Mordfall richtig ermittelt. Terry hatte früher im Morddezernat gearbeitet und war ein erstklassiger Ermittler. Er tat mehr, als nur Fragen zu stellen. Da er einen rauhen Charme versprühen konnte, wenn er es für nötig hielt, gelang es ihm meistens, selbst den wortkargsten Zeugen eine ungeheuere Menge an Informationen zu entlocken. Die Frauen öffneten sich Terry, weil sie den Gedanken nicht ertragen konnten, daß er gleich wieder gehen könnte. Eigentlich sah er nicht besonders gut aus, aber er war zweifellos ein sehr maskuliner Mann: Eine Frau spürt eben instinktiv, wenn erektiles Gewebe zugegen ist. Die Männer sprachen auf seine ruppige Herzlichkeit an. Obwohl er nicht damit prahlte, spürten sie seine Meisterschaft in den traditionell männlichen Disziplinen: einen Wagen kurzschließen, sich mit Waffen auskennen, seine Frau betrügen. Sie wollten Terrys Anerkennung, und deswegen hörten auch sie nicht mehr zu reden auf.

Eugene Pohl schien eine der wenigen Ausnahmen zu sein. »Es war kein Wort aus ihm herauszubekommen«, informierte mich Terry. »Was für eine Memme! Der Typ Mann, der sich seine Serviette in den Kragen steckt, damit seine Krawatte keinen Suppenspritzer abbekommt.«

»Ist er ein Pedant oder eher das, was sich die Leute vorstellen, wenn sie ›Computerfreak‹ hören?«

»Computerfreak.«

»So richtig bizarr oder bloß ein bißchen durchgeknallt?«

»Ziemlich durchgeknallt. Ein mickriger Zwerg mit einer auf Hochglanz polierten Glatze. Aber mach dir keine Hoffnungen, Lee. Du wirst die Jury auf keinen Fall davon überzeugen können, daß er ein Killer-Typ ist, schon gar nicht im Vergleich mit deinem Kumpel Norman.«

»Du hast ja keine Ahnung, wovon ich eine Jury überzeugen kann!« fauchte ich.

Ich war wütend auf Terry, weil er an mir zweifelte und seine Zweifel auch noch zum Ausdruck brachte. Aber noch wütender war ich auf mich selbst, weil ich sofort anfing, ebenfalls an meinen Fähigkeiten zu zweifeln. Eine Sekunde lang hatte ich gedacht: Dieser Fall ist zu groß für mich. In all den Jahren, die ich ihn nun schon kannte, hatte Terry mich noch nie ermutigt: Hey, du wirst diesen Typen im Zeugenstand *zerreißen*! Nein, er war immer pessimistisch. Und meine instinktive Reaktion war immer: Bestimmt hast du recht.

»Terry.«
»Was?«
»Du bist wirklich ein hinterhältiger Blödmann. Und ich würde dich auch noch einen Misogyn nennen, wenn du nicht zu dumm wärst, um zu wissen, was das ist.«
»Lee, eins kannst du mir glauben. Er wird höchstens ein bißchen schwitzen. Du denkst doch nicht wirklich, daß du den im Zeugenstand auseinandernehmen kannst, wenn Holly Nuñez ihn erst einmal richtig präpariert hat? Was ist eigentlich mit der Frau los? Immer gut drauf. ›Hi! Sie müssen Terry sein! Frrreut mich, Sie kennenzulernen, Terry!‹«
»Sie hat eben eine ziemlich forsche Art.«
»Es mit ihr zu treiben muß sein, als würde man mit einem Weißbrot schlafen.«
Was bedeutete, daß Terry sich stark zu Holly hingezogen fühlte und sie für die nächsten sechs Monate zu seinem Lieblingsprojekt machen würde. Voller Bedauern darüber, daß ich bereits die Weisheit des Alters besaß, legte ich den Hörer seufzend ans andere Ohr. »Sieh zu, daß du möglichst viel über Eugene Pohl herausbekommst«, sagte ich müde. »Frag ein bißchen in der Nachbarschaft herum. Vielleicht hat jemand etwas mitbekommen. Vielleicht wollte er sich selbst an Bobette ranmachen, aus dem Keller nach oben ziehen und Herr des Hauses werden.«
Obwohl ich selbst bezweifelte, daß ich das zu meiner Verteidigungsstrategie machen würde, hätte ich auf Terrys dröhnendes Lachen gut verzichten können. »Genau, Lee, richtig. Sie werden mit einem ›nicht schuldig‹ zurückkommen, noch ehe der Gerichtsdiener Zeit hat, die Bestellungen fürs Mittagessen entgegenzunehmen. Was wirst du ihnen erzählen? Eugene Pohl war eifersüchtig auf Normans Erfolg bei Bobette und hat es deshalb so hingedreht, daß es aussah, als hätte Norman …«
Da das eine genaue Beschreibung der Strategie war, die mir gerade durch den Kopf ging, knallte ich wütend den Hörer auf. Ich begann schon mein kindisches Verhalten zu bereuen, als Terry noch einmal anrief, um mich darüber zu informieren, daß Holly ihm gesagt hatte, ich könne jederzeit das Beweismaterial einsehen, das die Staatsanwaltschaft zum Fall Torkelson offenlege. Dann johlte er: »Eugene

Pohl und Bobette Frisch!« Also knallte ich den Hörer ein zweites Mal auf die Gabel.

Den Rest des Vormittags und den ganzen Nachmittag verbiß ich mich in ein paar Fälle, insbesondere einen, bei dem es um einen Tatbestand ging, mit dem ich noch nie zu tun gehabt hatte. Meine Mandantin, die Sekretärin in einem pharmazeutischen Versuchslabor in Lynbrook gewesen war, war entlassen worden. Sie hatte mir erzählt, daß sie eines Abends länger im Büro geblieben war, alle Testergebnisse kopiert hatte, die ein neues Medikament zur Behandlung von Hepatitis A betrafen, und die geheimen Daten an den Vorstand einer Konkurrenzfirma geschickt hatte – nur damit die Leute in Lynbrook »merkten, daß ihre Systeme nicht sicher waren«. Diese andere Firma hatte das FBI verständigt. Meine Klientin war offen gesagt ein Fall für die Klapsmühle. Ich hatte den halben Tag damit verbracht, für mich und ihre Therapeutin (die meiner Diagnose zustimmte) einen Termin beim Staatsanwalt zu vereinbaren, weil wir ihn zur Einstellung des Verfahrens überreden wollten.

Als ich wieder aus meinen Akten auftauchte, um Luft zu holen, war es schon nach fünf. Ich sprach Holly aufs Band, daß ich zu Fuß zu ihr rüberkommen würde. Draußen war das schönste Wetter. Ich konnte gar nicht fassen, daß ich mich den ganzen Tag in einem Bürogebäude verkrochen und diesen milden Frühlingstag verpaßt hatte, an dem die Luft so süß roch, daß es einem um die Zeit leid tat, die man mit Ausatmen verschwendete. Das Gras rund um das Gerichtsgebäude war so frisch und samtig, daß man am liebsten vergessen hätte, daß man erwachsen war. Wie schön wäre es gewesen, einfach eine Weile in diesem weichen Gras herumzurollen, sich dann auf den Rücken zu legen und sich das Gesicht von der Spätnachmittagssonne wärmen zu lassen!

»Es ist so schön draußen«, sagte ich zu Holly. »Ich würde am liebsten wie ein Kind über die Wiese hüpfen.«

Als Antwort reichte sie mir einen Ordner, dessen Gewicht nichts Gutes verhieß. Ohne von ihr dazu aufgefordert zu werden, nahm ich Platz und begann die Unterlagen durchzugehen. Auf den ersten Blick entdeckte ich nichts, was mich veranlaßt hätte, mit einem Lied im Herzen wieder nach draußen zu stürmen.

»Ähm, Lee«, meinte Holly in bedauerndem Ton. Sie klang so

scheinheilig, daß man es bestimmt kilometerweit riechen konnte – bis zum Fischmarkt in Fulton. »Ich schmeiße Sie nur ungern raus, aber ich habe *massenhaft* Arbeit. Könnten Sie es heute abend oder morgen lesen? Dann nehme ich mir Zeit, wann immer Sie darüber reden wollen.«

»Moment noch«, murmelte ich, während ich krampfhaft nach etwas suchte, worüber ich mich aufregen konnte, so daß ich ihr böse Absicht unterstellen, sie in die Defensive drängen und ihr, mit ein bißchen Glück, eine unruhige Nacht bescheren konnte. Dann fand ich tatsächlich etwas! Weitere Fingerabdrücke – die einer anderen Person – im gesamten Erdgeschoß von Bobettes Haus, unter anderem auf dem Couchtisch im Wohnzimmer, genau dort, wo man ihre Leiche gefunden hatte. »Diese Fingerabdrücke!« keuchte ich. Ich keuchte wirklich. Glücklicherweise hatte das laue Mailüftchen, das mich bei meinem Spaziergang zu Hollys Büro umschmeichelt hatte, alle meine Allergien ausgelöst, so daß ich meine Worte mit einem riesigen Nieser ausstieß, als hätte mir diese Entdeckung den Atem geraubt. »Nur wenige Zentimeter von der Fundstelle der Leiche entfernt finden sich die Fingerabdrücke einer anderen Person, und trotzdem verhaften Sie Norman und lassen ihn *ohne weitere Ermittlungen* ins Gefängnis werfen!«

»Sie wissen genau, daß er verschwunden wäre, wenn wir das nicht gemacht hätten«, antwortete sie. Aber ich sah, daß ihr die Sache mit den anderen Fingerabdrücken leichtes Kopfzerbrechen bereitete – auch wenn sie sich ihre Bedenken weiß Gott nicht anmerken ließ.

»Warum sollte er verschwinden? Er hat sie nicht umgebracht.«

»Oh, Lee!« meinte sie und beglückte mich mit einem Zahnpastalächeln, das alle ihre Zähne freilegte. »Gönnen Sie mir eine Pause.«

»Warum sollte ich Ihnen eine Pause gönnen? Gönnen Sie meinem Mandanten eine Pause, während Sie versuchen, diese Fingerabdrücke zu identifizieren?«

»Er hat sie getötet. Er verdient keine Pause.«

»Was haben Sie in der Sache überhaupt unternommen?« fragte ich, weil ich wußte, welch beschränkte Mittel der Staatsanwaltschaft zur Verfügung standen. »Wenn Sie mich fragen, sieht das sehr nach entlastendem Beweismaterial aus. Und Sie lassen es einfach hier im Ordner liegen?« Bevor sie einen weiteren forschen Gesichtsausdruck aufsetzen konnte, sagte ich: »Ich will eine Kopie von diesen Fingerabdrücken.«

»Sie könnten von jedem sein«, wandte Holly ein.

»Zum Beispiel?«

»Ich weiß nicht. Vielleicht vom Hausmädchen.«

»Holly, wissen Sie denn mit Sicherheit, daß sie ein Hausmädchen hatte?« Holly starrte nachdenklich auf ihre neuen Acrylfingernägel, aber ich wußte, daß die Antwort nein lautete. »Vielleicht sind es die Fingerabdrücke des Butlers«, schlug ich vor. Sie begann, den perlmuttrosa Nagel ihres Ringfingers mit dem rechten Daumen zu polieren. »Haben Sie zufällig die Fingerabdrücke von Eugene Pohl überprüft?«

»Es sind nicht seine.«

»Ich brauche diese Fingerabdrücke, Holly.«

»Ich werde sie Ihnen besorgen.«

»Ich brauche sie jetzt.«

»Lee, es ist ...« Sie warf einen Blick auf ihre Uhr und riß in gespieltem Erstaunen den Mund auf. »Das darf doch wohl nicht wahr sein! Jetzt muß ich aber wirklich ...«

»Ich warte«, fiel ich ihr ins Wort.

Am nächsten Tag traf ich mich kurz vor Mittag mit Terry vor dem Liebesnest und reichte ihm eine Kopie der Fingerabdrücke. Er hatte überall seine Kumpels sitzen, und ich hoffte, daß sein Kumpel bei der Kripo die Fingerabdrücke per Computer überprüfen würde.

Wir standen auf dem Gehsteig. Terry starrte voller Verwunderung und Respekt zu dem ausgesprochen lieblosen Liebesnest hinüber, Normans Arbeitsstätte. »Er hat diese Wohnung tatsächlich gemietet, um hier reiche Frauen zu ficken?« wollte er wissen. An einem so deprimierenden Ort als Verführer Erfolg zu haben, war in Terrys Augen wirklich beachtlich.

»Er hat sie zuerst in ihrer eigenen Wohnung verführt. Und danach, wer weiß? Ich nehme an, Liebe macht wirklich blind.«

»Liebe?« fragte er mitleidig, weil ich so dumm war. »Der Typ muß einen *Schlong* haben, der von hier bis nach Cleveland reicht.«

Obwohl Norman seinen Opfern erzählte, daß die Wohnung nur eine Notlösung war, bis er sich finanziell wieder erholt hatte, erstaunte es mich doch, daß eine Frau, die im Vollbesitz ihrer geistigen Kräfte war, da hineingehen konnte. Der Wohnkomplex selbst, ein Würfel aus sandfarbenem Stein, war gar nicht so schlimm. Die Nachbarschaft auch nicht; hier schien hauptsächlich schwarze Arbeiterklasse zu wohnen. Aber das Grundstück, auf dem das Gebäude stand: ein Slum im kleinen. Statt eines Rasens gab es einen Flecken planierte Erde, die nur ein paar blaßgrüne, kränklich aussehende Unkrautpflänzchen ernährte. Der Weg zum Haus war mit Zigarettenschachteln übersät, die es aus ganz Long Island hergeweht zu haben schien. Aber das war nur Kleinzeug. Daneben gab es eine Fahrradfelge, von der der Schlauch entfernt worden war, einen Strauß aus fleckigen Aluminiumrohren, die einmal ein Klappstuhl gewesen waren, und jede Menge alte, eingedrückte Bierdosen.

»Haben wir außer den Fingerabdrücken sonst noch was?« fragte Terry, während er in die Hocke ging, um das Haustürschloß unter die Lupe zu nehmen. Ich griff über seine Schulter und öffnete die Tür. Terry bedachte mich mit einem säuerlichen Blick, aber einen Moment später standen wir bereits auf einem schmalen Gang mit je einer Wohnungstür links und rechts. Neben der rechten Tür war unter der Klingel eine Visitenkarte angebracht: Denton Wylie – der falsche Name, den Norman bei Bobette benutzt hatte. Unter dem Namen stand INVESTMENT, und darunter: »Die Zeitschrift für den Risikokapitalgeber«. In der rechten unteren Ecke stand in schmalen, bescheidenen Lettern: »Herausgeber und Chefredakteur«. Terry beäugte das Schloß der Wohnungstür. Ich gab ihm ein Zeichen, sich an die Arbeit zu machen. Sein Schlüsselring war so schwer, daß ich unter seinem Gewicht wahrscheinlich zusammengebrochen wäre, und tatsächlich verschaffte er uns in weniger als einer Minute Zugang zur Wohnung.

Die Wohnung war nicht so häßlich, wie ich erwartet hatte, aber damit ist noch nicht viel gesagt. Terry begann in der Küche Schränke zu öffnen und nach dem zu suchen, was wohl alle Ermittler zu finden hoffen: eine weitere Leiche oder, was wahrscheinlicher ist, eine ungeöffnete Tüte Chips.

Ich fand in der Seitentasche meines Aktenkoffers ein Kleenex und benutzte es, um den Deckel des Anrufbeantworters anzuheben, der auf einer Theke stand, die das Wohnzimmer von der Küche trennte. Wie ich vermutet hatte, war das Band mit den aufgezeichneten Nachrichten nicht mehr da, Mary hatte den Beweis ihrer Zusammenarbeit bereits verschwinden lassen. Terry folgte mir ins Schlafzimmer. »Wow!« sagte ich. Wir standen schweigend da und starrten auf das Bett: Es war rund und so riesig, daß man, um ins Nachbarzimmer – vermutlich das Bad – zu gelangen, den Rücken gegen die Wand pressen und sich seitlich daran vorbeiquetschen mußte. Auf dem Bett lag ein Überwurf aus einem zu stark glänzenden Polyesterstoff, der mehr an eine Tisch- als an eine Bettdecke erinnerte. Was aber nicht heißen soll, daß man beim Anblick der Decke Appetit auf Essen bekommen hätte. Ihr kaum wahrnehmbarer Geruch legte nahe, daß sie schon seit Jahren nicht mehr gewaschen worden war. Außerdem wies sie im äußeren Bereich ein paar suspekte Flecken auf. Trotzdem verstand ich, wieso Norman die Wohnung gemietet hatte. Das Bett war genauso wirkungsvoll wie ein blinkendes Neonschild mit der Aufschrift: HEISSER SEX! HEISSER SEX! TRAUMHAFTER SEX! HEISSER SEX!

Terry zwängte sich seitlich zwischen Bett und Wand hindurch, um das Bad zu inspizieren. Als er ohne neue Erkenntnisse zurückkam, ließ er sich aufs Bett fallen und klopfte neben sich auf die Matratze. »Nimm Platz.«

»Damit ich mir von der Bettdecke einen Tripper hole?« Ich lehnte mich gegen die Wand, achtete aber darauf, daß sich unsere Knie auf dem engen Raum nicht berührten. »Laß dich kurz über das Material der Staatsanwaltschaft aufklären.« Terry griff in die Innentasche seiner Jacke und zog seinen Notizblock und einen Stift heraus. Ich fuhr fort: »Auf ihrer Zeugenliste stehen die üblichen Cops und wissenschaftlichen Experten. Kein DNA-Mann. Klingt, als hätten sie bei der Autopsie keine von seinen Hautzellen unter ihren Nägeln oder sonstwo gefunden.«

»Laß mich den Autopsiebericht mal sehen«, sagte Terry. Sandi hatte fast alle Unterlagen für ihn kopiert. Ich nahm eine prall gefüllte Mappe aus meinem Aktenkoffer und reichte sie ihm. Er hatte neun Jahre lang bei der Kripo gearbeitet und wußte noch besser als ich, wonach er suchen mußte. »Hier steht, daß er sie nicht gefickt hat«, sagte er nach ein paar Minuten. »Ihr letzter Tag auf Erden, und die Ärmste ist nicht mal flachgelegt worden.«

»Sie hat einen Schokoriegel gegessen. Ihr ganzer Mund war noch schokoverschmiert.«

»Ich weiß, deiner Meinung nach ist das genausogut wie Sex, aber du irrst dich.«

Er widmete sich wieder dem Bericht. Ich beobachtete ihn, während er las. Terry sah aus wie ein Cop. Seine Haare waren oben zu kurz, sein blauer Anzug etwas zu eng – man sah einen Zentimeter zuviel von seinen Socken –, und sein Schnurrbart war schon 1973 nicht mehr modern gewesen. Er hatte die Polizei vor drei Jahren verlassen, an dem Tag, als er einundvierzig wurde und einen Rentenanspruch hatte, und war Sicherheitschef in einem ziemlich noblen Einkaufszentrum in Greenvale geworden. Aber trotz des dicken Gehaltschecks fand er es schon nach wenigen Wochen nicht mehr allzu aufregend, sich mit gestohlenen Volvos herumzuschlagen und Teenager anzuzeigen, die beim Verlassen des Einkaufszentrums drei Paar Jeans übereinander trugen. Er zog es ein Jahr lang durch und eröffnete dann seine eigene Agentur, mit sich selbst als einzigem Angestellten. Mein Partner Chuckie und ich ließen ihm so viele Jobs wie möglich zukommen, und innerhalb von sechs Monaten blühte Terrys Geschäft. Er stellte zwei weitere Ex-Cops an. Sie waren ziemlich gut. Terry selbst war phantastisch.

»Wirklich erstaunlich«, meinte er. »Sie gibt ihm achtundvierzigtausend Dollar. Und er schläft nicht mal mit ihr.«

»Netter Job.«

»Stell dir vor, du hast es als Mann mit einem Zementblock wie Bobette zu tun. Wer will dem Typen einen Vorwurf machen? Aber hör zu, Lee, ich kann in diesen Unterlagen nichts entdecken, was deinem kleinen Normie mehr weh tun wird, als es jetzt schon der Fall ist, abgesehen von den Würgemalen, die auf die großen Hände und die Kraft des Täters schließen lassen.« Terry hatte recht. Ich konnte den Gerichtsmediziner nicht davon abhalten, von »sehr großen Händen« und einem »kräftigen Täter« zu sprechen, und die Geschworenen würden zu dem einsfünfundneunzig großen, zweihundert Pfund schweren Norman Torkelson hinübersehen, der mit im Schoß gefalteten Händen am Tisch der Verteidigung sitzen würde, und sie würden denken: Das ist der Mann. »Steht in den Unterlagen sonst noch was, worüber ich mir Gedanken machen sollte?« fragte Terry. »Irgendwelche fiesen Überraschungen?«

»Bobettes Brieftasche scheint zu fehlen.«

»Vielleicht hat sie sie in einer ihrer Bars oder sonstwo liegenlassen«, meinte Terry. Ausnahmsweise bestand er mal nicht darauf, vom schlimmstmöglichen Fall auszugehen. Aber dann warf ich einen Blick zu ihm hinüber und stellte fest, daß er gar nicht richtig aufpaßte. Er streichelte mit dem Daumen über die Bettdecke und war mit seinen Gedanken offensichtlich gerade bei den Möglichkeiten, die ein rundes Bett bot. Wenn man sein entspanntes Gesicht betrachtete – und dabei von seiner schrecklichen Krawatte, seinem Schnurrbart und vor allem seiner Frauenfeindlichkeit absah –, dann verstand man plötzlich, wie attraktiv er wirken konnte. In seinen Adern floß portugiesisches, irisches und italienisches Blut, und er hatte das lange, schmale, zerklüftete Gesicht eines spanischen Bauern, sanfte irische Augen und einen Helm aus dunklen Gladiatorenlocken, die er jeden Morgen mit dem Fön zur Unterwerfung zwang. Obwohl er bei diesen seltenen Gelegenheiten eine Augenweide war, zahlte ich ihm nicht fünfundsiebzig Dollar die Stunde und fünfunddreißig Cent die Meile, damit er mit verträumtem Blick über die Möglichkeiten nachdachte, die ein rundes Bett bot.

»Terry, notier dir das bitte.« Als er aufblickte, wirkte er leicht benommen, weil ich ihn so abrupt in die Realität zurückrief. »Setz dich mit deinen Kumpels bei MasterCard, Visa und Amex in Verbindung. Finde heraus, ob die Konten von Bobette Frisch seit dem Freitag, an dem sie ermordet wurde, belastet worden sind. Kannst du das heute noch machen?« Er nickte, und als er merkte, daß ich auf etwas wartete, kritzelte er ein, zwei Worte in seinen Notizblock. »Wenn wir Glück haben«, sagte ich, »hat sich am Tag nach Normans Verhaftung jemand in San Antonio mit Bobettes Karten für tausend Dollar Kautabak gekauft.«

»Und sie schicken ein paar Cops nach Texas, die den Typen aufspüren und als Bobettes Mörder verhaften. Richtig?« Mit seinen großen weißen Zähnen konnte er lächeln wie ein Wolf. »Du träumst.«

Da das Liebesnest nichts mehr hergab, fuhren wir weiter zu Bobettes Haus, um uns mit Sam Franklin zu treffen. Holly hatte gesagt, er werde uns zeigen, was immer wir sehen wollten, aber ich wußte, daß Sam eine erbärmliche und schwierige Prozedur daraus machen würde. Ich folgte Terry in meinem eigenen Wagen nach Merrick. Es hätte ihn psychisch zerstört, in einem Wagen mitzufahren, bei dem eine Frau am Steuer saß. Ich weigerte mich meinerseits, bei ihm mitzufahren. Er war die Verkörperung des Klischees vom schlampigen Cop; sein Wagen war eine Müllkippe auf vier Rädern, voll mit kaffeefleckigen Stadtplänen, öligen Roy-Rogers-Servietten, verstreuten Strohhalmen und papierumwickelten, versteinerten Kaugummiklumpen. Der übelriechende, bananenförmige Duftbaum, der von seinem Rückspiegel baumelte, machte die Sache nur noch schlimmer.

Sam Franklins Verachtung mir gegenüber war nichts verglichen mit seinem Haß auf Terry Salazar, einen ehemaligen Cop, der jetzt für Kriminelle arbeitete. Aber Terry und Sam hatten sich schon früher nicht gemocht, als sie sich bei der Kripo einen Schreibtisch teilten. Die beiden waren in jeder Hinsicht grundverschieden: hager/stämmig; introspektiv/oberflächlich; puritanisch/ausschweifend; frommer evangelischer Protestant/radikal vom Glauben abgefallener Katholik.

»Hey, Sammy, wie geht's, wie steht's?« erkundigte sich Terry. Er verpaßte jedem anderen Mann automatisch eine Verniedlichungsform, um ihm zu zeigen, wer der Anführer des Rudels war.

»Ich muß in zehn Minuten weg«, antwortete Sam. »Ihr solltet euch beeilen.«

Sam trat einen Schritt zur Seite und ließ uns hinein. Er ließ uns keine Sekunde aus den Augen. Beinahe hätte er protestiert, als ich die zwei Stufen von der Diele ins tieferliegende Wohnzimmer hinunterging, um mir den Bereich zwischen der Couch und dem Tisch anzusehen, wo Bobettes Leiche gefunden worden war. Aber Sam wußte, daß es nicht in seiner Macht stand, mich aufzuhalten, also hielt er den Mund und bemühte sich, nicht mit den Zähnen zu knirschen. Ihm war durchaus bewußt, daß ein Wutanfall nicht nur Terry erfreuen würde, sondern darüber hinaus die Grundlage für gemeine Imitationen bei irgendwelchen Ehemaligentreffen abgeben konnte: Sam Franklin von Anwältin in helle Aufregung versetzt.

Auf den Tatortphotos, auf denen die Leiche von grellen Blitzlichtern angestrahlt wurde, hatten Bobettes Couch und Wohnzimmertisch so unpersönlich ausgesehen wie die Möbel einer Billighotelkette. Aber in Wirklichkeit war alles so liebevoll eingerichtet, daß ich, wären die beiden Männer nicht gewesen, wahrscheinlich in Tränen ausgebrochen wäre. Bobette war im Herzen ein empfindsames Mädchen gewesen, dem man genau an der Stelle, an der ich nun stand, das Leben aus dem Leib gepreßt hatte. Ich schluckte den Kloß in meinem Hals runter, setzte mich auf die Armlehne des Sofas und ließ mein Bein baumeln, um den Männern zu zeigen, daß mir dieses Haus des Todes genausowenig naheging wie ihnen.

Die Couch war nicht beige, wie es auf den Photos ausgesehen hatte, sondern buttergelb und mit einer Sammlung von Kissen bestückt, die alle zu der perfekt gearbeiteten, aber langweiligen Kategorie gehörten, wie sie in teuren Katalogen angeboten werden: Schmetterlinge auf einem Magnolienzweig, eine weiße Perserkatze, ein Veilchenstrauß und auf dem vierten blaue Buchstaben auf zitronengelbem Grund: »Gut zu leben ist die beste Rache.«

Der Raum wirkte so extrem mädchenhaft, daß man fast glauben konnte, er wäre von einem schwulen Designer als Hommage an ein altmodisches Weiblichkeitsideal kreiert worden. Ein pfirsichfarbener Teppich mit einer Girlande aus blauen und gelben Blumen als Einfassung. Zwei Lehnsessel mit einem gelbrosa karierten Bezug und Rüschen an den Rändern, so daß es aussah, als hätte Bobette den Sesseln Kittelchen übergezogen. Auf einem Beistelltischchen eine Sammlung von Glas- und Keramikkatzen, von denen keine größer als acht Zentimeter war.

»Hatte sie Katzen?« fragte ich Sam.

»Was?« Ich wiederholte die Frage, widerstand aber der Versuchung, jede Silbe in die Länge zu ziehen, als wäre er im Kopf ein bißchen langsam.

»Bist du sicher? Kein Katzenklo? Keine Futterschüssel?«

»Nein.«

»Eine Katze?« fragte Terry. »Warum sollte sie eine Katze haben?«

Ich drehte mich zu ihm um. »Warum sollte sie *keine* haben?«

»Weil Katzen Tiere sind. Sie fressen und scheißen«, antwortete er.

»Das tust du auch.«

Ohne mit der Wimper zu zucken, nahm er ein Maßband heraus, um den Abstand zwischen dem Couchtisch und einem großen Bildband zu messen, der in einiger Entfernung auf dem Boden lag: *Fellknäuel: Die wunderbare Welt der Angorakatzen.* Ich fragte mich, ob Bobettes Traum von der romantischen Liebe so sehr geistiger Natur gewesen war, daß alles, was Pflege – oder auch nur ein Minimum an Aufmerksamkeit – erforderte, eine Ablenkung dargestellt hätte. In diesem Augenblick fiel mein Blick auf einen gelben Ohrensessel mit einem Sesselschoner, der wie eine Valentinskarte geformt war. Bestimmt hatte Norman schon in dem Moment, als er zur Wohnungstür hereinkam und dieses spitzenbesetzte Herz sah, gewußt, daß ihr Bankkonto ihm gehörte.

Wir drehten eine Runde durch die Wohnung. Sam ging voraus. Immer, wenn wir stehenblieben, stellte er sich breitbeinig hin, die Hände locker auf die Hüften gestemmt, als müßte er jeden Augenblick nach seiner Dienstwaffe greifen, um uns davon abzuhalten, irgendein Verbrechen zu begehen. Während wir uns umsahen, wanderte sein wachsamer Blick von mir zu Terry und wieder zurück. Was gab es da zu sehen? Die Kesselhaken in der Küche: Einer war mit Gänseblümchen bemalt; ein anderer hatte die Form einer getigerten Katze. Im unteren Badezimmer einen türkisfarbenen Vorleger mit passendem Klodeckelbezug, beides mit einer aufgestickten Lilie in der Mitte; eine Satinhülle für eine Vorratsrolle Klopapier, die aussah wie ein viktorianisches Häubchen.

Oh, und erst ihr Schlafzimmer. Ganz in lavendelblau: Teppich, Wände, Bettwäsche. Die bodenlangen Vorhänge waren mit einer geflochtenen, hell- und dunkellila melierten Kordel zurückgebunden. Die Wände zierten Drucke von violetten Blumen: Flieder, Iris, Lavendel. Der Raum wirkte romantisch – und erotisch. Viele Frauen hätten sich gescheut, ihre Sehnsüchte derart bloßzulegen. Nicht so Bobette, auch wenn das in ihrem Fall vielleicht daran lag, daß sie sehr einsam gewesen war und davon ausging, daß niemand jemals durch einen bloßen Blick in ihr Schlafzimmer ihr heimliches Verlangen entdecken würde. Als schließlich Norman in ihr Leben getreten war, hatte sie es kaum erwarten können, es ihm zu zeigen, weil er genau das war, worum sie ihr ganzes Leben gebeten hatte.

Sam, Terry und ich standen neben dem ordentlich gemachten Bett, einem Himmelbett mit einem spitzenverzierten Baldachin. Nichts deutete daraufhin,daß sich in diesem Bett in letzter Zeit etwas abgespielt hatte. Terry überprüfte die Schubläden der Nachttische. »Nada«, stellte er fest.

»Habt ihr etwas aus den Schubläden genommen?« fragte ich Sam.

»Das müßte alles in deinem Ordner stehen.« Es klang, als wäre die Frage so unerhört, so widerlich, daß ihm übel davon wurde, sie beantworten zu müssen.

»In den Unterlagen ist nicht die Rede davon, daß irgend etwas aus den Nachttischen entfernt wurde«, erklärte ich. »Deshalb nehme ich an, deine Antwort bedeutet, daß du nichts entfernt hast, was nicht im Bericht vermerkt ist. Natürlich werde ich Holly Nuñez bitten, das zu überprüfen, da ich von dir keine klare Aussage bekomme.« Eine Sekunde lang überlegte Sam, ob er mir nicht doch antworten sollte, entschied sich dann aber gegen eine solche Erniedrigung. Er verschränkte die Arme und trommelte auf seinen Ellbogen einen langsamen, jazzigen Rhythmus, als wäre er allein und würde gerade Coltrane zuhören. »Konnte ihn der Mieter, Eugene Pohl, eindeutig identifizieren?« Nichts deutete darauf hin, daß Sam irgend etwas anderes hörte als »Trane's Blues«. »Beantworte meine Frage, Sam, oder du kriegst Ärger!«

»Ja.« Das Wort klang fast wie ein Zischen.

»Und der Typ von der Bank?«

»Was für ein Typ von der Bank?« fragte Sam unschuldig.

Ich überlegte schnell. Ein Kassierer zahlt nicht einfach achtundvierzigtausend Dollar aus. »Der Bankangestellte, mit dem Bobette gesprochen hat. Und der Wachmann an der Tür. Sie haben meinen Mandanten nicht in ihrer Begleitung gesehen, oder?«

»Nein«, stieß er aus und sagte mir damit mehr über Hollys Fall, als ich mir je erwartet hatte.

»Euer Fall ist ein Märchen«, verkündete ich. »Ihr habt es von Anfang an bequemer gefunden, euch im Stuhl zurückzulehnen und euch gegenseitig Märchen zu erzählen, als loszuziehen und zu ermitteln.« Um meine Worte zu unterstreichen, schlug ich mit der Faust gegen einen der Bettpfosten, als säße gleich links von mir eine unsichtbare Jury. »Der Mieter ist der einzige, der behauptet, Norman Torkelson mit Bobette gesehen zu haben, und du weißt genausogut wie ich – und die Jury wird es mit Sicherheit auch erfahren –, daß Eugene Pohl ein ausgesprochen seltsamer Vogel ist.«

Dann, bevor Terry den Mund aufmachen konnte, um Sam erneut zu erzürnen und auf diese Weise die winzige Wolke der Unsicherheit zu zerstreuen, die ich mühsam zum Schweben gebracht hatte, packte ich ihn am Ärmel und zerrte ihn aus Bobette Frischs Jungmädchentraum von der großen Liebe.

Am Nachmittag, während Terry unterwegs war, um die mysteriösen Fingerabdrücke zu überprüfen, die in Bobettes Haus aufgetaucht waren, und herauszufinden, ob jemand mit Bobettes fehlenden Kreditkarten bezahlt hatte, fuhr ich zum Gericht. Einer meiner Mandanten wurde beschuldigt, alle möglichen Donna-Karan-Kopien verkauft zu haben – Schuhe, Kostüme, Gürtel, Pullis, Nachthemden. Ich hätte zu gerne auf unzurechnungsfähig plädiert, weil er mit einer übermächtigen Obsession geschlagen sei, aber er war enttäuschend normal und wollte sogar seine Kosten drücken, indem er mir anbot, mich mit einer neuen Garderobe zu entlohnen. »Sie können mir vertrauen, Mrs. White, das schwöre ich bei Gott. Würde ich ausgerechnet Ihnen falsche Donnas andrehen? Die Sachen sind alle echt. Ich spreche von sechsfädigem Kaschmir.« Hinterher setzte ich mich für ein paar Minuten in Chuckies Brandstiftungsverhandlung. Von einem unwiderstehlichen Drang übermannt, ging ich anschließend bei Bloomingdale's vorbei. Ehe ich mich versah, hatte ich einen weißen Kaschmirschal gekauft.

Und ein paar Pumps. Außerdem einen Lipgloss und dazu, für 16.95 Dollar, einen von jenen riesigen, nutzlosen Schminkkästen voller runder Kosmetiktiegelchen, deren Farbtöne allesamt für billige Prostituierte gedacht sind – und nicht für deren Rechtsbeistand: Töne wie Papaya Sunset und Wild Violet. Kein Wunder, daß ich mir, als ich im Aufzug stand, um wieder zu meinem Büro hochzufahren, bereits schwerste Vorwürfe machte. Wäre ich ein Mann, so sagte ich mir, dann hätte ich die eineinhalb Stunden in der juristischen Bibliothek verbracht, um irgendein obskures Gesetz nachzuschlagen. Oder ich hätte einen Kollegen, der für eine große Firma arbeitete, auf einen Kaffee eingeladen, so daß ihm das nächste Mal, wenn ihre völlig überlastete Kanzlei einen honorigen Mandanten wegen Vergewaltigung oder fahrlässiger Tötung vertreten sollte, sofort »Lee White!« eingefallen wäre. Natürlich begann ich als eingefleischte Anwältin umgehend, mich selbst zu verteidigen. Als ich die Tür zur Kanzlei öffnete, argumentierte ich gerade: Wenn ich ein männlicher Anwalt wäre, wäre ich statt bei Bloomingdale's im Wiz gelandet und hätte nach einer längeren Telefonschnur gefragt, hätte mir aber statt dessen einen

Pentium-Computer mit Lautsprechern von der Größe des Mount McKinley aufschwatzen lassen und dazu den teuersten CD-ROM-Player. War mein Ausflug in die Kaschmirabteilung da nicht vergleichsweise harmlos? Natürlich begann prompt eine leise, schwache Stimme in mir einen Sirenengesang über einen neuen Computer anzustimmen, aber glücklicherweise hörte ich ihn nicht, denn als ich die Kanzlei betrat, wartete da schon jemand auf mich: Mary Dean.

»Hi!« sagte sie fröhlich. Sie trug ein rotes Kleid mit Punkten, die mindestens die Größe von Silberdollars hatten. Der billige Synthetikstoff des Kleides war so steif, daß er bei jeder Bewegung raschelte. Ihr Country-Sängerinnen-Haar war hoch aufgetürmt und mit einer großen, roten, bogenförmigen Plastikspange festgesteckt. Sie war nicht weniger schön als bei ihrem letzten Besuch. »Ich hoffe, es macht Ihnen nichts aus, daß ich einfach so vorbeigekommen bin.«

»Es wäre mir lieber, wenn Sie vorher anrufen könnten«, sagte ich und bewies damit, daß das Seminar für sicheres Auftreten, speziell für Juristinnen veranstaltet, keine reine Zeitverschwendung gewesen war. Dann warf ich der Empfangsdame, die Mary zu bleiben gestattet hatte, einen, wie ich hoffte, vernichtenden Blick zu. Sie war die Enkelin eines Poker-Kumpels meines Partners Chuckie, eine junge Frau mit der heiteren Gelassenheit einer alten Klosterschwester.

»Ich bin noch einmal gekommen«, erklärte Mary, nachdem ich meine Bürotür geschlossen hatte und wir beide saßen, »weil mir noch etwas eingefallen ist.«

»Verstehe.«

»Sie haben gesagt, *alles* ist wichtig, um Norman zu helfen.«

»Alles, was Ihnen einfällt«, sagte ich. »Man weiß nie, was hilfreich sein könnte.«

»Ich möchte so gerne helfen!« Sie machte ein schreckliches, gurgelndes Geräusch. Einen Moment lang dachte ich, sie bekäme keine Luft mehr, aber dann wurde mir klar, daß es ein Schluchzer war. Ich tastete nach der Kleenex-Box, zog ein paar heraus und hielt sie ihr hin. Aber sie hatte die Hände vors Gesicht geschlagen, so daß ich die Taschentücher zurücklegte, um sie ihr später noch einmal anzubieten. »Er fehlt mir so!« weinte sie, obwohl es schwierig war, sie durch die Tränen und ihre Hände hindurch zu verstehen. »Es ist, als ... ohne ihn ... Oh, bitte! Holen Sie ihn da raus!«

»Ich versuche es ja. Und alles, was Sie mir sagen können ... Manchmal kann das kleinste Detail wichtig sein.«

Sie hatte sich wieder gefangen und wischte ihre Tränen mit dem Handrücken weg. Sie sah die verschmierte Wimperntusche auf ihrer Hand, und ich reichte ihr die Taschentücher. Sie wischte sich die Finger ab und tupfte dann vorsichtig die schwarzen Kleckse unter ihren Augen weg, sehr darauf bedacht, die zarte Haut nicht unnötig zu strapazieren. »Ich habe Ihnen doch erzählt, daß ich im Liebesnest angerufen habe, wenn Norman mit einer Kandidatin dort war. Sie wissen schon, wegen der Pfändung seines Wagens.«

»Richtig«, antwortete ich forsch. Marys Stimme zitterte, und ich wollte nicht, daß sie wieder zu heulen anfing. Ehrlich gesagt war mein Beweggrund nicht so sehr Mitleid mit ihr, sondern vielmehr der Wunsch, sie wieder loszuwerden. Ich spürte, daß sie mir alles erzählen wollte, was sie über Norman wußte, und zwar in aller Ausführlichkeit. Aber dafür war das Honorar, das ich von ihm verlangt hatte, zu gering. »Was können Sie mir sonst noch sagen?«

»Ich mache auch noch andere Sachen.«

»Wie meinen Sie das?«

»Zum Beispiel, wenn die Kandidatin nicht genug Mitleid mit ihm hat. Dann rufe ich an«, sie lächelte, weil sie sich an etwas erinnerte, »und tue so, als wäre ich seine Ex-Frau.«

»Hinterlassen Sie da auch eine Nachricht auf dem Band?«

»Nein. Norman sagt, mehr als eine Nachricht auf dem Anrufbeantworter wäre zu auffällig. Nein, ich rufe an und schreie mir die Seele aus dem Leib: ›Norman, du verdammter Mistkerl!‹« kreischte Mary, sichtlich angetan von ihrer eigenen Darbietung. Im Gegensatz zu der tiefen, harten Stimme der Pfändungsdame war diese Stimme hoch, aber trotzdem kein unverständliches Kreischen. Sie klang rauh und gemein, wie eine Nagelfeile, die über ein Stück Haut schürfte. »›Ich werde dich ruinieren! Ich werde dafür sorgen, daß du *nie* wieder auf die Füße kommst!‹« Ihre bleiche Haut nahm von dem gespielten Wutanfall eine frische Farbe an. »Jedenfalls kreische ich so, als wäre ich das schlimmste Miststück auf der ganzen Welt!«

»Und zwar so laut, daß er den Hörer von seinem Ohr weghält und die Heiratskandidatin alles mitbekommt.«

»Ja! Wissen Sie, wenn ich Sie so höre, glaube ich, daß doch noch

Hoffnung besteht«, sagte Mary. »Sie sind so klug. Genauso klug wie Norman! Ich habe wirklich das Gefühl, Sie kriegen das hin.«

»Spielen Sie noch andere Rollen?«

»Na ja, manchmal spiele ich die Sekretärin seines Scheidungsanwalts. ›Ich rufe im Auftrag von Mr. Powers an. Könnte ich bitte Mr. Soundso sprechen‹ – je nachdem, wie sich Norman gerade nennt. Wir vereinbaren einen Zeitpunkt, und wenn das Telefon klingelt, ist er gerade mit irgend etwas beschäftigt und bittet die Kandidatin, für ihn ans Telefon zu gehen.«

»Haben Sie bei Bobette Frisch auch die Ex-Frau oder die Sekretärin gespielt?«

»Nein«, antwortete Mary. Ein wenig verkniffen, wie ich fand.

»Wieso nicht?«

»Sie war so verrückt nach ihm, daß es gar nicht nötig war.«

Ich versuchte, beiläufig zu klingen. »Zu verrückt nach ihm?«

»Eine richtige Klette«, antwortete Mary und verzog ihre zu stark geschminkten Lippen zu einer Schnute. Nicht zu einem süßen Schmollmund: zu einer richtigen Schnute.

»Inwiefern war sie eine Klette?«

»Ständig hat sie gebettelt: ›Bleib doch über Nacht. Fahr nicht nach Hause, Norman. Ich kann es nicht ertragen, wenn du nicht da bist.‹«

»Ihnen geht es doch auch so«, bemerkte ich. Zugegeben, nicht sehr taktvoll, aber es war ein langer Tag gewesen.

»Ich habe ein Recht auf ihn!« Sie trug immer noch den pistaziengrünen Lidschatten, und mit ihrem roten Kleid und dem roten Lippenstift sah sie für die Jahreszeit unpassend weihnachtlich aus.

»Natürlich haben Sie das.«

»Wer zum Teufel glaubt die Frau, daß sie ist? Ich weiß natürlich, daß es Normans Job ist, den Frauen das Gefühl zu geben, er liebt sie. Aber sie hat sich aufgeführt, als ...« Mary schüttelte genervt den Kopf. »Als würde sie tatsächlich glauben, daß *er* es nicht ertragen könnte, von ihr getrennt zu sein. Als würde sie ihm einen Gefallen tun, wenn sie ihn in ihrem blöden Haus übernachten ließ.«

»Hat er oft dort übernachtet?«

»Ein- oder zweimal«, antwortete sie und zog wieder ihre Schnute.

»Einmal oder zweimal?«

»Ich weiß es nicht«, antwortete sie und verlor dabei die Kontrolle über die Lautstärke, so daß sie fast wieder schrie. »Vielleicht auch drei- oder viermal. Okay? Als ob er jemals in ihr blödes lila Bett gestiegen wäre und es ihr besorgt hätte! So eine dumme Kuh!«

»Wie hat er es denn umgangen?« fragte ich.

»Er hat ihr eingeredet, er wolle bis nach der Hochzeit warten. Dabei war sie doch so alt! Hat sie wirklich geglaubt, daß er es fertiggebracht hätte, mit ihr ins Bett zu gehen, ohne zu kotzen?«

»Wo hat er geschlafen, wenn er bei ihr übernachtet hat?« fragte ich.

»Gleich daneben ist noch mal ein Schlafzimmer. Eigentlich ist es eher ein Büro, aber mit einem Klappbett.« Mary hatte sich inzwischen soweit beruhigt, daß sie ein kleines Lächeln zustande brachte. »Wenigstens war es nicht lila. Ich konnte es wirklich nicht fassen!«

»Ich war heute dort. Sogar die Blumendrucke an der Wand sind lila.«

»Haben Sie auch ihre Kommode gesehen? Die ganze Sammlung von lila Parfumfläschchen?«

»Ja, richtig«, sagte ich. Wir saßen ein paar Sekunden schweigend da. Ich drückte auf den Knopf und bat Sandi um zwei Gläser Wasser. »Das mit Bobette scheint Sie ganz schön mitzunehmen.«

»Wundert Sie das?« Mary legte eine theatralische Pause ein, als säße sie in einer Talkshow und würde auf den Beifall des Publikums warten: Recht hat sie! Weiter so! »Norman sitzt im Gefängnis und ...«

»Ich habe nicht ihre Ermordung gemeint. Ich meinte ihre Beziehung zu Norman.«

»Nein. Klar, ich fand es gräßlich, daß er bei ihr übernachtet hat, aber wie er immer sagt: ›Wenn man keine Arbeit reinsteckt, kann man auch keinen Profit rausholen.‹ Er sagt viele solche geschäftliche Sachen. Er hat viel Gespür fürs Geschäft.« Sie fing an, am Saum ihres gepunkteten Kleides herumzuziehen, um die Knitterfalten in ihrem Schoß zu glätten, indem sie ihr Gewicht zuerst auf die eine und dann auf die andere Hüfte verlagerte. Das Kleid war so kurz und eng, daß sich Knitterfalten einfach nicht vermeiden ließen. Aber mit ihren langen Beinen sah es spektakulär aus, und die paar Falten waren völlig unerheblich. Trotzdem hatte ich das Gefühl, daß sie bloß meiner Frage ausweichen wollte und dabei auf das einzige Mittel zur Ablenkung zurückgriff, das ihr zur Verfügung stand: ihren Sex-Appeal.

»Mary«, sagte ich, »das kaufe ich Ihnen nicht ab.«

»Was?«

»Ich kaufe Ihnen nicht ab, daß das mit Bobette und Norman Sie nicht beunruhigt hat.«

»Wie meinen Sie das? Sie glauben doch wohl nicht, daß er sich in sie verliebt hat oder so?«

»Nein. Erzählen Sie mir, was es war. Von Frau zu Frau. Irgendwas hat Ihnen Kopfzerbrechen bereitet.«

Mary faltete die Hände in ihrem zerknitterten Schoß. Schließlich sagte sie: »Schwören Sie bei Gott, daß Sie es ihm nicht erzählen werden?«

Ich nickte. Aber das reichte ihr nicht. Ich hob die rechte Hand und sagte: »Ich schwöre.«

»Bei Gott.«

»Ich schwöre bei Gott«, seufzte ich. Mir ging durch den Kopf, daß ich eigentlich das doppelte Stundenhonorar verlangen sollte, wenn ich mich mit den Freundinnen meiner Mandanten herumschlagen mußte.

»Wissen Sie, ich mache mir schon seit längerem Sorgen um ihn«, sagte Mary. »Er ist müde. Ich meine, Sie können sich gar nicht vorstellen, wie schwierig dieser Job ist. In den letzten paar Städten war es immer ein großer Spaß, wenn die vielen Antworten auf seine Kontaktanzeige kamen. Wir haben Martinis getrunken, uns die Briefe vorgelesen und uns dabei kaputtgelacht.« Irgend etwas an meinem Gesichtsausdruck muß ihr zu denken gegeben haben, denn sie fügte rasch hinzu: »Natürlich haben wir nicht über *alle* gelacht. Ein paar waren wirklich mitleiderregend. Aber wenn er jetzt mit der Post kommt, ist es, als würde sie eine Tonne wiegen.«

»Es erdrückt ihn«, schlug ich vor.

»Ja! Er sagt, er hat nicht mehr die Energie, um diesen Tanz zu tanzen. Keinen richtigen Tanz. Er meint damit seine Arbeit als Heiratsschwindler. Er sagt, es laugt ihn aus.«

Sandi kam mit einem kleinen Tablett herein, auf dem zwei Wassergläser standen. Mary lehnte dankend ab. »Es ist Mineralwasser«, versicherte ich ihr.

»Ich habe keinen Durst.«

Ich wartete, bis Sandi den Raum verlassen und die Tür hinter sich zugezogen hatte. Dann half ich Mary auf die Sprünge: »Sie haben gerade davon gesprochen, wie müde Norman ist.«

»Er sagt selbst: ›Ich bin fix und fertig.‹ Da können sie sich vorstellen, *wie* müde er ist. Er sagt, er wünschte, wir hätten genug Geld, um uns zur Ruhe zu setzen. Dann könnten wir eine Wohnung in Florida oder auf den Jungferninseln oder sonstwo kaufen und einfach den Rest unseres Lebens gemeinsam verbringen.«

Unvermittelt fragte ich: »Sind Sie gern am Wasser?«

»Ich liebe es, aufs Meer hinauszusehen. Am Strand zu liegen. Leider macht es nicht mehr soviel Spaß, seit man sich mit Sunblock eincremen muß.« Ich ging zur Wand hinüber und nahm eines von den gerahmten Photos ab, eine Aufnahme von einem Haus mit Pier, die der Mann in meinem Leben von einem Boot aus gemacht hatte: sein Haus in Oceanside. Ich reichte Mary das Photo. »Ooh! Das ist ja wundervoll!« rief sie. »Ein richtiges kleines Traumhaus!«

»Das Photo hat mein Freund gemacht«, sagte ich, während ich es wieder an seinen Platz zwischen den anderen Photographien hängte. Er ist ein phantastischer Photograph. »Sie haben mir zwar von dem Streß erzählt, den Normans Job mit sich bringt, und wie erledigt er war, aber Sie haben mir noch immer nicht erklärt, warum Sie wegen Bobette so beunruhigt waren.«

Marys Blick hing immer noch an dem Bild. »Ich hatte Angst, er würde mich ihretwegen verlassen«, sagte sie leise.

»*Was?*«

Sie schien für meine Ungläubigkeit dankbar zu sein. »Nicht, weil er mich nicht liebt. Aber er ist so erschöpft. Wenn man den Job als Heiratsschwindler satt hat, was bleibt einem dann noch übrig? Und dann kam diese Sendung im Fernsehen: Männer, die so deprimiert sind, daß sie sich mit einer älteren Frau einlassen, weil sie sie an ihre Mutter erinnert oder so ähnlich.«

»Hat er je angedeutet, daß er darüber nachdachte, Sie zu verlassen und bei Bobette zu bleiben?«

»Natürlich nicht! Aber manchmal konnte ich sehen, welche Überwindung es ihn kostete, aufzustehen und sich mit einer dieser alten Jungfern zu treffen. Möglicherweise gab es einen klitzekleinen Teil in ihm, der sagte: ›Endlich eine, die mehr hat als nur Geld auf der Bank. Eine mit einem *Einkommen*, die mich aushalten könnte.‹«

Ich traf mich mit Terry Salazar kurz vor der Happy Hour im Plumpie's, einer Bar, die die Randbereiche des Strafrechtssystems versorgte: Ex-Cops, Privatdetektive, Gerichtsreporter, ein paar Anwälte, die nicht mehr als solche arbeiten durften. Der fröhliche Name war irreführend: Plumpie's war eine jener feuchten, dunkel getäfelten Kneipen, wo man für die schlechte Beleuchtung dankbar ist, weil man im grellen Licht einer 150-Watt-Birne den unsäglichen Dreck von dreißig Jahren sowie einen Querschnitt durch die Insektenwelt sehen müßte, der einen noch im Traum verfolgen würde. Terry trank Gin pur, was kaum Auswirkungen auf seine Laune hatte, seine unwiderstehliche Stimme aber weicher machte, so daß sie noch faszinierender klang.

»Kannst du noch klar denken?« fragte ich.

Gekränkt antwortete er: »Das ist erst mein zweiter!«

Ich bestellte mir eines von den esoterischen, leichten Bieren, eine Marke, die Herman Oberndorfer alias Plumpie nicht im Faß vorrätig hatte, so daß ich nicht aus einem seiner schlampig gespülten Steinkrüge trinken mußte. Ich griff nach der Flasche und nahm einen Zug. »Irgend etwas Neues über Bobettes Kreditkarten?«

»Du wirst begeistert sein. Am Tag ihrer Ermordung hat jemand damit über sechstausend Dollar ausgegeben.«

»Vielleicht ist Bobette schon frühmorgens dem Kaufrausch erlegen.« Ich bemühte mich, zuversichtlich zu klingen, aber daran würde ich noch arbeiten müssen.

»Ich lasse meinen Kumpel in ein paar von den Boutiquen anrufen. Sie sind alle in einem großen Einkaufszentrum. Unter anderem Louis Vuitton.« Er sprach den Namen perfekt aus, was mich zu der Vermutung veranlaßte, daß seine Frau mal wieder mit dem Meditieren aufgehört hatte und statt dessen (mal wieder) einkaufte und ich darauf achten mußte, daß Terry es nicht (mal wieder) mit den Spesen übertrieb. »Und Barney's«, fuhr er fort. »Da hat jemand dreitausend Dollar ausgegeben.«

»Wahrscheinlich für zwei Paar Strumpfhosen. Okay, versuch die Informationen so schnell wie möglich zu bekommen. Nicht bloß die genaue Tageszeit. Laß dir auch sagen, was gekauft worden ist. Ich schätze mal, daß die meisten Männersachen, die es in einer solchen Nobelboutique gibt, Norman nicht passen würden; er ist viel zu groß.«

»Vielleicht hat er für jemand anderen eingekauft.«

»Stimmt«, sagte ich und dachte dabei an Mary. »Irgendwas Neues zu den Fingerabdrücken?«

»Ich mußte meinem Kumpel einen Hunderter rüberlassen.«

»Setz ihn auf die Rechnung«, sagte ich, obwohl ich mir sicher war, daß er ihm höchstens zwei Zwanziger rübergelassen hatte. »Waren sie in der Lage, sie zu identifizieren?«

»Nein. Noch nicht. Er kann noch beim FBI anfragen, aber das kostet noch ein bißchen mehr.«

»Hast du die Karte mit den Fingerabdrücken dabei?«

»Ich hab sie meinem Kumpel gegeben. Ich hab bloß eine Kopie.«

»Bei dir?« Er tastete seine sämtlichen Taschen ab, bis er fündig wurde. »Hast du noch deine Fingerabdruck-Ausrüstung im Wagen?« fragte ich.

»Klar.«

»Dann nichts wie los.«

Leicht verärgert, weil er einen Fingerhut voll Gin in seinem Glas zurücklassen mußte, folgte mir Terry auf die Straße und holte seine Ausrüstung aus dem Werkzeugkasten, den er im Kofferraum seines Wagens stehen hatte. Dann gingen wir zu meinem Wagen, der einen halben Block weiter parkte. Ich reichte ihm das gerahmte Photo vom Haus meines Lebensgefährten, das ich im Büro von der Wand genommen hatte. »An den beiden Längsseiten des Glases müßtest du Daumenabdrücke finden«, erklärte ich ihm.

Zwei Minuten später sagte er: »Die Daumenabdrücke sind von derselben Person, die die nicht identifizierten Abdrücke in Bobettes Wohnung hinterlassen hat. Wie zum Teufel sind diese Fingerabdrücke auf dein Bild gekommen? Wer zum Teufel ist der Typ?«

»Mary Dean.«

10

Im Sommer vor ihrem letzten High-School-Jahr zog sich Lee White eine schlimme Efeuvergiftung zu, als sie den Hügel hinter dem Haus ihrer Eltern hinauflief, um Jazz Taylor und seine Mutter beim Tennisspielen zu beobachten.

Dabei hatte sie das keineswegs geplant. Nein, sie war am Pool auf einem Liegestuhl gelegen und hatte versucht, wieder zu Atem zu kommen, nachdem sie fünfundvierzig Minuten lang eine Bahn nach der anderen geschwommen war. Ihre Augen waren geschlossen. Die Geräusche des langen, langweiligen Sommers drangen wie Luftblasen durch das Wasser in ihren Ohren: ihr eigener keuchender Atem; das Gezeter der Häher; das aggressive Summen der zentral gesteuerten Klimaanlage; das unaufhörliche, fröhliche Bimmeln des Hawaiianischen Glockenspiels ihrer Mutter; das gedämpfte *womp! womp!*, das vom Tennisplatz der Taylors herunterdrang. Aus diesem Chor langweiliger Geräusche schallte plötzlich ein jugendlicher Bariton von Hart's Hill herab: »Guter Schlag, Mom!«

Eine wahnsinnige Leidenschaft ergriff von Lee Besitz. Sie schleuderte ihr Handtuch weg, sprang von ihrer Liege auf und stürmte, nur mit ihrem Badeanzug bekleidet, den steilen Hang hinauf, der die Whites von den Taylors trennte. Mit der wütenden Kraft eines kampfeslustigen Kriegers bahnte sie sich einen Weg durch Zweige und Ranken. Sie wußte seit Jahren, daß der ganze Hang mit Brennesseln und Giftefeu überwuchtert war, aber in diesem Moment des Wahnsinns verdrängte sie dieses Wissen. Zwei ganze Jahre war es nun her, daß sie Jazz in Dante's Pizza gesehen hatte. Seitdem war kein Tag vergangen, an dem sie nicht an ihn gedacht hatte.

Oben angekommen, kauerte Lee sich auf den Boden und bewegte sich auf die gleiche schlangenhafte Weise vorwärts wie Charles Bronson in *Das dreckige Dutzend.* Schließlich ging sie hinter einem der Wacholderbüsche in Deckung, die den Tennisplatz der Taylors vor neugierigen Blicken abschirmten. Erst dann kam sie wieder zur Besinnung. Ein wenig zumindest. Ehrlich gesagt machte Lee einen ziemlich bescheuerten Eindruck, wie sie da hinter dem Wacholderbusch kauerte und einen Blick über die Schulter warf, als würde sie sich fragen: Wie bin ich bloß hierhergekommen? Aber dann sah sie nur noch das Spiel.

Ginger war bei weitem die bessere Spielerin. So sehr Lee auch wünschte, Jazz Taylor möge ein Tennisgott sein, der statt eines Blitzstrahls einen Tad David Deluxe Imperial schwang, um seiner Mutter den Todesstoß zu versetzen – sie hatte doch zuviel Ahnung von dieser Sportart, um nicht zu sehen, wer von den beiden nur zum Spaß spielte und aus wem etwas Großes hätte werden können. Für Jazz war es wirklich nur ein Spiel. Er entspannte sich zwischendurch, nahm den Schläger anders in die Hand, wischte sich die Handflächen an den Shorts ab, schüttelte die Beine aus, strich sich das Haar zurück, blinzelte in die Sonne und lächelte seiner Gegnerin übers Netz hinweg zu. Seine Mutter dagegen spielte mit einer Intensität, die fast schon erschreckend war. Auf Gingers gebräunten, muskulösen Armen und Beinen glänzte der Schweiß. Sie war auf jeden Ball vorbereitet. Ohne Jazz auch nur eine Sekunde aus den Augen zu lassen, ging sie in Position, um jeden Punkt des Spielfeldes erreichen zu können, egal, wohin ihr Sohn den Ball schlug. Meine Güte, dachte Lee, er ist doch nicht Billie Jean King! Er ist dein Sohn. Trotzdem flößte ihr Ginger Respekt ein und auch ein bißchen Angst. Sie hatte noch nie eine Frau gesehen, die so sehr aufs Gewinnen aus war.

Als die beiden Taylors eine halbe Stunde später vom Platz schlenderten, wurde Lee plötzlich bewußt, daß sie sie hinter ihrem Wacholderbusch entdecken könnten. Trotzdem blieb sie auch dann noch ruhig, als Jazz sich tatsächlich umdrehte und in ihre Richtung sah, als würde sein Blick von den Strahlen des Verlangens angezogen, die sie aussandte. Ihr Herz begann nicht panisch zu klopfen, und sie bekam auch keinen trockenen Mund. Nein, das einzige, was ihr durch den Kopf ging, war, daß die Muskeln an seinen Oberschenkeln genauso schön geformt waren wie auf den Zeichnungen da Vincis, die sie in einem der Kunstbände auf Sylvias Wohnzimmertisch entdeckt hatte. Was für Oberschenkel! Dann verirrte sich ein anderer Gedanke in ihren Kopf, ein Gedanke, der wuchs und wuchs: Wenn sie Jazz auf dem Tennisplatz gegenüberstünde und einen Ball mit ihrer Rückhand schmetterte, würde er sagen: »Heiliger …!« Und Ginger würde ihr von der Seitenlinie aus zurufen: »Guter Schlag!«

In dem Moment wurde ihr schlagartig klar, wie grundlegend sich die Taylors von ihrer eigenen Familie unterschieden. Der Unterschied bestand nicht nur darin, daß sie mehr Geld hatten, altes Geld, wie ihr Vater immer sagte, und daß sie einer anderen Konfession angehörten und ihre Kinder auf Privatschulen schickten. Nein, sie waren lebendig. Sie hatten Pep. Zugegeben, ein scheußliches Wort, aber es traf genau das, was die Taylors auszeichnete. Energie und Elan. Und Ginger hatte Pep hoch drei. Natürlich war sie eine Killerin, die keine Bedenken hatte, ihrem eigenen Sohn das Herz aus dem Leib zu schneiden. Aber – Gott! – was waren die beiden stark!

Dagegen ihre eigene Familie: Leonard, der einen Tennisball kaum von einem Silberfuchs-Bommel unterscheiden konnte, gab mit seinen Knubbelknien ein höchst peinliches Bild ab, wenn er Shorts trug. Wenn er einen kurzen Spaziergang bis zum Ende der Auffahrt machte, um die Sonntagszeitung zu holen, war er davon schon so außer Atem, daß er nur noch sehnsüchtig den Hügel hinaufstarren konnte, während der Neid ihm das Herz zerfraß. Und wäre ihre Mutter neben ihr hinter dem ausladenden Wacholderbusch gekauert, hätte sie einen mißbilligenden Blick auf Gingers weites, verschwitztes Lacoste-Shirt und die Shorts mit den Grasflecken geworfen und gerade noch genug Kraft aufgebracht, um eine vorwitzige Strähne ihres platinblonden Haars glattzustreichen und zu verkünden: »Igitt!« Und Robin: Beim ersten Schmetterball hätte sie ihren Schläger fallen lassen und die Hände schützend vor den Kopf gehalten. Aber in ihrem Versteck hinter dem Busch war Lee eines klargeworden: *Sie beherrschte das Spiel der Taylors.*

An diesem Abend schwollen Lees wohlgeformte Beine kegelförmig an. Wie sehr ihr Immunsystem in Aufruhr war, sah man an den winzigen roten Pünktchen, mit denen ihre Haut übersät war; von den Fußsohlen bis hinauf zu den Oberschenkeln bildeten sie eine feuerrote Fläche. Ihre Beine waren so druckempfindlich, daß sie sie nicht zudecken konnte. Selbst ein dünnes Laken bereitete ihr Höllenqualen. Greta war nach Frankfurt geflogen, um eine Woche Urlaub zu machen, was selten genug vorkam, und ihre Mutter durchlebte gerade eine jener Phasen, in denen sie ihren Morgenmantel nicht auszog. Es war also niemand da, der nach Lee hätte sehen können. Achtundvierzig Stunden lang lag sie schaudernd in der arktischen Kälte der Klimaanlage, vollgepumpt mit Antihistaminika, außerstande aufzustehen und ein Fenster zu öffnen.

Aber ihr Spionageausflug hatte sich gelohnt. Was für Erinnerungen! Welche Schätze! Jazz' muskulöse Unterarme. Seine kräftigen Handgelenke. Und seine Shorts! Er mußte ihnen fast entwachsen sein, denn wenn er einen Satz nach vorne machte, um einen Netzball zu erreichen, konnte sie die Stelle sehen, wo seine Oberschenkel in die bleichen Halbmonde seiner Pobacken übergingen. Oh, und nie würde sie das Halstuch vergessen, das er sich als Schweißband um den Kopf gebunden hatte. Und alles andere! Als er und seine Mutter Plätze tauschten und er mit dem Gesicht zu Lee stand, wirkte er so ... Nicht wirklich schön, das nicht. Aber er hatte ein so *nettes* Gesicht, und als seine Mutter so hart aufschlug, daß er den Ball nicht einmal sah, war er nicht beleidigt oder wütend gewesen. Ganz im Gegenteil! Sein wundervolles Gesicht, das so unendlich gutmütig wirkte, war von einem anerkennenden Grinsen erhellt worden.

Es hatte sich wirklich gelohnt! Jazz, sagte sie leise vor sich hin. Jasper. Jazz. Wenn sie ihn je kennenlernte, wie sollte sie ihn nennen? Vielleicht würde er sagen: »Hi, ich bin Jazz Taylor.« Oder: »Hallo! Mein Name ist Jasper Taylor. Ich glaube, wir sind Nachbarn.« Hoffentlich konnte er sich nicht mehr daran erinnern, daß sie ihm in der fünften Klasse einmal die Nase einschlagen wollte.

Klingt das so, als hätte Lee eine Zwangsvorstellung entwickelt? Das stimmte wohl auch. Allerdings handelte es sich nicht um eine jener gefährlichen Fixierungen, von denen man heute so oft hört. Lee war keine Monomanin, die ihr Opfer gnadenlos verfolgte. Bis zu ihrem Ausflug auf den Hügel hatte sie ihre Aktivitäten in Sachen Jazz darauf beschränkt, in seiner Schule anzurufen (von einem öffentlichen Telefon aus, damit das Telefonat nicht auf der Rechnung ihrer Eltern auftauchte), um in Erfahrung zu bringen, wann seine Osterferien begannen. Daraufhin hatte sie unmäßig viel Zeit damit verbracht, Woofer vor der Auffahrt der Taylors spazierenzuführen, in der (wie sich herausstellte, vergeblichen) Hoffnung, einen Blick auf Jazz werfen zu können.

Während ihres ganzen letzten High-School-Jahrs gab sie die Hoffnung nicht auf. Da sie wußte, daß sie beide in die gleiche Klasse gingen, träumte sie jede Nacht davon, ihm bei einem Vorstellungsgespräch am College über den Weg zu laufen. (»Jasper, ist das nicht das Mädchen, das in dem modernen Etwas unterhalb des Hügels wohnt?« »Ich glaube, du hast recht, Dad.« Daraufhin würde Jazz sie ansprechen: »Entschuldigung, bist du aus Shorehaven?«) Als Jazz zu den Führungen in Cornell und Brown nicht erschien, fühlte sie sich betrogen, als hätte sie ihn um Sekunden verpaßt. Sie war sogar so weit gegangen, für Smith und Mount Holyoke ebenfalls Vorstellungsgespräche zu vereinbaren, weil sie nach genauem Studium eines Atlanten herausgefunden hatte, daß diese beiden Colleges nur hundert Kilometer von seiner Vorbereitungsschule entfernt lagen. Vor ihrem geistigen Auge sah sie ihn an einem frostigen Nachmittag an einer Bushaltestelle stehen und sich ängstlich fragen, ob er es noch rechtzeitig zum Tee oder zur Messe oder sonst einem Termin ins winterlich verschneite, postkartenkitschige Amherst schaffen würde. Sie würde ihn entdecken und zu ihrer Mutter sagen: »Halt mal kurz an!« Dann würde sie das Fenster herunterkurbeln und fragen: »Bist du nicht aus Shorehaven?« Und sie würden ihn zu seiner Schule zurückfahren. Dank der kooperativen Unlogik, die Wunschträumen eigen ist, saß sie auf wundersame Weise neben ihm auf dem Rücksitz, während Sylvia für sie beide den Chauffeur spielte. Als sie seine Schule erreichten, streifte ihr Jazz gerade seinen Klassenring über den Finger. Natürlich war er ihr viel zu groß, aber sie wußte genau, wie weit sie ihn zusammendrücken mußte, damit er paßte.

Bleibt nur zu fragen: Waren diese Zwangsvorstellungen mehr als eine normale Teenager-Schwärmerei? Die Antwort lautet: Ja.

Daß Lee White sich so lange an Jazz Taylors Hintern und seinen kraftvollen Bariton erinnerte – weit länger, als es eigentlich ratsam gewesen wäre –, lag daran, daß sie ein einsames Mädchen war. Zugegeben, sie hatte einiges zu bieten. Sie war eine begabte (wenn nicht sogar brillante) Schülerin, außerdem ein unverzichtbares Mitglied der Mädchentennismannschaft, und als Chefin vom Dienst stand sie den temperamentvollen Reportern und den wilden, ungestümen Photographen der Shorehavener High-School-Zeitung *Beacon* als unerschöpfliche Quelle gesunden Menschenverstandes zur Seite. Sie hatte eine kluge und lebhafte beste Freundin, Dorie Adler, drei treue Kumpel und mindestens zehn gute Bekannte, die nur das Beste von ihr dachten. Aber sie hatte noch nie einen Freund gehabt.

Natürlich ist ein siebzehnjähriges Mädchen, das noch nie einen Verehrer gehabt hat, nicht gerade eine Rarität. Noch heute können die meisten Mädchen, die auf der Schwelle zum Frausein stehen – selbst solche, die während der Pubertät unausstehlich waren – sich der Liebe ihrer Familie sicher sein. Es ist für ein solches Mädchen also nicht weiter tragisch, wenn sie noch nicht von einem Paar männlicher achtzehnjähriger Arme umschlungen wird, weil sie genau weiß – von ihrer Mutter, ihrem Vater und ihren Geschwistern –, daß sie grundsätzlich ein liebenswertes Wesen ist. Wenn die Zeit dafür gekommen ist, wird Mr. oder Dr. Right sie in die Arme schließen und ihr genau das ins Ohr flüstern, was ihr ihre Familie schon die ganze Zeit gesagt hat: Du bist *wundervoll.* Ich liebe dich.

Aber Lee hatte diese Erfahrung in ihrer Familie nie gemacht. Sie hatte nicht nur auf diese drei kleinen Worte verzichten müssen, sondern auch auf das dazugehörige Gefühl. Damals, als sie die High-School beendet hatte, war Leonard außer am Wochenende kaum mehr zu Hause. 1967 boomte das Pelzgeschäft wie nie zuvor. Die reichen Frauen wollten damals mehr als nur einen langen Nerzmantel. Sie wollten »Freizeitpelze« – Skijacken aus eingefärbtem Kaninchen, geschorenes Biberfell als Innenfutter für ihre Trenchcoats – und exklusive Pelze, mit denen sie zeigen konnten, daß sie mehr verdient hatten als einen simplen Nerz. Also stürmten sie zu Le Fourreur und rissen die Fuchsmäntel, Zobelumhänge und Lammfelljacken von den Ständern, als wären sie zu jahrzehntelanger Schwerstarbeit in Sibirien verurteilt worden. Leonard wurde so reich, wie er es sich in seinen kühnsten Träumen nicht vorgestellt hatte.

Daher war es kein Problem für ihn, die Miete für ein Ein-Zimmer-Apartment in der East Seventy-eighth Street zu bezahlen, damit er während der Woche in der Stadt übernachten konnte. Natürlich konnte Sylvia ihm dorthin nicht folgen. Die Mädchen brauchten sie schließlich. Aber er betonte immer wieder: »Die Wohnung steht dir jederzeit zur Verfügung, wenn du tagsüber in der Stadt bist. Du kannst dort wunderbar für ein, zwei Stunden die Füße hochlegen, wenn du bummeln warst und abends noch essen gehen möchtest.« (Natürlich hatte Sylvia keine Ahnung, daß jedesmal, wenn sie in der Wohnung in der East Seventy-eighth Street anrief, das Telefon auch in der weitaus größeren, luxuriöser eingerichteten Eigentumswohnung Dolly

Youngs am Central Park klingelte, die ebenfalls von Leonard bezahlt worden war und in der er die meisten seiner Nächte verbrachte.)

So kam es, daß Lee ihren Vater relativ wenig zu Gesicht bekam. Wenn sie schulfrei hatte, beispielweise am Columbus-Tag oder am Veteranentag, führte er sie oft zum Essen aus, aber ihre Gespräche beschränkten sich auf unverfängliche Themen: Meist redeten sie über die Schule, und er erkundigte sich höflich nach ihren Freundinnen oder nach den Siegen und Niederlagen der Shorehavener Tennismannschaft – dem einzigen Bereich ihres Lebens, der ihn wirklich interessierte.

»Wie liegt ihr im Rennen?« fragte er sie bei einer solchen Gelegenheit. Es war Lees letztes Jahr an der High-School, und sie hatte gerade Osterferien.

»Mußt du mich das unbedingt fragen?« lachte Lee, während sie nach einem Sandwich griff. Sie saßen im Miss Pansy's, einem Café ganz in der Nähe von Leonards Geschäft. »Wir sind eins zu fünf im Rückstand.«

»Trotz deiner Rückhand?«

»Wenn meine Rückhand nicht wäre, stünde es wahrscheinlich fünf zu eins.« Vater und Tochter sahen sich lächelnd an, weil sie beide wußten, daß dem nicht so war. Lee hob das obere Dreieck ihres rindenlosen Sandwiches an. »Was ist das für eine Creme?«

»Käsecreme mit Pekannüssen«, antwortete Leonard leicht nervös. Er wußte nie, was Lee als nächstes sagen würde. »Eine Spezialität des Hauses.«

»Eine besondere *Goj*-Spezialität?«

»Schhh!«

»Hier drinnen sitzen doch lauter *Gojim*. Sie verstehen nicht, was ich sage.« Leonard sah sich nervös um. »Dad, entspann dich. Wir sind in New York City. Es ist nicht verboten, *Gojim* zu sagen.«

»Woher kennst du das Wort überhaupt?«

»Ich habe schließlich nicht *f-u-c-k* oder so was gesagt«, lächelte sie, weil er sich krampfhaft bemühte, gelassen zu bleiben. »Grandma hat ständig *Goj* gesagt.« Leonard versuchte so zu tun, als wäre das für ihn völlig überraschend. Lee unternahm keinen Versuch zu verbergen, wie sehr sie sein Verhalten erheiterte. »Außerdem habe ich es bei Dorie Adler gehört.«

»Oh.« Leonard tat so, als würde er sich ganz darauf konzentrieren, die klebrige Käsecreme von seinen Zähnen zu entfernen und dabei die Regeln des Anstands zu wahren – ein unmögliches Unterfangen.

»›Oh‹«, äffte Lee ihn nach. »Na schön, ich werde eine Annonce in die Zeitung setzen: ›Freund gesucht – nur protestantische Bewerber erwünscht.‹«

»Ich habe doch gar nicht gemeint …«

»Natürlich hast du das gemeint!« konterte Lee, lächelte dabei aber so großmütig, daß es ihrer Kritik den Stachel nahm.

»Weißt du, was ich an dir so großartig finde?« fragte ihr Vater.

»Nein. Was habe ich denn so Großartiges an mir?«

»Deinen Mumm. Die Männer mögen das.«

Lee legte ihr Sandwich weg. »Das glaube ich nicht.«

»Natürlich tun sie das«, beharrte er. »Bestimmt gibt es in Cornell eine Menge Jungs, die sich eine Freundin wünschen, die etwas im Kopf hat, ein Mädchen mit Mumm und …« Er suchte nach dem richtigen Wort. Lee wartete auf »Schönheit« oder zumindest »gutes Aussehen«. Schließlich sagte er: »Grips. Hör zu Lee, die vornehmsten, schönsten – und reichsten – Frauen New Yorks kommen zu mir in den Salon. Und was soll ich dir sagen?«

»Sie haben keinen Grips.«

»Stimmt!«

»Aber ich wette, sie hatten einen Begleiter für ihren Schulabschlußball.«

»Vielleicht. Aber sie können einen Mann nicht halten. Ihre Männer neigen zum … ähm … Streunen, wenn du verstehst, was ich meine. Wenn ein Mann von der Arbeit nach Hause kommt, möchte er kein albernes Püppchen vorfinden. Er möchte jemanden, mit dem er reden kann.« Beredtes Schweigen: Leonard trat plötzlich auf die Bremse, weil ihm klar wurde, daß seine ungewohnte Offenheit sie schon fast auf die Probleme in ihren eigenen vier Wänden gebracht hatte. Bevor das Schweigen sich zu sehr ausdehnen konnte, fügte er hinzu: »Du hast das Zeug dazu, etwas Besonderes zu werden. Möchtest du Ärztin werden? Ich bezahle dir die Ausbildung.« In Anbetracht der Tatsache, daß die in *The Feminine Mystique* vertretenen Auffassungen noch keinen Einfluß auf die Psyche männlicher Pelzhändler ausgeübt hatten, war das ein bemerkenswert nettes Angebot.

»Oder Anwältin? Universitätsdozentin? Ich werde zu hundert Prozent hinter dir stehen.« Dann tätschelte er ihre Hand, und das war nicht nur eine beiläufige Geste; es war eine Berührung voll tiefempfundener Wärme, die näher an eine Liebeserklärung herankam als alles andere, was sie von ihm in ihrem Leben je bekommen würde. »Lee, mein Liebes, laß den Kopf nicht hängen. Einen Trauschein kriegst du gratis dazu. Was sollen denn die Kummerfalten auf deiner Stirn? Mach dir keine Sorgen deswegen. Ich garantiere es dir: Bald wird einer anbeißen.«

Dann winkte Leonard ihre Bedienung Olive heran, ein sauertöpfisches Wesen, das er schon seit zehn Jahren zu becircen versuchte, und bat sie, seiner Tochter, die fast nur Einsen bekam und nächsten September nach Cornell gehen würde – das ist eines von den Elite-Colleges der Ivy League, Olive –, ein Stück von Miss Pansy's berühmtem Kuchen zu bringen.

Der einzige Junge, den Lee in diesem Jahr abbekam, war ihr Partner beim Abschlußball, Nestor »Baby« Langley, der zweihundertsiebenundneunzig Pfund wog. Wenn sein ironisch gemeinter Spitzname so klingt, als hätte er der zukünftige Stürmer der San Francisco 49ers werden können, dann ist das doppelt irreführend. Baby hatte seinen Spitznamen nur deswegen, weil er jeden »Baby« nannte. Offenbar glaubte er, dadurch weltmännisch zu wirken. Er war ein liebenswürdiger Junge, auch wenn sich sein Ruf, besonders geistreich zu sein, hauptsächlich darauf gründete, daß er sämtliche Epigramme Oscar Wildes auswendig konnte. Sein Herz war so weich wie die Ring Dings, denen er nicht widerstehen konnte. Baby, der Chefredakteur und Filmkritiker des *Beacon* war, hatte als einziger Junge in Lees Clique bis zum Memorial Day noch immer keine Partnerin für den Abschlußball gefunden – nicht einmal unter den Neuntkläßlerinnen der Shorehaven Junior High, die eigentlich so versessen auf diesen Ball waren, daß es fast schon peinlich war. Nachdem ein halbes Dutzend ihrer Journalisten-Kollegen auf Lee eingeredet hatten (»Wie kannst du auch nur daran denken, *nicht* zum Abschlußball zu gehen? Auch wenn du nur mit einem Freund hingehst. Mit einem Freund ist es sogar *besser.* Du *weißt* doch, wie oberflächlich solche High-School-Beziehungen sind! Aber einen Freund hat man ein Leben lang!«) und

Dorie Adler zu Baby gefahren war, um seine schweißnasse Hand zu halten, als er Lee anrief und in aller Form zum Ball einlud, war das mit Lee und Baby beschlossene Sache.

Sylvia war begeistert. Natürlich nicht wegen Baby (obwohl Leonard mit Lees Wahl nicht unzufrieden war, weil er wußte, daß Babys Vater, Thaddeus Langley, Mitglied von Rolling Hills war, dem Golfclub, zu dem auch Foster Taylor gehörte). Sylvia war vor allem von der Vorstellung entzückt, ein Ballkleid zu kaufen. »Du brauchst etwas sehr Einzigartiges«, erklärte sie, während sie sich auf Lees Bettkante niederließ.

»Das ›sehr‹ ist überflüssig. ›Einzigartig‹ bedeutet, daß es etwas nur einmal gibt.« Aber Sylvia war mit ihren Gedanken bereits anderswo. Sie ließ ihren Blick durch den Raum schweifen, der inzwischen in Weiß und Gelb gehalten war. Knapp unter der Zimmerdecke und in Höhe der Fußbodenleisten waren die Wände mit einer Girlande aus Gänseblümchen bemalt. Hmmm, schien Sylvia zu sich selbst zu sagen. Offensichtlich hatte sie vergessen, daß sie den Raum erst im Vorjahr neu eingerichtet hatte. Einen bougainvillea-pink lackierten Zeigefinger an die appassionata-pink geschminkte Unterlippe gepreßt, wirkte Sylvia gedankenverloren – allerdings nicht so verloren, daß Lee nicht sehen konnte, in welche Richtung sich ihre Gedanken bewegten.

»Mom.«

»Was?«

»Wir brauchen nichts Neues für mein Zimmer, sondern für mich.«

Sylvia lächelte sie entschuldigend an, berührte sogar einen Augenblick lang die Wange ihrer Tochter.

»Mom, ich möchte bloß ein einfaches ...«

»Wieso? Bist du eine Bäuerin?«

»Von den Habsburgern stammen wir auch nicht gerade ab.«

»Wer ist das?«

»Sie wohnen am Driftwood Drive. Er ist Buchhalter.«

»Ich glaube nicht, daß wir irgendwelche Habsburger kennen.«

»Ich habe doch nur Spaß gemacht. Das sind Aristokraten.«

»Und dein Vater ist ein Aristokrat im Pelzgeschäft.« Lee wußte, was als nächstes kam. »Wie viele Pelzhändler sind in der letzten Augustausgabe von *Vogue* und *Bazaar* erwähnt worden?« fragte Sylvia. »Wir haben alle ein Mode-Image zu wahren ... ich, Daddy, Robin und du.«

»In der *Vogue* werden sie bestimmt nicht über den Abschlußball der Shorehavener High-School berichten. Ich kann bedenkenlos ein einfaches Kleid tragen.«

»Willst du in derben Stiefeln gehen und einen Sack Kartoffeln auf die Tanzfläche schleppen?« Da Sylvia nicht dumm war, merkte sie sofort, daß Lee den Vorschlag mit den Stiefeln nicht uninteressant fand. Deswegen sprach sie schnell weiter. »Long Island können wir gleich vergessen, weil du dein Kleid sonst ständig kommen und gehen siehst. Du brauchst unbedingt etwas Klassisches. Aber nichts von Henri Bendel. Den habe ich von meiner Liste gestrichen. Zu streng für dich. Du bist eher der Typ für Bonwit's. Saks. Bergdorf's vielleicht, aber die haben dieses Jahr so matronenhafte Sachen, daß einem ganz übel davon wird. Versteh mich nicht falsch. Ich stelle mir für dich nichts Süßliches, Pastellfarbenes vor. Du hast so eine gesunde Farbe.«

»Meine Haut ist fahl.« Lee verzichtete darauf, die Augen zu schließen, weil sie genau wußte, was sie vor ihrem geistigen Auge sehen würde: Jazz Taylor bei seinem Abschlußball, wie er einen Strich von einem Mädchen herumwirbelte, ein ätherisches, knabenhaftes Wesen mit violetten Augen und hüftlangem blondem Haar, einer Aufnahmebestätigung für Radcliffe und einem Teint, der irgendwo zwischen Porzellan und Pfirsich mit Sahne anzusiedeln war.

»Deine Haut ist nicht fahl. Sie hat bloß einen leicht orientalischen Schimmer. Außerdem bist *du* diejenige, die partout kein Make-up verwenden will, nicht einmal einen Hauch Rouge. Was erwartest du denn?« Aber es lag nicht am fehlenden Rouge, daß Lee so farblos aussah, auch wenn ihre Mutter in dem Punkt ausnahmsweise mal recht hatte: ein bißchen geschickt verteilte Farbe hätte ihr nicht geschadet. Daß Lee so langweilig wirkte, lag vor allem an ihrem mangelnden sexuellen Selbstvertrauen. Sobald sie vor einem in Frage kommenden Jungen stand, erlosch der Funke, der sie bei einem Tennismatch oder im Englischunterricht mit dem Feuer der Begeisterung erfüllte. Sofort wirkte sie mausgrau. Aber um die Attacken ihrer Mutter abzuschmettern, hatte sie sich zu einer rigiden Anti-Make-up-Haltung entschlossen. Die Gleichung in ihrem Kopf lautete: Make-up = meine Mutter = Falschheit. Was eigentlich schade war, denn sie hatte eines jener schönen, ausdrucksstarken Gesichter, die die Leserinnen der Frauenzeitschriften zu »Un*glaub*lich!«-Rufen veranlassen, wenn sie ein umwerfendes »Nachher«-Photo mit der unvorteilhaften Großaufnahme von »Vorher« vergleichen. Erst als sie sich zwei Tage vor Antritt ihres Jurastudiums bei Bloomingdale's die Haare schneiden ließ und der Friseur sie dazu überredete, sich die Augenbrauen zupfen zu lassen und einer Gesichtsbehandlung bei Miss Judi zuzustimmen, begann Lee sich allmählich einzugestehen, daß sie eine verdammt gutaussehende junge Dame war.

»Wir haben eine Menge Arbeit vor uns«, erklärte Sylvia. »Kann ich davon ausgehen, daß Baby eine schwarze Krawatte tragen wird?«

»Was sollte er denn sonst tragen?«

»Ich weiß nicht. Irgendwas im Beatnik-Stil.«

»Er ist kein Beatnik. Es gibt gar keine Beatniks mehr.«

»Als was würdest du dann deine Freundin Dorie mit ihren schwarzen Strümpfen bezeichnen?«

»Als meine beste Freundin. Und Baby trägt bestimmt eine schwarze Krawatte.« Lee lehnte sich zurück. Das weiße, aus Korbgeflecht bestehende Kopfteil ihres Bettes protestierte ächzend. Aber wie sich herausstellte, konnte Baby auf ganz Long Island keinen Smoking finden, der ihm gepaßt hätte. Schließlich fuhren er und Dorie klammheimlich ins südwestliche Brooklyn, wo es ein Geschäft für Übergrößen gab. Das einzige, was ihnen der Verkäufer in Big Barry's Formal Wear + Apparel anbieten konnte, war ein oxfordgrauer Tagesanzug oder ein babyblauer Smoking, von dem er schwor, daß ihn sich Neil Sedakas Pianospieler einmal ausgeliehen habe.

Lee und Sylvia waren zwar in wesentlich nobleren Geschäften als Big Barry's, aber sie hatten bei weitem nicht soviel Spaß. Auch wenn sie Mutter und Tochter waren, so waren sie doch grundlegend verschieden. In einem Umkleideraum bei Bergdorf's (bei Bonwit's und Saks waren sie nicht fündig geworden), warf Lee einen Blick in den Spiegel und beobachtete ihre Mutter, die ihrerseits ihre Tochter begutachtete. Lee trug ein trägerloses Etuikleid aus marineblauer Seide, das die Verkäuferin und Sylvia fast in Ekstase versetzte.

»Sieht es nicht umwerfend aus?« rief die Verkäuferin von draußen herein. Sylvia enthielt sich eines Kommentars. Sie starrte auf Lees Bauch. Nach objektiven Maßstäben war es kein besonders ausgeprägter Bauch. Da gerade Tennissaison war, war Lee topfit, und ihr ganzer Körper wirkte ziemlich durchtrainiert. Trotzdem wies ihr Bauch eine kleine angeborene Wölbung auf. »Mrs. White?« rief die Verkäuferin erneut. Ihre Stimme klang gepreßt, als könnte Sylvias Antwort sie verletzen. Lee versuchte, ihre Wut zu unterdrücken, während ihre Mutter, die die Verkäuferin (und Lee) völlig ignorierte, ihr straffes, erst kürzlich geliftetes Kinn auf ihren Handrücken stützte, um sich besser auf Lees mangelhaftes Mittelstück konzentrieren zu können.

Hör auf! hätte Lee am liebsten geschrien. *Hör auf!* Gleich würde sie so laut brüllen, daß denen bei Bergdorf Goodman Hören und Sehen verging! Laß mich verdammt noch mal in Ruhe, du dürre Kuh! Ich hasse dieses blöde Kleid!

Aber Lee wußte auch, daß sie für ihre Mutter eine Enttäuschung war. Schließlich wollte die Frau nichts anderes, als einen angenehmen Mutter-Tochter-Tag verbringen und ihr ein Kleid kaufen, das fünfmal soviel kostete wie die Sachen, die ihre Freundinnen tragen würden.

Warum kauft sie mir nicht ... Also gut, nichts Bäuerliches. Dann vielleicht etwas Hübsches mit einem Tüllrock? Oder etwas aus Chiffon, wie das hellblaue Kleid, das sie bei Bonwit's gesehen hatten – so hellblau, daß es fast schon weiß aussah? Aber Sylvia hatte sie ungläubig gefragt: »*Das* gefällt dir? Findest du nicht, daß es ›Pittsburgh‹ schreit? Und die vielen Falten am Busen! Findest du das wirklich«, ihre Stimme triefte vor Verachtung, »vorteilhaft?«

Es war bereits Spätnachmittag. Lee fühlte sich wie gerädert. Sie zog den Bauch ein. »Hübsch!« rief Sylvia zu der Verkäuferin hinaus. Dann sah sie Lee an. »Gefällt es dir?«

»Es ist sehr schön.«

»Wenn es dir nicht gefällt, können wir nächsten Donnerstag noch mal herkommen und in ein paar kleinen Geschäften an der Upper East Side schauen.«

»Nein. Es gefällt mir wirklich«, sagte Lee. Sie wandte sich vom Spiegel ab und betrachtete das makellos geschminkte Gesicht ihrer Mutter. Es wirkte noch immer angespannt und unzufrieden.

»Danke, daß du mich begleitet hast, Mom.«

»Dafür brauchst du dich doch nicht zu bedanken!«

»Ich weiß«, sagte Lee, »aber du hast wirklich eine Engelsgeduld mit mir.«

Die Miene ihrer Mutter wurde weicher, bis sie fast wohlwollend wirkte. »Vergiß nicht, Lee«, sagte Sylvia, »wir haben noch eine Menge

Arbeit vor uns. Muß ich das Wort überhaupt aussprechen? ›Accessoires.‹«

Drei Monate später traf Lee an der Cornell University ein, ausgestattet mit einer grandiosen Garderobe aus karierten Faltenröcken, passenden Kniestrümpfen, Kaschmirpullis, Shetland-Rollis, Flanellhosen, einem kamelhaarfarbenen Chesterfield, einem dunkelgrünen Lodenmantel und nicht einem oder zwei, sondern drei kleinen Schwarzen, die natürlich großartig zu der goldenen Omega-Uhr und der doppelreihigen Perlenkette (aus Siebenmillimeter-Perlen) paßten, die ebenfalls zu der Ausstattung gehörten, die ihr ihre Eltern zum Schulabschluß geschenkt hatten.

Mitte Oktober, als die Blätter sich bereits rot und gelb verfärbten, hatte Lee ihre Sachen noch immer nicht ausgepackt. Während ihrer ganzen vier Collegejahre blieb die atemberaubend teure Garderobe genau dort, wo Sylvia sie hingepackt hatte: in einem großen Schrankkoffer, eingehüllt in einen Kokon aus geblümtem Seidenpapier und eine Duftwolke aus Lavendel. Mit den zweihundert Dollar, die ihr der Verkauf ihrer Achthundert-Dollar-Uhr eingebracht hatte, kaufte sie sich ein Paar Jeans, ein Batik-T-Shirt, ein Baumwollhemd, wie es normalerweise nur Farmarbeiter trugen, und ein Paar knöchelhohe Schnürstiefel, wie sie ein Marineinfanterist an seinem ersten Tag auf Parris Island verpaßt bekommen hätte. Natürlich verschlangen diese Einkäufe nicht Lees gesamte Zweihundertdollar-Barschaft. Sie spendete zehn Dollar für eine prodemokratische Studentenorganisation und erstand sechs Marihuana-Joints der Spitzenklasse, die sie sich mit ihrem Freund teilte, Philip Mullen, genannt Flip. Flip war den ganzen weiten Weg aus Denver, Colorado, nach Cornell gekommen, um dort Physik zu studieren, obwohl er in seinen vier Jahren am College wahrscheinlich weniger über die Quantentheorie lernte als Schrödingers Katze.

Allerdings lernte Flip eine Menge über Frauen. Er war ein begeisterter Anhänger des Antikriegs-Slogans: »Make love, not war.« Liebe zu machen war leicht, nachdem die sexuelle Revolution der späten Sechziger mit der forschen Prüderie der Eisenhower-Ära ebenso aufgeräumt hatte wie mit den Werten der Kennedy-Generation, die immerhin noch auf einem gewissen Anstand beharrt hatte. Inzwischen brauchte ein junger Mann nicht einmal mehr saubere Fingernägel zu haben, und er mußte erst recht keine Persönlichkeit oder Intelligenz besitzen, um flachgelegt zu werden. Er brauchte lediglich zu sagen: »Willste?«

Natürlich war Flip ziemlich gescheit. Und beinahe gutaussehend. Er sah aus wie ein geistig gesunder Rasputin. Sein schulterlanges Haar hatte die Farbe von erstklassigem Mahagoni, und er hatte einen beeindruckenden Bart, glühende, schwarze Augen und einen großen, lebhaften Penis. Auch politisch war er recht rege. Wenn er schon nicht der Führer der Antikriegsbewegung von Cornell war (diese Rolle hatte ein Student im letzten Studienjahr übernommen, der wesentlich weniger chaotisch und sexuell bei weitem nicht so aktiv war wie Flip), so war er doch zumindest ihr glühendster Anhänger. Als Lee ihn am zweiten Tag ihres Studiums zum erstenmal sah, schwänzte er gerade eine Physikvorlesung und arbeitete statt dessen für den Frieden, indem er Plakate verteilte, die forderten: »Keine Männer mehr! Kein Geld mehr! Kein Töten mehr!«

Für Lee war es ein langer Tag gewesen. Überwältigt von der grünen Weite des Campus, der Verachtung ihrer Zimmergenossin – einem Mädchen, das in einem Schweizer Internat gewesen war und Lee doch tatsächlich ins Gesicht gelacht hatte, als diese zu ihr sagte: »Ça me rend heureuse de vous voir« – und erschöpft von einer schwierigen Chemievorlesung, registrierte Lee nur den ersten Ausrufesatz auf dem Plakat. Keine Männer mehr? Sie dachte: Was soll das heißen? Sie hatte plötzlich ein Gefühl, als müßte sie sich gleich übergeben. *Keine Männer mehr.* Ihre schlimmste Angst: In den finstersten Stunden der Nacht hing sie schrecklichen Gedanken darüber nach, daß die Welt nicht genau zur Hälfte aus Männern und Frauen bestand, sondern vielmehr aus neunundvierzig Prozent Männern und einundfünfzig Prozent Frauen. Was, wenn sie zu den zwei Prozent gehörte, die zu einem Leben als ewige Jungfer verdammt waren, zu Geburtstagen, die sie mit Gretas Karottenkuchen in der Küche ihrer Eltern feiern mußte? Sylvia und Leonard würden kurz zu ihr hereinschauen, bevor sie zum Essen in die Stadt aufbrachen. Sylvia würde in Guy Laroche gehüllt sein, und das ganze Erdgeschoß würde nach Mitsouko duften; Leonard würde einen marineblauen Anzug tragen, der (wie er ihr zum vierzehnten Mal erzählen würde) von dem gefragten Schneider gefertigt war, der auch Anzüge für *den Präsidenten der Bank von New York und John Hay Whitney* nähte. Robin würde immer wieder verstohlen auf die Uhr blicken und ihr auf diese Weise zu verstehen geben, daß sie es kaum mehr erwarten konnte, loszuziehen und sich mit ihrem Freund zu treffen, den sie bewußt nicht zu der Geburtstagsfeier eingeladen hatte, weil es grausam gewesen wäre, Lees Dasein als alte Jungfer durch seine Anwesenheit noch zusätzlich zu betonen. Dann würde Greta eines Tages sterben, und der Kuchen würde von Loaves and Kisses kommen, einer Bäckerei ganz in der Nähe von Leonards Salon, weil die Bäckereien auf Long Island nur unerträglich süße, widerlich aussehende Kuchen fabrizierten. Und dann würde Robin nicht mehr kommen können, weil sie und ihr Mann und ihre drei grandiosen Kinder gerade an der französischen Riviera Urlaub machten. Und dann würden ihre Eltern sterben, und sie wäre ganz allein, weil die Lehrer an der Shorehaven High – dort würde sie nämlich enden, als Lehrerin für Sozialkunde und Trainerin der Mädchen-Softball-Mannschaft, nachdem die Stelle der Tennistrainerin bereits vergeben war – durch ihr Kommen die allgemeine Aufmerksamkeit nicht auf die Tatsache lenken wollten, daß Lee mit dreiundvierzig oder siebenundfünfzig immer noch allein lebte. Ihre einzige Gesellschaft wären ein krallenloser, kastrierter Kater und die sieben Pelzmäntel, die bei der Geschäftsauflösung nicht verkauft worden wären. »Keine Männer mehr!« stand auf dem Plakat. Flip selbst nahm sie überhaupt nicht zur Kenntnis. Natürlich faszinierte ihn ihre scheinbare Gleichgültigkeit.

»Hi«, sagte Flip vielsagend.

»Hi«, antwortete Lee apathisch. Sie wollte so schnell wie möglich weg von diesem bärtigen Menschen, der aussah wie ein Eremit.

»Bist du Studienanfängerin?«

»Ja«, antwortete sie. Seine Beharrlichkeit und seine klare, westliche Aussprache legten nahe, daß er wohl doch kein Eremit war. Aber der Einfluß ihrer Mutter wirkte von der Nordküste Long Islands bis nach Ithaca hinauf, so daß Lee gegen ihren Willen dachte: »Igitt, ein Bart!« »Verzeihung«, sagte sie und versuchte, an ihm und seinen Plakaten vorbeizukommen. »Ich muß in die Bibliothek.«

»Gibt es denn nicht ein paar Dinge, die wichtiger sind als die Bibliothek?« fragte er und versuchte dabei, sie mit seinen heißen Augen zu verbrennen.

Die richtige Antwort lautete natürlich: Der Krieg in Vietnam ist wichtiger als die Bibliothek. Für Lee, die einen messerscharfen Verstand hatte, aber (um ganz ehrlich zu sein) keine großen Ambitionen als Intellektuelle, war die Frage »Kämpfen wir in einem wirklich dummen Krieg?« tatsächlich interessanter als: »Welches waren die philosophischen Grundlagen des Konzils von Trient?« Für einen praktisch denkenden Menschen wie sie ergab die Domino-Theorie als Rechtfertigung für das Eingreifen in Vietnam keinen Sinn. Dabei störte sie weniger das Wort »Domino« als das Wort »Theorie«. Lee war in ihrem kurzen Leben noch auf keine Theorie gestoßen, die die Gesamtheit menschlichen Verhaltens erklären konnte oder als Leitfaden für menschliches Handeln geeignet war. Und wenn Marx und Freud sie nicht zufriedenstellen konnten, dann konnten es ein paar bebrillte Typen im Pentagon schon gar nicht. Eine korrupte Regierung unter Leitung eines verderbten Playboys einzusetzen schien ihr nicht der richtige Weg, die Ausbreitung des Totalitarismus aufzuhalten.

Allerdings war auf Flips Frage – »Gibt es denn nicht ein paar Dinge, die wichtiger sind als die Bibliothek?« – noch eine andere, ebenfalls recht plausible Antwort denkbar. Diese Antwort lautete: Ja. Du mit deinen unglaublich breiten Schultern unter dem engen, ausgewaschenen T-Shirt bist wichtiger als die Bibliothek. Entflammt von moralischer Entrüstung und Flip Mullens glutvollen Augen, griff sie nach einem Plakat und begann ihre wahre College-Ausbildung. Gut für sie.

Und zugleich schlecht. Während Lee und Tausende ihresgleichen den Lauf der amerikanischen Historie änderten, entgingen ihr die historischen Freuden des Studentenlebens. Flip und sie tauschten keine scheuen Blicke, während sie in der Cafeteria Schlange standen. Es gab auch keine verstohlenen Küsse: Bereits am zweiten Abend lagen sie auf einer fleckigen Matratze unter einem Poster von Che Guevara und frönten voller Enthusiasmus dem Geschlechtsverkehr. Lee entgingen auch die familiären Seiten des Campus-Lebens: geistreiche Diskussionen mit Professoren, enge Freundschaften mit anderen Mädchen, aufregende nächtliche Streitgespräche darüber, ob die Essenz der Existenz vorausgehe oder umgekehrt. Nach nur einer Woche zog Lee zu Flip, der kein Zimmer auf dem Campus hatte, sondern in einer heruntergekommenen Wohnung hauste. Neben ihrem Liebhaber wurde er nun auch ihr Professor, ihr Freund, ihr politischer Mentor, ihr atheistischer Priester.

So kam es, daß Lee eine erbärmliche Ausbildung erhielt. Obwohl Flip nicht dumm war, fehlten ihm die zwei Eigenschaften, die Lee am meisten schätzte: Neugier und Humor. Auch wenn er über die Ineffizienz der Operation Phoenix in bezug auf die Neutralisierung der Infrastruktur des Vietkong besser Bescheid wußte als der Südostasienexperte des Außenministeriums, ging er mit Lee nie in ein Konzert. Nie diskutierten sie über Bücher. In ihren ersten zwei Jahren am College tat Lee so ziemlich das gleiche, was sie auch in der zweiten Klasse getan hatte: mit Leuchtstiften riesige Buchstaben zu malen – STOPPT DEN KRIEG! BOMBARDIERT SAIGON! Die übrige Zeit kochte sie Unmengen von Spaghetti, um Flip und seine Freunde zu verköstigen, wenn sie um den Küchentisch herumsaßen und Protestaktionen planten. (Obwohl die feministische Bewegung auf dem Vormarsch war, hatte sie es noch nicht bis in die Köpfe der Kriegsgegner an der Cornell University geschafft.) Gelegentlich las sie eines der Bücher, die in ihren Seminaren behandelt wurden; hin und wieder reichte sie eine Seminararbeit ein. Aber da die Prüfungen wegen der Studentenstreiks regelmäßig ausfielen und viele geplagte Professoren über die Noten mit sich reden ließen, erzielte Lee einen hervorragenden Notendurchschnitt, obwohl sie für ihre Leistungen eigentlich nur eine Drei minus verdient gehabt hätte. Gegen Ende ihres zweiten Studienjahrs wußte sie eine Menge darüber, wie man Marinara-Sauce machte, und ein bißchen über die Themen ihrer Seminararbeiten: »Die Wurzeln des anarchistischen Denkens im England des achtzehnten Jahrhunderts«, »Mao Tse-tung und die Bauernbewegung in der Provinz Hunan« und »Die Wetter-Metaphorik in *Bleak House*«. Sie las vieles von Shakespeare und alles von Jane Austen. Sie las Teile des Alten Testaments für einen Kurs mit dem Titel »Die Bibel als Literatur«, lernte daraus aber nur, daß Gott nicht besonders nett war und daß ihr hebräischer Name, Leah, der Name einer geborenen Verliererin war, einer Frau, deren Mann enttäuscht von ihr war, seit er den Brautschleier gelüftet hatte, da er in Wirklichkeit nur ihre Schwester liebte.

»Ich verschwinde«, murmelte Flip eines Nachts im April 1970. Obwohl es bereits fast Mai war, war es in der Wohnung nach wie vor feucht und scheußlich kalt. Ein steifer Wind rüttelte an den Fenstern und zwängte sich durch die Ritzen der gesplitterten Holzrahmen. »Nach Kanada.«

»Mmm«, gab ihm Lee zur Antwort. Nicht, daß es ihr egal gewesen wäre, aber Flip hatte sie aufgeweckt. Sie war müde. Der Kader der Acht, wie die Führer der verschiedenen Antikriegsgruppierungen auf dem Campus genannt wurden, hatte bei ihnen gegessen und getrunken und bis zwei Uhr morgens debattiert, ob sie das Gebäude der Studentenschaft besetzen sollten. Lee war erst nach drei Uhr ins Bett gekommen, weil sie noch aufgeräumt hatte. Sie hatte Zigarettenkippen und Marihuanastummel eingesammelt, zusammengeknülltes Papier vom Boden aufgehoben und Geschirr abgespült. Außerdem betrachtete Lee Kanada nicht als unmittelbare Bedrohung. Am Vorabend hatte Flip verkündet, daß er lieber ins Gefängnis gehen werde, als die Legitimität der Einberufung anzuerkennen. Zwei Abende zuvor hatte er noch in Erwägung gezogen, sich zwei alten Kampfgenossen in Schweden anzuschließen.

»Sobald ich meinen Abschluß in der Tasche habe, bin ich weg.« Lee zog die Decke – eine von den Afghan-Decken ihrer Großmutter Bella, die sie mit ans College genommen hatte – über ihre fröstelnden Schultern. Er hatte seine Pläne schon tausendmal geändert. Sie rollte sich gerade auf die rechte Seite, ihre liebste Schlafposition, als Flip hinzufügte: »Ich habe einen Job in Saskatoon.«

Lee, die ihm den Rücken zuwandte, erstarrte. Das klang ernst: ein richtiger Plan. »Was für einen?« fragte sie, wobei sie sich alle Mühe gab, interessiert, aber nicht ängstlich zu klingen.

»Mathelehrer.« Sie spürte seinen heißen Atem an ihrem Hinterkopf.

Sie versuchte zu schlucken, aber ihr Mund war zu trocken. »Saskatoon?« brachte sie heraus. »Irgendwo oben in Kanada?«

»Saskatchewan«, antwortete er.

»Wo ist das?« Sie hätte sich so gerne umgedreht und ihm ins Gesicht gesehen, aber sie war sich sicher, daß sie Mundgeruch hatte.

»Ich weiß es nicht. Irgendwo da oben. Nördlich von North Dakota oder so.«

Sie wußte, daß Flip jede Frage als Verhör auffassen würde, und sie wollte ihn nicht verletzen; es ging ihm ohnehin schon schlecht genug. »Ist das definitiv?«

Bereits diese Frage veranlaßte ihn dazu, entnervt auszuatmen. »Ist *was* definitiv?«

»Das mit dem Job.«

»Ja.«

»Möchtest du darüber reden?«

»Eigentlich nicht. Glaubst du denn, *ich* bin glücklich darüber? Denkst du, ich habe in Cornell studiert, um als Mathelehrer vor einer Horde idiotischer Teenager zu landen, deren Väter in einer beknackten Fleischverpackungsfabrik schuften?« Er verfiel in wütendes Schweigen. Sie hörte, daß er seinen Bart nervös zwischen den Fingern zwirbelte.

Lee wußte, daß eine wirklich ergebene Freundin in diesem Augenblick einfach in sein Schweigen eingestimmt hätte. Aber die Worte quollen nur so aus ihrem Mund. »Wie lange planst du das schon?«

»Jesus!«

»Flip, hättest du nicht einfach ...«

»Wunderbar. Laß uns über unsere Beziehung diskutieren.«

»Nein, bitte, tut mir leid. Es ist bloß ... mir ist klar, daß das alles zu schmerzlich für dich gewesen sein muß, um mit mir darüber zu sprechen.« Er nahm sie weder in den Arm noch zog er sie zu sich heran, aber immerhin hörte er auf, an seinem Bart herumzufummeln. Sie glitt ein Stück die Matratze hinunter, damit sie gegen seine Brust atmete und nicht in seine Nase, wenn sie sich umdrehte. »Flip«, sagte sie sanft, als sie sich schließlich umwandte.

»Was?«

»Ich liebe dich.« Er sagte nichts, aber sie spürte, wie genervt er war. Erst drei Tage zuvor hatte sie geschworen, dieses Thema nicht mehr anzuschneiden, und soeben hatte sie ihr Versprechen mal wieder gebrochen. »Ich weiß, daß ich das eigentlich nicht sagen soll.«

»Wieso tust du es dann?« Er drehte sich auf den Rücken und griff nach seinen Zigaretten.

»Ich weiß es nicht. Glaub mir, ich will dich wirklich nicht unter Druck setzen. Es ist bloß ...« Sie nahm ihm die Streichhölzer aus der Hand und zündete die Zigarette für ihn an. Er starrte an die dunkle Decke, während er rauchte. (Drei Jahre später erklärte Lee in ihrer Selbstfindungsgruppe, daß dies eine masochistische Beziehung gewesen sei. Wenn sie nur daran denke, daß sie immer Flips Wäsche in den Waschsalon gebracht und gewartet habe, bis die Sachen aus dem Trockner kamen, damit sie sie zusammenlegen konnte, bevor sie knitterten! Aber in dem Moment fühlte sie nur, wie sehr ihre Liebe zu diesem Märtyrer des Friedens sie adelte.) »Ich liebe dich so sehr. Du kannst dir nicht vorstellen, wie sehr! Du bist mein Leben. Ich würde alles für dich tun.«

»Dann laß mich in Ruhe!«

Lee versuchte sich mit dem Gedanken zu trösten, daß aus seinen Worten wenigstens keine Wut klang, sondern nur Müdigkeit. Aber die Worte selbst schmerzten, und sie begann zu weinen. Flip drückte seine Zigarette in der Untertasse aus, die er in der Cafeteria hatte mitgehen lassen, um sie als Aschenbecher zu benutzen, aber die Kippe qualmte weiter und füllte den Raum mit einem bitteren Geruch. »Bitte, Flip.«

»Bitte *was?*«

»Laß mich mitkommen.«

»Ich wußte ja, daß du so was sagen würdest.«

»Bitte.«

»Nein.«

»Warum nicht?«

»Du weißt, warum.«

»Nein, das weiß ich nicht.«

»Es gibt da oben nichts für dich zu tun.«

»Es gibt *dich.* Das ist alles ...«

»Du weißt, was du gerade tust, oder, Lee?«

»Was?« fragte sie mit leiser Stimme, weil sie seine Antwort gar nicht hören wollte.

»Du versuchst, mich dazu zu bringen, dich zu heiraten.«

»Ich schwöre dir ...«

Er nahm die Zigaretten, riß ihr die Streichhölzer aus der Hand und zündete sich noch eine an. »Du bist durch und durch bürgerlich. In jeder Beziehung die Tochter deiner Mutter. Ich werde nach Kanada gehen und da oben verrotten, und du wirst fertigstudieren, als Abschlußgeschenk einen Pelzmantel bekommen und einen Typen heiraten, der Mitglied in allen möglichen Golfclubs ist. Und du wirst bis ans Ende deines Lebens glücklich sein.«

»Nein, werde ich nicht!«

»Wirst du doch!« antwortete Flip mit der blasierten Bestimmtheit eines allwissenden Gottes. Er blies einen schiefen Rauchkringel in die Luft.

Lee legte ihren Kopf an seine Schulter und genoß die Wärme seines Körpers an ihrer Wange. »Nie«, widersprach sie beharrlich. »Ich werde immer nur dich lieben, und zwar bis ans Ende meines Lebens.«

Nicht ganz. Als er sie dreieinhalb Wochen später von seiner Pension aus anrief und sie bat, nach Saskatoon nachzukommen, war sie bereits bei einem ¡Puerto Rico Ahora!-Rebellen namens Jorge eingezogen.

11

Im Gefängnis von Nassau County rieben sich Nadelstreifen an Nadelstreifen. Wenn man tief Luft holte (was im Besuchsraum nie ratsam war), wurde man von einem Gemisch aus dem teuren, nach Moschus duftenden Aftershave der Anwälte und dem derben Gestank eingesperrter Männer erschlagen. An dem Tag waren viel zu viele Anwälte vertreten. Man hatte das Gefühl, jeder Anwalt, der in New York State je eine Lizenz bekommen hatte, saß hier im brutalen Licht der Neonlampen mit einem Mandanten.

In der Reihe neben Norman erkundigte sich gerade ein Junge mit den öligen Haaren eines Menschen, der schon lange unter keiner Dusche mehr gewesen war, bei seinem Anwalt nach den Konsequenzen seiner dritten Verurteilung wegen Raubüberfalls. Eine Reihe weiter saß ein blondgelockter, blauäugiger Rauschgoldengel von einem Teenager, der eine Nonne aus kürzester Entfernung in den Kopf geschossen hatte. Die Taten jugendlicher Verbrecher waren immer in zweifacher Hinsicht tragisch, weil sie nicht nur das Leben ihrer Opfer zerstörten, sondern auch ihrer eigenen Seele Schaden zufügten. Selbst wenn sie es schafften, allen Kugeln aus dem Weg zu gehen, kein Heroin und Crack zu nehmen, sich nicht mit HIV zu infizieren und noch fünfzig oder sechzig Jahre zu leben, waren die meisten von ihnen bereits jetzt tote Männer.

An dem Tag waren unter den Häftlingen auch ein paar weiße Männer aus besseren Kreisen. Da sie normalerweise gegen Kaution freigelassen wurden, ließ ihre Anwesenheit im Besuchsraum Rückschlüsse auf ihre Verbrechen zu: zum Beispiel schwere Körperverletzung mit üblen Folgen, wie etwa abgebissenen Ohrläppchen, oder schwerer sexueller Mißbrauch von Minderjährigen. Oder sie waren durch ihre Wirtschaftsverbrechen so reich geworden, daß sie auf ihren Prozeß sicher nicht zu Hause warten würden, sondern dann längst vor der Küste eines tropischen Ferienparadieses kreuzen würden, das nicht die Vorteile eines Auslieferungsvertrags mit den USA genoß. Da das Gefängnis, wie ich bereits erwähnt habe, der Stoff war, aus dem Alpträume gemacht werden, waren diese Übeltäter aus der oberen Mittelklasse verzweifelt darum bemüht, sich jemanden zu kaufen, der sie davor beschützte – oder zumindest davon ablenkte. Solche Typen verlangten ständig nach ihrem Anwalt, und in der Regel waren sie der Meinung, daß »meine Anwälte« wesentlich besser klang als »mein Anwalt«.

Einer von ihnen, er saß direkt zu meiner Linken, war früher sogar mal mein Klient gewesen. »Nenn mich King of the Sea!« war der Besitzer einer kleinen Kette von unsauberen Meeresfrüchterestaurants. Er hatte die Todesstrafe schon allein wegen seines Fernsehwerbespots verdient, in dem er eine Krone und Hummerzangenhandschuhe trug, ein Zepter in der Hand (beziehungsweise Zange) hielt und schrie: »Eßt mich für läppische zwölf Dollar fünfundneunzig!« Zweimal hatte ich die Staatsanwaltschaft dazu überredet, die Anklage wegen Körperverletzung, die gegen King of the Sea erhoben wurde, fallen zu lassen, aber beim dritten Mal hatte ich es einem Kollegen überlassen, ihn zu vertreten. Nun war er bestimmt zum zehnten Mal angeklagt, einen seiner Angestellten verprügelt zu haben, diesmal eine Frau, die jetzt eine flache Knorpelscheibe hatte, wo früher mal ihre Nase gewesen war. Anders als sonst konnte er das Opfer diesmal nicht mit Geld zum Schweigen bringen. Er hatte die Frau fast totgeschlagen – es gab einen Augenzeugen in Gestalt des Tellerwäschers –, und *Newsday* hatte sich auf den Fall gestürzt. Trotz King of the Seas Großzügigkeit der republikanischen Partei gegenüber konnte nicht einmal Woodleigh Huber, unser absolut gewissenloser Bezirksstaatsanwalt, zulassen, daß er sich die Zeit bis zu seinem Prozeß zu Hause in Upper Brookville mit Billardspielen vertrieb.

Der Raum war so sehr mit juristischem Genie gesättigt, daß Terry gezwungen war, einem Team von Manhattaner Anwälten die Stühle unter dem Hintern wegzuziehen. Sie reagierten mit nachhaltigem Murren – einem eindrucksvollen Murren, das nach vierhundert Dollar die Stunde klang –, unternahmen aber nichts, um ihn daran zu hindern. Sie hatten alle phantastische Haarschnitte, und sie trugen alle besorgte Park-Avenue-Stirnfalten zur Schau, während sie sich um den Besitzer einer Abtreibungsfabrik scharten, der angeklagt war, die staatliche Krankenkasse massiv geschädigt zu haben.

Nachdem wir zwei Stühle erobert hatten, waren wir endlich in der Lage, Norman unsere Frage zu stellen. Wieso waren in Bobette Frischs Haus überall die Fingerabdrücke seiner Freundin Mary, obwohl er doch unmißverständlich erklärt hatte, sie sei nie dort gewesen?

»Mary ist noch nie verhaftet worden«, versicherte mir Norman.

»Und was hat das mit dem Preis der Tomaten zu tun?« fragte ich.

Norman sah mich an, als versuchte er das Ausmaß meiner Dummheit abzuschätzen. »Ich bin mir sicher, daß sie nie verhaftet worden ist«, erklärte er geduldig. »Die Cops können ihre Fingerabdrücke also nicht im Computer haben. Wessen Fingerabdrücke es auch sind, es können nicht die ihren sein. Sie müssen sich irren.«

»Wir irren uns nicht«, schaltete Terry sich ein, wobei er jedes Wort stark in die Länge zog. Nachdem er die Manhattaner Anwälte eingeschüchtert hatte, war er so richtig in Fahrt.

»Bis jetzt weiß die Polizei noch nicht, daß es Marys Fingerabdrücke sind«, erklärte ich. »Sie wissen nicht, von wem sie sind, und bis jetzt machen sie sich darüber auch keine Gedanken.«

Norman schluckte. »Aber es ist nur eine Frage der Zeit?«

»Möglicherweise.«

Er wurde blaß. Jedesmal, wenn ich ihn besuchte, wirkte er weniger imposant. Natürlich hatte sich an seiner Größe nichts geändert. Eher an seiner Leuchtkraft. Er hatte seinen Glanz verloren. Sein Zauber war am Schwinden. An seiner linken Schläfe pulsierte eine dicke, nervöse blaue Vene. Knapp darunter prangte ein roter Ausschlag, der die Form von Florida hatte und farblich nicht besonders mit dem Orange seiner Gefängniskluft harmonierte. Dazu kam, daß Terry, der mit finsterer Miene neben mir saß, Norman mehr Angst einjagte, als ich für möglich gehalten hätte. Das ließ ihn noch ein Stück kleiner wirken. Als ich darüber nachdachte, wurde mir natürlich klar, wieso ein extrem maskuliner Typ wie Terry auf Norman so beunruhigend wirken mußte. Normans ganze Welt kreiste um Frauen: Er bezauberte sie, er eroberte sie, er zerstörte sie. Er war es nicht gewohnt, sich mit Männern herumzuschlagen. Vielleicht hatte er aber auch Angst vor ihnen und sich ganz bewußt ein Universum geschaffen, in dem er das einzige männliche Wesen war.

»Hören Sie«, sagte ich. »Wenn sich die Polizei dazu entschließt, den Mord an Bobette etwas genauer zu untersuchen, ist es *tatsächlich* nur eine Frage der Zeit, bis sie Mary fragen werden, ob es ihr etwas ausmacht, auf einen kleinen Plausch mit ins Präsidium zu kommen. Aber so, wie es im Moment aussieht, wird es keinen solchen Plausch geben. Bei der Polizei geht man davon aus, daß Sie es waren. Der Bezirksstaatsanwalt ist sich absolut sicher, daß Holly Nuñez genug Indizienbeweise gegen Sie in der Hand hat, um einen Schuldspruch zu erwirken.«

Norman lehnte den Kopf gegen die flache Hand. Nicht aus Müdigkeit, ging mir durch den Kopf. Der Mann hatte genauestens studiert, wie er auf andere wirkte. Er wußte, daß die pulsierende Vene an seiner Schläfe ihn verraten konnte. Die Botschaft, die sie vermittelte, blieb immer dieselbe: Nervös! Nervös! »Sind *Sie* auch der Meinung, daß sie genug Beweise gegen mich in der Hand haben?« fragte er.

»Ich glaube, ich habe bereits angedeutet, daß ich die Beweise gegen Sie für nicht ganz hieb- und stichfest halte, aber sie sind trotzdem recht ... sagen wir mal, schlagkräftig. Wenn ich die Staatsanwältin wäre, würde ich nicht zögern, damit vor Gericht zu gehen.«

»Oh.« Mehr brachte Norman nicht heraus.

»Ich habe Ihnen von Anfang an nichts vorgemacht. So wie die Dinge jetzt stehen, werde ich nicht viel für Sie erreichen können. Die stellvertretende Staatsanwältin ist momentan nicht bereit, mit sich handeln zu lassen – auch wenn Sie am Ende doch mit uns verhandeln wird. Aber sie wird uns so erbärmliche Bedingungen anbieten, daß ich keine andere Möglichkeit sehe, als es auf ein Verfahren ankommen zu lassen. So oder so müssen Sie mit mindestens zwanzig Jahren rechnen.«

»Verstehe«, antwortete Norman. Ich weiß nicht, ob er es tatsächlich sagte oder nur die Lippen bewegte; im Besuchsraum war es inzwischen sehr laut. Niemand schrie, aber man hörte ein tiefes, zorniges Brummen, das bedrohlichste Geräusch, das Männer machen können – als würde eine Schar wilder Tiere sich zu einer Stampede bereit machen.

»Ist Ihnen klar«, sagte ich etwas lauter, »daß aus unserer Sicht das Entdecken fremder Fingerabdrücke am Tatort der erste Durchbruch ist, den wir in diesem Fall zu verzeichnen haben?«

»Aber Sie sagen, daß es sich um *Marys* Fingerabdrücke handelt«, wandte Norman ein. »Sie hat Bobette nicht ermordet. Es muß eine harmlose Erklärung dafür geben. Sie könnte keiner Fliege etwas zuleide tun.«

»Sind Sie sicher, daß das auch für Bobette gilt?«

»Ganz sicher! Der bloße Gedanke ist lächerlich!« Er schüttelte traurig den Kopf. Seine Lippen verzogen sich zu einem flüchtigen, schiefen Lächeln, als hätte er gerade etwas unglaublich Dummes gehört. »Mehr als lächerlich. Es ist absoluter Wahnsinn. *Mary*?«

Sicher, ich wußte, daß Norman von Beruf Betrüger war. Aber diese Vorstellung war echt. Er hielt es tatsächlich für ausgeschlossen, daß Mary etwas mit dem Mord zu tun haben könnte. Natürlich war es leicht für ihn, sich da so sicher zu sein, wenn er selbst der Mörder war.

»Nun gut«, sagte ich geduldig. »Ein Augenzeuge hat Sie um die Zeit, als Bobette ermordet wurde, am Tatort gesehen. Sie sagen, Sie haben sie nicht umgebracht. Schön. Wie ist sie dann gestorben? Sie hat sich bestimmt nicht selbst die Hände um den Hals gelegt und erwürgt. Es muß noch eine andere Person dort gewesen sein. Und damit kommen wir zu Marys Fingerabdrücken, die beweisen, daß sie in Bobettes Haus war.«

»Hören Sie ...«, fing Norman an. Aber er wußte nicht, was er sagen sollte.

»Sind Sie hundertprozentig sicher, daß Sie nichts von ihrem Ausflug in Bobettes Haus gewußt haben?« fragte Terry. Seine langsame, heisere Stimme klang äußerst beherrscht. Ich stupste ihn unter dem Tisch mit dem Schuh an, um ihm auf diese Weise zu verstehen zu geben, daß er nicht so übertreiben solle. Er schoß mit seiner Einschüchterungstaktik übers Ziel hinaus, und statt beängstigend zu wirken, klang er allmählich wie Boris Karloff. Norman würde ihm ins Gesicht lachen.

Aber Norman antwortete schnell, als wäre er verzweifelt darum bemüht, Terry zu besänftigen. »Nein, ich schwöre, daß ich nichts davon gewußt habe. Mary hat mir nie gesagt, daß sie dort war. Aber sie *muß* einen triftigen Grund dafür gehabt haben.«

»Zum Beispiel?« hakte Terry nach.

»Ich weiß es nicht«, antwortete Norman an mich gewandt, als hätte ich die Frage gestellt. »Vielleicht war sich Mary meiner plötzlich nicht mehr sicher. Ich meine, es ist verrückt, aber ... ich bin ein paarmal bei Bobette über Nacht geblieben. Bobette wollte es unbedingt, sie *erwartete* es einfach von mir. Ein Nein ließ sie nicht gelten, und ich wollte die Sache nicht vermasseln. Ich stand zu knapp vor dem großen Finale. Vielleicht hat Mary geglaubt ...« Er verstummte.

»Was hat sie geglaubt?« fragte ich. Norman zuckte mit den Achseln, so daß ich meine Frage wiederholte.

»Vielleicht hat sie geglaubt, daß ich es diesmal durchziehen würde. Sie wissen schon.«

»Was?«

»Na ja, daß ich Bobette heiraten würde.«

»Haben Sie Mary auf irgendeine Weise Anlaß zu dieser Vermutung gegeben?«

Er lachte. »Machen Sie Witze? Natürlich nicht!«

»Weil Sie Bobette nicht heiraten wollten? Oder weil Sie nicht wollten, daß Mary merkte, was Sie vorhatten?« Norman starrte auf seine großen Hände hinunter, als sähe er sie zum ersten Mal. Seine Nägel waren sehr lang geworden. Ihre ungepflegte Länge wurde durch die Bögen grünlichen Drecks darunter noch zusätzlich betont. Er schlang die Finger ineinander, um die Nägel zu verstecken, starrte aber weiterhin mit einem an Entsetzen grenzenden Gesichtsausdruck auf sie hinunter, als wären ihm gerade die vordersten zwei Glieder abgehackt worden. »Norman, versuchen Sie meine Frage zu beantworten.«

Er verschränkte die Arme vor der Brust und verbarg seine Finger in den Achselhöhlen. Über die Köpfe der Menge hinweg starrte er fast eine Minute lang auf die Überwachungskamera der Wärter, ohne ein Wort zu sagen. Schließlich meinte er: »Sie wissen ja, was ich tue und was ich bin. Deswegen wird Ihnen mein Wort wahrscheinlich nichts bedeuten. Aber ich schwöre bei Gott, daß ich Mary nie wegen einer anderen Frau verlassen hätte.« Mit einem tiefen, gequälten Seufzen holte er Luft. »Ich gebe ja zu«, ein weiterer tiefer Atemzug, »daß ich mit dem Gedanken gespielt habe. Bobette hatte an die Fünfzigtausend auf der Bank. Mehr als Zweihunderttausend hatte sie in Aktien angelegt. Und ihre Bars und Wohnhäuser brachten ihr jährlich etwa Hundertfünfundzwanzigtausend ein. Ich hätte mich um die Geschäftsführung kümmern können. Sie sehnte sich danach, die ganze Verantwortung abzugeben und einfach zu Hause zu bleiben. Sie wünschte sich jemanden, der für sie da war. Aber ich habe den Gedanken sofort wieder verworfen, schon nach wenigen ... Sekunden. Es waren wirklich nur Sekunden. Und wissen Sie, warum?«

»Warum?« fragte ich.

»Ich *mochte* sie nicht.« Sein Blick schweifte zu Terry ab, kehrte aber sofort wieder zu mir zurück. »Das mag sich für Sie komisch anhören, aber manche von meinen Heiratskandidatinnen waren mir wirklich sympathisch. Ein paar von ihnen waren richtig süß. Aber Bobette war meistens unausstehlich. Und wenn sie mal gut drauf war«, ein Schauder des Abscheus lief durch seinen Körper, »dann machte sie auf sexy. ›Bin ich dein Häschen, Denton?‹«, äffte er sie nach. »Diese Verliererin heiraten? Nicht für alles Geld der Welt! Nicht, wenn man jemanden wie Mary hat!«

»Was wollte Mary dann bei Bobette?« fragte Terry.

»Haben Sie sie kennengelernt?« Mit stolzgeschwellter Brust wartete Norman auf Terrys Antwort.

»Mary? Noch nicht.« Terry setzte seine finsterste Miene auf, als wäre er wütend über Normans Verbrüderungsversuch. Aber seine Wut war nicht echt: Immer wenn Terry die Dinge vorantreiben wollte, versuchte er es mit seiner Einschüchterungstaktik. An einem besonders arbeitsreichen Tag konnte er sein böses Gesicht zehn- bis zwanzigmal aufsetzen. Er beugte sich vor, als würde er seinem Gegenüber gleich ins Gesicht springen. Auf der anderen Seite des Tisches drückte Norman sein Rückgrat so fest wie möglich gegen die Rückenlehne seines Stuhls. »Sie haben meine Frage nicht beantwortet«, drängte Terry. »Ich will jetzt eine Antwort hören. *Warum finden sich im ganzen Haus die Fingerabdrücke von Mary Dean?*«

»Vielleicht suchte sie nach …« Aber Norman Torkelson fiel nichts ein.

Eine halbe Stunde später stand ich Mary in ihrem Wohnzimmer gegenüber. Sie hob die linke Hand und schwor: »Gott ist mein Zeuge, daß ich nicht in ihrem Haus war!« Ich konnte zusehen, wie sich Terry Salazars harte Züge entspannten und in jenen matschigen, dümmlichen Ausdruck verwandelten, der den sexuell betörten Mann auszeichnet.

»Wenn Sie nicht dort waren«, fauchte ich, »dann hat sich jemand Ihre Hände ausgeliehen und Bobette Frischs ganze Wohnung mit Ihren Fingerabdrücken gepflastert.«

Die möblierte Wohnung, die sich Mary mit Norman teilte, war nicht so schlimm wie das Liebesnest, auch wenn die Möbel ziemlich trostlos wirkten, weil sie in faden, unpersönlichen Beige- und Brauntönen gehalten waren. In ihrem knallgrünen Bademantel wirkte Mary viel zu schön für einen so tristen Ort. »Also …«, sagte sie, um Zeit zu schinden.

Aber damit kam sie bei mir nicht durch. »Wann waren Sie bei Bobette?«

Sie warf einen hilfesuchenden Blick zu Terry hinüber, aber er trug noch immer dieses schwachsinnige Lächeln zur Schau und war ihr keine Hilfe. Also wandte sie sich wieder an mich: »*Bitte*. Erzählen Sie Norman nichts davon.«

»Wann waren Sie bei Bobette?«

»O Gott!« piepste sie. Ich wartete. »Es war … Wie sich herausgestellt hat …« Mary warf Terry ein entschuldigendes Lächeln zu. Ich hoffte, daß er inzwischen wieder soweit bei Sinnen war, daß er mit dem durchdringenden Blick eines hartgesottenen Privatdetektivs kontern konnte. Weit gefehlt. Nicht genug, daß er ihr Lächeln strahlend erwiderte. Nein, sein Strahlen – das mit einem dümmlichen Grinsen und glasigen Augen einherging – bewies mir endgültig, daß ihr Anblick sein Gehirn in Karamelpudding verwandelt hatte. Mary fuhr fort: »Der Tag, an dem ich dort war … Wie sich herausgestellt hat, war das der Tag, an dem sie ermordet wurde.«

»Wie sich herausgestellt hat?« wiederholte ich.

»Ja.«

»Was für ein Zufall.«

»Ich weiß.«

»Um wieviel Uhr waren Sie dort?«

»*Nicht*, als sie ermordet wurde.«

»Um wieviel Uhr, Mary?«

»Also, ähm, fast den ganzen Nachmittag.«

»Sie waren im Haus?«

»Nein! Draußen.«

»Was haben Sie draußen gemacht?«

»Sie beobachtet.« Sie zupfte am Ärmel ihres Bademantels herum. »Irgendwie war ich eifersüchtig. Verstehen Sie? Ich habe das Haus beobachtet. Sie ließen sich den ganzen Tag nicht blicken.«

»Wo waren Sie, während Sie sie beobachtet haben?«

»Ich hing einfach so rum. Spazierte immer wieder um den Block. Ich konnte mich ja nicht einfach vors Haus stellen und durchs Fenster starren. Und Führerschein habe ich keinen, deswegen konnte ich mir kein Auto mieten und mich reinsetzen und warten. Aber gegen drei Uhr taten mir allmählich die Füße weh. Ich hatte Angst, daß sie rauskommen könnten. Wenn Norman mich entdeckt hätte, wäre er bestimmt total ausgerastet. Also ging ich und setzte mich ...« Sie senkte den Kopf und murmelte den Rest: »Ich setzte mich auf die Treppe hinter dem Haus.«

»Haben Sie zum Fenster hineingeschaut?«

»Hin und wieder.«

»Auf der Rückseite des Hauses?«

»Ja. Und auch von der Seite. Aber ich hatte Angst, daß ihr Nachbar mich sehen könnte. Der Nachbar auf der einen Seite. Auf der anderen Seite sind große Büsche. Als ich genug davon hatte, habe ich mich wieder auf die Treppe gesetzt.« Sie seufzte. »Ich hätte keine Schuhe mit hohen Absätzen anziehen sollen.«

Ich gab Terry den Auftrag herauszufinden, ob die Cops nach Fußabdrücken gesucht hatten und, wenn ja, ob sie auf Abdrücke von hohen Absätzen gestoßen waren. Dann wandte ich mich wieder an Mary: »Hatten Sie denn keine Angst, daß Bobette rauskommen und Sie entdecken könnte?«

»Nein. Es war stark bewölkt. Und sehr kalt. Nicht das richtige Wetter zum Draußensitzen.«

»Was, wenn sie draußen etwas vergessen hätte? Was, wenn sie rausgekommen wäre, um ihren Mülleimer auszuleeren?« An eine solche Möglichkeit hatte Mary offensichtlich nicht gedacht. »Was, wenn ihr Mieter Sie gesehen hätte?«

»Den hatte ich völlig vergessen. Aber er ist tatsächlich rausgekommen. Ich habe gehört, wie er auf der anderen Seite des Hauses schimpfte und Norman eine Menge Schwierigkeiten machte. Sie wissen schon, weil sein Wagen die Einfahrt versperrte.«

»Wann war das?«

»Spät. Ich bin vor Hunger fast gestorben. Ständig mußte ich an Fajitas denken. Es war, nachdem sie von ihrem Waldspaziergang zurückgekommen sind. Bestimmt schon nach sechs. Dann ist der Mieter weggefahren, und Norman und Bobette sind wieder ins Haus gegangen. Fajitas mit Huhn. Die mit Rindfleisch sind mir zu fettig.«

»Wie sind Sie ins Haus gekommen?« fragte ich sie.

»Ich habe gehört, wie vorne die Haustür aufging und jemand herauskam. Also bin ich nach vorne geschlichen und habe vorsichtig um die Ecke gespäht. Es war Norman. Er ist weggefahren. Ich habe gehört, wie sie unter die Dusche ging. Da er weg war, bin ich zur Haustür gegangen. In unserer Wohnung drückt er immer den kleinen Knopf am Türschloß runter, weil er oft seinen Schlüssel vergißt. Und tatsächlich war die Tür offen! Er muß es bei ihr genauso gemacht haben. Oder die fette Kuh hat die Tür selbst entriegelt, damit er wieder rein konnte. Vielleicht hat sie es auch bloß vergessen. Jedenfalls bin ich einfach reinspaziert.«

»Was hatten Sie vor?«

»Ich weiß nicht. Gar nichts.«

»Raus damit, Mary!« sagte ich, weil mir allmählich der Geduldsfaden riß. Dazu kam, daß ich plötzlich schrecklichen Appetit auf Fajitas mit Huhn hatte. »Sie müssen doch irgend etwas vorgehabt haben, als Sie hineingingen.«

»Na ja, Sie können sich bestimmt vorstellen, was mir durch den Kopf gegangen ist.«

Aus dem Augenwinkel sah ich, daß Terry wie ein Irrer nickte. »Tut mir leid«, antwortete ich, bemüht, nicht abfällig zu klingen. »Aber ich habe keine Ahnung, was Ihnen durch den Kopf gegangen ist.«

»Ich wollte nachsehen ... ob Bobette schon Flugtickets gekauft hatte, weil sie vielleicht irgendwohin in die Flitterwochen fahren wollten. Etwas in der Art. Ich wollte es einfach *wissen.*« Sie zog ihren grünen Bademantel noch enger um ihren Körper. »Ich kann nichts dagegen tun. Ich bin eben ein eifersüchtiger Mensch.«

»Haben Sie das Haus durchsucht?«

»Ich bin zuerst nach oben gegangen, ins Schlafzimmer. Ich dachte, mir kann nichts passieren, solange sie unter der Dusche stand.« Ich wartete. »Ich habe in alle Schubläden geschaut. Nichts. Nur ihre blöden, häßlichen Riesen-BHs. Dann hörte ich, wie in der Dusche das Wasser abgedreht wurde. Ich hätte vor Schreck beinahe einen Herzinfarkt bekommen.« Sie legte eine Hand auf ihre linke Brust und schlug ein paarmal leicht dagegen. Ich vermied es ganz bewußt, zu Terry hinüberzusehen, dessen Blick bestimmt auf Marys Busen klebte. »Ich hatte nicht mehr genug Zeit, um im Schrank nachzusehen. Ich bin wieder nach unten gelaufen.«

»Und dann?«

»Gott, wie mein Herz pochte! Bumm! Bumm! Und oben hörte ich Schritte! Und dann bekam ich noch mehr Angst, weil ich dachte: ›O Gott, Norman darf mich hier nicht finden!‹«

»Was haben Sie dann getan?«

»Ich bin einfach rausgerannt.«

»Sie haben sich nicht weiter umgesehen?«

»Höchstens ganz kurz, bevor ich vor Angst wie gelähmt war. Aber ich habe nichts gefunden.«

»Haben Sie etwas mitgenommen?«

»Nein!«

»Sie haben nicht zufällig Bobettes Brieftasche mitgenommen?« Marys Zunge schnellte über ihre Unterlippe. »Sie haben sich nicht in ein Taxi oder einen Bus gesetzt und sind in ein Einkaufszentrum gefahren? Vielleicht, um sich bei Louis Vuitton eine Tasche zu kaufen?«

Marys Augen füllten sich mit Tränen. »Wie haben Sie das herausgefunden?« brachte sie noch heraus. Dann fing sie an zu weinen.

»Sie wollen Norman doch helfen, oder?«

Mary schluchzte zu heftig, um antworten zu können. Terry starrte mich an, als hätte ich gerade eine schlimme Menschenrechtsverletzung begangen. Schließlich hörte ich sie hicksen: »*Natürlich* will ich ihm helfen. Ich liebe ihn doch.«

»Wollen Sie, daß er für ein Verbrechen ins Gefängnis muß, das er nicht begangen hat?« Sie schüttelte den Kopf. »Dann sollten wir allmählich zur Wahrheit kommen, Mary.«

Sie hob ihr tränenüberströmtes Gesicht. Terry sah aus, als würde es ihm jeden Moment das Herz zerreißen. »Ich habe mir eine Umhängetasche gekauft«, gestand Mary, während sie sich eine mascarageschwärzte Träne wegwischte. »Die große. Und ein Cocktailkleid. Aber das war in einem anderen Geschäft.« Plötzlich stürmte sie los. Offenbar wollte sie ins Schlafzimmer. Mir schoß durch den Kopf, daß mit ihr Normans einzige, winzige Hoffnung auf Freiheit verschwand, falls sie es schaffte, aus dem Fenster zu klettern. Ich folgte ihr. Terry setzte sich ebenfalls in Bewegung, wahrscheinlich, um sie vor mir zu beschützen, aber Mary kam schon wieder zurück – um uns ein gekräuseltes weißes Cocktailkleid mit Spaghettiträgern zu zeigen, ein winziges Ding von der Größe eines Gästehandtuchs. »Ist das nicht das *schönste* Kleid, das Sie je gesehen haben?« fragte sie. »Fühlen Sie mal! Der weichste Seidenstoff, den man sich vorstellen kann.« Ich kam ihrer Aufforderung nicht nach. Aber ich betrachtete ihre Hände, während ihre Finger den Stoff liebkosten.

»Mary ...«

»Ich weiß, ich hätte es nicht tun sollen. Aber es fühlte sich sooo seidig an. Ich meine, woher hätte ich wissen sollen, daß jemand sie umbringen würde? Ich dachte mir: Norman macht das große Geschäft mit ihr, warum soll ich mir von ihrem Geld nicht auch was Schönes kaufen? Nicht von dem Geld, das Norman mir geben würde. Nein, direkt von ihr. Ich meine, schauen Sie sich doch mal an, was sie alles hat! Ein eigenes Haus. Die fette Kuh kann sich alles kaufen, was sie will, und sie hat *zwei* Videorecorder. Deswegen dachte ich mir: Was ist schon dabei? Warum soll ich mir nicht einen kleinen Einkaufsbummel gönnen, bevor wir die Stadt verlassen?«

»Aber Sie haben doch gesagt, daß Sie Angst hatten, er könnte bleiben und tatsächlich Bobette heiraten.«

»Tief in mir drin wußte ich, daß es nicht so war.«

»Trotzdem war Ihre Angst so groß, daß Sie sich in ihr Haus schlichen, während sie zu Hause war, und riskierten, erwischt zu werden.«

»Ich wollte bloß ... Sie wissen schon. Ich wollte einfach sichergehen. Und dabei bin ich zufällig auf ihre Brieftasche gestoßen. Wissen

Sie, diese alte Vettel hatte eine American Express Card *und* eine Visa- *und* eine MasterCard! Eine solche Vuitton-Tasche wünsche ich mir schon seit – ach, seit Ewigkeiten. Und als ich das Kleid sah, stand praktisch mein Name drauf. Es schrie: Mary, ich gehöre dir! Dein Traumkleid, das du anziehen wirst, wenn du mit Norman in einen sündteuren Club gehst, um eure Hochzeit zu feiern.«

Der kleine Chuckie Phalen war über einen durchsichtigen Plastikschlauch mit einer großen, braunen Maschine verbunden. Die Maschine saugte Sauerstoff aus der Luft und pumpte ihn direkt in Chuckies Nase. Er hatte das Ding neben seinem Schreibtisch stehen. Auf diese Weise konnte er den Sauerstoff bei Bedarf mit einer schnellen Bewegung seines abgewetzten Korduanschuhs abstellen und sich eine Camel anzünden.

Mein Partner Chuckie war immer schon ein leutseliger Mensch gewesen. Obwohl er so klein war, gehörte er zu dem seltenen Typ Mann, der mit ein paar gutmütigen Worten eine Barschlägerei auslösen konnte. Außerdem war er ein großartiger Geschichtenerzähler und wurde immer wieder gebeten, bei der Pensionierungsfeier eines Richters als Zeremonienmeister zu fungieren oder ein paar Worte über jemanden zu sagen, der gerade von der Nassau County Guild für irgend etwas Juristisches und/oder Katholisches geehrt wurde. Da er so kontaktfreudig war, hatte sich Chuckie natürlich für die geselligste Form des Selbstmords entschieden, und ich zweifelte nicht daran, daß die Jungs in TJ's Taproom ein paar Wetten laufen hatten, was ihm letztendlich den Garaus machen würde: seine geteerten Lungen oder seine Scotch-gesättigte Leber.

Wir setzten uns nach Möglichkeit jeden Abend auf ein Bier zusammen, ein Sam Adams für mich und ein J & B für ihn, um ein bißchen über unsere Fälle und den Bürokram in der Kanzlei zu reden, bevor ich nach Hause zu meinem Lebensgefährten ging und er zu den Jungs im TJ's.

»Es zerreißt mir das Herz«, kommentierte Chuckie, nachdem ich ihm von meinen Fortschritten im Fall Torkelson erzählt hatte. »Du glaubst doch nicht etwa, daß die alte Jungfer *tatsächlich* von dem schönen Mädchen umgebracht worden ist, oder? Eine solche Schönheit würde ich nur ungern hinter Gittern sehen.«

»Was, wenn sie häßlich wäre?«

»Ab mit ihr ins Kittchen!«

»Daß sie Bobette umgebracht hat, erscheint ziemlich unwahrscheinlich«, überlegte ich. »Zumindest auf den ersten Blick. Aber Mary hat sehr große Hände. Wie die Hände, die die Würgemale auf Bobettes Hals hinterlassen haben. Und sie ist mit Sicherheit groß und kräftig genug, um jemanden zu erwürgen.«

»Sie ist ein *dralles*, schönes Mädchen?« Das Glitzern in seinen Augen legte nahe, daß ihn das an etwas erinnerte: in Chuckies Fall wahrscheinlich an einen Pornofilm, den er 1947 gesehen hatte.

»Sie ist groß, aber nicht drall. Trotzdem macht sie auf mich einen ziemlich kräftigen Eindruck.«

»Dir sind nicht zufällig irgendwelche blauen Flecken auf ihren Unterarmen aufgefallen? Ich meine, wenn sie die alte Jungfer erwürgt hat ...«

»Bobette.«

»Richtig. Bobette. Wenn sie sie erwürgt hat, und wenn die alte Jungfer kein Schwächling war ...«

»Dem Autopsiebericht zufolge war sie einsdreiundsechzig und wog hunderteinundsechzig Pfund. Sie war das, was man kräftig gebaut nennt.«

»Dann hätte unsere Schöne höchstwahrscheinlich Kratzer und blaue Flecken auf Händen und Armen gehabt, weil die alte Jungfer versucht hätte, sich aus ihrem Würgegriff zu befreien.«

»Möglich. Andererseits hatte Norman zum Zeitpunkt seiner Verhaftung auch keine blauen Flecken.«

»Was willst du damit sagen? Daß es jemand anderes war?«

Ich trank mein Sam Adams aus einem blauen Plastikmaßkrug, einem grotesken Ding, in das Footballhelme geprägt waren. Sandi hatte ihn auf einem Flohmarkt für mich erstanden. Trotz seiner Häßlichkeit ein großartiges Geschenk, weil zwischen seinen doppelten Wänden eine Kühlflüssigkeit gefangen war, die das Bier perfekt temperierte. »Nein, nichts deutet darauf hin, daß es jemand anderes war. Es gibt zwar noch einen Mieter, aber nach dem zu urteilen, was Terry herausgefunden hat, ist er bloß ein Widerling, kein Psychopath. Aber was ist mit Mary Dean? Sie hatte ein Motiv – auch wenn dieses Motiv vielleicht nur in ihrem Kopf existierte. Sie hatte Angst, Norman könnte Bobette tatsächlich heiraten. Vielleicht hatte sie das Gefühl, daß sie sie loswerden *mußte*. Und sie kannte Bobettes Haus erstaunlich gut. Ich vermute, Mary hatte den beiden schon eine Weile hinterherspioniert, nicht erst am Tag des Mordes. Und ich gehe jede Wette ein, daß sie nicht nur einmal in Bobettes Haus eingebrochen ist. Sie wollte die Gefahr einer Heirat mit Bobette aus der Welt schaffen. Da hast du dein Motiv. Und du darfst eines nicht vergessen: Norman hatte kein Motiv.«

»Lee, du sprichst mit mir, Charles Michael Phalen, deinem Partner«, keuchte Chuckie. »Oder glaubst du, ich bin schon völlig senil?«

»Hör zu, warum hätte Norman einen Mord begehen sollen? Er hat einen absolut vorhersagbaren modus operandi. Er läßt sich das Geld geben, fährt los, um Champagner zu holen, kommt damit zurück und bringt einen Trinkspruch auf die Heiratskandidatin aus – damit sie nicht auf die Idee kommt, er wolle sich mit ihrem Ersparten aus dem Staub machen. Und dann macht er sich mit ihrem Ersparten aus dem Staub. Er ist keine gewalttätige Natur.«

»Warum warst du dann bisher so sicher, daß er sie umgebracht hat?« fragte Chuckie.

Ich hätte so gern noch ein Bier getrunken, aber ich gestatte mir immer nur eines, und ein Glas Wein zum Essen. Für dieses Vergnügen muß ich täglich fünf Kilometer laufen, in alle Ewigkeit auf eine Nachspeise verzichten und mehr Fisch essen, als für das Glück eines Menschen vonnöten ist. Wenn ich auch nur einen einzigen Tropfen mehr schluckte, würde ich so schnell zunehmen, daß Bobette neben mir wie Audrey Hepburn ausgesehen hätte. »Als ich noch der Überzeugung war, daß Norman es getan hat«, sagte ich langsam, »habe ich mir den Tathergang folgendermaßen vorgestellt: Er war bei Bobette. Sie hatte das Geld von der Bank abgehoben, wollte es ihm aber aus irgendwelchen Gründen nicht aushändigen. Sie war kein leichtgläubiger Mensch. Sie war eine gewiefte Geschäftsfrau. Vielleicht hatte sie es sich anders überlegt. Oder vielleicht ... ich weiß gar nicht, wie ich darauf komme, aber vielleicht erwartete sie ein Feuerwerk zum Champagner, und Norman war nicht in der Lage, ihren Wünschen gerecht zu werden. Sie machte ihn überhaupt nicht an. Ich weiß, daß er sie sehr anstrengend fand, weil sie ständig wollte, daß er bei ihr übernachtet.«

»Aber warum hätte er sie töten sollen?«

»Ich habe überlegt, ob sie ihn vielleicht verspottet hat oder herablassend behandelt und dabei den falschen Moment erwischt hat. Der Mann ist ausgelaugt. Hat das Spiel satt. Er möchte unbedingt vor dieser schönen, jungen Frau, die er liebt, als große Nummer dastehen. Deswegen hat er diese – wie soll man es nennen? – diese Angst zu versagen. Falls sich Bobette über ihn lustig gemacht hat, ist es durchaus möglich, daß er ausgerastet ist.«

»Bist du wirklich seine Verteidigerin? Du klingst, als wärst du die Staatsanwältin.«

»Ich überlege doch nur, wie es gewesen sein könnte, Chuckie.«

»Überlege weiter, meine Liebe.«

»Ich schätze, Norman hatte Angst, daß Mary ihm davonlaufen würde, wenn er sie merken ließ, wie ausgelaugt er tatsächlich war. Er befürchtete außerdem, daß Bobette sein Spiel durchschauen könnte.«

»Warum? War er als Betrüger denn nicht gut?«

»Doch, aber niemand bringt Höchstleistungen, wenn er müde ist, und Norman war so erschöpft, daß er vielleicht nicht mehr die Kraft hatte, ein großer Liebhaber zu sein. Damit meine ich nicht nur Sex; ich meine das Durchhaltevermögen, das man braucht, um zu jemandem charmant zu sein, der einem egal ist oder den man womöglich nicht ausstehen kann. Das Tragische an der Sache ist, daß er nichts anderes kann. Für einen richtigen Job fehlen ihm die Voraussetzungen. Und er kann mit Sicherheit nicht von seinen Rücklagen leben. Er ist jetzt Mitte Dreißig. Er lebt schon immer von seinen Betrügereien. Wetten, daß er nie etwas gespart hat?«

»Das tun solche Typen nie. Sie verprassen das Geld. So haben sie die perfekte Entschuldigung für die nächste krumme Tour.«

»Genau. Deshalb war Norman immer nur darauf aus, schnell viel Geld zu machen und dann weiterzuziehen. Aber er ist nicht mehr der Mann, der er einmal war.«

»Vielleicht liegt es daran, daß er die Schöne liebt. Ich meine, wirklich liebt.«

»Ich glaube, das tut er. Andererseits gibt er zu, daß er tatsächlich mit dem Gedanken gespielt hat, Bobette zu heiraten. Der Mann sucht verzweifelt nach einer Möglichkeit aufzuhören.«

»Demnach«, meinte Chuckie, während er seinen Scotch im Glas

kreisen ließ, »bist du jetzt nicht mehr die Staatsanwältin? Du bist wieder seine Verteidigerin?«

»Stimmt.«

»Also war es die Schöne, weil sie Angst hatte, Norman könnte die alte Jungfer heiraten.«

»Richtig.«

»Aber bist du *sicher*, daß Norman es nicht war? Vielleicht hat die Alte wirklich über ihn gelacht, und er ist ausgerastet. Das war doch deine ursprüngliche Theorie, nicht? Oder sie hat herausgefunden, daß er sie übers Ohr hauen wollte, und er ist ausgerastet. Oder sie hat ihm das Geld aus irgendeinem Grund nicht geben wollen, und er ist ausgerastet.«

»Vielleicht ist Bobette ihm gar nicht auf die Schliche gekommen. Vielleicht hat sie bloß Spaß gemacht. Vielleicht hat sie gesagt: ›Wenn ich dir das Geld gebe, will ich dafür einen Kuß auf …‹ was auch immer.«

Chuckie schauderte. »Schreckliche Vorstellung.«

»Es ist keine schreckliche Vorstellung, Chuckie. Du hast vorsintflutliche Ansichten.«

»Ich habe keine vorsintflutlichen Ansichten. Ich bin Ire, und es ist eine schreckliche Vorstellung. Zweifellos war das der Grund, warum der arme Kerl ausgerastet ist.« Ich schüttelte den Kopf, aber gleichzeitig versuchte ich mir Normans starke Hände an Bobettes Hals vorzustellen. Im nächsten Augenblick wurden diese Hände vor meinem geistigen Auge schmal und zart, und es war Mary, die Bobette würgte. »Ich sehe, daß die Vierundsechzig-Dollar-Frage in deinem Kopf unbeantwortet bleibt«, meinte Chuckie.

»Wer war's?«

»Ge-nau!« Chuckie ließ sein Glas auf den Schreibtisch niedersausen, um seiner Antwort Nachdruck zu verleihen. Dann hob er die Hand an den Mund und leckte die Spritzer ab.

Ich erwiderte: »Ich weiß es noch immer nicht.«

Während ich aufstand, um meinen Aktenkoffer zu packen und nach Hause zu gehen, keuchte Chuckie: »Noch eine Vierundsechzig-Dollar-Frage, Partner.«

»Und die wäre?«

»Wenn sie es tatsächlich war – was ein alter Mann wie ich kaum glauben kann –, ist es dann vorstellbar, daß ein Typ mit Normans Charakter tatsächlich den Kopf für sie hinhalten würde?«

Am nächsten Morgen war ich die erste Anwältin im Gefängnis. Aber nicht die erste Besucherin. Ich unterhielt mich gerade vor dem Besuchsraum mit einer Wärterin, deren Sohn ich mal verteidigt hatte, als er wegen unerlaubten Waffenbesitzes angeklagt worden war. Ich hatte seinen Freispruch erwirkt, und jetzt machte er eine Ausbildung zum Röntgentechniker. Plötzlich umwehte mich ein vertrauter Gardenienduft. Im selben Moment registrierte ich am Rand meines Gesichtsfeldes einen kanariengelben Fleck. Ich sah in die Richtung, aus der Duft und Farbe kamen. Tatsächlich war es Mary Dean. Sie trug ein Minikleid, das aussah, als hätte jemand einen Streifen gelben Polyesterstoff genommen, fest um ihren Körper gewickelt und dann aus einer Laune heraus Ärmel von der Größe eines Volleyballs hinzugefügt. Seltsamerweise sagte niemand, der ihr zu stark geschminktes Gesicht und ihr billiges Kleid sah: Junge, sieht die billig aus. Nein, Mary hatte irgend etwas an sich, das die Leute wohlwollend stimmte. Alle, die sie sahen, dachten: Ach, ist es nicht schade, daß sich eine so phantastisch aussehende Frau keine teuren Kleider leisten kann?

»Hi!« sagte sie übertrieben forsch.

»Wie geht es Ihnen, Mary?«

Sie schwankte auf ihren hohen Absätzen, aber nicht, weil sie damit nicht gehen konnte, sondern weil sie ihr Gewicht auf die Fußballen verlagert hatte. Sie wirkte startbereit, so als wäre sie am liebsten davongesprintet – und zwar vor mir. Zumindest hatte ich diesen Eindruck. »Mir?« fragte sie. »Mir geht es gut.«

»Schön.«

Sie schwankte erneut. »Ich möchte wirklich nicht unhöflich sein, aber ich habe einen Termin und bin schon spät dran.«

»Was für einen Termin?« fragte ich.

Natürlich hatte sie keine Antwort parat und brauchte viel zu lange, um sich eine auszudenken. Selbst ihr war klar, daß sie sich die Mühe hätte sparen können.

»Ah-ähm, Sie wissen schon. Einen Arzttermin.«

»Kommen Sie gerade von Norman?«

»Ja«, antwortete sie, wobei sie unbewußt die Hand unter ihr Haar schob und es leicht durcheinanderbrachte. Norman mußte ihr wegen ihrer Frisur ein Kompliment gemacht haben.

»Was macht er für einen Eindruck?«

»Ähm ... Hören Sie, ich muß jetzt wirklich gehen. Geben Sie ihm einen Kuß von mir.« Ich muß wohl etwas genervt ausgesehen haben, denn während sie davoneilte, um ihre Handtasche aus dem Schließfach zu holen und möglichst viel Abstand zwischen sich und mich zu bringen, rief sie mir über die Schulter zu: »Ich meine, sagen Sie ihm, Mary schickt ihm einen dicken, saftigen Kuß.«

Norman war nicht in der Stimmung, Küsse entgegenzunehmen. Sobald der Wärter, der ihn zu mir herübergebracht hatte, gegangen war, fauchte er mich an: »Lassen Sie verdammt noch mal Mary in Ruhe!«

»Norman, ich weiß, daß Sie sie beschützen wollen. Ich bewundere das. Aber sie war am Tag des Mordes in Bobettes Haus. Sie hat Bobettes Brieftasche gestohlen.«

»Nein, hat sie nicht!« Seine Augenbrauen zogen sich soweit zusammen, daß sie eins wurden.

»Sie hat es mir gesagt«, sagte ich.

»Sie hat gelogen.«

»Nein, sie hat nicht gelogen«, entgegnete ich ruhig. »Sie hat die Brieftasche gestohlen.«

»Hören Sie«, zischte Norman, »sie hat die gottverdammte Brieftasche nicht genommen. Sie war am Tag des Mordes nicht einmal in Bobettes Haus. Das war ein anderer Tag. Sie hat da etwas durcheinandergebracht. Vielleicht versucht sie auch, mich zu decken.«

»Tut mir leid, aber das kaufe ich Ihnen nicht ab. Ich glaube, sie ...«

»*Ich* habe die Brieftasche gestohlen. Ich habe sie ihr gegeben und gesagt: ›Zieh los und kauf dir was Schönes.‹«

»Wann haben Sie ihr die Brieftasche gegeben? Sie war am Tag von Bobettes Ermordung beim Einkaufen, und zwar am Spätnachmittag oder am frühen Abend, also zu einer Zeit, als Sie angeblich noch bei Bobette waren oder gerade unterwegs, um den Champagner zu kaufen.«

»Ich habe sie ihr gegeben! Sie hat Bobette nicht umgebracht! Okay? Hören Sie endlich auf damit!«

»Wer war es dann? Sie?« Norman antwortete nicht. Statt dessen machte er ein finsteres Gesicht. Obwohl mich seine Miene zunächst an den trotzigen Gesichtsausdruck eines Heranwachsenden erinnerte, war klar, daß hier ein erwachsener Mann die Lippen aufeinanderpreßte, um die wütenden Worte zurückzuhalten, die ihm auf der Zunge lagen. »Ich weiß, daß das eine schreckliche Situation für Sie ist«, fuhr ich fort. »Ich weiß, daß Sie Mary helfen wollen. Das letzte, was Sie möchten, ist, sie in einen Mordfall hineinzuziehen. Ich bewundere das. Aber ihre Anwesenheit bei Bobette ist Ihre einzige Hoffnung.«

»Ich sage Ihnen jetzt mal was«, sagte Norman. Er sprach so leise, daß ich mich vorbeugen mußte. Sein Gesicht war nur Zentimeter von meinem entfernt. Ich konnte die roten Äderchen in seinen Augen sehen. »Sie lassen Mary aus dem Spiel. Sie ist ein liebes, unschuldiges Mädchen.«

»Wollen Sie damit sagen, daß sie mit dem Mord an Bobette Frisch nichts zu tun hat?«

»Ich will damit sagen, daß Sie sie in Ruhe lassen sollen. Sonst sind Sie gefeuert.«

12

Der Tag von Lees Abschlußfeier begann gar nicht *so* schlecht. Eine einzige Puderquaste von einer Wolke störte das ansonsten perfekte Blau des Himmels. Zugegeben, Robin hatte versprochen – ja sogar geschworen –, daß sie um Punkt halb zehn mit der Familie vor der Barton Hall stehen würde, wo die Feierlichkeiten ihren Anfang nehmen sollten. Um zehn Uhr war sie noch immer nicht erschienen. Und das erste, was Sylvia tat, als sie ihre ältere Tochter in Barett und Talar sah, war, eine Strähne von Lees langem, glattem Haar auf ihre Handfläche zu legen, kritisch zu inspizieren und dann, nach einem Tsk-Laut, den man bestimmt bis Los Angeles hören konnte, zu fragen: »Ich *weiß*, das ist jetzt modern, aber hättest du dein Haar nicht zu einem Pferdeschwanz zusammenbinden können, damit es dir nicht so ins Gesicht fällt?«

Lee, die eine dreiviertel Stunde damit zugebracht hatte, ihr Haar zu plätten, damit es sowohl den strengen Anforderungen ihrer Mutter als auch den Maßstäben der radikalen Studentenschaft gerecht wurde, fauchte: »Nein! Ich hätte es nicht zu einem Pferdeschwanz zurückbinden können.«

»Wie du meinst.« Müde ließ Sylvia ihre Hand sinken. »Schließlich bist du diejenige, die in zehn Jahren ihre Abschlußphotos ansehen muß.«

Lee hatte einen Grundkurs in Psychologie besucht. Obwohl sie nicht gerade zur Selbstbeobachtung neigte, war sie auch kein hohles Püppchen. Sie hätte wissen müssen, daß es nichts gab, was sie tun konnte, um ihre Mutter zufriedenzustellen – außer vielleicht, Yves Saint Laurent zu heiraten. Wahrscheinlich wußte Lee tief in ihrem Herzen sogar, daß nicht einmal Yves Gnade vor Sylvias Augen gefunden hätte, weil Sylvia, wenn es um Lee ging, einfach nicht zufriedenzustellen war. Doch trotz all ihrer haschischrauchenden, revolutionsschürenden Rebellion konnte Lee nicht aufhören, es zu versuchen. In ihrem Bemühen, dem Frieden an diesem Tag eine Chance zu geben, lächelte sie ihre Mutter sogar an. Aber Sylvia, die sich gerade auf das nicht gezupfte Stück zwischen Lees Augenbrauen konzentrierte, merkte es nicht.

»Hört mal, Mädels«, brach Leonard das Schweigen. »Es soll doch ein schöner Tag werden.«

Nicht einmal er selbst war in der Lage, diesen Rat zu beherzigen. Zum einen kochte er wegen Robins Nichterscheinen, obwohl ihn das eigentlich nicht hätte überraschen dürfen. Versagen war zu Robins Berufung geworden. Sie hatte ihr Studium an der University of Pennsylvania abgebrochen, weil sie bereits im ersten Semester in sämtlichen Prüfungen durchgefallen war. Danach hatte sie es versäumt, sich rechtzeitig bei einer der anderen, toleranteren Stätten der Gelehrsamkeit zu bewerben, die ein teurer College-Berater vorgeschlagen hatte. Als nächstes hatte Robin versäumt, bei Saks Fifth Avenue zur Arbeit zu erscheinen, wo ihr Leonard nach langem unterwürfigem Bitten und zahlreichen Versprechungen zukünftiger Vergünstigungen eine Lehrstelle verschafft hatte. Der Mann wußte sich keinen Rat mehr. In den letzten Semesterferien hatte er Lee sogar anvertraut, daß Sylvia den Verdacht hatte, Robin könnte Haschisch rauchen. Lee, die den Drang unterdrücken mußte, in gemeines Lachen auszubrechen, hatte bloß gemurmelt: »Mit mir hat sie nie über Haschisch gesprochen.« Genaugenommen war das keine Lüge. Soweit Lee das beurteilen konnte, war Robin an einem so kindischen Halluzinogen wie Marihuana kaum interessiert. Sie bevorzugte LSD.

Ein schöner Tag? Nicht für Leonard. Es lag nicht nur an Robin. Eigentlich war Robin für ihn nur ein kleineres Ärgernis. Seine eigentliche Misere spielte sich auf einer höheren Ebene ab. Inzwischen war ihm nämlich eines klargeworden: Er war dazu verdammt, für immer aus der Welt ausgesperrt zu bleiben, zu der er so gerne gehört hätte. Seine ältere Tochter konnte sich in der Ivy League zu Hause fühlen. Er selbst durfte nur die Rechnungen bezahlen. Aus irgendeinem Grund hatte er siebenundvierzig Jahre gebraucht, um diese simple Tatsache amerikanischen Lebens zu verstehen: Er würde nie dazugehören! Jetzt taten ihm die Beine weh, während er sich den scheinbar endlosen Campus-Hügel hinaufkämpfte. Seine Kniescheiben fühlten sich an, als hätte sie jemand mit einem Beil in zwei Stücke geschlagen. In seiner Brust hämmerte es, als ob sein Herz gerade versuchte, den Brustkasten zu durchbrechen, um sich vor Scham im Gras zu wälzen. Außerdem bekam er nicht genug Luft. Er mußte die Lippen aufeinanderpressen und sich darauf konzentrieren, durch die Nase zu atmen, damit die Old Boys und Old Girls, die sich an diesem Ort so heimisch fühlten, nicht auf die Idee kamen, die Ivy League könnte zuviel für ihn sein.

Er zog sein Taschentuch heraus und tupfte sich damit die Stirn ab. »Mir ist ein bißchen heiß«, bemerkte er.

Lee betrachtete ihren Vater. Ihm war nicht bloß ein bißchen heiß. Er schwitzte wie ein Schwein. Der Schweiß strömte aus Leonards gekappten Koteletten über seine wundrasierten Wangen. Er tropfte von seinen Kieferknochen auf seinen gestärkten Hemdkragen. Er tröpfelte von seinem Kinn auf die Kamera.

»Stellt euch näher zusammen!« befahl er seiner Frau und seiner Tochter. Er versuchte so zu tun, als wäre er ein Mann, der alles im Griff hatte, der Photograph der Familie, der weder ein schweißüberströmtes Gesicht noch ein klatschnasses Hemd hatte. Aber sein Befehl klang barsch und laut: »Näher zusammen, verdammt noch mal!«

Plötzlich bemerkte Leonard, daß eine gut gekleidete Frau mit einem arroganten Pferdegesicht sich im Vorbeigehen umdrehte und ihn mit zusammengekniffenen Augen anstarrte. Er hatte das Gefühl, sie hätte direkt in seine Seele geblickt – und sofort erkannt, daß er in Brooklyn geboren war. In Wirklichkeit hatte die Frau, die stellvertretende Geschäftsführerin eines Big-Boy-Hamburger-Drive-in in Cincinatti, weder ihn noch sein unschönes Benehmen bemerkt, da sie auf der kurzsichtigen Suche nach ihrem demnächst graduierten Enkelsohn war. Aber ihr Blick bewirkte, daß Leonard einen anderen Ton anschlug. Seine Worte wurden zu Perlen der Kultiviertheit:

»Laßt mich ein Lächeln sehen! Syl, mein Liebes.« Aber Sylvia identifizierte die Stimme, die sie hörte, nicht als die ihres Mannes. »Syl, sieh zu mir herüber, Liebling! Schenk mir ein Lächeln!«

Geld war eindeutig nicht das Problem gewesen, als es darum ging, sich und seine Frau dem Establishment des amerikanischen Ostens zu präsentieren. Und während er durch die unverschämt teure Hasselblad-Kamera blickte, die er für diese Gelegenheit gekauft hatte, konnte er gar nicht mehr verstehen, wie er so blind hatte sein können: Er war sich so sicher gewesen, genau zu wissen, wie diese Präsentation vonstatten gehen sollte. Zum einen hatte er Sylvia verboten, eines von den schicken, dunklen, französischen oder italienischen Ensembles anzuziehen, die sie für gewöhnlich trug. Statt dessen trug sie das, was er ihr befohlen hatte: »Ein Tweedkostüm. Englisch. Mach dir nichts draus, wenn es kratzt. Es soll sogar kratzen. Daran merkt man, daß es sich um gute Qualität handelt. Und dazu feste Schuhe. Denk daran, wenn du die Schuhe kaufst: Fest müssen sie sein.« Ihr modisch frisiertes Haar, normalerweise eine Mischung aus Bronze-, Kupfer- und Platintönen, hatte sich gemäß Leonards Anweisungen über Nacht zu Aschblond aufgehellt. Auf seinen ausdrücklichen Wunsch hin hatte sie es im Post-Post-Debütantinnen-Stil aus dem Gesicht frisiert und mit einem zusammengefalteten Hermès-Schal zurückgebunden. (Hätte Sylvia die Taylors ebenso hingebungsvoll beobachtet wie ihr Mann, dann hätte sie sofort gewußt, daß ihr Haar jetzt genau im Stil Ginger Taylors frisiert war.)

Das war es, was Leonard in dem Moment sah. Die Krönung des Ganzen war, daß Sylvia den Anforderungen sehr wohl gerecht wurde, er dagegen nicht. Er wirkte so *fehl am Platz.* Ohne es zu wollen, fuhr er mit der Hand über sein Revers und zog seine Krawatte glatt. *Fehl am Platz.* O Gott, er hatte es wirklich versucht. Sein marineblauer Blazer war maßgeschneidert. Dazu trug er eine graue Flanellhose, ein Hemd aus ägyptischer Baumwolle und eine Krawatte aus Seidenrips. Und Halbschuhe, die solange poliert worden waren, bis sie im perfekten Halbschuhton zwischen Mahagoni und Umbra funkelten. *Leonard* funkelte. Mit sämtlichen Insignien des Ostküsten-Establishments angetan, hätte er fast als ehemaliger Student durchgehen können – »Hallo, '47, wie geht's?« Aber nur fast. Im Gegensatz zu Leonard funkelte keiner von den echten Ehemaligen. Ihre Blazer, Hosen und Halbschuhe sahen aus, als hätten sie seit dem Ende der ersten Jahrhunderthälfte schon unzählige Gartenhochzeiten und exklusive Clubfeste mitgemacht. Gerade die Tatsache, daß Leonards Sachen bereits auf den ersten Blick als neu zu erkennen waren, grenzte ihn aus. Beschämt ließ er den Kopf sinken. Er bemühte sich, völlig konzentriert zu wirken, während er die Kamera einstellte, aber sein Gesicht war zu naß. Und ein Teil der Nässe waren Tränen über seinen eigenen, verräterischen Glanz.

Lee blickte sich suchend um, weil die Gegenwart ihrer Eltern so bedrückend war, daß sie sich nach einem befreundeten oder zumindest bekannten Gesicht sehnte. Aber die wenigen Studenten, die noch vor der Barton Hall herumstanden, durchlebten gerade qualvolle Psychodramen mit ihren eigenen Familien und waren daher zu erschöpft, um ihr zu Hilfe zu eilen.

Lee wandte ihren Blick wieder ihren Eltern zu. O Gott – ihr Vater! Seine Hände zitterten, während er die Kamera hielt. Und ihre Mutter: »Glaubst du, Robin wartet irgendwo anders?« Sylvias Stimme war kaum mehr als ein Flüstern, aber das »anders« geriet ihr außer Kontrolle und schwang sich in hysterische Höhen empor.

»Woher zum Teufel soll ich das wissen?« murmelte Leonard. Er bemühte sich, lässig zu wirken, was aber eher schwierig ist, wenn man ein dunkelrotes Gesicht hat und aus allen Poren schwitzt.

Deshalb mußte Lee von der Cornell University Abschied nehmen, ohne daß ihr auch nur ein einziger Mensch Beachtung schenkte. Ihr Vater, dessen federleichter Wollblazer achthundert Dollar gekostet hatte, stand völlig neben sich. Eigentlich stand Sylvia neben ihm, aber sie stand ebenfalls völlig neben sich. Ständig verdrehte sie den Kopf, weil sie alle Eingänge des gewölbeartigen Gebäudes im Auge behalten wollte, damit sie Robin zuwinken konnte, sobald sie durch die Tür kam. Aber Robin tauchte in Barton Hall nicht auf.

Dafür wartete sie draußen auf sie, als sie wieder ins Freie traten. Robins schönes, herzförmiges Gesicht wirkte so klar wie feines Porzellan, ihre Füße waren zart und fein, ihr schlanker Körper schwebte für immer zwischen jugendlicher Androgynie und Weiblichkeit. Sie blinzelte in die Sonne und begrüßte ihre Familie mit einem schwachen Winken, mehr einem Zucken ihres Handgelenks als einem richtigen Gruß. Ein Außenseiter, dem ihre bleiche Zerbrechlichkeit aufgefallen wäre, hätte sie vielleicht für krank gehalten. Ihr Mund jedoch verriet sie. Aus ihm sprach die verbissene Wut, die dem jugendlichen Nachwuchs der wohlhabenden Bourgeoisie Anfang der siebziger Jahre eigen war.

»Hi«, sagte Robin zu Lee. Es klang so sarkastisch, als hätte Lee etwas getan, das bitteren Hohn verdiente.

»Hi«, antwortete Lee. Sie erwartete von ihrer Schwester keine Entschuldigung wegen ihrer Verspätung, was sehr weise war, da sie tatsächlich keine bekam.

»Ist es schon vorbei?« erkundigte sich Robin.

»Du hast es verpaßt.« Lee war klar gewesen, daß Robin am Tag ihrer Abschlußfeier irgendeine Show abziehen würde. Ohne bewußt dafür zu proben, hatte sie sich darauf vorbereitet, mit aggressiver Neutralität zu reagieren. Trotzdem wußte sie, daß Robin wußte, daß sie innerlich kochte. Warum sollte sie auch nicht kochen? Hier stand sie und bekam endlich ihren blöden Abschluß. Sie würde Jura studieren, in Gottes Namen! Sie hatte die Kurse in Rechtswissenschaft nur aus einer Laune heraus belegt, aber sie hatte so hervorragende Ergebnisse erzielt, daß sie sich fast gezwungen fühlte, sich um einen Studienplatz zu bewerben. Ansonsten lag ihr Notendurchschnitt kaum über Zwei plus. Sie ging keinen außerschulischen Aktivititäten nach, wenn man mal von wahllosem Sex und der Tatsache absah, daß sie geholfen hatte, in drei Aktenschränken Feuer zu legen. Dank ihrer spektakulären Noten im Wahlfach Rechtswissenschaft hatten ihr trotzdem sämtliche Universitäten, bei denen sie sich beworben hatte, einen Studienplatz angeboten: die Universitäten von New York, Virginia, Georgetown und Michigan.

Aber an diesem Tag wurden nicht Lees Leistungen gefeiert. Wie bei jeder anderen Gelegenheit, wenn die Whites zusammenkamen, war mal wieder Robins Tag daraus geworden, ein Tag des verkrampften Lächelns und der Darmkrämpfe.

»Wo *warst* du denn um Himmels willen?« Sylvias Stimme, sonst kaum zu hören, war viel zu laut. Leonard machte ein hysterisches »Schhh!«-Geräusch, aber Sylvia wollte nicht leiser reden. »Du hast *versprochen,* daß du kommen würdest!« schrie sie Robin an.

»Und? Ich bin doch da«, antwortete Robin und winkte jemandem in der Menge.

Sylvia starrte sie an. Alle taten das. Aber nur Sylvia brach zusammen. Warum? Daß Sylvia zu schluchzen begann, lag nicht so sehr daran, daß sich Robin das Gesicht nicht gewaschen hatte oder daß sie zerschlissene – nein, zerfetzte! – Polyesterschlaghosen mit einem häßlichen, rostfarbenen Blumendruck trug, dazu ein kurzes Top, das ihren ganzen Bauch freiließ, und um den Hals ein Lederband mit einem billigen Friedenssymbol aus Zinnimitat. Es waren auch nicht ihre erweiterten Pupillen, die Leonard dazu brachten, vor Wut und Scham mit den Zähnen zu knirschen. Nein, es lag daran, daß Robin einen Mann herbeigewunken hatte. Keinen Jungen: Er war Anfang Dreißig. Mindestens. Jetzt hing sie an seinem Arm.

Der Mann hatte einen verfilzten schwarzen Bart, der von etwas zweigeteilt wurde, das aussah wie ein Eiweißfaden aus einem weichgekochten Ei. Seine dunklen Augen waren zu schmalen Schlitzen zusammengekniffen, und er hatte eine Hakennase. Seine unreine Haut brachte es fertig, gleichzeitig dunkel und bläßlich auszusehen. Hätte er statt eines zerrissenen T-Shirts und einer Beinbekleidung, die an eine Badehose erinnerte, einen langen schwarzen Mantel getragen, dann hätte er ausgesehen wie eine antisemitische Karikatur.

»Hast du uns nichts zu sagen?« kreischte Sylvia Robin an.

»Schhhhh!« zischte Leonard.

»Was würdest du denn gerne hören?« Robin klang wie der Soundtrack zu einem Film, der gerade in Zeitlupe abgespielt wurde.

»Du könntest zum Beispiel ›Herzlichen Glückwunsch!‹ zu deiner Schwester sagen.« Sylvias Stimme schien wie ein Echo über die Hügel und den Lake Cayuga zu schallen, um dann noch lauter und schriller zurückzukommen, so daß jeder sie hören konnte.

»Schhhhhhh!« Leonard wußte sich vor Verlegenheit kaum mehr zu helfen.

»Gib dir keine Mühe«, sagte Lee zu Robin.

Robin lächelte affektiert. »Wie wär's denn, wenn ihr statt dessen mich beglückwünschen würdet?«

Einen Moment lang standen die Whites noch in dem tröstlichen Wissen beieinander, nichts zu wissen. Dann fühlte sich Leonard als Familienoberhaupt gezwungen, das Wort zu ergreifen.

»Wozu«, seine tiefe Stimme klang fast wie ein Keuchen, »sollen wir dich beglückwünschen?«

Robin lehnte sich gegen den schmutzigen Ellbogen des Mannes an ihrer Seite. »Zu meiner *Heirat*«, sagte sie mit einer Stimme, die zugleich schleppend und kokett klang. »Mom, Daddy ... oh, und Lee. Das ist mein *Mann*.« Sie hob den Arm des Mannes und legte ihn sich um die Schulter. Dann beugte sie sich vor und nahm seine andere Hand in die ihre. Der Mann entzog sie ihr und legte seine Hand – seine haarige, aber zugleich beunruhigend zarte Hand – mit einer besitzergreifenden Geste auf Robins nackten Bauch. Sylvia schlug ihrerseits die Hand vor den Mund, um einen Schrei zu unterdrücken. Aber der Schrei blieb ohnehin aus, weil sie kurz davor stand, in Ohnmacht zu fallen. Leonard wäre am liebsten auch in sich zusammengesunken, aber statt dessen lehnte er sich gegen seine Frau, um sie davon abzuhalten, seitlich ins Gras zu kippen, was natürlich ihrer totalen Erniedrigung vor Hunderten von Protestanten die Krone aufgesetzt hätte. Die Whites, die sich einander zuneigten wie zwei Zeltstangen, waren in dem Moment nicht in der Lage, sich zu bewegen, ohne sich damit zu erniedrigen.

Vielleicht lag es an der gleißenden Mittagssonne, aber Lees Blick wurde von dem Arm angezogen, den der Mann um ihre Schwester gelegt hatte. Auf der blassen, feinen Haut der Armbeuge entdeckte sie eine Ansammlung von dunklen Punkten. Muttermale? überlegte sie. Nein. Mitesser. Mitesser in der Armbeuge? Warum nicht? Bei diesem heruntergekommenen Typen war alles möglich. Aber noch während sie weitere, wie sie hoffte bessere Möglichkeiten in Betracht zog – Farbspritzer, Stiche eines kleinen, aber bösartigen Insekts –, war ihr bereits klar, daß es sich bei den Punkten um die winzigen Krusten intravenöser Injektionen handelte.

Robin lachte unverschämt. Sie stand offensichtlich unter Drogen. »Ist er nicht süß?« Ihre Eltern blieben aneinandergelehnt stehen. Sie waren vor Schreck wie gelähmt. Lee spürte, daß der Mann sie ansah. Sie erwiderte seinen Blick. Seine Augen wirkten völlig leer. Ihre Wut auf Robin machte vorübergehend einer gräßlichen Angst Platz. Trotz seiner rebellischen Aufmachung war dieser Mann kein alternder Hippie. Er war … Lees Herz begann unter ihrem Talar wie wild zu schlagen. Er war böse. Sie wußte, daß sie den Blick nicht abwenden durfte, weil er sonst merken würde, daß sie Angst hatte. Also starrte sie weiter in seine leeren Augen. »Wir sind Mr. und Mrs. Ira Kleinberg. Ira, sag was.« Ira sagte nichts, wandte seinen Blick aber endlich von Lee ab, um Sylvia anzusehen. Robin lachte wieder. Dann schlenderte sie mit verführerischem Hüftschwung zu ihrem Vater hinüber. »Daddy«, sagte sie. Leonard blieb reglos stehen, schweigend. »*Daddy.*«

Leonards Mund formte ein Wort. »Was?«

Robin flüsterte so laut, daß alle es hören konnten: »Wir brauchen Geld für die Flitterwochen.«

Jahre später sprach Lee lachend vom »Höllensommer«, wenn von jenem Sommer die Rede war. Zu schade: Sie hatte sich von diesem Sommer zwischen College und Jurastudium so viel erwartet. Als erstes wollte sie Richard Nixon zu Fall bringen. Dann wollte sie ihre Freizeit nutzen, um *Der Zauberberg* zu lesen, Corellis *Concerti grossi* zu hören, jedes Museum in Manhattan zu besuchen und sich, kurz gesagt, die liberale Ausbildung aneignen, die sie in Cornell bekommen hätte, wenn sie nicht damit beschäftigt gewesen wäre, gegen den Krieg zu protestieren, dem Rassismus die Stirn zu bieten und Pasta für eine Clique von Radikalen zu kochen. Außerdem gestattete sie sich, ein paarmal am Tag an Jazz Taylors Haus vorbeizufahren. Sie war zwar nicht mehr von ihm besessen, aber die Erinnerung an ihn – seine muskulösen Oberschenkel, die Sonne auf seinem Haar, seine nette Art – blieb, fast wie ein Valentinsgeschenk, ihre romantischste Erinnerung.

Aber nachdem Lee sich von ihren Freunden am College verabschiedet, ihre Kleider, Bücher und ihre Stereoanlage in ihren Wagen gepackt hatte und nach Long Island zurückgefahren war, mußte sie feststellen, daß Robin und Ira bereits dort waren und gemeinsam in Robins Zimmer wohnten. Sie hatten Sylvia und Leonard nicht gefragt, ob sie etwas dagegen hätten, sondern hatten einfach die beiden Plastikmüllsäcke nach oben geschleppt, die Iras irdischen Besitz enthielten, hatten die beiden Betten mit den geflochtenen Kopfteilen nebeneinandergeschoben und die Tür abgeschlossen.

Damit fing der Sommer an.

»Frag Robin, was zum Teufel mit den tausend Dollar passiert ist, die ich ihr für die Flitterwochen gegeben habe«, beauftragte Leonard Lee.

»Geh und sag Robin, daß sie das Zimmer räumen müssen, damit Greta die Betten abziehen kann«, instruierte sie Sylvia.

»Bitte sag deiner Schwester, daß ich heute Kochwäsche wasche«, befahl Greta, »und daß sie ihre schmutzige Wäsche vor die Tür legen soll, falls sie saubere Unterwäsche möchte.«

Niemand erwähnte Ira, aber sie wußten alle, daß er da war. Sie schienen ihn alle zu fürchten. Leonard und Sylvia eilten auf Zehenspitzen an Robins Zimmer vorbei, als wären sie bemüht, den Unhold hinter der verschlossenen Tür nicht zu stören, weil er, wenn sie ihn erzürnten, durch die Tür krachen und ihnen alle Knochen brechen würde. Selbst Gretas Gleichmut hielt dem nicht stand. Sie begann abends drei oder vier verschiedene Nachspeisen zuzubereiten, Opfergaben, die den Dämon Ira besänftigen sollten, der anscheinend nur in den Stunden zwischen Mitternacht und Morgengrauen Nahrung zu sich nahm und dabei Krusten und Krümel auf dem Boden und schmutziges Geschirr auf dem Küchentisch hinterließ.

»Lee, frag Robin, ob das Rezept für ihren Asthma-Inhalator erneuert werden muß.«

»Frag sie, ob es ihr recht ist, wenn Jerry von *Gold Coast Carpets* vorbeikommt, um ihren Teppich zu reinigen.«

»Würdest du Robin *bitte* daran erinnern, daß wir in diesem Haus eine Wasseraufbereitungsanlage haben und sie *nicht* eine halbe Stunde lang duschen kann.«

»Ich möchte, daß du ihr sagst, wie unerträglich wir es finden, wenn sie um drei Uhr morgens diese Musik laufen hat. Hast du mich verstanden? *Un-er-träglich!*«

Der Höllensommer. Man konnte sich nicht mehr darauf verlassen, daß Sylvia wochenlang das Bett hütete und aus dem Weg war. Ihre übliche Melancholie war einem Zustand der Aufregung gewichen. Sie saß bis in die Nacht hinein am Küchentisch, saugte an ihren Zigaretten und trank eine Tasse schwarzen Kaffee nach der anderen. Wenn sie ausatmete, klang es jedesmal wie ein Wimmern.

Leonard zog es mehr und mehr nach Hause zurück. Er empfand die widerwillige Faszination eines Autofahrers, der auf dem Highway an einem blutigen Unfall vorbeikommt. Ein paar Wochen lang kam er jeden Abend nach Hause. Keiner von Dolly Youngs beachtlichen Tricks konnte ihn in der Stadt halten. »Ist heute irgendwas passiert?« fragte er Sylvia dann mit krächzender Stimme, weil er vor Aufregung kaum Luft bekam. Sylvia schüttelte mit einer schnellen Bewegung den Kopf und füllte ihre Lungen mit noch mehr Rauch. »Nichts«, krächzte sie zurück und zog ihren Bademantel enger um ihre Brust. Ihre Hand sah aus wie eine Klaue. Sie wurde immer dünner, brachte aber nur einen Bissen von den Karotten-Muffins hinunter, die Greta jeden Morgen frisch für sie buk, um sie in Versuchung zu führen.

»Sie sind überhaupt nicht heruntergekommen.«

»Sie kommen immer erst herunter, wenn wir schon schlafen.«

»Was *tun* sie bloß da oben?«

Wenn Lee von ihrem Ferienjob nach Hause kam – sie arbeitete im Manhattaner Hauptquartier des demokratischen Präsidentschaftskandidaten George McGovern –, wurde sie von ihren Eltern oft schon an der Tür erwartet.

»Ob Robin wohl Drogen nimmt? Was meinst du?«

»Geh nach oben, klopf an ihre Tür und frag sie, ob sie mit jemandem reden möchte. Du weißt schon, mit einem Arzt.«

»Sprich mit deiner Schwester!« befahlen sie Lee. Sag ihr: Die Bücherei hat die dritte Mahnung wegen *Steppenwolf* geschickt; vor ihrer Zimmertür riecht es so komisch, wie nach verschimmeltem Käse; das Mädchen, das im *Letzten Tango in Paris* mitspielt, ist heute bei *Johnny Carson* zu Gast; Grandma Eva ist im Krankenhaus; Grandma Eva liegt im Koma; weiß sie, wo meine flachen Ferragamo-Schuhe sind; Grandma Eva ist gestorben, und die Beerdigung ist morgen früh um elf bei Schwartz Brothers.

Den ganzen Juni hindurch klopfte Lee pflichtschuldigst an Robins Tür. Ihre Schwester öffnete die Tür einen Spalt. Der Raum war immer dunkel und stank nach Haschisch und Schweiß. Ira war nie zu sehen. »Ja?« fragte Robin dann. Lee richtete die Nachricht aus. Robin antwortete regelmäßig: »Ihr könnt mich mal!« und schloß die Tür.

In den ersten beiden Juliwochen schrieb Lee die Anliegen ihrer Eltern einfach auf einen Zettel und schob ihn unter Robins Tür durch.

Danach begann sie eine lustlose Affäre mit einem von McGoverns Rechtsberatern, einem achtundvierzigjährigen Anwalt, der für die zweitgrößte Anwaltskanzlei an der Wall Street arbeitete und in New Canaan, Connecticut, eine Frau und vier Kinder hatte. Außerdem hatte er eine Zweitwohnung mit Blick auf den Gramercy Park.

Den Rest des Sommers kam Lee nicht mehr nach Hause.

Da zumindest ein Viertel der Fasern von Lees Herz einzig und allein Jazz Taylor gehörte, hätte man annehmen können, daß ihr der gutgebaute junge Mann mit dem kantigen Kinn und dem langen braunen Haar – prächtigem, sonnengeküßtem Haar –, der gemäß der alphabetischen Tradition der New York University fünf Plätze neben ihr saß, irgendwie bekannt hätte vorkommen müssen. Zumindest sein Lächeln – ein breites Lächeln, bei dem seine hohen Wangenknochen seine Augen zu zwei Halbmonden zusammenschoben – hätte sie an jemanden erinnern müssen, den sie, versteckt hinter einem ausladenden Wacholderbusch, beim Tennisspielen beobachtet hatte. Und selbst wenn man das einmal außer acht ließ, hätte man annehmen können, daß sie in der zweiten Woche ihres Jurastudiums, als jenes wahnsinnige Genie des Zivilrechts, Professor Myron Blumenthal, doch tatsächlich »Jasper Taylor!« brüllte, vor Wiedersehensfreude nach Luft ringen würde, oder daß zumindest ihr Herz einen Moment aussetzen oder ihr Kopf herumfahren würde. Aber nein: nichts, null, überhaupt keine Reaktion.

Lee war zu verängstigt, um so etwas überhaupt mitzubekommen. Der Sommer hatte sie ausgelaugt: Zum einen die Tatsache, daß sie nicht nach Hause konnte, weil sie dann entweder von ihren verzweifelten Eltern belagert wurde oder, wenn sie sich unbemerkt nach oben stehlen konnte, zuhören mußte, wie das Kopfteil von Robins Bett gegen die Wand pochte, während ihre Schwester und Ira mit einer scheinbar endlosen Flitterwochennummer beschäftigt waren; der unselige McGovern-Wahlkampf; die langweilige, nur aus Bequemlichkeit begonnene Liebesaffäre, die eher zur Belastung wurde, als der Anwalt vorschlug, Frau und Kinder zu verlassen und mit Lee an einem, wie er es nannte, »ländlichen Fleckchen« ein neues Leben zu beginnen.

Und erst ihr Jurastudium! War es möglich, daß jemandem ein schrecklicher Fehler unterlaufen war, als die Prüfungsergebnisse verschickt wurden? Konnte es sein, daß sie die Nummer irgendeines juristischen Genies bekommen hatte, während eine andere Studentin namens White – das juristische Genie – die ihre bekommen und jede Hoffnung auf einen Sitz im Obersten Gerichtshof aufgegeben hatte und jetzt als Junior-Einkäuferin in der Kurzwarenabteilung von Ohrbach's arbeitete? Je mehr Lee lernte, desto bewußter wurde ihr das Ausmaß ihres Nichtwissens. Der scharfe Verstand ihrer Dozenten erfüllte sie mit Ehrfurcht, und die aggressive Klugheit ihrer Kommilitonen machte ihr angst. Egal, wieviel sie in dieser ersten Woche auch arbeitete – nichts, was mit rechtlichen Fragen zu tun hatte, ergab einen Sinn. Sie forschte in den Gesichtern der anderen Studenten, weil sie hoffte, in ihren Augen ebenfalls Angst zu entdecken, aber beunruhigenderweise sah sie nichts dergleichen.

Der junge Mann fiel ihr nur deswegen auf, weil er so ungewöhnlich reagierte, als Professor Blumenthal ihm eine Frage stellte: »Kann ein und dieselbe Tat zugleich ein zivilrechtliches Delikt und eine Straftat sein?«

»Das weiß ich wirklich nicht«, antwortete der junge Mann. Was Lee zu ihm hinübersehen ließ, war der Ausdruck lässigen Bedauerns auf seinem Gesicht. Dieser Ausdruck sagte: Himmel, das ist eine schrecklich gute Frage! Ich wünschte, ich wüßte die Antwort! Er lehnte sich bequem zurück und sah Blumenthal direkt in die Augen. Er zeigte weder die übliche, mit weißen Lippen und einem trockenen Mund einhergehende Angst noch die gespielte Kaltblütigkeit, die nie ganz verbergen konnte, wie demütigend es für einen Studenten ist, die Antwort nicht zu wissen.

»Sie wissen es nicht?« dröhnte Blumenthal. Er war ein großer, schwerer Mann mit einem riesigen, kahlen Schädel, der ihn aussehen ließ wie ein monströses, wasserköpfiges Baby. »*Sie wissen es nicht?*«

Der junge Mann schüttelte den Kopf, was sein schulterlanges Haar anmutig schwingen ließ. »Nein, ich weiß es nicht.« Inzwischen waren alle Blicke auf den jungen Mann gerichtet. Die anderen Studenten starrten ihn gebannt an. Lee wußte, warum: Er hatte einfach keine Angst. Was war los mit ihm? Besaß er kein Nervensystem?

»Darf ich fragen, warum Sie es nicht wissen?«

»Ich nehme an, ich habe den Text nicht verstanden.«

»Sie haben ihn gelesen?« Aus Blumenthals grausamem Lachen sprachen Zweifel und Hohn.

»Ja, das habe ich.« Nicht einmal eine Spur von Panik. Nur leises Bedauern und vielleicht ein ganz klein wenig Gereiztheit darüber, daß Blumenthal sich so aufführte.

Blumenthals Fuß begann zu vibrieren wie eine Stimmgabel, weil er sich nicht entscheiden konnte, ob er angreifen oder sich voller Verachtung über den jungen Mann dem nächsten Studenten zuwenden sollte. Letzteres konnte ihm als Rückzug, ja sogar als Feigheit ausgelegt werden. Blumenthal saugte seine große Brust voll Luft. Lee wurde ganz übel, wenn sie an den jungen Mann dachte. Aber dann schlug Blumenthal doch nicht los. Statt dessen senkte er sein riesiges Haupt und studierte seinen Sitzplan. Jetzt hob er den Kopf, bereit für die nächste Attacke. Mit lauter Stimme rief er: »Mr. White!« Lee sah sich voller Hoffnung um. Kein Mr. White. »Lee White!« Ihre Gedärme verflüssigten sich.

»Was?« war alles, was sie herausbrachte, weil sie sich beim besten Willen nicht mehr an die Frage erinnern konnte.

»Bitte beantworten Sie meine Frage, *Miss* White.«

Sie starrte zu Blumenthal hinunter, aber sein maskenhaftes Gesicht gab ihr nicht den kleinsten Hinweis. Zivilrechtliche Delikte, sagte sie zu sich selbst. Dies ist die Vorlesung über zivilrechtliche Delikte, also geht es bestimmt um die Frage ... »Ein und dieselbe Tat kann zugleich ein zivilrechtliches Delikt und eine Straftat sein«, hörte sie sich sagen.

Der Professor schüttelte langsam den Kopf, als könnte ihm die gesamte Menschheit allmählich gestohlen bleiben. Aber ihre Antwort war doch richtig! Sie konnte sich daran erinnern, gelesen zu haben ... Ach ja, natürlich. Er wollte Einzelheiten hören. »Zum Beispiel ein Anschlag«, fuhr sie fort. »Das ist ein zivilrechtliches Delikt, weil es sich um einen Angriff auf ein Individuum handelt.« Sie schluckte. Ihr

Hals schmerzte so sehr, daß sie nicht wußte, ob sie weitersprechen konnte. Außerdem fühlte sie sich, als hätte sie Fieber. Und erst ihr Magen! Jeden Moment konnte sie Durchfall bekommen, und ganz egal, was sie mit dem Rest ihres Lebens anfangen würde, alle an der NYU Law School würden sie als das Mädchen in Erinnerung behalten, das in Blumenthals Vorlesung Durchfall bekommen hatte. »Aber es ist zugleich eine Straftat, weil es sich um einen Angriff gegen die Gesellschaft handelt.«

Blumenthal nickte, machte dazu aber ein grimmiges Gesicht, als wäre das, was sie gesagt hatte, nicht nur unpassend, sondern über alle Maßen abscheulich. »Kann ein zivilrechtliches Delikt aus einer vertraglichen Beziehung heraus entstehen?«

»Ja.«

»Ja?«

»Zum Beispiel, wenn jemand durch Vorspiegelung falscher Tatsachen dazu verleitet wird, irgendwas zu kaufen.«

»Irgendwas?«

»Eine Ware«, verbesserte sich Lee. Dann sah sie, daß Blumenthal zu einem weiteren müden Seufzer ansetzte. Ihre nächsten Worte kamen wie aus der Pistole geschossen: »Ein und dieselbe Tat kann also auch dreierlei sein: ein Vertragsbruch, ein zivilrechtliches Delikt und eine Straftat. Die Veruntreuung von Geldern durch einen Treuhänder beispielsweise ist ein Bruch des Treuhandvertrags, zivilrechtlich gesehen Unterschlagung und als solche zugleich ein strafrechtlicher Tatbestand.«

Blumenthal ließ seinen Blick von ihr zu dem Mann mit dem prächtigen Haar wandern. »Haben Sie das gehört, Mr. …« Er warf einen Blick auf seinen Sitzplan. »Taylor?«

»Ja«, antwortete der junge Mann. Er beugte sich vor und sah zu Lee hinüber. »Danke«, sagte er und bedachte sie mit einem Grinsen, das nicht nur aufrichtig und gutmütig wirkte, sondern tatsächlich von Herzen kam. Ihr wurde ganz warm davon. Sie lächelte ebenfalls, und zwar mädchenhafter, als sie es in all den Jahren getan hatte, seit sie unter die Studentenrevolutionäre gegangen war und aufgehört hatte, sich die Achseln zu rasieren. Und in dem Moment, als sie endlich in der Lage war, die Augen von ihm abzuwenden, hörte sie seinen Namen in ihrem Kopf nachhallen: Taylor. Taylor? Obwohl ihr Inneres zu zittern begann und sie sich wünschte, am ganzen Körper taub zu sein, drehte sie sich wieder zu ihm um. Taylor! Er lächelte sie immer noch an.

»Jazz Taylor«, sagte er nach der Vorlesung zu ihr.

»Lee White.« Mist, schalt sie sich selbst. Sie hätte antworten sollen: »Jazz?« Warum hatte sie nicht wenigstens ein bißchen neugierig geklungen, weil er einen so einzigartigen Namen hatte? »Jazz? Bist du Musiker?« hätte sie fragen können. Nein, zu gekünstelt. Dann schon lieber: »Ist Jazz eine Abkürzung?« Dann hätte er natürlich vermutet, daß sie ihn irgendwoher kannte. Nicht nur, daß sie ihn kannte: Er würde zwei und zwei zusammenzählen und wissen, daß sie das Mädchen im Dodge Dart war, das während seines letzten Schuljahres und sogar während seiner College-Ferien ständig vor Hart's Hill auf und ab gefahren war. Wahrscheinlich wußte er ganz genau, wer sie war. Vermutlich lachte seine ganze Familie über sie. Jazz' Freundin in diesem schrecklichen Dart, ho-ho-ho.

»Gott, warst du da drin eben cool«, sagte er. Aus der Nähe sah seine Haut schön, aber wettergegerbt aus. Ihre sandige Konsistenz und der kräftige rote Unterton ließen darauf schließen, daß er sich am liebsten im Freien aufhielt.

»Cool?« fragte sie. Sie fand, daß ihre Stimme kalt und arrogant klang: als würde ihre Mutter mit einer Verkäuferin sprechen, die billige Schuhe trug. Aber die Worte quollen aus ihr heraus, und es stand nicht in ihrer Macht, sie zurückzuhalten: »Cool wie in: ›Hey, das ist cool‹? Oder cool im Sinne von gelassen?«

Und was tat sie jetzt? Sie flirtete mit ihm! Das durfte doch wohl nicht wahr sein! Wäre sie als unbeteiligte Beobachterin daneben gestanden, hätte sie sich selbst bestimmt zum Kotzen gefunden. Wie konnte sie ihn bloß mit diesem Starlet-Blick ansehen, als wollte sie sagen: Was für ein großer, starker Mann du doch bist! Bestimmt würde er in einer halben Sekunde auf die Uhr sehen und unter irgendeinem lächerlichen Vorwand das Weite suchen. Vielleicht war er auch zu höflich, das Gespräch einfach abzubrechen und davonzustürmen, aber bestimmt hätte er am liebsten vor Lachen gebrüllt, als sie ihr Haar langsam und erotisch mit den Fingern zurückkämmte. Schnell schob sie ihre Hand in die Tasche ihrer Schlaghose.

»Cool im Sinne von gelassen«, antwortete er. »Ich war so verdammt aufgeregt, daß ich mich nicht mal mehr daran erinnern konnte, ob ich den Text gelesen und wieder vergessen hatte – oder ob ich ihn einfach nicht gelesen hatte.«

»Du mußt ihn gelesen haben«, sagte Lee. »Er stand doch auf der Lektüre ...« Sie unterbrach sich mitten im Satz, weil er jetzt tatsächlich lachte – über ihre Ernsthaftigkeit. Vielleicht war er eins von diesen Wunderkindern, die bloß in einem Vorlesungssaal sitzen mußten, in dem ein paar Gedanken zum Thema Recht in den Raum gestellt wurden, und schon – Bingo! – sahen sie die Antworten auf sämtliche juristischen Probleme glasklar vor sich. Sie ärgerte sich über sich selbst, weil sie nicht in der Lage war, die rasche Schlußfolgerung zu unterdrücken, daß Jazz Taylor, wenn er die Sache mit den zivilrechtlichen Delikten glasklar vor sich gesehen hätte, Myron Blumenthal die richtige Antwort gegeben hätte. »Hast du denn gar keine Angst, wenn du die Texte *nicht* liest?« fragte sie ihn. »Ich meine, jeden Abend, wenn ich langsam müde werde, denke ich: Was, wenn Blumenthal mich aufruft?«

»Und deswegen lernst du weiter?«

»Bis ich umfalle«, antwortete Lee und stimmte in sein Lachen mit ein. Als ihr eine Windböe ins Gesicht schlug, die den Geruch von Hot dogs aus dem Washington Square Park herübertrug, merkte sie erst, daß sie mehrere Unisäle hinter sich gelassen hatten und inzwischen vor dem Hauptausgang standen. »Hier herrscht ein so strenges intellektuelles Klima«, sagte sie. »Ich habe nicht bloß Angst, nicht gut genug zu sein. Ich habe Angst ...« Sie schwieg einen Moment. Er wartete. Jazz Taylor tat das, wozu an der Uni niemand sonst Zeit hatte: Er hörte ihr zu.

»Angst wovor?« hakte er nach.

»Ich habe Angst, nicht genug zu *verstehen*. Ich meine, selbst wenn ich jeden einzelnen Fall auswendig lernen könnte, verstehe ich womöglich nicht, was die Fälle in bezug auf andere Fälle bedeuten oder in bezug auf das Gesetz.«

»Auch in bezug auf Gott?« Er schenkte ihr ein mitleidiges Lächeln. »Für ein Mädchen, das sein Jurastudium gerade erst angetreten hat, sind deine Ziele aber ganz schön hochgesteckt. Glaubst du wirklich, daß du gleich die ganze Geschichte und Bedeutung der Rechtsprechung verstehen mußt? Könntest du dich nicht erst mal mit einer Zwei in Zivilrecht zufriedengeben?«

»Aber es könnte genausogut eine Sechs werden!« rief sie aus.

»Jetzt hör aber auf!« meinte Jazz kopfschüttelnd. »Du bist doch gar nicht in der Lage, in irgend etwas eine Sechs zu bekommen.«

Beinahe hätte sie ihn gefragt: Woher willst du das wissen? Aber während sie an diesem kühlen grauen Tag neben ihm durch den Park schlenderte – irgendwie hatte er sie über die Straße gelotst, ohne daß sie es mitbekommen hatte –, spürte sie die Sicherheit, die er ausstrahlte. Zum ersten Mal, seit sie ihr Jurastudium begonnen hatte, entspannte sie sich ein wenig. Sie würde die Prüfung in Zivilrecht bestehen. Als sie sich neben Jazz Taylor in die Schlange vor dem Hot-dog-Stand einreihte, war sie sich plötzlich sogar sicher, daß sie von dem groben Blumenthal mindestens eine Zwei bekommen würde.

»Senf?« fragte der Mann vom Hot-dog-Stand. Wenn sie so weiterarbeitete wie bisher, würde es vielleicht sogar eine Eins werden.

»Lee?« fragte Jazz.

»Ähm ...« Jazz mußte sie für eine Idiotin halten. Entweder man mochte Senf oder man mochte ihn nicht. Kein normaler Mensch stand mit einem blöden, entschuldigenden Grinsen vor dem Hot-dog-Stand und wägte das Für und Wider des Senftums ab.

Aber die Septemberluft strich kühl über ihr Gesicht. Die Leute im Park – Collegestudenten, Mütter mit Kleinkindern, Junkies – sahen alle so strahlend aus. Die ersten heruntergefallenen Blätter, der Müll, ja sogar die Häufchen Hundescheiße schienen allesamt perfekte Exemplare ihrer Art zu sein. Ist heute nicht der schönste Tag seit langem? hätte sie ihn am liebsten gefragt. Rote Stengel ließen die lebendige Schönheit der gelben Blätter auf dem Asphalt noch besser zur Geltung kommen; eine Flasche Yoo-Hoo, die an einer zusammengeknüllten Sportseite der *Daily News* lehnte, sah aus, als hätte Renoir persönlich sie so drapiert; ein Neufundländerwelpe hinterließ einen stolzen, dampfenden Haufen Kot. Lee spürte etwas in sich aufsteigen. Ein Hochgefühl. Sie würde nicht versagen. Sie würde Anwältin werden! Jazz Taylor hatte ihr die Augen geöffnet.

»Lee?« Und er sagte ihren Namen! Er war nicht bloß irgendein außerordentlich gutaussehender, schlanker Typ mit kräftigen Armen, deren Muskeln sich unter seinem armeegrünen T-Shirt abzeichneten. Er war im wahrsten Sinne des Wortes der Mann ihrer Träume, und dieser Mann sagte ihren Namen! »Lee.« Jazz Taylor!

»Senf«, sagte sie zu dem Hot-dog-Mann. »Und tonnenweise Sauerkraut.«

Das Leben ist selten so aufregend wie ein Film und folgt meist keinem besonders guten Drehbuch, so daß es eine doppelte Freude für Lee war, als Jazz zwei Tage nach Halloween, nachdem sie schon sieben Tassen Kaffee zusammen getrunken und zweimal gemeinsam zu Abend gegessen hatten, endlich fragte: »Wo bist du eigentlich her?«

»Aus Long Island«, antwortete Lee.

»Nein! Du machst Witze! Ich auch. Woher genau?«

Die große Enthüllung verlief genau so, wie sie es sich ausgemalt hatte. Nein, nicht ganz so. Sie waren Freunde, kein Liebespaar. Und eine der traurigen Nebenerscheinungen des anstrengenden Jurastudiums war, daß Jazz noch immer ihr einziger enger Freund an der Uni war. Sie hatte noch keine andere Frau aus ihrem Semester kennengelernt, mit der sie ein Glaubst-du-daß-er-insgeheim-schrecklich-schüchtern-ist-oder-daß-er-nur-an-meiner-Freundschaft-interessiert-ist-Gespräch hätte führen können, um sich bestätigen zu lassen, daß er insgeheim tatsächlich sehr schüchtern war. Anders als in ihren Träumen war Jazz in dem Augenblick, als er herausfand, wo sie wohnte, nicht gerade damit beschäftigt, ihre Fingerspitzen zu küssen. Statt dessen saß er ihr gegenüber und trank seine übliche Mischung aus Kaffee und Sahne. Sie sagte ganz leichthin, als wäre es höchst unwahrscheinlich, daß er je von dem Ort gehört hatte: »Shorehaven.«

»Das gibt's doch nicht! Ich auch!« Seine Begeisterung war wie immer grenzenlos. Jazz schien in jeder Lebenslage vor Energie überzuschäumen. Die gute Laune schien wie ein Blitz aus ihm herauszuschießen und in jeden einzuschlagen, der in seiner Nähe war. Lee hatte ihn auch außerhalb der Vorlesungen beobachtet: Wo Jazz hinkam, fand spontan eine Party statt. Das Bemerkenswerte daran war, daß er trotzdem kein Klassenclown war. Ihm kam eher die Rolle des beliebtesten Jungen der Klasse zu, was im Herbst 1972 bedeutete, daß er es fertigbrachte, ständig wie Jack Nicholson zu wirken – immer ein bißchen ironisch. Seine unbeschwerte Heiterkeit hielt sich stets die Waage mit seiner coolen Art.

»Ach ja«, sagte Lee mit dem nachsichtigen, amüsierten Blick, den sie in ihrer Phantasie so oft geübt hatte. »Bestimmt wohnst du auch in Shorehaven.«

»Das tue ich wirklich! Ich schwöre es!«

Sie schüttelte den Kopf. »Ich habe dort die Grundschule und dann die High-School besucht, und ich habe dich kein einziges Mal ...«

Jazz stellte seine Tasse ab und beugte sich vor. »Ich war an einer Privatschule! *Deswegen* hast du mich nie gesehen. Jetzt sag mir, wo genau du wohnst.«

»Nein. Sonst erzählst du mir bestimmt, daß du gleich nebenan wohnst.«

»Also gut«, antwortete Jazz, dem es sichtlich Vergnügen bereitete, sie von der Echtheit seiner Shorehavener Herkunft zu überzeugen. »Ich wohne in der Taylor Farm Lane.« Lee hatte die Szene so oft geprobt, daß sie es vorzog, nicht den Mund aufzusperren; ein zu einem O! aufgerissener Mund wäre viel zu theatralisch gewesen. Statt dessen riß sie die Augen auf. Sie runzelte die Stirn, als versuchte sie gerade, ein höchst befremdliches Rätsel zu lösen. »Weißt du, wo das ist?« fragte er, obwohl er an ihrer Reaktion merkte, daß sie es wußte.

»In der Taylor Lane steht nur ein einziges Haus«, sagte sie langsam.

»Richtig! In dem wohne ich.«

»Du bist ...«

»Komm schon, Lee, was ist daran so lustig?«

»Euer Haus ... wie wird es genannt?«

»Hart's Hill.«

»Wenn du von dort aus die Straße runterfährst, steht ganz in der Nähe der North Road ein Neubau. Mit einer Steinfront.« Er nickte. Er kannte das Haus. Lee war erleichtert, daß er nicht gleich vor Abscheu das Gesicht verzogen hatte. »In dem Haus wohne *ich*.«

»Nein.«

»Doch.«

»Nein.«

»Ich schwöre es.«

»Das hast du bloß erfunden.«

»Jazz, wie sollte ich etwas so Konkretes erfinden? Ich meine, ich weiß, wie die Straße heißt und wie das Haus aussieht.«

»Wenn du mir jetzt was vorflunkerst ...«

»Wieso sollte ich dir vorflunkern, deine Nachbarin zu sein, Herr Nachbar?«

Und genau wie in ihren Träumen begriff Jazz Taylor endlich, daß er tatsächlich der Junge von nebenan war, und begann vor Freude zu strahlen.

Lee und Jazz wurden die besten Freunde. Sie hatten eine wunderbare Beziehung, auch wenn Lee hoffte, daß irgendwann mehr daraus werden würde. Es war aber auch eine Beziehung mit gewissen Grenzen. Keiner von beiden hatte bisher die Familie des anderen kennengelernt.

In Jazz' Fall lag das daran, daß die Taylors an Weihnachten und Ostern nach dem obligatorischen (und für gewöhnlich sehr anstrengenden) Festessen ihre Basenjis in eine Tierpension gaben und zu ihrem Ferienhaus südlich von St. Petersburg flogen, einem mit Stuck und spanischen Fliesen ausgestatteten Etwas, das sie (mit dem Mangel an Originalität, der oft mit ererbtem Geld einhergeht) Casa Schimmelpilz nannten.

Was Lee anging, erklärte sie Jazz ziemlich geradeheraus, daß er sie nicht zu Hause besuchen könne. Ihre Schwester und ihr Schwager hausten noch immer in Robins Zimmer, versunken in einem feindseligen Nebel aus Sex und Drogen, der bei Sylvia zu einem Nervenzusammenbruch führte – allerdings einem von der Sorte, der sie nicht ans Bett fesselte, so daß sie, wenn sie einen guten Tag hatte, durchaus zur Maniküre fahren konnte. Die Situation war so nervenaufreibend, daß selbst die robuste Greta über Beschwerden zu klagen begann; wie sich später herausstellte, hatte sie ein Magengeschwür bekommen.

Lee verschwieg Jazz einen weiteren Grund, warum sie sich nicht dazu durchringen konnte, ihn nach Hause einzuladen. Sie befürchtete, ihr Vater würde sich über die bloße Tatsache, einen Taylor im Haus zu haben, so aufregen, daß ihn der Schlag treffen könnte. Oder, noch schlimmer, daß er einen Narren aus sich machen würde, indem er wieder mit seiner gespreizten Redeweise anfing. Lee erinnerte sich schaudernd an die verschiedenen Phasen, die er in dieser Hinsicht schon durchgemacht hatte.

Aber als sie am Ende ihres ersten Studienjahrs ihre Sachen zusammenpackte, um für den Sommer nach Washington zu fahren, und ihr Vater zu ihr ins Zimmer kam, weil er mit ihr über das, was er inzwischen die »Situation« nannte, sprechen wollte, fiel Lee auf, daß sich seine Redeweise erneut geändert hatte. »Ich kann es nicht mehr ertragen«, sagte er gerade. Lee fand, daß er anders klang als sonst, irgendwie kosmopolitisch: immer noch ein bißchen weltverdrossen, aber trotz der feierlichen Worte nicht mehr so hochgestochen. Eher ein wenig bissig. So wie er hätte jeder erfolgreiche Manhattaner reden können: ein Zeitungsreporter ebenso wie ein Urologe oder ein (und das überraschte sie am meisten) gutsituierter Pelzhändler.

»Dann schmeiß sie doch raus«, antwortete Lee, die nicht ganz bei der Sache war. Sie war gerade mit dem schwerwiegenden Problem beschäftigt, ob sie ein Paar hochhackige Schuhe mit nach Washington nehmen sollte oder nicht. Schließlich war sie jetzt Redakteurin bei *Law Review.* Und sie würde als Praktikantin am Kroll Institute for Justice arbeiten, einer prestigeträchtigen, linksgerichteten juristischen Denkfabrik, wo Leute in alten Jeans über großen Ideen brüteten und niemand auch nur ein Neuron Denkenergie an ein so frivoles Thema wie Wildlederstöckelschuhe verschwendete.

»Du kannst leicht sagen: ›Schmeiß sie doch raus‹«, meinte Leonard mit seiner bissigen neuen Art. »Aber ich bin zufällig ihr Vater. Ich bin derjenige, der sich mit den Konsequenzen herumschlagen muß.«

»Mit welchen Konsequenzen?« fragte Lee. Wenn sie die hohen Schuhe mitnahm, mußte sie sich eine Strumpfhose kaufen. Seufzend holte sie ein nie getragenes Paar Stöckelschuhe aus ihrem Schrank. Aber auch wenn es in Washington Anlässe gab, wo hohe Schuhe erforderlich waren – *wollte* sie bei solchen Anlässen überhaupt anwesend sein?

»Konsequenzen wie ... Wer weiß, was Robin mit diesem *Putz* alles passieren kann?« Lee, die aus dem Munde ihres Vaters noch nie ein jiddisches Wort gehört hatte, drehte sich erstaunt um. Trotz seines Kummers wegen der »Situation« sah er gut aus. Na ja, abgesehen von den langen, bauschigen Koteletten, die er neuerdings trug, und der modisch breiten Op-art-Krawatte, auf deren weißem Untergrund ein schwarzes Ochsenauge prangte. »*Ihn* müssen wir loswerden.«

»Wie willst du das anstellen? Er wäre verrückt, wenn er freiwillig ginge. Denk an das kostenlose Essen. Die saubere Wäsche – auch wenn er darauf keinen Wert legt. Das viele Geld, das er stehlen kann. Das ganze Silber, das er versetzen kann.«

»Wir wissen doch gar nicht mit Sicherheit …«, fing ihr Vater an, brach dann aber mitten im Satz ab, weil er genau wußte, daß das silberne Frank-Lloyd-Wright-Teeservice nicht von einem Einbrecher mit besonders erlesenem Geschmack gestohlen worden war, sondern von ihrem hauseigenen Junkie. »Hör zu, ich habe einen Plan, wie wir ihn loswerden können.«

Lee, die ihre hohen Schuhe gerade wieder in den Schrank zurückstellen wollte, hielt mitten in der Bewegung inne. Die dunklen Augen ihres Vaters funkelten. Ihr fiebriger Glanz hatte fast etwas Wahnsinniges. Lees erster Gedanke war: O Gott, er hat einen Killer engagiert, der Ira beseitigen soll! »Wie willst du das anstellen?« fragte sie ganz ruhig, um ihn nicht aufzuregen.

»Indem wir umziehen.«

»Umziehen?«

»Das Haus verkaufen«, erklärte er. »Weißt du, ich habe das ewige Pendeln satt. All die Jahre.« Er verschwieg Lee, daß er es außerdem satt hatte, vier Nächte die Woche bei Dolly zu verbringen. Was als wildes Sex-Abenteuer auf einem antiken, gemeinsam erstandenen Bett begonnen hatte, hatte sich inzwischen zu drei obligatorischen Nummern die Woche entwickelt, und er freute sich jedesmal auf den einen Abend – meist war es der Mittwoch –, an dem er einfach mit einem Tablett voll chinesischem Fastfood vor Dollys Fernseher sitzen und sich Merv Griffin ansehen durfte. Wenn Sylvia mit ihm in der Stadt wohnte, konnte er Dolly auf einen bis zwei Abende pro Woche drücken und hatte außerdem die perfekte Ausrede, warum er nicht mehr bei ihr übernachten konnte. »Es würde deiner Mutter sehr gut tun, in der Stadt zu leben.« Als er Lees skeptischen Gesichtsausdruck sah, fügte er hinzu: »Du kannst dir ja gar nicht vorstellen, was für Möglichkeiten wir hätten, wenn wir in der Stadt wohnten. Gesellschaftlich gesehen ist Long Island der absolute K. D. T.«

»Was bedeutet K. D. T.?«

»Kuß des Todes«, antwortete er mit der Lässigkeit des wahren Insiders. »Wir können hier draußen nicht mal ein Abendessen geben, weil kein Mensch kommen würde. Zumindest keine wichtigen Leute. Niemand aus Manhattan. Wir könnten eine Wohnung an der Park oder Fifth Avenue kaufen, mit einer großen Eingangsgalerie und einem offiziellen Speisezimmer. Dann könnten wir Einladungen geben und würden selbst auch«, seine Augen leuchteten noch stärker, seine Brust blähte sich, »überallhin eingeladen werden!« Als Leonard den argwöhnischen Blick seiner Tochter bemerkte, versuchte er, seine Begeisterung etwas zu dämpfen. »Glaub mir, ich will kein Partylöwe werden. Du weißt, daß mir ein so oberflächliches Leben nichts geben würde. Aber warum soll ich nicht ein bißchen Spaß haben? Immerhin habe ich als Geschäftsmann bescheidene Erfolge erzielt.« Er wartete, bis Lee seine Untertreibung mit einem Lächeln quittierte. »Und deine Mutter hat einen angeborenen Sinn für Stil.« Er versuchte es mit einem unbekümmerten Zwinkern, was aber lediglich zur Folge hatte, daß seine Wange ein wenig zuckte und seine Oberlippe leicht nach oben rutschte, so daß sein neu überkronter Eckzahn freigelegt wurde. »Kannst du dir vorstellen, was deine Mutter für das Bruttosozialprodukt leisten könnte, wenn sie für ein wirklich ausgefülltes gesellschaftliches Leben einkaufen würde?«

»Dad«, wandte Lee ein, »ich weiß nicht, ob sie momentan in der richtigen Verfassung für irgend etwas wirklich Ausgefülltes ist.«

»Das liegt nur daran, daß sie hier festsitzt, mit *ihnen,* in dieser ... unerträglichen Situation. Glaub mir, wenn wir in der Stadt leben und jeden Tag zu einer anderen Dinner-Party gehen würden, würde sich ihre Laune schlagartig bessern.«

»Ihre Laune würde sich schlagartig bessern, wenn jemand den Mut fände, Robin und ihren Mann rauszuwerfen.«

»Wohin sollen sie denn gehen? Wovon sollen sie leben?«

»Von dem, was sie sich selbst verdienen.«

Er schüttelte heftig den Kopf, ungehalten darüber, daß Lee ihn aus der Dinner-Party herausriß, von der er gerade träumte. »Du machst es dir zu einfach«, sagte er. »Für dich als zukünftige Anwältin ist das natürlich kein Problem. Aber Robin würde wahrscheinlich losziehen und mit Drogen handeln. Weißt du, wie lange sie dafür ins Gefängnis kommen kann?«

»Genau damit setzt sie euch unter Druck! Indem sie euch vor den schrecklichen Dingen angst macht, die sie tun würde, wenn sie nicht ihren Willen bekommt. Glaubst du allen Ernstes, daß du das Problem loswirst, indem du das Haus verkaufst?«

»Das ist nicht der einzige Grund, warum ich es verkaufe.«

»Hast du keine Angst, daß sie mit euch in die neue Wohnung ziehen könnte?«

»Da hätten wir einfach kein Zimmer für sie!« erklärte Leonard triumphierend. Er ging zum Fenster hinüber und zog den Vorhang auf. Im Dämmerlicht konnte er nur den Garten und den Hang sehen, der sie von Hart's Hill trennte. »Ich habe die Nase voll von der Vorstadt und diesen langweiligen *Gojim*. Das ist einfach nicht meine Welt. Als Geschäftsmann habe ich mit den erfolgreichsten Leuten der Stadt zu tun. Sie *mögen* mich. Und damit meine ich nicht nur das Pelzgeschäft oder die Modebranche allgemein. Ich könnte auf Partys gehen, wo sich die faszinierendsten Leute treffen! Journalisten. Hohe Tiere aus Industrie und Handel. Leute von der Wall Street. Sogar Leute aus dem Showbusineß. Stell dir das mal vor! Hast du gewußt, daß deine Mutter und ich letzten Donnerstag zu einer Dinner-Party hätten gehen können, zu der auch der Produzent von *Pippin* eingeladen war?«

Ohne weiter darüber nachzudenken, warf Lee die hohen Schuhe in ihren Koffer. Am nächsten Morgen brach sie in die Landeshauptstadt auf.

Den ganzen Sommer über hatte sie die Schuhe kein einziges Mal getragen. Wie ihr Professor für Verfassungsrecht gesagt hatte, war das Kroll Institute ein Ort tiefsinnigen Denkens, so daß Lee Juni, Juli und August in Sandalen herumlief, die sie 1969 auf einer Handwerksausstellung in Ithaca gekauft hatte; kein einziger Mann am Institut warf auch nur einen Blick auf ihre Füße. Sie interessierten sich – soweit sie sich überhaupt für die Praktikanten interessierten – nur für ihren Verstand. Deswegen recherchierte sie sechs Tage die Woche vierzehn Stunden am Tag für einen der großen Institutsdenker, einen Mann, der sich ihren Namen nicht merken konnte und sie statt dessen Rita nannte. Elf- oder zwölfmal konterte sie mit »Lee«, dann gab sie für einen oder zwei Tage auf. Aber die Arbeit in der aggressiven Stille des Instituts und das Leben mit einer Zimmergenossin, die für den Federal Mediation und Conciliation Service arbeitete, eine Agentur, die von ihren Angestellten offenbar ein Schweigegelübde verlangte, ließ ihr eine Menge Zeit zum Nachdenken.

Sie dachte beispielsweise: Wenn ich aufgebe und mich von ihm Rita nennen lasse, dann beweist das bloß, daß ich schnell klein beigebe. Nicht bei einer direkten Konfrontation. Damit komme ich klar. Aber ich neige dazu, mich von versteckten Attacken verwunden zu lassen: der hochgezogenen Augenbraue eines Praktikanten aus Harvard, der sich über die Form meiner Fußnoten mokiert; einer Einladung zum Mittagessen im Park, die ich beinahe angenommen hätte, wenn ich nicht in letzter Sekunde gemerkt hätte, daß sie in Wirklichkeit dem Typen galt, der in der juristischen Bibliothek mir gegenüber am Tisch saß; oder von der Tatsache, daß sich die Leute meinen Namen nicht merken können, weil ich offensichtlich keinen besonderen Eindruck mache. Wenn ich also Anwältin werden möchte, muß ich auf die indirekten Angriffe achten. Das ist mein wunder Punkt. Ich darf nicht gleich zusammenbrechen, bloß weil jemand sich über die Art mokiert, wie ich einen Fall zitiere, oder weil irgendein Typ mich nicht fragt, ob ich mit ihm zu einer Magna-Carta-Lesung an der George Washington University gehen will. Zumindest darf ich mir nicht anmerken lassen, wie sehr mich so etwas trifft.

Deswegen antwortete sie jedesmal, wenn der große Denker sie »Rita« nannte, mit: »Ich heiße Lee White.« Hinterher fühlte sie sich besser. Aber nicht viel.

Jazz fehlte ihr so, daß ihr allein der Gedanke an ihn die Tränen in die Augen trieb. Da sie fast ständig an ihn dachte – der Fall, den sie recherchieren mußte, faszinierte sie nicht so, wie er es vielleicht hätte tun sollen –, verbrachte sie ziemlich viel Zeit damit, den Kloß in ihrem Hals hinunterzuschlucken und die Augen weit aufzureißen, so daß sie selbst dann, wenn sie blinzelte, nicht weinen mußte.

Er vermisse sie, sagte Jazz zu ihr, wenn sie telefonierten, meistens ein- oder zweimal die Woche. Natürlich sagte er das auf eine freundschaftliche Art, im Sinne von: Ich vermisse meinen Kumpel. Jazz verlebte zweifellos einen wundervollen Sommer. Durch seinen Onkel, den Seniorpartner in einer renommierten Anwaltskanzlei, hatte er einen Ferienjob bei Matthison & Appleby an der Wall Street bekommen, eine Rosine, die normalerweise Studenten im zweiten Studienjahr vorbehalten war, deren Notendurchschnitt ein wenig besser war als der von Jazz. Die Arbeit, erzählte er, sei das Langweiligste, was man sich vorstellen könne, und der Anwalt, für den er arbeite, sei ein fader Kerl, ein Mann, dessen einzige Leidenschaft seine Rolle als Friedenssicherer im nie endenden internen Krieg bei International Hudson Machine Tools sei. Aber er teilte sich mit drei Freunden aus seiner College-Verbindung eine Wohnung an der Upper East Side, und sie ließen es sich gut gehen. »Und glaub bloß nicht, daß ich keine Kultur abbekomme«, erklärte er. »Ich habe mir *Die beiden Veroneser* angesehen und ein Stück über eine englische Fußballmannschaft, bei dem die Typen nackt auf die Bühne kamen. Was für eine erbärmliche Schwanzparade! Außerdem war ich auf ein paar Rockkonzerten im East Village. Und was hast du gemacht?«

»Diese Woche?« Schnell blätterte sie die *Washington Post* durch, achtete aber darauf, daß die Seiten nicht raschelten. Schließlich fand sie den Veranstaltungskalender und behauptete, *Sechs Personen suchen einen Autor* gesehen zu haben und bei einem Picknick gewesen zu sein.

»Klingt großartig!« sagte Jazz.

»Na ja …«

»Geht's dir nicht gut?« Seine Stimme war so voller Mitgefühl, daß es Lee vorkam, als würde er nicht nur ihre Einsamkeit verstehen, sondern auch über jede Einzelheit Bescheid wissen: die mittäglichen Hackfleisch-Salat-und-Tomaten-Sandwiches auf der Parkbank, die einsamen Nächte, in denen sie versuchte, Joyces *Dubliners* zu lesen, um ihren Horizont zu erweitern, statt dessen aber sofort einschlief.

»Nein. Die Arbeit … ich komme einigermaßen klar. Aber besonders gut bin ich nicht. Und ich habe den leisen Verdacht, daß ich einfach nicht zur Intellektuellen tauge.« Sie lachte und versuchte dabei, möglichst unbeschwert zu klingen.

Aber vom anderen Ende der Leitung kam kein Lachen zurück. Jazz merkte genau, wie schlecht es ihr ging. »Deine Arbeit macht dir keinen Spaß?«

»Nein.«

»Warum nicht?«

»Ich sage mir ständig, daß jeder Fall, von dem ich lese, für ein Menschenleben steht, aber ich kriege trotzdem kein Gefühl dafür. Ich habe das Gefühl … es sind Worte, sonst nichts. Und die Worte stehen für Ideen. Und Ideen um der Ideen willen … wenn ich ehrlich sein soll, schere ich mich einen Dreck um Ideen. Sie haben mich noch nie interessiert. Selbst am College war ich nur deswegen eine Kriegsgegnerin, weil ich Photos von Leuten mit Napalm-Verbrennungen gesehen hatte, und nicht, weil ich ernstzunehmende intellektuelle Einwände gegen Krieg an sich hatte.«

»Aber es gibt doch bestimmt etwas, das dir wichtig ist?« fragte Jazz.

Ein kleines Lächeln umspielte Lees Lippen. Wenn du wüßtest! dachte sie. »Menschen. Menschen sind mir wichtig.«

»Siehst du? Dann hast du in diesem Sommer doch was gelernt.«

»Stimmt. Daß ich Sozialarbeiterin hätte werden sollen.«

»Nein. Du hast gelernt, daß du nicht der Akademikertyp bist. Du gehörst nicht in eine Denkfabrik. Und du solltest wahrscheinlich auch keine große Kanzlei in Betracht ziehen, weil du dort die ersten zwanzig Jahre nichts anderes machst, als einen einzigen winzigen Aspekt eines großen und langweiligen Falles zu recherchieren.«

»Und? Was bleibt mir dann noch übrig?«

»Dir bleibt übrig, als Anwältin zu praktizieren, die *Menschen* vertritt.«

»Aha«, sagte Lee. »Demnach studiere ich Jura, um Anwältin zu werden.« Es war, als hätte Jazz ihr eine große Last abgenommen. Ihre Schultern entspannten sich. Sie rollte den Kopf von einer Seite zur anderen und wunderte sich, wie locker sich die Muskeln in ihrem Nacken plötzlich anfühlten. Aber nachdem diese Last von ihr genommen war, spürte sie etwas anderes: Verzweiflung über ihr Alleinsein. Nicht nur in Washington, sondern im Leben.

Sie hatte keinen Mann und – was sie genauso schlimm fand, oder vielleicht noch schlimmer – kein Ziel. Sicher, sie würde ihr Jurastudium mit einer guten Note abschließen und zu den besten zehn Prozent ihres Jahrgangs gehören, aber was dann? In eine Kanzlei eintreten und einen der Jobs machen, die immer Anwältinnen überlassen wurden: Konkurse und Ehescheidungen? Allein der Gedanke an diese Aussichten ließ ihre Seele schrumpfen. Ohne eine Arbeit, die ihr am Herzen lag, würde sie wahrscheinlich in der Rechtsabteilung irgendeines schrecklichen Menschen landen, der sich selbst als den Ralph Nader von Brooklyn bezeichnete und ständig an seinen eingewachsenen Barthaaren herumzupfte. Und sie würde im *Cornell Magazine* vom wunderbaren Leben all ihrer Freunde lesen. »Philip ›Flip‹ Mullen und seine Frau, Astor ›Pooky‹ Gibson, Jahrgang '71, sind hocherfreut, daß ihre Zwillinge, Albert und Max, ab nächsten September in

Cornell studieren werden. Flip, der zugibt, ein ehemaliger ›Peacenik‹ zu sein, ist Dozent für Physik am Institute for Advanced Science in Princeton und ist durch seine Arbeit im Bereich der Flüssigkeitsdynamik bekannt geworden. Pooky ist neben ihrer Tätigkeit als Richterin am Berufungsgericht Beraterin neu entstehender Nationen, denen sie bei der Ausarbeitung ihrer Verfassung hilft.«

»Jazz«, sagte Lee.

»Hey, du klingst ja grauenhaft. Und ich dachte, ich hätte dich etwas aufgeheitert.«

»Ich vermisse …« Sie stellte sich vor, wie er in seiner Wohnung in einem Sessel lümmelte, nachdem er seine Jacke ausgezogen und seine Krawatte gelockert hatte, und an einem der Drinks nippte, die in den Kanzleien an der Wall Street gerade in waren: vielleicht einen Martini, oder einen Dewar's. Dann steckte sie ihn in Shorts und T-Shirt und schob ihm einen Joint zwischen Daumen und Zeigefinger.

»Was vermißt du?« fragte Jazz.

»Ich vermisse …«, Lee versagte die Stimme, »New York.«

Gegen Ende ihres zweiten Studienjahrs entschied Lee, daß sie sich nicht als Opfer der Liebe eignete. Sie sehnte sich danach, wie die anderen Frauen in ihrem Semester zu sein, die morgens beim Aufwachen schon an das Eigentumsrecht dachten, beim Joggen im Park über den Einfluß des Warren Court nachsannen und nachts von Clifford Trusts träumten. Jazz Taylor war für sie permanent präsent und damit ein ständiger Störfaktor, und eines Tages beschloß sie, ihn aus ihrem Leben oder zumindest aus ihrem Kopf zu verbannen. Jedesmal, wenn sie in Zukunft an ihn dachte, würde sie den Rat befolgen, den sie vor Jahren in *Glamour* oder *Mademoiselle* gelesen hatte. Sag zu dir selbst: »Schluß damit!« und denk *sofort* an etwas anderes. Genau, wie es in dem Artikel vorgeschlagen wurde, stellte sie eine Liste mit Ersatzthemen zusammen: ihr Studium natürlich; ihr Vorhaben, einen Wok und ein Kochbuch zu kaufen und auf der Kochplatte, die sie verbotenerweise in ihrem Zimmer stehen hatte, chinesisches Essen zu kochen; ihre Großmutter Bella, an die sie sich so gerne erinnerte; ihre High-School-Freundin Dorie Adler. Sie würde sie anrufen und bitten, für sie ein Blind Date mit einem der Jungs zu arrangieren, die mit Dories Bruder an der Columbia Medical School Medizin studierten.

So kam es, daß Lee am Mittwoch vor Thanksgiving mit einem Gefühl im Zug nach Long Island saß, das an Erleichterung grenzte. Dabei rechnete sie keineswegs mit einem schönen Erntedankfest. Greta würde ihren traditionellen Zwanzig-Pfund-Truthahn servieren, aber dieses Jahr hatte Leonard Sylvia gebeten, keine Gäste einzuladen. Vergiß deine Cousins aus Rockland County, hatte er zu ihr gesagt. Und keine einsamen neuen Nachbarn. Nur wir. Sylvia stimmte ihm zu. Gott allein wußte, in welchem Zustand Robin und Ira sich an den Tisch setzen würden. Und jetzt waren auch noch ihre Freundinnen Bonnie und Nikki zu Besuch, die bei ihnen im Zimmer schliefen, die Whites um Haus und Heim fraßen und keine Anstalten machten, wieder zu fahren. Wenn Gäste kämen, würden diese womöglich fragen: »Was haben die beiden Mädchen mit dem ungewaschenen Haar bei euch zu suchen? Wer sind sie?«

Aber Lee ging es gut, weil sie schon drei oder vier Tage nicht mehr an Jazz gedacht hatte ... Schluß damit! Lee zwang sich, an einen anderen Typen zu denken, Rob Reynolds, Steuerrecht. Ziemlich klein, was nicht so schlimm war. Aber schrecklich schmal. Ein Mini-Mann. Würde sie wie ein Ballon aussehen, wenn sie neben ihm zur Parade von Macy's ging? War er überhaupt an ihr interessiert? Immerhin fand er stets einen Vorwand, nach der Vorlesung zu ihr zu kommen und ...

In dem Moment ließ sich Jazz Taylor auf den Platz neben ihr fallen, packte sie an der Nase und machte ein lautes Trompetengeräusch. »Hi.«

»Hi«, antwortete Lee, ohne recht zu wissen, wie sie sich verhalten sollte. Ihr Plan, Jazz aus ihrem Bewußtsein zu streichen, sah unter anderem vor, die Freundschaft langsam abkühlen zu lassen. Sich ständig mit ihm zum Frühstück, Mittagessen oder Abendessen zu treffen, selbst wenn sie dabei von einer immer größer werdenden Schar von Freunden umgeben waren, konnte nicht der richtige Weg sein, ihn loszuwerden. Nische an Nische in der Bibliothek zu sitzen, war auch nicht sehr hilfreich, ebensowenig wie ihre Angewohnheit, jeden Sonntagabend im Waverly eine Cola und einen Kübel Popcorn mit ihm zu teilen.

»Wo bist du die ganze Zeit gewesen?« fragte Jazz.

Lee spielte die exklusive, elitäre Karte. »Meistens in der Redaktion von *Law Review*«, antwortete sie, während sie ihre Büchertasche auf den Schoß hievte und darin herumwühlte, als müßte sie unbedingt ein bestimmtes, für ihre juristische Ausbildung unentbehrliches Buch finden. Ihre Hände irrten zwischen Notizbüchern und kommentierten Entscheidungssammlungen hin und her, schoben eine kleine Flasche Aspirin und eine Plastikschachtel für Tampons beiseite und stießen schließlich auf ein sich auflösendes Rezept für mongolisches Lamm, das sie Monate vorher im Wartezimmer ihres Zahnarztes aus einer Zeitschrift gerissen hatte.

»Was ist los mit dir?« fragte Jazz.

»Nichts.«

»Blödsinn.« Kopfschüttelnd blieb sie dabei, daß ihr nichts fehle, und zog eine Monographie über Crummey Trusts heraus, die ihr der Steuerrechtsprofessor wärmstens ans Herz gelegt hatte. »Habe ich dir irgendwas getan?« hakte Jazz beharrlich nach.

»Natürlich nicht.«

»Dann ...?«

»Nichts dann«, antwortete Lee, die selbst über ihre Grabesstimme erschrak. Eigentlich hatte sie einen scherzhaften Ton anschlagen wollen. Sie mußte sich zusammennehmen. Jazz' größte Gabe war sein Einfühlungsvermögen. Schon jetzt wußte er, daß sie Gesellschaft mied – insbesondere die seine. Wenn sie nicht sofort einen fröhlicheren Ton anschlug, würde er im Handumdrehen wissen, wo der Hund begraben lag. Er war ein so einfühlsamer Mensch. »Hör zu«, sagte sie mit einer Stimme, deren gespielte Fröhlichkeit fast manisch klang. »Der Job bei *Law Review* treibt mich noch in den Wahnsinn. Weißt du, ich kriege die Arbeit für meine Seminare schon kaum auf die Reihe und dann dieser Artikel über die nachsichtige Behandlung von Kapitalverbrechern durch die Exekutive. Es ist so ... unüberschaubar! Und zu allem Überfluß muß ich jetzt auch noch nach Hause fahren und mir das zu Gemüte führen, was man in unserem Haus unter Familienleben versteht ...«

Lee hörte nur deshalb zu reden auf, weil Jazz seine Hand auf die ihre legte, als wollte er sagen: Hör doch auf! Das ist nicht der wahre Grund, warum du mich ignorierst. Sie wollte weiterreden, aber ihr fiel beim besten Willen nichts mehr ein. Sie war es nicht gewohnt, von Jazz berührt zu werden. Sicher, er begrüßte sie regelmäßig auf ziemlich vorpubertäre Weise , indem er sie an der Nase packte oder in den Arm kniff. Einmal, als sie in eisiger Kälte bei Soylent Green anstanden, hatte er sie umarmt, aber es war die freundschaftliche Umarmung eines Bären gewesen, isoliert durch die sechs Schichten Wolle, die sie voneinander trennten. Diesmal aber lag Haut auf Haut, und die rauhe Wärme seiner Handfläche brannte auf ihrem Handrücken. O Gott, sie mußte schnell etwas sagen, aber ihr fiel nichts ein. Eine Anwältin sollte immer in der Lage sein, aus dem Stegreif zu reden, aber das einzige, woran sie denken konnte, war, wie heiß seine Hand sich anfühlte. Sollte sie ihre Hand wegziehen? Ihm schnell und kumpelhaft den Ellbogen in die Rippen rammen? Was war eigentlich mit ihm los? Wieso nahm er seine blöde Hand nicht weg?

Tatsächlich hatte Jazz genau das vor, aber in dem Augenblick fiel im Zug mal wieder das Licht aus, und da er gerade beschleunigte, um in den Tunnel unter dem East River abzutauchen, herrschte in ihrem Waggon plötzlich völlige Dunkelheit. Noch ehe sie beide einen weiteren Gedanken fassen konnten, begann seine Hand die ihre zu streicheln, und irgendwie schafften es ihre Lippen trotz des akuten Lichtmangels, sich zu finden, und Jazz sagte: »Ich liebe dich, Lee.«

Und die Lichter gingen genau in dem Augenblick wieder an, als Lee sagte: »Ich liebe dich auch.«

13

»Ich lasse Norman Torkelson im eigenen Saft schmoren«, verkündete ich dem Mann in meinem Leben.

»Keine schlechte Idee.«

Da er der beste Anwalt auf Long Island war, wenn nicht sogar auf der ganzen Welt, war ich über seine Zustimmung mehr als erfreut. »Danke«, antwortete ich, während ich überlegte, ob ich mir bloß selbst auf den Rücken klopfen oder eine Flasche aus der Kiste Dom Perignon aufmachen sollte, die ich als kleines Extra erhalten hatte, nachdem ich ein wegen unerlaubten Waffenbesitzes angeklagtes Mitglied der Unterwelt freibekommen hatte. »Wirklich, vielen Dank.«

»Bloß scheinst du in den gleichen Topf gesprungen zu sein.«

»Welchen Topf?«

»Den, in dem Norman schmort. Du schmorst nämlich auch schon.« Wie üblich hatte er recht.

Für eine Strafverteidigerin wie mich war das Leben einfach: Die meisten meiner Mandanten waren schuldig. Besonders – und ganz offensichtlich – Norman Torkelson. Aber plötzlich kamen mir nicht nur Zweifel, sondern ich durchlebte auch jedes klischeehafte Symptom zeitgenössischer Angst: zusammengebissene Zähne, einen revoltierenden Magen, Schmerzen in der Lendenwirbelsäule (mit Ischiasbeschwerden, versteht sich) und Kopfschmerzen. Diese Symptome lösten dann meine erste wechselbedingte Hitzewallung aus. Deswegen dachte ich mir: Wenn es mir schlecht geht, warum soll es Norman besser gehen? Da er gedroht hatte, mich für das zu feuern, was mein Job war – einen Weg zu finden, die ihm drohende Mordanklage abzuwenden –, beschloß ich, ihn drei Tage schmoren zu lassen.

In Anbetracht meiner Neigung zu Angstzuständen konnte man meine gegenwärtige Besorgnis aber noch nicht als größere Krise bezeichnen. Während dieser drei Tage schaffte ich es immerhin, an meinem Pharma-Fall weiterzuarbeiten. Außerdem erledigte ich ziemlich viel Papierkram, befragte Zeugen für eine meiner nächsten Verhandlungen – mein Mandant hatte jemanden überfahren und war der fahrlässigen Tötung angeklagt –, überarbeitete einen Berufungsantrag, den Chuckie geschrieben hatte, hatte einen Termin mit einer neuen Mandantin – einer College-Studentin, die einen Wachmann umgerannt hatte und mit zweiundzwanzig CDs unter ihrem Jeansrock aus Tower Records gestürmt war – und kaufte ein siebenhundert Pfund schweres gußeisernes Vogelbad in einem Antiquitätengeschäft, das einen Räumungsverkauf veranstaltete, weil es von Gartendekoration auf Designermöbel umstellte.

Wenn man Leute verteidigt, die irgendwelcher Verbrechen beschuldigt werden, dann bleibt es einfach nicht aus, daß man hin und wieder ins Grübeln kommt. So ist das nun mal. Man lebt davon, sich mit Leuten herumzuschlagen, die schreckliche Dinge machen oder, und das kommt häufig vor, für einen billigen Nervenkitzel ein Chaos anrichten. Als ihr Anwalt lernt man, die eigene Moral in eine Tüte zu stecken und auf ein Regalfach ganz weit oben zu schieben. Zugegeben, das Leid, das die Person, die man vertritt, ihren Opfern, ihrer eigenen Familie und sich selbst zufügt, sollte einem eigentlich das Herz brechen. Aber nach den ersten zwanzig oder dreißig schlaflosen Nächten wird einem allmählich klar, wie wenig man tun kann. Man versteht, daß viele der Mandanten ihre Probleme *brauchen*. Sie sehen ihre Lebensaufgabe hauptsächlich darin, Ordnung in Chaos zu verwandeln. Und als ihr Anwalt hat man nicht die Macht, ihr Leben zu verändern. Außerdem kann man den Schaden, den sie anrichten, nicht wiedergutmachen, und man kann auch keine Gerechtigkeit für sie erstreiten, zumindest nicht im ideellen Sinn. Man kann sich nur in die Arbeit knien und versuchen, das Beste für sie herauszuholen.

Also versuchte ich mich zu beschäftigen, was nicht allzu schwer war. Da Chuckie schreckliche Texte verfaßte, hatte ich so lange damit zu tun, seinen Antrag zu überarbeiten, daß ich beschloß, Norman noch einen Tag länger schmoren zu lassen. Aber dann rief Norman im Büro an und redete auf Sandi ein. Ich müsse ihn unbedingt besuchen. Er sei »untröstlich« wegen seines »schäbigen Verhaltens« und werde »von Gewissensbissen gequält«. Also ließ ich Chuckies Berufungsantrag liegen und fuhr ins Gefängnis.

»Wie kann ich Sie davon überzeugen, daß es mir wahnsinnig leid tut?« fragte mich Norman zerknirscht.

»Vergessen Sie es. Dieser Ort ist die reine Hölle. Das schlägt den Leuten aufs Gemüt.«

»Da haben Sie allerdings recht. Lassen Sie mich die Sache mit Mary erklären. Bitte. In Ihren Augen ist sie wahrscheinlich ein abgebrühtes kleines Luder«, ich setzte zu einem Pro-forma-Einwand an, aber Norman schnitt mir das Wort ab, »aber Sie dürfen sich durch ihre Fassade nicht täuschen lassen. Sie ist schrecklich sensibel.«

»Ich verstehe.«

»Mir ist klar, daß ich nach Ihren Maßstäben nichts wert bin, aber zufällig bin ich das Beste, was Mary je passiert ist.« Ein betont ausdrucksloses Pokerface hätte mich noch eher verraten als das schallende Gelächter, das sich in mir zusammenbraute. Deswegen nickte ich bloß steif und konzentrierte mich darauf, die Krümel in seinen Mundwinkeln zu studieren. Ein paar hatten sich auch in der Brustbehaarung verfangen, die aus dem V-Ausschnitt seiner Gefängniskluft hervorlugte. Gelblichbraune Krümel, was bedeutete, daß ein kulinarisches Meisterwerk als Nachspeise serviert worden war: Schokoladen-Chips-Kekse – allerdings ohne die Chips, weil die bei der letzten Runde der republikanischen Budgetkürzungen gestrichen worden waren. »Sie ist ein wundervoller Mensch«, fuhr er fort. »Ich weiß: Sie denken wahrscheinlich, daß Tausende von Männern auf sie scharf sind. Und Sie haben recht. Aber diese Männer würden sie bloß als eine Art Schmuckstück betrachten.«

Jetzt, da er sich bei mir entschuldigt hatte, konnte ich nicht so unhöflich sein und ihm ins Wort fallen. Aber es war, als säße ich in einem Hörsaal und würde eine nervtötende Pflichtvorlesung über mich ergehen lassen: Mary Dean 201 – die postpubertären Jahre. Während er weiterredete, spürte ich, wie mir langsam der Geduldsfaden riß. Gleich würde ich ihn auffordern, endlich den Mund zu halten.

»In der Praxis bedeutet das, daß Mary mit keinem dieser Männer eine längere Beziehung haben könnte. Sie fragen sich vielleicht, warum. Der Grund ist, daß die Männer sie nur auf einer libidinösen Ebene brauchen. Sie brauchen sie weder als menschliches Wesen noch als konventionelle Ehefrau, wenn ich das so sagen darf. Mary hat wenig utilitaristischen Wert.«

»Was heißt das?« rutschte mir heraus. Mit dieser unvorsichtigen Frage handelte ich mir einen weiteren Wortschwall ein.

»Es heißt, daß sie nicht kochen kann. Sie ist zu flatterhaft, um sich um Kinder kümmern zu können. Man kann sich nicht mal darauf verlassen, daß sie einem ausrichtet, ob jemand angerufen hat. Sie kann im Grunde gar nichts. *Außer,* ein guter Mensch sein.«

»Ein guter Mensch«, wiederholte ich und mußte an das fast sexuelle Vergnügen denken, das es ihr bereitet hatte, mit Norman zusammenzuarbeiten und ihm auf diese Weise zu helfen, das Leben all der Frauen zu zerstören, die er sich als Opfer ausgesucht hatte.

»Ich weiß, daß ich selbst *kein* guter Mensch bin«, räumte Norman ein. »Ich weiß, daß ich Mary – auf sehr raffinierte Weise, wie ich hinzufügen möchte – dazu verleitet habe, als Komplizin bei meiner Arbeit ... meinen Verbrechen mitzuwirken. Aber zumindest weiß ich ihren guten Charakter zu schätzen, was man von anderen Männern nicht behaupten kann. Und es ist mein aufrichtiger Wunsch, sie glücklich zu machen – und sei es nur aus dem egoistischen Grund, daß sie *mich* glücklich macht. Ich meine, ich brauche keine Frau, die für mich kocht. Jede meiner Heiratskandidatinnen wäre liebend gern meine willige Sklavin geworden, aber Mary ...«

Wenn ich wartete, bis er aufhörte, über sie zu reden, würden Norman und ich meine diamantene Hochzeit im Besuchsraum des Gefängnisses feiern können. Deswegen fragte ich: »Warum haben Sie sich so aufgeregt, als ich andeutete, daß Mary etwas mit Bobettes Tod zu tun haben könnte?«

»Weil sie es nicht war!« stieß Norman aus. Er verlor schon wieder die Beherrschung. Als er sich zu mir vorbeugte, schienen seine Augen vor Wut fast aus den Höhlen zu treten.

Ich sah ihn direkt an, bis er seine feindselige Haltung aufgab und ein paar Sekunden später den Blick abwandte. Ich gab ihm noch eine Minute, sich wieder zu fangen. In der Zwischenzeit ließ ich den Blick durch den Besuchsraum schweifen. Ein Kollege, Louie Pacheco, mit dem ich damals im Büro des Staatsanwalts zusammengearbeitet hatte, spazierte eine Reihe weiter vorne in meine Richtung. Offenbar hatte er auch einen Termin mit einem Klienten. Mir fiel auf, daß Louie einen modischen Anzug mit gigantischen Schulterpolstern trug, die wohl seine mittelalterliche Birnenform kaschieren und dem Betrachter vorgaukeln sollten, daß unter dem Anzug ein jugendliches, durchtrainiertes, umgekehrtes Dreieck steckte. Louies Haut, deren Farbe normalerweise an gekochtes Huhn erinnerte, war jetzt einen Ton dunkler als ein Brown & Serve-Würstchen. Eine neue Frisur hatte er auch: einen Pferdeschwanz. Zweifellos hatte er eine neue, junge Freundin, die in Sachen Styling die Regie übernommen hatte. Dem Ausmaß seiner Verwandlung nach zu urteilen sah es so aus, als würde sie seine zweite Frau werden – auch wenn sein Ehering darauf schließen ließ, daß er seine erste noch nicht über seine neuen Pläne informiert hatte. Wahrscheinlich hatte er es seinen vier Kindern gegenüber auch noch nicht erwähnt – von denen noch keines über zwölf sein konnte.

»Regen Sie sich nicht auf«, sagte ich, wieder an Norman gewandt. »Ich verstehe ja, daß Sie Mary lieben. Ich verstehe auch, daß Sie sie beschützen wollen. Aber Sie übertreiben es ein bißchen, und das veranlaßt mich zu der Annahme, daß Sie Angst um Mary haben. Und da ich Ihre Anwältin bin, würde es mir helfen zu wissen, warum.« Er verschränkte die Hände ineinander, stützte das Kinn auf die Knöchel und schloß die Augen. Ich begriff, daß dies ein Moment der Besinnung war, und richtete meinen Blick wieder auf Louies Pferdeschwanz. Grau und schlaff lag er über den breiten Rücken von Louies dunkelblauem Jackett. Ich hoffte – wäre ich der fromme Typ gewesen, hätte ich ein kleines Stoßgebet gen Himmel gesandt –, daß seine zweite Frau ihm auf der Hochzeitsreise einen richtig schönen Herzinfarkt bescheren würde. »Norman, als ich Ihnen erzählte, daß es sich bei den Fingerabdrücken am Tatort um die von Mary handelt, hatte ich den Eindruck, daß Sie darüber ziemlich erschrocken waren.«

»Ja, wahrscheinlich«, sagte er an die Zimmerdecke gewandt.

»Vergessen wir mal für eine Minute, was sie in Bobette Frischs Haus gemacht oder nicht gemacht hat. Hat Mary ein Vorstrafenregister? Hatten Sie deswegen solche Angst um sie?« Er schien die schalldämmenden Deckenplatten zu zählen. »Wenn möglich, würde ich gern die Wahrheit hören, Norman.«

Norman sah mich an. »Ein paar Verhaftungen wegen Ladendiebstahls. Eine Verurteilung. Zur Bewährung ausgesetzt. Keine große Sache. Sie mag eben hübsche Sachen, und manchmal ... Sie wissen schon. Wenn ein Mädchen wie Mary in einer freudlosen Umgebung aufwächst, dann braucht sie ... schöne Dinge. Glücksbringer, wenn Sie so wollen, die sie vor weiteren Entbehrungen beschützen sollen. Aber wenn die Polizei das herausfindet, wird man sich sofort auf sie stürzen. Die werden irgendwas erfinden, was sie ihr zur Last legen können, und sie verhaften. Und glauben Sie mir, eine einzige Nacht an einem Ort wie diesem ... Das würde sie nicht aushalten. Ich kann das einfach nicht zulassen! Ich liebe sie. Aber was noch wichtiger ist, ich bin ...« Er schluckte. Gerade, als ich dachte, was für ein erbärmlicher Schauspieler er doch war, schloß er die Augen. In seinen Augenwinkeln bildeten sich Tränen. »Ich bin ein unvollkommener Mensch«, flüsterte er unter Aufbietung all seiner Kräfte. Ich wartete, bis er in der Lage war, weiterzusprechen. »Ich brauche Mary, um ein ganzer Mensch zu werden – soweit das bei jemandem wie mir überhaupt möglich ist. Lieber Gott, ich habe solche Angst vor einem Leben ohne sie. *Deswegen* muß ich sie beschützen. Egal, welchen Preis ich dafür zahle.«

Im Film haben Privatdetektive immer ein Büro mit Linoleumboden (über den die hohen Absätze von sexy Klientinnen klacken), Raumteiler aus Milchglas und überquellende Aschenbecher. Das von Terry Salazar war ganz mit einem elfenbeinfarbenen Teppich ausgelegt, auf dem ein elfenbeinfarbenes Sofa und zwei elfenbeinfarbene Sessel neben einem elfenbeinfarbenen Schreibtisch im Art-deco-Stil standen. Er hatte das Büro von einer Kosmetikfirma übernommen, die ihr ganzes Kapital in eine immens teure Werbekampagne gesteckt hatte und damit Pleite gegangen war. Für zusätzliche fünftausend Dollar hatte Terry die Möbel, einen Packard-Bell-Computer und, wie sich herausstellte, einen Schrank voll Satin-Skin-Peelingcreme erstanden.

Terry war der Meinung, einfach nur ein weißes Büro zu kaufen. Erst als einer seiner Cop-Kumpel ihn damit aufzuziehen begann, daß er wohl etwas mit einer Innenarchitektin habe, wurde ihm klar, daß sein Büro – was für ein Alptraum! – *feminin* wirkte. Eine Zeitlang versuchte er die Atmosphäre des Raumes dadurch zu neutralisieren, daß er die Ärmel hochrollte, seine behaarten Arme zur Schau stellte und stinkende Zigarren paffte, aber am Ende erledigte er die meisten seiner Geschäfte in Plumpie's oder einer anderen besonders schmutzigen Bar, Big Nick's, und hielt seine Klienten von seinem Büro fern.

Für mich machte er hauptsächlich deswegen eine Ausnahme, weil ich ihm einmal geschworen hatte, nie eine spöttische Bemerkung über seine damenhafte Einrichtung zu machen und auch niemandem im ganzen Strafrechtssystem etwas davon zu verraten. Ich hielt Wort. Abgesehen vom Gestank der Zigarren (der lebenden wie der toten) und den dunklen Tintenflecken, die seine Ausrüstung zum Abnehmen von Fingerabdrücken hinterließ, war es ein ansprechender Ort, und ich schaute oft vorbei. So gemütlich mein eigenes Büro auch war, ich haßte es, lange an einem Ort festzusitzen. Wenn ein Tag verging, ohne daß ich vor Gericht erscheinen mußte, fand ich immer eine Ausrede, um zu Terry oder in die Bibliothek oder zur Anwaltskammer zu fahren. Manchmal schaute ich sogar unter irgendeinem Vorwand im Polizeipräsidium vorbei und plauderte eine halbe Stunde.

Bei Terry ließ ich mich immer an derselben Stelle auf dem Sofa nieder, streifte meine Schuhe ab und legte die Füße auf den weißen Marmorcouchtisch, eine Angewohnheit, zu der mich Terry noch ermunterte, weil sie so schön ungezogen war. »Wenn Mary vorbestraft ist«, fragte ich, »wie kommt es dann, daß die Cops sie nicht identifiziert haben, als sie die Fingerabdrücke in Bobettes Wohnzimmer überprüften?«

Terry, der sich in seinem elfenbeinfarbenen Ledersessel zurücklehnte und seinerseits die Füße auf den Schreibtisch legte, saugte an seiner Zigarre und sagte: »Zwei Möglichkeiten.« Er nahm die Zigarre aus dem Mund und begutachtete sie mit zufriedenem Gesichtsausdruck.

»Ich bezahle dir fünfundsiebzig Dollar die Stunde für deine Arbeit als Detektiv und nicht, damit du nachdenklich schweigend deinen Ersatzpenis betrachtest.«

»Wovon zum Teufel redest du eigentlich, Lee?«

»Zwei Möglichkeiten«, fauchte ich. »Was für zwei Möglichkeiten? Komm schon, ich habe nicht den ganzen Tag Zeit.«

Traurig schüttelte er den Kopf, weil ich einen solchen Mangel an Höflichkeit an den Tag legte. »Erstens: Wenn Mary nur ein einziges Mal verhaftet worden ist, könnte es sein, daß den Unterlagen etwas zugestoßen ist und ihre Fingerabdrücke es nie bis in den Computer geschafft haben.«

»Kommt das oft vor?«

»Öfter, als die Verantwortlichen zugeben.«

»Oder ...?« ermutigte ich ihn.

»›Oder‹ was?«

»Du hast von zwei Möglichkeiten gesprochen.«

»Unsere süße kleine Holly hat vergessen, die Fingerabdrücke überprüfen zu lassen.«

Ich setzte mich auf und stellte die Füße auf den Boden. »*Vergessen?*«

»Warum sollte sie auch?« fragte Terry, der immer noch bequem zurückgelehnt dasaß und auf eine Weise an seiner Zigarre lutschte, wie es die meisten Männer tun – nämlich genau so, wie ein Hund an seinen Genitalien herumleckt. Er schien über Hollys lasche Vorgehensweise nicht sonderlich bestürzt. »Wenn sie die Fingerabdrücke überprüft, muß sie herausfinden, von wem sie sind, und den Betreffenden in U-Haft nehmen. Das würde den Fall nur verkomplizieren.«

»Es ist ihre berufliche Pflicht ...«, begann ich. Aber statt Terry eine Vorlesung über das Thema Ethik zu halten, verlangte ich von ihm, seinen Freund anzurufen und ihn zu fragen, ob bei der Überprüfung durch das FBI etwas herausgekommen sei.

»Ich kann ihn nicht so drängen«, protestierte Terry.

»Natürlich kannst du. Ich bezahle dich, und du bezahlst ihn, und ich will jetzt eine Antwort haben.«

»Weißt du, wenn du so redest, klingst du so verdammt männlich. Das ist richtig abstoßend, Lee.«

»Gut«, antwortete ich, und lehnte mich zurück, während er telefonierte. Natürlich ließ er nicht das Geringste verlauten, während er redete. Ein paar männliche Lacher, ein paar Worte über ihre Ehefrauen und dann eine Menge Ahas und Hmms. Er griff nach Papier und Stift und machte sich ein paar Notizen.

»Und?« fragte ich, sobald er aufgelegt hatte. »Raus damit! Ich sehe doch, daß du ein Grinsen unterdrückst. Du bist zufrieden mit dir.«

»Ich bin immer zufrieden mit mir.«

»Komm schon, Terry!«

»Mary Dean hat ein Vorstrafenregister.«

»Weswegen?«

»Nicht Ladendiebstahl.«

»Sondern?«

»Ein langes – und damit meine ich ein wirklich langes – Vorstrafenregister wegen Prostitution.«

Das Vorstrafenregister überraschte mich nicht. Das »lang« schon.

»Wie lang?«

»Siebenundzwanzig Verhaftungen.«

»Lieber Himmel!« meinte ich. »Ein wirklicher Profi.«

»Darauf kannst du wetten.« Terry trug sein nachdenklich-laszives Grinsen zur Schau, aber es bestand kein Zweifel daran, daß er von Mary enttäuscht war. Fast schon verletzt.

»Glaubst du, Norman weiß Bescheid?« fragte ich ihn.

»Natürlich.« Er runzelte die Stirn, wie es schlechte Schauspieler tun, wenn sie zeigen wollen, daß sie nachdenken. Allerdings war Terrys Gehirn tatsächlich am Arbeiten. »Ich wette, Norman tut alles, um sie *nicht* daran zu erinnern, daß sie eine Nutte ist. Bestimmt behandelt er sie wie eine Prinzessin. Auf diese Weise sichert er sich ihre Loyalität, das garantiere ich dir. Ich gehe jede Wette ein, daß er es so eingerichtet hat, daß sie nur zwei Möglichkeiten sieht: Von ihm vergöttert und versorgt zu werden – oder zwanzig Dollar dafür zu bekommen, daß sie ein paar Typen in irgendeinem dreckigen Hinterzimmer einen bläst.« Jedesmal, wenn ich anfange, Terry absolut widerlich zu finden, kommt er mit solchen Erkenntnissen an.

»Wo ist sie verhaftet worden?« fragte ich.

Er warf einen Blick auf seine Notizen. »Kalifornien, Nevada, Arizona, New Mexico.«

»Ist sie jemals eingesperrt gewesen?« fragte ich.

Terry lächelte. »Alle Strafen wurden zur Bewährung ausgesetzt. Sie hat mit Sicherheit nie vor einer Richterin gestanden. Welcher Typ brächte es schon übers Herz, sie ins Gefängnis zu stecken?« Ich wollte gerade wieder in meine Schuhe steigen, als Terry verkündete: »Es gab noch eine Verhaftung.«

»Weswegen?«

»Körperverletzung.«

»Körperverletzung?« Mein Fuß hielt knapp über meinem Schuh inne. »Worum ging es dabei?«

»Es war vor acht Monaten. In Annapolis, Maryland. Sie nannte sich damals Marissa Shaw. Sie hat eine sechzigjährige Frau ziemlich übel zugerichtet. Eine Witwe. Gesichtsverletzungen, Gehirnerschütterung, zwei gebrochene Rippen.«

»Du machst Witze!«

»Mary hat behauptet, die Frau habe sie angegriffen Der Richter ließ sie gegen Kaution frei. Rate mal, was dann passierte.«

»Mary hat sich aus dem Staub gemacht.«

»Natürlich.« Terry lehnte den Kopf zurück und blies eine selbstgefällige Rauchsäule zu seiner elfenbeinfarbenen Decke hinauf. »Sie hat sich aus dem Staub gemacht.«

Es dauerte nur ein paar Minuten, den Namen der Sechzigjährigen herauszufinden: Carolyn Knowles. Ich brauchte keinen Detektiv, um sie aufzuspüren. Ein kurzer Anruf bei der Auskunft, und schon hatte ich ihre Telefonnummer. Sobald ich das Klicken in der Leitung hörte, gab ich Terry ein Zeichen, das Gespräch mitzuhören und sich Notizen zu machen. Sie nahm beim zweiten Läuten ab, als hätte sie einen Anruf erwartet. Ich erklärte ihr, daß ich über die Behörden in Maryland von ihrem Fall erfahren hätte.

»Sind Sie von der Polizei?« fragte sie. Ihre Stimme klang übertrieben kultiviert, jede Silbe bewußt betont. Bei dieser Sprechweise wunderte es mich nicht, daß jemand auf die Idee kommen konnte, ihr ein paar Quetschungen zu verpassen.

»Nein, aber ich bin beauftragt worden, in diesem Fall zu ermitteln. Nun, um ganz ehrlich zu sein, Ms. Knowles, die Frau, die Sie attackiert hat und damals einen falschen Namen benutzte ...« Ich machte eine Pause, um den Eindruck zu erwecken, als würde ich einen Blick in meine Unterlagen werfen. Ich hoffte, sie würde mir den Gefallen tun, den Namen von sich aus zu nennen.

Was sie auch tat. »Marissa Shaw«, sagte sie, wobei es aus ihrem Munde so klang, als wäre Marissa Shaw eine Bekannte, die auf ein Brunnenkresse-Sandwich und eine Tasse Darjeeling bei ihr vorbeigeschaut hatte, und nicht eine Frau, die sie fast erschlagen hätte.

»Marissa Shaw spielt für meine Ermittlungen nur am Rande eine Rolle. Die Person, die mich eigentlich interessiert, ist«, ich hörte, wie sie nach Luft schnappte, »ist dafür bekannt, daß sie oft ihren Namen wechselt. Aber ich kann den Mann beschreiben. Er ist einsfünfundneunzig groß ...«

»Haben Sie ihn gefunden?« keuchte sie.

»Ich habe eine ziemlich genaue Vorstellung davon, wo er sich aufhält, Ms. Knowles, obwohl es mir im Moment nicht möglich ist, über die Sache zu sprechen. Haben Sie eine Ahnung, ob es da eine Verbindung gibt zwischen ... Unter welchem Namen haben Sie ihn gekannt?«

»Arthur Berringer«, antwortete sie zärtlich und langsam, als könne allein der Name sie noch immer verzaubern.

»Und er hat Ihnen nie einen Hinweis darauf gegeben, daß er diese Marissa Shaw kannte?«

»Nein.« Ein definitives Nein. »Ganz im Gegenteil ...« Sie zögerte.

»Ich bin Ihnen für alles dankbar, was Sie mir sagen können, Ms. Knowles«, sagte ich, während Terry jene männliche, autoerotische Geste nachmachte, die bedeutete, daß eine größere Wichserei im Gange war.

»Er hat sie mit Sicherheit *nicht* gekannt«, erwiderte Carolyn Knowles. »Als es passierte, versuchte er sie von mir wegzuziehen und sagte immer wieder: ›Wer sind Sie? Hören Sie auf!‹« Ihre Stimme wurde lauter. »›Aufhören!‹«

»Wo ist das Ganze passiert?« fragte ich.

»In meinem Wagen. Wir hielten vor meinem Haus. Ich habe ein LeBaron-Cabriolet, und wir hatten das Verdeck heruntergelassen. Wir saßen bloß einen Moment lang da. Arthur – mein Verlobter – nahm meine Hand.« Dann fügte sie fast schüchtern hinzu: »Wir hatten uns gerade die Heiratserlaubnis besorgt.« Während sie eine Pause einlegte, um ihre Gedanken zu sammeln und wahrscheinlich ihre Tränen zu unterdrücken, schwieg ich ebenfalls. Mir ging durch den Kopf, daß Carolyn Knowles prädestiniert dafür war, einem Heiratsschwindler zum Opfer zu fallen. Sie war gerade dabei, mir ihre ganze Geschichte zu erzählen – ohne auch nur nach meinem Namen gefragt zu haben. »Plötzlich tauchte aus dem Nichts diese Frau auf und riß die Wagentür auf.«

»Auf der Fahrer- oder auf der Beifahrerseite?«

»Auf der Beifahrerseite. Arthur saß am Steuer.«

»Und was passierte dann?« fragte ich so behutsam wie möglich.

»Sie muß meinen Sicherheitsgurt geöffnet haben. Bevor ich überhaupt wußte, wie mir geschah, zerrte sie mich aus dem Wagen.«

Was ich hörte, klang wie ein Schniefen; mir war klar, daß sie leise vor sich hinweinte. »Was für eine schreckliche Geschichte«, sagte ich.

»Ein Alptraum!«

»Und Arthur hat versucht Ihnen zu helfen?«

»Ja, aber die Frau war erstaunlich stark. Er versuchte, sie an den Armen zu packen und von mir wegzuziehen. Er schrie: ›Aufhören!‹, und sie schrie ebenfalls: ›Aufhören!‹ Damit meinte sie, daß er aufhören solle, sie von mir wegzuziehen.«

»Hat sie irgendwie angedeutet, was sie dazu veranlaßt hat, so auf Sie loszugehen?«

Ich hörte einen lauten Schluchzer. Einen Moment später sagte sie: »Nein. Sie hat kein Wort gesagt. Bloß auf mich eingeschlagen. Mit den Fäusten, wie ein Mann. Dann hat sie meinen Kopf gepackt und«, die kultivierte Stimme versagte ihr den Dienst und wurde durch eine höhere, verwirrt klingende Tonlage ersetzt, die an ein verletztes Kind erinnerte, »ihn auf den Bürgersteig geknallt.«

»Können Sie sich sonst noch an etwas erinnern, Ms. Knowles?«

»Nein, ich bin bewußtlos geworden. Nicht besonders lang, glaube ich, aber als ich wieder zu mir kam, war das Mädchen verschwunden. Arthur hielt mich in den Armen. Als er sah, daß ich … na ja, nicht wirklich in Ordnung war, aber zumindest wieder bei Bewußtsein, sagte er: ›Ich laufe schnell ins Haus und rufe die Polizei und einen Krankenwagen.‹«

»Und hat er es getan?«

»Ja.«

Ich kannte die Antwort auf meine nächste Frage im voraus, aber ich mußte sie trotzdem stellen. »War er da, als die Polizei kam?« fragte ich.

»Nein.«

»Haben Sie ihn jemals wiedergesehen?«

»Nein.«

»Aber das Mädchen haben Sie wiedergesehen?«

»Bei einer Gegenüberstellung. Die Polizei entdeckte sie eine Stunde später in der Nähe eines Einkaufszentrums, knapp fünf Kilometer von meinem Haus entfernt. Ein glücklicher Zufall, weiter nichts. Sie haben die Beschreibung durchgegeben, die sie von mir hatten, und ein Streifenpolizist hat sie entdeckt. Am nächsten Tag haben sie mich zum Gefängnis gefahren, und ich habe sie identifiziert. Sie haben sich bedankt und gesagt, daß sich die Staatsanwaltschaft vor dem Prozeß mit mir in Verbindung setzen würde. Und dann, zwei Tage später, hat sie ein Richter gegen Kaution freigelassen!«

»Und sie hat sich aus dem Staub gemacht?« fragte ich.

»So war es.«

»Und Sie haben nie wieder etwas von Arthur gehört?«

»Nein. Ich habe eine Vermißtenanzeige aufgegeben. Aber tief in meinem Herzen wußte ich … Arthur muß in seinem Leben schon einiges durchgemacht haben. Die Dinge waren für ihn nicht gut gelaufen. Seine Ehe war gescheitert, seine Frau ein Monster, das ihn bis aufs Blut quälte. Aber er muß auch Probleme mit der Polizei gehabt haben, so daß er ihnen nicht gegenübertreten konnte. Bevor er ins Haus gegangen ist, um sie anzurufen, hat er noch zu mir gesagt: ›Carolyn. Ich liebe dich von ganzem Herzen. Daran darfst du nie zweifeln.‹«

»Und Sie haben nicht gezweifelt?«

»Nein, habe ich nicht!«

»Eine letzte Frage, Ms. Knowles.«

»Wie heißen Sie?« fragte sie.

»Lily«, antwortete ich schnell. »Haben in Ihrer Wohnung irgendwelche Dinge gefehlt?«

»Gefehlt?«

»Ja.«

»Ein paar Schmuckstücke.«

»Zum Beispiel?«

»Alles, was ich hatte.«

»Haben Sie das der Polizei gemeldet?«

»Natürlich. Und der Versicherung auch.«

»Und die haben in der Sache ermittelt?«

»Was hätten sie ermitteln sollen?« fragte sie. »Marissa Shaw war auf und davon. Selbst wenn sie sie irgendwann finden – glauben Sie, daß sie dann meine Perlenkette noch hat? Oder die Brosche mit den Diamanten und Rubinen oder den Diamantring oder die mit Diamanten besetzte Platinuhr oder die ...«

»Marissa Shaw hatte den Schmuck nicht bei sich, als sie von der Polizei festgenommen wurde?«

»Nein.«

»Glaubte die Polizei, daß Arthur Berringer etwas mit dem Verschwinden des Schmucks zu tun haben könnte?«

»Nein!« rief sie aus. »Es war völlig klar, daß Marissa Shaw in meinem Haus gewesen war. Sie haben dort ihre Fingerabdrücke gefunden.« Ich warf einen Blick zu Terry hinüber: Dann war Bobette also nicht die erste Heiratskandidatin, der Mary hinterherspioniert hatte. »Und für Arthur würde ich die Hand ins Feuer legen. Glauben Sie mir, ich kenne ihn. Er würde nie etwas nehmen, das ihm nicht gehört.«

»Und deswegen haben Sie ihn der Polizei gegenüber nie erwähnt?«

Gerade, als Terry den Kopf schüttelte, als wollte er sagen: »Jetzt bist du zu weit gegangen«, knallte Carolyn Knowles den Hörer auf die Gabel.

»Lee«, meinte Terry und nahm die Füße vom Tisch, »wenn du ein Mann wärst, würde ich jetzt *Schmuck* zu dir sagen. Wie konntest du sie das fragen?«

»Das kann ich dir schon sagen, du *Schmuck*. Ich wollte herausfinden, ob Holly die geheimnisvollen Fingerabdrücke – Marys Fingerabdrücke –, die in der Nähe der Leiche gefunden wurden, von den Cops hat überprüfen lassen. Offenbar ist das nicht geschehen, weil sie sonst festgestellt hätten, daß die Fingerabdrücke zu einer Frau mittleren Alters führen, die auf brutalste Weise attackiert worden ist. Und ich wette, daß sich in der Akte in Annapolis auch all die anderen unidentifizierten Fingerabdrücke befinden, die sie in Carolyn Knowles' Haus gefunden haben – die des Klempners, die des Pizza-Jungen und die von Norman Torkelson. Und falls ich Norman dazu bringe, mit uns zusammenzuarbeiten, du *Schmuck*, dann haben wir gegen Mary Dean ein paar Dinge in der Hand, die die Staatsanwaltschaft ziemlich überzeugend finden dürfte. Und wenn schon nicht die Staatsanwaltschaft, dann zumindest die Jury.«

»Du wirst es nie schaffen, Norman zur Zusammenarbeit mit uns zu bewegen«, sagte Terry. »Er wird dieses Mädchen beschützen.«

»Aber sie ist schon einmal wegen Körperverletzung aktenkundig geworden! Und hier ist es wieder genau das gleiche! Sie glaubt, daß er in Erwägung zieht, eines seiner Opfer zu heiraten, und wumm! Sie greift an. Und nicht nach Mädchenart – an den Haaren ziehen und ein, zwei Ohrfeigen. Nein, sie rastet völlig aus.«

»Bobettes Körper wies abgesehen von den Würgemalen am Hals keine Spuren von Gewaltanwendung auf.«

»Welche anderen Spuren waren nötig? Die Male an ihrem Hals haben ihren Zweck erfüllt. Diesmal hat Mary Nägel mit Köpfen gemacht.«

»Du kannst es bloß nicht ertragen zu verlieren, Lee.«

»Nicht diesen Fall. Weil Norman Torkelson diesen Mord nicht begangen hat.«

Terry Salazar schüttelte traurig den Kopf und sagte nicht ohne Wärme: »Du *Schmuck*!«

14

Es war bestimmt nicht der furchteinflößende Professor Blumenthal mit seinen zivilrechtlichen Delikten, der Lee am Ende in seinen Bann schlug. Ebensowenig war es der charismatische Nestor P. von Hassel, der die Wirrnisse des Aktienrechts nicht nur dem Wirtschaftsminister, sondern auch den Moderatoren der *Today*-Show und somit ganz

Amerika erklärte. Und es war auch nicht Kevin McTeague, der Errol Flynn der Beweisführung, mit seinem wallenden, ebenholzschwarzen Haar. Nein, es war Professor Lucille Poole, die Lee in ihrem zweiten Studienjahr an der NYU Law School zu einer richtigen Anwältin machte.

Sie war eine Frau mit fahler Haut und schuhcremeschwarz gefärbtem Haar. Ihre Nase war so lang und spitz, daß die Leute, wäre sie orange gewesen, bestimmt geglaubt hätten, sie hätte sie einem Schneemann geklaut. Und um das Maß vollzumachen, bestand Professor Pooles Garderobe ausschließlich aus billigen, unförmigen schwarzen Kleidern, die aussahen, als hätte sie sie von einer italienischen Witwe aus der Arbeiterklasse geerbt.

Bei ihrem Anblick dachten die Leute meist: Ah, wer so aussieht, muß zumindest charmant sein. Weit gefehlt. In jedem Semester brachte Professor Poole fast alle Studenten in ihrer Strafrechtsvorlesung an den Rand eines Nervenzusammenbruchs, weil sie sehr schnell und monoton sprach. Tatsächlich gab es nichts, was sie nicht im Eiltempo sagte. Wenn sie in der Cafeteria einen Burger mit Schweizerkäse bestellte, dann klang das fast wie: »Brgmtschwzks, btt.« Wenn sie die versammelte Richterschar des Obersten Bundesgerichts der Vereinigten Staaten mit den üblichen einführenden Floskeln begrüßte, »Angesichts des knapp bemessenen Zeitplans gehe ich davon aus, daß Euer Ehren mit den Fakten und Hintergründen dieses Falles vertraut sind«, wurde daraus ein reines Gewirr von Konsonanten. Und wenn man sie auf den Gängen der Uni begrüßte, konnte man sich nie sicher sein, ob das, was man gehört hatte, tatsächlich die Erwiderung des Grußes war oder nur ein Luftzug, der über einen Riß in der Wand strich.

Aber trotz ihrer nahezu unverständlichen Sprechweise und ihres Mangels an allem, woraus man sich so etwas wie eine Persönlichkeit hätte zusammenreimen können, gewann sie regelmäßig jedes Verfahren, mit dem sie in Berufung ging. Fast immer drehte es sich dabei um Nötigung von Gefangenen durch die Polizei. Ein paar von ihren Kollegen beharrten darauf, daß sie diese Erfolge nur ihren Anträgen zu verdanken habe: Schriftlich drückte sie sich so einfach und klar aus, daß sogar ein Drittkläßler sie verstanden hätte. Andere behaupteten, daß sie nur deshalb so oft gewinne, weil sie als Frau in einer Männerdomäne arbeite oder weil sie so häßlich sei, daß die Richter Mitleid mit ihr hätten. Andere wiederum meinten, es liege daran, daß sie den Richtern allein mit ihrem Gequassel absolute Konzentration abverlange. Selbst wenn das alles zutraf, schienen sich diese ewigen Nörgler nicht eingestehen zu können, daß in Lucille Poole, dieser schwarzen Krähe, das Feuer juristischer Brillanz brannte, sobald sie vor die Richterbank trat.

»MsWhi!« rief Professor Poole, als sie den Raum betrat. Die Worte purzelten über Lippen, die so eingeschrumpelt aussahen, daß sie an eine alte Backpflaume erinnerten. »In ihrer letzten Seminararbeit haben Sie ein paar gute Argumente gebracht.«

Lee, die an einem Tisch des Regina and Stanley Farbman International Center for Criminal Justice arbeitete – einer Zweizimmerwohnung in einer Absteige an der West Twenty-second Street –, verstand nur einen Teil des Satzes. Was zu ihr durchdrang, war »Seminrrbt« und »gt Argmnt«. Deshalb antwortete Lee mit einem gewissen Gefühl von Sicherheit: »Danke« und unterdrückte den Freudenschauder, der sie überrieselte. Das hier war die Arbeit, die ihr am meisten Spaß machte. Hier saß sie und enthüllte die Dummheit, Scheinheiligkeit und Grausamkeit des Systems, und zwar genau dort, wo es wirklich wichtig war: wenn es um Verbrechen und ihre Bestrafung ging. Dort, wo das Leben oder die Freiheit eines Menschen auf dem Spiel standen. Zur Hölle mit Urheber- und Aktienrecht! *Das hier* war wichtig. Wie sehr sie diese Arbeit liebte! »Vielen Dank.«

»Nchts zu dnkn.«

Die Wohnung war wie Professor Poole: unattraktiv und freudlos. Was früher einmal als Wohnzimmer gedient hatte, war jetzt vollgepfercht mit vier zusammenklappbaren Bridgetischen, die sich unter dem Gewicht von Büchern und Papieren bogen, und mehreren dunkelbraunen Aktenschränken, die an aufgestellte Särge erinnerten. Im Nebenzimmer bildete eine Sperrholzplatte, die auf der Matratze eines Doppelbetts lag, den riesigen Schreibtisch, an dem die Professorin in gebeugter Haltung ihre Schreibarbeiten erledigte und zu sich nahm, was sie zu jedem Mittag- und Abendessen (und, wenn die Informationen stimmten, auch zum Frühstück) zu sich nahm: Hackfleisch. Der intensive, fettige Geruch von Hamburgern oder Hackfleischbällchen hing im Regina and Stanley Farbman International Center for Criminal Justice immer in der Luft.

Zu Lees Überraschung zog sich Lucille Poole einen Klappstuhl von einem der anderen Bridgetische heran und setzte sich neben sie. »Ws mchn Sie?« erkundigte sie sich. Lee hob den gelben Notizblock hoch, auf den sie gerade gekritzelt hatte, aber bevor sie zu einem kurzen Vortrag über den Fall New York v. Wu ansetzen konnte, fügte die Professorin erstaunlich verständlich hinzu: »Nicht Wu. Im Sommer.«

Lees Herz flatterte einen Augenblick und begann dann wie wild zu schlagen. Wollte sie ihr einen Sommerjob anbieten? Die Chance, als studentische Hilfskraft für Lucille Poole zu recherchieren! Mitzuhelfen, den Fall Quinones vorzubereiten, der im Herbst vor dem – Lee schluckte – Obersten Bundesgericht, dem Supreme Court of the United States of America, verhandelt werden würde. Für den Bruchteil einer Sekunde konnte sie Richter Burger, den Vorsitzenden des Supreme Court, sagen hören: »Interessanter Punkt«, und Professor Poole antwortete ausnahmsweise einmal so langsam, daß alle sie verstehen konnten: »Ehre, wem Ehre gebührt. Auf diesen Punkt hat mich meine studentische Hilfskraft gebracht, Lee White.« Ihr Name im Gerichtsprotokoll, und das, *noch ehe sie ihr Jurastudium abgeschlossen hatte!* Und Jazz würde sich wahrscheinlich etwas ganz Wundervolles einfallen lassen. Vielleicht würde er ihr die betreffende Protokollseite in einem silbernen Rahmen zu Weihnachten schenken. Obwohl ihr ein Verlobungsring ehrlich gesagt lieber gewesen wäre, aber das schien mehr zu sein, als sie sich erhoffen durfte. Er liebte sie. Das hatte er ihr gesagt. Aber er hatte kein einziges Wort über eine gemeinsame Zukunft verloren, wenn man einmal davon absah, daß er vorgeschlagen hatte, für irgendwann im Frühling Karten für *The Ritz* zu besorgen. War es denkbar, daß er sie ein Leben lang lieben würde, ohne sie jemals zu fragen, ob sie ihn heiraten wolle? Wahrscheinlich würde sie mit zweiundsiebzig noch immer keinen Ring an ihrer vom Alter gezeichneten linken Hand tragen. Nein, noch schlimmer: An ihrem dreißigsten oder vierzigsten Geburtstag – oder wann immer sie endlich den Mut dazu aufbrachte – würde sie Jazz zur Rede stellen und ihn fragen, ob er sie jemals heiraten würde. Mit einem überraschten und – noch schlimmer – gequälten Gesichtsausdruck würde er erklären, daß er sie zwar wirklich und wahrhaftig liebe und ihr unter keinen Umständen weh tun wolle, daß sie aber – wie sollte er es ausdrücken, ohne als absolutes Schwein dazustehen? – nicht das sei, was er sich als Ehefrau vorstellte. Er denke da eher an … jedenfalls keine Anwältin. Du weißt schon, eine weniger anstrengende Frau. Eine, die ein bißchen traditioneller ist. Und ein bißchen – bitte versteh mich nicht falsch – weiblicher. Eine Lehrerin oder so was.

»Ich habe noch keine Pläne für den Sommer«, erklärte Lee. «Ich möchte in New York bleiben.« Beinahe hätte sie hinzugefügt, daß sie bei ihrem Freund bleiben wolle, entschied jedoch, nichts mehr zu sagen, weil Professor Poole nicht glauben sollte, sie sei der leichtfertige Typ und nicht ernsthaft genug, um sich achtzehn Stunden am Tag dem harten Kampf gegen die Ungerechtigkeit zu widmen.

»Als wissenschaftliche Hilfskraft kann ich Sie nicht gebrauchen«, verkündete Professor Poole. Das Schlimme war, daß sie jedes Wort klar und deutlich aussprach. Lee drückte ihren Notizblock wie einen Teddybären an ihre Brust. Was sah sie da in den Augen ihrer Mentorin? Mitleid? »… nicht der akademische Typ, wie Sie ja wissen.« Sorge war es auch nicht. Verachtung?

»Oh.« Mehr fiel Lee dazu nicht ein. Nicht gerade die schlagfertige Antwort einer zukünftigen Prozeßanwältin, aber eine durchaus verständliche, wenn man bedachte, daß sie sich gerade darauf konzentrieren mußte, eine Flut von Tränen zurückzudrängen.

»… soll nicht heißen, daß Sie nicht hart gear …«

»Verzeihung?«

»Das soll nicht heißen, daß Sie dieses Semester nicht hart gearbeitet haben«, wiederholte Professor Poole, wobei sie jedes Wort betonte, als wäre es ein eigener Satz.

»Mm-hmm«, antwortete Lee.

»Sie sind durchaus bereit … viel Zeit zu investieren.« Aber? »Aber Ihre Begabung … nicht im akademischen Bereich.« Wovon sprechen Sie überhaupt? Mein Durchschnitt liegt bei Eins minus! Ich habe mich bei *Law Review* durchgebissen. Wo zum Teufel soll meine Begabung sonst liegen? »… in Ihrer Fähigkeit, aus dem Stegreif zu reagieren«, fuhr Professor Poole fort. Damit meint sie, daß ich zu oberflächlich bin. Nicht eigenständig denke. Nicht genug Phantasie besitze. »Sie sind die geborene Strafverteidigerin.«

»Aber nicht dazu geeignet, vor dem Supreme Court zu sprechen?«

»Vielleicht doch. Wer weiß. Gute Studentin. Wenn ein Fall Sie vor das Bundesgericht führen sollte … Wenige Anwälte könnten es sich verkneifen …« Lee wartete. »Aber Sie sind noch keine …« Professor Pooles Stimme verlor sich.

»… gute Juristin?«

»… gute Prozeßanwältin. Wissen Sie, wie selten …?«

»Und diesen Sommer?« Lee schämte sich so. Nein, sie fühlte sich gedemütigt. Nein. Sie wollte ihr Jurastudium abbrechen. Am liebsten hätte sie auf der Stelle geheiratet. »Können Sie mir einen Rat geben, Professor Poole?« fragte Lee, die sich bemühte, so beiläufig zu klingen wie eine Kaufhauskundin, die die Verkäuferin in der Kosmetikabteilung bittet, ihr bei der Auswahl eines Lippenstifts zu helfen. »Ich würde gerne etwas machen, das mich fordert.« Am liebsten hätte sie hinzugefügt: Du egoistische Kuh! Und dafür läßt du mich nächtelang schuften, sogar am Wochenende. Schickst mich los, deine blöden Schinken-Champignon-Käse-Burger zu holen, weil du Angst hast, daß der Ausfahrer zu lange brauchen und die Dinger kalt werden könnten.

»Ja.« Dann folgte etwas, das sie nicht verstand, und dann: »… Büro des Staatsanwalts von Manhattan.«

»*Was?*«

Professor Poole stand auf. »Ein guter Anwalt … beide Seiten kennenlernen. Staatsanwaltschaft Manhattan … beste Möglichkeit … ich werde … anrufen.«

Da Lee nichts anderes einfiel, sagte sie: »Vielen Dank.«

»Das heißt, wenn Sie überhaupt wollen … Wenn Sie etwas anderes …«

»Es wäre großartig, wenn Sie für mich anrufen würden«, antwortete Lee. »Ich bin Ihnen wirklich dankbar.« O Gott, dachte sie, was sage ich da eigentlich?

»… Ihnen gefallen«, meinte Professor Poole.

Und es gefiel ihr tatsächlich! Nach ihrer dritten Woche in der für Erpressungsfälle zuständigen Abteilung arbeitete sie bereits am Fall eines gewissen Howard »Howie the Hose« Fogelman: Der Angeklagte hatte sieben koscheren Metzgern an der Upper West Side von Manhattan gedroht, ihre Läden in die Luft zu jagen, falls sie sich weiter weigerten, seine Gan-Eden-Knackwurst ins Sortiment aufzunehmen.

In Lees Augen erinnerte das Büro des Manhattaner Staatsanwalts an einen Schwarzweißkrimi aus den vierziger Jahren – bloß, daß es sich nicht um einen Film handelte. Es war alles Wirklichkeit, und wie durch ein Wunder spielte sie darin eine kleine Nebenrolle. Sie wollte gar kein Star mehr sein. Sie fand es mehr als aufregend, mit einem lässigen »Hi« als Teil des Teams begrüßt zu werden. Sie gehörte mit dazu. Niemand stellte irgendwelche Fragen. Lee genoß jedes Detail dieses harten Lebens. Die zahllosen Papptassen dünnen Kaffees; die verbeulten Metallschreibtische; die Cops aus Hell's Kitchen und Harlem mit ihren rauhen Sprüchen; die weltverdrossenen Sekretärinnen. Das schroffe Geplänkel der stellvertretenden Staatsanwälte aus St. John's und Brooklyn begeisterte sie ebenso wie der arbeitswütige Enthusiasmus der Jungstaatsanwälte aus Yale und Columbia, die den Jargon und den buckeligen, schleppenden Gang der härtesten Cops nachzuahmen versuchten. Am allermeisten gefiel ihr die unausgesprochene Zuneigung ihrer Kollegen untereinander. Sie hätte liebend gerne sieben Tage die Woche gearbeitet, um dafür zu sorgen, daß Howie – den sie mit den übrigen Cops und stellvertretenden Staatsanwälten als »Schweinehund« oder »dieses kleine Stück Scheiße« bezeichnete – bekam, was er verdiente, aber sie wußte, daß Jazz darüber nicht glücklich gewesen wäre. Sie wohnten den Sommer über in einer untervermieteten Wohnung am University Place, einem Studio mit einem Regenwald aus Pflanzen und einem schmalen Murphy-Bett, auf dem sie regelmäßig mit ineinander verschlungenen Armen und Beinen einschliefen, nachdem sie leidenschaftlich, sportlich und liebevoll gevögelt hatten. Aber das, worüber Lee am meisten staunte, war nicht der Sex, sondern Jazz' liebevolle Art. »Hi!« sagte er plötzlich aus heiterem Himmel, und das zu einem Zeitpunkt, wo all die anderen Jungs, mit denen sie geschlafen hatte, höchstens zu einem aufmunternden Grunzen in der Lage waren, das man am besten mit »Mach schneller!« übersetzte. Aber wenn Jazz und Lee ihre schweißnassen Körper im feuchten Luftstrom einer Klimaanlage aneinanderschmiegten, brachte Jazz es fertig, mit zärtlicher Stimme zu sagen: »Ich liebe dich so.« Und dabei sah er ihr tief in die Augen, als hätte er hinter ihren Augäpfeln etwas absolut Atemberaubendes entdeckt.

Lee fühlte sich den ganzen Sommer lang schön – selbst in den dunklen, strengen Röcken und den geschäftsmäßigen weißen Blusen, die sie im Büro trug. Ihre Haut leuchtete in einem rosigen Goldton. Ihr mit einer Schildpattspange gebändigtes Haar sah aus, als würde es sich jeden Augenblick aus seiner Fessel befreien, um ihr dick und üppig über die Schultern zu fallen. »Du bist wunderschön«, sagte Jazz oft zu ihr. Und er bewunderte sie nicht nur im Bett. Am schönsten fand sie die Komplimente, die er ihr machte, wenn sie im Supermarkt neben dem Regal mit dem Packpapier und der Alufolie standen oder vor den Abessinierkätzchen im Schaufenster einer Zoohandlung.

Außerdem spürte Lee zum erstenmal in ihrem Leben die bewundernden Blicke fremder Männer auf sich ruhen. Nicht, weil sie sich bemühte, charmant, klug oder amüsant zu sein, sondern einfach deswegen, weil das Zusammenleben mit Jazz sie in eine Liebesgöttin verwandelt hatte. Der Typ, der die Fahrkarten für die U-Bahn verkaufte, musterte sie von oben bis unten, und zwar nicht nur einmal, sondern zweimal. Der Cop, der im Gebäude der Staatsanwaltschaft vor dem Aufzug stand, zwinkerte ihr doch tatsächlich zu. Die Arbeiter auf einer Baustelle gegenüber der Centre Street ließen sich neue Adjektive einfallen, und ein älterer Mann im Seersucker-Anzug, der seinen Dobermann die Tenth Street hinunterführte, zog höflich seinen Panamahut.

Im Gegensatz zu vielen ihrer Kollegen im Büro der Staatsanwaltschaft, die auch am Sonntag arbeiteten, weil sie es einfach nicht ertragen konnten, nicht ständig im Dienst der Gerechtigkeit zu stehen oder ihre Kollegen auch nur vierundzwanzig Stunden entbehren zu müssen, hielt Lee an ihrem freien Tag fest, weil sie mit Jazz zusammensein wollte.

Er brauchte ihre Gesellschaft. Sein Sommerjob war weniger faszinierend als ihrer. Dank der Beziehungen seines Vaters zum olympischen Komitee arbeitete er im Büro des Anwalts, der der amerikanischen Hockey-Liga als Rechtsberater zur Seite stand. Foster hatte erklärt, daß der Bereich Sport juristisch gesehen immer wichtiger werde. Da kannst du nicht früh genug einsteigen, mein Junge. Du wirst mir noch mal dankbar sein. Aber schon nach der ersten Juliwoche war Lee klar, daß Jazz sich genauso langweilte, wie er sich im Jahr zuvor mit dem Job gelangweilt hatte, den ihm sein Onkel bei Matthison & Appleby verschafft hatte. Sie konnte es an seinen Augen sehen, die jedesmal aufleuchteten, wenn sie abends zur Tür hereinkam.

Zwar galt seine Begeisterung durchaus ihrer Person, aber fast noch mehr der Tatsache, überhaupt jemandem zum Spielen zu haben. Seine Dankbarkeit war fast schon mitleiderregend.

»Du sagst immer nur, daß es langweilig ist. Was genau gefällt dir an dem Job eigentlich nicht?« fragte sie ihn in der ersten Augustwoche. Sie standen auf einem Bahnsteig von Penn Station. Es war erst neun Uhr morgens, aber die Hitze, die von den Gleisen aufstieg, war schon drückend feucht; die wenigen Sonntagsreisenden hatten alle so glänzend rote Gesichter, als würden sie in einer Gießerei arbeiten.

»Ich weiß auch nicht. Es ist einfach langweilig.«

»Aber du magst doch Hockey. Ich kenne ein paar Leute, die die Namen aller amerikanischen Präsidenten aufzählen können, aber du bist der einzige in meinem Bekanntenkreis, der sämtliche Mannschaften aufzählen kann, die seit 1704 oder so den Stanley Cup gewonnen haben.«

»Seit 1927.«

»Tatsache ist: Du *liebst* Hockey. Wie kann dein Ferienjob da langweilig sein?«

Er lächelte, und zum hundertsten oder tausendsten Mal bewunderte sie sein sonniges Gemüt, dem auch widrige Umstände, schlechtes Wetter oder schlimme Nachrichten nichts anhaben konnten. Noch dazu war Jazz' Optimismus ansteckend. Mit ihm an der Seite konnte ihr nichts passieren. Sie wußte, daß sie sogar die Pest oder einen nuklearen Feuersturm unbeschadet und lächelnd überstehen würden. »Sie setzen dem Zeugen zu sehr zu, Miss White«, neckte er sie.

»Ich setze ihm überhaupt nicht zu. Ich fühle ihm bloß auf den Zahn, und das auch nur, weil ich mir Sorgen um dich mache, du Narr. Ich möchte, daß du glücklich bist.«

Er verschränkte die Arme vor der Brust, wie er es immer tat, wenn er nachdachte, eine Angewohnheit, die Lee absolut süß fand. Trotz der sengenden Hitze rückte sie noch näher an ihn heran und fühlte sich sofort besser. »Ich schätze, es ist deswegen so langweilig, weil es bei dem Job überhaupt nicht um Hockey geht«, erklärte er. »Es geht bloß um Gesetze.«

»Ist das der Grund, Jazz?«

»Ist was der Grund?«

»Fühlst du dich unter Druck gesetzt? Weil dein Vater und alle Taylors bis zurück zum Peking-Mann Anwälte waren? Fühlst du dich deswegen dazu verdammt, auch einer zu werden? Ich meine, wenn es dir wirklich keinen Spaß macht …«

»Nein. Das ist schon okay. Es ist zwar nicht so, daß ich morgens beim Aufwachen schon heiß darauf bin, juristische Problemchen zu diskutieren …«

»Das brauchst du mir nicht zu erzählen!«

»… aber ich möchte Anwalt werden.«

»Willst du wirklich Anwalt werden, oder fällt dir bloß nichts ein, was du sonst tun könntest?«

»Das ist eine große Frage für einen Sonntagmorgen.«

»Ich weiß. Du brauchst sie auch nicht zu beantworten, wenn du nicht möchtest.«

Sie spürte, daß Jazz ihr keine oberflächliche Antwort geben wollte. Er wollte gründlich darüber nachdenken. »Ich kann dir diese Frage wirklich nicht beantworten. Ich sehe dich an und merke, wie sehr dir die Arbeit bei der Staatsanwaltschaft gefällt. Aber wenn es nicht die Staatsanwaltschaft wäre, dann wäre es eben ein anderer Job, in den du dich hineinknien würdest. Du bist ein Mensch, der in seiner Arbeit aufgeht. Ich bin da anders. Aber vielleicht habe ich bloß noch nicht das richtige gefunden. Ich denke mir oft: Vielleicht gibt es einen Job, für den ich jeden Morgen mit Schwung aus dem Bett springen und rufen würde: ›Hey, was bin ich für ein Glückspilz! Ich darf heute zur Arbeit gehen!‹ Vielleicht gibt es sogar viele geeignete Jobs für mich. Aber *dieser* Job langweilt mich.«

Lee war hundemüde. Während sie mit Jazz auf dem Bahnsteig stand, auf den Zug nach Shorehaven wartete und dieses tiefgründige Gespräch führte, wünschte sie sich in Wirklichkeit nichts sehnlicher, als sich an Jazz' starke Schulter zu lehnen, die Augen zu schließen und sich ihre Kraft für die Heimkehr nach Long Island aufzusparen. Genauer gesagt, für ihren Besuch bei Jazz' Familie.

Zum ersten Mal hatte er ihr vorgeschlagen, den Sonntag mit seiner Familie zu verbringen. Ein Meilenstein. Ihre Beziehung schien nur in Manhattan zu existieren, als wäre er aus einem Ort wie Bombay gekommen und sie aus, sagen wir mal, Montevideo. Als wären sie in New York ganz auf sich allein gestellt und hätten nur einander. Zugegeben, sie führten oft Gespräche, in denen sie ihre Familien analysierten. (Lee hatte in Cornell einen Einführungskurs in Psychologie besucht, Jazz in Colgate eine Einführung in Soziologie.) Aber sie sprachen von ihren Eltern und Geschwistern, als wären sie tot – oder zumindest auf der anderen Hälfte des Erdballs.

Aber am Vorabend hatte Jazz gesagt, daß seine Mutter allmählich zu meckern begann: Sie bekomme ihn nie mehr zu Gesicht. Lee hatte ihm vorgeschlagen, seine Familie ohne sie zu besuchen, und halb gehofft, daß er darauf eingehen würde, war dann aber sehr froh gewesen, als er fragte: Machst du Witze? Unseren einzigen gemeinsamen Tag ohne dich verbringen? Deswegen hatte sie nicht nein sagen können, selbst wenn sie gewollt hätte. Außerdem sehnte sich ein Teil von ihr verzweifelt danach, seine Familie kennenzulernen. Ein anderer Teil befürchtete, daß die Taylors sie nicht akzeptieren könnten. Wenige Sekunden nach der Begrüßung würde ihre Beziehung mit Jasper Taylor durch ein gefrorenes Lächeln von Ginger oder einen zu steifen Handschlag von Foster ein Ende finden. Und zu dem Zeitpunkt würden seine Eltern noch nicht mal wissen, daß sie aus der Familie stammte, die in dem modernen Haus unterhalb von Hart's Hill lebte. Insgeheim bereute Lee, daß sie Jazz die Wahrheit über ihren Namen erzählt hatte. Zugegeben, er hatte die Weissberg-Weiss-Verbindung sowohl exotisch als auch amüsant gefunden. Aber was, wenn ihn die Geschichte insgeheim doch beunruhigte? Was, wenn er sich nicht eingestehen konnte, doch ein kleines bißchen antisemitisch zu sein, und deshalb im Gespräch mit seinen Eltern ganz beiläufig fallenlassen würde, daß sie Jüdin war, weil er wußte, daß sie ihm dann die Aufgabe – Lee loszuwerden – abnehmen würden, für die er selbst nicht Manns genug war?

Aber als Lee gegen drei Uhr nachmittags an der Küche vorbeikam, weil sie nach draußen wollte, um Ginger beim Füttern der Basenjis zu helfen, hörte sie, wie Fos, der gerade vom Golfspielen zurückgekommen war, zu Jazz sagte: »Nettes Mädchen hast du da mitgebracht, mein Junge.« Und da Jazz bloß »Danke« sagte, und nicht: »Sie ist Jüdin und wohnt gleich nebenan«, fühlte sie sich etwas beruhigt.

Die Lebensweise der Taylors war allerdings weniger beruhigend. Hart's Hill zum Beispiel. Es war zweifellos ein riesiges Haus, vielleicht sogar ein Herrenhaus. Die Räume waren vornehm groß und unglaublich hoch. Arthur Taylor, der es 1898 bauen ließ, hatte dem

Architekten nicht nur üppige finanzielle Mittel gewährt, sondern ihm auch sein volles Vertrauen geschenkt: Verzieren Sie die Decken mit Stuck, mein lieber Freund! Täfeln Sie die Wände mit dem feinsten Hartholz! Knausern Sie nicht mit dem Bleiglas, alter Junge! Aber Hart's Hill sah aus, als wären schon vor einem halben Jahrhundert schlechte Zeiten angebrochen.

Lee ließ den Blick über das Grundstück schweifen, während sie zur Hundehütte ging. Der noch ungeöffnete Fünfundzwanzig-Pfund-Sack Luxushundefutter, den sie schleppte, ließ sie leicht schwanken. Ginger hatte vergessen, ihn aus der Garage zu holen. Lee fiel auf, daß der Tennisplatz – ein Grasplatz – sehr gepflegt wirkte. Offenbar wurde er jeden Tag gemäht. Aber die Wiese hinter dem Haus sah aus, als wäre sie den ganzen Sommer noch nicht gemäht worden. Unkraut und steife gelbe Schilfrohre waren so hoch gewachsen, daß die Beine der verschnörkelten schmiedeeisernen Gartenmöbel nicht mehr zu sehen waren: Eine Bank und vier Stühle schienen auf bernsteinfarbenen Ährenwellen zu treiben.

Die Hundehütte war auch nicht das, was Lee sich vorgestellt hatte – die Miniatur eines Tudor-Herrenhauses, entworfen vom selben Architekten, der auch Hart's Hill gebaut hatte. Sie war vielmehr eine armselige Bruchbude, zusammengenagelt aus unzähligen kleinen Brettern. »Hier herüber!« rief Ginger ihr zu. Ginger hatte sich über die Hundemutter gebeugt und suchte ihr Fell nach etwas ab, von dem Lee wußte, daß sie es nicht sehen wollte. »Sie fressen und kacken hier draußen«, erklärte Ginger. »Ansonsten sind sie immer bei uns.« Zu den Welpen sprach sie mit der quiekenden Babystimme, mit der Leute, die selbst keinen Nachwuchs haben, zu kleinen Kindern sprechen. »Ihr seid richtige kleine Schweinchen, nicht wahr? Ständig macht ihr uns eure Häufchen ins Haus!«

Kent, Jazz' jüngerer Bruder, blickte vom Fell der Hundemutter auf und lächelte Lee strahlend an. Wäre sein Gesicht eine Illustration in einem altmodischen Kinderbuch gewesen, hätte daruntergestanden: eine freudige Überraschung. Er hatte eine schöne, goldbraune Haut und goldbraunes Haar und dazu die flachen Gesichtszüge und die Epikanthus-Augenfalte, die mit dem Down-Syndrom einhergehen.

»Hi«, sagte er. »Wie heißt du?«

»Lee.«

»Ich bin Kent.« Er lächelte, erfreut darüber, daß ihr Wortwechsel so gut geklappt hatte. Während Jazz mit seinem langen Gesicht und den kantigen, schön geschnittenen Zügen eindeutig der Sohn seiner Mutter war, ähnelte Kent mehr dem Mann mittleren Alters, der Foster Taylor inzwischen geworden war. Allerdings wurden die allzu runde Form von Kents Gesicht und das sackartige Doppelkinn durch blaue Augen wettgemacht, die so strahlten, daß man sie schon fast als funkelnd bezeichnen konnte.

Aber seine Kleidung! Gut, sagte Lee zu sich selbst, nicht einmal Sylvia White würde erwarten, daß ein geistig zurückgebliebener Fünfzehnjähriger nach dem letzten Schrei gekleidet war. Aber in Kents Fall war es nicht nur so, daß sein rot-blau gestreifter Pullover farblich überhaupt nicht zu seiner braunen Karohose paßte. Die Sachen waren auch viel zu eng, so daß die Streifen des Hemds über seiner gewölbten Brust Wellen schlugen. Es waren eher Sachen für einen großen Jungen als für einen kräftig gebauten jungen Mann. An einem Bein seiner Shorts war eine Naht aufgegangen, und zwei lose Fäden baumelten hinter seinem Knie. Kent versuchte immer wieder, sie wegzuschlagen, aber natürlich kitzelten sie ihn weiter.

Ginger schien das Unbehagen ihres Sohnes nicht zu bemerken. Ebensowenig schien ihr bewußt zu sein, daß die Schulternaht seines Pullovers auf einer Seite aufgerissen war, so daß der kurze Ärmel wie ein gestreiftes Armband über seinem Bizeps hing. Trotzdem machte sie nicht den Eindruck einer grausamen oder lieblosen Mutter. Sie und Kent spielten ein Spiel, das offenbar beiden sehr vertraut war: Er hob die Futterbrocken auf, die es nicht in die Näpfe geschafft hatten, während seine Mutter mitzählte. »Siebenunddreißig!« verkündete Ginger mit einem abschließenden Seufzer, aus dem nur eine Spur von Verdrossenheit sprach. Kent schien über die Summe erfreut zu sein, obwohl Lee nicht sagen konnte, ob das für seine Verhältnisse eine hohe oder niedrige Zahl war oder ob seine Begeisterung gar nichts mit der erreichten Endsumme zu tun hatte.

Trotz dieses Zählspiels konnte Lee nicht umhin, Mutter und Sohn genauer unter die Lupe zu nehmen, während sie wieder aufs Haus zusteuerten. Gingers Tennissachen waren mehr grau als weiß. Der Hosenboden von Kents Shorts wies jene schwarze Färbung auf, die in der Waschmittelwerbung ominös als »hartnäckiger Schmutz« bezeichnet wird. Lee sah sehr wohl, daß dieser Schmutz nicht nur von einem Tag stammte. Zu schade! Wie gerne hätte sie nur das Beste von den Taylors gedacht. Schließlich hatte sie erwartet, mit ihnen die perfekte Familie kennenzulernen. Zugegeben, vielleicht ein bißchen zu lässig in Gelddingen und im Umgang miteinander, aber im Grunde die beste Familie Amerikas. Aber nun war sie hier, ging durch hohes, kratziges Unkraut statt über einen gepflegten Rasen und stellte sich schon im voraus auf die Desillusionierung ein, die sie unvermeidlich erwartete, sobald sie wieder das Haus betrat und sich – dieses Mal – gestattete, die Dinge so zu sehen, wie sie wirklich waren.

Es lag nicht nur am heruntergekommenen Zustand des Hauses. Lee, die von Leonard dazu erzogen worden war, den Oberklassengott der vornehmen Schäbigkeit zu verehren – wenn nicht sogar anzubeten –, kam nicht umhin festzustellen, daß zwischen einem abgewetzten Chippendale-Sofa und einer Toilette, aus der braunes Wasser auf einen Rostfleck tropfte, der sich bereits durch eine Fliese gefressen hatte, ein grundlegender Unterschied bestand. Diese eine fünf mal fünf Zentimeter große Fliese erzählte Lee die ganze Geschichte: Die Taylors waren entweder geizig oder arm – wobei arm in ihrem Fall bedeutete, daß sie nicht reich genug waren, um ein so großes Anwesen wie Hart's Hill zu unterhalten. Ihr wurde das Herz schwer. Wenn es nach ihr gegangen wäre, wären sie unerschöpflich reich gewesen, außerdem gutmütig, exzentrisch und überschäumend – wie die Charaktere in den verrückten Komödien der dreißiger Jahre. Aber was Lee am meisten beunruhigte, war nicht der Mangel an Geld.

Es war der Mangel an Sorgfalt: Frühstücksgeschirr, an dem noch kleine Schinkenstückchen und klebriger Ahornsirup hafteten; benutzte Highball-Gläser, die im Wohnzimmer den Geruch abgestandenen Alkohols verströmten; die *Times* vom letzten Sonntag, die immer noch ausgebreitet auf dem ungesaugten Teppich in der Bibliothek lag. Aber noch schlimmer als dieses Chaos war etwas anderes: Taylor kümmerte sich nicht um Taylor.

Nachdem Fos festgestellt hatte: »Nettes Mädchen hast du da mitgebracht, mein Junge«, war er mit seinen Golfschuhen die große Treppe hinaufgestapft. Als Lee von der Hundehütte zurückkehrte und an der Bibliothek vorbeikam, saß Fos barfuß auf einem Ledersofa. Seine dicken, auf dem Teppich ausgespreizten Zehen sahen aus wie eine Sammlung von Eßlöffeln. Mit einem Brieföffner, der einen Griff aus Elfenbein hatte, säuberte er seine Schuhsohlen. Grashalme und kleine Erdbrocken fielen auf den Teppich. Als Jazz sie später in die Bibliothek führte, um ihr die Karten von Shorehaven zu zeigen, die ihnen ihr Großvater hinterlassen hatte, saß Fos über seine Zeitung gebeugt und las irgendeine Sportstatistik. Er hatte eine qualmende Zigarette zwischen Daumen und Zeigefinger und blickte nicht einmal auf, als sie hereinkamen.

»Wir wollen uns die Landkarten von Großvater Toby ansehen«, murmelte Jazz, und sein Vater murmelte als Antwort etwas wie »Nnn« oder »Mmm«.

Beim Abendessen (Jazz hatte sich freiwillig bereit erklärt, Pizza zu besorgen, ein Angebot, für das Lee ihm unendlich dankbar war, weil sie ahnte, daß es sonst einen Eintopf aus Thunfisch und Basenji-Haaren gegeben hätte) gestaltete sich die Unterhaltung mit Fos auch nicht sehr viel anregender. Der Küchentisch, an dem sie saßen, war ein Rechteck aus Kirschholz, das wesentlich imposanter wirkte als die Tische, die die meisten anderen Leute im Eßzimmer stehen hatten.

Fos saß am Kopfende des Tisches. Vom Fußende aus rief Ginger ihrem Mann zu: »Fos, Lee arbeitet diesen Sommer für die Staatsanwaltschaft in Manhattan.«

Fos hörte auf, den aufgebogenen Rand seines Papiertellers zu glätten und sah mit zusammengekniffenen Augen in Lees Richtung. »Die Manhattaner Staatsanwaltschaft?«

»Ja«, antwortete Lee.

Sie mußte ihn besonders erwartungsvoll angesehen haben, denn er seufzte und ließ sich zu einer weiteren Bemerkung herab. »Der Seniorpartner meiner alten Anwaltskanzlei hat auch mal dort gearbeitet. Vor Jahren. Cap Malcolm.«

»Chester Malcolm«, erklärte Ginger, während sie die Pizzaschachtel über den Holztisch zu Jazz hinüberschob.

»Oh«, antwortete Lee ein wenig zu forsch, wie sie selbst fand. Sie wünschte, sie hätte irgend etwas Wundervolles über den guten alten Cap Malcolm gewußt, weil sie dann etwas gehabt hätte, worüber sie mit den Taylors hätte reden können. Sie selbst schienen nicht das Bedürfnis zu haben, miteinander zu reden, und zu Lee sagten sie auch nicht viel. Wenn wenigstens Jazz' Schwestern dagewesen wären. Vielleicht hätten die mehr geredet. Aber Hope, die älteste Tochter, war mit einem Golfprofi verheiratet und wohnte in Palm Springs, und Irene, die ein Jahr älter war als Jazz, lebte in Oregon in einer Kommune.

Jazz hatte zwei große Pizzas geholt, und die Taylors aßen ein Stück nach dem anderen. Jeder von ihnen kaute so konzentriert, als würde er oder sie allein in einem kleinen neapolitanischen Café sitzen und dieses Gericht zum erstenmal probieren. Jazz, der normalerweise voller gescheiter Bemerkungen und intelligenter Fragen steckte, war ungewöhnlich schweigsam. Lee wünschte, er hätte dabei nicht so zufrieden gewirkt. Tatsächlich nahm ihn die Elastizität des Mozzarellas so in Anspruch, daß er völlig vergessen zu haben schien, daß sie sein Gast/seine Freundin war und er sie liebte. Und sie alle ignorierten Kent, obwohl dieser offensichtlich Probleme damit hatte, sein Pizzastück vom Rest abzutrennen und aus der Schachtel zu hieven.

Lee hätte ihm gerne geholfen, beherrschte sich aber, weil sie nicht wußte, ob es sich dabei um eine bewußte Entscheidung der Familie handelte, möglicherweise sogar um etwas Prinzipielles, vielleicht rieten Kinderpsychologen im Fall des Down-Syndroms dazu: Lassen Sie das Kind für sich selbst sorgen. Aber als Fos nach einem dritten Stück griff, konnte Lee den verzweifelten, hungrigen Blick in Kents Gesicht nicht länger ertragen. Sie löste ein Stück aus der Schachtel und reichte es dem Jungen. Als sie einen Blick in die Runde warf, weil sie befürchtete, getadelt zu werden oder sich zumindest einen vernichtenden Blick eingehandelt zu haben, sah sie, daß Jazz fasziniert auf zwei überkreuzte Peperoni starrte, während Ginger das Olivenöl wegwischte, das ihr auf den Arm getropft war. Fos hatte den Kopf zurückgeworfen und trank mit bebendem Doppelkinn und leisen Glckslauten aus seiner Coladose.

»Danke!« sagte Kent zu Lee. Seine wundervollen blauen Augen strahlten mehr denn je. Entzückt stopfte er sich die Spitze seines Pizzastücks in den Mund.

»Gern geschehen.« Als Lee klar wurde, daß das wahrscheinlich das Ende ihrer Konversation war, fragte sie ihn: »Magst du Pizza?«

»Ja«, antwortete Kent, der über ihre Frage hocherfreut war. »Ich mag Pizza.«

»Ich mag Pizza auch sehr gern.«

»Ich mag Pizza«, sagte Kent noch einmal. Seine Worte wurden durch einen Mischmasch aus Teig und Tomatensauce gefiltert. »Ich *mag* Pizza.« Eine Schrecksekunde lang hatte sie Angst, daß er diesen Satz nun unaufhörlich wiederholen würde und Jazz – von seinen Eltern ganz zu schweigen – sauer sein könnte, weil sie Kent das Stichwort gegeben hatte: Hat das Mädchen denn nicht Hirn genug, um zu wissen, wie man mit so jemandem umgeht? Aber Jazz war inzwischen in die Speisekarte vertieft, die auf dem Deckel der Pizzaschachtel klebte, während Ginger den Rand ihrer Pizza in winzige Stücke brach und Fos erneut seinen Papierteller geradezubiegen versuchte. »Ich mag Pizza.« Plötzlich wurde Lee klar, daß Kent versuchte, sich mit ihr zu unterhalten, weil er als guter Gastgeber wollte, daß sie sich wohlfühlte.

»Ich mag Pizza«, vertraute sie ihm an. »Und Cola.«

»*Ich* mag Cola«, antwortete Kent, der über diesen Zufall sichtlich erstaunt und erfreut war. »Ich mag ...« Er verstummte. Niemand bemerkte sein Zögern. Keiner dachte auch nur im Traum daran, ihm zu Hilfe zu kommen. »Ich mag ...« Plötzlich schlug er mit der Hand auf den Tisch: Ich hab's! »Ich mag Schokoladenmilch!«

»Ich auch!« antwortete Lee. »Und Eiscreme.«

»Kuchen!«

»Hamburger.«

»Hot dogs!«

Wahrscheinlich hätten sie ihrer Liste noch Makkaroni mit Käse, Marshmallows und Smarties hinzugefügt, wenn Fos nicht plötzlich vom Tisch aufgestanden wäre. Daraufhin rief Ginger die Basenjis herein und warf ihnen die Randstückchen zu. Dann sagte Jazz zu Lee, daß es schon ziemlich spät sei. Schließlich müßten sie am nächsten Tag wieder arbeiten. Sie sollten langsam aufbrechen.

Auf der Rückfahrt las Lee *Gideon's Trumpet*, während Jazz eine Golfzeitschrift studierte, die er aus der Aktentasche seines Vaters gefischt hatte.

Als der Zug durch Queens kroch, blickte er plötzlich hoch und sagte: »Was soll ich dazu sagen? Mein alter Herr ist nicht gerade eine Stimmungskanone.« Sie wartete einen Moment zu lang, ehe sie antwortete: »Warte, bis du meinen kennenlernst.« Ihr Zögern war darauf zurückzuführen, daß sie fest damit gerechnet hatte, er würde hinzufügen: »Und meine Mutter wird bestimmt keinen Preis für den schönsten Garten gewinnen.« Außerdem hatte sie gehofft, daß er einen Satz über den schrecklichen Zustand des Hauses verlieren oder ihr zumindest erklären würde, wieso seine Eltern seinen kleinen Bruder so vernachlässigten. Kent war schier untröstlich gewesen, als sie aufbrachen, am liebsten hätte sie ihn mit in ihre Studiowohnung genommen. Sie hätte ihm neue Shorts und T-Shirts und eine große Tüte Fruchtgummi gekauft. Anschließend hätte sie ihn in die Badewanne gesteckt und ihm den Hals geschrubbt. Und wenn Jazz zu diesem Thema schon nichts zu sagen hatte, überlegte sie, hätte er ihr dann nicht wenigstens erklären können, warum seine Eltern sich so seltsam verhalten hatten? Aber Jazz merkte gar nicht, wie nachdenklich sie war, weil er sich längst wieder in seine Zeitschrift vertieft hatte.

Fairerweise überlegte Lee, wie es wohl gewesen wäre, wenn Jazz im Haus ihrer Eltern Gast gewesen wäre. Hätte *sie* dann die nächsten sechsunddreißig Stunden damit zugebracht, sich für die Fehler ihrer Familie zu entschuldigen? Zugegeben, ihr Vater versuchte längst nicht mehr, als das durchzugehen, was die Taylors seiner Meinung nach waren. Dafür benahm er sich inzwischen, als wäre er Dauergast bei Noël Coward: Küßchen-Küßchen, Darling – eins auf jede Wange, wie es bei den Reichen und Schönen üblich war. Würde er Jazz auch mit Küßchen-Küßchen begrüßen? Oder würde er für diesen besonderen Anlaß sein vornehmes Protestanten-Getue hervorkramen und mit peinlich tiefer Stimme dröhnen: Sehr erfreut, Sie kennenzulernen! Was sollte sie dazu bloß sagen? Ähm, mein Dad ist ein bißchen affektiert. Tut mir wirklich leid, daß meine Mutter bloß dagesessen ist und an den Knötchen ihres Chanel-Kostüms herumgezupft hat, ohne ein Wort zu sagen. Ach ja, und noch was: Meine Schwester hat ein ernsthaftes Drogenproblem und ist mit einem Junkie verheiratet, der außerdem ein Dieb ist.

Sie kehrten also in ihre untervermietete Wohnung zurück und fielen erschöpft ins Bett, ohne miteinander zu schlafen. Am nächsten Morgen gingen sie wieder zur Arbeit. Und ehe sie sich versahen, steckten sie plötzlich im dritten und letzten Jahr ihres Jurastudiums. So kam es, daß Jazz Taylor Lees Familie erst kennenlernte, als … nun ja, als er bereits einen ganzen Tag mit ihr verheiratet war.

Das hört sich wahrscheinlich an, als wäre bis dahin viel Zeit vergangen, aber es passierte sehr schnell, schneller, als sie beide gedacht hatten. Und alles wegen Weihnachten.

Eine Woche davor rief Ginger Jazz an der Uni an. Da sie ihn während seines ganzen Jurastudiums noch kein einziges Mal angerufen hatte, dachte Jazz (wie er Lee später erklärte), daß etwas Schreckliches passiert sein mußte: Das hündische Pendant zum Ulmensterben hatte sämtliche Basenjis dahingerafft. Oder seine Schwester Irene war in ihrer Kommune von irgendeinem bösartigen landwirtschaftlichen Gerät zermalmt worden. »Was ist passiert?« hatte Jazz gefragt, und seine Mutter hatte geantwortet: »Dein Vater mußte nach St. Petersburg fliegen, um mit Mr. Soundso vom Atlantic Citrus Council Golf zu spielen, der vor Wut schäumt, weil dein Vater irgendwas zu tun vergessen hat, also sei bitte so gut und komm rechtzeitig heim, um den Baum zu kaufen und aufzustellen – verdammt, ich habe vergessen, den Schinken zu kaufen –, weil ich bei der Weihnachtsfeier des Kennel Club für das Nachspeisenbuffet zuständig bin und Kent irgendwas Komisches gegessen hat, so daß er Durchfall hat und ich einfach nicht aus dem Hause komme.«

Der nächste Anrufer war Leonard White, der nur eineinhalb Stunden später anrief. Jazz war noch bei Lee im Zimmer und erklärte ihr, wie sehr ihm vor Weihnachten graute. Das absolute Chaos. Sein Vater war immer irgendwo unterwegs und kam regelmäßig zu spät. Seine Mutter war ständig überfordert. Vor zwei Jahren hatte sie ihm zusammen mit seinen Geschenken eine Rolle Geschenkpapier und drei Schleifen in die Hand gedrückt, weil sie keine Zeit mehr gehabt hatte, die Sachen einzupacken.

Leonard klang wesentlich weniger gestreßt als Ginger. Eigentlich klang Leonard, als hätte er gerade eine Million Dollar gewonnen (eine Summe, die zu dem Zeitpunkt zufällig ein Viertel seines Nettowertes darstellte, was mit ein Grund für seine Überschwenglichkeit war). Für das junge Paar aber gab sein Anruf noch größeren Anlaß zur Sorge als der von Ginger.

»Ich habe für die Ferien ein Haus auf St. Bart's gemietet!« rief Leonard aus. »Wann ist deine letzte Prüfung?«

»Am zwanzigsten.«

»Dann wirst du wohl nachkommen müssen.«

»Wohin?«

»Nach St. Bart's.«

»*Wohin?*«

»St. Bart's. Eine Insel in der Karibik. Alle sagen, daß sie zur Zeit sehr in ist. Aber nicht überlaufen, wenn du weißt, was ich meine.«

Lee legte die Hand über den Hörer und flüsterte: »St. Bart's?«

»Ein Spitzname für die Kirche?« flüsterte Jazz zurück, der über Leonards Episkopaliphilie voll aufgeklärt war.

»Eine Insel«, flüsterte Lee.

»Nie davon gehört.«

»Lee?« fragte ihr Vater.

Lee versuchte sich auf ihr Telefonat zu konzentrieren. »Warum können wir nicht zu Hause bleiben?«

»Weil wir eine großartige Villa direkt am Meer haben, mit einem Butler, einer Köchin und zwei Hausmädchen und ich meinen Urlaub lieber mit netten Leuten auf einer Karibikinsel verbringe, als auf Long Island ohne Gäste dazusitzen und Gretas fettige Gans in mich reinzustopfen.«

»Aber ich habe mit meinem Freund schon Pläne gemacht ...«

»Sag sie ab.«

»Dad, das kann ich nicht.« Ihre Eltern wußten, daß es in ihrem Leben jemanden gab. Aber da sie mit ihren eigenen Problemen – der fortwährenden Besetzung ihres Hauses durch Robin und Ira – beschäftigt waren, hatte Lee nie den richtigen Moment gefunden, um ihnen zu sagen, wer der junge Mann war, geschweige denn, ihn mit nach Hause zu bringen und ihnen vorzustellen. Manchmal hatte sie Angst, daß ihr Vater, der seiner Taylor-Fixierung abgeschworen hatte, Jazz einfach ignorieren würde, nur um zu zeigen, wie wenig die Protestanten ihm inzwischen bedeuteten. Dann wieder befürchtete sie, daß Leonard keineswegs über die Taylors hinweg war und auf eine so abstoßende, erbarmungslose Weise vor Jazz kriechen würde – Darf ich Ihnen ein Glas Veuve Clicquot bringen? Oder lieber ein Gläschen Rémy XO? Einen Zobel für Ihre Mutter? –, daß selbst der gutmütige Jazz zurückschrecken würde.

»Hör zu, Lee«, sagte ihr Vater, »ich weiß, daß junge Leute in deinem Alter nicht mehr mit alten Knackern wie uns herumhängen wollen. Aber ich habe ein paar phantastische Leute eingeladen. Kluge

Köpfe. Hohe Tiere. Leute, die du kennenlernen solltest, wenn du Anwältin werden willst.«

»Dad ...«

»Bob und Bobbie Prager. *Sehr* angesehene Leute. Bobbies Mutter kommt aus der Frick-Familie. Vom Museum. Sie kauft schon seit Jahren bei mir ein. Und Polly und Lloyd Gilliam. Die Journalisten. Sie schreibt für *Vogue,* und er ...«

»Dad, bitte. Ich habe wie eine Irre geschuftet ...«

»Ich vielleicht nicht?«

»Dad, ich weiß, daß du hart arbeitest, aber ich brauche einfach Zeit ...«

»Deswegen fahren wir doch nach St. Bart's!« brüllte Leonard. »Zum Entspannen!«

»Aber ich will da nicht hin!«

»Wie wär's, wenn du zur Abwechslung mal was für die Familie tust? Oder findest du es in Ordnung, mich immer bloß bezahlen zu lassen? Für deine Ausbildung, dein Zimmer und dein Essen, deine Klamotten und was sonst noch alles? Du weißt verdammt gut, daß es deiner Mutter nicht besonders gutgeht.«

»Warum schleppst du sie dann in die Karibik und halst ihr einen Haufen Gäste auf?«

»Weil zu dem Haus eine Menge Personal gehört. Ich habe schließlich ein Recht auf ein bißchen Vergnügen. Hast du das von mir schon einmal gehört? Nein. Hast du nicht. Aber ich *habe ein Recht darauf.* Ich arbeite wie ein Tier, und ich habe ein Recht auf ein bißchen Leben in meinem Leben. Ich wollte in die Stadt ziehen. Nein. Deine Mutter ist dem nicht gewachsen. Gut, in Ordnung. Ich will geschäftlich nach Kopenhagen fliegen und in London Station machen, um ins Theater zu gehen, aber Greta – die Haushälterin! – kommt weinend angerannt, sie habe Angst, mit Ira allein im Haus zu sein. Mach dir keine Sorgen, Greta. Ich werde nicht fliegen. Aber wann bin ich eigentlich an der Reihe?«

»Fahren Robin und Ira mit nach St. Bart's?« fragte Lee und stellte sich vor, wie Iras Silhouette die Sonne verdunkelte, während die tollen Gäste auf der Terrasse zu Mittag aßen; wie Ira an ihnen vorbeiging, um sich anschließend in ihre Zimmer zu schleichen und ihre Koffer aufzuschlitzen.

»Ich habe ihnen angeboten, ihnen die Fahrt nach Kalifornien zu bezahlen, damit sie ihre Freunde besuchen können. Ich glaube wirklich … es sieht fast danach aus … ich hoffe, sie werden mein Angebot annehmen.«

»Ich kann bei Greta bleiben.«

»Du kannst mit uns kommen. Da gehörst du in den Ferien hin. Zu deiner Familie.«

Lee knallte den Hörer nicht auf die Gabel. Sie legte einfach auf und drehte sich zu Jazz um. »Er möchte, daß ich Weihnachten mit ihnen verbringe. Übersetzt bedeutet das, daß er erst einmal mit allen Mitteln versuchen wird, meine Mutter davon abzuhalten, sich gleich wieder ins Bett zu legen, wenn sie da unten angekommen sind. Und wenn er das nicht schafft, wird er die alte ›Sylvia hat die Grippe‹-Nummer abziehen. Das hat sie ziemlich gut drauf. Sie braucht nur einmal im richtigen Moment zu husten, und schon ist sie aus dem Schneider. Dann wird er den Arm um mich legen und sagen: ›Lee wird für dich einspringen, nicht wahr, Darling? Lee, sei doch so gut und sag dem Mädchen, daß sie den Kaffee auf der Terrasse servieren soll.‹« Jazz legte den Arm um Lee, sie legte den Arm um ihn, und so standen sie eine Weile neben ihrem Schreibtisch und wiegten sich hin und her, um einander zu trösten.

Ein paar Tage später – sie hatte ihr Abschlußexamen inzwischen hinter sich – stand Lee wieder in ihrem Zimmer und machte sich für St. Bart's fertig. Genauer gesagt war sie damit beschäftigt, ein blaues Baumwoll-T-Shirt immer wieder neu zusammenzulegen, als würden ihre Leistungen im Fach Kofferpacken auch noch in ihre Gesamtnote mit einfließen. Zum vierten Mal zog sie die Schulternähte gerade, um daraufhin festzustellen, daß das T-Shirt vorne eine riesige Falte warf. Egal, was sie einpackte, ihre Mutter würde ein modisches Gegenmittel bereithalten. Lee würde in St. Bart's eintreffen, und in ihrem Zimmer würde ein ganzer Schrank voll Strandkleidung auf sie warten. Knallrosa Bikinis mit passenden Jacken oder, noch schlimmer, Sarongs. Sonnengelbe Overalls. Limonengrüne Shorts und Trägertops. Lauter Sachen, in denen Robin wie eine Elfenkönigin aussehen würde, Lee dagegen wie ein Kobold. Sie spürte, wie sich in ihrem Hals ein Kloß bildete. Es ist doch nur für zehn Tage, versuchte sie sich selbst zu beruhigen. Schlimmstenfalls werde ich braun, und bestenfalls … Wer weiß? Vielleicht sind Daddys tolle Gäste ja wirklich ganz nett.

Sie wußte, daß sie überempfindlich war. Es war wohl kaum damit zu rechnen, daß Jazz beim Silvesterball des Country Club eine blauäugige Schönheit kennenlernen würde, die ihm binnen Sekunden klarmachen würde, wie falsch er bisher gelegen hatte. Aber Lee mußte sich eingestehen, daß sie genau *davor* Angst hatte. Der Kloß in ihrem Hals wurde so groß, daß er ein paar Tränen aus ihren Augen drückte. Ein Tropfen fiel auf ihr T-Shirt und hinterließ einen traurigen kleinen Fleck.

Lee war so mit ihrem Kummer beschäftigt, daß sie gar nicht bemerkte, wie Jazz ins Zimmer kam. Als er sich neben sie aufs Bett setzte – genauer gesagt auf ihr T-Shirt – schrie sie vor Schreck laut auf.

»Entschuldige«, sagte er. »Ich dachte, du hättest mich reinkommen gehört.«

»Nein. Ich war so in Gedanken …« Ihr fiel selbst auf, wie heiser ihre Stimme klang. Das lag zum Teil an dem Kloß in ihrem Hals, zum Teil aber auch an dem Drang, Feuer mit Feuer zu bekämpfen und das blonde Flittchen aus dem Rolling Hills Country Club zu übertrumpfen.

Aber eine solche Taktik war gar nicht nötig. Als Jazz ihre Tränen sah, wurden seine Augen ebenfalls feucht. Eine Weile saßen sie nebeneinander auf dem schmalen Unibett. Dann fingen sie zu weinen an. »Es ist doch nur für zehn Tage«, brachte Lee heraus. Keine zwei Sekunden später sagte Jazz das gleiche zu ihr. »Warum führen wir uns eigentlich so auf?« fragte sie.

»Das macht mich völlig fertig«, antwortete er und starrte verlegen an die Decke, wie Männer es häufig tun, wenn sie sich selbst beim Weinen ertappen. Einen Augenblick später fügte er hinzu: »Vielleicht …«

»Vielleicht was?«

»Vielleicht sind wir nur deswegen so durcheinander, weil unser Getrenntsein ein Verbrechen gegen die Natur ist.« Lee mußte lachen, aber ihre Nase begann so heftig zu tropfen, daß sie gleich wieder aufhörte. »Ich meine es ernst«, fuhr Jazz fort. »Wir sind füreinander bestimmt. Du und ich … wir sind im Gesetz der Natur eine gegebene Größe.«

»Lee und Jazz. Ein Axiom.«

»Genau«, pflichtete er ihr bei, klang im Gegensatz zu ihr aber überhaupt nicht ironisch. »Und das Schlimmste daran ist, daß wir uns ausgerechnet an Weihnachten trennen sollen. Weißt du, warum?«

»Warum?«

»Weil wir beide füreinander viel eher eine Familie sind, als unsere wirklichen Familien es je sein können.«

So gesehen erschien es nur logisch, daß sie am nächsten Nachmittag, gleich nachdem Jazz seine letzte Prüfung geschrieben hatte, Dr. Donald Humm aufsuchten, einen Internisten, der bei den Studenten der NYU dafür bekannt war, daß er gerne Rezepte schrieb. Er machte den Bluttest. Und nur drei Telefonate später erklärte Susan Margules Steinhardt, die hoheitsvolle, durchgeistigte Richterin vom New York State Supreme Court, die im Erpressungsfall Howie the Hose den Vorsitz geführt hatte, daß sie sich sehr wohl an die Praktikantin des letzten Sommers erinnere – erstklassiges Benehmen, heutzutage so selten geworden –, ja, natürlich sie sei gerne bereit, das Paar am Montagnachmittag vor Gericht zu trauen, und sie finde es, ähm, höchst abenteuerlich, daß die beiden heimlich heiraten wollten, und – nein, das sei überhaupt kein Problem – es sei ihr ein Vergnügen, anläßlich der Trauung Shakespeares hundertsechzehntes Sonett vorzulesen (zufällig habe ihr Mann dasselbe Sonett zitiert, als er ihr den Hof machte), und sie finde es so romantisch, daß sie ihre Flitterwochen auf St. Bart's verbringen würden. Romantisch und wunderschön. Einfach wunderschön.

Es sah zumindest wunderschön aus: tropisches Dämmerlicht am Weihnachtsabend, und Kokospalmen, die sich schützend über das rote Ziegeldach der rosafarbenen Villa neigten. Einen Augenblick später trat Sylvia aus der Haustür, um sie zu begrüßen. In ihrem weißen Hosenanzug mit der goldfarbenen Paspelierung sah sie richtig schneidig aus – eine Offizierin in der stilvollsten Armee der Welt. Ihr glattes champagnerfarbenes Haar, das inzwischen à la Kleopatra geschnitten war, schimmerte im Licht eines Kronleuchters, der aus sechs Milchglas-Ananas bestand. Beim Anblick von Jazz' kantigem Gesicht und den atemberaubend breiten Schultern, die in einem ziemlich abgetragenen blauen Blazer steckten, begannen ihre perfekt getuschten Wimpern instinktiv zu flattern. Sylvia spitzte die mangofarbenen Lippen, um Lee zu küssen, achtete aber darauf, daß ihr Mund sie nicht berührte. Statt dessen drückte sie ihre Wange leicht gegen die ihrer Tochter. Dann, als würde sie einem scharfen Befehl Folge leisten, trat sie genau fünfundvierzig Zentimeter zurück: die perfekte Entfernung, um ihr Outfit voll zur Geltung zu bringen, ohne daß dem Betrachter ein Detail entging. Erst dann reichte sie Jazz die Hand. »Jasper«, flüsterte sie zärtlich.

»Ich hoffe, Sie finden es nicht allzu schlimm, daß ich an Weihnachten einfach so hereinschneie, Mrs. White.« Lee schaute ihn an. Ihr Blick wanderte von den harten Kanten seines Kinns zu seinen klaren Augen und dann zu seiner schönen Nase, die eine Spur kleiner war als die durchschnittliche Männernase. Noch während er sprach, war ihr klar, daß Jazz, hätte er einen Doktor in Psychologie gemacht und seine Dissertation über die verschlungenen Windungen der Psyche von Sylvia Bernstein White geschrieben, keinen besseren Satz hätte von sich geben können als den, den er gerade ausgesprochen hatte. Insbesondere »Weihnachten« war ein Wort, das nur Nichtjuden richtig aussprechen konnten: mit jener liebevollen Vertrautheit, die es zu *ihrem* Wort machte. Und das »Mrs. White« war ein meisterlicher Zuckerguß auf ihrer Hochzeitstorte: in seiner unglaublichen Höflichkeit forderte es zu umgehender Richtigstellung auf.

»Bitte! Nenn mich Mom.« Plötzlich löste sich die Frau, die Lee ihr Leben lang gekannt hatte, in Luft auf. Die arrogant geblähten Nüstern und gespitzten Lippen wurden durch sanfte Schüchternheit ersetzt. »Es sei denn, du ziehst es vor, mich Sylvia zu nennen.«

»Es ist mir eine Ehre, dich Mom zu nennen«, antwortete Jazz. Genau gleichzeitig lehnten sich beide vor, um einander auf die Wange zu küssen. Dann traten sie in perfekt choreographierter Übereinstimmung einen Schritt zurück und lächelten sich an. Im selben Moment nahm Sylvia die Hand ihrer Tochter und streichelte sie. Was Lee am meisten überraschte, war die samtige Wärme von Sylvias Haut. Sie hatte mit einer Körpertemperatur gerechnet, die um einige Grade kälter war als normale menschliche Haut.

Sylvia bedachte ihre Tochter mit einem wohlwollenden Lächeln, und Lee ertappte sich dabei, wie sie so breit zurückstrahlte, daß man, da war sie sicher, bis zu ihrem Zäpfchen hinuntersehen konnte. Sie konnte nichts dagegen tun: Auf einmal war ihr ganzes Sein von einem Gefühl des Friedens erfüllt. Einem so absoluten Frieden, daß ihr der transzendentale meditative Zustand, den sie in ihrem ersten Studienjahr zweimal erreicht hatte, im nachhinein wie ein Led-Zeppelin-Konzert vorkam. Sie hatte das Gefühl, als würde sich jede Faser ihres Körpers entspannen und jeder einzelne Muskel locker lassen. In diesem Moment mußte Lee nicht mehr Wache stehen. Sie fühlte sich geborgen.

Aber dann zog Sylvia ihre Hand zurück, und Lees heitere Gelassenheit verschwand schlagartig. Während sie ihre Mutter anstarrte, überlegte Lee, wie es möglich war, daß dieses Gefühl der Glückseligkeit, das sie noch Sekunden zuvor verspürt hatte, von dieser Hand und von dieser Frau hatte ausgehen können. Vor ihr stand wieder ihre Mutter, wie sie sie kannte, mit eingesaugten Wangen und konkavem Bauch. »Wie war euer Flug, Liebes?« fragte Sylvia.

Lee wurde klar, daß sie jetzt »Liebes« hieß, zumindest, solange Jazz an ihrer Seite stand. Sie antwortete: »Nicht schlecht. Aber das kleine Flugzeug, in das wir umsteigen mußten ...« Sie merkte, daß ihre Mutter das Interesse an ihr bereits wieder verloren hatte, und rieb ihren Mittelfinger und ihren kleinen Finger gegen das harte Metall ihres brandneuen Eherings. Goldene Magie: Damit war sie allem gewachsen. Aber gab es überhaupt etwas, dem sie gewachsen sein mußte? Sylvia war von ihrem neuen Schwiegersohn begeistert: Konnte es für eine Jüdin, die um ein Weihnachtsgeschenk betet, überhaupt ein schöneres Geschenk geben?

Trotzdem mußte Lee sich eingestehen, daß ihre Mutter nicht gut aussah. Zugegeben, Sylvia wirkte ganz normal, wie sie so in der Diele stand und Jazz' abgewetzte Halbschuhe betrachtete. Wie nicht anders zu erwarten, tat sie das mit einem dankbaren Blick. Frisch polierte Schuhe hätten von Schwäche gezeugt, dem erbärmlichen Bedürfnis, anderen zu gefallen. Lee betrachtete ihre Mutter, die mit dem kleinen Finger leicht über ihre Mundwinkel strich, als wäre ihr Lippenkonturenstift nicht perfekt aufgetragen. Aber ihr linkes Auge blinzelte ständig. Blink, blink, blink. Es wollte einfach nicht offen bleiben. Und sie schwankte leicht, erst nach links, dann nach rechts, dann wieder zurück. Hatte sie ein paar Pillen zuviel geschluckt? Oder waren es die Nachwirkungen des Schocks: Wie konntest du mich so hintergehen?

Heimlich zu heiraten! Mich der Chance zu berauben, mich mit dem Party-Service des St. Regis und dem Kalligraphen von Jackie Onassis zu beraten!

Blink, blink, blink. Links, rechts, links. Aber der nächste Rechtsdrall war größer als der vorangegangene. Sylvia wäre gegen den Türrahmen geknallt und hätte sich den Kopf aufgeschlagen, wenn Jazz nicht so schnell reagiert hätte. Mit einer einzigen tänzerischen Bewegung war er an ihrer Seite, packte sie am Ellbogen, drehte sie um hundertachtzig Grad und eskortierte sie ins Wohnzimmer. »Ein Klavier!« rief er, während er sie in einen Bambussessel sinken ließ, dessen weißer Bezug mit riesigen rosa Hibiskusblüten bedruckt war. »Wenn ihr eure Gäste loswerden wollt, kann ich gerne mein berühmtes Weihnachtsliedermedley spielen. Dann werden sie freiwillig nach Hause schwimmen.«

»O Gott!« rief Sylvia plötzlich, als hätten seine Worte ihren Schmerz noch zehnfach verschlimmert. Hinter ihr, neben einem Aussichtsfenster, das auf einen Innenhof hinausging, stand ein Weihnachtsbaum, an dem Tausende von winzigen Lichtern funkelten. Zusätzlich war er mit Hibiskus- und Jasminblüten geschmückt. Echten Blüten. Die sterbenden Blumen hatten bereits braune Ränder und ließen traurig die Blütenblätter hängen.

Jazz, der über ihren dramatischen Ausbruch bestürzt war, versuchte, die Situation mit einem Scherz zu retten. »Also gut. Ich verspreche, daß ich keine Weihnachtslieder spielen werde.«

»Du hast ja keine Ahnung!« seufzte Sylvia, während sie ihn anstarrte. »Es ist eine Katastrophe.«

Lee nahm sofort an, daß ihre Mutter von ihrer Heirat sprach. Zu beiden Seiten ihres Kopfes baute sich ein Druck auf, bis sie das Gefühl hatte, ihr Kopf würde jeden Augenblick zerspringen. Jazz aber fragte: »Was ist eine Katastrophe?« Er schien sich völlig sicher zu sein, daß besagte Katastrophe, worum es sich dabei auch handeln mochte, nichts mit ihm zu tun hatte.

Und er hatte recht. »Bob und Bobbie Prager haben im letzten Moment abgesagt«, erklärte Sylvia. »Sie haben nicht einmal angerufen. Sie sind einfach nicht am Flughafen erschienen. Und die Gilliams haben alles mitbekommen, weil sie mit uns am Gate warteten. Wir waren die einzigen, die noch nicht an Bord gegangen waren. Leonard versuchte sich nicht anmerken zu lassen, daß er ...« Sylvia hob die Hände. Sie zitterten. Sie fand nicht die richtigen Worte, um das tiefe Entsetzen zu beschreiben, das ihr Mann empfunden hatte. »Er rief in ihrer Wohnung an, und ein Mann – ihr Haushälter oder Butler – sagte, sie seien in Sun Valley. Beim Skifahren! Und Leonard mußte zu uns zurück und vor den Gilliams gute Miene zum bösen Spiel machen. ›Bob und Bobbie schaffen es nicht. Es hat in letzter Minute irgendwelche Probleme gegeben.‹ Ich hatte Angst, daß ihn jeden Moment der Schlag treffen würde. Zwei Erste-Klasse-Tickets zum Fenster hinausgeworfen!«

»Daddy hat ihnen den Flug bezahlt?« fragte Lee.

»Das ist so üblich«, erklärte Sylvia, ohne Lee dabei anzusehen. »Ich schwöre bei Gott«, sagte sie an den riesigen Deckenventilator gewandt, »daß ich eine Minute lang sicher war, die Gilliams würden ebenfalls einen Rückzieher machen.«

»Aber sie sind hier«, meinte Jazz beruhigend.

Sylvia starrte weiterhin mit zurückgelegtem Kopf an die Decke. »Im Eßzimmer. Bei Daddy – und Ira. Ira! Wir haben versucht, die beiden nach Kalifornien zu schicken, aber sie wollten nicht. Und jetzt ist Ira hier. Gott im Himmel, Polly Gilliam schreibt in der *Vogue* über Dessous, und ihr Mann hat einen Ziegenbart und ist sehr wichtig!«

»Wo ist Robin?«

»Im Bett. Sie fühlt sich nicht wohl.«

Sylvias makelloses Gesicht, das dank einer astronomisch teuren Grundierung, die aus der Plazenta weißer Lämmer gewonnen wurde, völlig porenlos wirkte, blieb auf die lakonisch rotierenden Blätter des Ventilators gerichtet, obwohl sie es ein paarmal für kurze Zeit schaffte, ihren Blick wieder Jazz zuzuwenden.

»Sylvia!« rief Leonards Stimme. Selbst ein Fremder konnte die Verzweiflung hinter der fast schon hysterischen Jovialität hören. »Sind das Lee-lee und Jasper?«

Sylvia nickte langsam und vorsichtig, als würde ihr Kopf mehrere hundert Pfund wiegen. Lee, die sich seit ihrem dritten Lebensjahr nicht mehr Lee-lee genannt hatte und sich auch nicht daran erinnern konnte, von ihren Eltern seitdem je wieder so genannt worden zu sein, war so aufgeregt, daß sie kein Wort herausbrachte. Wie konnte sie sich und Jazz aus diesem Alptraum retten? Oder, wie es die zukünftige Staatsanwältin in ihr präziser formulierte: Wie hatte sie so wahnsinnig sein können anzunehmen, daß Weihnachten auf St. Bart's im Kreise ihrer Familie der geeignete Ort sein könnte, um eine Ehe zu beginnen?

»Lee-lee?«

Jazz antwortete für sie. »Wir sind hier!« rief er fröhlich.

Und Leonard stürmte ins Wohnzimmer, als hätte ihn jemand von einer Raketenstartrampe abgeschossen. »Lee!« rief er und stürzte mit ausgebreiteten Armen auf sie zu. »Jasper!« Jazz verhielt sich wie jemand, der zum ersten Mal Schnecken ißt und verstohlen schaut, wie seine Tischgenossen es machen. Nachdem er genau aufgepaßt hatte, wie Lee reagierte, lehnte er sich gegen Leonard und ließ sich von ihm in eine verzweifelte Umarmung ziehen. »Wundervoll!«

»Hi«, sagte Jazz. Da Jazz um einiges größer war als Leonard, verhallte das wiederholte »Wundervoll!« seines Schwiegervaters in Höhe seines Halses. »Ich weiß nicht recht, was ich sagen soll«, fuhr Jazz fort. »Ich meine, weil wir euch so überfallen. Wir schauen ja nicht bloß auf einen Drink vorbei. Wir kommen hier an und sagen: Hallo, frohe Weihnachten, und wie nett, daß ihr uns unsere Flitterwochen hier verbringen laßt!«

»Wundervoll!« sagte Leonard immer noch, als Lee und Jazz es schließlich schafften, sich aus seiner Umarmung zu befreien. »Ich könnte nicht glücklicher sein. Wie schön, daß ihr hier seid!« Jetzt, da Jazz ein Stück von ihm entfernt stand, war Leonard in der Lage, ihn anzusehen. Sein Bild in sich aufzusaugen. Sein Gesicht lief vor Freude rot an. Erst dann entdeckte er seine Frau. Sofort wurde er wieder eine Spur blasser. »Sylvia!«

»Was?«

»Unsere Gäste warten.«

»Ich weiß.« Aber ihre Blicke irrten nach links und nach rechts, als würden sie nach dem suchen, worauf ihre Gäste warteten.

»Und ...?«

»Ähm«, antwortete sie.

»Sylvia!«

»*Was?*« fragte sie mit flehender Stimme. Sie wußte offensichtlich nicht, wovon die Rede war.

»*Was?*« wiederholte Leonard. »O Gott, sag bloß! O Gott!«

Seine Hände griffen nach seinen modisch dicken Koteletten. Wahrscheinlich hätte er sie sich tatsächlich ausgerissen, wenn sein Blick nicht auf Jazz gefallen wäre. »Es tut mir so leid, daß ihr miterleben müßt …«

»Schon gut«, fiel Jazz ihm lächelnd ins Wort. War er denn durch gar nichts zu erschüttern? Warum fragte er sich nicht: Wie zum Teufel kann ich mich von dieser wahnsinnigen Familie – einschließlich Lee – wieder befreien? Kann ich die Ehe so schnell annullieren lassen, daß ich es noch rechtzeitig nach Hause schaffe, um Weihnachten mit Leuten zu feiern, die von Geburt an wissen, wie man einen Weihnachtsbaum richtig schmückt? Jesus Christus! Tote Blumen! Lee beobachtete verwundert, wie Jazz ihrem Vater die Hand auf die Schulter legte. Mit derselben männlichen Geste des Trostes hätte ein Baseballfänger wahrscheinlich einen nervösen Werfer beruhigt. Leonard hörte auf, an seinen Haaren zu reißen und ließ die Arme sinken. Trotzdem wirkte er noch immer aufgeregt. Als er den Blick von Jazz abwandte und zu Sylvia hinübersah, verwandelte sich seine verzweifelte Miene in Abscheu.

»Dad?« Leonard starrte Lee überrascht an, als hätte er ganz vergessen, daß sie mit Jazz nach St. Bart's gekommen war.

»Du hast ja keine Ahnung!« war alles, was er herausbrachte.

»Robin?« fragte Lee.

»Nur die Spitze des Eisbergs.« Leonard rammte seine Hände tief in die Taschen seiner weißen Leinenhose.

»Die Leute, die nicht gekommen sind?«

Leonards Augen verengten sich zu bedrohlichen Schlitzen. »Ach, die sind völlig unwichtig«, sagte er und versuchte dabei, möglichst abschätzig zu klingen, was ihm natürlich mißlang. Seine Augen wurden noch schmaler, bis jedes Licht aus ihnen wich. Er war wütend auf Lee, weil sie ihn an diese bittere Schmach erinnert hatte. »Gesellschaftliche Aufsteiger«, murmelte er zu Jazz gewandt. »Du weißt schon.«

Jazz nickte mit einer Geste müden Mitgefühls, als wären er und sein Schwiegervater dazu verdammt, so etwas jeden Tag über sich ergehen zu lassen. »Was ist los?« fragte er. *Nicht!* hätte Lee am liebsten gerufen. Bring ihn nicht noch mehr in Fahrt! »Ist hier unten irgendwas nicht in Ordnung?«

Aber Leonard schien für diese Frage sehr dankbar zu sein, als hätte er schon seit Tagen darauf gewartet, daß jemand sie ihm stellte. »Kein Personal«, brachte er heraus. Einen Augenblick lang wirkte er so zerbrechlich und alt, daß Lee Angst hatte, er könnte sich in Jazz' Arme fallen lassen und zusammenbrechen. Aber dann fiel Leonards Blick auf Sylvia, die in ihrem Bambussessel saß und die perfekt manikürten Hände rang. Sofort war er von wütender Energie erfüllt.

»Eigentlich sollten vier Leute hier sein«, knurrte er. »Einer davon – der Fahrer, der normalerweise die Einkäufe erledigt – sollte uns am Flughafen abholen.« Er biß die Zähne so fest zusammen, daß es aussah, als wäre die obere Zahnreihe mit der unteren verschmolzen. Schließlich gelang es ihm, sie wieder voneinander zu trennen. »Er hat sich einfach nicht blicken lassen. Ich bin noch ganz cool, ruhig und beherrscht. Ich rufe im Haus an. *Keiner da!* Nicht so schlimm, sage ich zu mir selbst. So ist das in der verdammten Karibik eben. Die Telefone funktionieren nicht. Ich besorge uns drei Taxis. Kein Mensch spricht ein Wort Englisch. Schließlich gelingt es mir, Robins Lebensgeister so weit zu wecken, daß sie den Taxifahrern auf französisch sagt, wo wir hinwollen. Irgendwann kommen wir also hier an. Und was müssen wir feststellen? Das Haus ist leer! Ein leeres Haus! Ein leerer Kühlschrank! Ich schaffe es, einen von den Taxifahrern anzuhalten. Ich fahre zur örtlichen Polizei. Sie rufen den Typen an, der hier als Butler arbeitet. Er sagt, er hat über Weihnachten frei! Was? frage ich. *Was?* Ich habe hier ein Haus voller Leute. Tut mir leid, sagt er. Monsieur de Valois – das ist der französische Dreckskerl, dem das Haus gehört – habe gesagt, sie könnten über Weihnachten freinehmen. Er habe sie sogar dafür *bezahlt.* Zwei Wochen bezahlten Urlaub.«

»Hast du ...«, setzte Lee an.

»Ich bitte dich!« antwortete ihr Vater wütend, fast verächtlich. »Ich habe ihm das Doppelte geboten. Das Dreifache. Ich habe zu ihm gesagt: Nennen Sie Ihren Preis. Und er antwortet: ›Tut mir leid, aber wir möchten die Ferien mit unseren Familien verbringen.‹ Also habe ich bei de Valois angerufen.«

»Und?« fragte Lee.

»Er ist irgendwo beim Jagen. Bären. Oder Büffel. Was weiß ich. Ich habe nicht so recht verstanden, was seine Frau gesagt hat, weil sie diesen blöden französischen Akzent hat. Robin lag oben im Bett und war nicht dazu zu bewegen, ans Telefon zu kommen. Sie erwarte ihn erst am zehnten Januar zurück, sagt seine Frau. Es tue ihr leid, aber da liege wohl ein kleines Mißverständnis vor. Am zehnten Januar! Da sind wir schon wieder vier Tage in New York, verdammt noch mal!«

»Ich rufe sie morgen an«, sagte Lee und wartete auf ein dankbares Wort ihres Vaters.

Aber er starrte ihre Mutter mit einer Feindseligkeit an, die über Haß noch hinausging. »Es tut mir leid!« rief Sylvia und schlug die Hände vors Gesicht. »Ich habe es einfach vergessen!«

»Was vergessen?« fragte Lee.

»Das Abendessen«, flüsterte Sylvia.

Die Gäste der Whites, Polly und Lloyd Gilliam, saßen unter einem riesigen Leinenschirm und atmeten die süße, weiche karibische Luft ein, während die Wellen ihre Füße umspülten. Sie nippten an ihrem Eistee und machten einen verärgerten Eindruck. Eigentlich ist das noch untertrieben, denn während Lee sich durch den Sand auf sie zukämpfte, um ihnen einen Teller mit Keksen zu bringen – die ihr Vater und die Gilliams beharrlich als »Gebäck« bezeichneten –, hörte sie zufällig, wie Polly zu ihrem Mann sagte: »Ich bin so sauer, daß ich es keinem Menschen sagen kann.« Von der Taille aufwärts war Polly so gebaut, wie sie aussehen wollte: dünn und flachbusig wie Twiggy. Von der Taille abwärts aber ging sie auseinander wie die Gewichte, mit denen man ein Boot beschweren kann, damit es im Sturm nicht umkippt. Um diesen Teil ihrer Figur zu kaschieren, hatte sie einen riesigen Chiffonschal um ihren Badeanzug gebunden, aber eine vorwitzige Brise hatte eine kräftige Hüfte und einen dicken, wabbeligen Oberschenkel freigelegt.

»Sauer?« fragte Lloyd. »Sauer? Meine Liebe, ich bin mehr als sauer. Ich bin mit den Nerven völlig am Ende. Du dagegen hast überhaupt kein Recht, sauer zu sein, weil nämlich du diejenige warst, die gesagt hat, und ich zitiere wörtlich: ›Nein, nicht Mustique. Wir sind von Mr. Pelz persönlich eingeladen worden, der eine *Menge* toller Leute nach St. Bart's einfliegen läßt …‹«

Bei den Whites, dachte Lee, gibt es so etwas wie Familienehre nicht. Doch in diesem Moment wünschte sie, es hätte sie gegeben, weil sie dann auf Rache hätte sinnen können. Wie gerne hätte sie diesem arroganten Knilch eins auf die Nase gegeben, die er sich in den Ferienhäusern anderer Leute bräunte, oder ein paarmal kräftig an seinem Ziegenbart gerissen, den er ständig streichelte. Dieses großkotzige Arschloch. Am Vorabend hatte er sich beim Abendessen über die Frage »Was nun, Henry Kissinger?« ausgelassen, als wäre er James Reston. Aber es war kein langes Kreuzverhör nötig gewesen, um klarzustellen, daß die Artikel, die er schrieb, bloß Prominentenporträts für Zeitschriften wie *New York* und *Esquire* waren – »Maria Schneiders Twostep: Was der *Tango*-Star verschweigt.« Lloyd verstummte, als Lees Schatten auf sie fiel.

»Ah«, sagte er, weil er sich nicht an ihren Namen erinnern konnte, »unsere Gebäckträgerin.« Er inspizierte den angebotenen Teller, schüttelte dann aber den Kopf. Nicht gut genug, lautete das unausgesprochene Urteil. Polly, die unmöglich einen Keks annehmen konnte, den ein Kulturkritiker vom Kaliber ihres Mannes als minderwertig beurteilt hatte, würde nun ebenfalls ablehnen müssen. Aber noch ehe Lee ihr die Kekse anbieten konnte, drang aus der rosafarbenen Villa ein entsetzlicher Schrei herüber – eine Frauenstimme, in die sich das Gebrüll eines Mannes mischte – und zerstörte den wundervollen Weihnachtsfrieden.

»Hört auf!« schrie Lee ihre Eltern an. »Seid in Gottes Namen endlich still!« Dabei ging es ihr keineswegs um den guten Ton. Es war nur so, daß irgend jemand nachdenken mußte. Und da ihre Eltern entsetzt auf Robin starrten, die auf dem Bett von Krämpfen geschüttelt wurde – nackt und schwitzend, mit zuckenden Beinen, Schaum vor dem Mund und verdrehten Augen –, würde diese Aufgabe wohl an Lee hängenbleiben. O Gott, warum hatte sie statt Jura nicht Medizin studiert? Dann hätte sie jetzt gewußt, was zu tun war. Wenn die Scheiße richtig am Dampfen war, wer brauchte dann schon einen Anwalt?

Schüttelkrämpfe. Fieber? Sie legte ihre Hände auf Robins Stirn und Hals. Ihre Haut war klatschnaß, fühlte sich aber kühl an. »Was hat sie?« schrie Leonard. Sylvia machte schreckliche Quiekgeräusche, als würde sie eine Maus nachahmen: »Iiiiie! Iiiiie!« Immer wieder. War es möglich, daß Robin irgendeine allergische Reaktion hatte? Lee wandte sich an Ira. Er stand in einer Ecke zwischen dem Bett und dem Fenster und versuchte, seinen Rücken in den rechten Winkel zu zwängen, den die beiden Mauern bildeten. In schwarzen Unterhosen: der schuldbewußte böse Junge. Er ließ den Kopf hängen. Seine Arme und Beine waren so dünn wie die eines Kindes. Nur die wenigen Haare, die rund um seine kleinen, bleichen Brustwarzen wuchsen, zeigten, daß er die Pubertät schon hinter sich hatte. »Was hat sie heute gegessen?« fauchte Lee ihn an. »Ira!«

Es schien eine Ewigkeit zu dauern, bis er endlich den Kopf hob und sagte: »Ich weiß es nicht.« Aber da begriff Lee plötzlich. Ihre Schwester war auf Heroin. Zu viel? Zu wenig? O Gott, wo war Jazz? Er fuhr die ganze Insel ab, auf der Suche nach Tonic für Pollys Wodka. Was? hatte Polly geheult. Keinen Schweppes? Gibt es auf St. Bart's keinen Schweppes? Sind wir hier denn nicht in einem zivilisierten Land? Ich werde mich auf geheime Mission begeben und die ganze Insel nach Tonic durchkämmen, hatte Jazz in seiner charmanten Art zu Polly gesagt. Sie hatte sogar gelächelt, und Leonard war ihm so dankbar gewesen, daß er Jazz zu dem gemieteten Jeep begleitet und sich ununterbrochen bedankt hatte: Danke, danke, danke. Er hatte vor Erleichterung und Dankbarkeit fast geschluchzt. Aber inzwischen war Jazz schon eine Stunde weg. Also gut: Denk nach. Robin lag entweder im Delirium tremens, oder sie hatte Schüttelkrämpfe, was auf Entzugserscheinungen hindeutete. Oder nicht? Lieber Himmel, was wußte Lee schon über Heroin? Sie – und alle ihre Freunde – hatten so ziemlich alles ausprobiert, was es an Drogen gab, aber nicht Heroin. Wer war schon so blöd, Heroin zu nehmen? Robin.

»Raus!« fuhr sie ihre Eltern an. Die beiden standen wie gelähmt neben dem Bett. Ihre Mutter machte immer noch diese Mausgeräusche, wenn auch inzwischen etwas leiser. »Raus mit euch!« rief sie noch lauter, und zu ihrem Erstaunen drehten sie sich um und verließen rasch das Zimmer. Ein bißchen zu rasch. Lee wurde bewußt, daß sie jetzt ihr die Schuld geben würden, falls etwas passierte – falls Robin sterben sollte. Es war zu still. Plötzlich hörte sie das Brummen des Jeeps und dann Jazz' Stimme: »Hey, ich habe einen kleinen Laden gefunden, wo es hektoliterweise Tonic gibt!«

»Komm rein!« rief sie. »In Robins Zimmer!«

Ira bewegte die Füße, wahrscheinlich, weil er ebenfalls den Raum verlassen wollte, war aber zu stoned, um sich tatsächlich in Bewegung zu setzen. »Was zum Teufel ist mit ihr los?« schrie Lee ihn an. Im Zeitlupentempo zog Ira seine schmalen Schultern hoch. Sie rannte um das Bett herum und stellte sich vor ihn hin. Er roch muffig, wie ein feuchter Keller. »Ich weiß, daß sie auf Heroin ist. Hat sie eine Überdosis genommen, oder sind das Entzugserscheinungen?« Ira schaffte es, den Kopf zu heben, so daß er Lee in die Augen sehen konnte, aber das war auch alles, was er tat. Er hatte nichts zu sagen. »Überdosis oder Entzug?« brüllte sie. Noch immer nichts. Sie packte ihn an der Kehle und drückte zu. Vor Schreck bewegte sich sein Adamsapfel hektisch auf und ab. Er griff nach ihrem Handgelenk und versuchte es wegzuziehen, aber ihm fehlte entweder die Kraft oder die Koordination. »Sag es mir, du Hurensohn, oder ich drücke noch fester zu. Ich werde dich erwürgen und im Sand verscharren, und niemand außer den Krabben wird je davon erfahren! Überdosis oder Entzug?«

Ira schaffte es, einen winzigen Laut herauszupressen. »Entzug.«

»Warum? Wollte sie aufhören?« Als er ihr keine Antwort gab, drückte Lee ihn gegen die Wand. »Wollte sie aufhören, oder hast du ihr bloß zu wenig gegeben, um selbst mehr zu haben?«

»Zu wenig«, sagte er.

»Wie nehmt ihr es? Intravenös?«

»Ja«. Es war weniger ein Wort als ein Seufzer.

»Hast du noch was? Antworte mir.«

»Nicht viel.«

Jazz kam herein. Sein Gang war schwungvoll. Dann sah er Robin und erstarrte. »Was ...?«

»Heroin«, antwortete Lee. Sie wartete, weil sie hoffte, daß Jazz etwas tun würde, aber er stand bloß mit hängenden Armen da und starrte Robins nackten, schweißnassen Körper an. Lee trat ans Bett und deckte ihre Schwester zu.

»Hör zu«, sagte Lee zu Ira. »Du bringst mir jetzt sofort das Heroin und zeigst mir alles: den Stoff, die Nadeln, den ganzen Scheiß, den ihr benutzt, damit ich genau weiß, was du hast. Dann wirst du ihr die kleinstmögliche Menge spritzen, damit diese Krämpfe aufhören.«

»Okay.«

Sie sah zu Jazz hinüber, aber der blickte starr auf den Boden. »Du wirst mir alles geben«, erklärte sie Ira. »Das Zeug steht von nun an unter meiner Oberaufsicht. Ich möchte nach Möglichkeit vermeiden, sie hier ins Krankenhaus zu bringen, weil ich nicht weiß, ob sich die hiesigen Ärzte mit Drogenproblemen auskennen. Außerdem habe ich keine Ahnung, welche Drogengesetze hier auf der Insel gelten. Ich will nicht, daß meine Schwester lebenslänglich auf St. Bart's sitzt. Wenn du es schaffst, ihren Zustand zu stabilisieren, mieten wir ein Flugzeug und bringen sie in ein Krankenhaus in den Staaten, um sie richtig entgiften zu lassen.« Sie holte tief Luft. »Wenn sie wieder einen Schuß braucht, wirst du ihn ihr geben. Wie oft«, Lee drückte Iras Kehle zusammen, bis ihm die Zunge aus dem Mund hing, »setzt sie sich einen Schuß?«

»Vier, fünf Mal.«

»Am Tag?« Er nickte. »Kurz bevor wir landen, müssen wir die Drogen loswerden. Wir können nicht riskieren sie mitzunehmen. Du bleibst bei uns, bis sie in die Notaufnahme gerollt wird. Dann bekommst du hundert Dollar. Und deine Klamotten. Du verschwindest aus ihrem Leben, und zwar auf Nimmerwiedersehen. Wenn nicht, werde ich mir höchstpersönlich ein Messer greifen und dir die Kehle aufschlitzen. Hast du mich verstanden, Ira?«

»Ja.«

»Glaubst du, daß ich es ernst meine?«

Ira zögerte, aber schließlich, nachdem er sich mit dem Handrücken die Nase abgewischt hatte, sagte er: »Ja.«

»Dann los!« Sie ging an Jazz vorbei und behielt Ira genau im Auge, während er sich hinkniete und ein Lederetui unter dem Bett hervorzog, das eigentlich für Rasierzeug gedacht war. Sie sah ihm zu, wie er die Droge vorbereitete und dann die Spritze aufzog. Seine Finger wirkten schlaff, und Lee zuckte ein paarmal zusammen, während er mit dem Drogenzubehör herumfummelte. »Ira, wenn du ihr zuviel gibst, bist du ebenfalls tot. Hast du mich verstanden?«

»Ja.«

Er nahm ein Stück Gummischlauch, einen von der Sorte, wie sie im Krankenhaus benutzt werden, und schlang ihn als Aderpresse um Robins dünnen Arm. Mit derselben Lässigkeit, mit der man jemandem eine Tasse Kaffee reicht, ließ er seinen Finger über ihre Haut gleiten, bis er eine geeignete Vene fand, und injizierte ihr die Spritze. Innerhalb von Sekunden hörten die Krämpfe auf. Robins Wimpern flatterten, als würde sie mit einem neuen Verehrer flirten. Sie lächelte Ira an, aber dann entdeckte sie ihre Schwester. »Hey«, sagte Robin, und ihr Lächeln verschwand. Sie tupfte an dem eingetrockneten weißen

Schaum an ihrem Kinn herum. »Du hast hier nichts zu suchen. Raus! Ich meine es ernst, Lee. Verpiß dich!« Dann schloß sie die Augen wieder.

Erst nachdem Lee Jazz hinausgeschickt hatte, damit er ihren Vater bitte, ein Flugzeug zu mieten – auf der Stelle! –, das sie nach Miami bringen würde, trat sie ans Bett ihrer Schwester und schlug ihr ins Gesicht.

15

Meine Sekretärin, Sandi Zimmerman, war schon mit einem glücklichen Gesichtsausdruck auf die Welt gekommen. Man mußte ihrer Knopfnase, ihren runden braunen Augen und den von Geburt an hochgezogenen Mundwinkeln bloß einen Pferdeschwanz hinzufügen, dessen Ende sich wie ein fröhlich lächelnder Mund nach oben bog, und schon hatte man einen Menschen, den jeder kennenlernen wollte.

Aber die Leute, die sie kannten, gingen ihr nach Möglichkeit aus dem Weg. Dabei war Sandi keineswegs ein unangenehmer oder gar böser Mensch. Es war nur so, daß sie abgesehen von ihren zwei guten Eigenschaften, Ehrlichkeit und Fleiß, keinerlei gewinnende gesellschaftliche Qualitäten besaß. Wenn man sie mit einem freundlichen »Hi« begrüßte, reagierte sie mit Bestürzung. *»Hi?«* schien sie sich zu fragen; wie seltsam; wie befremdlich. Nach einer langen Pause antwortete Sandi dann schließlich mit einem nervösen »Oh. Ähm ... Hi!« Wenn man sie auf eine Tasse Kaffee einlud, sie fragte, ob sie die Oscarverleihung am Vorabend gesehen habe, oder sich nach ihren Urlaubsplänen erkundigte – wenn man sie, kurz gesagt, behandelte, wie man jeden Bekannten behandeln würde –, dann wurde Sandi steif wie ein Brett und zuckte mit dem Kopf zurück, als hätte man sie aufgefordert, an einer bizarren Sexpraktik mit einem Vierbeiner teilzunehmen.

Dann war da noch ihr schwaches Nervenkostüm. Jede noch so kleine Neuerung am Computer – und sei es nur ein neuer Fontwechsel im Textverarbeitungsprogramm – versetzte Sandi in helle Aufregung. Es gab nichts, wovor Sandi nicht Angst hatte. Jeder Mandant, der die Kanzlei betrat, war in ihren Augen ein potentieller Irrer, der jeden Moment eine Machete zücken und uns abschlachten konnte – oder der, wenn er uns schon nicht niedermetzelte, zumindest vorhatte, uns so raffiniert und skrupellos hinters Licht zu führen, daß er hinterher um so leichter gegen uns prozessieren konnte. Obwohl sie nun schon fünfzehn Jahre für mich arbeitete, hatte ich keine Ahnung, was sie so seltsam hatte werden lassen, weil Fragen über ihre Familie oder ihre Kindheit sie noch mehr verschreckten. Ich wußte über Sandi eigentlich nur, daß sie in meinem Alter war, mit einer geschiedenen Schwester und einem unverheirateten Bruder in Huntington lebte, phantastisch stenographieren und tippen konnte und eine Vorliebe für einen bestimmten Tee hatte – Celestial Seasonings Lemon Zinger –, die schon fast an eine Fixierung grenzte.

Natürlich spürte ich irgendwo in meinem Hinterkopf, daß ihr ein, zwei Jahrzehnte auf der Couch wahrscheinlich nicht geschadet hätten. Aber wenn man beruflich ständig miteinander zu tun hat, ist es leichter, einen Menschen, der sich seltsam benimmt, als exzentrisch einzustufen, als in ihm einen Mitmenschen zu sehen, der schrecklich leidet. Trotzdem blieb mir nicht verborgen, daß Sandi immer seltsamer wurde.

Da ich selbst schon fünfundvierzig war, und außerdem Feministin, widerstrebte es mir zunächst, ihr immer eigenartigeres Verhalten auf die Wechseljahre zu schieben. Aber dann überwand ich meinen Widerwillen. Etwa drei Monate, bevor Norman mein Mandant wurde, hatte sie einen Telefon-Tick entwickelt. Alle Telefone waren dreckig. Das einzige Telefon, das sie im Büro noch benutzte, war das auf ihrem Schreibtisch. Wenn sie morgens eintraf oder von der Toilette oder der Mittagspause zurückkam, sprühte sie den ganzen Hörer mit Desinfektionsmittel ein. Ein paar Wochen später begann sie ihre Mittagspause im Konferenzraum zu verbringen, wo sie, mit einem Vorrat an Getränken ausgerüstet, komplizierte Zierdeckchen aus alten Ausgaben des *Law Journal* ausschnitt. Ich war versucht, sie zu fragen, wofür sie die Deckchen brauchte, hatte aber Angst, daß ich sie mit meiner Frage auf eine psychotische Reise schicken könnte, von der sie nie mehr zurückkehren würde, so daß ich mich in die Reihen der Anwälte einzureihen hätte, die Jahre ihres Lebens damit zubrachten, sich mit irgendwelchen Zeitarbeitsvermittlungen herumzuschlagen.

Trotzdem war ich sehr überrascht, als ich feststellte (während ich Sandi eine Aktennotiz in Sachen Torkelson diktierte), daß sie sich bis über beide Ohren in Mary Dean verliebt hatte. »Es ist bemerkenswert«, sagte ich gerade, »daß Ms. Dean in einem Gespräch mit mir, das am neunten Mai dieses Jahres stattfand – mehrere Tage, bevor sie zugab, in Bobette Frischs Haus gewesen zu sein –, eine Vertrautheit mit der Aufteilung und Einrichtung des Hauses verriet, die darauf hindeutete, daß sie bereits eine beträchtliche Zeit dort verbracht hatte.« Ich kreiste ein paarmal mit meinem Drehstuhl und stellte dabei fest, daß das Leder meiner Schuhe ziemlich stumpf aussah. Dann registrierte ich, daß Sandi wie immer mit der rechten Hand schrieb, dabei aber mit der linken an ihrem Pony herumspielte. Offenbar drehte sie – Gott allein weiß, warum – ihren Pony nach dem Haarewaschen auf Wickler. Der Rest ihres Haars war glatt. Es sah aus, als hätte sie sich ein Stück von einem Pudel an die Stirn geklebt. Nervös schob sie ihren Finger immer wieder in die Mitte jeder Locke. »Die Bemerkungen, die Mary Dean machte – über eine Sammlung violetter Parfümflaschen auf Ms. Frischs Kommode und die Ausstattung eines zweiten Schlafzimmers neben dem von Ms. Frisch –, legen nahe, daß sie sich nicht nur flüchtig umgesehen hat, wie sie behauptet, sondern detaillierte Kenntnisse über das Haus besitzt ...«

»Weil Norman es ihr *beschrieben* hat!« platzte Sandi heraus.

In all den Jahren, die sie nun schon für mich arbeitete, hatte sie noch nie einen Kommentar zu dem abgegeben, was ich ihr diktierte. Ganz im Gegenteil: Obwohl sie meine Diktate erstaunlich genau zu Papier brachte, hatte ich immer das Gefühl gehabt, daß sie zwar die Worte hörte, ihre Bedeutung aber nicht verstand. Deshalb war ich sehr verblüfft. Wahrscheinlich starrte ich sie mit aufgerissenem Mund völlig belämmert an. Aber Sandi achtete sowieso nicht auf meine Reaktion. Ihr Gesicht war dunkelrot angelaufen. Ich spürte ihre Entrüstung, obwohl sie mit ihrem seltsamen, ewig lächelnden Mund und den runden Wangen einfach glücklich wirkte.

»Nein, sie hat das nicht bloß gehört«, antwortete ich langsam. »Mary hat etwas gesagt wie: ›Ich traute meinen Augen nicht.‹ Sie hat das Haus *gesehen*. Sie war selbst dort.«

»Er ist ein Betrüger!« erklärte Sandi mit Nachdruck, wobei sich ein hysterischer Kreischton in ihre Stimme schlich. »Er hat es ihr so realistisch beschrieben, daß sie es schließlich für real hielt.«

»Mann, bin ich froh, daß Sie nicht in meiner Jury sitzen«, sagte ich. »Und überhaupt, seit wann sind Sie ein solcher Mary-Dean-Fan?«

Sandi legte Stift und Stenoblock weg. »Sie hat mein Herz im Sturm erobert. Mary ist ein so guter Mensch. Man kann es richtig sehen!« Ihre Lippen öffneten sich. Ihre Augen leuchteten. Ich spürte, daß ich gerade Zeuge von etwas wurde, das eigentlich nicht für meine Augen bestimmt war. »Oh, ich weiß, daß Sie ihre Kleider geschmacklos finden. Und daß Sie deswegen glauben, sie sei kein guter Mensch. *Mich* hat das am Anfang auch abgestoßen. Aber unter dem vielen Make-up steckt ein ganz unschuldiges Wesen.« Sandi legte die Handflächen aneinander, als würde sie gleich zu beten anfangen. »Eine richtige Heilige ist sie! Man kann es in ihren Augen sehen.« In Sandis Augen sah ich ein feuchtes, wahnsinniges Glitzern. »Und dieser Mann hat sie zu sich in den Schmutz gezogen, in die Gosse …«

»Bevor Mary Dean den Mann kennengelernt hatte, war sie schon siebenundzwanzigmal wegen Prostitution verhaftet worden, was einen glauben lassen könnte, daß die Gosse für sie nicht direkt Neuland war«, bemerkte ich.

Sandis heftige Reaktion erschütterte mich. Sicher hatte es in der Kanzlei schon viele Gefühlsausbrüche gegeben, aber die waren alle von meinen Mandanten gekommen oder von ihren Frauen und Freundinnen. Es hatte Weinkrämpfe, Wutanfälle, Ohnmachten und Schläge auf den Schreibtisch gegeben – oder auf den Kopf des Mandanten. Den Perich-Brüdern, zwei Unternehmern, die ich wegen Steuerbetrugs vertrat, hatte ich zusätzlich zweihundert Dollar für eine Teppichreinigung in Rechnung gestellt, weil Frankie seinem Bruder Billy in den Magen und Billy Frankie daraufhin ins Gesicht geboxt hatte, so daß Frankie Nasenbluten bekam und meinen ganzen Teppich ruinierte. Aber bei meinen verrückten Klienten war es leicht, Abstand zu wahren. Bei ihnen *rechnete* ich schon damit, daß sie gelegentlich ausflippten.

Das klingt, als wäre es so einfach: mit Leuten umzugehen, die sich nicht verpflichtet fühlen, Haltung zu bewahren. Aber so leicht ist das gar nicht. Auch wenn ich mit der Zeit gelernt habe, eine gewisse objektive Distanz zu wahren, nehmen mich diese Dinge doch ziemlich mit. Um mich vor den stürmischen Gefühlsausbrüchen meiner Mandanten zu schützen, brauchte ich deshalb unbedingt einen ruhigen, friedlichen Arbeitsplatz. Genau aus dem Grund fand ich Sandis Ausbruch so erschütternd. So wie ich mich darauf verlassen konnte, daß unsere Empfangsdame grundsätzlich begriffsstutzig war, unser Referendar immer möglichst cool tat, wenn er die Treppe zum Gericht hinaufging, und Chuckie stets einen Scherz für mich bereithielt, hatte ich mich auch immer auf Sandis beruhigende Teilnahmslosigkeit verlassen können.

»Wissen Sie was?« verkündete ich. »Machen Sie eine Pause. Hinterher können Sie den Papierkram zu dem Pharma-Fall erledigen, Sie wissen schon.« Ich stand auf. »Bis später.« Und ich ergriff die Flucht.

Eine halbe Minute lang spielte ich mit dem Gedanken, in die Turnschuhe zu schlüpfen, die ich im Kofferraum meines Wagens liegen hatte, und ein paar Kilometer zu marschieren, um wieder einen klaren Kopf zu bekommen. Aber dann stieg ich in den Wagen und fuhr zu Mary Deans Wohnung. War sie, wie Sandi behauptete, tatsächlich unschuldig? Oder war sie des Mordes schuldig und vielleicht selbst eine gewiefte Betrügerin?

»Ich will nicht mit Ihnen reden«, verkündete Mary. Sie stand in der Tür und verwehrte mir auf diese Weise den Zutritt zu ihrer Wohnung. Nicht sehr gastfreundlich. Andererseits wirkte sie auch nicht gerade kampflustig. Sie trug Shorts und ein dazu passendes Top in einem Pfirsichton, der so kräftig war, daß man fast schon von einer eigenen Farbe sprechen mußte. Ihr Haar war mit einer Bananenspange hochgesteckt. Wie ich vermutet hatte, war ihre Haut auch ohne Make-up absolut makellos. Das einzige, was störte, war ein Fleck Blau, ein angetrocknetes Stück Gesichtsmaske, das an ihrem Kinn klebte.

»Ich wünschte, Sie würden mit mir reden«, sagte ich. »Ich würde wirklich gerne hören, wie sich die Dinge aus Ihrer Sicht darstellen.«

»Tut mir leid.« Drinnen lief der Fernseher. Offenbar eine Talkshow. Ein Gast schrie einen anderen an, der ständig zurückjohlte: »Ich lache Ihnen ins Gesicht!«

»Ich habe Cappuccino mitgebracht«, sagte ich und hielt die weiße Papiertüte hoch. »Einen mit Zimt, einen ohne. Welchen möchten sie?«

»Ähm«, antwortete sie.

»Ich mag beides gleich gern.«

»Zimt«, sagte sie und gab den Weg frei. »Aber ich habe keine Kekse oder so was.«

»Ich habe ein paar Biscotti dabei. Sie wissen schon, diese harten Kekse.«

»Ich hatte immer Angst, daß ich mir mit denen mal einen Zahn ausbeißen würde«, erklärte Mary, während sie den Fernseher ausschaltete und einen kleinen Tisch auf der anderen Seite des Wohnzimmers abräumte. Sie war gerade damit beschäftigt gewesen, Supermarkt-Coupons auszuschneiden. »Dann habe ich gelernt, sie einzutunken«, ein Coupon für Dove-Seife fiel zu Boden, »weil man sie dann viel besser essen kann, es sei denn, man tunkt zu lange. Eine Sekunde zu lang, und der Keks weicht völlig auf und fällt in den Kaffee.«

Wir saßen einander gegenüber. Die Atmosphäre war gemütlich – zwei Hausfrauen beim Kaffeeklatsch. Mary, die es fertigbrachte, in Shorts und Top dazusitzen, ohne daß auch nur ein Millimeter wabbeliger Haut zu sehen war, sagte, sie wünschte, sich mit Norman irgendwo auf Dauer niederlassen zu können. Es gebe eine Zeitschrift für Coupon-Sammlerinnen, die sie so gern abonnieren würde, aber da sie nie länger als drei Monate in einer Stadt seien, lohne es sich nicht. Da wir uns so gut verstanden – sie zeigte mir die Box, in der sie ihre ordentlich sortierten Coupons aufbewahrte, ein grünes Metallding, das mit Nudelhölzern und Schneebesen bemalt war –, erwähnte ich nicht, daß ich eigentlich hoffte, in Zukunft werde ein Hochsicherheitsgefängnis ihr fester Wohnsitz sein.

»Wissen Sie, mit wem ich gesprochen habe?« fragte ich und nippte an meinem Cappuccino. »Carolyn Knowles. Die Frau, mit der Sie in Annapolis diese Auseinandersetzung hatten.«

»Oh«, sagte Mary mit dünner Stimme.

»Sie hat gesagt, Sie hätten ihren Kopf auf den Asphalt geknallt.« Mary machte eine Handbewegung, die besagte: Ich kann mich nicht daran erinnern, *was* genau passiert ist. »Wollen Sie darüber reden?« fragte ich.

»Wie haben Sie es herausgefunden?«

»Das war nicht besonders schwer.«

»Weiß die Polizei davon?«

»Ich glaube nicht. Aber wenn die bei der Polizei wüßten, daß die Fingerabdrücke bei Bobette dieselben sind wie die, die sie bei Carolyn Knowles gefunden haben, würden sie Ihnen bestimmt ein paar Fragen stellen wollen.«

Mary spielte mit einem Tropfen Kaffee, der im Zickzackkurs an ihrer Styroportasse herunterlief. »Zum Beispiel?«

»Zum Beispiel, was damals passiert ist. Was hat Sie in Annapolis so ausrasten lassen?«

»Sie hat zu mir gesagt: ›Laß dich hier nicht mehr blicken, du Hure!‹ Dabei hat sie nicht mal gewußt, wer ich bin. Sie hat nur auf mein Kleid gestarrt, als fände sie es billig. Aber das war es nicht!«

Ich bemühte mich, schockiert und bekümmert zu wirken. »Erzählen Sie mir mehr darüber.«

»Ich hab mich bloß ein bißchen rumgetrieben ...«

»Vor ihrem Haus?«

»Ja. Ich meine, ich wollte es mir bloß ansehen. Laut Norman war es großartig. Du solltest es sehen, hat er immer gesagt. Die Leute dort nennen es ein Wahrzeichen der Stadt! Sie hätte es nicht ohne offizielle Erlaubnis in einer anderen Farbe streichen dürfen, weil es ein historisches Gebäude war.«

»Waren sie und Norman die ganze Zeit im Haus?«

»Nein.«

»Wo waren sie?«

»Sie sind spazierengefahren. Sie hatte ein Cabriolet.« Sie schüttelte den Kopf. »Wie kommt es eigentlich, daß man sich in dem Alter, wo man eigentlich ein Cabriolet haben sollte, keines leisten kann, und jedesmal, wenn man einen wirklich tollen Wagen sieht, irgendein alter Trottel am Steuer sitzt?« Da ich erst kürzlich überlegt hatte, ob ich mein Gespartes in einen finanziell abgesicherten Lebensabend oder in ein BMW-Cabrio investieren sollte, zuckte ich nur mit den Schultern. »Jedenfalls bin ich um ihr Haus rumgeschlichen. Sie hatte Gärten. So nennt man das, wenn reiche Leute einen besonderen Platz für Rosen haben und einen anderen für Gemüse und wieder einen anderen für Tulpen oder sonstwas. Dann sagt man nicht Garten, sondern Gärten. Auch wenn sich diese Gärten alle im selben Garten befinden.«

»Sie haben sich also ihre Gärten angesehen.«

»Widerlich. Lauter kleines, niederes Zeug. Um an den Blüten riechen zu können, hätte man auf allen vieren kriechen müssen.«

»Sind Sie ins Haus gegangen, Mary?«

Sie setzte sich kerzengerade auf. »Nein.«

»Nein? Sie haben nicht mal versucht, reinzukommen?« Sie schüttelte heftig den Kopf. »Mary«, sagte ich und bedachte sie mit einem, wie ich hoffte, nachsichtigen Blick. »Raus damit!«

Sie antwortete mit einem einfältigen Lächeln. »Es war abgeschlossen.«

»Haben Sie es auch an den Fenstern versucht?« Sie kaute eine Weile auf der Innenseite ihrer Wange herum. »Mary, ich bin Normans Anwältin. Mir können Sie es doch erzählen.«

»Ich hab's versucht.«

»Sind Sie reingekommen?« Sie nickte, nicht ohne ein triumphierendes Glitzern in den Augen. »Und haben Sie was gefunden? Schmuck?«

»Ja. *Ganz* tolle Sachen.«

»Was hat Sie dazu veranlaßt, den Schmuck zu nehmen? Hatten Sie denn keine Angst, daß Sie damit Normans Chancen ruinieren würden, einen großen Coup bei ihr zu landen?«

»Woher hätte sie wissen sollen, daß der Einbrecher etwas mit Norman zu tun hatte?«

»Das stimmt«, räumte ich ein.

»Sie hatte nicht mal einen Safe oder so was. Das Zeug lag in einer Schmuckschatulle in ihrem Schrank. Einem begehbaren Schrank. Mit eingebauten Regalen für ihre ganzen Sachen. Für ihre Pullis hatte sie Körbe zum Rausziehen, und es gab sogar was, wo man die Schals aufhängen konnte.«

»Wo ist der Schmuck jetzt?«

»Ich habe ihn Norman gegeben. Er hat gesagt, es sei zu gefährlich, ihn zu verkaufen. Er hat ihn in sein Schließfach gelegt.«

»Wo?«

»In Atlanta.«

»Warum in Atlanta?«

»Keine Ahnung«, sagte Mary.

»Haben Sie nichts davon behalten? Um es zu tragen?«

Sie zog einen Schmollmund und schüttelte den Kopf. »Er hat mich nicht gelassen. Ich habe versucht, die Rubinbrosche zu verstecken. Sie war unglaublich schön. Wie ein Feuerwerk: ein dicker Stein in der Mitte und lauter feine Linien nach außen. Ich habe sie ganz unten in meiner Tampon-Box versteckt, aber er hat sie gefunden. Er hat gesagt, sie sei zu … irgendein schwieriges Wort, das bedeutet, daß die Brosche auf mich aufmerksam machen würde.«

»Ist das typisch für Sie, Mary? Irgendwo einzubrechen und Schmuck zu stehlen? Irgendwas sagt mir … Das klingt gar nicht nach Ihnen.«

Sie stützte das Kinn auf die Hände. Der blaue Rest Gesichtsmaske löste sich. »Es ist wirklich nicht typisch«, antwortete sie dankbar.

»Was hat Sie dann dazu veranlaßt? Hatten Sie einen Grund, ihr etwas anzutun?« Sie nahm unsere Tassen und Servietten und stopfte sie in die Papiertüte. »Was war es?«

»Tickets.«

Mir fiel ein, daß sie gesagt hatte, sie sei in Bobettes Haus eingedrungen, weil sie nach Flitterwochen-Flugtickets gesucht habe. Das war ein so starkes und konkretes Bild gewesen, daß ich es mir eingeprägt hatte. »Sie haben Flugtickets gefunden?« fragte ich.

»Ja.«

»Auf die Namen Carolyn Knowles und … Was für einen Namen hat Norman damals benutzt?«

»Arthur.«

»Ach ja. Arthur Berringer. Wohin wollten sie fliegen?«

»Paris.« Sie schloß die Augen und holte tief Luft. »Ich wußte, daß er die Möglichkeit hatte, mit ihr zu fliegen. Auf den Namen Arthur hatte er einen Paß. Normalerweise hat er nur einen Führerschein und ein paar Kreditkarten, aber als Arthur … aus irgendeinem Grund hat er auf diesen Namen alle nötigen Papiere.«

»Und Sie haben befürchtet, daß er sie heiraten könnte.«

»Er hatte einen schwachen Moment.«

»Richtig. So gesehen haben Sie ihn gerettet. Ich meine, indem Sie die Frau vor seinen Augen zusammengeschlagen haben, haben Sie ihn gezwungen, sich sofort zu entscheiden: für Carolyn Knowles oder Sie. Aber er hätte sich nie für die andere entschieden.« Marys Nicken brachte sowohl Zustimmung als auch Dankbarkeit zum Ausdruck. Dabei hatte ich damit eigentlich nur sagen wollen, daß Norman es nie riskiert hätte, mit der Polizei in Kontakt zu kommen, nicht einmal als bloßer Zeuge eines Verbrechens. Sein Strafregister war zu lang. Er wußte, daß ein gewiefter Cop – wie Terry Salazar einer gewesen war – keine zwei Sekunden gebraucht hätte, um ihn als Heiratsschwindler zu entlarven. »Also haben Sie sich aus dem Staub gemacht?«

»Ja. Er hielt sie im Arm und sagte immer wieder: ›Carolyn! Darling!‹ Mir hat er zugeflüstert: ›Verschwinde. Wir treffen uns in der Wohnung.‹ Ich war völlig durcheinander. Ich fuhr zurück in unser Apartment, aber es war eine so schreckliche Wohnung, im Keller, ohne Tepppich oder so. Deswegen dachte ich mir: Er ist bestimmt noch ein paar Stunden dort. Also ließ ich den Schmuck in der Wohnung und fuhr in ein Einkaufszentrum, bloß, um mir die Zeit zu vertreiben.«

»Sie hatten Carolyn Knowles' Kreditkarten?« fragte ich beiläufig.

»Ja. Aber ich habe mir nur ein Mieder gekauft. Oh, und dann war ich auf dem Weg zu einer Boutique, wo es Ledermäntel gab – nur zum Schauen –, und da haben mich die Cops dann geschnappt.«

»Sie müssen schreckliche Angst gehabt haben.«

»Allerdings! Ich dachte: Scheiße! Ich bin bestimmt dreißig, bis ich wieder aus dem Gefängnis rauskomme. Schließlich hatte ich sie nicht nur zusammengeschlagen, sondern auch noch den Schmuck geklaut. Ich meine, Gott sei Dank hatte ich das ganze Zeug in der Wohnung gelassen, aber sie wußten auch so, daß ich es war.«

»Hat man Sie des Einbruchs und der Körperverletzung beschuldigt?«

»Ja. Oh-oh, dachte ich. Mein Anwalt hatte dieselben Bedenken. Aber der Richter war so süß. Er hat gesagt: ›Ich möchte, daß Sie mir Ihr Wort geben, wiederzukommen, wenn ich Sie auf Kaution freilasse.‹ Also habe ich gesagt: ›Oh, Euer Ehren, ich schwöre, daß ich Sie nicht enttäuschen werde.‹«

»Und dann nichts wie weg.«

Mary zwinkerte mir zu. »Auf dem schnellsten Weg nach Baltimore. Keine Pinkelpausen, keine Kaffeepausen. Dann ins nächstbeste Flugzeug. Am Ende landeten wir in Pittsburgh. Nicht übel.«

»Ich war noch nie dort.«

»Nein, ich habe unsere Ausbeute gemeint. Norm hatte zweiundvierzigtausend Dollar gemacht, und das in weniger als drei Wochen.

Er sagte damals, sie habe es ihm so leicht gemacht, daß er fast ein schlechtes Gewissen hatte, das Geld zu nehmen.«

»Und zwischen Ihnen beiden war wieder alles in Ordnung?«

»Alles bestens!« Aber sie wich meinem Blick aus. Anscheinend hatte ich sie an etwas Unangenehmes erinnert. Sie versuchte ihren Kummer zu verbergen, indem sie auf ihre Coupons starrte.

»Wo lag das Problem?«

»Er war verletzt, weil ich ihm nicht getraut hatte.«

Als der Mann in meinem Leben und ich anfingen, ausgesprochen viel Zeit miteinander zu verbringen, wurde uns klar, daß eine Beziehung zwischen zwei Rechtsanwälten problematisch werden könnte. Wenn wir uns nicht einen Richter einluden, der bei unseren fast täglich stattfindenden Treffen die Entscheidungen fällte, bestand die Gefahr, daß unsere Freundschaft zu einem einzigen endlosen Rechtsstreit ausarten und der eine morgens als erstes zum anderen sagen würde: Um noch einmal auf die Frage zurückzukommen, die du am fünfzehnten Januar aufgeworfen hast. Laß uns doch die Gründe aufzählen, warum du damals der irrigen Ansicht warst, um nicht zu sagen, so grundsätzlich unrecht hattest.

Deswegen schlossen wir einen Pakt, einander zuzuhören: wirklich dazusitzen und zuzuhören, ohne im Geiste bereits ein Gegenargument zu formulieren. Jeder von uns würde etwa fünf Minuten bekommen, um seinen Fall darzulegen, und nachdem wir beide gesprochen hatten, würden wir gemeinsam versuchen, eine Lösung zu finden. Das funktionierte ziemlich gut, von einigen wenigen Ausnahmen abgesehen. Zum Beispiel, wenn er einen Anfall bekam, weil ich einen Urlaub geplant hatte, ohne mich mit ihm zu beraten. Ohne ihn zu fragen, ob er mitkommen wolle, um genau zu sein, aber es war mir wirklich nicht in den Sinn gekommen, daß er Lust haben könnte, sich Disneyland anzusehen. Oder als ich mir eines von den vielen, vielen Einmachgläsern mit Mais-Chutney griff, mit denen seine Mutter uns regelmäßig beglückte, und es quer durchs Zimmer warf – nach ihm.

Des weiteren hatten wir den Beschluß gefaßt, möglichst wenig über juristische Themen zu reden, weil wir beide der Theorie anhingen, daß meine Nachbarn sonst eines Tages die Polizei anrufen würden, weil es rund um mein Haus so seltsam roch; der Gerichtsmediziner würde feststellen, daß unser beider Tod gleichzeitig eingetreten war und als Todesursache nur akute Langeweile in Frage kam. Wir hielten einander zwar über unsere interessanteren oder problematischeren Fälle auf dem laufenden, verbrachten unsere Abende ansonsten aber wie normale Leute: Wir sahen fern, hörten Musik, lasen und unterhielten uns über unser Leben außerhalb von Kanzlei und Gericht.

Aber an dem Abend war ich wegen des Torkelson-Falls so durcheinander, daß ich sowieso nicht darüber hätte reden können, selbst wenn ich gewollt hätte. Ich machte uns einen schönen Lachs nach Tandoori-Art und dazu Basmatireis, brachte aber keinen Bissen hinunter. Glauben Sie mir, ich bin nicht der Typ, der unter Streß seinen Appetit verliert. In meinem Fall ist jede kleine Sorge mit tausend Kalorien gleichzusetzen. Und diesmal machte ich mir sogar große Sorgen. Es gelang mir nicht, mich abzulenken. Ich griff nach dem Roman, den ich gerade las, kam aber über den ersten Absatz nicht hinaus. Ich versuchte zu häkeln, aber es klappte nicht. Ich hatte das Gefühl, als hätte ich eine Stimmgabel verschluckt, deren kaum hörbares, erbarmungsloses Summen jede Zelle meines Körpers in Aufruhr versetzte.

»Lee? Wo hast du die Haferkleie-Brezeln versteckt?« rief mein Lebensgefährte. Er war gerade aus der Garage hereingekommen, wo er damit beschäftigt war, einen alten Notenständer abzuschleifen, den er auf einem Flohmarkt gekauft hatte. Ich ging in die Küche hinüber. »Was ist los?« fragte er.

»Nichts«, antwortete ich. Ich öffnete den Vorratsschrank und reichte ihm die Brezeln, die natürlich ganz vorne standen, direkt in Augenhöhe.

»Der Torkelson-Fall?«

»Ja, aber ich bin so ... Ich weiß auch nicht. Ich kann nicht darüber reden.« Wenn er versucht hätte, es mir aus der Nase zu ziehen, hätte ich wahrscheinlich alles rausgelassen, aber er sagte, er verstehe das, und eilte wieder zu seinem Schleifpapier zurück. Also verbrachte ich den Abend damit, alte Ausgaben der Zeitschrift *Gourmet* durchzublättern, die ich 1987 für ein Jahr abonniert hatte, und las Rezepte, die ich nie ausprobieren würde. Dann fuhr er nach Hause, und ich ging ins Bett und starrte die ganze Nacht in die Dunkelheit hinaus.

War es möglich, daß Mary Dean Bobette getötet hatte? Sie hatte ein Verhaltensmuster, mit dem sie gegen Frauen vorging, die sie für ihre Rivalinnen hielt. Es gab auffallende Parallelen zwischen ihrem Verhalten gegenüber Carolyn Knowles und Bobette Frisch. In beiden Fällen war sie ins Haus eingedrungen und hatte etwas gestohlen. Gab es noch andere Vorfälle dieser Art? Oder waren diese beiden Frauen so betucht und Norman seiner Betrügereien so überdrüssig, daß sie eine größere Gefahr dargestellt hatten als die übrigen Heiratskandidatinnen? Wenn Terry mit seiner Analyse recht hatte, war Norman in Marys Augen nicht nur die Liebe ihres Lebens. Er hatte sie, eine Hure, zu seiner Freundin gemacht und ihr damit ihre coupon-sammelnde Anständigkeit verliehen. Außerdem gab er ihr ein Heim. Wurde ihre Familie. Würde sie nicht alles tun, um das zu erhalten, was sie mit ihm hatte?

Das Problem war, daß sämtliche Beweise – angefangen von den Fingerabdrücken am Tatort über die Würgemale an Bobettes Hals bis hin zur ungefähren Tatzeit – ebenso auf Norman hindeuteten wie auf Mary. Wer von beiden war es gewesen? Versuchte er sie zu decken? Oder war ihr Beharren auf seiner Unschuld der bewußte Versuch, von seiner Schuld abzulenken?

Am nächsten Morgen stand ich schon in aller Herrgottsfrühe vor Marys Tür. Ich rechnete fest damit, erst einmal eine halbe Stunde klopfen zu müssen, ehe sie aufwachen und mich hören würde. Aber sie machte schon nach dem dritten Klopfen auf. »Hi«, sagte sie und ließ mich einen Augenblick später eintreten, wenn auch widerwillig. Als ich merkte, daß sich das gute Klima vom Vortag inzwischen verflüchtigt hatte, bereute ich, nicht wieder Cappuccino mitgebracht zu haben.

Mitten im Wohnzimmer stand ein Bügelbrett, auf dem ein Stapel Wäsche lag: Laken und Kissenbezüge, Normans Hemden, ihre eigenen Sachen. Sie sah, wie ich die Herrenunterhose anstarrte, mit der sie gerade beschäftigt war. Einen Moment lang ließ ihre Anspannung nach, und ihr Mund näherte sich einem Lächeln, während sie nach dem Bügeleisen griff. »Er sagt, ich soll mir nicht soviel Mühe machen, aber gebügelt sind die Sachen soviel weicher, finden Sie nicht?« Ich nickte enthusiastisch. Sie fuhr mit dem Eisen über die Säume der Hosenbeine. Kleine Dampffontänen schossen aus dem Gerät. Es war ein besonders kompliziertes Exemplar, ausgestattet mit allen möglichen Anzeigern und Skalen. Bevor ihre Lippen sich zu einem richtigen

Lächeln öffnen konnten, erinnerte sie sich an etwas. »Wieso haben Sie mir gestern all diese Fragen über Carolyn aus Annapolis gestellt?«

Da ich höchstens eine halbe Stunde geschlafen hatte, fiel mir auf die Schnelle keine vernünftige Antwort ein. Aber ein Anwalt darf sich nicht unterkriegen lassen, sondern muß jederzeit durch Unerschrockenheit glänzen – oder zumindest so tun, als ob. Ich hatte gelernt, Fragen mit Gegenfragen zu parieren. »Was glauben Sie? Warum habe ich diese Fragen wohl gestellt?«

»Sie glauben, daß ich, weil ich Carolyn verprügelt habe«, sie stellte das Bügeleisen ab, hielt aber weiterhin den Saum der Shorts fest, »dasselbe vielleicht auch mit der fetten Bobette gemacht habe.«

»Der Gedanke ist mir tatsächlich durch den Kopf gegangen.«

»Aber der Bericht, der Autopsiebericht ... Stand darin nicht, daß sie nicht verprügelt worden ist?«

»Das ist richtig.«

»Also kann ich es nicht gewesen sein! Der Bericht beweist es.«

»Sie haben sie nicht verprügelt. Das glaube ich Ihnen.« Mary, die sich offenbar rehabilitiert fühlte, nahm ihr Bügeleisen wieder auf. »Haben Sie sie umgebracht?« fragte ich.

»*Was?*« Sie stand einen Augenblick wie angewurzelt da. Dann hob sie langsam das Bügeleisen hoch und starrte mit einem dümmlichen Gesichtsausdruck auf seine glatte, glänzende Unterseite.

»Haben Sie Bobette umgebracht?« In die verspiegelten Tiefen des Bügeleisens versunken, schien sie mich gar nicht gehört zu haben. Deswegen wiederholte ich meine Frage noch einmal, diesmal langsamer und lauter.

»Nein! Natürlich nicht. Sind Sie jetzt völlig übergeschnappt?«

»Schon gut. Ich wollte es bloß wissen.« Mary war entweder furchtbar wütend oder völlig eingeschüchtert. Was es auch war, sie wurde von ihren Gefühlen so überwältigt, daß sie nicht tun konnte, was sie zweifellos gerne getan hätte: mit dem Bügeleisen nach mir zu werfen. »Ich habe Sie das deswegen gefragt, weil Sie sich so sicher zu sein scheinen, daß Norman Bobette nicht umgebracht hat.«

»Da bin ich mir auch sicher!« Mary stellte das Bügeleisen ab und machte ein schnelles Kreuzzeichen über ihrer linken Brust. »Ich schwöre bei Gott und dem Leben meiner Mutter! Norman könnte niemandem etwas zuleide tun.«

»Nun, in der Wohnung sind nur zwei Sorten Fingerabdrücke gefunden worden: Ihre und seine. Und die Würgemale auf Bobettes Hals … sie wurden von jemandem hinterlassen, der große Hände hat.«

Wir starrten beide auf die große Hand mit den langen Fingern, die immer noch den Saum der Shorts niederdrückte. »Aber ich habe sie nicht angerührt«, sagte Mary. »Ich war niemals mit ihr im selben Raum. Glauben Sie wirklich, ich könnte jemanden erwürgen?«

»Es geht nicht darum, was ich glaube. Es geht darum, was die Staatsanwaltschaft glaubt, und die glaubt, daß Norman sie erwürgt hat. Aber Sie sagen, Norman wäre dazu gar nicht in der Lage. Ich wünschte, ich könnte Holly Nuñez davon überzeugen. Sie weiß, daß er in der Vergangenheit noch nie gewalttätig geworden ist, aber sie glaubt mir trotzdem nicht.«

»Es war ein anderer!« Mit einer Geste, die irgendwo zwischen einem Nicken und einem Achselzucken lag, stand ich auf. »Ich war es nicht, und Norman war es auch nicht.«

»Selbst, wenn das stimmt, sieht es so aus, als würde er für die Tat ins Gefängnis wandern.«

»Für wie lange?«

»Wenn wir Glück haben? Zwanzig Jahre.«

Ihre Hände klammerten sich um das Bügelbrett. »Nein!« flüsterte sie. »Ich habe gehört, daß die Leute … viel früher wieder rauskommen.«

»Heutzutage nicht mehr. Vor allem nicht mit seinem Strafregister.« Ihr weißer Porzellan-Teint nahm einen ungesunden Grünstich an. »Hat er Ihnen das nicht gesagt?« Sie schaffte es, einmal kurz den Kopf zu schütteln: Nein. »Es tut mir leid, Mary«, sagte ich.

Und das war nicht gelogen.

Chuckie war der soziale Schmetterling unserer Kanzlei. Er war derjenige, der sich auf die Schreibtische der Sekretärinnen setzte, unsere neuen Referendare zu einem Willkommenstrunk bei TJ's ausführte und in meinem Büro vorbeischaute, um über einen Fall zu reden oder einfach ein bißchen zu plaudern, wenn ihm langweilig war. Deshalb wußte er sofort, daß irgendwas im Busch war, als ich in sein Büro trat und die Tür hinter mir zumachte. »Was ist los?«

»Ich habe mir gedacht, ich schaue einfach mal herein.«

»Gut!« sagte er. »Also, wo brennt's?«

»Du gibst dir ja alle Mühe, herzlich zu klingen, aber es funktioniert nicht.«

»Und was ist mit dir, mein Fräulein? Du gibst dir alle Mühe, fröhlich zu klingen, aber du bist keine Irin und wirst auch nie eine sein, und deswegen funktioniert es auch nicht. Was ist los?«

»Torkelson. Besser gesagt, seine Freundin. Mary. Die, von der ich dir erzählt habe.«

Er schaltete sein Sauerstoffgerät aus. »Dieses verdammte Brummen. Einfach unerträglich! Wenn das Ding läuft, kann ich mich selbst nicht denken hören. So, jetzt schieß los. Ich bin schließlich dein Partner.«

»Ich kann schon nicht mehr schlafen. Mein Magen … frage mich nicht!«

»Du zweifelst immer noch daran, daß Norman es wirklich war?« Vielleicht war Chuckie überrascht, daß mich der Gedanke an Normans mögliche Unschuld noch immer so nervös machte, aber er besaß eine Gabe, die viele gute Rechtsanwälte auszeichnet: die unergründliche Miene. Nicht direkt ein Pokerface. Eher ein Ausdruck, der irgendwo zwischen leichter Amüsiertheit und heiterer Gelassenheit anzusiedeln ist – ungezwungen und angenehm. Eine Miene, die nichts verrät.

»Der Gedanke, so in die Verhandlung gehen zu müssen, läßt mir keine Ruhe.«

»Hör zu, im Lauf der Jahre bist du schon zwei- oder dreimal mit einem Fall vor Gericht gestanden – oder waren es noch mehr? –, wo du von der Unschuld deines Mandanten überzeugt warst. Ich gebe ja zu, daß das eine schwere Last ist, aber du bist in der Vergangenheit trotzdem damit klargekommen.«

»Aber diesmal ist es anders. Was, wenn Norman es nicht war, aber ins Gefängnis gehen *möchte,* um Mary zu beschützen? Dann wird er mit Sicherheit nichts zu seiner Entlastung vortragen. Was hat er schon zu verlieren? Es ist sogar vorstellbar, daß ich einen Freispruch für ihn bekomme. Aber je länger ich mir die Beweise ansehe, die gegen Mary sprechen, desto plausibler erscheint mir das Ganze.«

»Laß hören!«

»Hast du Zeit?«

»Hör auf, die höfliche Dame zu spielen, Lee. Erzähl mir endlich, was du gegen Mary in der Hand hast.«

Also erzählte ich ihm die ganze Carolyn-Knowles-Geschichte; wie Mary sie bestohlen und niedergeschlagen hatte. »Die Details in Bobettes Fall sind ganz ähnlich. Erst ein Einbruch und dann ein Angriff auf eine ältere Frau, die eine echte Bedrohung für sie darstellte. Eine Frau, die Norman ihrer Meinung nach heiraten wollte.«

»Wollte er?«

»Ich bin mir nicht sicher. Einerseits bin ich davon überzeugt, daß er Mary wirklich liebt, bis über beide Ohren in sie verliebt ist. Andererseits will er aus seinem Job aussteigen. Aber als Betrüger kann er sich nicht einfach einen anderen Job suchen, um sie beide weiterhin zu ernähren. Ein Heiratsschwindler sattelt nicht plötzlich auf Schuhverkäufer um, oder? Er sagt nicht: Lieber Himmel, jetzt mache ich meinen Doktor in Soziologie, und dann fange ich als Sozialarbeiter ein neues Leben an. Und ich schätze, Mary ist zu konfus oder dumm oder was auch immer, um einer regelmäßigen Arbeit nachzugehen. Sie könnte Norman nur dann ernähren, wenn sie wieder auf den Strich ginge. Aber gerade deswegen liebt sie ihn und ist ihm so dankbar: Er hat ihr ein Leben als normale Hausfrau ermöglicht. Ein Leben mit Tupperware.«

»Irgendwelche Indizien dafür, daß sie tatsächlich im Haus war – abgesehen von ihrer eigenen Aussage?«

»Fingerabdrücke. Deswegen haben wir von ihrem Vorstrafenregister erfahren.« Chuckies Mundwinkel zogen sich nach unten; seine Miene wirkte plötzlich säuerlich. Ihm gefiel das »wir« nicht. Genau wie ich arbeitete auch er mit Terry Salazar zusammen, weil er ein erstklassiger Ermittler war, aber ansonsten hielt Chuckie nicht allzuviel von ihm. »Das ganze Haus ist voll von ihren Fingerabdrücken. Das gilt auch für den eigentlichen Tatort. Und dann sind da noch die Sachen, die sie sich mit Bobettes Kreditkarten gekauft hat. Sie hat uns ein teures Kleid gezeigt, das sie noch nie getragen hat. Wahrscheinlich hängt noch der Preiszettel dran.«

»Hmm«, sagte er und streckte seine Arme durch. »Du bist noch nicht am Ende.«

»Hör zu. In all seinen Jahren als Heiratsschwindler ist Norman Torkelson kein einziges Mal gewalttätig geworden. Ganz im Gegenteil: In allen Zeugenaussagen die ich gelesen habe, reden seine Opfer davon, was für ein Gentleman er war und wie sensibel. Mary dagegen …«

»Sie hat eine Rivalin ein paarmal mit dem Kopf auf den Gehsteig geknallt. Das ist noch kein Verhaltensmuster. Es ist ein Einzelfall, Lee. Du weißt genau, daß die stellvertretende Staatsanwältin …«

»Holly Nuñez.«

»Holly Nuñez wird kaum die Anklage gegen Norman fallen lassen, um statt dessen dieses süße, schöne Wesen vor die Jury zu zerren und zu verkünden: ›Sie hat mal eine reiche alte Frau verkloppt. Sie können sie bedenkenlos schuldig sprechen, meine Damen und Herren.‹ Vergiß es, Lee.«

»Das kann ich nicht. Ich muß ständig daran denken, daß er vielleicht den Rest seines Lebens im Gefängnis sitzen wird …«

»Für eine Tat, die er höchstwahrscheinlich begangen hat.«

»Aber was, wenn er es nicht war?«

»Dann kann er immerhin den Rest seines Lebens in dem Wissen verbringen, wenigstens einmal etwas Gutes und Tapferes getan zu haben.«

»Aber ist das gerecht?« fragte ich. »Nennst du das Gerechtigkeit?«

»Seit wann machst du in Gerechtigkeit?«

»Ich bin schließlich Anwältin!«

Und zum ersten Mal in all den Jahren, die ich ihn nun kannte, lachte mein Partner über mich. Nicht *mit* mir. *Über* mich.

16

Studenten leben selten im Luxus. Doch für ein Mädchen aus reichem Hause hatte Lee einen beträchtlichen Teil ihres Erwachsenenlebens in miserablen Verhältnissen verbracht, angefangen bei der radikalstudentischen Bruchbude, die sie mit Flip Mullen geteilt hatte. In Cornell hatte sie in einem Apartment gelebt, das ein einziges Mäusenest zu sein schien. Wenn sie und ihre Mitbewohner aufhörten zu sprechen oder das Tonband abstellten, konnten sie jedesmal ein fröhlichgeselliges Quieksen hören. Sie lachte darüber, aber tief im Herzen fürchtete sie das Elend und wünschte sich, jemand würde kommen und sich um sie kümmern. Doch niemand kam.

Das Zimmer im Studentenwohnheim in ihrem ersten Jahr an der Universität war einigermaßen anständig und sauber; es hatte sogar ein Fenster mit Aussicht auf den Washington Square Park. Aber die Frau nebenan hatte sich trotz des Verbots eine Kochplatte besorgt, auf der sie, wenn sie nicht gerade Rechtsfälle studierte, die Gerichte wenig bekannter Volksgruppen ausprobierte, deren wichtigste Zutat Knoblauch war. Eine Beschwerde bei der Frau hatte nur einen erhobenen Mittelfinger zur Folge und vierzehn Tage Curryfisch. Der Studentenbeauftragte versprach Abhilfe, unternahm aber am Ende doch nichts, vielleicht weil er Angst hatte, daß sich die ethnischen Gruppen, die auf der Kochplatte vertreten waren, beleidigt fühlen und, bis an die Zähne bewaffnet, zu einem Sit-in auf dem Gelände der juristischen Fakultät versammeln könnten.

So bat sie Leonard inständig, ihr ein Apartment zu mieten. Nichts Ausgefallenes: im East Village gab es sehr preiswerte Wohnungen in Häusern ohne Fahrstuhl. Doch zu jener Zeit hatte er gerade das Gefühl, von Frauen ausgenutzt zu werden. Sylvia hatte wieder einmal das Haus renovieren lassen, Robin beschäftigte sich mit Ladendiebstahl, Greta drohte, sich zur Ruhe zu setzen, wenn er nicht endlich einen modernen Gasherd kaufen würde, und Dolly Young hatte mit dem Zaunpfahl gewinkt und einen Jaguar der Spitzenklasse bekommen. Also trat Leonard den Rückzug an. Sei nicht albern, sagte er zu Lee. Der Geruch kann ja wohl nicht so schlimm sein. Dann komm doch einfach her, fuhr sie ihn an. Wann immer du willst, Tag und Nacht. Leonard ging nicht auf ihre Einladung ein, sondern schlug ihr vor, durch den Mund zu atmen.

Ah, aber als Mrs. Jasper Taylor atmete es sich leichter. Nach ihrer Heirat meinte Leonard, er könne doch seine Kinder nicht im Studentenwohnheim leben lassen, und kaufte ihnen am unteren Ende der Fifth Avenue in einem Gebäude der gehobenen Art, wo die Portiers Lee mit »Madam« anredeten, eine Eigentumswohnung. Sie war nicht sehr groß, hatte aber alle Annehmlichkeiten, die den New Yorkern ihre Ahs und Oohs entlocken: Parkettböden, vier Meter hohe Decken, Stuckleisten an den Wänden. Als Leonard und der Immobilienmakler sie zum erstenmal hineinführten und einfach bloß *Voilà* sagten, erwartete Lee, daß Jazz protestierte: Tut mir leid, sehr großzügig von dir, aber das können wir wirklich nicht annehmen. Was er hingegen sagte, war: Hey, das ist ja irre! Danke!

In diesem Augenblick wurde ihr der Klassenunterschied zwischen sich und ihrem Mann viel deutlicher bewußt als durch die Art, wie er »Tomate« aussprach. Sie war die Tochter neureicher Eltern, die jetzt, wo sie sich so gut verheiratet hatte, Gefallen daran fanden, sie zu verwöhnen. Dort, wo sie herkam, waren solche Geschenke das Ergebnis bewußter Entscheidung und keine Selbstverständlichkeit.

In Jazz' Welt entsprach es der natürlichen Ordnung der Dinge. Sicher, die Taylors waren verärgert, daß sie durchgebrannt waren, verärgert, daß ihr Sohn ein Mädchen geheiratet hatte, dessen Vorfahren nicht Golf spielten, aber nicht verärgert genug, um Ginger davon abzuhalten, eine Riesenkiste mit viktorianischem Besteck und Geschirr mit dem Monogramm T, einen beunruhigenden Haufen alter Leinenwäsche und zwei Hepplewhite-Stühle vorbeizubringen. Sie hätten dem jungen Paar auch selbst eine Wohnung besorgt, wenn sie nicht, wie Jazz ohne Scham oder Verbitterung zugab, völlig pleite gewesen wären. Fos' Arbeit für das Olympische Komitee der USA war zwar ehrenvoll, aber erbärmlich bezahlt, und die Kosten für den Unterhalt von Hart's Hill fraßen, wie ihm sein Steuerberater immer wieder versicherte, das Vermögen auf, das er geerbt hatte.

Doch als erstgeborener Sohn profitierte Jazz nach wie vor von den Beziehungen seiner Eltern. In die Prep-School fürs College hatte ihn ein Telefonanruf gebracht. Als er sich für Colgate entschieden hatte, sprach sein Vater kurz mit einem seiner ehemaligen Partner in der Anwaltsfirma. Der Partner sprach kurz mit Rektor Barnett, und in der folgenden Woche kam die Nachricht, daß Jasper Taylor 1971 in Colgate studieren dürfe. Alle Jobs, die Jasper für die Sommerferien bekommen hatte, waren das Ergebnis davon, daß jemand seinetwegen den Hörer abgenommen hatte. So war er absolut nicht überrascht, daß ihn sein Schwiegervater unterstützte, auch wenn die Wohnung, die Leonard gekauft hatte, seine Erwartungen weit übertraf. Das war der normale Lauf der Dinge. Dafür waren Eltern einfach da.

Folglich hängte sich Foster Taylor ans Telefon, während Jazz für das Examen büffelte; und die Männer, die er anrief, taten es ihm gleich.

Nicht lang danach mußte sich der Rechtsanwalt Jasper Taylor den Haarschnitt eines Etablishmentschweins, wie er und Lee es nannten, zulegen und sein langes, glänzendes Haar auf reaktionäre Zentimeterkürze stutzen lassen. Dann zog er einen Nadelstreifenanzug an, band sich eine dunkelrote Krawatte um und begann in der bedeutenden Kanzlei von Johnson, Bonadies and Eagle an der Wall Street zu arbeiten.

Als Leonard hörte, wie Foster Jazz einen Job verschafft hatte, geriet er in helle Aufregung und sagte, er würde jetzt seinen eigenen Anwalt, Seymour Breitbart von Breitbart, Wasserman, Mishkin, Schwartz and Oshinsky, anrufen, um ihn zu fragen, ob er nicht etwas für Lee tun könne. Sie vertreten die halbe Seventh Avenue, tönte Leonard. Zwei Drittel. Die besten Designer. Wenn man bei ihnen arbeitete, konnte man in jeden Showroom gehen – sogar bei den Franzosen: Lapidus, Patou – und brauchte bloß zu sagen, »Ich bin Rechtsanwalt bei Breitbart, Wassermann«, dann bekam man Großhandelspreise.

Aber sie sagte, er solle sich keine Umstände machen. Sie wußte, daß sie keinen Anruf nötig hatte. Wenn sie auch nicht zu den Besten ihres Jahrgangs gehörte, war Lee doch ziemlich gut. Sicher, 1974 hatten Frauen in konservativen Kanzleien noch mit einer beachtlichen Anzahl von Ungerechtigkeiten und Demütigungen zu kämpfen. Und die Einstellung einer Jüdin würde man auch nicht gerade mit Champagner feiern. Aber trotzdem hätte sie einen Job bei Johnson, Bonadies and Eagle oder Matthison, Appleby oder am Ende gar der National Hockey League bekommen können. Allein aufgrund ihrer Fähigkeiten. Doch Lees erster Job als Anwältin führte sie dorthin, wo sie glücklicher als je zuvor in ihrem Leben war: ins Büro des Distriktstaatsanwalts von Manhattan.

Ihr erster Fall als stellvertretende Staatsanwältin war sexueller Mißbrauch dritten Grades. Sie bereitete sich darauf vor, als sei sie der Hauptankläger im Prozeß um den Raub der Sabinerinnen.

»Schau mal«, sagte Jazz während der zweiten Woche ihrer Vorbereitungen. »Man kann es mit der Arbeit auch übertreiben. Ich weiß, daß du dir die Sache sehr zu Herzen nimmst, aber es ist doch nicht das Verbrechen des Jahrhunderts.«

Lee lachte. »Wirklich nicht?« Genaugenommen war ihr nicht zum

Lachen zumute, wenn es um ihren Prozeß ging, auch wenn sie den Fall Robert Steven McCarthys bei nüchterner Betrachtung nicht für einen Schandfleck auf der Landkarte der amerikanischen Zivilisation hielt. Es handelte sich bloß um ein minderes Delikt, nämlich das Begrapschen einer gewissen Joyce-Ann Goldenson in der nordwärts fahrenden U-Bahn Nummer 6, kurz nachdem sie den Bahnhof an der neunundfünfzigsten Straße verlassen hatte – einen Vorwurf, den Robert Steven McCarthy entschieden zurückwies. Nicht das Verbrechen des Jahrhunderts, aber ihr Verbrechen. Nichtsdestoweniger stimmte Lee in Jazz' Lachen ein, weil es einer der seltenen Samstagabende war, an denen sie nicht eine Anklage vorbereiten und von acht Uhr morgens bis Mitternacht im Gericht sein mußte. Aber sie arbeitete trotzdem. Sie hätte spielen sollen – mit ihrem Ehemann. Einem gutaussehenden, schlanken, muskulösen Mann, der nackt neben ihr auf dem Bett lag.

»Warum läßt du den armen Trottel nicht einfach laufen?« fragte Jazz und grinste fröhlich. Mindestens zum millionsten Mal bewunderte Lee sein glückliches Naturell. Er betrachtete das Leben instinktiv von der heiteren Seite. Zusammen mit seinem guten Aussehen und der angeborenen Freundlichkeit würde er damit immer und überall seinen Titel als »Most Popular Boy« der High-School verteidigen können. »Ernsthaft. Warum nicht?«

»Du machst Witze.«

»Nein. Komm schon, Babe, überlege doch mal. Es war Fummelei, kein Mord.«

»Wenn du mir jetzt noch sagst, daß es ihr wahrscheinlich gefallen hat ...«

»Nein! Du weißt, daß ich kein dummer Neandertaler bin.«

»Du bist ein kluger Neandertaler.«

»Genau! Weißt du, was sie hätte tun sollen? Ausholen und ihm eine scheuern. Was war denn so schrecklich, daß sie die Notbremse ziehen und die Cops rufen mußte?«

»Daß er sie an sich drückte und eindeutige Bewegungen machte. Und dann behauptete er, daß man ihn geschubst hätte und seine Hand zufällig auf ihre linke Brust gerutscht sei.«

»Ist das ein Verbrechen?« fragte Jazz, langte mit dem Arm hinüber und ließ seine Hand sanft über Lees Brüste wandern.

Sie versuchte sich zu entspannen und wieder in Stimmung zu kommen. Eigentlich sollte sie das nächste Liebesspiel einleiten. War es nicht vor einer Stunde wirklich schön gewesen? Warum wollte sie dann nicht noch einmal? Aber statt Jazz zu umarmen, zitierte Lee aus dem Gesetzbuch: »›Eine Person ist des sexuellen Mißbrauchs dritten Grades schuldig, wenn sie eine andere Person sexuellem Kontakt aussetzt, ohne daß letztere einverstanden ist.‹« Noch während sie sprach, fiel ihr auf, wie prüde und zickig sie sich anhörte.

»Ich weiß, ich weiß«, sagte Jazz und streckte sich auf den Leinentüchern, die ihnen seine Mutter geschenkt hatte, noch bequemer aus. Die Laken trugen das Monogramm KVT. Noch eine Taylor-Braut, von der Fos und Ginger allerdings nichts Näheres wußten, als Lee sie danach fragte.

»Ich habe ein schlechtes Gewissen, weil ich so beschäftigt bin«, sagte Lee und versuchte ihrer Stimme einen zärtlichen Klang zu geben. Zärtliche Gefühle zu bekommen. Aber es ging nicht. Jazz wußte sehr gut, daß sie abends lang arbeiten mußte. Und doch hatte er ihr während der letzten zwei Wochen jeden Abend eine andere Versuchung in den Weg gelegt: einen Film, ein »Sly and the Family Stone«-Konzert, Dim Sum in Chinatown, ein Rangers-Spiel. Und jedesmal, wenn sie nein sagte, tut mir leid, wurden ihre Entschuldigungen länger. Jazz schien erstaunt und sagte dann in seiner gewohnten sonnigen Art: Wollte ja nur mal fragen.

Aber wieso konnte er eigentlich fragen? Wieso hatte er soviel Zeit? Das hätte Lee gern von ihm gewußt. Mehr als die Hälfte ihrer Kommilitonen von der NYU arbeiteten, genau wie Jazz, im ersten Jahr in einer großen Anwaltskanzlei. Niemand von ihnen ging zu Spielen der Rangers. Kein einziger hatte Zeit, während der Woche ins Kino zu gehen – weil sie nämlich jeden Abend bis neun oder halb zehn arbeiteten, sich dann nach Hause schleppten, beteten, daß sie noch saubere Unterwäsche für den nächsten Morgen hatten, und erschöpft ins Bett sanken. Warum hatte Jazz so viel Freizeit? Gab es in der Arbeitsethik der Firma eine geheime Klausel, die Prep-School-Absolventen von der allgemeinen Schufterei von neun bis neun ausnahm?

»Quäl dich doch nicht«, sagte Jazz gutmütig. »Du kannst einfach nicht loslassen. Dein Vater hat gestern angerufen. Er war besorgt – vielmehr beunruhigt. Du hättest Ringe unter den Augen gehabt, als er dich die letzten beiden Male gesehen hat.«

»Ich habe keine Ringe unter den Augen!«

»Das habe ich ihm auch gesagt. Er versteht es nur nicht.«

»Was versteht er nicht?«

»Deinen ... deinen Ehrgeiz. In seiner Welt heiratet eine Frau einen berufstätigen Mann und ist froh, ihren Job aufgeben zu können, um für den Rest ihres Lebens die passenden Tapeten auszusuchen.«

»Ich bin nicht ehrgeizig. Ich arbeite nur sehr gern in meinem Beruf.«

»Das weiß ich. Aber hör auf, dich ständig zu entschuldigen. Du bist eine wunderbare Frau und toll im Bett, und ich liebe dich, und du kannst mit gutem Gewissen an deine Arbeit zurückgehen. Jetzt hast du mich geschafft. Ich bräuchte wahrscheinlich einen Kran, um ihn wieder hochzukriegen. So, das ist nun alles deine Schuld«, grinste er, »und ich kann jetzt endlich das tun, was ich schon die ganze Zeit vorhatte – nämlich schlafen.« Er warf ihr eine Kußhand zu, zog die Bettdecke hoch und drehte sich auf die Seite.

Wovon war er bloß so müde? Kurz nach dem Anwaltsexamen, als sie beide schon berufstätig waren, rief sie manchmal am frühen Abend bei Johnson, Bonadies and Eagle an, um zu erfahren, daß er nicht mehr da war. Oh, sagte einer seiner Kollegen, ich glaube ... uff, ich glaube, er ist schon weg. Und ein anderer fügte verständnisvoller hinzu, er sei vielleicht in der Bibliothek im achtundzwanzigsten Stock. Um halb acht nicht mehr im Büro? Sie – die in ihrem Job bei der Regierung zwei Drittel weniger zu tun hatte als er – saß um halb acht in der Zelle, die sie sich mit zwei anderen stellvertretenden Staatsanwälten teilte, die ebenfalls schwer am Schuften waren, an ihrem schlammgrünen Schreibtisch vor einem meterhohen Stapel Papier. Wenn sie dann in diesen ersten Wochen zögernd – weil sie ihn nicht in Verlegenheit bringen wollte – in der Wohnung anrief, ging Jazz an den Apparat und sagte »Hi!« Er war immer glänzend gelaunt und bereit zu plaudern. Zahlen sich denn unsere Verbrechen auch aus? fragte er.

Lee machte sich Sorgen seinetwegen. Wie konnte er einfach seine Sachen packen und nach Hause gehen? Hatte er denn keine Angst, daß man ihn feuerte? Er hörte sich jedenfalls nicht ängstlich an: Wie war's denn heute im Gericht, Babe? fragte er fröhlich. Sie plauderte ein paar Minuten mit ihm, um nicht den Anschein zu erwecken, sie hätte was Besseres zu tun, als mit ihrem elfmonatigen Ehemann zu tratschen. Was sie in Wahrheit aber hatte. Arbeit. Oder wenn die Arbeit nicht besser war als Jazz – und das war sie wirklich nicht, versicherte sie sich –, dann war sie doch zumindest notwendig. In den ersten Jahren als Anwalt ging es nur ums Schuldenabzahlen.

Und ihre erste Bezahlung kam mit dem Fall Robert Steven McCarthy, und sie würde diesen Hurensohn wegen Begrapschens von Joyce-Ann in der U-Bahn Nummer 6 drankriegen.

Es würde nicht leicht sein. Robert verstand es, einen fabelhaften Eindruck zu machen; er hatte die Bantamgewichtsarme eines Mickey Rooney, wozu noch die betörend tiefe, dämliche Stimme kam, die an Smokey den Bären erinnerte. Joyce-Ann dagegen trat auf wie eine klassische Hysterikerin. Sie war so angespannt, daß sie fast kreischend sprach, so nervös, daß sie ihre Arme unter der Brust verschränkte, wenn man sie zu ihren Anschuldigungen befragte, und ihre Brüste wiegte, als seien sie arme Waisenkinder. Ich glaube, sie wird einen miserablen Eindruck machen, sagte Lee zu dem Staatsanwalt, der ihren Prozeß vermutlich beobachten würde, einem Mann, der schon ein Jahr länger im Geschäft war als sie. Tun Sie ihr Bestes, meinte er und hob seinen Blick nicht einen Augenblick von der Laboranalyse, die er studierte. Lee hatte das Gefühl, daß er, wenn sich ihre Augen begegnet wären, gar nicht gewußt hätte, wer sie war.

Aber das sollte sich bald ändern. Lee gewann das Verfahren gegen Robert Steven McCarthy, einen Fall, den jeder, der darüber nachdachte – und da waren nicht viele – für verloren gegeben hätte. Sie gewann, weil sie sich, wie alle guten Anwälte, gründlich vorbereitet hatte und von Natur aus begabt war. Lee zeichnete sich nicht durch flammende Reden und Faustschläge aufs Podium oder vernichtende Kreuzverhöre aus, sondern durch Glaubwürdigkeit. Ihre Direktheit und Geradlinigkeit, die ihre Familie oft befremdet hatten, machten sich im Gerichtssaal bezahlt. Sie arbeitete mit den Mitteln, die ihr zur Verfügung standen: Intelligenz, Intuition und gesundem Menschenverstand. Wenn Joyce-Ann angespannt war, mußte man eben dafür sorgen, daß sie sich wohlfühlte – oder zumindest so wohl, wie sich eine Hysterikerin aus Manhattan überhaupt fühlen konnte. Lee sprach mit samtweicher Stimme und ging mit ihr stundenlang geduldig die Zeugenaussage durch, bis sich Joyce-Ann nicht mehr zusammenkrümmte, wenn sie das Wort »Erektion« hörte. Sicher, ein bißchen zuckte sie immer noch zurück, aber das würde die Jury, wie Lee ganz richtig entschied, verständlich und sogar lobenswert finden.

Und wenn Robert sich so dösig wie Smokey anhörte, brauchte man nur etwas gesunden Menschenverstand, um ihn mit einer geschickten Frage in die Falle zu locken. Und Lee bohrte: »Sie sagen, daß Sie sich an jenem Tag nicht an Ms. Goldenson gerieben haben. Wenn Sie sie überhaupt berührten, kam das daher, daß man Sie angerempelt und gegen sie geschubst hatte. Wie erklären Sie dann, daß sich Ihre Hand selbständig machte und an ihrer Brust herumdrückte?« Wie Lee erwartet hatte, beharrte er darauf, nicht gedrückt zu haben. »Nun gut«, fuhr sie fort, »dann haben Sie sie also bloß berührt?« Der Angeklagte bejahte die Frage und gab als nächstes zu, daß er sich tatsächlich erinnern könne, ihre linke Brust berührt zu haben, aber zufällig und nicht mit der Absicht, sie zu drücken. Und dann forderte ihn Lee auf (die die Szene mindestens zehnmal mit einem in die Hocke gehenden Jazz geübt hatte, der den viel kleineren Robert spielte), den Zeugenstand zu verlassen und zu demonstrieren, was sich abgespielt hatte. Stellen Sie sich vor, ich sei Joyce-Ann Goldenson, schlug Lee vor. Roberts Anwalt legte Einspruch ein. Der Richter wies ihn zurück. Lee sagte: Okay, Sie griffen mit der rechten Hand nach der Haltestange der U-Bahn. So ist es recht, tun Sie so, als würden Sie sich an der Stange festhalten. Wenn Sie nun in die Richtung schauen, in die Sie nach Ihrer und der Klägerin Aussage geblickt haben ... Sie baute sich vor ihm auf. War es so? fragte sie. Ja, räumte er ein. Dann zeigen Sie mir, ohne mich wirklich zu berühren, wie es dazu kam, daß Sie sich, als man Sie anrempelte, an Ms. Goldensons Seite rieben. Und wenn Sie schon einmal dabei sind: wie Ihre Hand und Ms. Goldensons Brust zusammenkamen.

Die Jury brauchte nur fünfunddreißig Minuten. Nachdem sie ihren Schuldspruch verkündet hatte, rannte Lee als erstes an ihren Schreibtisch und rief Jazz an. Phantastisch! brüllte er, und sie konnte an seiner Stimme erkennen, daß er ehrlich begeistert war. Großartig! Alle Gerichtsdramen handeln immer von großen Strafverteidigern. Schon mal darüber nachgedacht? Jetzt müssen sie eine neue Serie starten: Geniale Staatsanwälte.

Doch in Wirklichkeit war Lee zwar gut, ziemlich gut sogar, aber kein Genie. Im Büro des Distriktstaatsanwalts gab es zwei echte Genies. Der eine war ein sanftmütig wirkender Mann, fünf Jahe älter als sie, der Mordfälle anklagte. Er war halb polnischer, halb deutscher Herkunft, hatte seine Kindheit in einer Wohnung ohne Warmwasser in der East 87th Street verbracht und in Brooklyn Jura studiert. Sein Herz war so dehnbar, daß es die Form jedes beliebigen Geschworenenherzens annehmen konnte. Er brauchte kein Eröffnungsplädoyer, denn sein großes Herz sagte ihnen alles, was sie wissen mußten. Wann immer Lee Zeit hatte, war sie bei seinen Prozessen anwesend. Am Anfang hatte sie noch die Hoffnung, etwas zu lernen: wie er sich an die Jury wandte, Kreuzverhöre führte oder wie er mit dem Richter sprach. Doch alles, was sie lernte, war, daß sie das, was so besonders an ihm war, nie lernen würde.

Aber im folgenden Jahr lernte sie eine Menge vom zweiten Genie in ihrem Büro, Melanie Tucker, stellvertretende Leiterin der Supreme-Court-Abteilung. »Sie sollten Ihre Weiblichkeit stärker einsetzen.«

»*Wie bitte?*« fragte Lee und glaubte sich verhört zu haben. Sicher, Melanie wirkte oft so, als hätte sie ein Wirbelsturm aus ihrer häuslichen Teeparty gerissen und im Büro des Staatsanwalts abgeladen. Aus einem ihrer sittsam langen Ärmel lugte immer ein dezent parfümiertes Taschentuch hervor. Melanie war als geniale Strategin bekannt, als Anwältin, bei der man alles, was man nur wollte, über das Advokatenhandwerk lernen konnte. Lee jedoch war entsetzt. Befand sie sich nicht im Jahr 1975? Die bloße Vorstellung, sich weiblicher Listen zu bedienen, um ein Ziel zu erreichen, war beschämend. »Was soll ich einsetzen?«

»Ihre Weiblichkeit«, erwiderte Melanie und klang so vornehm, daß man sich eher hätte vorstellen können, wie sie vor einem silbernen Teeservice saß und Orangenmarmelade oder Dickrahm herumreichte, als daß man sie an einem Schreibtisch vermutet hätte, auf dem ein Haufen Fotos von einem Opfer lag, dem man aus nächster Entfernung in die Nase geschossen hatte. Ihr Schreibtisch war ein Ungetüm aus grauem Metall, aber die Fotos hatte sie in hübscher Fächerform angeordnet, und alle Papiere steckten in Aktenmappen, die sorgsam zu beiden Seiten einer cremefarbenen Unterlage mit gelbbrauner

Ledereinfassung aufgestapelt waren. »Das Problem bei weiblichen Rechtsanwälten ist, daß sie versuchen, Männer zu sein.« Mit einer anmutigen Drehung des Handgelenks bedeutete sie Lee, sich zu setzen.

»Ich versuche nicht, wie ein Mann zu sein«, sagte Lee und dachte an den gestrigen Tag, an ihren zweiten Prozeß in der Abteilung für den Supreme Court. Ein simpler Fall. Raub mit einem Zeugen. Wo hatte sie sich da männlich verhalten? Der Besitzer einer Bodega in East Harlem behauptete, der Angeklagte habe ihm eine Pistole unter die Nase gehalten und sei mit dreihundert Dollar aus der Kasse und einer Stange Camel-Zigaretten davongerannt. »Sprechen Sie von dem Suarez-Fall?« fragte sie.

»Allerdings.« Melanie nahm ein Blütenblatt auf, das von der einzelnen weißen Rose abgefallen war, die immer in einer schmalen Vase auf ihrem Schreibtisch stand, und roch daran. Sie war nicht umsonst in Radcliffe gewesen.

»Aber ich habe gewonnen!« rief Lee. »Die Jury kam ungefähr um halb fünf zurück.«

»Das weiß ich.«

»Und wieso habe ich mich wie ein Mann benommen?«

Lee wollte Melanies Antwort gar nicht hören. Sie fürchtete sich davor. Es war sicher etwas Verletzendes – wie zum Beispiel, daß sie Lippenrot benutzen sollte, weil der Geschworene Nummer acht unentwegt auf die Stelle unter ihrer Nase gestarrt hätte. Was er auch während des gesamten Schlußplädoyers getan hatte. Oder sie würde sagen, sie führe sich derart männlich auf, daß die Leute ihren Ehering für eine Fälschung halten mußten.

Manchmal fühlte sie sich auch wirklich wie der Mann im Hause, wenn sie mit verspanntem Nacken, schmerzenden Gliedern und müden Knochen spät von der Arbeit nach Hause kam, nur um festzustellen, daß Jazz ein großes Abendessen vorbereitet hatte. Weshalb nur? Sie hätten sich doch ein Sandwich vom Delikatessenladen holen können. Dann hätte er genauso lang arbeiten können wie sie. Was sicher ratsam gewesen wäre. Jazz freilich meinte, daß alles in Ordnung sei. Warum machte sie sich Sorgen? Und man hatte ihn auch wirklich nicht gefeuert. Aber auf dem Betriebsausflug seiner Kanzlei im letzten Juni hatte sie mit eigenen Augen gesehen, daß ihn die Partner der Sozietät nicht ernst nahmen. Hallo! riefen sie ihm ein wenig zu herzlich zu, aber sie blieben nicht stehen, um sich mit ihm zu unterhalten. Jazz schien dies nicht zu bekümmern, oder er bemerkte es gar nicht. Langweiler, das war alles, was er über die Teilhaber sagen konnte. Workaholics nannte er seine Kollegen. Nicht mit mir! So verließ er das Büro, während die anderen noch drei oder vier Stunden Arbeit vor sich hatten und auch Lee noch drei oder vier Stunden arbeiten mußte. Er ging nach Hause, sah Nachrichten, hörte Radio, putzte oder wusch die Wäsche. Und kochte. Dann duschte er sich, um frisch zu sein, wenn sie nach Hause kam. Nun, das war die Welt der Zukunft, wie es in allen Artikeln über die Neue Weiblichkeit zu lesen war. Vergessen wir Geschlechterrollen. Sei einfach du selbst. Und wenn du einen Mann hast, der gern Haushaltspflichten übernimmt, sei dankbar und gib ihm einen dicken Kuß, wenn er dir deine Pantoffeln bringt.

»Ich habe nicht gesagt, daß Sie *unweiblich* sind«, erläuterte Melanie. »Ich meine, daß Sie sich so verhalten wie ein Mann. Zum Beispiel brüllen.«

»Wann habe ich gebrüllt?«

»Fast während Ihres ganzen Plädoyers.« Sie rieb das Rosenblatt zwischen Daumen und Zeigefinger.

»Ich habe nicht gebrüllt«, entgegnete Lee. »Ich wollte nur überzeugend wirken.«

»Aber Ihre Stärke ist die direkte, sachliche Art. Sie sind jemand, den man mag. Zugegeben, ich war nicht immer im Gerichtssaal, aber ich habe doch etwa eine Stunde der Verhandlung miterlebt. Sie machten Ihre Sache sehr gut. Stellten eine Frage – eine wohldurchdachte Frage – und wußten genau, wie Sie mit der Antwort umgehen mußten. Sie waren höflich zu den Zeugen, höflich zum Richter, zu Suarez' idiotischem Anwalt. Wenn Sie Einspruch erhoben, klang Ihre Stimme entschlossen, aber beherrscht. Ausgezeichnet.«

»Danke.«

»Nur während des Plädoyers haben Sie fast alles vermasselt.«

»Ich wollte mich einsetzen.«

»Dann setzen Sie sich für Lee White ein. Sie haben sich für einen x-beliebigen Italiener mit behaarter Brust aus St. John's eingesetzt. Schwungvolle Gesten. Große Töne. Man hätte Sie im obersten Gerichtshof der Bronx hören können. Und dann mußten Sie auch noch ständig auf das Pult einhämmern!« Melanie ließ das Blütenblatt aus den Fingern fallen und haute mit der Faust auf den Schreibtisch. »Soll das natürlich wirken?«

»Nein, aber ich bin anders als Sie«, gab Lee zu bedenken und bemühte sich, nicht auf den Spitzensaum an Melanies Taschentuch zu starren.

»In Ordnung. Aber Sie sind auch kein Hafenarbeiter. Sie machen den Eindruck einer intelligenten, energischen jungen Frau aus ... Woher?«

»Long Island.«

»Schlägt man auf Long Island mit der Faust aufs Pult?«

»Nicht daß ich wüßte«, räumte Lee ein.

»Und die Frauen dort: Sprechen sie klar und deutlich? Oder brüllen sie?«

»Sie brüllen nicht«, gab Lee zu.

»Wenn Sie aus einer Familie mit einer langen Reihe weiblicher Brüller stammten, wäre es etwas anderes. Aber das ist wohl nicht der Fall, wie ich annehme, oder?«

»Eine Großmutter von mir spielte im jiddischen Theater. Sie hatte ziemlich kräftige Lungen, aber gebrüllt, nein, gebrüllt hat sie wohl nicht.«

»Und das sollte auch für Sie gelten.«

»Einverstanden.«

»Wissen Sie, Geschworene bekommen das mit«, sagte Melanie und betrachtete ihre kurzen, aber glänzend polierten Nägel. »Sie beobachten Sie. Während des Eröffnungsplädoyers. Wenn Sie an die Seitenschranke treten, um sich zu beraten. Wenn Sie ein Minzbonbon aus der Tasche holen, während der Verteidiger den Verkehrspolizisten ins Kreuzverhör nimmt. Sie beobachten Sie, den Richter, die Verteidiger ... Sie alle verkörpern für sie das Gesetz. Gerechtigkeit. Für viele Geschworene wird dieser Prozeß das denkwürdigste Ereignis in ihrem Leben sein. Daher fesselt alles, was Sie tun, ihre Aufmerksamkeit.«

»Tut mir leid wegen des Bonbons.«

»Das war vollkommen in Ordnung. Die Jury versteht es, wenn man verstohlen in die Handtasche greift und schnell ein Minzbonbon in den trockenen Mund steckt. Es bestätigt nur das, was sie von Ihnen dachten: eine nette, normale Person. Eine junge Frau aus Long Island, der man wahrscheinlich schon als Kind beigebracht hat, *nicht* zu brüllen.«

»Aber es ist ein *Prozeß*. Und ich bin die Anklägerin!«

»Es ist ein Prozeß, und es kommt vor allem darauf an, daß sie Ihnen glauben. Während Ihres Plädoyers lehnten sich mehrere Geschworene zurück, als würden sie denken: Huh? Was ist denn hier los? Warum brüllt sie denn so? Das ist nicht mehr die Staatsanwältin, die wir kennen und schätzen. Das ist jemand, der auf Gefühle setzt. Jemand, der nicht aufrichtig ist. Können wir ihr noch vertrauen? War es falsch, daß wir sie so nett fanden?«

»Aber ich habe doch gewonnen«, warf Lee ein.

»Ja, aber bedenken Sie einmal, was alles für Sie sprach. Der Besitzer der Bodega war ein erstklassiger Zeuge. Und der Angeklagte sah aus wie der Punk, der er auch ist; er wagte nicht einmal den Mund aufzumachen. Die Jury war fast einen ganzen Tag lang draußen, obwohl es eigentlich nur ein paar Stunden hätte dauern dürfen. Das bedeutet, daß Sie nur sehr knapp gewonnen haben.«

»Das war mir gar nicht klar ... ich dachte, ich wäre besonders gut gewesen, weil sie so lange draußen waren.«

»Einigermaßen gut. Doch das Plädoyer hat bewirkt, daß sie *Ihnen* nicht mehr glaubten und damit auch nicht mehr an Ihre Sache. Aber, wie Sie schon sagten, Lee, Sie haben gewonnen.«

Die Whites und die Taylors kamen erstaunlich gut miteinander aus. Und zwar, weil sie alle vier – Leonard, Sylvia, Foster und Ginger – gute Manieren hatten. Wäre das nicht der Fall gewesen, hätte der dritte Hochzeitstag von Lee und Jazz, der bei den Whites gefeiert wurde, vielleicht im Streit enden können oder mit einem »Das ist doch die ...«, gefolgt vom lauten Krachen einer zugeschlagenen Tür. Die Elternpaare verachteten sich gegenseitig, als Individuen und im Kollektiv.

Sylvia stand an der Chrom- und Glasbar im Stil von Frank Lloyd Wright, während Leonard Drinks einschenkte, und tat in hörbarem Flüstern ihre Meinung über Gingers Outfit kund: »Das ist doch ein Schlag ins Gesicht! Ausgebeulte Baumwollhosen und ein alter Pullover, als wollte sie gerade ihren Rasen mähen ... was zur Abwechslung auch nicht schlecht wäre.«

»Sie hat wahrscheinlich gedacht, daß wir uns ganz zwanglos treffen«, erwiderte Leonard. »Sonntag nachmittag. Nur eine kleine Feier zum Hochzeitstag der Kinder.«

Doch Sylvia ließ sich nicht erweichen: »Entweder will sie uns mit Absicht beleidigen, oder sie ist die dümmste aller dummen *Gojs*, was einiges heißen will – wie ich dir versichern kann.«

Zur gleichen Zeit starrte Ginger auf den Eßzimmertisch – den Truthahn, der aussah, als hätte ihn Ralph Lauren entworfen, den glänzend glasierten Schinken, das Kunstwerk von Preiselbeerpastete, Berge von jungem Gemüse, eine Käseplatte, die den amerikanischen Verband der Milchwirtschaft zum Jubeln gebracht hätte – und bewunderte die Pfefferkuchenmodelle vom Haus der Whites und von Hart's Hill, auf die Sylvia mehr als stolz war. Mit einer Stimme, die es gewohnt war, Hunde zurückzurufen, die sich meilenweit entfernt hatten, flüsterte sie ihrem Gatten zu: »Wen erwartet sie denn zum Abendessen? Die ganze israelische Armee?«

»Bei diesem Schinken wohl kaum«, entgegnete Fos. »Außer uns ist jedenfalls niemand zu sehen.«

»Ich wiederhole es nicht gern, was man allgemein über sie sagt: Sie schätzen nicht den Wert der Dinge, sondern ihren Preis. Hast du schon jemals so eine Protzerei gesehen?«

Da beide Mütter gleichzeitig redeten, konnte die eine nicht hören, was die andere sagte. Die Väter behielten ihre Gefühle für sich, obwohl Leonard, der erst von Foster Taylor begeistert war und ihn später bewundert hatte, zutiefst erschüttert war, als Fos ein Roggen-und-Ginger-Ale haben wollte. Roggen-und-Ginger-Ale! Ein Getränk, das weniger gutsituierte Frauen in den vierziger Jahren bevorzugten. Oder machte sich Fos nur lustig? War es ein Insiderscherz im Rolling Hills Country Club, wenn man ein Roggen-und-Ginger-Ale bestellte und sich alle vor Lachen krümmten und der Barkeeper einem einen Wodka on the rocks mit einem Limonenstückchen servierte? Leonard hatte versuchsweise gekichert, als Fos ihn um dieses Getränk bat, aber kein entsprechendes Lachen zurückbekommen.

Foster, in Cordhose und einem Rollkragenpullover, der ein Drittel seines absackenden Pelikankinns verbarg, wußte nicht, was er mit seinem angeheirateten Verwandten reden sollte, diesem schlanken Mann mit silbernen Schläfen, der ihnen in einem zweireihigen Anzug und mit einer jener modisch flachen Golduhren am Handgelenk die Drinks mixte … und das an einem Sonntag! Wer zum Teufel putzte sich denn in seinem eigenen Haus so raus? Konnte man mit so einem Burschen über die Giants reden? Über Politik? Foster zweifelte nicht im geringsten, daß Leonard ein waschechter Demokrat war, der ihn, wenn er ihn fragte, nur mit seiner liberalen Scheiße vollabern würde, daß Gerald Ford wirklich verdient hätte zu verlieren und wie toll dieser leberlippige Südstaatenheini Carter war.

Die älteren Taylors hatten sich auf einer von Sylvias dekorativen Offenbarungen niedergelassen, einer Bettcouch aus Chrom und Leder, die – ploff – genau in der Mitte des Whiteschen Wohnzimmers thronte. Sie nippten an ihren Drinks wie kleine Vögel, als ob sie nur auf den Moment warteten, wo sich die Whites abwenden würden und sie sich aus dem Staub machen konnten.

Die Whites, die an der Bar standen, waren wie gelähmt und konnten ihre Lippen kaum bewegen. Lee vermutete, daß ihre Mutter gerade sagte: Laß uns jetzt mit dem Dinner anfangen, woraufhin ihr Vater wütend erwiderte: Es ist doch erst drei Uhr. Wir können nicht vor halb fünf mit dem Dinner anfangen. Was hast du dir eigentlich dabei gedacht, sie um zwei zu einem Halb-fünf-Uhr-Abendessen einzuladen?

»Ich weiß nicht«, sagte Jazz zu Lee mit jenem respektlosen, unwiderstehlichen und unbestreitbar erotischen Lächeln, das sie so liebte. »Sieht nicht gut aus, nicht wahr?«

»Gott weiß warum. Zwei so prachtvolle Paare sollten sich doch prächtig amüsieren können.«

»Was ist denn so zum Lachen, ihr zwei?« schrie Ginger derart fröhlich, daß man ihre Verzweiflung nicht überhören konnte.

»Was ist denn so zum Lachen?« wiederholte Kent verdrießlich. Seine Eltern hatten ihn mit Lees Schwester zusammengesteckt, die sich allzusehr bemühte, ihn zu beschäftigen. Er war es leid, Bilder von seiner Familie zu malen und aus Mehl, Wasser und Salz lustige Figuren zu formen. Es war nicht lustig, und er sagte ihr, daß er zu alt für dieses Spiel sei, aber sie hörte ihm nicht zu. Er wollte mit Lee und Jazz zusammen sein. Er wollte essen. Da standen all diese Dinge auf dem Tisch, und er durfte nicht einmal in ihre Nähe gehen.

»Ihr beiden seht glücklich aus!« sagte Robin mit Überschwang in der Stimme. Nach Entzug und sechsmonatiger Rehabilitation war sie nach Shorehaven zurückgekehrt, wo sie viermal die Woche zur Therapie ging und unentgeltlich in einer Kindertagesstätte arbeitete. Sie wollte unbedingt einen guten Eindruck bei den Taylors machen und beweisen, daß sie kein diebischer Junkie war. Sie wußte, daß ihr dieser Ruf in der ganzen Stadt vorauseilte, ein Ruf, den sie sich – wie ihr in der Gruppe bewußt geworden war – selbst zuzuschreiben hatte. Aber es war anstrengend, die Frohnatur zu spielen und gleichzeitig Kent bei Laune zu halten.

Jazz und Lee winkten sie zu sich rüber. Wie Lee vorausgesehen hatte, sprang Kent auf und kam mit. »Hi!« sagte er. Er legte den Arm um sie, ließ seinen Kopf auf ihre Schulter sinken und stieß einen tiefen, zufriedenen Seufzer aus.

Entschlossen, nicht darüber nachzudenken, warum sich ihre Schwiegermutter zwar jeden Tag stundenlang mit den Hunden beschäftigte, aber ihr einziges Kind, das noch zu Hause lebte, nicht wenigstens alle sechs Monate zum Haareschneiden bringen konnte, faßte Lee den festen Vorsatz, mit ihm am nächsten Wochenende zum Friseur zu gehen.

»Hi!« sagte Kent ein zweitesmal.

»Hi!« Sie wandte sich Robin zu. »Ich weiß, daß das hier nicht wirklich unterhaltsam für dich ist. Du machst deine Sache einfach wunderbar.«

»Hör schon auf! Es ist wunderbar, daß ihr beide hier seid. Mom und Dad sind zwar sehr verständnisvoll – besonders wenn man bedenkt, daß ich ihnen das Leben zur Hölle gemacht habe. Aber sie sorgen sich so sehr um mich, daß sie fast einen Nervenzusammenbruch bekommen, wenn ich nicht unentwegt lache.«

Lee streckte den freien Arm aus und legte ihn um ihre Schwester. Äußerlich wirkte Robin zerbrechlicher als je zuvor. Sie trug ihr dunkelblondes Haar straff zurückgekämmt, was ihr herzförmiges Gesicht mit dem spitzen Kinn betonte. Sie wäre schön oder nahezu schön gewesen – gertenschlank, mit einer Haut weißer als Schnee und Augen von der Farbe eines bewölkten Himmels –, doch die Drogen, die sie so lange genommen hatte, waren nicht ohne Wirkung geblieben. Sie hatte massive Zahnprobleme. Um ihre unschönen Zähne und das schlechte Zahnfleisch zu verbergen, zog sie einen Flunsch. Das sah zwar bei geschlossenen Lippen wie ein niedlicher Schmollmund aus, doch wenn sie sprach, schien es, als wolle sie einen Fisch imitieren.

Jazz starrte die Schwestern an und wunderte sich, wie die meisten

Leute, über ihre Unterschiedlichkeit. Sie schienen nicht nur aus verschiedenen Familien zu stammen: Sie hätten sogar einander fremden Rassen angehören können. Lee, die genauso groß wie ihre Schwester war, hatte eine kräftige Statur, breite Schultern und Hüften, die man fast als üppig bezeichnen konnte. Ihr Haar war dick und kastanienbraun, ihre Haut goldfarben. Wenn sie durch Greenwich Village ging, fragten sie Touristen auf französisch, spanisch oder griechisch nach dem Weg, weil sie sie für eine der ihren hielten. »Ihr zwei beiden da ...« sagte er und schüttelte staunend den Kopf.

»Nacht und Tag«, sagte Robin.

»Reich und Arm«, fügte Lee hinzu.

»Schwarz und Weiß«, fuhr Robin fort.

»Christ und Jude«, mischte sich Jazz ein. Wie auf ein Stichwort sahen die Schwestern von Fos und Ginger zu Leonard und Sylvia – und fingen an zu lachen. Da erst fiel Jazz die Ähnlichkeit auf: die Köpfe, die sich genau im gleichen Winkel nach rechts lehnten, die blanken, roten Wangen. Sie wischten sich im selben Augenblick die Lachtränen aus den Augen, mit derselben raschen Bewegung, mit dem Mittelfinger nach außen.

»Was ist denn so komisch?« fragte Ginger neugierig. Sie hörte sich jetzt mehr als verzweifelt an, und Lee eilte mit Robin und Kent im Schlepptau ihren Schwiegereltern zu Hilfe, um sie davon zu überzeugen, daß sie sich eigentlich köstlich amüsierten. Das war keine leichte Aufgabe. Sie verwandelte sich in eine rechtsgelehrte Scheherazade und unterhielt sie mit einer drolligen Geschichte aus dem Gerichtssaal nach der anderen. Schließlich, nach einer dreiviertel Stunde, war es geschafft. Sylvia hatte sich zu ihnen gesellt und stimmte in ihr Kichern ein. Dann übernahm Fos die Regie und erzählte ihnen Horrorgeschichten von ehrgeizigen Eltern angehender Olympiakämpfer. Lee sah sich nach Jazz um und stellte fest, daß er gegangen war.

»Mit Daddy im Arbeitszimmer«, teilte Robin ihr mit. Lee malte sich aus, wie Jazz und ihr Vater vorm Fernseher saßen, sich ein Footballspiel ansahen und nach einiger Zeit gemeinsam »Yeah« und »Arschloch« brüllten. Ihr Vater bewunderte Männer, die sich für Sport begeisterten, und schämte sich, weil er so wenig davon verstand und sich nicht dafür interessierte. Nach einer weiteren Stunde jedoch erfüllte sie seine Beharrlichkeit mit Staunen. Sicher, Leonard vergötterte Jazz, angefangen bei der klassisch-antiken Nase bis hin zu der Art, wie er sich bei dem Hilfskellner bedankte, der sein Wasserglas nachfüllte. Trotzdem wunderte sie sich, wie Leonard soviel Football überstehen konnte. Natürlich war es auch denkbar, daß auf Channel 13 ein Dokumentarfilm über die Geschichte der Nerzstola lief.

Ein paar Minuten später kamen die beiden Männer in bester Laune zurück: Leonard rief Sylvia zu, daß er am Verhungern sei, Jazz hob die Fäuste und spielte mit Kent eine Runde Boxen. Sylvia fegte haufenweise Folie vom Tisch. Leonard entkorkte zwei Flaschen Wein, die beschämend teuer waren, wie Lee bemerkte, und die Whites und die Taylors fielen über das Buffet her, als wären sie jahrelang auf Kalorienentzug gewesen.

»Mmm! Der Truthahn ist herrlich«, sagte Ginger.

»Prima Vino, Len«, ergänzte Fos.

Alle, sogar Robin, nahmen zweimal von allem und klatschten Beifall, als Sylvia das Lebkuchenhaus der Whites zerteilte.

»Lecker, lecker!« sagte Fos.

»Kaum zu glauben, daß etwas so köstlich schmecken kann, das so schön aussieht!« fügte Ginger hinzu.

Sylvia bestand darauf, daß die Taylors das Modell von Hart's Hill mit nach Hause nahmen. Sie protestierten kurz und falsch, packten den Kuchen ein und stürzten mit überschwenglichen Dankesrufen und einem ökumenischen »Schöne Feiertage« aus der Tür, wobei sie vergaßen, Kent mitzunehmen.

»Reg dich nicht auf«, beruhigte Jazz Lee, als sie zur Tür gehen wollte, um ihnen nachzurufen. »Sie wissen, daß er in guten Händen ist. Ich bringe ihn später heim. Bleib sitzen.« Er schaute zu Leonard hinüber, der es sich, wie auf einem Foto im *Gentleman's Quarterly*, in Sylvias neuerworbenem Le Corbusier-Zweisitzer gemütlich gemacht hatte, einen Arm auf der Rückenlehne, die Beine lässig übereinandergeschlagen. Jazz führte Lee an das andere Zweisitzersofa, das seinem Schwiegervater gegenüberstand. Unterdessen klopfte Leonard auf den Platz neben sich und forderte Sylvia auf, sich zu setzen. Als sie nicht reagierte, weil sie damit beschäftigt war aufzupassen, wie Greta den Tisch abräumte, rief er ihr zu: »Sylvia! Komm her. Setz dich. Wir müssen dir etwas sagen.«

Lee, die glaubte, daß das »dir« ihrer Mutter galt, kuschelte sich an Jazz und genoß an ihrer Wange die unglaubliche Weichheit des Vikunjapullovers, den Sylvia und Leonard ihm zum letzten Weihnachtsfest geschenkt hatten. Sie schloß halb die Augen, um in der Duftmischung aus Woolite und Jazz' Männlichkeit zu schwelgen. Aber dann schlug sie sie wieder auf. Er hatte seinen Arm nicht wie üblich um sie gelegt. Nein, er saß aufrecht da, blickte gelassen vor sich hin, verschränkte die ausgestreckten Beine über den Knöcheln und ließ den Arm, der sich sonst so zärtlich um sie krümmte, auf der Sofalehne liegen. Abrupt setzte sie sich auf.

Ihr Vater räusperte sich. Jazz räusperte sich noch lauter. Tief und männlich. Doch dann sah Leonard Jazz an, und das nächste, was man von ihnen hörte, waren jungenhafte Gluckser. Lee konnte sich nicht entscheiden, ob hier kleine Jungs glucksten, die ein Geheimnis verband, oder böse Buben wieherten. Hatten sie sich etwas Besonderes ausgedacht? Ein Überraschungsdinner in einem Vier-Sterne-Restaurant mit Smokingzwang zum neuen Jahr? Um Gottes willen, dachte sie angesichts der Vorstellung, mit ihren Eltern und Robin unter Bergen von gehobelten Trüffeln und übereifrigen Kellnern ins Bicentennial-Jahr hineinfeiern zu müssen, statt mit Freunden ein Riesensandwich zu verdrücken und eine Flasche Chianti zu leeren. Oder, schlimmer noch, war es ihrem Vater gelungen, Jazz zu einem verschwenderischen Urlaub zu fünft in einem unverschämt teuren tropischen Paradies zu überreden? Sie hoffte, daß die wachsende Nähe zwischen Jazz und ihrem Vater – die Mittagessen zweimal in der Woche, der häufige Austausch witziger Briefchen mit Ausschnitten aus *Forbes* oder dem *Wall Street Journal* – darauf zurückzuführen war, daß Jazz niemanden verletzen konnte, und nicht auf irgendwelche gemeinsamen Interessen.

»Lee«, begann Jazz. Aber dann hielt er inne und blickte Leonard an.

»Honey«, sagte ihr Vater. Aus dem Augenwinkel sah Lee, daß Robin im Schneidersitz neben Kent auf der Bettcouch saß, aus der *Times* Hütchen bastelte und sich bemühte zu verstehen, was geredet wurde. »Jazz und ich haben uns unterhalten«, meinte Leonard. Jazz nickte, als wolle er jeden Zweifel zerstreuen, es könne nicht so gewesen sein. »Wir sind zu einem Entschluß gekommen.« Aus irgendeinem Grund fiel Lee plötzlich wieder ein, wie Melanie Tucker ihr vor ein paar Wochen bei einem Drink gesagt hatte, daß man der anderen Seite nie dabei helfen solle, einem das Messer in den Rücken zu stoßen: Ich habe zu viele weibliche Anwälte erlebt, die dann aufmunternd lächelten oder tröstende, mütterliche Mm-Mmhs brummelten. Lassen Sie sich nicht in die Falle locken. Machen Sie einfach ein unbeteiligtes Gesicht, während Sie mit aller Macht versuchen, Ihre Zeugen auseinanderzunehmen. Manchmal bringen sie sich selbst zu Fall. »Es geht uns alle an«, sagte ihr Vater soeben. Das ist doch verrückt, dachte Lee, so etwas jetzt zu denken. Ich bin nicht im Gerichtssaal. Ich bin bei meiner Familie. Aber es gelang ihr nicht, locker zu werden.

»Was?« rief Sylvia. »Was geht hier vor?« Ihre Stimme klang so neckisch und mädchenhaft, daß man sie in einem steifen Petticoat mit Haarreif vermutet hätte und nicht in dem engen, schwarzen langen Samtkleid, das sie trug. »Kommt schon. Bitte. Ich kann Geheimnisse nicht ausstehen.«

Die Männer beachteten sie nicht. Ihre Augen ruhten auf Lee. »Babe«, sagte Jazz, »sei ganz ruhig. Hör nur zu.« Eine gänzlich unnötige Aufforderung, da Lee wie ein steinernes Denkmal dasaß. »Das wird für uns alle von großer Bedeutung sein.«

»Mach es doch nicht so spannend!« protestierte Sylvia. »Bitte, was ist denn los?«

»Die Sache ist folgende, Honey«, sagte Leonard zu Lee, ohne seiner Frau einen Blick zu gönnen. »Du weißt ja, was aus Le Fourreur geworden ist. Muß ich es betonen? Muß ich damit angeben? Ein Erfolg. Ein Erfolg, der meine kühnsten Erwartungen übertrifft.« Als Lee sein selbstgefälliges Lachen nicht erwiderte, ließ er seinen Blick über den rosageäderten riesigen Marmorblock schweifen, der als Couchtisch gedacht war, und zwinkerte Jazz jungenhaft und verschwörerisch zu. Lee mußte gar nicht hinsehen, um zu wissen, daß ihr Mann zurückzwinkerte.

»Ihr Männer!« ließ sich Sylvia vernehmen. »Nun sagt doch schon!«

»Erfolg wird belohnt, gewaltig belohnt, hat aber auch seine Schattenseiten. Die Modeschöpfer der Oberliga, mit ihren – ich übertreibe nicht – Armeen von Beratern! Die Lieferanten und erst die ausländischen Regierungen, meine Güte! Ich brauche euch wohl nicht zu sagen, wer in diesem Land der wichtigste Importeur des goldbraunen

Zobels aus Rußland ist. Ich sollte meine eigene Botschaft in Moskau aufmachen.«

Jazz atmete schwer, denn Leonard hatte aufgehört zu sprechen und wartete auf den Einsatz seines Schwiegersohnes. »Du weißt, daß ich mich bemüht habe zu helfen«, sagte er zu Lee. »Sozusagen als Resonanzboden gedient habe, damit dein Dad überprüfen konnte, was ihm seine Anwälte alles so erzählten. Und auch sonst war ich immer für ihn da.« Lee saß nah genug, um die schweißgetränkte Vikunjawolle zu riechen. »Nun, es war so: Wir redeten. Wir gingen gemeinsam zum Mittagessen. Das wißt ihr ja. Wir lernten uns kennen.«

»Besser als Schwiegervater und Schwiegersohn«, warf Leonard ein.

»Eher wie Gleichgestellte.«

»Gleichgestellte«, echote Leonard. »Und Freunde, wie ich hoffe.«

»Freunde«, sagte Jazz, als wäre es eine Selbstverständlichkeit. »Dazu kommt noch, daß mir eins klargeworden ist. Nein, zwei Dinge. Erstens, daß ich in der Lage bin, deinem Vater zu helfen.«

»Es war unglaublich!« rief Leonard. »Eine ganze Anwaltsfirma arbeitete für mich. Es ist fast unvorstellbar, was sie für Honorare bekommen. Und was kriege ich dafür? Meistens nicht mehr als ein ›Einerseits, aber andererseits‹. Keiner wollte sich festlegen. Bis Jazz auftauchte. Er sagte: ›Das sollst du meiner Meinung nach tun. Das sind die Vorteile. Und damit du eine klare Entscheidung treffen kannst, sage ich dir auch die Nachteile.‹«

In diesem Augenblick bedauerte Lee, daß sie Anwältin geworden war, weil sie genau wußte, was da vor sich ging: Was Jazz ihrem Vater sagte, war nichts anderes als das, was ihm Breitbart, Wasserman, Mishkin, Schwartz and Oshinsky geraten hatten. Aber sie blieb wie ein Grabmal sitzen und schwieg wie ein Grab. Weil sie zu wissen glaubte, was als nächstes kommen würde – und recht damit hatte.

»Es war nicht nur so, daß ich deinem Vater gern geholfen habe«, fuhr Jazz fort, »weil ich ihm nützlich sein konnte. Nein, die ganze Zeit über, die wir zusammenarbeiteten, spürte ich, daß es mir Spaß machte. Manchmal, wenn wir vom Essen in Uptown in den Salon zurückkehrten und ich mir die Sachen ansah, die zu erledigen waren, dann habe ich mich wirklich auf die Arbeit gefreut. Es war interessant, aufregend.« (Natürlich erwähnte Jazz bei dieser Gelegenheit und auch später nicht, daß er nur zwanzig Minuten brauchte, um zu merken, daß Dolly Young die langjährige Geliebte seines Schwiegervaters war – was ihm Leonard ohnehin beim nächsten Lunch gestand.) »Und noch etwas ist mir aufgefallen. Daß ich, wenn ich fertig war und in die Kanzlei zurückmußte, sehr ... ja, wirklich sehr, sehr niedergeschlagen war.«

»Das habe ich bemerkt«, nahm Leonard den Faden auf. Beim Zuhören wurde Lee irgendwie an die Geschichten erinnert, die Ehepaare immer wieder von ihrer ersten Begegnung erzählen. »Und ich habe nachgedacht. Gründlich nachgedacht. Ich wußte, wie gern Jazz mit mir arbeitete, und es muß nicht extra betont werden, daß ich mehr und mehr ... nun, abhängig ist nicht übertrieben ausgedrückt ... abhängig von ihm wurde. Sein Rat war immer goldrichtig. Und wem ich ihn auch vorstellte, meinem Versicherungsagenten, den Angestellten, den Kunden, mein Gott, die Kunden! – alle waren total begeistert von ihm. Also ...«

»Also ... machte mir dein Vater ein Angebot, Lee.«

Sie warteten darauf, daß sie fragte, um was für ein Angebot es sich handelte. Als sie das nicht tat, sagte Leonard endlich: »Ich habe ihm die Leitung von Le Fourreur angeboten.«

Sylvia schlug vor Freude die Hände zusammen, biß sich dann aber auf die Lippe. »Und was wird mit dir?« fragte sie ihren Mann.

»Ich bin Vorstandsvorsitzender«, sagte er stolz. »Und Gründer. Ich kümmere mich um den Einkauf der Felle. Verhandle mit den Modeschöpfern. Betreue die Kunden, mit denen man besonders sorgsam umgehen muß. Bemühe mich um größere Namen. Aber Jazz wird den Laden schmeißen.«

Lee spürte, daß sie wütend werden sollte, aber da war nichts. Gar nichts. Ihr Gefühl bewegte sich auf den »absoluten Nullpunkt« zu, auch wenn der nicht einmal im wissenschaftlichen Sinn erreichbar war. »Du wirst Johnson, Bonadies verlassen?« fragte sie.

»Ja. Natürlich.« Dann fügte Jazz noch hinzu: »Ich hab es ihnen schon gesagt.«

»Du hast es ihnen schon gesagt?«

»Du *weißt* doch, daß es mir dort nicht gefallen hat.«

»Ich hab dich so oft gefragt, ob du dort glücklich bist oder ob du lieber woanders arbeiten möchtest, und du hast ...« Sie brach ab, weil sie wußte, daß es zwecklos war, weiterzureden. Jazz würde den Juristenberuf an den Nagel hängen. Im Gegensatz zu den Taylors aus fünf früheren Generationen hatte er nicht das Zeug dazu. Und es gab noch einen anderen Grund, daß sie nicht weitersprach. Wie jede kluge Ehefrau weiß, führt es zu nichts, den eigenen Mann vor seinem Boß herabzusetzen.

Im folgenden Jahr, dem zweihundertsten Geburtstag der Nation, klagte Lee erfolgreich ein Mitglied des organisierten Verbrechens wegen Kidnapping und tätlichen Angriffs an, zog einen wichtigen Heroingroßhändler aus dem Verkehr, indem sie ihn neunmal in vier Monaten vor den Kadi brachte, und brachte einen für seine Nachsicht bekannten Richter dazu, einen Zuhälter, der eine fünfzehnjährige Prostituierte mit seinem Wagen angegriffen hatte, zur Höchststrafe von sieben Jahren zu verurteilen. Als Belohnung für ihre Leistungen wurde sie Teil der Elitetruppe des Distriktstaatsanwalts, die für Mordfälle zuständig war. Der Staatsanwalt sagte ihr höchstpersönlich, daß sie nicht nur im Gerichtssaal ein Naturtalent sei, sondern auch sonst über ein hervorragendes Urteilsvermögen verfüge.

Das stimmte. Vielleicht hatte es etwas damit zu tun, daß sie in Leonards und Sylvias Haus aufgewachsen war. Wie auch immer, Lee White hatte ein Gespür entwickelt, das die Straßenkämpfer der Großstadt einen eingebauten Bullshit-Detektor nennen würden. Damit konnte sie ihre Kollegen, die Richter, die Polizisten und andere, die im Bereich des Strafrechts arbeiteten, mit einem hohen Grad an Genauigkeit einschätzen. Ihre leidenschaftliche Seele – der Teil von ihr, der sich in Dante's Pizza von Jasper Taylor verzaubern ließ oder jeden Morgen vor Vorfreude und Stolz zitterte, wenn sie das abstoßend häßliche Gebäude des Distriktstaatsanwalts in der Centre Street 100 betrat – stand ihr dabei überhaupt nicht im Weg. Im Gegenteil. Sie bewahrte sie davor, zynisch zu werden; sie unterstützte sie in ihrem Glauben, daß das, was sie tat, den Menschen wirklich half.

Manchmal erschien ihr ihre Arbeit anstrengend, besonders weil die von Jazz jetzt so … nun, »belanglos« war das einzige Wort, was ihr dazu einfiel. Er, der die beste Erziehung genossen hatte, die man sich mit Geld kaufen konnte, verbrachte seine Tage jetzt damit, daß er die Geschäftsführer von Warenhäusern zu langen, üppigen Mittagessen ausführte und sie beschwatzte, Le Fourreurs exklusive Skijacken aus geschorenem Biberfell ins Sortiment zu nehmen. Oder er brütete über Verträgen mit Chinchilla-Farmern. Doch sie mußte sich eingestehen, daß er glücklicher war als je zuvor. Jetzt, wo er sich nicht mehr von einer lebenslangen Freiheitsstrafe bei Johnson, Bonadies and Eagle bedroht fühlte, hatte sich seine übliche gute Laune in ausgelassene Fröhlichkeit verwandelt. Er liebte seine neue Arbeit, liebte sein fantastisches Gehalt, liebte es, daß er von allen – von seinem Schwiegervater über die reichen Kunden bis zu dem jungen Mann, der die Pelzabfälle im hinteren Raum zusammenkehrte – geliebt und sogar bewundert wurde. Er liebte die freie Zeit, über die er jetzt im Überfluß verfügte. Er belegte ein Seminar über Weinkunde. Er kaufte sich zwei Center-Court-Plätze für die Spiele der Knicks und eine Loge für die Rangers. Er plante ihre Ferien, kaufte Theater- und Konzertkarten und ging regelmäßig zu den Ausstellungseröffnungen der Kunstgalerien. Und es hatte den Anschein, als ob er Lee nun noch mehr liebte, da er durch sie an all das gekommen war, wovon er immer geträumt hatte.

So bemühte sie sich mit aller Kraft zu verbergen, daß ihr sein Leben mißfiel. Denn im Gegensatz zu seiner Entscheidung liebte sie Jazz immer noch. Was ihr auch nicht schwerfiel: Mit seinen Maßanzügen, dem glänzend braunen Haar, das wieder modisch lang gewachsen war, sah er nicht mehr nur gut, sondern verflixt verführerisch aus. Wenn sie vom Büro nach Hause kam, stellte sie manchmal mit Bestürzung fest, wie schön der Mann war, der auf sie wartete. Er blieb ein leidenschaftlicher und einfühlsamer Liebhaber. Auch wenn er selbst nicht besonders erfinderisch war, so hatte er jetzt wenigstens Zeit zum Lesen und kaufte sich Bücher und Videobänder, mit deren Hilfe er die Wissenschaft und Kunst des Liebens studierte, damit er Lee die Sinne rauben konnte. Und wenn sie keine Lust hatte – was auf dem Höhepunkt eines Mordprozesses fast immer der Fall war –, dann wurde er ihr bester und verständnisvollster Freund.

Doch ihre Arbeit war mit seiner kaum vergleichbar. Anders als manch einer ihrer männlichen Kollegen wollte sich Lee zu Hause nicht durch fröhliches Geplauder aus der düsteren Stimmung reißen lassen, in die sie durch die gräßlichen Verbrechen, die sie verfolgte, gekommen war. Sie zog es vor, still zu leiden, statt über alles zu sprechen und noch einmal zu erleben, was sie vergessen wollte. Nur manchmal gab es Nächte, in denen sie aufstand, auf Zehenspitzen ins Bad schlich, die Tür hinter sich schloß und bitterlich weinte, weil sie das, was sie gesehen hatte, kaum mehr ertrug: verstümmelte Leichen, darunter auch Frauen in ihrem Alter; Bilder von Kindern, die von den Menschen gequält wurden, die sie eigentlich lieben sollten. Doch manchmal zwang sie sich auch, sich zu erinnern, und nahm ein Foto vom Tatort mit nach Hause, um es sich jeden Abend und jeden Morgen anzusehen, während der Prozeß lief, damit sie nicht vergaß, wofür sie kämpfte. Das sei nicht nötig, meinte Jazz. Doch, sagte sie traurig. Leider doch.

In der ersten Hälfte des Jahres 1976, während der ersten sechs Monate bei Le Fourreur, schien Jazz damit zufrieden, so weiterzuleben wie bisher, wenn auch mit besseren Plätzen bei Sportveranstaltungen. Doch im Juni wurde Lee klar, daß eine Veränderung anstand. Er hatte sich schon lange von den gemeinsamen Studienkollegen entfremdet, und es wurde immer deutlicher, daß er den bevorstehenden Vierten Juli nicht wie üblich feiern wollte: Er hätte absolut keine Lust, zu einer lauten, überfüllten Party mit Bierfäßchen zu gehen, die irgend jemand in seiner winzigen Wohnung über dem Hudson River gab, und sich das Feuerwerk anzusehen. Und er wolle unter keinen Umständen zu einem modrigen Haus draußen in den Hamptons fahren, das irgend jemand für diesen Monat gemietet hatte, dort in Schlafsäcken übernachten und sich mit beschissenem Chablis vollaufen lassen. Okay, er war erst sechsundzwanzig und hörte sich vielleicht wie ein wunderlicher alter Kauz an, aber schließlich war er Geschäftsführer einer Multimillionenfirma. Die nicht ihm gehörte und die er auch nicht allein hätte aufbauen können – wie er jederzeit zugeben würde –, die man ihm in gewisser Weise in den Schoß gelegt hatte, aber so war es nun einmal. Er war anders als ihre Freunde von der Universität und hatte mit ihnen wirklich nicht mehr viel gemeinsam. Zumindest nicht genug, um mit ihnen einen Vierten Juli zu feiern, den es nur einmal im Leben gab und den er und Lee und das restliche Amerika nie vergessen würden. Außer sie wollte wirklich unbedingt mit den anderen feiern, dann würde er natürlich mitkommen, ihretwegen.

Lee wollte wirklich mit ihren Freunden von der Uni feiern oder mit den Staatsanwälten und Cops, die auf Liberty Island im Schatten der Freiheitsstatue eine heiße Fete planten. Aber sie wußte, daß sich Jazz unter Anwälten nicht mehr wohl fühlte. Durch ihre Augen sah er sich als Versager, als jemand, der es nicht gepackt hatte. Sein unverhältnismäßiger Reichtum machte ihn zum Außenseiter. Ihre alten Studienkameraden redeten darüber, daß er sich aus der Welt der Männer in die der Frauen geflüchtet hatte – was noch beschämender war, weil sich seine Frau unter den härtesten der harten Jungs behauptete.

Sie verbrachten den Vierten mit Leonard, Sylvia, Robin, dem Pelzeinkäufer von Lord & Taylor und einer Autorin, die für die *New York Times* über Mode schrieb, mitsamt ihrem weinerlichen Mann und zwei schniefenden Kindern. Leonard mietete ein fünfzehn Meter langes Segelboot mit Mannschaft zu einem horrenden Preis; sie kreuzten zwischen großen Schiffen und wurden von der frischen Salzluft betrunken. Am Abend gab es ein typisch amerikanisches Barbecue, und Greta servierte nach Sylvias Anweisungen rote und weiße Gerichte auf blauen Tellern. Lee amüsierte sich keinen einzigen Augenblick.

Am nächsten Morgen fuhr Jazz sie zu ihrem Zug, der sie in die Stadt zurückbringen sollte. Wieder und wieder entschuldigte sie sich, daß sie gehen mußte, obwohl sie versprochen hatte, ein paar Tage freizunehmen, in Shorehaven zu bleiben und Tennis mit seinen Leuten zu spielen.

»Du mußt dich nicht entschuldigen«, sagte Jazz, als er mit Leonards Mercedes-Cabrio auf den Parkplatz fuhr. Sogar Lee fand, daß er zu tolerant war. Schließlich hatte sie immer die großen Reden geschwungen, daß es einen Ausgleich im Leben geben müsse, und hoch und heilig versprochen, sich mehr freie Zeit zu nehmen. Keine Arbeit mehr an den Wochenenden, hatte sie gelobt. Und wenn ich es nicht bis acht oder halb neun geschafft habe, hat es ohnehin keinen Sinn mehr. Und jetzt fuhr sie, während alle anderen Juristen in Amerika frei hatten, nach Manhattan zurück, um einen Taschendieb zu befragen – einen feigen, hinterhältigen Lügner, der ihr einziger Augenzeuge in einem erbärmlichen Fall war.

»Ich muß mich einfach entschuldigen«, sagte sie. »Ich bin wirklich unmöglich, aber wenn ich diesen Kerl nicht dazu bringe, die Wahrheit zu sagen, platzt der ganze Prozeß. Trotzdem tut es mir leid. Du bist so wunderbar verständnisvoll.«

»Danke«, sagte Jazz ein wenig geistesabwesend.

»Was ist los?«

Er schaute auf seine Uhr. »Dein Zug geht in zwei Minuten. Wir müssen uns beeilen.«

»Jazz ...«

»Wir reden heute abend darüber. Ich bin um sieben oder acht Uhr zurück. Vielleicht kannst du dich freimachen, und wir können essen gehen.«

»Abgemacht«, sagte Lee. Doch dann zog sie die Autotür, die sie schon geöffnet hatte, wieder zu. »Was hast du?«

»Dein Zug ...«

»Vergiß ihn. Ich nehme den nächsten.« Natürlich antwortete ihr Magen auf ihr leichtsinniges Angebot und zog sich hinterrücks zusammen. Der Cop, der Zeuge – alle warteten auf sie und sahen auf die Uhr. »Was hast du, Jazz?«

»Ich bin so gern hier draußen.«

»Ich weiß.« Sie lächelte mitfühlend. »Besonders im Sommer. Aber du magst auch die Stadt. Acht Millionen Menschen, die Filme, das Theater ...«

»Lee, bitte.« Er nahm ihre Hand und hielt sie fest. »Ich möchte hier *leben.*«

»Wie bitte?«

»Ich habe mich in der Stadt eingerichtet, obwohl ich kein Stadtmensch bin.«

»Aber Jazz, ich kann nicht. Nicht jetzt. Ich kann nicht hier leben und als Staatsanwältin in Manhattan arbeiten. Ich muß innerhalb der zuständigen Gerichtsbarkeit wohnen. Du weißt, daß ...«

Aber er hörte nicht mehr zu. Vielleicht wußte er zu genau, was sie einwenden würde, und wollte nicht mehr zuhören. »Ich bin so unglücklich in New York. Ich möchte abends nach Hause kommen, saubere Luft atmen und Bäume sehen, die nicht verkrüppelt sind. Ich muß Abstand haben von der täglichen Schufterei. Du denkst natürlich, daß ich es leicht habe im Vergleich zu dir ...«

»Überhaupt nicht.«

»... aber glaube mir, ich muß mich auch jeden Tag aufs neue beweisen. Und ich bin gut, wirklich gut. Aber das hat seinen Preis. Warum können wir nicht hierherziehen?«

»Glaubst du nicht, daß das Hin- und Herfahren auch seinen Preis hat?«

»Millionen machen das jeden Tag. Du kannst Zeitung lesen, arbeiten; es ist überhaupt kein Problem.« Er schnalzte mit dem Finger. So laut, daß sie sich noch gerader hinsetzte. »Dein Dad und ich haben sogar schon überlegt, einen Fahrer einzustellen. Dann müßten wir uns nicht mehr selbst hinters Steuerrad klemmen oder darauf warten, ob die Long-Island-Bahn geruht, pünktlich abzufahren. Für mich wäre es der Himmel auf Erden. Und außerdem würde es bedeuten, daß wir in der Nähe unserer Familien leben würden. Ich weiß, ich weiß – du kannst deine Leute nur bis zu einem gewissen Grad ertragen. Das gilt für mich und meine Familie genauso. Aber du wärst zumindest nah bei Robin, jetzt wo sie wieder ein Mensch geworden ist. Und bei Kent. Ich weiß, daß du dir große Sorgen um ihn machst, und ich finde es auch unerträglich, wie sehr ihn meine Eltern vernachlässigen. Wir könnten uns um ihn kümmern.« Er hob ihre Hand an seine Lippen und küßte sie. »Ich weiß, es würde für dich ein Opfer bedeuten. Deinen Job. Aber du kannst nicht in diesem Beruf arbeiten und eine Familie gründen. Und das willst du doch, oder?«

»Aber wir sind erst sechsundzwanzig!«

»Na und?«

»Muß das denn jetzt schon sein?«

»Wann dann?« Er ließ ihre Hand los. Seine Stimme bekam einen harten, gekränkten Ton, den sie an ihm nicht kannte. »Im nächsten Jahr? Im nächsten Jahrzehnt? Wann wirst du Zeit für mich haben?« Sie berührte ihn an der Schulter, aber er zuckte zurück. »Ich habe versucht, dich in jeder Weise zu unterstützen. Aber ich muß das Gefühl haben, daß ich nicht der einzige bin, der gibt und gibt und gibt.«

»Sie halten mich für verrückt«, sagte Lee zu Melanie Tucker.

»Überhaupt nicht«, gab Melanie zurück und zupfte das Taschentuch in ihrem Ärmelaufschlag zurecht. »Für einen Dummkopf.«

»Oh«, war alles, was Lee dazu einfiel.

Sie hatten sich absichtlich einen ruhigen Ort zum Mittagessen ausgesucht, einen schicken Laden in TriBeCa, in dem die Stühle aus Gummiröhren bestanden. Er war zu teuer für Cops und Staatsanwälte. Und um sieben Uhr abends war es für die Trendsetter noch zu früh, die hier für zwanzig Dollar die verschiedenen Zubereitungsarten sonnengetrockneter Tomaten probierten.

»Sie verteidigen sich ja gar nicht«, bemerkte Melanie.

»Gewöhnlich bin ich der Ankläger. Also nehme ich mich jetzt mal selbst ins Kreuzverhör: Wie konntest du den besten Job der Welt aufgeben, um die Frau eines Pelzhändlers auf Long Island zu werden?«

»Und Ihre Antwort?«

»Ich weiß keine.« Lee schob ein öliges Gemüsestück – auf der Karte stand *Sautierter Sommerkürbis nach umbrischer Art* – mit einer Gabel, die wie eine Hacke aussah, auf dem Teller herum. »Vielleicht finde ich ja etwas in einer der Kanzleien da draußen.«

»Das könnte aufregend sein«, sage Melanie in der beschwingten Art von Frauen, die in den fünfziger Jahren jung gewesen waren – mit einem anschwellenden Ton in einer sonst gleichbleibenden Sprachmelodie. Eine Sekunde später war sie wieder die alte. »Ich persönlich glaube nicht, daß es für Sie eine Herausforderung ist, Gesellschaften zu verteidigen, die ihren körperschaftlichen Unrat in den Long Island Sound fließen lassen. Aber deswegen habe ich Sie nicht als Dummkopf bezeichnet.«

Lees Gabel bohrte sich in den umbrischen Kürbis. »In Ordnung. Warum dann?«

»Weil Sie alles aufgeben, wofür Sie gekämpft haben und das Ihnen wichtig war – für einen Mann.«

»Für eine *Ehe.*«

»Für einen Mann, der sich vor Eifersucht verzehrt, und für eine Ehe, die – ich verstehe voll und ganz, wenn Sie jetzt nie mehr mit mir reden wollen – zu nichts führen kann. Warum also umziehen? Sie werden nur zurückkommen wollen. Doch dann wird es zu spät sein.«

17

Ich hatte gesehen, wie aus Norman Torkelson, dem Cary Grant des Bezirksgefängnisses von Nassau County, ein ganz gewöhnlicher, unrasierter Betrüger mit schmutzigen Fingernägeln geworden war. Jetzt befand er sich im dritten Stadium: dort, wo sich jeder, der noch bei klarem Verstand war, in vergleichbaren Umständen befunden hätte: in einer Depression. Nicht in einer dieser Vorstadtdepressionen mit Schlafstörungen und Appetitlosigkeit, der Art von Unwohlsein, die ein Glas Sekt, eine leichte Therapie oder eine neue Freundin beheben könnten. Nein, das hier war die astreine Verzweiflung eines jungen Burschen, der die nächsten Jahrzehnte in der Hölle verbringen und aus ihr als alter Mann mit ungefähr fünfundfünfzig Jahren wieder auftauchen würde.

»Norman«, sagte ich, »wir haben unseren Prozeßtermin.«

»Okay.« Nur ein Hauch des Wortes war zu hören; der Rest lag ihm schwer auf der Seele. Wie er da hinter der kunststoffbeschichteten Schranke saß, zusammengesunken, mit hängenden Schultern und gebeugtem Kopf, konnte man in ihm nicht mehr den hochgewachsenen Mann erkennen, der er war. Norman war dabei, sich aus dem Land der Lebenden zu verabschieden. Trotz meiner langen Berufserfahrung konnte ich mich nie an diese Art Kummer gewöhnen. Ich glaube, es war die abgrundtiefe Einsamkeit des Leidens, die mir so zusetzte. Natürlich wußte ich, daß viele meiner Klienten ihren Opfern weit Schlimmeres zugefügt hatten. Auch Norman hatte, selbst wenn er nicht Bobettes Mörder war, das Leben so vieler Frauen zerstört, daß er es verdiente, eine Ewigkeit in dem übelsten Gefängnis zu schmoren, das es gab. Dennoch wünschte ein Teil von mir, ich könnte mit dem Arm durch die Öffnung in der Schranke reichen und ihm die Wange tätscheln – nur um ihm etwas menschliche Wärme zu geben.

Statt dessen sagte ich: »Ich denke, wir sollten darüber sprechen, ob Sie als Zeuge aussagen oder nicht.« Ich wartete auf ein Nicken oder irgendein Zeichen, daß er mich verstanden hatte. Doch er saß leblos da wie ein Sack, als wäre er das Mordopfer. Also redete ich weiter: »Die Gründe, nicht auszusagen, liegen auf der Hand. Sie haben ein langes Vorstrafenregister. Und die Vergehen, derenthalben man Sie angeklagt und verurteilt hat, sind nicht besonders sympathisch.« Das war milde ausgedrückt. Die zwölf Geschworenen würden sich wahrscheinlich zwei Minuten lang auf die Schenkel schlagen und Freudentänze aufführen, nachdem sie zu einem einstimmigen Schuldspruch gekommen waren. »Gibt es außer Mary – die meiner Meinung nach in einem Kreuzverhör keine gute Figur machen würde – irgend jemand, der für Sie als Leumundszeuge aussagen könnte?«

»Nein«, flüsterte er. Ich wartete auf eine Erklärung, wie zum Beispiel, er sei zu oft umgezogen und habe daher keine näheren Bekanntschaften schließen können oder etwas ähnliches. Aber es schien ihm alles egal zu sein. Er hatte keine Kraft mehr für Entschuldigungen.

»Ich habe mir überlegt, ob es möglich wäre, Ihr Vorstrafenregister zu Ihren Gunsten einzusetzen. Ich könnte Sie in den Zeugenstand rufen, und Sie würden sich zu all ihren Vergehen bekennen. Um es deutlich zu sagen: Sie sind nie handgreiflich geworden. Natürlich«, fügte ich laut denkend hinzu, »würde Holly Nuñez dann sagen, daß es für alles ein erstes Mal gibt, daß bei Bobette etwas schiefgelaufen ist ...«

»Ich habe sie nicht getötet«, wisperte Norman. Dann hob er seinen Kopf und sagte es noch einmal. Die Tränen liefen ihm über das Gesicht.

»Ich verstehe«, sagte ich und wünschte, er würde sie sich abwischen oder wenigstens heulen. »Sie haben Ihre Unschuld die ganze Zeit über beteuert. Aber wenn Sie es nicht waren, wer dann? Immer wenn ich Marys Namen ins Spiel bringe, werden Sie fuchsteufelswild. Also habe ich sie nicht mehr erwähnt. Ich versuche wirklich, mein Bestes zu tun, aber ich kann Ihnen nicht viel Hoffnung machen. Tut mir leid.«

»Ich weiß, daß Sie alles tun, was unter diesen Umständen möglich ist.« Er hob eine Schulter und trocknete damit die Tränen an der einen Wange, dann machte er dasselbe auf der anderen Seite.

»Ich weiß Ihr Vertrauen zu schätzen.«

»Ich will Ihnen jetzt sagen, was wirklich geschehen ist.«

Ich merkte, daß Norman sich anschickte, mir etwas Wichtiges, etwas Neues mitzuteilen, und spürte das seltsame, erwartungsvolle Gefühl, das mich in dramatischen Augenblicken überkommt. Meine Sinne wurden messerscharf: Ich konnte jedes Wort verstehen, das zwischen Anwälten und Mandanten im Besucherraum gesprochen wurde, das Getratsche der Wächter hören; sogar das Kleingedruckte auf dem Schild »Besucher dürfen die Insassen nicht berühren« lesen; ich konnte das Hustenbonbon riechen, das der Anwalt drei Plätze weiter vorn lutschte. »Ich höre«, sagte ich.

»Ich weiß, wer Bobette getötet hat«, meinte er. Ich wartete. Ich hielt den Atem an. Dann hauchte er »Mary« und brach wieder in Tränen aus.

»Waren Sie dort, als es passierte?« fragte ich schließlich. Er schüttelte langsam den Kopf. Komm schon! wollte ich ihn anbrüllen. Reiß dich zusammen! So *red* doch endlich! »Keine Panik, Norman. Wir haben keine Eile.«

»Es war so, wie ich es erzählt habe«, sagte er endlich. »Ich ging los, um den Champagner zu kaufen. Das hab ich Ihnen doch schon gesagt, oder? Wie ich es immer mache. Ich gehe weg und komme zurück. Das zerstreut ihre schlimmsten Befürchtungen, daß ich der sein könnte, der ich wirklich bin, daß ich ihr Geld nehme und verschwinde. Also ging ich weg, kaufte Champagner ...«

»Wissen Sie noch, wo Sie ihn gekauft haben?«

»Was? Nein, den Namen des Ladens nicht. Aber es war in einem kleinen Einkaufszentrum, ungefähr eine Meile entfernt.«

»Sie könnten mich dorthin führen?« Er nickte. »Glauben Sie, daß sich dort irgend jemand an Sie erinnern kann?«

»Vielleicht. Wegen meiner Größe. Der Champagner war sehr teuer, und der Verkäufer sagte irgendwas von ›einer besonderen Gelegenheit‹ oder so.« Norman fing wieder an zu weinen, nicht laut schluchzend, sondern still und leise. »Ich erzähle Ihnen das nur, weil ich ... Ach, zum Teufel. Ich kann es einfach nicht länger mit mir herumtragen. Aber Sie können gar nichts damit anfangen. Selbst wenn Sie wollten, was würde es schon bringen. Selbst wenn ich Mary verraten wollte – und das will ich wirklich nicht –, würde mir niemand glauben. Sicher, ihre Fingerabdrücke sind überall, aber meine ebenso. Und die Male an ihrem Hals. Selbst wenn ich schwören würde, daß sie es getan hat, würden alle denken, ich hätte gelogen, weil ich eben das bin, was ich bin.« Er schluckte. »Ich bin ein Betrüger. Ein professioneller Lügner. Also ist das, was ich jetzt sage, nur für Sie bestimmt.«

»Fahren Sie fort«, sagte ich und versuchte mich zu erinnern, ob im Autopsiebericht irgendwas über Hautzellen unter Bobettes Nägeln oder einen DNS-Nachweis stand, der Normans Behauptung bestätigen könnte.

»Nur für Sie«, wiederholte er. »Sie sind mein Anwalt. Alles, was ich Ihnen sage, ist vertraulich.« Er wischte sich die Tränen ab, diesmal mit der Hand. »Jedenfalls kam ich zurück und ging ins Haus.«

»Sie hatten einen Schlüssel?«

»Nein. Ich hab das kleine Ding im Türschloß runtergedrückt, so daß sie nicht verschlossen war. Ich ging hinein. Ich weiß noch, wie ich ›Bunny‹ rief – so hab ich sie immer genannt. ›Bunny, wenn du zwei Gläser hast, hab ich eine Flasche Champagner.‹ Nur daß ich den Satz nicht zu Ende brachte.« Er rieb sich am Kinn. Ich konnte das Kratzen seiner struppigen Barthaare hören.

»Sie war tot?«

»Ja, ich wußte es sofort.«

»Und Mary?«

»Die stand da. Völlig hysterisch. Versuchte zu sprechen.«

»Was wollte sie sagen?«

»Tut mir leid! Tut mir leid!«

»Zu Bobette?«

»Nein, zu mir. Ich rief: ›Warum? Warum?‹ Aber dann wurde mir klar, daß ich sie schnell von hier wegbringen mußte. Vielleicht hatte sie ja mit Bobette gekämpft, und jemand hatte den Krach gehört. Oder ihre hysterischen Ausbrüche. Sie wurde immer lauter: Wenn jemand am Haus vorbeiging oder der Mieter unerwartet zurückkäme ... Ich *mußte* etwas tun, also packte ich sie und wollte sie aus dem Haus ziehen.«

»Sie haben nichts angefaßt?«

Er schloß die Augen, als ob er sich die Szene ins Gedächtnis zurückrufen wollte. »Ich beugte mich über sie, um zu sehen, ob sie noch lebte. Objektiv betrachtet war sie tot, das wußte ich. Aber ich dachte, na ja, vielleicht ist sie ja nur bewußtlos oder so. Ich hätte den Notruf wählen und mich aus dem Staub machen können. Vielleicht ... vielleicht habe ich ihr Gesicht in meiner Hand gehalten.« Er schauderte. »Es war schon kälter, als ein Gesicht eigentlich sein sollte, wissen Sie?«

»Haben Sie ihren Hals berührt?«

»Ich glaube nicht.«

»Was war dann?«

»Ich packte Mary am Arm und zog sie zur Tür.«

»Zur Haustür?«

»Zuerst schon. Aber dann – ich konnte es kaum glauben – greift sie in ihre Handtasche, eine von diesen Schultertaschen, holt ein Papiertaschentuch raus und fängt an, den Türgriff abzuwischen und das Ding, wo man das Licht anmacht.«

»Den Schalter?«

»Genau. Ich wußte, daß wir immer mehr Spuren hinterlassen würden, je länger wir dort blieben, je mehr wir uns bewegten. Also nahm ich das Taschentuch. Ich wollte damit die Tür aufmachen, aber dann fiel mir ein, daß es nicht klug wäre, wenn wir beide gleichzeitig das Haus verlassen würden. Mary ist – wie Sie wissen – keine unscheinbare Person. Jemand könnte ja auf die Idee kommen, das – ähhm – Verbrechen sei von einem Mann und einer Frau begangen worden, und ich wollte Mary völlig aus der Sache raushalten. Also brachte ich sie zur Hintertür. Ich nahm das Taschentuch, als ich sie öffnete und wieder schloß.«

»Und dann?«

»Dann ging ich zur Vordertür. Ich sah mich rasch um. Niemand war zu sehen. Also ließ ich sie in meinen Wagen steigen, und wir fuhren nach Hause.«

Ich wartete. Was erwartete ich denn zu hören? Daß sie glücklich wurden und, wenn sie nicht gestorben sind, noch heute lebten? Norman schien es besser zu gehen, nachdem er sein Herz ausgeschüttet hatte, das konnte ich sehen. Er weinte nicht mehr, und sein Gesicht hatte wieder etwas Farbe bekommen. Dennoch wirkte er immer noch so schwach, als müsse er sich von einer schweren Krankheit erholen.

»Wann haben Sie mit Mary gesprochen?«

»Als wir zu Hause waren. Im Auto war sie noch zu hysterisch.«

»Was hat sie gesagt?«

»Daß Bobette nach unten gekommen ist und sie überrascht hat. Daß sie sie angebrüllt hat: ›Raus hier!‹ Das kann Mary auf den Tod nicht vertragen. Wenn man sie anbrüllt.«

»Dann wird sie gewalttätig?«

»Nein. Zumindest nicht bei mir. Wir haben uns öfter gestritten, und wenn ich lauter wurde, ist sie nur«, er schluckte die traurige Erinnerung mühsam hinunter, »zusammengebrochen. Doch wenn jemand anders brüllt, denke ich … nun ja, da war doch dieser Vorfall in Maryland.«

»Der Vorfall, bei dem sie Carolyn Knowles zusammengeschlagen hat«, präzisierte ich. »Gehirnerschütterung, ein paar gebrochene Rippen, Prellungen im Gesicht.«

»Ja.«

»Haben sich Mary und Bobette gestritten? Hat Bobette von Ihrer Beziehung gewußt?«

»Das weiß ich nicht. Ich glaube nicht. Mary hat mir nur von der Brüllerei erzählt und daß sie plötzlich in die Luft gegangen ist oder so ähnlich. Sie wußte nicht, was sie tat, bis …« Seine Hand wanderte nach oben und faßte sacht um seinen Adamsapfel. »Bis sie hinuntersah und merkte, daß das, was sie in den Händen hielt und schüttelte, Bobettes Hals war. Ich kam wahrscheinlich nur ein paar Minuten zu spät.«

»Wie lange waren Sie unterwegs, um den Champagner zu holen?« fragte ich.

»Fünfzehn, zwanzig Minuten.«

»Sie fuhren also weg. Und kurz nachdem Sie gegangen waren, kam vermutlich Mary an. Sie überraschte Bobette. Richtig? Erwürgte sie. Bobette ist kräftig, aber Mary auch – und größer und in viel besserer Form. Hatte sie irgendwelche Verletzungen?«

»Bobette? Ich habe nichts gesehen.«

»Nein, Mary. Irgendwelche Anzeichen eines Kampfes, daß Bobette sich gewehrt hat? Blaue Flecken …«

»An den Handgelenken«, gab Norman betrübt zu.

»Und was ist dann passiert? Sie sind wieder zu Hause. Ist Mary immer noch hysterisch?«

»Ziemlich. Ich hab sie etwas beruhigt und immer wieder gesagt: ›Ich weiß, daß es nicht deine Schuld ist.‹« Ich dachte – wie so oft, wenn ich den Schilderungen aus dem Leben meiner Mandanten lausche –, daß es sehr angenehm sein mußte, wenn einem so leicht vergeben wurde. »Irgendwann hörte sie auf zu weinen«, fuhr Norman fort. »Ich brachte sie ins Bett und versuchte, ihr eine Schlaftablette zu geben …«

»Haben Sie oder Mary Probleme mit dem Schlafen?«

Norman schüttelte den Kopf. »Nein, beide nicht. Es ist nur so, daß ich manchmal … Manchmal schütte ich der Dame, mit der ich mich gerade beschäftige, etwas Pulver – den Inhalt einer Kapsel – ins Glas. Zum Beispiel wenn sie lange wach bleibt und ich mich langweile und nach Hause gehen will. Ich hab immer ein paar in meiner Tasche. Jedenfalls sagte Mary, die nichts mit Schlafmitteln zu tun haben will, nein. Also blieb ich neben ihr sitzen, bis sie einschlief.«

»Und dann?«

»Dann … nichts mehr.«

»Sie blieben zu Hause? Haben ferngesehen?«

»Nein. Ich ging weg und fuhr herum. Wollte nachdenken.«

»Wie lang sind Sie so herumgefahren?«

»Ich weiß nicht. Stundenlang. Es war ziemlich früh am Abend – ungefähr halb sieben, sieben –, als ich Mary bei Bobette fand. Doch als ich wieder nach Hause kam, wurde es schon hell.«

»Wohin sind Sie gefahren?«

»Ich kann mich nicht mehr erinnern. Am Ende landete ich jedenfalls auf dem New York Thruway. Irgendwann war ich so erschöpft, daß ich an einer dieser Raststätten anhielt, wo Dunkin' Donuts und Burger Kings alle in einem Haus sind, und mir einen Kaffee holte. Dann drehte ich um und fuhr heim.«

»Und dann?«

»Nichts weiter. Ich sagte ihr, wir müßten abhauen. Nicht weil sie mir auf den Fersen waren, aber warum sollten wir länger auf Long Island herumhängen als nötig. Ich wollte gleich aufbrechen, aber Mary war so mitgenommen – sie weinte und hatte hysterische Anfälle, die immer stärker wurden. Also machte ich den Fehler, sie schlafen zu lassen. Am Dienstag morgen wollten wir dann ganz früh, so um halb sechs, los, in die Wärme fahren. Nach San Diego, dachte ich. Wenn wir erst mal aus New York raus sind, lassen wir den Wagen stehen und kaufen uns einen neuen.«

»Sie hatten das Geld, das Bobette von der Bank geholt hatte?«

»Ja.«

»Haben Sie die Umschläge geöffnet, in denen die Scheine steckten?« Er nickte. Ich war erleichtert, daß er nicht versuchte, mich anzulügen; seine Fingerabdrücke befanden sich auf dem Streifen, mit dem die Bankumschläge versiegelt waren. »Wo haben Sie sie aufgemacht?«

»In Bobettes Haus.«

»Wieso denn das?«

»Nur um sicher zu gehen, daß wirklich das drin ist, was ausgemacht war. Das mache ich immer so. Halte den Umschlag hoch und flachse ein bißchen herum, daß ich es kaum erwarten könne, das Geld zu sehen, das mein Leben verändern würde und so. In neunundneunzig von hundert Fällen sagt die Lady: ›Mach ihn auf.‹ Manchmal trauen sie mir nicht ganz. Sie gehen zur Bank, heben aber nur einen Teil von dem versprochenen Geld ab. Deswegen prüfe ich es immer nach. Wenn ich sie erwische, dann rennen sie sofort zurück und holen den Rest, das können Sie mir glauben.«

Ich fühlte mich unwohl. Geschichten über masochistische Frauen verursachen mir immer Unbehagen, und wenn ich mich unbehaglich fühle, denke ich ans Essen. In meinem Aktenkoffer hatte ich eine kleine Tüte mit einem Becher Joghurt und einem Plastiklöffel. Vanillejoghurt. Ich mußte mich schwer zusammenreißen, daß ich ihn nicht gleich herausholte und hinunterschlang. »Also, Norman«, sagte ich und bemühte mich, den Joghurt zu vergessen, »wenn ich keinen Freispruch erreiche oder die Geschworenen so lange an der Entscheidung hindere, bis Holly Nuñez erschöpft aufgibt, werden Sie für ein Verbrechen, das Sie nicht begangen haben, ins Gefängnis wandern.«

»Ja.« Sein Rückgrat schien sich zusammenzuziehen, aber er fing nicht wieder an zu weinen.

Eine Weile betrachtete ich stumm meine Hände und bemühte mich, Normans Aussage zu verdauen und meinen Hunger zu verdrängen. In meinem neuesten Diätbuch stand, daß Freßanfälle nach zehn bis zwölf Minuten vorüber wären. Denk an etwas anderes: Ich bemerkte, daß der Nagel an meinem rechten Zeigefinger abgebrochen war, daß sich auf meinem Uhrenarmband ein Fleck befand, der nach dem Hüttenkäse vom Frühstück aussah, und daß selbst unter der grellen Gefängnisbeleuchtung noch keine braunen Altersflecken zu entdecken waren. Als ich wieder aufblickte, war ich mir sicher: »Sie sagen mir nicht die ganze Wahrheit, Norman.«

Er gab nicht vor, verblüfft zu sein, und benahm sich auch nicht, als hätte ich ihn bis ins Mark getroffen. »Was soll ich Ihnen denn nicht gesagt haben?«

»Nun, da es den Anschein hat, als würden wir beide im Augenblick eine Runde Poker spielen, werde ich Sie nicht in meine Karten sehen lassen. Sie sagen *mir*, was Sie verschwiegen haben.« Gern hätte ich noch hinzugefügt, daß ich genau wüßte, was er mir nicht gesagt hatte – aber das war leider nicht der Fall. Ich zweifelte nur daran, daß Bobette Mary einfach überrascht und angebrüllt hatte und dann erwürgt worden war. Es ergab keinen Sinn. Ja, ich weiß, Mord ist oft sinnlos, um nicht zu sagen dumm, aber diese Geschichte wollte nicht einmal zu der gewohnten Sinnlosigkeit passen.

»Wahrscheinlich haben sie miteinander gesprochen.«

»Worüber? Über Sie?« Norman nickte bejahend. »Irgendwie hat Bobette herausbekommen, daß dieser Eindringling etwas mit Ihnen zu tun hatte, nicht wahr?« Als er nicht antwortete, fragte ich: »Worüber haben sie sich unterhalten?«

»Über die Heirat«, murmelte er.

Und dann war ich mir plötzlich sicher, die Wahrheit zu kennen. »Sie *wollten* Bobette heiraten, nicht wahr?«

»Ja«, sagte er sanft. »Wir hatten gerade die Erlaubnis bekommen, als wir an diesem Tag zur Bank gingen.«

»Und warum wollten Sie das Geld haben, wenn Sie im Begriff waren, sie zu heiraten?«

»Ich wollte es, um frei und unabhängig zu sein. Woher sollte ich wissen, daß sie sich nicht noch als Geizkragen entpuppen würde. Ich meine, sie hat zwar immer wieder gesagt, daß sie mir alles übergeben würde, und sie würde dann einfach – nun ja – Hausfrau sein. Ich sollte mich um die Lokale kümmern, die Mieten einnehmen und den Besitz verwalten. Aber ich war mir nicht sicher. Und wenn sie mir nicht alles übergibt, dachte ich, werde ich das in ein paar Wochen wissen. Aber dann werde ich nicht auf die paar Krumen warten, die sie mir hinwirft. Dann werde ich mit den fünfzigtausend abhauen.«

»Was hatten Sie denn mit Mary vor?«

»Nichts. Ich meine, wir hätten einfach weitergemacht wie bisher. Ich wäre den ganzen Tag unterwegs gewesen, und Bobette hätte gedacht, daß ich mich ums Geschäft kümmere. Doch ich wäre den ganzen Tag bei Mary gewesen – und, wenn es irgend ginge, auch die ganze Nacht. Es wäre nicht ideal gewesen, aber …« Er wickelte sich in seine Arme ein. »Ich brauchte einfach ein, zwei Jahre Ruhe. Um mein Leben in den Griff zu kriegen. Ich liebe Mary von ganzem Herzen, aber ich wollte nicht mehr so weitermachen, durchs Land ziehen, als wäre ich immer noch ein junger Bursche. Für einen Haufen alter Damen den großen Liebhaber spielen, für die ich mich … bitte entschuldigen Sie … einen Scheißdreck interessiere. In jeder verdammten neuen Stadt das Liebesnest aufbauen. Sich durch die Antworten wühlen, die ich auf meine Anzeigen bekomme. Ich habe das so lange gemacht. Es macht keinen Spaß mehr. Vielleicht, weil ich mich wirklich verliebt habe. Das ist der Haken an der Sache, nicht wahr? Ich liebe Mary, liebe zum ersten Mal in meinem Leben. Und was mache ich? Stehe kurz davor, eine andere Frau zu heiraten.«

»Hat Mary das gewußt?«

»Ich hab es ihr in der Nacht davor erzählt.« Er sah zur Seite und murmelte zu Boden: »Vermutlich war das ein Fehler.«

»Vermutlich.«

»Aber ich habe ihr hoch und heilig versichert, daß sich nichts ändern würde. Es würde nur bedeuten, daß sie am Anfang die Nächte ohne mich verbringen müßte. Aber sonst hätten wir *mehr* Zeit füreinander als je zuvor. Und dann, in einem Jahr oder zwei, würde ich Bobette das Leben so schwer machen, daß sie mir die Dollars nur so hinblättern würde, um mich loszuwerden. Dann könnten Mary und ich irgendwohin gehen, und ich müßte mir nie mehr die Damen vornehmen.« Seine Augen wurden trübe. »Wir hätten so ein schönes Leben haben können.«

»Wenn Mary damit einverstanden gewesen wäre.«

»Ja. Sie glaubte mir nicht, als ich ihr sagte, daß ich ihr immer treu bleiben würde.« Norman sah mir direkt in die Augen. »Aber das werde ich.«

»Da war ich ganz schön platt!« sagte Terry Salazar am nächsten Morgen. »Ich saß also im Büro des Standesbeamten, sah auf das Stück Papier, das Bobette Frisch und Denton Wylie gestattete, im Staate New York zu heiraten, und dachte: Heiliger Strohsack! Wo bleibt das Riechsalz! Der Kerl hat doch einmal in seinem Leben die Wahrheit gesagt.«

»Scheint so«, sagte ich und drehte mich auf meinem Schreibtischstuhl hin und her. Diese Bewegung kann man in Filmen beobachten, wenn große Tycoons von einer Seite zur anderen wirbeln, in der linken Hand das Telefon, in der rechten die Zigarre. Aber es beruhigt mich und hilft mir beim Nachdenken, wenn ich unter Druck stehe. »Das macht mich ja so nervös. Ich hasse es, wenn ich annehmen muß, daß ein Klient unschuldig ist. Nicht schuldig ist doch wirklich etwas anderes; damit kann ich leben. Es kommt mir auch sehr entgegen, wenn jemand gute Gründe für das Verbrechen, das man ihm vorwirft, anführen kann, damit ich nicht allzu erfinderisch werden muß. Aber einfach unschuldig?« Ich schauderte. Es war nur halb gespielt.

»Glaubst du, daß er dir was vormacht, Lee?«

»Wie soll ich das wissen? Das ist der entscheidende Punkt, nicht wahr?«

»Nimm mich mit, wenn du ihn das nächstemal besuchst. Dann sag ich es dir.« Terry entging es nicht, daß ich auf meinem Schreibtisch nach etwas Ausschau hielt, das ich ihm an den Kopf werfen konnte. »Ich hab nicht behauptet, daß du nicht intelligent bist. Das bist du wirklich.«

»Besonders im Vergleich zu meiner momentanen Gesellschaft.«

Terry, der das für einen Scherz hielt und nicht für die Wahrheit, schenkte mir eine Kombination aus Zwinkern und Grinsen. »Aber du bist eine *Frau*«, beharrte er. »Und sein Beruf ist es, Frauen zu betrügen.«

»Moment mal! Ich bin Strafverteidigerin. Es vergeht kein Tag, an dem nicht jemand versucht, mich zu beschwindeln. Finden wir's doch einfach heraus.« Terry sah erfreut aus. Er liebte lange, verwickelte Diskussionen – was bei seinem Stundensatz nicht zu verwundern war. »Norman Torkelson benutzte bei Bobette den Namen Denton Wylie.«

»Stimmt genau«, sagte er.

»Wäre es zum Beispiel denkbar, daß es einen Denton Wylie wirklich gibt oder gegeben hat, daß Norman eine Masche mit einer lebenden oder toten Person abzieht oder abgezogen hat, die ich einfach nicht begreife?«

»Ich wüßte nicht, wie. Dieser Denton, der die Heiratserlaubnis beantragt hat, gab sein Alter mit fünfunddreißig an. Auch Norman behauptet, fünfunddreißig zu sein. Und so sieht er doch auch aus, oder?«

»So ungefähr schon«, pflichtete ich ihm bei.

»Und die reizende Bobette gab ihr wirkliches Alter mit vierundfünfzig an. Das ist nicht der übliche Altersunterschied: eine vertrocknete alte Pflaume mit einem neunzehn Jahre jüngeren Kerl – und schon wirkt es glaubwürdig.« Da ich nach seinen Maßstäben in neun Jahren eine alte Dörrpflaume sein würde, schenkte ich ihm einen vernichtenden Blick, der ihn natürlich entzückte. »Dann ist da noch der Abschnitt auf dem Formular, wo man eintragen muß, mit wem man schon einmal verheiratet war. Bei Bobette steht dort nichts. Bei unserem Freund Denton eine frühere Ehefrau.« Terry befragte seinen kleinen Spiralblock. »Lorinda Maddox Wylie in Westchester, Salem. Es paßt perfekt zu seiner Geschichte von der reichen, bösen Exfrau aus Westchester, nur daß ich es nachgeprüft habe. Eine Lorinda – Maddox oder Wylie oder beides – existiert nicht. Das gleiche gilt für die Adresse, die er angab, White Horse Farm am Winding Way. Einen Winding Way gibt es nicht.« Die meisten Detektive hätten sich diese Informationen beschaffen können, aber in ein, zwei Wochen und nicht in ein paar Stunden wie Terry. Das war einer der Gründe, warum ich mich mit ihm abfand. »Willst du mein Schlußwort hören, Lee?«

»Mach schon.«

»Norman hat Lorinda erfunden. Er hat Denton Wylie erfunden. In dieser Beziehung gleicht Denton Wylie Norman Torkelson.«

»Würdest du darauf wetten?« fragte ich ihn.

»Ja.« Terry zog seine Brieftasche heraus. Statt einer Fünf-Dollar-Note, die ich erwartet hatte, zählte er fünf Zwanziger ab und klatschte sie auf meinen Schreibtisch. Da war ich sicher, daß Norman Torkelson und Denton Wylie ein und dieselbe Person waren.

Den Rest des Vormittags widmete ich anderen Fällen. Statt zum Lunch zur Anwaltskammer hinüberzugehen, ließ ich mir etwas heraufkommen und ging in Chuckies Büro, wo ich mir in seinem Fernseher meine Kochsendung ansah. Da gab es einen Franzosen, für den ich schwärmte – er wurde richtig böse, wenn man Geflügelbrühe mit Kalbsknochen kochte –, und einen quirligen Chinesen, der es meisterhaft verstand, mit dem Hackmesser umzugehen. Während ich beim Essen überlegte, was ich in einem Tontopf schmoren könnte, wurde mir klar, daß ich ein riesiges moralisches Problem hatte: Was tun, wenn man einen Mandanten für unschuldig hält, der entschlossen ist, seinen Kopf für die schuldige Partei hinzuhalten, und von seinem Anwalt Stillschweigen verlangt? Muß man das Vertrauensverhältnis zwischen Anwalt und Mandanten wahren? Oder daran denken, daß hier ein höherer Wert auf dem Spiel steht – Gerechtigkeit –

und daß jemand, der im Dienst der Justiz arbeitet, in erster Linie dafür verantwortlich ist, daß kein Unschuldiger für ein Verbrechen büßt, das er nicht begangen hat. Oder zu einer List greifen? Ich rief Holly Nuñez an.

»Lee! Hi!« Jetzt, wo der Gerichtstermin feststand und sie davon überzeugt war, Norman ohne Probleme ans Kreuz nageln zu können, schäumte sie über vor Freundlichkeit. »Wie *geht* es Ihnen? Meine Güte, wir beide sollten wirklich mal einen zusammen trinken gehen, wenn das hier alles vorbei ist!«

Ich muß zugeben, daß ich meinen Zeigefinger in den Mund steckte und eine Bewegung machte, als müsse ich mich übergeben, aber laut sagte: »Das wäre wunderbar. Was den Torkelson-Fall angeht, haben Sie eigentlich diese anderen Fingerabdrücke überprüft?«

»Allerdings!«

»Fein!« zwitscherte ich frohgemut zurück und dachte, daß ich sofort eine Hormontherapie beginnen müßte, wenn es wirklich zu dem Prozeß käme. »Was haben Sie festgestellt?«

»Sie gehören einer Frau namens …«, ich wartete, während sie in Papieren raschelte und so tat, als würde sie nachsehen, »Marissa Shaw.«

»Darüber hätten Sie mich eigentlich informieren müssen, Holly.«

»Jetzt haben Sie mich aber kalt erwischt! Ich wollte Sie heute nachmittag anrufen!« Sie las mir all das Zeug vor, das ich schon aus Terrys Nachforschungen über die Auseinandersetzung in Maryland wußte, bei der Mary unter dem Namen Marissa Carolyn Knowles zusammengeschlagen hatte.

»Wissen Sie, wer Marissa Shaw ist?« fragte ich.

»Haben Sie mir etwas zu sagen?« fragte mich Holly so erwartungsfroh, als ob ich ihr gerade ein wunderbares Geheimnis erzählen wollte.

Also erzählte ich ihr, daß es sich bei Mary/Marissa um eine einzige Dame handelte. »Und wissen Sie was? Der Mann, der sich aus dem Staub machte, der Mann, den Carolyn Knowles als Arthur Berringer heiraten wollte, war niemand anders als der einsneunzig große Norman Torkelson. Kommt Ihnen das nicht irgendwie bekannt vor, Holly?«

»Wieso?« fragte sie.

Zwanzig Minuten später war ich mit meinen Erklärungen am Ende und hatte, wie befürchtet, gar nichts erreicht. Sie war nach wie vor überzeugt davon, daß Norman der Mörder Bobettes war. Die Tatsache, daß er eine Freundin hatte, die einmal, wie es Holly ausdrückte, »ausgerastet« war, interessierte sie nicht. Ich bedrängte sie, ich flehte sie an, Mary zumindest zu vernehmen; doch alles, was ich von ihr zu hören bekam, war, daß sie »wahnsinnig, ganz wahnsinnig« zu tun und keine Zeit dafür hätte.

Ich ließ mir einen Termin beim Vorsitzenden der Ethikkommission der Anwaltskammer geben, um mich zu erkundigen, ob ich Holly von Normans Beichte erzählen durfte, machte mir aber in diesem Punkt wenig Hoffnung. Wahrscheinlich würde er mir vorschlagen, das Mandat niederzulegen und Norman den guten Rat zu geben, beim nächsten Anwalt weniger vertrauensselig zu sein. Und selbst wenn er mir riet, weiterzumachen und zu reden, war die Chance, daß mir Holly Normans Mary-hat-es-getan-Geschichte abkaufte, gleich Null. Und ich wußte, daß meine Chance, über ihren Kopf hinweg zum leitenden Staatsanwalt Woodleigh Huber zu gehen, der nicht nur dumm, ehrgeizig und bestechlich war, sondern mich überdies nicht ausstehen konnte, Null im Quadrat war.

Ich verließ mein Büro, besorgte eine gekühlte Flasche Chardonnay und einen Korkenzieher. Das würde mir, wie ich hoffte, Zutritt zu Marys Wohnung verschaffen. Und so war es auch. »Wir haben keine Weingläser. Nur Champagnerkelche.« Sie stellte zwei Gläser, die wie Vogelbäder aussahen, vor uns hin. »Ich habe Norman gesagt, daß wir nicht ewig so weitermachen können.« Sie hatte sich gerade die Zehennägel lackiert. Der Geruch des Lacks hing noch im Zimmer. Ein zusammengerolltes Papiertuch, das zwischen ihre Zehen geklemmt war, verhinderte, daß der Himbeerlack verschmierte. »Ich möchte meine eigenen Sachen haben. Mein eigenes Geschirr. Ich möchte mir das Muster aussuchen können.«

»Es ist schön, an einem Ort zu wohnen, mit Dingen, die man mag, und Menschen, die man liebt.«

»Tafelsilber. Und Weingläser – all die verschiedenen Sorten. Haben Sie jemals diese phantastischen Tische in den Magazinen gesehen? Mit drei oder vier verschiedenen Gläsern. Und noch einem Becher für Wasser.« Sie trug ein minikurzes Jeanskleid mit vielen Reißverschlüssen, die, wie mir schien, an unsinnigen Stellen angebracht waren. Ihr Haar wurde von einem passenden Jeansstirnband zurückgehalten. »Möchten Sie ein paar in Honig geröstete Erdnüsse?« Ich schüttelte den Kopf. »Pringles?«

»Nein, danke. Wie geht es Ihnen, Mary?«

»Gut«, sagte sie, aber sie machte einen nervösen Eindruck. Sie konnte sich weder auf etwas konzentrieren noch stillsitzen. Sie zeigte mir eine Bastelarbeit, eine stoffbezogene Schuhschachtel, die sie mit winzigen falschen Muscheln und einer Klebstoffspritze verschönte. Nach kurzer Zeit verlor sie die Lust, ging zu einem Wäschekorb und begann Handtücher und Waschlappen zusammenzufalten, was ebenfalls nicht lange dauerte. Dann suchte sie im Wohnzimmer und in der kleinen Küche nach einer Tüte Cheddarpopcorn, die einfach da sein mußte, wie sie mir versicherte. »Ich *weiß*, daß ich welche gekauft habe«, sagte sie zu mir. »Es ist eine schwarze, glänzende Tüte. Ich hab nichts davon gegessen, ich hab sie gekauft, als Norman ...« Auf einmal raste sie, wie ein Ballon, aus dem die Luft entwich, im Zimmer herum, bis sie schließlich erschöpft in einem Sessel zusammenbrach.

»Es ist eine sehr große Belastung, nicht wahr, Mary ...«

»Ja«, sagte sie merkwürdig hoch, als ob sie noch etwas hinzufügen wollte.

Dann wurde mir klar, daß sie nur nicht hören wollte, was ich als nächstes sagen würde: »... zu wissen, daß Norman für sehr, sehr lange Zeit ins Gefängnis wandern wird.«

»Können Sie ihn denn nicht freikriegen?«

»Es ist möglich. Aber sehr unwahrscheinlich.«

»Ich liebe ihn«, sagte sie erklärend, als ob sie mir das zum ersten Mal mitteilte.

»Das weiß ich. Ich weiß, es bricht Ihnen das Herz, weil er in diesem Gefängnis für ein Verbrechen schmoren muß, das er vielleicht nicht begangen hat.«

»Das hat er auch nicht!«

»Das wird mir niemand abnehmen, Mary. Ich wünschte, es wäre anders. Aber seine Vorstrafen sprechen gegen ihn. Und schlimmer noch, alle Fakten.«

»Was für Fakten?« rief sie ärgerlich. »Es gibt keine *Fakten.*«

»Es gibt einen Augenzeugen, der ihn ungefähr zur Zeit des Mordes am Tatort gesehen hat. Nun, ich weiß, daß Sie ebenfalls da waren, aber sonst weiß das niemand. Und soweit mir bekannt ist, könnten dort noch andere Leute gewesen sein, aber das weiß auch niemand. Nur über Norman weiß man Bescheid. Und überall sind seine Fingerabdrücke.«

»Aber meine doch auch!«

»Aber niemand denkt, daß Sie es getan haben, Mary. Alle denken, daß es Norman war.«

»Dann wird er eben in den Zeugenstand gehen und schwören ...«

»Er hat ein langes Vorstrafenregister als Betrüger. Als Lügner. Selbst wenn ich ihn in den Zeugenstand rufe, gibt es kaum Hoffnung, daß ihm irgend jemand glauben wird.« Ich atmete tief durch. »Natürlich hat er bislang niemanden tätlich angegriffen.«

»Er könnte keiner Fliege etwas zuleide tun!«

»Aber Sie ... Sie haben jemand verletzt.« Einen Augenblick lang glaubte ich, daß sie aus ihrem Sessel springen und auf mich losgehen würde. Ihre Augen funkelten: Wie kannst du es wagen! Sehnsüchtig dachte ich an all die Selbstverteidigungskurse für Erwachsene, an denen ich nicht teilgenommen hatte. Doch die Glut in ihren Augen verlosch, und sie lehnte sich wieder ruhig in dem großen Sessel zurück und sah ermattet aus, wie ein müdes Kind oder eine erschöpfte Nutte. »Sie haben bei Carolyn Knowles die Nerven verloren.« Sie neigte ein wenig den Kopf: Ja. »Und Sie sind bei Bobette ausgerastet.« Sie fuhr hoch. Ihre Augen weiteten sich. »War es nicht so, Mary? Waren Sie nicht in Panik, weil Sie wußten, daß Norman sie wirklich heiraten wollte? Sie warteten, bis er gegangen war, und als Sie hineingingen, drehten Sie durch. Ihre Gefühle müssen Sie überwältigt haben, und Sie hatten sich einfach nicht mehr in der Gewalt.«

»Nein!«

»Ich glaube, es heißt ›ja‹.« Sie drehte den Kopf rasch von mir weg und blickte über ihre Schulter. Aber dort war nur eine nackte Wand zu sehen. »Es muß ein schreckliches Gefühl gewesen sein.«

Gerade als ich dachte, ich könnte reden, bis ich schwarz würde, flüsterte sie: »Ja.«

Ich wagte nicht, mich zu bewegen, nicht einmal zu atmen. Ich sprach so sanft, wie ich nur konnte. »Und es muß die Hölle sein, tagaus, tagein. Zu wissen, daß man Norman die Schuld an etwas gibt, das

Sie getan haben. Zu denken, wie sehr er Sie liebt und wie sehr er um dieser Liebe willen leiden muß.«

»Oh, mein Gott!« schrie sie und schlug die Hände vors Gesicht.

»Ich weiß, daß Sie ihm helfen möchten.«

»Ja wirklich!« sagte sie durch ihre großen Hände hindurch.

Ich ging zu ihr rüber und setzte mich neben sie auf die Sessellehne. Ich wollte ihr über den Kopf streichen, befürchtete aber, sie könnte wütend werden, wenn ich ihre Haare durcheinanderbrächte, und klopfte ihr also unbeholfen auf die Schulter. »Es gibt nur einen Weg, wie Sie dem Mann, der Sie so sehr liebt, helfen können.«

Sie dachte kurz nach und sagte schließlich: »Indem ich die Wahrheit sage.«

»Genau. Wenn Sie die Wahrheit sagen. Daß Sie Bobette Frisch getötet haben.« Sie nickte. Ja. So war es. Aber ich mußte es hören. Ich mußte erreichen, daß sie es aussprach. Wenn ich sie nicht dazu brachte, es in diesem Augenblick zu erzählen, würde sie es vor Holly nie tun. »Es muß entsetzlich für Sie sein, mit dieser Last zu leben. Sie sind so eine wunderbare, süße junge Frau.«

»Danke schön«, sagte sie mit zarter Stimme.

»Erzählen Sie mir, was an jenem Abend geschah.«

»Wie ich schon gesagt habe. Ich war an jenem Nachmittag dort und beobachtete sie durch ein Fenster. Viel gesehen habe ich allerdings nicht. Norman machte gerade die Umschläge von der Bank auf. Diese braunen Umschläge, die man dort immer bekommt.« Ich wartete. »Er nahm das Geld heraus. Es war ein ganz schönes Bündel. Dann küßte er sie.« Sie fröstelte, als müsse sie an etwas Gräßliches, Widernatürliches zurückdenken.

»Haben Sie mehr als einen Kuß erwartet?« fragte ich in möglichst besänftigendem Ton.

»Ja. Und es war … es war, als würde es ihm Spaß machen. Ich weiß, daß er ein guter Schauspieler ist. Das muß er schließlich sein in seinem Beruf. Zu mir hat er mal gesagt: ›Manchmal möchte ich einfach kotzen, und sie denken, ich bin scharf auf sie.‹ Aber ich *kenne* ihn.«

»Und dieses Mal hat er nicht kotzen wollen?«

»Nein! Er küßte sie immer wieder und immer wieder, bis *sie* ihn schließlich wegstieß. Aber er ließ nicht locker. Und dann …« Sie konnte nicht mehr weitersprechen.

»Haben sie miteinander geschlafen?« Mir fiel ein, daß im Autopsiebericht nichts von Geschlechtsverkehr stand.

»Nein. Sie lehnte sich in ihrer Couch zurück, die blöde Kuh, und ließ sich noch ein bißchen küssen. Als ob sie ihm einen Gefallen damit täte. Dann stieß sie ihn wieder weg und stand auf. Er stand auch auf und folgte ihr in die Küche. Als ob er es nicht ertragen könnte, wenn sie außer Sichtweite war. Ich konnte sie in der Küche nicht mehr beobachten, weil es dort ein großes Fenster gibt, durch das sie mich hätten sehen können. Als nächstes hörte ich jedenfalls, wie er wegfuhr.«

»Um den Champagner zu besorgen?«

»Ja.«

»Sind Sie dann sofort hineingegangen?«

»Als ich hörte, wie er wegfuhr, zählte ich zwei Minuten. Ein Schäfchen, zwei Schäfchen ... Dann ging ich rein.«

»Durch welche Tür?«

»Durch die Vordertür. Ich hab Ihnen doch gesagt, daß er den Knopf runtergedrückt hatte.«

»Ich erinnere mich. Wo war sie?«

»Ich hörte sie die Treppen hinaufstapfen, weil sie unter die Dusche gehen wollte. Also hab ich ihre Sachen durchwühlt.«

»Ihre Kreditkarten genommen.«

»Ihre ganze Brieftasche. Da waren über siebenhundert Dollar in bar drin und die Kreditkarten! Und dann hörte ich sie und rannte nach unten.«

»Und sie kam herunter?«

»Etwas später. In diesem häßlichen Negligé. Ich meine, stellen Sie sich doch mal eine Kuh in einem lila Nachthemd vor! Das hat mich einfach wahnsinnig gemacht! Wie konnte er sie nur heiraten! Sie war alt genug, um seine Mutter zu sein. Wie konnte er sie nur ... ich hab ja gesehen, wie er sie geküßt hat. Es war nicht so, als wäre es ihm widerlich. Sondern, als ob er es mochte. Wie wenn er mehr davon wollte. Und dann stand ich da in diesem kleinen Vorraum, gleich an der Haustür, und linste hinaus, aber so, daß man mich nicht sehen konnte, und sie war im Wohnzimmer und sagte urplötzlich: ›Wer ist da?‹ Mit dieser lauten, gruseligen Stimme. Sie können sich nicht vorstellen, welche Angst ich auf einmal hatte! Und dann kommt sie rüber, sieht mich und packt mich am Arm. Sie hat mir weh getan und gebrüllt: ›Wer zum Teufel sind Sie? Was machen Sie in meinem Haus?‹«

Mary zitterte am ganzen Körper, als würde sie alles noch einmal erleben. »Keine Angst«, sagte ich beruhigend. »Sie machen Ihre Sache sehr gut. Was ist dann passiert?«

»Ich stieß sie weg, und sie ging, wissen Sie, so ... rückwärts ins Wohnzimmer. Ich fühlte mich besser, weil ich solche Angst gehabt hatte, daß sie mich zusammenschlagen würde. Oder umbringen.«

Ich nahm an, daß Mary auf diese Weise testen wollte, ob sie mit Notwehr davonkommen könnte, und sagte bloß: »Es muß schrecklich gewesen sein. Was geschah dann? Sind Sie ihr ins Wohnzimmer gefolgt?«

»Wahrscheinlich. Ich meine, auf einmal war ich da und stand direkt vor ihr. Vor der Couch. Sie schrie, daß sie das Geld nicht mehr hätte, daß es jemand genommen hatte. Sie dachte wohl, ich wär deswegen gekommen. Weil ich irgendwie rausbekommen habe, daß sie das ganze Geld von der Bank geholt hat. Dann brüllte sie mich wieder an, ich solle verschwinden. Und wurde noch lauter, weil ich ganz dicht bei ihr stand. Sie hatte einen grauenhaften Mundgeruch, und ich dachte noch: Wie kann er sie bloß küssen? Und dann hörte sie plötzlich auf zu schreien und wich zurück. Sie versuchte wegzulaufen. Aber ich schnappte sie mir.« Das war's dann also mit der Notwehrtheorie, dachte ich. »Und sie wurde panisch. Ich meine, man konnte es an ihren Augen sehen. Als ob ich ihr was tun würde. Und sie fing an zu betteln: ›Bitte, bitte, ich geb Ihnen alles, was Sie wollen. Ich kann Geld besorgen ...‹« Mary fing wieder an zu zittern und schluckte vor Entsetzen gewaltige Luftbrocken hinunter.

Ich wußte, daß ich mit ihr bis zum bitteren Ende gehen mußte. »Sie hat Ihnen Geld angeboten«, sagte ich, als wäre das eine arge Zumutung.

»Ich hab gesagt: ›Ich will dein Scheißgeld nicht, du fette, alte Schlampe‹. Dann bekam sie richtig Angst. Sie hatte plötzlich nicht mehr diese gräßlich gruselige Stimme ... sie fing an zu jammern: ›Bitte, tun Sie mir nichts! Bitte!‹ Ich schwöre, daß ich ihr nichts tun wollte. Aber sie hat immer weiter gejammert und gebettelt, und schließlich wollte ich nur noch, daß sie aufhört. Da hab ich sie gepackt.«

»Am Hals?«

»Und das nächste, was ich wußte, war, daß ihre Zunge raushing, und dann legte ich sie auf den Boden, weil sie so schwer war, und sie war ...«

»Sag es, Mary.«

»Tot.«

18

»Wie *reizend*«, sagte der Immobilienmakler, als er mit Lee und Jazz durch die Villengegend von Shorehaven fuhr. »Das ist doch mal eine wahre Liebesgeschichte.« Dann sang Mr. Chadman ein paar Takte von »The Boy Next Door«. Er betrachtete sich gern als die Verkörperung eines viktorianischen Exzentrikers im späten zwanzigsten Jahrhundert: schrullig, aber liebenswert.

Als sie an dem modernen Glas- und Steinhaus vorbeikamen, in dem Sylvia, Leonard und Robin White lebten, nickte er in die fragliche Richtung und verkündete: »Ein großartiges Haus.« Diese Einschätzung hatte nichts mit der Familie zu tun, die darin wohnte, oder der architektonischen Erlesenheit des Bauwerks, sondern damit, daß es in jenem Jahr, 1976, mindestens eine halbe Million Dollar wert gewesen wäre, wenn man es zum Verkauf angeboten hätte.

»Großartig« war natürlich ein viel zu bescheidenes Wort für Hart's Hill. Mr. Chadman hielt den Wagen vor der Zufahrt an, blickte neugierig durch die Bäume, die das Haus beschatteten, und ließ sich zu der Bemerkung hinreißen: »Was gibt es da noch zu sagen?« Er verrenkte sich fast den Hals, um Jazz, der auf dem Rücksitz saß, seine Anerkennung zuzunicken.

»Wohl nur, daß wir in der falschen Gegend herumfahren«, meinte Lee. Zugegeben: Sie war gereizt. Aber sie wollte ja auch nicht dort sein, wo sie sich gerade befand: auf dem Beifahrersitz neben dem Makler. Offen gesagt, sie wollte auch kein Haus in Shorehaven suchen. Doch ausgerechnet Jazz war der Ansicht gewesen, daß es in Connecticut zu viele Wasps und in Westchester zu viele Möchtegern-

Wasps gäbe. New Jersey, erklärte er, sei völlig überlaufen von nichtassimilierten Angehörigen obskurer Volksgruppen – die man nicht einmal ans Steuer eines Wagens lassen könnte. Und auf Long Island waren alle Orte außer Shorehaven entweder zu mondän oder zu malerisch oder heruntergekommen. Am Ende ließ Lee ihn gewähren. Sie wußte, daß sie die Schlacht um Manhattan verloren hatte und daß ihr Schicksal als Kriegsgefangene in den Händen des Siegers lag. Und er war ein großzügiger Sieger, das mußte sie ihm lassen. Was immer du willst, sagte er ihr wieder und wieder. Kolonialstil. Tudor. Landhausstil. Was sie nicht wollte, war ein Haus in Rufweite ihrer oder seiner Eltern – auch wenn sie sich kaum vorstellen konnte, daß irgend jemand von ihnen tatsächlich rufen würde. »Wir können es uns wirklich nicht leisten ...«, versuchte sie Mr. Chadman mit honigsüßer Stimme zu vermitteln, um alle Wunden zu schließen, die ihre letzte Bemerkung vielleicht hinterlassen hatte.

»Vertrauen Sie mir, meine Liebe, falls ich ›meine Liebe‹ sagen darf, ohne daß man mich für eins dieser männlichen Chauvinistenschweine hält. Von Geld sollte man jetzt erst einmal nicht reden.« Lee und Jazz unterdrückten beide ein Lächeln und waren froh, daß sie beide das gleiche taten. »Ich habe ihr Traumhaus gefunden. Frisch auf den Markt gekommen. Teil des alten Howell-Anwesens. Mußte schließlich aufgeteilt werden, nachdem der alte Mr. Howell von uns gegangen ist, möge seine Seele in Frieden ruhen. Es war das Cottage seines Verwalters.« Gleich hinter Hart's Hill bog er scharf nach rechts ab, dann wieder nach rechts und fuhr einen Weg mit tiefen Furchen entlang. »Am oberen Ende dessen, was Sie ausgeben wollten, vielleicht ein bißchen mehr. Doch Schönheit hat nun mal ihren Preis.«

»Ich glaube nicht ...«, begann Jazz, als sie unter einem Ulmenbaldachin vor sich hin holperten.

»Wir wollen nicht ganz so nah an dem Ort leben, an dem wir aufgewachsen sind«, erklärte Lee diplomatisch, während sie an einem Pfaffenhütchen vorbeikamen, das so flammendrot leuchtete, daß sie sich abwandte. »Wir dachten, daß vielleicht in einer anderen Gegend, nicht gerade Shorehaven ...«

Doch als der Wagen vor ihrem Traumhaus stehenblieb, versanken sie in Schweigen. »Hey«, sagte Jazz leise. »Ich wußte gar nicht, daß es so etwas gibt.«

»Das hier ist …« Lee wollte »vollkommen« sagen, aber ein Blick auf Mr. Chadmans triumphierend vorgerecktes Kinn ließ sie davon Abstand nehmen. Sie wandte sich wieder dem Haus zu. Es war nicht sehr groß und nur aus unregelmäßigen Steinen gebaut, die ein goldfarbener Mörtel zusammenhielt. In eine grüne Talmulde gebettet, umgeben von uralten Eichen und Platanen, wirkte es mit seinem ulkig schrägen Kamin, den glänzenden Fensteraugen und der breiten, einladenden Redwood-Tür wie eine Illustration aus einem Märchenbuch – einem fröhlichen, unorthodoxen, nicht-Grimmschen Märchen versteht sich. An der rechten Seite des Hauses rankten üppig rubinrote Rosen. Nett, wollte sie zu dem aufgeblasenen Arsch von Chadman sagen. Nein: zauberhaft. Oder vielleicht niedlich. Aber bevor sie es verhindern konnte, entglitt ihren Lippen ein »Wunderschön!«. Drei Monate später, als die Maler und Fußbodenschleifer gegangen waren und der Tischler den letzten Knauf an den letzten Küchenschrank schraubte, zogen sie in das wunderbarste Haus auf der ganzen Welt.

Kurz vor ihrem Einzug machte Lee Jazz deutlich, daß sie den Juristenberuf nicht an den Nagel hängen würde. Genausowenig sei sie an irgendeiner friedlichen, damenhaften Tätigkeit als Vorstadtanwältin – die einem Scheidungsspezialisten zuarbeitete oder die Abschlüsse von Grundstücksgeschäften überwachte – interessiert. Nein, sie wollte im Gerichtssaal bleiben. Als Vertreterin der Anklage. Doch der leitende Staatsanwalt von Nassau County war Republikaner. Also ging Lee direkt, ohne Jazz zu informieren, zu ihrem Schwiegervater und bat ihn, seine Beziehungen spielen zu lassen, um ihr eine Anstellung als Alibidemokratin zu verschaffen.

Fos sagte zu Ginger, er sei froh, daß wenigstens einer, der mit den Taylors verbunden war, als Anwalt arbeitete. Was Jazz getan hatte, wurmte ihn. Von seinen Töchtern hatte er nicht viel erwartet und nicht viel bekommen: Die eine spielte hauptsächlich Tennis und Golf und hatte mit zweiunddreißig eine Haut wie die ihrer braunen Krokodillederpumps. Die andere zog sich gerade einen krummen Rücken zu, während sie in einer Kommune Gurken erntete. Kent war zu nichts zu gebrauchen. Aber sein Jasper! Fos war über das neue Leben seines Sohnes nicht nur traurig, sondern wütend: Die Wall Street zu verlassen! Bei so einem Kleiderfritzen anzufangen. Er konnte ihn ums Verrecken nicht verstehen.

Auch wenn sich der einst leuchtende IQ der Taylors nach zehn Generationen Inzucht auf Long Island verringert haben mochte, war Fos doch kein Dummkopf. Er war klug genug zu merken, daß seine hilfesuchende Schwiegertochter nicht hinter Jazz' idiotischer Entscheidung stand. Ja, vielleicht konnte sie ihm sogar eine Verbündete sein. Und Jazz dorthin zurücklocken, wohin er gehörte. Wenn dann die Jungs vom Komitee oder im Country-Club fragten, was denn sein prima Sohn so mache, müßte er nicht mehr ... brummel, brummel ... Pelzmäntel murmeln und vor Scham in den Boden sinken. Also empfand er für Lee nicht nur eine vage Zuneigung, sondern war auch nicht abgeneigt, ihr zu helfen. Dazu kam noch, daß Fos zwar kein großzügiger Mann, aber doch welterfahren genug war, um zu wissen, daß man gewisse Bitten nicht abschlagen darf. Da er nun nicht einmal im Traum daran denken konnte, der künftigen Mutter seiner Enkelkinder zu sagen, sie solle ihn am Arsch lecken, nahm er den Hörer ab und plauderte einen halben Vormittag lang fröhlich mit einigen seiner republikanischen Gesinnungsgenossen, die ihm dafür eine Gefälligkeit schuldeten, daß er ihnen erst kürzlich bei den Spielen in Montreal gefällig gewesen war. Er haßte es, wenn er seine Schuldscheine für jemand anders ausgeben mußte, aber das war in diesem Fall nicht zu ändern. Folglich saß Lee zwei Tage später dem Staatsanwalt von Nassau County, Woodleigh Huber, in seinem Büro gegenüber.

Und in was für einem Büro! Mit Eiche getäfelt und einem Schreibtisch, der so gewaltig war, daß man von ihm mindestens einen bemannten Raumflug oder die Invasion in der Normandie hätte starten können. Dahinter standen, vor einer mit blauem Stoff bezogenen Wand, drei zwei Meter hohe Fahnen und repräsentierten stolz den Bezirk, den Staat New York und die Vereinigten Staaten von Amerika.

»*Mord?*« vergewisserte sich Huber.

»Mord«, bestätigte Lee. Das war es, was sie wollte. Und sie hatte ihre Hausaufgaben gemacht: Das Büro des Staatsanwalts von Nassau galt als mittelmäßig bis gut – außer der Abteilung für Mord. Die hatte einen erstklassigen Ruf.

»Mord«, seufzte Huber. Wenn er nicht skeptisch war, dann zumindest bestürzt. »Nicht daß ich Ihnen das nicht zutraue. Ich höre nur

Gutes über Sie: intelligent, zielbewußt, macht keinen Wirbel, sondern bringt Ergebnisse. Was Sie aber trotzdem wissen müssen, ist, daß wir hier nicht in New York City sind.« Er nickte seinen eigenen Worten zustimmend zu, und sein weißer Haarschopf flatterte anerkennend mit. Huber war ein attraktiver Mann mit gesunder Gesichtsfarbe und eckigem Kinn. Er sah aus wie ein Schauspieler, den man für die Rolle des Präsidenten der Vereinigten Staaten im Fernsehfilm der Woche engagiert hatte. Wie er so zwischen seinen prächtigen, alten Fahnen und dem bedeutsamen Schreibtisch saß, schien jede einzelne Bewegung wie für die Kamera gemacht. Aber nicht alles war aufgesetzt und inszeniert an Woodleigh Huber. Es lag ihm wirklich etwas an dem guten Ruf seines Büros, und er arbeitete hart, wenn auch nicht immer mit durchschlagendem Erfolg, um dieses Ziel zu erreichen. »Unsere Geschworenen sind nicht so – wie soll ich sagen – aufgeklärt wie die, an die Sie gewöhnt sind.«

Lee lächelte. »Ich nehme an, daß Sie seit längerer Zeit keine Jury in Manhattan mehr erlebt haben.«

»Was unser Chef damit sagen will«, erläuterte Jerry McCloskey, »ist, daß es für eine Vorstadtjury beunruhigend sein könnte, wenn eine Frau in einem Mordprozeß als Anklägerin auftritt.« Er war ein untersetzter, blasser Mann, der Inbegriff des gehobenen Laufburschens, der nur dazu da war, um das zu sagen oder zu tun, was dem Meister selbst unangenehm war. »Ich muß wohl nicht betonen, daß Mordfälle ziemlich blutig sein können.«

»Vergewaltigungen auch. Ich habe gehört, daß es in Ihrer Abteilung für Sexualdelikte eine Frau gibt.«

»Allerdings!« sagte Woodleigh Huber. »Bonnie Brinkerhoff. Sieht aus wie ein süßes Marshmallow, doch wenn sie den Gerichtssaal betritt ... hart wie Stahl. Ein Teufel von einem Anwalt, kann man wohl sagen.« Lee nickte. Sie hatte gehört, daß die Brinkerhoff an ihren wenigen guten Tagen mittelmäßig war und den Job durch Beziehungen bekommen hatte, nachdem ihr Vorgänger von seinem Rasenmäher überfahren worden war. »Glauben Sie mir, wir freuen uns über euch Frauen. Wir glauben, ihr macht euch einfach toll in unserem Team. Einfach toll.«

»Die Sache ist nur die«, gab McCloskey zu bedenken. Er roch ein wenig abgestanden, als ob er oder sein Anzug dringend eine Reinigung gebraucht hätten. »Im Augenblick ist in der Mordabteilung nichts frei.« Genau wie Lee saß McCloskey in einem Stuhl mit gerader Lehne vor Hubers Schreibtisch. Im Unterschied zu Lee hatte es sich McCloskey am Rand des harten Sitzes bequem gemacht, als würde ihm sein Rang nicht erlauben, sich mit ganzem Hintern hinzusetzen. »Null Komma nichts.« Huber nickte.

Lee überlegte schnell. Wenn in der Mordabteilung gerade nichts frei war, bedeutete das, daß man sie woanders hinstecken wollte, in eine weniger begehrte Abteilung. Aber sie war drin, so schien es. Genommen! Sie konnte wieder als Staatsanwältin arbeiten! Foster Taylor hatte es geschafft! Er hatte seinen Einfluß spielen lassen! Und wenn er es geschafft hatte, ihr – einer Frau und Demokratin – den Job zu verschaffen, dann mußten die Gefallen, die man ihm schuldete, sehr groß gewesen sein. So groß, das wurde ihr auf einmal klar, daß sie den Job wahrscheinlich schon gehabt hatte, bevor sie einen Fuß in das Büro gesetzt hatte. Und ehe sie kalte Füße bekommen konnte, wandte sich Lee über McCloskey hinweg an seinen Herrn und platzte heraus: »Geben Sie mir einen Monat Probezeit in der Mordabteilung.«

»Wie Jerry schon sagte …«

Sie fiel ihm ins Wort. »Ich weiß, wie schwer es ist, einen Job in dieser Abteilung zu bekommen.« Huber preßte die Lippen ärgerlich zusammen, bis sein Mund nur noch so schmal war wie die Schnittfläche eines Blatt Papiers. »Gerade weil Mordfälle immer eine große öffentliche Resonanz haben, ist das ein Grund, mir eine Chance zu geben. Wenn ich es nicht packe, werde ich mich gern mit anderen Fällen beschäftigen. Doch wenn ich so gut bin, wie es Ihre Erkundigungen über mich nahelegen, kann ich sogar die Statistik Ihrer Abteilung verbessern.«

»Nun …« überlegte Huber.

Aus dem Augenwinkel sah Lee, wie McCloskey langsam, aber sicher näher an den Rand des Sitzes rückte. War sie zu weit gegangen? Hatte man ihm ein Zeichen gegeben, daß er sie zur Tür bringen sollte? McCloskey mochte sie nicht, das spürte sie. Warum auch? Sie paßte nicht in sein Weltbild, in dem verdienstvolle Leute das bekamen, was sie verdienten – und Woodleigh Huber von ihnen Schuldscheine erhielt für künftige Gefälligkeiten. Sicher, Huber stand wahrscheinlich tief in der Schuld von Foster Taylor oder einem Freund von Foster Taylor und mußte die Rechnung begleichen. Aber Lee begriff auch, daß ein unbedeutender Wicht wie McCloskey es in den Knochen spürte, daß man keinen weiteren Vorteil davon hatte, wenn man sie in die Mordabteilung steckte – außer daß Lee White sich dem Staatsanwalt verpflichtet fühlen und versuchen würde, ihr Bestes zu geben. *Ipso facto*, der Deal war faul. »Hören Sie, Boß«, begann McCloskey.

Doch der Boß hatte schon tief Luft geholt, um etwas zu verkünden, und McCloskeys Ansicht war nicht mehr gefragt: »Ich gebe Ihnen einen Monat, Lee«, sagte Huber volltönend und stellte sich vor, wie er sie Ed Bradley oder Mike Wallace präsentieren würde. Ein jüngeres Mitglied unserer Mordabteilung. Unparteiisch. Wie Sie selbst sehen können, spielt es bei uns keine Rolle, ob Mann oder Frau, Schwarz oder Weiß oder Grün. Auf die Leistung kommt es an. Und dieses Mädchen hat bedeutende Fälle gewonnen. Schwere Brocken. Er hörte, wie Lee sagte: Ich mag ja eine Demokratin sein, Ed, aber dieser Mann steht über den Parteien. »Jer«, befahl Huber, »bring sie nach unten.«

»Nach unten, Boß?« fragte McCloskey, ohne sich noch viel Hoffnung zu machen.

»In die Mordabteilung. Zu Will Stewart.«

William Hibbets Stewart war bestimmt nicht gutaussehend, auch wenn jedermann einen Grund dafür fand, warum er es doch war. Er hatte ein rundes Gesicht, das auch nicht eine einzige Kante aufwies, an der man sich hätte festhalten können; kleine, unauffällige Augen und eine allzu gebieterische Nase, groß und nach unten gebogen, ein Zeichen dafür, daß einer seiner afrikanischen Vorfahren einem Individuum arabischer Abstammung sehr nah gekommen war. Doch während sie dort stand, wo sie und McCloskey ihm über den Weg gelaufen waren, direkt vor seinem Büro, fiel Lee auf, daß er gut einsachtzig groß und beeindruckend gebaut war, mit Schultern, die so breit waren, daß man sie als Parallele zum Fußboden wahrnehmen konnte. Die Farbe seiner prachtvoll dunklen Haut lag irgendwo zwischen Ebenholz und Mahagoni. Sein Körper, das ideale männliche V, war schlank und muskulös, und seine Haltung war so königlich, daß sogar einer seiner ungebildetsten Kollegen gesagt haben soll: Will ist wie diese, mh, afrikanischen Statuen oder so was.

Was Will Stewart jedoch zur herausragenden Erscheinung machte, war seine Eleganz. Die mit dem gewissen Etwas. Er war gut gekleidet, mit grauem Anzug, weißem Hemd und burgunderroter Krawatte – alles ganz schlicht, und doch wußte sie: allererste Qualität. Seine Haltung hatte nichts mit Geld zu tun. Ihr Vater sah in seinen Savile-Row-Anzügen und handgenähten Schuhen nach nichts anderem aus als einem reichen Geschäftsmann. Selbst Jazz' neue Garderobe deutete nur auf einen gutaussehenden Burschen hin, der Geschmack hatte und einen Schneider in Hongkong. Wills Eleganz kam von innen.

»Hi«, sagte er. »Schön, Sie zu sehen.« Er besaß eine hinreißende Baßstimme, mit der er in der Met »Il lacerato spirito« hätte singen oder eine große Gemeinde dazu bringen können, von den Sitzen aufzuspringen und »Praise the Lord!« zu rufen. Für Lee war es die gewaltige Stimme eines Anklägers aus dem 19. Jahrhundert – eine Stimme, die für den Gerichtssaal wie geschaffen war. »Schön, Sie zu sehen.«

»Schön, Sie zu sehen.«

»Will«, sagte McCloskey. »Könnte ich dich einen Augenblick sprechen?«

Mit bangem Herzen sah Lee Will in sein Büro gehen. McCloskey, sichtlich nervös, folgte ihm und schloß die Tür. Niemand hatte Will Stewart auf sie vorbereitet. Er würde wütend werden. Den Teufel werde ich tun! würde er brüllen und McCloskey würde entsetzt zu Huber zurückrennen, der gezwungen wäre, seinen Entschluß zu ändern. Lee sah sich schon einige Jahrzehnte früher als geplant in Shorehaven Volkshochschulkurse über die Kunst des Blätterteigbackens belegen. Nein, es würde noch schlimmer kommen. Will würde sie als jemand betrachten, der durch politische Beziehungen an den Job gekommen war, und sie mit Verachtung strafen. Es würde Jahre dauern, bis er ihre Leistung anerkannte. Wenn das überhaupt möglich war: Unter dem Druck, sich zu beweisen, würde sie einen Fall nach dem anderen so gründlich vermasseln, daß sie nicht nur aus der Mordabteilung fliegen würde, sondern nicht einmal mehr kleine Vergehen zugewiesen bekäme.

Es dauerte ewig. Sie spitzte die Ohren, um vielleicht doch etwas zu hören, aber hinter Wills Tür blieb alles still. Anwälte gingen vorbei und sahen sie neugierig an. Sie hätte kein beigefarbenes Kostüm anziehen sollen. Es war schon Spätherbst. Sie fühlte sich schrecklich fehl am Platz und wünschte, jemand hätte ihr gesagt, daß Will Stewart schwarz und unendlich höflich war. Die Tür ging auf. Will streckte den Kopf heraus. »Wen kann ich anrufen, um mich nach Ihnen zu erkundigen?« fragte er freundlich, sogar herzlich, als ob er so angetan von ihr wäre, daß er es kaum erwarten könne, noch mehr Gutes über sie zu hören. Sie merkte, daß er ein geschickterer Politiker war als Huber und McCloskey zusammen.

»Meinen Sie, im Büro des Staatsanwalts von Manhattan?« erwiderte sie. Was für eine blöde Frage! Was sollte er denn sonst wollen? Referenzen von den acht Millionen Kerlen, die sie in Cornell gefickt hatte?

»Genau«, sagte er.

»Nun, den Distriktstaatsanwalt persönlich. Oder die Leiterin der Supreme-Court-Abteilung ...«

»Melanie Tucker?« fragte er liebenswürdig. Zumindest hörte er sich liebenswürdig an. Nach allem, was sie wußte, haßte er Melanie, und jede Empfehlung von ihr würde automatisch bedeuten, daß er sie ablehnte. Ja, nickte sie und ließ den Kopf wie eine Schwachsinnige auf und nieder hüpfen, Melanie Tucker. »Entschuldigen Sie, daß ich Sie so warten lassen muß«, sagte er.

»Nicht so schlimm«, gab Lee zur Antwort, aber er hatte die Tür schon zugemacht. Nicht so schlimm, dachte sie, so lang sie nicht anfing, sich zu krümmen und zu winden und vor Höllenpein zu stöhnen. Sie preßte ihre Handtasche gegen ihren aufbegehrenden Magen.

Die Tür sprang auf, und Jerry McCloskey stürmte heraus. »Bis dann«, brummte er und stürzte davon.

»Kommen Sie rein«, rief Will.

Auch wenn sein Name an der Tür stand, hatte Will Stewarts Büro mit ihm wenig zu tun. Es war eingerichtet wie jedes Büro, neuer als sein Gegenstück in Manhattan, aber ebenso unpersönlich. Er hatte nichts getan, um es etwas gemütlicher zu machen: Es gab keine Bilder, keine Erinnerungsstücke, keine eingerahmten Schriftsätze, keinen Schnickschnack. Er schrieb mit einem billigen Plastikkuli. »Kommen Sie doch rein«, wiederholte er. Lee holte tief Luft und betrat dann sein Büro. Er stand hinter seinem Schreibtisch und streckte ihr seine Hand entgegen. »Willkommen«, sagte er. Sie fühlte sich ein wenig benommen, bekam aber noch mit, daß er sich gesetzt hatte und von ihr das gleiche zu erwarten schien. »Tut mir leid, daß Sie erst diese ganze Prozedur durchlaufen mußten.«

»Kein Problem«, erwiderte sie fröhlich.

»Lee«, sagte er. Mit seiner Stimme hörte es sich an wie der Ruf Gottes. Er setzte sich bequem in seinem Stuhl zurück und verschränkte die Hände hinter dem Kopf.

»Was?«

»Ich bin Ihr Chef. Kommen Sie mir nicht mit so einem Scheiß wie ›kein Problem‹.«

»Okay. Ich hatte schreckliche Magenkrämpfe und Angst, daß ich mich in besonders peinlicher Weise bloßstellen könnte. Oder daß ich vor Schreck einen Anfall bekommen und mit dem Kopf immer wieder an ihre Tür knallen würde, bis Sie annehmen müßten, daß ich Ihre Diskussion mit Jerry McCloskey stören wollte.«

»Ich habe mit ihm nicht diskutiert. Ich habe ihm zugesetzt, weil ich Sie nicht als Fait accompli akzeptieren wollte und ein paar Minuten das Gesicht verzogen. Dann rief ich Melanie an. Sie hält übrigens ganz große Stücke von Ihnen.«

»Ich von ihr auch.«

»Genau wie ich. Wir haben zusammen vor einem Ausschuß des Abgeordnetenhauses ausgesagt.« Er lächelte leicht, aber seine Züge wurden weich. »Sie wäre die Traumfrau meiner Mutter, mit diesen Tüchern in den Ärmelaufschlägen. Und den Perlen. Nur wenn sie schwarz wäre, könnte sie noch vollkommener sein.« Er sah immer noch leicht belustigt aus – weil er sich entweder an seine Mutter oder an Melanie erinnerte, aber er lächelte nicht. Dann beugte er sich vor. »Die Geschichte mit dem Magen. Sind Sie im Gerichtssaal nervös?«

Nein, wollte sie erwidern und hörte sich sagen: »Die meiste Zeit über. Unmittelbar vor meiner Eröffnungsrede und vor dem Schlußplädoyer. Aber wenn ich einmal am Reden bin, ist es vorbei.«

»Schade, daß man das nicht in Flaschen abfüllen kann«, sagte er.

»Geht es Ihnen denn auch so?« fragte sie. Eine Sekunde später schrak sie vor ihrer eigenen Kühnheit zurück.

»Früher ist es mir so ergangen. Nicht mit dem Magen. Ich fing an zu schwitzen, was viel schlimmer ist, wie ich meine, weil es alle sehen können. Aber das ist mir seit Jahren nicht mehr passiert. Wahrscheinlich, weil ich es schon zu lange mache. Man stumpft ab, und das ist nicht gut. Man verliert den Kampfgeist, die Schärfe.« Sie nickte, plötzlich fröhlich gestimmt, weil ihr klar wurde, daß sie sich unterhielten. »Obwohl ... ich weiß nicht so genau. Vielleicht ist abgestumpft sein besser, als sich vor Angst in die Hosen zu machen. Jetzt wäre es ganz angebracht, wenn Ihnen jemand einen Schreibtisch besorgen würde. Möchten Sie auch einen Stuhl dazu?«

»Wenn Sie schon einmal dabei sind.« Sie lächelte ihn an. Mit ihrem umwerfenden oder ansteckenden Lächeln, wie Jazz es nannte. Wie auch immer. Du lächelst jemand an, Lee, und er strahlt. Glaub mir, es ist wahr.

Will strahlte nicht zurück. Er blickte sogar weg, schlug eine Aktenmappe auf seinem Schreibtisch auf und warf einen raschen Blick auf die Papiere, die sich darin befanden. »Okay, Sie richten sich erst mal ein. Dann müssen Sie die ganzen Formulare ausfüllen. Wir Republikaner behaupten zwar immer, daß wir weniger Staat wollen, aber das ist nicht wahr. Sie werden Stunden dafür brauchen. Kommen Sie wieder ... wann immer Sie wollen. Fünf Uhr, sechs Uhr.« Er nahm etwas in die Hand, das wie ein Rundschreiben vom Justizministerium aussah, und vertiefte sich in die Lektüre.

»Danke!« sagte Lee. Sie wartete den Bruchteil einer Sekunde zu lang in der Hoffnung, er würde aufblicken und ihr ein Lächeln schenken. Kein strahlendes, nur ein kurzes, spontanes. Oder zumindest »keine Ursache« sagen.

Aber sie bekam nichts mehr von Will Stewart, bis er ihr an diesem Abend um Viertel nach sieben fünf großformatige Photos von Nicky »Der Gockel« Gaudioso überreichte, den man im Kofferraum seines Lincoln Continental unter den Bäumen im Eisenhower Park gefunden hatte. Er war schon mindestens zwei Wochen tot. Man hatte ihm die Kehle aufgeschlitzt und die Hoden in den Mund gestopft. »Ich denke, das wird Ihnen Freude machen«, sagte Will. Ihre Eltern, ihre Schwester, Jazz – alle anständigen Menschen hätten sich schaudernd abgewandt. Doch Lee nickte. Sie wußte genau, was Will meinte, und sie wußte, daß er recht hatte.

Sie nahm die Bilder mit nach Haus und breitete sie nach dem Abendessen, während Jazz zusah, wie Cincinatti die Yankees fertigmachte, auf dem Küchentisch aus. Mit der Taschenlampe in der einen und einem Vergrößerungsglas in der anderen Hand beugte sie sich über die Photos und betrachtete Nicky und den Kofferraum, der sein Grab geworden war. Nicht sehr ergiebig, dachte sie, auch wenn es eine gute Anzeige für den Continental abgegeben hätte: Testen Sie unseren geräumigen Kofferraum! Ein paar Minuten später stutzte sie: In der rechten Ecke lag etwas Blasses und Krumpliges. Was war das? Wichtiger noch, war es das, was sie vermutete? Sie rief den Detective Sergeant an, der für den Fall zuständig war, einen Burschen namens Brody. Ja, sagte er, es sind Gummihandschuhe. Und wissen Sie auch, daß es schon nach zehn Uhr ist? Lee tat so, als hätte sie die Bemerkung überhört, und erkundigte sich, ob er die Handschuhe ins Labor gebracht hätte, um sie auf Abdrücke untersuchen zu lassen. Abdrücke? fragte Brody, als wäre das ein seltsamer, neuer Gedanke. Der Täter hat die Handschuhe vielleicht benutzt, um Nicky in den Wagen zu legen, und sie dann vergessen, erläuterte Lee. Schon kapiert, sagte Brody müde. Ich bin sicher, daß die Handschuhe abgecheckt wurden. Das wird automatisch gemacht. Gut, sagte Lee. Dann wollen wir dem Killer nicht die Zeit lassen, um an die vergessenen Handschuhe zu denken und aus der Stadt zu verschwinden – es sei denn, Sie denken, Nicky hat sie dort für den Fall, daß er mal einen mikrochirurgischen Eingriff vornehmen muß, aufbewahrt. Ich hätte die Antwort gern bis morgen mittag.

Als Eddie Marcantonio, dessen Fingerabdrücke man innen und außen an den Handschuhen fand, wegen Mordes an Nicky Gaudioso verhaftet wurde, behauptete er, Verkäufer bei Sunshine Gartenbedarf zu sein. Er hatte zwar tatsächlich einen Scheck von Sunshine eingelöst, hätte aber einen Misthaufen nicht von einem heißen Stein unterscheiden können. Wie Lee von Detective Sergeant Brody erfuhr, war er in Wirklichkeit als professioneller Killer für die Gambino-Familie unterwegs. Dieser Job, der Geduld statt Phantasie und Intelligenz erforderte, war für Eddie gut geeignet. Ihm machte es nichts aus, sein Arbeitsleben in einem Auto zu verbringen und stundenlang darauf zu warten, daß eine seiner Zielpersonen von einem Essen in Vincente's Restaurant oder einem Besuch bei der Freundin zurückkam. Geduldig starrte er, nur von seinem Messer oder Revolver begleitet, auf die Straße, ohne Radio zu hören oder Zeitung zu lesen. Dann tat er das, was man ihm aufgetragen hatte: töten. Eddie wußte natürlich, daß man bei seinem

Geschäft Menschenmengen möglichst vermeiden sollte, aber wenn man ihn doch einmal beobachtete, machte er sich keine Sorgen. Sollte das entsetzliche Geschehen einen Augenzeugen nicht einschüchtern, dann bewirkte die Vorstellung des grausamen Todes, den eine Zeugenaussage vor Gericht nach sich zog, wahre Wunder.

»Eddie hat es nicht getan!« verkündete sein Anwalt, Chuckie Phalen, während er Lee gegenübersaß. »Er trägt ständig Gummihandschuhe. Bei der Arbeit im Gartencenter. Er mag keine dreckigen Fingernägel.« Chuckie keuchte beim Sprechen. Er war fast so blaß wie Nicky Gaudioso.

»Darauf gründen Sie Ihre Verteidigung?« fragte Lee. Sie fand Phalen weder sympathisch noch unsympathisch. Er war einer dieser Strafverteidiger vom alten Schlag, die sich erzliberal vorkommen, wenn es ihnen hin und wieder gelingt, eine Anwältin nicht mit »Honey« anzureden.

»Nur weil er einen italienischen Nachnamen hat, gehört er noch nicht zur Mafia.« Trotz seiner Atemprobleme sprach Chuckie für einen Anwalt vom alten Schlag, der mit einem Routinemordfall beschäftigt war, sehr engagiert.

»Nein«, pflichtete ihm Lee bei und hörte im Geiste schon sein Plädoyer. Sie gäbe es nur ungern zu, hatte sie gestern abend Jazz anvertraut, aber so schlimm sei es auch nicht, hier draußen zu arbeiten – aber wehe, wenn du jetzt sagst, das hättest du mir gleich gesagt. Er hatte sich wahnsinnig gefreut und sie liebevoll in den Arm genommen. Nun, es war wirklich nicht so schlimm. Die Anwälte hier warteten, bis sie ihren Satz beendet hatte, bevor sie anfingen zu reden. Die Cops verbrüderten sich nicht so mit den stellvertretenden Staatsanwälten wie in New York, aber man konnte mit ihnen umgehen. Brody hatte ihr sogar die Hand geschüttelt, als sich herausstellte, daß die Fingerabdrücke auf den Handschuhen Eddie Marcantonio gehörten, und ihr obendrein noch auf die Schulter geklopft und verkündet: Du bist Klasse. »Zufällig befinden sich drei Tropfen von Nickys Blut auf Eddies Gummihandschuhen«, teilte Lee Chuckie Phalen mit. »Das sieht nicht gerade danach aus, als ob Mr. Gartencenter nur Petunien gepflanzt hätte, nicht wahr?«

»Mir gefällt es, wie Sie Ihre Arbeit machen«, sagte Chuckie. Auf den ersten Blick schien es ein durchsichtiges Kompliment zu sein, das der alte Profi dem Anfänger machte, in der Hoffnung, der Anfänger möge sich ausreichend verpflichtet fühlen, um seinem Mandanten eine Chance zu geben. Doch Lee spürte, daß es ehrlich gemeint war, und wollte eigentlich lächeln und ihm herzlich danken und ihm vielleicht sogar – nach dem Prozeß – etwas Nettes über seine Arbeitsweise sagen. Aber vielleicht wollte er sie doch nur weichklopfen; also neigte sie leicht den Kopf, um ihm anzudeuten: Ich habe verstanden. »Aah, Sie denken, ich wolle Ihnen schmeicheln. Ich merke es. Das ist in Ordnung, ich verstehe das. Also hören Sie, Schwes …«

»Lee.«

»Lee, hier geht es um einen Familienvater. Frau, zwei Kinder. Sogar einen Hund. Vielleicht könnten wir miteinander reden.«

»In Attica sind Hunde nicht erlaubt. Frau und Kinder dürfen ihn besuchen.«

»Sie sind ein wahrer Softie.«

»Ich bemühe mich.«

»Wollen Sie sich mit Will abstimmen?«

»Nein.«

»Will ist hart, aber gerecht.«

»Wunderbar. So will ich auch sein.«

»Wie wäre es also mit fünf bis sieben?« fragte Chuckie und ließ mit jedem Atemzug ein pfeifendes Geräusch hören.

»Das, hoffe ich, wird er dafür kriegen, daß er den Continental illegal auf County-Grund abgestellt hat. Der Mord zählt extra. Ich kann Ihnen etwas weniger anbieten, wenn er bereit ist, darüber zu reden, wer ihn beauftragt hat, Nicky zu töten und die Botschaft zu überbringen.«

»Welche Botschaft?«

»Die Botschaft, daß man so mit Kerlen verfährt, die reden.«

»Sie meinen, die Dinger da in Nickys Mund?« Chuckie fragte mit solch einer gespielten Unschuld, daß Lee nicht anders konnte, als ihren Kopf zurückzuwerfen und laut zu lachen.

Doch das Lachen verging ihr sechs Monate später im Gerichtssaal.

Chuckie war gut, wirklich gut. Die Art, wie er die Glaubwürdigkeit ihrer Sachverständigen untergrub: nicht durch Augenverdrehen, Anträge auf Unterbrechung oder Frontalangriffe, sondern dadurch, daß er sich interessiert nach ihren Ansichten erkundigte und sie um immer weitere Einzelheiten bat, bis sich die Experten im Netz ihres eigenen Jargons verfingen. Zudem hatte Chuckie als New Yorker Ire einen ritterlichen Charme, der mit dem eines Südstaatlers vergleichbar war, wenn er die künftigen Geschworenen während der Vorvernehmung mit »Ma'am« und »Sir« ansprach und dem Richter mit pfeifendem Atem Sätze zuwarf wie: »Darf ich Euer Ehren mit allem Respekt zu bedenken geben« und »Ich bitte das Gericht um Nachsicht«. Er erweckte absolut nicht den Eindruck eines Schmeichlers. Ein Gentleman, dachten die Geschworenen offensichtlich, und Chuckies Ansehen übertrug sich auf dem Mann neben ihm am Tisch der Verteidigung, Eddie Marcantonio – der, nachdem er sich mit Chuckie über seine Garderobe beraten hatte, aussah wie der Geistliche einer besonders ehrlichen Kirche.

Doch Chuckies Können war nur die eine Seite des Problems. Die andere war, daß Lee nicht gut war. Sie merkte es an der Art, wie der Richter auf ihre Anträge reagierte, egal wie vernünftig sie argumentierte; er behandelte sie, als wäre sie nicht nur nicht ernst zu nehmen, sondern gemein und hinterhältig. Und erst die Geschworenen. Für sie war Chuckie eine gute Show und sie bloß die Werbung.

»Was ist los?« fragte Lee Will verzweifelt und warf die Hände in die Luft. Mehrere Streifen Kohlsalat flogen von ihrer Plastikgabel und landeten auf seinem Büroteppich. Sie beugte sich vornüber und las sie auf. »Du warst doch gestern dabei. Du hast es erlebt. Du stehst nicht hinter mir, und sag mir nicht, es sei nicht so.«

Er legte das riesige, matschige Sandwich mit Corned beef und Pastrami zur Seite, das sie schon länger begehrlich beäugt hatte. »Ich werde dir nicht sagen, daß es nicht so ist, weil es nämlich so ist.«

»Du kannst mir die schlechten Nachrichten wenigstens etwas behutsamer mitteilen.«

»Nein. Ich sage sie dir so, wie es sich gehört, direkt ins Gesicht. Du bist dabei, den Fall zu vermasseln.« Aber er sagte es liebevoll.

In dem halben Jahr im Büro des Distriktstaatsanwalts hatte sich Lees Ehrfurcht vor Will Stewart zuerst in leichte Schwärmerei verwandelt, danach in große und schließlich in die Erkenntnis, daß er vor allen Dingen ein wunderbarer Freund war – obwohl sie zugegeben mußte, daß die Schwärmerei nie ganz aufhörte. Will war in Glen Cove aufgewachsen, kaum zehn Meilen von ihr entfernt. Seine Eltern hatten auf einem dieser großen Anwesen der Gold Coast gearbeitet, sein Vater als Stallmeister, seine Mutter als Wäscherin. Der Besitzer des Guts fand Gefallen an dem Jungen und bezahlte ihm die Collegeausbildung in Columbia. Mit einem Stipendium studierte Will dann in Columbia Jura. Sie fand, daß er eine faszinierende Mischung war, ein Kind aus einer Arbeiterfamilie, das zu einem nüchternen Arbeitstier im öffentlichen Dienst geworden war. Doch er hatte eine Ausstrahlung, als wäre er reich geboren. Das ging weit über seine makellose Kleidung und physische Anmut hinaus.

Immer wieder mußte sich Lee über sich selbst ärgern, weil sie Jazz und Will miteinander verglich, aber sie konnte es nicht lassen. Der Unterschied zwischen diesen beiden Männern, deren Leben vom alten Geld geprägt war, erfüllte sie mit Staunen. Jazz war mit siebenundzwanzig Jahren immer noch der lebhafte Schuljunge mit strahlenden Augen, der die Welt als Abenteuer und Long Island als seinen persönlichen Spielplatz begriff. Will hatte mit siebenunddreißig alles andere als strahlende Augen. Lee konnte sich nicht einmal vorstellen, daß er sie als Kind gehabt hatte. Er verhielt sich so, als hätte er schon alles gesehen und könne sich nur noch darüber amüsieren. Aber nur leicht. Er hatte einen hübschen Mund, der niemals richtig lächelte. Sie spürte die Traurigkeit hinter seiner eleganten ironischen Fassade, aber da er sie nie in seine Karten schauen ließ, hatte sie keine Ahnung, woher diese Traurigkeit kam – oder ob sie nur eine romantische Vorstellung war, der sie anhing.

Worüber sie nicht hinwegkommen konnte, war, daß er wie für sie geschaffen schien. Nicht so wie Jazz. Taylor-made, nannte sie Jazz, wenn er sie mit seinem bloßen Wesen heiter stimmte, wenn seine Selbstsicherheit ihr ein nie gekanntes Gefühl von Selbstachtung gab – denn warum sollte sich solch ein Mann in sie verlieben, wenn sie nicht wirklich so wunderbar war, wie er ihr immer wieder versicherte? Und natürlich, wenn er mit ihr schlief: taylor-made. Doch sobald das eheliche Beisammensein beendet, der Tagesablauf erzählt und der Klatsch über ihre großen Familien ausgetauscht war, hatten sie sich nicht mehr viel zu sagen.

Aber sie und Will Stewart hätten aufgrund ihrer gemeinsamen Interessen aus demselben Ei geschlüpft sein können. Sie stellten fest, daß sie auf dem Weg ins Büro dasselbe Radioprogramm hörten. Sie liebten beide Musik, kochten gern und werkelten im Garten; sie mochten unbekannte Off-off-Broadway-Stücke; sie waren politisch sehr interessiert, aber beide so gemäßigt – sie auf der demokratischen, er auf der republikanischen Seite –, daß sich ihre Gespräche beim Mittagessen mehr um stilistische als um weltanschauliche Fragen drehten. Nur an einem Wochenende, kurz nachdem sie wieder mit dem Teppichknüpfen, dem Hobby ihrer Großmutter Bella, angefangen hatte, mußte Lee erkennen, daß die Herstellung von Afghan-Teppichen Will Stewart nicht sonderlich interessierte und daß seine beständige Liebe zu den New York Mets – denen er gerade beim Spiel zusah – nie und nimmer von ihr geteilt werden würde.

Doch trotz aller Freundschaft arbeiteten sie zusammen, und Will war ihr Boß. Lee setzte den Plastikteller mit Thunfischsalat ab. »Wieso vermassle ich alles?« fragte sie ihn. Als Antwort erntete sie einen forschenden Blick auf ihren Bauch. Sie war erst im sechsten Monat, sah aber aus, als ob sie demnächst zwei Sumo-Ringer zur Welt bringen würde. »Weil ich schwanger bin?«

»Du wirst es nicht hören wollen.«

»Doch, das will ich.«

»Du stehst nicht mehr vor Geschworenen in Manhattan. Hier draußen sieht man es nicht gern, wenn Frauen vor Gericht Mordfälle verhandeln. Okay, Huber hat es dir gesagt, du wolltest es nicht glauben und hast dich durchgesetzt. Gut. Ich bin froh, daß du das getan hast. Aber es geht ihnen wirklich gegen den Strich, wenn eine schwangere Frau in einem Fall die Anklage vertritt, in dem darüber gesprochen werden muß, daß man einem Kerl die Eier abgehackt und zwischen die Zähne gestopft hat.«

»Aber ich wirke doch feminin!« Lee machte eine ausladende Geste mit der Hand und deutete auf ihre weiche Seidenbluse und das kleine, antike Medaillon. »Ich habe nicht gebrüllt, verdammt noch mal!«

»Eben aber schon.«

»Ich meine, vor Gericht. Ich bin höflich, nett. Du hast mich doch gestern in meiner ganzen Weiblichkeit erlebt, oder? Was zum Teufel wollen sie denn noch von mir?«

»Sie wollen, daß du nach Hause gehst und dich um dein Baby kümmerst.«

»Noch habe ich kein Baby!« Sie legte ihre Hand schützend auf ihren Hügelbauch und fühlte einen liebevollen Stoß der Anerkennung. »Also, Will, ohne Umschweife. Willst du mir sagen, ich sollte aus dem Gerichtssaal verschwinden?«

»Nein.«

»Gut, denn sonst hätte ich mich dir widersetzen müssen.«

»Ich will nur sagen, daß du dich mehr anpassen mußt. Du bist keine x-beliebige Anwältin. Du bist eine schwangere Frau in einer durchschnittlichen, amerikanischen Gemeinde, und wenn du ihnen gefallen willst, brauchst du mehr als ein kleines Herz an einer Goldkette.«

»Was denn noch? Eine Baumwollschürze?« Sie war müde. Erschöpft von der Schwangerschaft, müde vom Prozeß, kosmisch ermattet, weil sie befürchtete, in ihrem Leben die falsche Entscheidung getroffen zu haben. Vielleicht war sie nicht gut genug für den Job und hatte in Manhattan nur im Windschatten von Melanie Tucker Erfolg gehabt.

»Du mußt der Jury zeigen, daß du eine von ihnen bist. Und dem Richter.«

»Ich *bin* eine von ihnen. Unter den Geschworenen sind sieben Frauen, und sechs von ihnen haben Kinder.«

»Und nicht eine von ihnen verfolgt einen brutalen Verbrecher, der anderen die Hoden abhackt. Also mußt du ihnen zeigen, was du mit ihnen gemein hast. Nicht dein Medaillon. Deine gefühlsmäßige Seite. Du und ich, wir wissen, daß wir in diesem Job hart im Nehmen sein müssen und daß wir uns durch emotionale Distanz und Zynismus schützen. Nichts kann uns überraschen, nichts kann uns umwerfen. Aber es gibt einen Unterschied zwischen Stärke und Härte. Du bist nicht hart. Tief im Innern bist du entsetzt über das, was Eddie Marcantonio Nicky angetan hat. Oder etwa nicht?«

Sie wollte ihm nicht die bequeme Antwort geben, die er erwartete. Aber als sie darüber nachdachte und ihn in Ruhe sein Sandwich verzehren ließ, mußte sie zugeben: »Ja. Es ist schrecklich.«

»Dann mach das dem Richter und der Jury auch deutlich. Du mußt nicht gleich in Ohnmacht fallen. Zeig ihnen die Person, die in dieser Gegend aufgewachsen und schockiert ist, daß hier ein Mafioso den anderen abschlachtet und *dann auch noch* auf den Rasen im Eisenhower Park fährt, um die Leiche dort abzulegen. Dein Entsetzen ist echt, und du mußt alles einsetzen, was du hast. Zeig deine Erschütterung. Zeig eine normale, menschliche Reaktion: Pfui Teufel! Und ich möchte einen Hinweis auf die Tatsache, daß du hier auf der Insel geboren und aufgewachsen bist, während des Prozesses und einen weiteren während des Plädoyers hören. Mehr wäre zuviel des Guten. Glaub mir, Lee, ich mach das die ganze Zeit. Es beruhigt sie in gewisser Weise, und sie denken: Oh, ein Junge aus der Nachbarschaft hat es geschafft. Nicht so ein aalglatter Bursche aus der Stadt. Einer von uns. Und schon fühlen sie sich sicher.«

»Danke,« sagte sie.

»Du brauchst mir nicht zu danken. Ich bin nicht nur zum Mittagessen da.«

»Wissen Sie«, sagte Lee an diesem Nachmittag im Gerichtssaal zu ihrem Zeugen, Detective Sergeant Brody, »als Kinder«, sie hätte schwören können, daß sich die zwölf Juroren und die zwei Stellvertreter noch aufrechter hinsetzten, »waren wir oft im Eisenhower Park und spielten unter den Bäumen. War es nicht ein großes Risiko, daß ein Kind Nicky Gaudiosos Lincoln Continental entdeckte?« Sie legte ihre Arme beschützend um ihren schwangeren Bauch. »Und wenn es nun den Kofferraum aufgemacht hätte ...« Sie schloß die Augen und dachte an eine Nahaufnahme von Nickys Gesicht, wobei ihr ein echter Schauder über den Rücken lief.

Zieh alle Register, hatte Will Stewart gesagt. Chuckie Phalen verlor den Prozeß.

Lee sollte am 21. Juni 1977 niederkommen, und da sie an dem Wochenende, das dem Prozeß folgte, entweder Jazz oder einen Mastenkran brauchte, um aus einem Sessel aufzustehen, nahm sie ihren Mutterschaftsurlaub. Das einzige, was ihr wirklich fehlte, als sie nicht mehr ins Büro ging, war Wills Gesellschaft. Zwar mochte sie auch einige ihrer Kollegen und die Cops, mit denen sie zu tun hatte, aber die Kameradschaft, die sie in Manhattan erlebt hatte, die Hochstimmung, die um halb elf Uhr abends aufkam, wenn irgendein Polizist vom Morddezernat ein paar Biere vorbeibrachte und alle rumstanden und plauderten, gab es im Büro des Staatsanwalts von Nassau County nicht. Nein, hier war man in der Vorstadt. Die Anwälte arbeiteten hart und gingen dann heim zu ihren Frauen, um die Anschaffung einer unterirdischen Sprinkleranlage zu besprechen, während sie darauf warteten, daß die Holzkohle glühte, damit sie ihre marinierten Hühnerkeulen und Gemüsekebabs grillen konnten.

Jazz rief sie fast stündlich an. Schon was passiert? Nichts, nur Wehen nach Braxton Hicks, meldete sie. Sie hatten Kurse über natürliche Geburt besucht und Trost in der Vorstellung gefunden, daß sie durch richtige Atmung und das Wissen von dem, was vor ihnen lag, alles im Griff haben würden. Aber sie hatte nicht das Gefühl, alles im Griff zu haben. Auf ihrer Blase lastete ein solcher Druck, daß sie sich in die Hosen machte, wenn sie nieste oder lachte. Nicht daß ihr häufig zum Lachen zumute gewesen wäre. Es ist kein guter Zeitpunkt, sich kurz vorm Ende einer Schwangerschaft zu fragen: Hab ich einen Fehler gemacht?

Diese Gedanken hatte sie zwar nie, wenn Jazz abends strahlend durch die Tür geflogen kam, sie mit Küssen überhäufte und ihr versicherte, daß sie nicht wie eine Seekuh aussah, sondern immer noch ein ganz schön heißer Ofen war. Während sie zusammen vorm Fernseher saßen und er ihr auf ihrer brandneuen Kuschelcouch Füße und Knöchel massierte, dachte sie: Das muß Liebe sein.

Doch tagsüber war alles anders. Sie hatte zu viel Zeit zum Grübeln und quälte sich damit, daß sie als ehemalige Radikale ins System hineingerutscht war, ohne daß ihr Gewissen auch nur einen Pieps von sich gegeben hätte. Daß sie in einem rosenumrankten Cottage lebte und sich Afghan-Teppichmuster ansah. Daß sie für die Regierung arbeitete. Wenn sich ihr Gewissen schon nicht meldete, sollte dann nicht wenigstens der Stolz an ihr nagen? Waren ihre Überzeugungen in den Collegejahren so oberflächlich gewesen? Oder ging sie mit sich selbst zu hart ins Gericht? War die Anwältin, die aufstand und »Lee White für das Volk, Euer Ehren« sagte, tatsächlich die Frau, die die revolutionäre Studentin in Cornell hatte werden wollen?

Was sie während dieser endlosen Stunden des Tages noch mehr beunruhigte, war Jazz. Wenn er nicht bei ihr war, fragte sie sich ständig: Wer ist er eigentlich? Zuerst hatte sie sich in einer Pizzeria in eine barfüßigen Jungen verliebt, danach in einen Mann, der ganz und gar mit sich im reinen war. Wie hatte sie seine Fähigkeit bewundert, die Welt als seine Auster zu betrachten, und über die Einladung gestaunt, ihm auf dieser Muschel Gesellschaft zu leisten und ihr Leben mit ihm zu verbringen. Komm einfach her, stand auf der Karte. Du mußt dich nicht ständig beweisen. Du mußt nicht immer kämpfen. Du bist doch bei mir. Wir sind drin wie Flynn. Mehr noch als drin, weil Flynn ein Emporkömmling ist und du und ich, Babe, dazugehören.

»Glaubst du nicht«, fragte Lee Robin, »daß Mom und Dad gewonnen haben?«

»Was gewonnen haben?«

»Den Krieg mit uns. Wir sind genauso geworden, wie sie uns haben wollten.«

Robin biß auf ihrer rosenblättrigen Unterlippe herum. Ihre Arbeit in der Tagesstätte war ehrenamtlich, und sie blieb jetzt nachmittags zu Hause, um bei Lee zu sein. Als Robin ihre Entscheidung verkündet hatte, war Lee zuerst entsetzt gewesen und dann besorgt, daß sie Robin verletzen könnte, wenn sie ihr mitteilte, daß sie ihre Ruhe haben wollte. Aber dann wurde sie wütend, weil sie Robin immer wie ein rohes Ei behandeln mußte; alles, was sich den Wünschen der sensiblen Robin entgegenstellte, konnte sie in die Finsternis der Drogen zurückwerfen. Aber am Ende war Lee doch dankbar für die Gesellschaft ihrer Schwester. Sie war einsam und hatte Angst, daß die Wehen beginnen könnten, wenn niemand im Haus war. Immer wieder träumte sie tagsüber davon, daß sie eine starke Wehe hätte, zum Telefon liefe, um Jazz und die Hebamme zu rufen, stolperte, hinfiel, sich den Kopf verletzte oder beide Beine brach und hilflos dalag und vor Schmerzen schrie – und daß das Baby tot geboren wurde. Sie fühlte sich sicher, wenn ihre Schwester im Haus war. Außerdem machte es Spaß, sich mit einer Freundin zu unterhalten, besonders mit einer Nicht-Anwältin, die klug war, aber nicht immer einen klugen Einspruch parat hatte.

»Bei mir haben sie nicht gewonnen«, sagte Robin. »Ich bin nicht das, was sie sich vorgestellt haben.«

»Doch, natürlich«, sagte Lee.

»Nein. Nur in dem Sinn, daß ich kein Junkie mehr bin. Ich hab das College nicht beendet. Ich habe einen Job, der keine besondere Reputation ...«

»Es ist eine gute Arbeit. Du liebst doch die Arbeit mit Kindern.«

»Aber nicht, wenn ich dreimal am Tag fünfzehn Ärsche abwischen muß. Das hört sich schrecklich an. Doch, ich mag die Arbeit wirklich, und ich weiß, daß ich Pädagogik studieren würde, wenn ich wieder zur Schule ginge. Aber im Augenblick … denke ich, ist es so das beste für mich.«

»Du hast dich großartig entwickelt.«

Robin band sich die Bänder ihrer Korkplateausohlen-Sandalen zu. Sie war zur Einkaufsbegleiterin ihrer Mutter geworden. Lee hatte einmal zu Jazz gesagt, daß ihre Schwester die am besten angezogene Kindergärtnerin Amerikas sei.

Die am besten aussehende mit Sicherheit, sinnierte Lee. Jetzt wo Robin nicht mehr auf Drogen war und ihre Zähne überkront waren, war sie zu einer zerbrechlichen Schönheit geworden. Sie besaß die biegsame Figur und den hellen Teint ihrer Mutter, aber feinere, lieblichere Züge, wie wenn ein präraffaelitischer Maler Sylvia verbessert hätte. »Ich mache meine Sache ganz gut«, sagte Robin. »*Du* bist großartig. Du hast alles erreicht.«

»Alles nach Mom und Dads Maßstäben. Einen Mann, ein Haus in der Vorstadt. Was hatte denn meine ganze Rebellion für einen Sinn? Ich habe den Mann ihrer Träume geheiratet und bin kurz davor, ihnen ein Enkelkind zu schenken, das hoffentlich nicht die Nase von Großpapa Nat erben wird, und ich wohne in einem rosenbewachsenen Cottage zweieinhalb Minuten von ihrem Haus entfernt. Wenn sie einen Lebensplan für mich entworfen hätten, hätte der bestimmt nicht sehr viel anders ausgesehen.«

»Du bist Anwältin geworden.«

»Ich mußte ja nach dem College *irgendwas* tun. Niemand klopfte an meiner Tür und flehte mich an, ihn zu heiraten.«

»Nun mach mal halblang!« sagte Robin. »Du hättest ja auch irgendeinen anderen Job machen können.« Nachdem sie die Schleifen an ihren Sandalen so zurechtgezupft hatte, daß sie locker herabfielen, strich Robin mit den Fingern wieder und wieder über ihr Schienbein, um das letzte blonde Haar aufzuspüren, das ihr Rasierapparat vielleicht übersehen hatte. Lee konnte es nicht fassen, daß jemand, der so intelligent war wie ihre Schwester, sich mit solchen Nichtigkeiten beschäftigen konnte. »Du hast dir doch das Leben mit Jazz in dieser Umgebung ausgesucht. Du bist nur sauer, weil sich Mom und Dad genau das für dich gewünscht haben. Aber das ist falsch.«

»Warum?«

»Weil sich alle Menschen auf der Welt so etwas wünschen. Liebe, Heirat, ein schönes Haus. Frag dich doch mal selbst: Was hätte ich lieber als Liebe, einen Mann und ein schönes Haus?«

»Nichts«, gab Lee zu. Sie schaute über die weich gepolsterten Stühle und warmen Holztische im Wohnzimmer. Die Nachmittagssonne warf ihre Strahlen durch die Fenster, die von rubinroten Rosen eingerahmt waren. »Ich kann es kaum glauben, daß wir in diesem Paradies gelandet sind.« Robin lächelte, ein offeneres Lächeln als in der Vergangenheit. Abgesehen davon, daß sie jetzt schönere Zähne hatte, war sie auch glücklicher. »Worüber amüsierst du dich?«

»Du bist so anspruchsvoll«, sagte Robin.

»Anspruchsvoll? Jedesmal wenn Mom mich ansieht, habe ich das Gefühl, daß sie sich nicht entscheiden kann, wen sie zuerst rufen soll: einen Modeberater oder einen plastischen Chirurgen. Ich bin in ihren Augen eine mehr oder weniger schlampige Person.«

»Ich meine, intellektuell anspruchsvoll. Du stellst alles in Frage. Wenn du über deinen Job redest, läuft es immer darauf hinaus, daß du einem Cop nicht geglaubt hast, der das Blaue vom Himmel runterschwor, oder einem Anwalt mißtraut hast oder daß dir sogar die Geschichte des Opfers eines Verbrechens fragwürdig erschien – bevor du nur noch für Mordfälle zuständig warst.«

»Und was folgt daraus?«

»Daß du komisch bist.« Robin senkte den Kopf und kicherte. Dann schaute sie wieder Lee an. »Hör zu. Das bleibt ganz unter uns, nicht wahr? Aber glaubst du denn im Ernst, daß ein Juwel wie dieses Haus *zufällig* an dem Tag frei wird, an dem du beschließt, in die Vorstadt zu ziehen?«

Lee überliefen weder ahnungsvolle Schauer noch waren alle ihre Sinne in Alarmbereitschaft versetzt. Alles, was in ihr vorging, war eine leichte Gefühlsverlagerung, so daß sie überhaupt nichts mehr empfand. »Es war alles arrangiert?« fragte sie beiläufig, als ob sie die ganze Zeit über hinterhältige Machenschaften vermutet hätte.

»Tut mir leid. Ich hätte wahrscheinlich den Mund halten sollen.«

»Ist schon in Ordnung. Erzähl es mir.«

»Mom und Daddy haben sich im Frühjahr an jedem Wochenende umgesehen. Nicht in diesem Frühjahr, sondern im letzten. Ich weiß eigentlich gar nicht, ob sie direkt etwas für dich gesucht haben, aber es gab ihnen das Gefühl, beschäftigt zu sein. Jedenfalls stand das Howell-Anwesen schon seit ewigen Zeiten zum Verkauf, und da niemand es haben wollte, wurde es aufgeteilt.«

Lee versuchte, die Lücken zu schließen. »Sie wollten dieses Haus kaufen?« Robin nickte. »Ohne daß wir es je gesehen hatten?«

»Natürlich nicht! Daddy hat es Jazz gezeigt, der auch gleich Feuer und Flamme war. Es *ist* ja auch phantastisch. Aber er wußte, daß du nicht umziehen wolltest, und sagte daher, daß er dich erst noch überreden müsse, sonst hätte es keinen Sinn, dir das Haus zu zeigen. Doch Daddy befürchtete, daß es in der Zwischenzeit jemand anderes kaufen könnte. Und um das zu verhindern, haben Jazz und er das Haus gekauft.«

Lee fühlte , wie sich ihr Bauch unerbittlich zusammenzog. Zuerst erinnerte es sie an die Wehen, die sie seit Wochen kannte: schrecklich, wenn man die Stärke des Muskels spürt, der sich bewegt, aber sicher nicht schmerzhaft oder etwa unangenehm. Aber das hier! »Mein Gott!« keuchte sie. »Ich glaube nicht, daß ich es aushalte.«

Valerie Belinda Taylor wurde am 5. Juli geboren und nach zwei Urgroßmüttern benannt, Valentine MacDougal und Bella Weissberg. Später, im reiferen Alter, erzählte sie ihren Freunden: Schon damals war ich leicht pervers. Als sie diese Behauptung aufstellte, studierte sie Schauspielkunst an der Juilliard School, und Übertreibungen waren für sie nichts Ungewöhnliches. In Wahrheit aber war Val, auch wenn sie dazu neigte, aus dem Aufreißen einer Tüte Kartoffelchips ein theatralisches Ereignis zu machen, vom ersten Tag an ein freundliches, verständiges Kind.

Und das war auch nur gut so, denn in den ersten Monaten ihres Lebens waren ihre Eltern alles andere als heiter. »Wie konntest du nur?« fauchte Lee aus ihrem Bett in der Entbindungsstation im North Shore Hospital. »Mich so zu betrügen.«

»Wovon redest du eigentlich, verdammt noch mal?« fragte Jazz. Entschlossen, diesmal bis zum Ende zu kämpfen, verschränkte er fest die Arme vor der Brust. »Du regst dich völlig umsonst auf. Es war doch nur ein Geschäft, um Himmels willen.«

»Du hast das Haus gekauft, bevor ich einverstanden war, die Stadt zu verlassen!«

»Dein Vater und ich haben es gekauft, weil es zufällig eine ausgezeichnete Anlage war.«

»Du bist ein Scheißkerl!« schrie sie.

»Nicht so laut.«

»Ich kann nicht anders«, sagte sie wütend, aber flüsternd. »Du hast mich belogen!«

»Hab ich nicht! Ich habe zusammen mit deinem Vater, der zufällig mein Partner ist, ein Geschäft gemacht. Okay, ich muß zugeben, daß es für ein junges Paar ein tolles Haus war ... ist. Ein kleines Juwel.«

»Weißt du, wie du dich anhörst? Wie dieser vor Charme triefende Blödmann von Immobilienmakler. ›Kleines Juwel!‹ Und erzähl mir nicht, daß du mich nicht belogen hast. Als wir in sein Büro kamen, hast du ihm die Hand geschüttelt, als ob du ihn zum ersten Mal sehen würdest. Dann sind wir zu dem Haus gefahren, und du hast dich umgeguckt und Ah und Oh und Donnerwetter gesagt und daß du gar nicht gewußt hättest, daß es so etwas gibt.« Lee konnte an Jazz' absackenden Schultern erkennen, daß sie getroffen hatte. »Wenn das keine Lüge ist, was dann?«

»Ich hab es für dich getan.«

»Du hast es für dich getan. Wenn es dir um mich gegangen wäre, dann hättest du dieses Haus nicht gekauft, ohne vorher mit mir darüber zu reden.« Er ging zum Fußende des Bettes, um etwas Abstand zu gewinnen. »Dann wären wir in der Stadt geblieben. Was willst du eigentlich. Älter und wie unsere Eltern werden?«

»Wir sind nicht unsere Eltern«, sagte Jazz und beugte sich am Fußende über das Bett. Lee konnte hören, wie er sich bemühte, Ruhe zu bewahren, die Wut aus seiner Stimme zu verdrängen und durch den Ton liebevollen Verstehens zu ersetzen, in dem man, wie er aus dem Kurs für natürliche Geburt wußte, mit einer Frau sprechen sollte, die vor vier Stunden entbunden hatte. »Und Valerie wird auch nicht aufwachsen und wie wir werden.«

Lee wollte hart bleiben und sagen: Aber wieso hast du mich belogen? Die Sache war zu ernst, um sie einfach fallenzulassen. Doch genau in dem Augenblick kam eine Schwester mit Val auf dem Arm herein, und die Stiche in ihrem Herzen und die an ihrem Dammschnitt machten sie schwach und verwundbar. Also nahm sie ihr Baby, legte es sich an die Brust und stillte es zum erstenmal in ihrem Leben, und

Jazz kam wieder an ihre Seite, strich mit dem Finger über die zartrosa Wange seiner Tochter und strahlte selig. Sie wirkten geradezu wie eine Verkörperung der Glückseligkeit, und als Jazz auch noch flüsterte: »Es tut mir leid«, nickte Lee und beschloß, sich für den Augenblick damit zufriedenzugeben.

Die Augenblicke vergingen sehr langsam, als Lee aus dem Krankenhaus zurückkam. Ihr ganzes erwachsenes Leben war von starken äußeren Reizen beeinflußt gewesen, und sie mußte nun feststellen, daß die Friedlichkeit der Mutterschaft sie nervös machte. Sie trug Val viel mit sich herum und konnte das Wunder der winzigen Körperteile kaum fassen, über das Eltern seit Urzeiten fassungslos staunen. Sie schwelgte in der heiteren Gelassenheit, die das Stillen mit sich brachte,und begriff, warum Kühe so zufrieden waren. Sie wollte *Jane Eyre* noch einmal lesen, fand es aber zu aufregend und nahm sich statt dessen *Emma* vor. Sie schrieb Dankeskärtchen für all die rosa Geschenke, die die Freunde ihrer Eltern geschickt hatten, und für die geschlechtsneutralen gelben und grünen von ihren eigenen Freunden.

Kent kam vorbei, um seine neue Nichte zu begutachten, und war so begeistert von der ganzen Betriebsamkeit – Windelwechseln, Gespräche mit künftigen Kindermädchen, Begrüßungsgeschenke annehmen, Abendessen vorbereiten, Tisch decken – und dem neuen Großbildfernseher samt Videorecorder in ihrem Kuschelzimmer, daß er einfach blieb. In ihrer vierten Woche zu Hause saß Lee Kent gegenüber und spielte mit ihm Dame – ein Spiel, das er nicht ganz verstand, aber dennoch liebte, weil Lee ihm half, die Steine zu schieben, und ihm sagte, wer am Gewinnen war. Ihr wurde bewußt, daß er jetzt zu ihrem Haushalt gehörte. Was meinst du dazu, fragte sie Jazz, der ihr zur Antwort gab: Ich weiß nicht. Was denkst *du* denn? Sie dachte, daß es gar nicht so falsch wäre, Kent hierzubehalten. Ihm ging es bei ihnen wirklich gut. Nicht daß sie sich um die Verantwortung gerissen hätte, aber der Gedanke, ihn zu ihren Schwiegereltern zurückzuschicken, wo er vielleicht nicht schlecht untergebracht war, mit Sicherheit aber schlecht gekleidet, nachlässig ernährt und ignoriert wurde, machte ihr zu schaffen. Also sagte sie: Soll er bleiben – wenn deine Eltern nichts dagegen haben. Sie lachten, Jazz parodierte das Freudenfest seiner Eltern, und dann schalteten sie das Licht aus. Und da es noch zu kurz nach der Geburt war, um zusammen zu schlafen, und da es sich wirklich nicht lohnte, an einem Sonntagabend herumzualbern, wenn dem nichts folgen konnte, schlossen sie die Augen und schliefen ein.

In Lees fünfter häuslicher Woche kam Will Stewart zum Mittagessen vorbei und brachte einen silbernen Becher mit, in den Vals Initialen graviert waren, einen Autopsiebericht und Photos vom Tatort eines Doppelmords in Hewlett Harbor – ein Bankier und seine Freundin waren in seiner Sauna erschossen worden. »Wunderschön«, sagte Lee und hielt den Becher ins Sonnenlicht.

Will beugte sich über Vals Wagen, stupste sie mit dem Finger an der Nase und strich ihr zart über die flaumige Kopfhaut, wehrte aber Lees Angebot ab, sie hochzunehmen. »Nichts für Junggesellen«, sagte er leicht nervös, als ob man ihm für alles, was in ihrem Leben schieflaufen würde, die Schuld geben könnte, wenn er sie auf den Arm nähme.

Sie saßen unter einer alten Linde im Garten. Lee hatte den Morgen damit verbracht, eine Lachsmousse herzustellen, und war von der Anspannung, sie heil aus der Form zu bekommen, immer noch ganz erschöpft. Es sah schön aus, das mußte sie zugeben, wie sie da lag, umrahmt von durchsichtigen Gurkenscheiben und willkürlich bestreut mit spindeldürren Karottenstäbchen. Sie hatte den Redwood-Picknicktisch mit dem Leinen der Taylors gedeckt und, indem sie über ihren eigenen Schatten sprang, von ihrer Mutter das englische Geschirr ausgeborgt. Zu protzig, ärgerte sie sich ein paar Minuten vor Wills Ankunft und legte noch einmal Hand an das scheinbar flüchtige Arrangement in der Mitte des Tisches. Aber irgend etwas an ihm ließ diese noble Geste angemessen wirken – nicht angeberisch, sondern wie ein guter Einfall –, und jetzt war sie froh, daß sie einen solchen Wirbel veranstaltet hatte.

»Das hier hätte dein Fall sein können«, bemerkte Will, während er Butter auf sein Brötchen strich und Lee betrachtete, die die Ausführungen des ärztlichen Leichenbeschauers studierte. »Du hast sicher keine Zeit, fernzusehen oder Zeitung zu lesen, aber der Fall macht Schlagzeilen.«

»Was hätte ich denn tun sollen? Meine Gebärmutter in eine Einkaufstüte packen und direkt vom Krankenhaus ins Büro gehen?«

»Wenn es dir wirklich etwas bedeutet hätte.«

»Wie steht's im Büro?« fragte sie. Eine Viertelstunde lang sprachen sie über den Fall, den er mitgebracht hatte. Dann unterhielt er sie mit vergnüglichen Geschichten vom Krieg seiner Abteilung gegen Mord und Totschlag und fügte noch ein paar Horrorstories über McCloskey hinzu, der immer stärker versuchte, Einfluß auf die Führung seiner Truppe zu nehmen – und über Woodleigh Huber, der die politischen Manöver McCloskeys nicht unterband. »Warum tun sie dir das an?« fragte Lee.

»Weil ich einen ihrer Jungs entlassen und einen anderen nicht eingestellt habe.«

»Aber du hast mich genommen. Ich war ein politischer Handel.«

»Das war etwas anderes. Du warst gut. Die Jungs, die sie mir schickten, waren Flaschen. Da ging's nur um die Parteizugehörigkeit. Huber ist wirklich daran interesssiert, daß seine Mordabteilung die beste im ganzen Staat ist, aber er will auch, daß ich sie mit seinen Schwachköpfen besetze, also schickt er McCloskey runter, um mich weich zu klopfen.«

Will sah wunderbar aus, ging es Lee durch den Kopf. Er saß entspannt in einem Liegestuhl, Teller und Serviette lagen lässig auf seinem Schoß, die dunkle Haut leuchtete unter den Strahlen der Sonne, die durch das dichte Blattwerk der Linde drangen. Der einzige Mann, an dem ein leichter Leinenanzug nicht sackartig wirkte. Natürlich würde Will Stewart auch dann elegant aussehen, wenn er die Lachsmousse auf dem Kopf trüge.

»Wann kommst du wieder ins Büro, Lee?«

»Bald.«

»Und wann ist bald?«

»In sechs bis acht Wochen.« Sie drehten sich beide nach Val um, die fest schlief, aber unaufhörlich Nuckelgeräusche von sich gab.

»Sie ist eine Schönheit«, bemerkte er. »Schwer zu verlassen.« Er stellte den Teller mit der Serviette auf den Tisch. »Überlegst du dir manchmal, nicht mehr zurückzukommen?« Lee erstarrte vor Schreck. War etwas nicht in Ordnung, wollte Will sie nicht mehr haben? Oder wenn nicht Will, dann hatte sich vielleicht Woodleigh Huber überlegt, daß ihr Schwiegervater so einen großen Gefallen wie ihren Job nicht verdient hatte. »Nun beruhig dich wieder«, mahnte

Will. »Es gibt gar keinen Grund, verrückt zu spielen. Ich will dich zurückhaben. Und alle anderen auch. Okay? Aber jedesmal, wenn ich dich anrufe, weil ich irgendwas von dir wissen will, und dich frage, wann du denn gedenkst wiederzukommen, druckst du herum und sagst: Ich weiß nicht so genau. Ich muß erst den Arzt fragen. Ich muß noch die Referenzen der Kindermädchen prüfen. Kann ich dich zurückrufen, ich rolle gerade den Pastetenteig aus.«

»Nun, wie ich schon sagte«, meinte sie und wünschte, sie hätte zum Nachtisch keine Pfirsichpastete gemacht. »Sechs bis acht Wochen.«

Will schaute sie an. »Vergiß doch einmal, daß ich dein Boß bin und du von meiner Laune abhängig bist«, sagte er. »Sprich mit mir. Ist etwas nicht in Ordnung? Ich spüre … ich weiß nicht was. Ich spüre etwas.«

»Ich fühle mich etwas unter Druck, zu Hause zu bleiben.«

»Von deinem Mann?«

»Von meiner ganzen Familie. Ich bin so anders als sie. Zumindest als meine Mutter und Schwester. Meine Mutter macht irgendwas mit Schuhen, und meine Schwester arbeitet ehrenamtlich in einem Kindergarten. Was die beiden angeht, könnte man kaum zwei traditionellere Frauenrollen finden.«

»Okay, du fühlst dich also unter Druck, Hausfrau zu werden.«

»Ja. Aber eine Hausfrau, wie ich sie verstehe, hat eine Menge Aufgaben. Ein Teil von mir würde liebend gern einen Pillsbury-Backwettbewerb gewinnen oder lernen, wie man Schnittmuster zeichnet. Aber ich will auch Anwältin sein, das ist mir wichtiger, als daß meine Heidelbeer-Ricotta-Törtchen gut geraten. Viel wichtiger. Eigentlich kommt der Druck gar nicht von meiner Mutter oder meiner Schwester. Sondern eher von den Männern. Da gehen Jazz und mein Vater nun jeden Morgen zur Arbeit. Und was machen sie dort? Über Ärmellängen reden. Kaffee trinken mit reichen Damen und ihnen Honig um den Bart schmieren. ›Vertrauen Sie mir. Probieren Sie einmal den Luchs an. Ich habe das Gefühl, daß er ausgezeichnet zu Ihrem Teint paßt.‹ Und was mache ich? Treibe mich mit einem Haufen gutgebauter Cops und Strafverteidiger herum. Überlege, wie man einen Zeugen im Kreuzverhör aufs Kreuz legt.«

»Also verrichten sie die traditionelle Frauenarbeit?«

»In gewissem Sinne ja, auch wenn es ihr Beruf ist. Ich glaube, daß sie ihre Arbeit als unmännlich empfinden. Als Frauensache. Und das, was ich mache, ist todsicher Männersache.«

»Und du hast das Gefühl, nicht mehr reinzupassen.«

Lee nickte. Obwohl Val keinen Ton von sich gegeben hatte, nahm sie das Baby aus dem Wagen und hielt es dicht an ihre Wange. »Es sind nicht die häuslichen Tätigkeiten, die ich nicht mag – das Kochen, das Teppichknüpfen und all das. Mich bekümmert, wie ich mich verändere. Ich höre mir manchmal selbst zu, wenn ich hier eine Oktave höher spreche als im Büro. So mädchenhaft, so niedlich, so unkämpferisch. Ich spreche schon lang nicht mehr über meine Arbeit. Nur noch: Puh, hatte ich einen anstrengenden Tag oder so. Über nichts Wesentliches. Weil es niemand hören will.«

»Bist du dir sicher, daß du nicht einfach Schuldgefühle hast, weil du mit Leib und Seele Anwältin bist und dein Mann … es nicht gepackt hat?«

»Nein, das glaube ich nicht. Merkt man mir das ›mit Leib und Seele‹ an?«

»Aber natürlich, riechen und fühlen. Trotz aller Blaubeerpasteten gibt es in deinem Wesen etwas, das den Kampf will, das kämpfen *muß*. Und gehen wir nicht auf zivilisiertere Art mit unseren Aggressionen um als unsere Angeklagten mit ihren? Also wenn du daran denkst zu kündigen …« Will streckte die Arme nach Val aus. Lee legte ein Windeltuch über seine Schulter und gab ihm das Baby. Auch wenn er nicht lächelte, schien er sich in der Situation außerordentlich wohl zu fühlen. »Du darfst nicht kündigen. Du brauchst einen sicheren Rahmen, in dem du kämpfst.«

»Ich bitte dich« sagte Jazz und folgte Lee ins Badezimmer. »Bitte, schieb es doch noch ein, zwei Jahre auf.«

»Wir haben ausgemacht …«

»Willst du denn nicht mehr Zeit für Val haben?«

»Ob ich nicht will? Was ist denn das für eine Frage?«

»Du bist die Mutter.« Sie drückte die Tube zu stark, und ein Streifen blaugrüner Zahncreme kringelte sich auf ihre Hand. »Ich weiß, es ist unfair, aber seit Tausenden von Jahren sind es die Mütter, die zu Hause bleiben. Ich sage nicht, daß du es aufgeben sollst. Ich sage, schieb es …«

»... auf. Nun, die Antwort ist nein. N-nein. Ich weiß, daß es keine ideale Lösung ist, wenn ich den ganzen Tag weg bin, aber ich kann es nun mal nicht ändern. Ich habe eine prächtige Kinderfrau engagiert. *Du* hast selbst gesagt, sie sei prächtig.« Was Jazz wirklich gesagt hatte, war, daß die Frau, Cherry Berkemeyer aus Iowa, »ein Traum« sei, und es hatte sich so sehr nach Leonard angehört, wenn der sich besonders weltmännisch geben wollte, daß es Lee fast übel geworden war.

»Es geht ja nicht nur um Val. Wir haben auch die Verantwortung für Kent übernommen. Du hast ihn doch aufnehmen wollen.«

»*Wir* haben uns geeinigt, ihn aufzunehmen, und wenn du möchtest, kann ich dir diese Unterhaltung wortwörtlich zitieren.« Sie bürstete sich die Zähne so kräftig, daß das Zahnfleisch zu bluten anfing. Am liebsten hätte sie ihre Hand genau auf die Mitte seiner Brust gedrückt und ihn aus dem Bad geschoben. Statt dessen duschte sie ihren Mund so unauffällig wie möglich. »Und Cherry habe ich mit der klaren Abmachung eingestellt, daß Kent dazugehört, auch wenn er den ganzen Tag unterwegs ist. Wenn er kommt, muß sie sich um ihn genauso kümmern wie um Val.«

»Was ist, wenn Cherry geht?«

»In ihrem letzten Job hat sie sieben Jahre gearbeitet. Wir zahlen ihr ein Wahnsinnsgehalt. Wieso sollte sie gehen?« Jazz zuckte die Achseln und schickte sich an, das Bad zu verlassen. Er trug einen Schlafanzug mit seinen Initialen auf der Brusttasche. »Jazz«, sagte Lee.

»Was ist?« fragte er und atmete langsam aus, um seine Geduld zu beweisen.

»Du bist nicht mehr der Mann, den ich geheiratet habe.« Und bevor er antworten konnte, daß sie auch nicht mehr die Frau von damals war, fuhr sie fort: »Du bist ein jüdischer Pelzhändler mittleren Alters. Was zum Teufel ist nur mit dir los? Ich soll zu Hause bleiben ... dort, wo ich hingehöre! Wo ist der Mann geblieben, mit dem ich Jura studiert habe, der Mann, der so stolz auf mich war – auf das, was ich tat?«

»Damals war ich stolz auf dich. Ich habe deinen Schwung, deinen Mut bewundert. Aber ich denke, daß es hundertmal mutiger ist, zu kündigen und nicht den üblichen feministischen Weg zu gehen, die Erziehung seiner Kinder fremden Menschen zu überlassen.«

Sie knallte ihre Zahnbürste auf den Waschtisch. »Dann laß mich dir einen Vorschlag machen. Wenn du nicht willst, daß unser Kind von einer kompetenten und sehr netten Frau versorgt wird, dann bleib du doch zu Haus. Häng den Pelzhandel an den Nagel. Ich arbeite noch ein Jahr bei der Staatsanwaltschaft und mache dann eine Kanzlei auf. Wer weiß, vielleicht können wir das Haus sogar behalten. Jedenfalls werde ich dafür sorgen, daß wir leben können, wenn nicht hier, dann an irgendeinem anderen Ort, der kein Rattenloch ist. In Ordnung?«

»Nein«, sagte Jazz sehr ruhig. »Es ist nicht in Ordnung. Doch ich habe in dieser Angelegenheit wohl nichts zu sagen, nicht wahr?«

»Was meine Arbeit betrifft, nein. Was deine angeht, ja.«

»Dann tut es mir leid, wenn ich dich verärgert habe.« Er drehte sich um und ging ins Schlafzimmer.

»Tut mir leid, wenn ich *dich* verärgert habe«, rief Lee seinem entschwindenden Rücken nach.

»Ich schätze, wir müssen uns darauf einigen, uneinig zu sein«, verkündete Jazz, als er seine Pantoffeln abstreifte und die Bettdecke anhob.

»Vermutlich.« Lee sah in den Toilettenspiegel und hatte das Gefühl, daß sie noch etwas im Bad erledigen wollte. Aber sie wußte nicht mehr, was.

Am nächsten Tag begann sie wieder zu arbeiten.

19

Bevor Norman Torkelson und Mary Dean in mein Leben traten, hatte ich fünfzig oder sechzig Mordfälle verhandelt. Wußte ich also, was im Kopf eines Killers in den Tagen und Wochen nach dem Mord vor sich ging? Nicht im geringsten. War er stolz und aufgedreht? Vielleicht. Hatte er Angst. Möglicherweise. Oder kehrte er einfach zum normalen Leben zurück und sagte sich: Hm, ich muß noch Haferflocken kaufen? Nach über zwanzig Jahren Berufserfahrung als Staatsanwältin und Verteidigerin wußte ich nur, daß Mörder nicht über ihr Verbrechen redeten. Außer dem Soziopathen im Teenageralter, der vor seinen Freunden damit prahlt, gibt kaum jemand einen Mord zu.

Ein Beispiel: Nehmen wir den Fall, wo die Indizien zweifelsfrei belegen, daß X Y genau zwischen die Augen geschossen hat. Zweifelsfrei bedeutet nicht, daß X ein Geständnis ablegen wird. *Was?* Ich soll Y getötet haben? Unverschämtheit! Wenn es Augenzeugen gibt – ein Dutzend Nonnen, die bereit sind auszusagen, daß sie gesehen haben, wie X Y erledigt hat (der zu dem Zeitpunkt seines Todes auf den Knien lag und den Rosenkranz betete) –, wird X zugeben müssen, daß er es getan hat. Doch er wird auf einen Stapel Bibeln schwören, daß es Notwehr war.

Also würde ich das kostbare Geschenk, das mir Mary zu Füßen gelegt hatte, das Geständnis: »Ich habe Bobette Frisch getötet«, mit größter Sorgfalt behandeln. Mit Norman zu sprechen hatte keinen Sinn. Er würde mir nur das Mandat entziehen. Und wenn er nur halb soviel Verstand hatte, wie ich ihm zubilligte, würde sein neuer Anwalt gleich zu Anfang dafür sorgen, daß ich über den Fall nicht reden würde, oder mir sogar für immer den Mund stopfen oder mich wenigstens solange schikanieren, bis Norman Mary aus der Gefahrenzone gebracht hatte. Oder Norman würde einfach alle, die vor dem Gefängnistelefon anstanden, beiseite schieben, Holly Nuñez anrufen und behaupten, daß Mary nur gestanden hätte, um ihn zu retten. Glauben sie ihr kein Wort! Ich habe es getan. Und Holly würde ihm antworten. Keine Sorge, Norman. Ich glaube ihnen.

Ich saß in dem möblierten Apartment, das sie und Norman gemeinsam bewohnt hatten, und kam zu dem Entschluß, daß ich sie unbedingt daran hindern mußte, mit Norman zu sprechen. Ich spürte, daß ich in diesem Fall, inmitten all der Spinnennetze, die ein Heiratsschwindler weben konnte, mit Ränkeschmieden nicht weiterkam. Das beste war die einfache, direkte Aktion. Also bat ich Mary, mich zu einem Gespräch mit der Staatsanwältin zu begleiten, die für den Fall zuständig war.

»Sie meinen jetzt gleich?« erkundigte sich Mary und beugte sich vor, um die Schnur ihres Staubsaugers aus der Dose zu ziehen. »Meinen Sie, ich sollte es wirklich tun?«

»Das ist allein Ihre Entscheidung«, sagte ich mit dem Ton eines korrekten, verlogenen Anwalts. Na los doch, dachte ich. Packen wir's an! Doch meine Worte kamen so weich und süß über die Lippen wie Zuckerwatte. »Wenn es wahr ist, was Sie mir sagen, Mary, daß Sie Norman helfen wollen, dann ...«

»Ich gehe«, sagte sie gefaßt.

»Das freut mich«, erwiderte ich. Mary stellte den Staubsauger in einen Besenschrank, der mit einer erschreckenden Anzahl von Mops, Schrubbern, Bürsten, Spraydosen und knallbunten Reinigern vollgestopft war. »Während Sie sich Schuhe anziehen, rufe ich eine Kollegin an. Eine Anwältin. Ich kann Sie nicht vertreten, weil ich Normans Anwältin bin, aber ich helfe Ihnen gerne, und die Frau wird die Sache mit Ihnen bereden. Wir gehen erst zu ihr und dann ins Büro der Staatsanwältin. Ich fahre Sie hin.« Ich sagte ihr nicht, daß sie auch gleich ihre Zahnbürste einpacken könne; es machte wenig Sinn, ihre guten Absichten auf eine derart harte Probe zu stellen.

Mary sah an ihrem Jeansminikleid hinunter. »Kann ich das beim Staatsanwalt tragen?« Es war ein Fehler, daß ich überhaupt darüber nachdachte, denn in weniger als einer Sekunde stand sie vor ihrem Schlafzimmerschrank und wühlte sich durch die Kleider, die so eng hingen, daß die Bügel nur eine Behinderung darstellten. Sie zerrte ein schwarzes Kleid heraus, nur um es als »zu abendlich, nicht wahr?« zu verwerfen. Dann kamen drei grüne Kleider zum Vorschein: oliv-, smaragd- und flaschengrün. Nach einer Unterhaltung, die länger dauerte, als einem Mandanten ausführlichst zu erklären, welche Vorteile er hätte, wenn er sich vor der Verhandlung schuldig bekannte, entschieden wir, daß Olivgrün für so einen ernsthaften Anlaß die passende Farbe sei.

Ich erwartete fast, daß sie sich mit mir über die Wahl ihrer Schuhe und Handtasche beraten würde, und als sie es nicht tat und statt dessen in ein Paar goldener Sandalen schlüpfte, war ich enttäuscht. Warum nur? Vermutlich, weil ich der Tatsache nicht ins Auge sehen wollte, daß Mary die Suppe auslöffeln mußte. Aber genau das hatte ich doch die ganze Zeit über erreichen wollen: Fairneß, Gerechtigkeit, wie immer man es nennen mochte. Der wirkliche Täter sollte für den Mord bestraft werden. Egal, was für ein lausiger Kerl Norman war, er durfte nicht für etwas bezahlen, was Mary getan hatte. Trotzdem fühlte ich mich matt, als ich zum Telefon ging. Den einen Meter zu gehen überstieg fast meine Kräfte; ich schleppte mich vorwärts, als wäre die Luft ein zähflüssiger Brei.

Während Mary sich schminkte, rief ich Holly an, um ihr mitzuteilen, daß ich mit jemandem vorbeikäme, der sie dringend sprechen müßte. Bevor sie sagen konnte, daß sie keine Zeit für mich hätte, legte ich den Hörer auf. Ich beobachtete Mary vor dem Waschbecken im Bad, in der einen Hand den Vergrößerungsspiegel, in der anderen die Wimperntusche. Die Minuten schlichen im Schneckentempo vorüber. Es dauerte endlos, sie schien jedes Härchen einzeln zu tuschen. Als sie schließlich einen Rougepinsel in die Hand nahm, sagte ich: »Es ist besser, wenn Sie etwas blaß aussehen, Mary.«

Ich hatte Barbara Duberstein im Mütterraum – der heutzutage vermutlich Mütter-Väter-Raum heißt – am ersten Kindergartentag unserer Kinder kennengelernt. Sie war ein anderthalb Meter großes Energiebündel – ihr Mann nannte sie seine kleine Lokomotive – und hatte gerade angefangen, in Hofstra Jura zu studieren. Wir mochten uns und diskutierten heftig über den Elften Zusatzartikel und die Grenzen der Bundesgerichtsbarkeit, während ihr Sohn und meine Tochter zusahen, wie sich das Klassenmeerschweinchen entleerte – ein allem Anschein nach fesselndes Erlebnis. Zwischenzeitlich hatte sie eine gutgehende Kanzlei in Mineola und machte alles von Testamenten bis zu Ehesachen und ab und zu auch eine Straftat. Sie war intelligent und ausgebufft, einer der kommenden Stars der Republikanischen Partei, und ich wollte sie für Mary, weil ich wußte, daß sie Einfluß hatte – für den Fall, daß Einfluß vonnöten war.

Aber ich wußte auch, und Barbara ebenso, daß Einfluß nicht viel nutzen konnte, wenn ein Mandant wild entschlossen war, einen Mord zu gestehen. Sie versuchte, mit Holly über strafrechtliche Immunität zu verhandeln, damit wir Mary erst einmal befragen konnten und nichts, was sie sagte, gegen sie verwendet werden durfte. Aber, wie erwartet, war Holly zu gar nichts bereit, nicht bei jemandem, der einen Mord gestehen wollte, den der Staatsanwalt für längst aufgeklärt hielt. Sind Sie wirklich sicher, daß Sie das tun wollen? fragte Barbara Mary. Wenn Sie sich einmal schuldig bekannt haben, können Sie es nicht mehr zurücknehmen. Und Mary antwortete: Bringen wir's hinter uns.

Mary starrte Hollys perfekt ovale, blaßrosa Acrylnägel an. Verständlich. Auf Nägel zu starren war definitiv weniger beunruhigend, als in die Linse der Videokamera zu schauen, die auf sie gerichtet ihr Geständnis aufnahm. Davor hatte sie versucht, die Häßlichkeit dieses kleinen Konferenzzimmers mit braunen Kunststoffmöbeln leichter zu ertragen, indem sie Sam Franklin, der neben Holly am Tisch der Staatsanwaltschaft saß, schöne Augen machte. Doch er hatte Mary so gleichgültig betrachtet, daß sie sich verletzt abwandte. Es war seltsam, wie wir da alle in dem fensterlosen, stickigen Raum saßen: drei weibliche Anwälte mit Schulterpolstern, eine geständniswillige Mörderin in einem schulterfreien Kleid und ein Cop, der von einer zur anderen sah, als ob er Angst hätte, sich eine Östrogenvergiftung zuzuziehen.

Im Gegensatz zu Mary betrachtete Holly keine Nägel. Nein, es sah nur danach aus. In der letzten Stunde hatte sie Marys kräftige Hände und die langen, kräftigen Finger studiert. »Was geschah, als Sie sie würgten?« fragte Holly. »War sie gleich tot?«

»Nein«, sagte sie. »Nicht sofort.« Zuerst war ich wütend auf Mary. Was für ein Spatzenhirn, daß sie sich mehr für die Maniküre der stellvertretenden Staatsanwältin interessierte als für die Tatsache, daß die stellvertretende Staatsanwältin sie für viele Jahre an einen Ort schicken würde, wo der Mangel an Nagelfeilen ihr geringstes Problem sein würde. Doch dann fiel mir auf, wie Mary auf dem Stuhl saß: kerzengerade, die Hände um die braunen Metallehnen gepreßt, die Finger wie Klauen gekrümmt, die Zehen in den Sandalen zusammengedrückt. Alles, was mir dazu einfiel, war, daß sie wie eine verurteilte Frau dasaß, die an den elektrischen Stuhl gefesselt war und auf den Strom wartete.

»Erzählen Sie weiter«, schlug Holly vor. »Wie Sie sie erwürgt haben.« Ihre gewohnte Forschheit als Cheerleader war verschwunden, aber ihre angeborene Frohnatur konnte sie nicht ganz verbergen: Kinn nach oben, Schultern zurück. Ihre Hände ruhten mit locker verschränkten Fingern am Rand des Tisches, doch von Zeit zu Zeit lösten sie sich, als ob sie die Pompons aus Kreppapier suchten, mit denen sie als Jugendliche gewinkt hatte. Unter professionellen Gesichtspunkten betrachtet, führte sie die Vernehmung mit dem richtigen Maß an Skepsis und Zuspruch durch. Um Marys willen war ich erleichtert, daß Holly die Anklage vertrat und nicht einer von Woodleigh Hubers neuen Assistenten in der Mordeinheit, zwei Jungs, die mein Partner Chuckie und ich nur als Gift und Galle bezeichneten. Holly, die sich einmal nicht so benahm, als hätte sie was Besseres zu tun, brachte Mary dazu, ihre Aussage immer wieder zu wiederholen und zu erweitern. Sie entlockte ihr alles, was ich schon erfahren hatte, und noch mehr: Zum Beispiel, daß Mary schon drei Tage vor dem Mord um Bobette und Norman herumgeschlichen war und sie durch das Fenster beobachtet hatte. Einmal, am Tag davor, hatte sie gesehen, wie sie sich auf der Couch im Wohnzimmer liebten.

»Ich warte«, sagte Holly. »Ich möchte, daß Sie mir davon erzählen.«

»Sie meinen diese Hals-Geschichte?« fragte Mary.

»Genau. Die Strangulierung«, erwiderte Holly, für meinen Geschmack ein wenig zu heiter.

»Ich weiß nicht. Ich war wie betäubt. Sie versuchte dauernd, meine Hände wegzuzerren. Packte mich hier ...« Sie hob ihre rechte Hand und massierte mit ihr vorsichtig ihr linkes Handgelenk.

»Sie packte Sie an den Handgelenken«, merkte Holly für den Bericht an. »Ist das korrekt?«

»Ja, sie versuchte, meine Hände wegzuziehen. Sie versuchte es eine ganze Weile, aber ich war stärker, und sie wurde immer ... Sie wissen schon.« Mary vergaß Hollys Nägel und schaute beschämt zur Seite.

»Nein, das weiß ich nicht. Bitte erzählen Sie es mir.«

»Sie wurde schwächer. Und dann gab sie diese Geräusche von sich.« Mary krächzte viermal – kurze, abgehackte, froschartige Laute. »Es klang schrecklich, aber nicht als ob sie *wirklich* erstickte. Mehr wie wenn sie etwas sagen wollte, aber nicht konnte.«

»Haben Sie irgendwas zu ihr gesagt?« fragte Sam.

Mary blickte mich und dann Barbara an. Wir gaben ihr ein Zeichen, daß sie die Frage ruhig beantworten könne, und sie wandte sich wieder an Sam. Ihre Miene entspannte sich: ein Mann. Der Feind, ihr Gegner, aber immerhin ein Mann. »Nein«, erwiderte Mary, »ich sagte nichts.« Er und Holly spürten, was ich spürte, daß sie soeben gelogen hatte. Er wartete und fummelte an seinem Namensschild mit Photo auf der linken Brusttasche herum. »*Vielleicht* habe ich etwas in der Art gesagt, wie daß sie aus Normans Leben verschwinden soll«, gab Mary schließlich zu.

»Drücken Sie sich genauer aus«, befahl Holly.

»Ich habe gesagt, daß Norman mich liebte. Er würde mich heiraten, und der einzige Grund, warum er ihr erzählt hätte, daß er sie heiraten wolle, wäre ihr Geld. So eine ...« Sie senkte den Kopf und murmelte etwas vor sich hin.

»Sprechen Sie lauter«, drängte Barbara.

»Sie war eine fette Sau«, sagte Mary trotzig und starrte direkt in das Glasauge der Kamera.

»Ist sie gleich danach gestorben?« fragte Holly. Natürlich wußte sie aus dem Autopsiebericht ganz genau, wie der Tod eingetreten war. Sie wollte sich vergewissern, daß Marys Schilderung mit den objektiven Ergebnissen übereinstimmte.

»Nicht in der Sekunde. Aber das«, Mary machte wieder das krächzende Geräusch, nur diesmal sanfter, »hörte schließlich auf. Und ihre Augäpfel wurden so gräßlich. Dann schloß sie die Augen, und ich ließ sie los.« Sie wandte sich an Sam. »Sie war sehr schwer. Ich konnte sie nicht halten.«

Noch bevor er eine gemeine Bemerkung machen und sie verstören konnte, fragte Barbara Duberstein: »Mary, können Sie sich noch erinnern, daß Ms. Nuñez Sie am Anfang gefragt hat, ob Sie dieses Geständnis aus freien Stücken machen? Sie antworteten mit Ja.« Mary sagte ja, ernst und ruhig, als ob sie auf einmal wirklich begriff, was sie sagte. »Hat irgend jemand unzulässigen Druck auf Sie ausgeübt, damit Sie diese Aussage machen?«

»Nein.«

»Haben Sie diese Aussage mit Norman Torkelson abgesprochen?« fragte ich.

Mary brach in ein lautes, kurzes Lachen aus. »Soll das ein Witz sein?«

»Heißt das nein?«

»Natürlich heißt das nein. Er würde mich umbringen, wenn er davon wüßte!« In diesem Moment fiel ihr Blick zufällig auf Sam, und sie fuhr zusammen. »Ich meine, nicht wirklich umbringen«, erklärte sie. Wie durch höhere Gewalt verwandelten sich Sams kalte, starre Cop-Augen in mitfühlende Augen und wie durch Zauberei in die verschleierten Augen einer Großaufnahme aus einer Seifenoper. Holly starrte mich an, als Sam die unverhoffte Reise ins Paradies antrat. Ich zuckte die Achseln, als würde ich sagen: Was haben Sie denn erwartet? Holly zuckte auch mit den Achseln, als wollte sie sagen: Noch jemand, der dran glauben mußte. Barbara sah bloß zur Decke hoch und atmete tief aus. »Es ist nämlich so«, fuhr Mary fort und konzentrierte sich nur noch auf Sam, »Norman meinte, daß er ins Gefängnis gehen sollte. Weil er mit dem ganzen Geschäft angefangen und mich mit hineingezogen hat – was nicht stimmt. Ich liebe ihn. Es war meine Idee, daß wir zusammenarbeiten sollten, nicht seine. Aber er sagte, es wäre für ihn leichter, weil er schon mal drin war.« Den Blick immer noch auf Sam gerichtet, ergänzte sie: »Im Gefängnis.« Er nickte ihr für diese Aufklärung dankbar zu – ein eifriges, umfassendes Nicken, das vielleicht nie zu Ende gegangen wäre, wenn Mary nicht weiter gesprochen hätte. »Schließlich kennt Norman sich in Gefängnissen aus. Aber er meinte auch, daß es nicht so lang dauern würde, bei guter Führung oder so. Er sagte zu mir: Halt einfach durch. Aber das kann ich nicht! Jetzt nicht mehr. Ich wußte nicht, daß Sie«, sie blickte von Sam zu Holly, »ihn zur Höchstrafe verurteilen wollen.« Ihre schönen grünen Augen füllten sich mit Tränen, und ohne Rücksicht auf ihre Wimperntusche begann Mary zu weinen.

»Okay«, sagte Holly, als wir wieder in ihrem Büro waren. Sie hatte eine Polizistin herbeigerufen, die sich um Mary kümmern sollte, solange sie, Sam, Barbara und ich miteinander redeten. Sam hatte zwar behauptet, dringend nach Plainview zu müssen, aber aus irgendeinem Grund kam er nicht weiter als bis zu Marys Stuhl. »Ich muß zugeben: Sie haben es mir gesagt, Lee.«

»Und was nun?« fragte ich, schlug die Beine übereinander und dachte an den unvermeidlichen Anruf, mit dem ich meinem Typ mitteilen mußte, daß ich nicht wüßte, wie spät es werden würde, und daß er sich etwas Kreatives für die aufgetauten Hühnerbrüste in meinem Kühlschrank einfallen lassen sollte. Dies würde ein langer Tag werden.

»Es gibt nur ein kleines Problem«, sagte Holly.

»Welches denn?« fragte ich.

»Ich glaube ihr nicht.« Ihre Stimme klang so überschwenglich wie die der albernen Quiz-Showmasterinnen, die befürchten, daß ihnen ihr Co-Talkmaster den Rang ablaufen könnte.

»Was wollen Sie damit sagen, Holly?«

»Es kommt bei mir nicht rüber.«

Ich hasse den neumodischen Gebrauch altmodischer Verben. »Es geht nicht darum, ob es bei Ihnen rüberkommt. Es handelt sich nicht um ein Theaterstück oder einen Film, sondern um ein Geständnis in einem Mordfall.«

»Das haben sie sich ausgedacht, das ist irgendein Schwindel.«

»Holly, sie haben sich nicht abgesprochen. Norman weiß nicht, daß sie mir gegenüber ein Geständnis abgelegt hat. Er weiß todsicher nicht, daß sie hier ist.«

»Ich muß erst Jerry fragen.«

Entsetzlich. Jerry McCloskey, der Leiter der Mordabteilung, war so unfähig, daß er vermutlich eine Volksbefragung durchführen würde, bevor er zu einer Entscheidung kam. »Das ist wirklich nicht nötig«, sagte ich zu ihr. »Die Sache ist doch eindeutig. Sie haben ein Geständnis. Sie haben zusätzliche Beweise, die das Geständnis untermauern. Ob es bei Ihnen rüberkommt oder nicht, ist keine juristische Frage.«

»Ich melde mich wieder.«

»Nein«, sagte ich. »Ich gehe hier nicht weg, bis Sie eine Entscheidung getroffen haben.« Also machte sie sich auf den Weg zu Jerry McCloskey.

Während ihrer Abwesenheit sprachen Barbara und ich darüber, wie erstaunlich es doch war, daß man sogar die selbstbewußtesten Menschen durch unverschämtes Benehmen einschüchtern konnte. Wieso hatte Holly nicht einfach gesagt: Was fällt Ihnen eigentlich ein! Verlassen Sie sofort mein Büro! Ich rufe Sie an, wann es mir paßt. Während meiner ganzen juristischen Laufbahn hatte es genügt, wenn ich die Arme verschränkte und mich auf meine metaphorischen Hinterbeine stellte. Okay, dann und wann riet mir ein Anwalt, die Fliege zu machen, aber wenn ich sitzenblieb, mich nicht rührte und vielleicht auf die Uhr sah, um deutlich zu machen, wie sehr mich seine Halsstarrigkeit ärgerte, stand er schließlich auf oder nahm den Hörer in die Hand und tat das, was ich von ihm wollte.

Doch die Frage, warum wir hartgesottenen Spitzenanwältinnen im Privatleben eher Lahmärsche waren, stellte sich weder Barbara noch mir.

Holly kehrte nach einer Viertelstunde zurück. »Jerry ist einverstanden.«

»Gut«, sagte ich und unterdrückte das Bedürfnis, aufzuspringen und vor Freude im Kreis herumzutanzen.

»Ich möchte klarstellen, daß wir nicht das geringste Entgegenkommen zeigen werden«, sagte Holly zu Barbara.

»Dann beten Sie, daß Sie eine Richterin bekommen«, erwiderte Barbara. »Sonst wird das Urteil milder ausfallen, als Ihnen lieb ist.«

»Wenn es ein Mann ist, haben Sie verloren, Holly«, warf ich dazwischen. »Haben Sie Sam Franklin beobachtet?«

»Ja, ich weiß. Ist Ihnen schon mal ein solcher Schmalzbruder unter die Augen gekommen?«

»Terry Salazar«, erwiderte ich. »Mein Privatdetektiv. Mr. Eisenherz.«

»Er ist wirklich niedlich«, meinte Holly.

»Wenn Sie ihn kennen würden, wüßten Sie, daß es kaum einen weniger niedlichen Mann in Amerika gibt. Den Augenblick ausgenommen, als er Mary traf: Sie verwandelte ihn in Götterspeise. Und bei dem letzten Richter, vor dem sie stand, kostete es sie nur ein Lächeln, damit er sie auf Kaution freiließ …«

»Ein Mann«, vermutete Holly. »Das hätten wir uns doch fast gedacht!« Sie lachte glücklich. Allzu glücklich.

Um Himmels willen, dachte ich. Es ist ja verständlich, daß sie erleichtert ist, einen Fall gelöst zu haben. Aber ihr war gerade ein großer, fetter, saftiger Prozeß durch die Lappen gegangen, den sie gewonnen hätte. Ich an ihrer Stelle wäre ziemlich verärgert gewesen. Okay, sie verhielt sich so, wie ich es mir gewünscht hatte: anständig und fair; es war verdammt schnell gegangen, daß sie sich in ihr Schicksal fügte. Barbara schien Hollys gute Laune nicht zu beunruhigen, aber es war auch nicht wirklich ihr Fall. Ich hatte mindestens vier oder fünf Stunden harter Auseinandersetzung erwartet. Holly hätte wenigstens so tun müssen, als ob sie sich mit mir anlegte und sei es nur, um ihr Gesicht zu wahren, weil sie mir nicht geglaubt hatte, als ich versuchte, sie von Normans Unschuld zu überzeugen. Aber sie lehnte sich behaglich zurück und schien sich köstlich zu amüsieren. Hatte sie Marys Geständnis denn gar nicht überrascht? Oder wenigstens nachdenklich gemacht? Schließlich hätte sie fast einen unschuldigen Menschen für lange Zeit ins Gefängnis geschickt.

Sie versicherte Barbara, daß sie ernsthaft über die Höhe des Strafmaßes nachdenken würde, was ich bezweifelte. Dann ging Barbara, und ich konnte über meinen Mandanten sprechen. »Wann kommt Norman frei?« fragte ich.

»Ich bin mir nicht sicher, ob wir ihn freilassen können. Wir werden ihn vielleicht als Komplizen festhalten.«

»Holly, jetzt reicht's mir aber! Nach Marys Aussage war er zur Mordzeit nicht am Tatort, und es gibt nichts, was ihn mit dem Verbrechen in Verbindung bringt. Sie wissen genau, daß ihn jeder Richter freilassen würde, warum also dieses Geplänkel?«

»Ich werde sehen, was ich tun kann«, sagte sie und notierte sich etwas. »Ich muß mir seine Entlassung nur noch von oben bestätigen lassen.«

»Huber wird entzückt sein.«

»Er wird nichts dagegen haben.« Holly klang schon wieder glücklich. »Jerry drängt uns immer, solche Fälle zügig zu behandeln, also werden sie *echt* froh sein, daß wir diesen hier abschließen können.«

»Es ist nicht fair, Norman schmoren zu lassen, bis Sie Ihren Papierkram erledigt haben. Das kann Wochen dauern.«

»Es wird nicht Wochen dauern, Lee«, sagte Holly mit einem fröhlichen Lachen. Es klang fast so, als ob sie noch hinzufügen wollte: du gutes, altes Dummchen. »Höchstens Tage. Ich werde dafür sorgen, daß die Sache so schnell wie möglich vom Tisch ist.« Dies entsprach nun ganz und gar nicht Hollys Gepflogenheiten. Da ich sie offensichtlich dabei erwischt hatte, wie sie den falschen Mann des Mordes beschuldigte, wollte sie den Fall so unauffällig wie möglich über die Bühne bringen. Sie wußte genau, daß ich die ganze Sache an die große Glocke hängen würde, wenn sie Norman zu lang im Kittchen sitzen ließ. »Okay?«

»Okay«, sagte ich. Aber ich zögerte zu gehen. Im Unterschied zu Holly machte es mir etwas aus, daß der Prozeß nicht stattfinden sollte. Natürlich war mir klar, daß ich den Fall nicht gewonnen hätte. Doch darauf kam es nicht an. Ich mußte es versuchen; ich brauchte den Kampf.

»Ich kann kaum glauben, daß ich heute abend früh nach Hause gehen kann«, schwärmte sie. »Ich werde meinen Freund anrufen und ihm sagen: Hey, laß uns essen gehen. Hoffentlich fällt er nicht vor Schreck tot um, weil ich einmal wirklich Zeit für ihn habe.«

Verdammt, das war doch eine ernsthafte Angelegenheit! Merkte Holly das denn gar nicht? Oder gehörte sie zu einer neuen Art von Frauen, die nichts auf der Welt mehr erschüttern konnte? Hatte sie schon alles erlebt – oder so viel im Fernsehen gesehen –, daß sie sich über nichts mehr wundern konnte?

»Wir sprechen uns morgen!« versprach sie, während ihr Blick andeutete, daß ich verschwinden sollte. Dann blätterte sie wieder in ihren Papieren und widmete sich dem nächsten Fall.

Sam kümmerte sich um Mary. Die Polizistin, ein Betonklotz in kurzärmeliger, blauer Uniform, lehnte an der gegenüberliegenden Wand und betrachtete die schuppige Haut an ihren Ellenbogen. Sam, der sich über Mary beugte, flüsterte ihr Gott weiß was ins Ohr. Er versuchte sie zu trösten. Aber alles, was Mary zu hören schien, war ein trauriges Lied in ihrem Kopf. Sie sah nicht einmal Sam an, sondern starrte mit geschwollenen und von Wimperntusche verschmierten Augen geradeaus. Aber sie weinte nicht mehr.

»Mary«, sagte ich freundlich. Ich schenkte Sam einen Mach-daß-du-wegkommst-ich-bin-die-Anwältin-Blick, aber er rührte sich nicht vom Fleck. In Wirklichkeit war ich auch nicht ihre Anwältin. Und ich stand nicht auf ihrer Seite. Ich war der Grund, warum man ihr gleich die Fingerabdrücke abnehmen, sie von vorn und im Profil fotografieren und in die formlose blaue Uniform der weiblichen Häftlinge stecken würde. »Möchten Sie, daß ich Barbara zurückrufe? Oder wollen Sie mit Norman über alles sprechen?«

Plötzlich erwachte Mary wieder zum Leben. Wie eine vertrocknete Pflanze, die Wasser bekam, richtete sie sich in ihrem Stuhl auf. »Ich kann ihn sehen?« fragte sie.

»Das wohl nicht. Aber vielleicht gibt es oben einen Raum, in dem Sie ungestört mit ihm telefonieren können.« Sie sank wieder in sich zusammen. »Barbara ist ganz gut.« Ich verspürte den dringenden Wunsch, sie aufzuheitern, und schenkte ihr ein tröstliches Lächeln, das sagen sollte: Es gibt immer einen Ausweg. Nur leider wußte ich keinen. Was war mit mir los? Ich hatte mehr als meine Pflicht getan. Ich hatte das Richtige getan. Und trotzdem fühlte ich mich beschissen. Gott, wie ich Ambivalenzen hasse – von denen es so viele gibt.

Mary sah auf ihre goldenen Sandalen hinab, die in ungefähr einer Stunde durch ein Paar abgetragene, übelriechende, schlecht sitzende Gefängnisschuhe ersetzt werden würden. Mein Herz fühlte mit ihr. Nicht, weil sie ein wunderschönes Mädchen war, das an einen häßlichen Ort gehen mußte. Nach allem Recht der Welt hatte sie dieses Schicksal verdient, sagte ich mir. Mein Mitleid war nicht angebracht. Sie hatte ein Kapitalverbrechen begangen. Auch wenn man ihr die goldenen Sandalen, den Lidstrich und ihre Freiheit nahm, machte das Bobette Frisch nicht wieder lebendig.

Aber was in Gottes Namen hatte Mary Dean an diesen Ort gebracht? Aus was für einer Familie stammte sie? Was für ein Familienleben bringt ein Mädchen mit sechzehn Jahren auf den Strich? Sie war so schön. Und fähig zu lieben. Okay, sie war dumm und gemein und selbstsüchtig, aber auch sehr süß, wie sogar Sam Franklin feststellen mußte.

Und nun hatte sie sich alle Chancen für immer verbaut.

20

Natürlich kannte Lee die Geschichten, die man sich im Büro über Will Stewarts Freundin Maria erzählte. Die so vornehm war, daß man sie Ma-ryi-a nannte, und nicht Ma-ri-a. Maria Parkhurst. Halb schwarz, halb weiß. Ihr Vater war entweder ein reicher Sozialist oder ein Chirurg, und ihre Mutter hatte bei jemandem getanzt – einer erwähnte Martha Graham, ein anderer Agnes de Mille, und ein dritter glaubte zu wissen, daß sie das einzige schwarze Ziegfeld-Girl gewesen war. Wer ihre Eltern auch immer waren, Maria Parkhurst hatte von ihnen ihr gutes Aussehen geerbt. »Umwerfend«, lautete das Adjektiv, das die Anwälte bevorzugten, während einer der Polizisten vom Morddezernat einräumte, »so was noch nie im Leben« gesehen zu haben.

»Bist du ihr denn nie begegnet«, fragte Jazz erstaunt.

»Nein.« Lee reckte den Hals, um über ihre Kollegen hinwegzusehen, die auf Decken am Strand eines privaten Clubs in Atlantic Beach lagen, eines bescheidenen, relativ proletarischen Clubs, den das Büro für einen Tag gemietet hatte. Am Volleyballnetz entdeckte sie eine große, braune Gestalt in einem limonengrünen Spielhöschen, aber als sich die Frau umdrehte, erkannte Lee die Bibliothekarin Wanda, die aussah wie Louis Armstrong mit Perücke. »Maria wohnt in der

Stadt; sie kommt nicht mal so im Büro vorbei. Und Will ist sehr zurückhaltend; er spricht nur über sich, wenn man ihn danach fragt. Als er über Ostern nach Griechenland fuhr, fragte ich ihn, ob er allein reisen würde. Er sah mich an, als ob ich ihn gebeten hätte, mir seine Geschlechtsteile zu zeigen, sagte aber schließlich nein, er würde mit Maria fahren. ›Meiner Freundin Maria.‹ Als ob sie in zwei Einzelzimmern schlafen würden.«

»Was macht sie beruflich?«

»Sie ist stellvertretende Direktorin einer Mädchenschule in der Stadt. An der Barton School. Sie unterrichtet Geschichte. Es soll eine sehr exklusive, sehr ...«

»So ist es«, erklärte Jazz, während er Woodleigh Huber zuwinkte und einen leichten, aber geduldigen Seufzer ausstieß, als Huber, dessen weiße Haartolle trotz der steifen Meeresbrise Form behielt, durch den Sand joggte, um ihn zu begrüßen. »Vermutlich ist das Parteibuch meines Alten noch in Ordnung.«

Lee lächelte ihn an. Warum auch nicht? Nach den dreimonatigen Zwistigkeiten, die auf Valeries Geburt gefolgt waren, hatte Jazz sich alle Mühe gegeben, um ein guter und großzügiger Ehemann zu werden. Großzügig mit Geschenken: ein Rubinring zu Weihnachten, ein großer Ford-Kombi zum Geburtstag. Ein Teil von ihr war verletzt, weil sie das Gefühl hatte, daß diese Präsente für eine andere Art von Frau bestimmt waren, jemand Nutzloses, Dekoratives. Es waren auch sicher keine Geschenke, die sich Leute, die immer noch unter dreißig waren, machen sollten. Aber der andere Teil in ihr konnte die Augen nicht von dem glühenden Funkeln an ihrem Finger abwenden – und brüllte »echt scharf!«, als er die klassische Holzverkleidung an den Wagenseiten erblickte, griff sich den Schlüssel und fuhr davon.

Doch wichtiger als alle Freigebigkeit: Jazz war verständnisvoll geworden. Er versprach Lee, er würde sich bemühen, nicht jeden Abend, an dem sie spät nach Hause käme, als persönliche Beleidigung aufzufassen. Und was ihre Berufstätigkeit beträfe, hatte er viel darüber nachgedacht, daß seine Mutter, die zu Hause geblieben war, trotzdem ihre fünf Kinder vernachlässigt hatte. Es sei falsch von ihm gewesen, sie zu bedrängen, nicht ins Büro des Staatsanwalts zurückzugehen, und er sei wirklich schwer beeindruckt, wie sie das alles auf die Reihe bekäme. Er hoffte, sie würde seine Entschuldigung annehmen.

Nicht nur daß Jazz' gutherzige Natur zurückgekehrt war, er sah auch attraktiver aus als je zuvor. Das sah nicht nur sie so, sondern offenbar auch die anderen Anwältinnen und Sekretärinnen am Strand, die auf Woodleigh Hubers Spuren durch den Sand stapften, um vorgestellt zu werden.

Natürlich sollte das Herz einer Frau, die einen Sieger zum Manne hat, nicht stillstehen und auch nicht stürmisch klopfen, wenn sie einen anderen Mann erblickt. Als Lee Will und Maria auf den Holzstufen, die zum Strand führten, endlich entdeckt hatte, ärgerte sie sich über das hartnäckige *Bum-bum-bum* in ihrer Brust. *Bum!* Will ist da! In weißen Shorts – Wow, hat der tolle Beine! – und einem gelben Hemd mit blauem Pullover, den er lässig um seine breiten Schultern geschlungen hatte. Er sah aus, als wäre er gerade einem dieser Hochglanzmagazine für den eleganten Mann entstiegen. Noch ein *Bum,* diesmal für die Frau an seiner Seite.

Ein schmerzliches *Bum,* weil Maria wirklich so war, wie man sie beschrieben hatte. Zum Umwerfen. Nein, mehr noch. Sie sah aus wie jemand, den man unbedingt kennenlernen möchte. Mit ihren weißen Dreiviertelhosen, einem einfachen, weißen Hemd und schlichten Strohhut hatte sie sich bei Will untergehakt. Ein freundliches Lächeln. Will winkte. Lee winkte zurück.

»Das muß er sein«, sagte Jazz.

»Wer sonst?« erwiderte sie lächelnd.

»Und *sie*«, fügte er hinzu. »Heiliger Strohsack!«

Lee tat so, als würde sie die Reaktion ihres Mannes auf Maria Parkhurst amüsieren. Aber es ist nicht leicht, sich aufrichtig zu freuen, wenn dein eigener Mann beim Anblick einer bernsteinfarbenen, hohlwangigen, ein Meter achtzig großen Schönheit Glupschaugen bekommt, besonders wenn diese Schönheit am Arm deines besten Freundes und Chefs hängt, der zugleich der zweite Mann in deinem Leben ist, der irgendwie zu dir gehört.

Aus der Nähe betrachtet, sah Maria nicht wirklich schön aus, sondern eher sagenhaft, mit braunen Mandelaugen und vollen, wie zu einem Kuß aufgeworfenen Lippen. Lee war nervös, weil sie befürchtete, Jazz könnte sich, von Maria verzaubert, lächerlich machen, doch er benahm sich tadellos und plauderte zwanglos und unbefangen. Eigentlich hätte sie die gesellschaftliche Gewandtheit ihres Mannes gar nicht anzweifeln dürfen, sagte sie sich später vorwurfsvoll. Es fiel ihr nur auf, daß er im Gespräch mit der Schulleiterin eine übermäßige Anzahl vier- und fünfsilbiger Wörter benutzte, wo es durchaus kürzere getan hätten. Ihre Unterhaltung war ziemlich alltäglich und streifte die Strategie der Großen Alten Partei für den Wahlkampf gegen Jimmy Carter nur oberflächlich, um Wills republikanische Gefühle zu schonen. Solch eine harmlose Diskussion verlangte keine Ausdrücke wie »bewerkstelligen« und »Verschiedenartigkeiten«.

Zum Glück beruhigte er sich später wieder und kehrte zu kurzen, freundlichen Worten zurück, als sie sich zu den Tischen auf der überdachten Terrasse begaben, wo man ein frühes Dinner servierte. »Wie lang kennen Sie beide sich schon?« fragte er Will und Maria. Lee wollte ihm auf den Rücken klopfen und sagen: Gut gemacht! Will blieb, wie erwartet, stumm.

Maria erwiderte: »Wie es scheint, schon eine Ewigkeit, nicht wahr?« Will schaffte es, seinen Kopf zustimmend zu neigen. »Laß mich nachdenken. Zwölf Jahre, glaube ich.« Ihre Aussprache war so vollendet, daß sich jeder in ihrer Gegenwart anhören mußte, als rede er mit einem Mund voll Kartoffelbrei. Upperclass, aber lebendig, ohne diese gedehnten Ist-das-Leben-nicht-entsetzlich-öde-Vokale. Jedes Wort, das sie äußerte, klang wie Musik in den Ohren. Und was noch schlimmer war, dachte Lee – als sie neben Maria stand und sich schrecklich vierschrötig vorkam –, die Frau war nett. Maria löste ihren Arm aus dem von Will, wandte sich von den Männern ab und konzentrierte sich auf Lee. »Ich freue mich sehr, daß ich Sie endlich kennenlernen darf. Will mag Sie wirklich sehr gern.«

Lee wollte eigentlich sagen, das beruht auf Gegenseitigkeit, hatte aber das Gefühl, es könnte zu phrasenhaft klingen, und begnügte sich mit einem Dankeschön, auch wenn sie wußte, daß eine anmutigere Entgegnung in der Gesellschaft, in der sie sich befand, angebracht gewesen wäre.

Maria ließ ihren Blick inzwischen über die ganze Länge des Buffets schweifen. Lee nahm an, daß ihr das plebejische Essen nicht zusagte – Hot dogs, Burger, ein Bottich mit Chili –, doch Maria griff sich einen Teller. »Er hat sich nämlich schrecklich isoliert gefühlt.« Sie packte sich zwei Hot dogs auf ein Brötchen, nahm Sauerkraut und Senf dazu und griff sich zum Schluß noch einen Hamburger. Warum hatte sich Will isoliert gefühlt? Das hätte Lee liebend gern gewußt. Weil er unter seiner Weltgewandtheit schüchtern war? Isoliert, weil er als Schwarzer in einer überwiegend weißen Welt arbeitete? »Könnten Sie mir bitte einen Löffel von diesen gehackten Zwiebeln geben? Danke. Oh, sehen Sie nur! Deutscher Kartoffelsalat! Sie sind nämlich sein erster Freund in diesem Büro. Ich spreche nicht von den üblichen kollegialen Beziehungen. Sie sind ein echter Freund.«

Lee war so begeistert, daß ihre Gefühle von Will erwidert wurden, und so dankbar, daß die furchterregende Maria so nett war, daß sie erst kurz vor Mitternacht – als sie Vals Zimmer verließ, wo sie fünfzehn Minuten lang ihre schlafende Tochter betrachtet hatte – erkannte, daß Maria und Will das perfekte Paar waren. Zusammen machten sie einen glanzvollen Eindruck. Zusammen waren sie interessant, wesentlich, deutlich wahrnehmbar. Beide waren höflich und verbindlich weit über die Grenze ehrlicher Freundlichkeit hinaus. Und keiner von ihnen ließ auch nur im geringsten ahnen, was er oder sie wirklich dachte oder fühlte.

»Wart mal«, sagte Lee, als sie ins Bett stieg. »Schlaf noch nicht ein. Erzähl mir, was du von Will Stewart und Maria hältst.«

»Ich denke, sie sollte sich einen Zobelmantel kaufen. Er würde ihr prächtig stehen.«

»Sie sieht auch ohne ihn prächtig aus.« Lee wartete nicht einmal auf das loyale Du-siehst-ebenso-prächtig-aus ihres Gatten. »Glaubst du, daß sie sich lieben?«

Jazz hielt den Mund geschlossen, aber sie konnte an seinen bebenden Nasenflügeln erkennen, daß er ein Gähnen unterdrückte. »Das kann ich nicht sagen.«

»Was *glaubst* du denn?« beharrte sie.

»Ich denke, sie ist beängstigend.«

»Für ihn auch?«

Jazz drehte sich zur Seite und sah sie an, denn er wußte, daß an Schlaf nicht zu denken war, bevor er eine befriedigende Antwort gefunden hatte. »Ich weiß es nicht. Für zwei Menschen, die ihre Gefühle nicht offen zeigen, gehen sie sehr liebevoll miteinander um. Halten Händchen, schenken sich verstohlene Blicke, wenn sie denken, daß niemand zusieht. Schätze, sie lieben sich.«

»Und warum heiraten sie dann nicht?«

»Ich weiß es nicht. Er arbeitet hier draußen und sie in der Stadt.«

»Also hör mal! Das sind fünfundzwanzig, dreißig Meilen. Außerdem verbringen sie viel Zeit zusammen. An den Wochenenden. Sie hat irgendwo oben in Connecticut ein Haus, wo er immer hinfährt. Und auch in den Ferien.« Dann fügte sie mit einer Stimme, die ihr selbst zu emotional vorkam, hinzu: »Im September gehen sie auf eine Photosafari in Kenia!«

Das zweite Gähnen konnte Jazz nicht mehr unterdrücken. »Können wir morgen darüber sprechen?«

Zwei Tage später trug Lee ihren Fünf-Uhr-Joghurt in Wills Zimmer. Er reagierte darauf, indem er sich eine Tasse Kaffee holte. »Wie steht's mit der Berufung im Fall *Yancy*?« fragte er.

»Gut.« Sie rührte die Früchte am Boden ein wenig zu heftig um. »Ich finde Maria sehr nett.«

»Gut«, sagte Will. Und weil er wußte, daß er etwas persönlicher werden sollte, fügte er hinzu: »Sie findet dich und Jazz sehr nett.« Er wartete eine Zehntelsekunde und bedachte sie mit einem: »Ich finde Jazz auch sehr nett.«

In der nächsten Woche aßen sie in einem chinesischen Restaurant zu Abend, angeblich, um darüber zu sprechen, ob Lee die neuen stellvertretenden Staatsanwälte betreuen würde. Doch sie und Will fanden schon seit Monaten jeden Mittwoch und Donnerstag einen Vorwand für ein Abendessen: Lee wollte sich nicht eingestehen, daß diese Abende die Höhepunkte ihrer Woche waren. Sie unterhielten sich über alles mögliche: Sie stritten über Politik und vertieften sich in juristische Probleme. Sie diskutierten über dieses und jenes, von der Zubereitung eines marinierten Lachses bis zu ihrem privaten Leben, auch wenn »privat« ein relativer Begriff war.

Will sprach liebevoll und leicht verärgert über seine Eltern, von ihrem Ehrgeiz für ihn und daß er nie das Gefühl hatte, er könne es ihnen recht machen, so sehr er sich auch bemühte. Er erzählte fast ausführlich von seinen Problemen als intelligenter schwarzer Junge, der isoliert von jeder schwarzen Gemeinschaft aufwuchs, als Kind von Bediensteten auf dem Giddings-Anwesen; daß seine Eltern von ihm verlangten, jede Gemeinheit hinzunehmen, die sich die Zwillinge von Mrs. Giddings, zwei Jungs in seinem Alter, ausdachten. Für Lee hörten sich die Zwillinge nach allem an, was Will nicht war: weiß, dumm und unglaublich bösartig. Das war alles, was er von sich preisgab. Wenn er über Maria sprach, waren es eher Reiseberichte als Enthüllungen: Wir gingen hierhin; wir aßen in diesem Restaurant; wir waren in jenem Konzert.

Lee dagegen behielt nichts für sich, unter anderem, weil sie zum erstenmal einen Freund hatte, dem sie vertraute und der wirklich zuhören wollte und sich Zeit dafür nahm. Sie erzählte Will von ihrer Kindheit: von ihren Eltern, ihrer Schwester und dem Gefühl, daß sowohl ihr IQ als auch ihr Gewicht um einiges zu hoch waren, als daß ihre Familie sie hätte lieben können. Sie vertraute ihm alles von ihrer frühen Schwärmerei für Jazz an, und sie sprachen darüber, was das für eine Ehe bedeuten konnte. Will war nicht nur ein höflicher Zuhörer; er war ein begeistertes Publikum. Ihn interessierten sogar die letzten Neuigkeiten, die Lee von Valerie zu berichten wußte: daß sie allein aufstand, daß sie sich neben Lee setzte, sich den *New Yorker* grabschte und mit ihrem Baby-Gebrabbel laut aus ihm vorlas – und daß sie strahlte, als sie zum erstenmal Schokolade aß.

»Will«, sagte sie so ruhig, daß er von seiner süßsauren Suppe aufsah. »Was ist mit dir und Maria?« Das Pärchen am nächsten Tisch drehte sich um und starrte zu ihnen hinüber, aber Lee konnte nicht sagen, ob sie die weiße Frau mit dem schwarzen Mann bestaunten oder eine wichtige Wende im Gespräch erwarteten.

»Was willst du denn wissen?« fragte er.

»Wir sind doch Freunde. Ich bin ganz offen zu dir. Vielleicht würde die durchschnittliche reife Frau oder die durchschnittliche schlaue Anwältin etwas mehr Zurückhaltung üben. Aber ich habe absolutes Vertrauen in unserer Freundschaft.«

»Gut«, sagte er.

»Ich wäre froh, wenn du mir dasselbe Vertrauen entgegenbringen könntest.«

»Lee, du machst viel Lärm um nichts. Was du siehst, ist alles, was es gibt. Ich habe keine Geheimnisse. Es gibt nichts Verborgenes.«

»Was ist mit dir und Maria?«

Langsam aß er einen Löffel Suppe. »Ich liebe sie.«

»Liebt sie dich auch?«

Er dachte einen Augenblick lang nach. »Ja. Aber ich glaube, wir sind nie an den Punkt gekommen, wo wir beide den anderen liebten, zumindest nicht zur gleichen Zeit. Deswegen haben wir nie geheiratet. Ich schätze, tief im Innern sind wir ein Paar romantischer Narren. Wir wollen zuviel. Das ist alles.«

»Das ist nicht alles. Das kann es gar nicht sein.«

»Doch.«

»Ich möchte wissen, was du *denkst.*«

»Worüber?«

»Ich weiß nicht. Über alles. Darüber, nicht verheiratet zu sein. Keine Kinder zu haben. Republikaner zu sein, um Himmels willen. Wie hast du nur all diese Jahre, in denen die beschissene schweigende Mehrheit regierte, heil überstanden?«

»Ich denke schon über Dinge nach«, sagte er behutsam.

»Bist du der einzige Mensch auf dieser Welt, der kein Innenleben hat?«

»Was willst du damit sagen?«

»Ich möchte dich *kennenlernen.* Erzähl mir etwas von dir, das ich nicht weiß.«

Will legte seinen Suppenlöffel auf den Tisch. »Am meisten bedaure ich, keine Kinder zu haben. Mein geheimer Wunsch ist, ein Buch über einen Fall zu schreiben, den die Gesellschaft zur Förderung Farbiger 1938 vor den Obersten Gerichtshof brachte. Es ging um die Zulassung eines Schwarzen zum Jurastudium an der University of Missouri, weil es keine juristische Fakultät für Schwarze gab. Noch etwas, das du wissen möchtest? Ich denke, Estragon ist ein überschätztes Gewürz.«

»Du weißt, daß ich genau das nicht meinte.«

»Ich hatte einen Bruder, der mit neun Jahren gestorben ist. Da war ich sechs. An Leukämie.«

»Das tut mir leid. War es sehr schlimm für dich?«

»Was für eine Frage? Natürlich war es das. Sein Name war Timothy. Timmy.« Er sah zur Seite.

Also sprachen sie von anderen Dingen, während sie aßen, besonders vom Kochen, wie so oft, und Will erzählte ihr, wie gern er Lebensmittel in Chinatown kaufte. Als sie bezahlt hatten, erwähnte er, daß er ernsthaft vorhabe, für ein paar Monate nach China zu gehen und kochen zu lernen. Lee lächelte amüsiert. »Wann wirst du denn ein paar Monate freihaben?«

»Bald.«

»Was heißt das? Ich kann nicht glauben, daß du dir wirklich die Zeit nehmen ...«

»Ich werde kündigen, Lee.«

»Was?« Sie begriff nicht gleich.

»Ich werde kündigen.«

»*Warum?*« Er antwortete nicht gleich. Lee wickelte sich in ihre Arme ein, als ob ihr kalt sei, mitten im Sommer. Sie bekam Angst. Ich will nicht allein gelassen werden. Geh nicht fort! Lächerlich! Würde ein männlicher Anwalt jemals so empfinden? *Verlaß mich nicht! Verlaß mich nicht!* wollte sie ihn anflehen. Was wird mit uns beiden geschehen? Wie konnte Will an einen Ort gehen wollen, wo sie nicht war?

Es war verrückt, so zu reagieren. Das wußte sie. Aber sie wollte nicht in einem Büro arbeiten, in dem Will nicht morgens um halb zehn mit zwei Tassen Kaffee und einem mit Butter bestrichenen Sesambagel, das sie sich teilten, in der Tür erschien. Warum war er, nachdem er sein gesamtes berufliches Leben im Büro des Distriktstaatsanwalts verbracht hatte, entschlossen zu kündigen? Besonders jetzt, wo sie dort war? »Warum willst du gehen?« brachte sie gerade noch heraus.

»Die Mordabteilung bekommt einen neuen Chef.«

»Was? Wen?«

»Jerry McCloskey.«

»Das glaube ich nicht!«

»Ich würde vorschlagen, es zu glauben. Huber will 1982 als Gouverneur kandidieren. Ich bin der einzige, der seinen Plänen in der Ämterbesetzung im Wege steht. Mit Jerry an der Spitze ...«

»Der Mann ist ein ausgemachter Trottel!«

»Nun, Lee«, sagte Will, streckte den Arm aus und nahm ihre Hand, was er noch nie getan hatte, »er wird dein ausgemachter Trottel sein.«

Die ersten sechs Monate nach Wills Weggang waren erbärmlich und die nächsten sechs Monate so schlimm, daß Lee darüber nachdachte, ob sie ebenfalls kündigen sollte. Aber sie gönnte Woodleigh Huber nicht die Freude, ihren Platz mit einem von seinen bescheuerten Parteifreunden zu besetzen. Außerdem hatte sie das Gefühl, daß es weder ihr noch Val guttäte, wenn sie sich als Vollzeithausfrau versuchte. Oh, es war verlockend, aber sie wußte genau, daß die Zeit kommen würde, wo sie frisch gebackenes Brot nicht mehr riechen konnte. Sie würde das Gesamtwerk von Charles Dickens nie zu Ende lesen. Und eine Frau konnte auch nur eine begrenzte Anzahl von Teppichen knüpfen.

Also hielt sie durch und bemühte sich, ihren verlorenen Lebensmut zurückzugewinnen, indem sie sich mit aller Kraft auf ihre Fälle warf. Was am Ende dazu führte, daß sie und Chuckie Phalen sich aus Leibeskräften anschrien. Er verteidigte den Besitzer eines Jauchegruben-Entsorgungsdienstes, einen gewissen Jimmy Durk, der vor der Grand Jury stand, weil er Marlon »Buck« Toomey zu Tode geprügelt hatte; der Werkstattbesitzer hatte solange nichts mehr an Durks Lastwagen machen wollen, bis die letzte ausstehende Rechnung bezahlt war. Die Schlägerei hatte Durks Mitarbeiter beobachtet, ein achtzehnjähriger Bursche mit Drogenvergangenheit.

Der Streit begann damit, daß Chuckie sich empörte, weil Lee seinen Mandanten wegen Mordes und nicht wegen Totschlags anklagen wollte. »Er hat ihn nicht mit Absicht getötet!« brüllte er nicht allzu laut, weil ihn das Emphysem in seiner Lunge daran hinderte, aber extrem wütend und feindselig.

»Natürlich hat er das. Der Junge hat gesehen, wie Durk Buck mit dem Kopf immer wieder auf die Hebebühne des Wagens schlug und mit aller Kraft schrie, daß ...«

»... er ihn umbringt! Das sagt man doch nur so, wie Sie sehr gut wissen!«

»Mord zweiten Grades, Chuckie.«

Der Streit spitzte sich zu, als Chuckie erfuhr, daß Lee den achtzehnjährigen Zeugen unter ihre Fittiche genommen hatten. Sie hatte ihn in einem Drogenprogramm angemeldet und dafür gesorgt, daß er seinen High-School-Abschluß nachmachen konnte. Außerdem hatte sie ihm eine Teilzeitstelle als Pförtner bei einem Kürschner in Cedarhurst besorgt, einem Mann, den Jazz und ihr Vater aus dem Verband der Pelzindustrie kannten.

Zwei Tage später stürmte Chuckie in Lees Büro. »Sie haben dem Jungen Plätzchen gebacken!«

»Schokoladenplätzchen. Na und?«

»›Na und?‹, sagt sie! ›*Na und?*‹ Sie kaufen seine Aussage gegen meinen Mandanten. Wie wär's denn damit, Miss White?«

»Ich werde Ihnen ein frisches Brot backen, wenn der Fall abgeschlossen ist, Chuckie«, erwiderte sie und machte sich nicht einmal die Mühe aufzusehen. »Lassen Sie es gut sein. Mein Entschluß steht fest.« Wenn sie aufgesehen hätte, wäre ihr nicht entgangen, daß das purpurrote Gesicht ihres Widersachers weiß vor Wut und sein Kinn hart wie Stein geworden war.

So aber kam es ihr nicht in den Sinn, daß es irgend etwas mit Chuckie Phalen oder dem Fall *Durk* zu tun haben könnte, als sie eine Stunde später einen Anruf von Woodleigh Hubers Sekretärin erhielt, die ihr mitteilte, daß ihr Boß sie sprechen wollte. Sie dachte nur, daß sie jedes sorgfältig an seinen Platz gesprühte weiße Haar auf Hubers Kopf haßte, daß sie seine blaßblauen, telegenen Hemden haßte und ihn verabscheute, weil er einen inkompetenten, rechtsunkundigen Arschkriecher wie Jerry McCloskey, der einem nur die Zeit raubte, an Wills Schreibtisch gesetzt hatte.

»Kommen Sie rein!« rief Huber mit der mächtigen Stimme, die er so gern im Fernsehen erhoben hätte.

Lee öffnete die Tür und sah Huber vor seinen Fahnen sitzen und Chuckie Phalen vor dem gewaltigen Schreibtisch stehen. Sie schenkte Chuckie den Anflug eines Das-kann-doch-nicht-wahr-sein-Lächelns, bevor sie ihre Aufmerksamkeit dem Mann zuwandte, den alle stellvertretenden Staatsanwälte außer ihr Boß nannten. »Sie wollten mich sprechen, Mr. Huber?«

»*Haben Sie den Verstand verloren?*« brüllte Huber. Von seiner Heftigkeit erschüttert, trat Lee einen Schritt zurück. »Telefonieren in der Welt herum für einen Zeugen, der zur Kooperation bereit ist! Besorgen ihm einen *Job*!«

»Was ist so falsch daran, ihm einen Job zu besorgen?« warf sie ein.

»Was daran *falsch* ist?« schrie Huber.

»Es ist, als ob man ihm Geld gäbe«, half Chuckie nach.

»Halten Sie den Mund, Chuckie«, sagte Lee. Sie war nicht länger leicht belustigt über seine Petzerei. Sie war wütend, so wütend, daß sich ihr Magen ausnahmsweise einmal nicht zusammenzog. Sie wandte sich wieder an Huber. »Was ich getan habe, war genau das Richtige.«

»Dann haben Sie ja noch weniger Verstand, als ich dachte! Begreifen Sie denn nicht, was Sie falsch gemacht haben! Was Sie getan haben, war *unerhört*! Sie haben die Grenzen des korrekten Verhaltens eines Anklägers überschritten.« Er sprach mit dröhnender Stimme, als ob er ohne Mikrofon vor einer großen Versammlung reden würde. Da begriff Lee, daß er eine Vorstellung gab. Einerseits für Chuckie. Andererseits um ihr zu zeigen, daß er ihr keine Loyalität schuldete. Sie gehörte nicht zum Team. Es gab keinen triftigen Grund, sie zu entlassen, aber er konnte dafür sorgen, daß sie gehen wollte. »Was Sie getan haben, ist eine Schande für den gesamten Justizapparat!«

Eigentlich wollte sie sagen, es tut mir leid, aber ich bin anderer Auffassung als Sie; doch alles, was sie herausbrachte, war: »Es tut mir leid ...«

»Mit einem ›Tut mir leid‹ ist es nicht getan!« Huber mußte sich bewegt haben, weil die Fahne des Staates New York flatterte. »Ich entziehe Ihnen den Fall!«

»Mr. Huber, das ist ...«

»Noch ein Wort von Ihnen und ...« Er ließ die Drohung in der Luft hängen und wandte sich an Chuckie. Für Huber war Lee nicht mehr anwesend. »Chuckie, Jerry wird Sie sofort anrufen, wenn er den Fall neu zugewiesen hat. Sie haben mein tiefstes Bedauern ...«

Lee knallte die Tür zu, als sie sein Zimmer verließ.

Am folgenden Tag teilte ihr Jerry McCloskey mit, daß sie nicht länger in der Mordabteilung arbeiten würde. Wenn sie wolle, könne sie im Büro bleiben, aber angesichts ihres Mangels an gesundem Menschenverstand hätte man beschlossen, ihr keine Mordfälle mehr zu übertragen. Auch keine anderen Kapitalverbrechen. Sie sollte einen Fall von unerlaubtem Handel mit Feuerwerkskörpern bearbeiten.

Eine Woche später verließ sie das Büro des Distriktstaatsanwalts.

Chuckie Phalen mußte davon erfahren haben, daß Lee ihre Sachen packte, denn er wartete mit pfeifendem Atem auf den Stufen des Gerichtsgebäudes. »Es tut mir leid, daß das passiert ist.«

Sie wußte, daß die Jungs vom alten Schlag es mochten, wenn sich weibliche Anwälte weiblich verhielten, und sagte daher: »Du Scheißkerl. Verpiß dich.« Dann fügte sie hinzu: »Arschkriecher«, und ging weiter.

»Ihr Einwand ist nicht unberechtigt«, räumte Chuckie ein. Sie drehte sich um. Er winkte mit einem nicht sehr weißen Taschentuch. »In Ordnung? Jetzt hören Sie mir zu, Lee – und vielleicht haben Sie auch bemerkt, daß ich Sie nicht ›Schwester‹ genannt habe. Ich weiß, daß Sie das nicht mögen. Ich war sauer und bin zu Huber gegangen, um ein bißchen Dampf abzulassen. Ich hatte keine Ahnung, daß dieser eitle Blödmann in meiner Gegenwart so über Sie herfallen würde. Sie wissen doch, worum es in dieser letzten Woche ging, nicht wahr?«

»Ja, das weiß ich«, antwortete Lee kühl. »Und er hat erreicht, was er wollte, oder? Vielleicht ist er am Ende gar nicht so blöd.« Sie ging schneller, aber als sie bemerkte, daß sich Chuckie vergeblich abmühte, mit ihr Schritt halten, verlangsamte sie ihr Tempo.

»Ein kleiner Lunch gefällig?« versuchte er sein Glück und nickte in Richtung des silberfarbenen Lunchwagens, der um die Ecke parkte.

»Nein, danke.«

Chuckie sah auf die gerahmten Photos, die aus ihrer vollgestopften Tasche ragten. Eins davon hatte sie selbst aufgenommen: Jazz und Kent bei einem Spiel der Knicks. Ein anderes zeigte sie und Jazz mit fünf Hundebabys. Und ein drittes Val als Königin des Urwalds inmitten ihrer Stofftiere. »Nett. Wie alt ist sie?«

»Fast zwei.« Sie konnte sehen, wie er sein Unbehagen unterdrückte: eine Mutter, die ein Kind in dem Alter allein ließ, um arbeiten zu gehen.

»Wunderbares Alter. Süßes Kind. Schätze, daß Sie nicht mit mir zu TJ's rübergehen und eine Prise nehmen wollen.« Lee wußte, daß die Jungs vom alten Schlag damit ein Glas Scotch meinten; Kokain war bloß etwas, mit dem ihre Mandanten handelten.

»Nein, danke. Zu früh für eine Prise. Und selbst wenn dem nicht so wäre, Chuckie, ich möchte mit Ihnen nichts trinken.«

»Verstehe«, sagte er und ließ sie allein weitergehen. Aber als sie sich umdrehte, um zu sehen, ob alles in Ordnung war, stand er immer noch da. »Lee!« rief er mit seiner dünnen Stimme. »Warten Sie!« Zu ihrer eigenen Überraschung ging sie tatsächlich die paar Schritte zurück. »Kommen Sie zu mir.« Zuerst dachte sie, er sprach wieder von TJ's Kneipe. »Kommen Sie und arbeiten Sie für mich, Lee. Es wird Ihnen Spaß machen.«

»Ich möchte nicht für Sie arbeiten, Chuckie. Ich möchte überhaupt für niemanden arbeiten.«

»Schau'n Sie sich um. Sie wissen doch, wie viele Kanzleien eine Frau als Prozeßanwältin einstellen. Sie sollten vor Freude in die Luft springen, in die Hände klatschen und Hurra brüllen, wenn ich Ihnen ein Angebot mache.«

»Ich werde etwas finden. Oder mich auf eigene Füße stellen.«

»Und woher wollen Sie Ihre Mandanten nehmen?«

»Vielleicht von Ihnen, Chuckie. Außerdem habe ich ein paar gute Freunde.« Natürlich wußte Chuckie, daß Lee als Will Stewarts Schützling galt, und sicher hatte er auch von den Gerüchten einer anderen Art von Beziehung zwischen ihnen gehört. Nach einer sechswöchigen Chinareise war Will als künftiger Partner in eine der größten – und sicher besten – Anwaltsfirmen auf Long Island eingestiegen.

»Will Stewart macht Zivilrecht. Ist es das, was Sie wollen? Geld scheffeln und Firmenstreitigkeiten schlichten? Wollen Sie sich jahrelang durch Papierberge wühlen und den Gerichtssaal nie von innen sehen? Ich weiß nicht, wie Ihr Kumpel das aushält. Bei mir werden Sie nicht reich, aber Sie bekommen die echten Perlen.«

»Ich kann auch ohne Sie echte Perlen tragen.«

»Quatsch!«

Sie wußte, daß sie nie mit dem Hut in der Hand zu Will gehen würde. Sie wollte ihn als Freund haben, nicht als Gönner. Und Chuckie hatte recht. Ihre Chancen standen nicht allzugut. »Danke, Chuckie. Ich bin Ihnen wirklich verpflichtet ...«

»Unsinn. Lassen Sie uns vernünftig miteinander reden.« Es ist verrückt, dachte sie. Fünf Minuten ohne Job, und schon feilschte sie auf den Stufen des Gerichtsgebäudes um einen neuen. Schau dich doch erst mal um! Abonniere *Foreign Affairs.* Geh ins Fricks und sieh dir die holländischen Meister an! »Was verlangen Sie?« bohrte er.

»Eine Partnerschaft.«

»Eine Partnerschaft? Sie sind wohl nicht ganz bei Trost, Sie Kindskopf. Gerade hat Sie der Staatsanwalt vor die Tür gesetzt, da fordern Sie von mir eine Partnerschaft. Sie sind unrealistisch. Und ich dachte schon: Dieses Mädchen ist ein kluger Kopf. Schätze, ich habe mich getäuscht. Sie leben in einer Traumwelt.«

»Ein Jahr Probezeit. Sie zahlen mir fünfzigtausend Dollar.«

»*Was?* Sie sind wohl wahnsinnig.«

»Nur geschäftstüchtig. Sie haben eine riesige Kanzlei, Chuckie.« Sie erwähnte nicht, daß er krank war und unter der Last seiner Fälle fast zusammenbrach. Das war auch nicht nötig. »Nach einem Jahr sind wir Partner.«

»Und was wollen Sie dann haben? Neunzig Prozent von den Einnahmen?«

»Was halten Sie für fair?«

»Zwanzig«, murmelte er. »Ich bin der Gründer. Ich habe die Kanzlei aufgebaut.«

Sie schämte sich wirklich, mit ihm zu handeln. Schließlich brauchte sie das Geld nicht. Jeder wußte, daß sie einen erfolgreichen Mann hatte. Sie hätte einem alten Knaben wie Chuckie ruhig seinen männlichen Stolz lassen können.

Aber nicht, wenn sie sein Partner werden sollte. »Dreißig Prozent, und fünfzig Prozent von den Fällen, die ich heranschaffe.«

»Du hast wohl zuviel von dem Zeug geraucht, Schwester.«

»Nenn mich noch einmal Schwester, und die Sache ist gestorben.«

»Lee«, seufzte er und streckte ihr die Hand hin.

Sie schüttelte sie und sagte: »Chuckie«.

Während Will ihre Entscheidung, zu Chuckie Phalen zu gehen, feierte, als ob man sie zum Generalstaatsanwalt ernannt hätte, und nicht nur eine Kiste Champagner in ihr neues Büro schickte, sondern auch einen zwei Meter hohen, blühenden Hibiskusbaum, tat Jazz so, als hätte sie gerade neue Handtücher für das Gästebadezimmer gekauft. »Prima«, sagte er und begrub beide Hälften seiner gebackenen Kartoffel unter einem Klacks Sauerrahm, den nur ein Mensch mit regem Stoffwechsel in Betracht ziehen konnte. »Ich freue mich darauf, ihn kennenzulernen.« Lee mahlte Pfeffer auf ihre Kartoffelhälften und wartete darauf, daß er nach den Bedingungen ihres Handels fragte. Schließlich war Jazz nicht nur ihr Ehemann, sondern auch ein gerissener Geschäftsmann und außerdem Anwalt. Aber er stellte keine Fragen.

Lee war wütend über seine Reaktion: Ich muß mir zwei Stunden lang anhören, was der Pelzeinkäufer von Bonwit Teller über die

Knopflöcher an Waschbärjacken von sich gegeben hat, und eine weitere Stunde Fragen stellen als Beweis, daß ich aufmerksam zugehört habe, und er erkundigt sich nicht einmal, wo mein neues Büro liegt. Aber wie es jetzt immer häufiger geschah, verwandelte sich ihre Wut kurz darauf in Mitgefühl. Ich verstehe, daß Jazz Probleme mit meiner Karriere hat, weil er in so einer bornierten, von Männern dominierten Welt aufgewachsen ist und weil er von Anwälten und der ganzen Juristerei einfach nichts mehr wissen will. Er gibt sich wirklich Mühe, mich zu unterstützen, und ist in jeder Hinsicht rücksichtsvoll.

Das stimmte. Wenn sie einen Prozeß hatte, nahm er das häusliche Heft in die Hand, kam früher nach Hause, gab der Kinderfrau oft eine Nacht frei, damit sie bei ihrem Freund sein konnte, und bereitete das Abendessen für zwei vor – für sich und Val. Während Lee ihre zahlreichen, traditionell weiblichen Aufgaben erfüllte – Geburtstags- und Weihnachtsgeschenke besorgte, sich um die gesellschaftlichen Pflichten, das Familienscheckbuch und die Gartenarbeit kümmerte –, übernahm Jazz den Einkauf und räumte den Geschirrspüler ein und aus.

Und er war stets guter Laune. Lee staunte immer noch über seine beste Seite, die ihm angeborene glückliche Natur, und erkannte, daß sie in den feierlichen Hallen von Johnson, Bonadies and Eagle die reinste Verschwendung gewesen wäre. Doch im Einzelhandel waren seine Heiterkeit, seine aristokratischen Manieren und sein strahlendes Lächeln der Schlüssel zum Erfolg. Wo Leonard unsicher war, überzeugte Jazz mit Zuversicht. Es war der jüngere Mann, der auf die Idee kam, sich an die schicken Warenhäuser im ganzen Land zu wenden, und es dauerte nicht lang, bis sie Le Fourreurs Kollektion modischer Pelze – Jacken und Mäntel für den Alltag – in ihrem Sortiment führten. Von diesem Erfolg ermutigt, überzeugte Jazz seinen Schwiegervater, seinen Snobismus zu überwinden und in den Handel mit preiswerterer Ware einzusteigen; in New York und New Jersey gab es jetzt schon drei Furhavens, ein vierter und fünfter standen auf dem Papier.

So waren also Mr. und Mrs. Jasper Taylor vor ihrem dreißigsten Geburtstag – wie die Platzkarten beim jährlichen Luxe Awards Dinner des Fashion Congress' belegten – bereits ein wohlhabendes junges Paar.

»Dreh dich mal um«, sagte Sylvia zu Lee, während sich ihre Augen verengten, als sie Lees Outfit begutachtete: ein klassisches, elfenbeinfarbenes, schulterfreies Abendkleid, das ebenso wie das enge Perlenhalsband auf ihrer goldenen Haut leuchtete. »Hübsch. Von wem ist es?«

»Valentino.«

»Perfekt. Wann hast du es gekauft?«

»Irgendwann im letzten Monat.« Dann fügte sie zum Ärger ihrer Mutter noch hinzu: »Während meiner Mittagspause.«

Sylvia seufzte und blickte kopfschüttelnd, aber ziemlich freundlich zu Robin hinüber. Jetzt, wo ihre jüngere Tochter drogenfrei war und ein blaugrünes Bauernkleid von Saint Laurent trug, das viertausend Dollar gekostet hatte, fiel es ihr leichter, ihrer älteren Tochter das Recht auf Exzentrizität einzuräumen. »Ich wette, du hast es genommen, weil es nicht geändert werden mußte«, sagte sie mild.

»Genau. Meine modische Devise ist: Wenn der Reißverschluß zugeht, kaufe ich es.«

»Ist mir klar!« krähte Sylvia. »Siehst du, Lee, ich kenne dich!«

Das Penthouse im St. Regis war voll von Männern in schwarzen und weißen Smokings und ihren Frauen, die ihr prächtiges Gefieder aus Seide und Juwelen wie stolze Pfauen zur Schau stellten. Selbst im trüben Dämmerlicht, das Kerzenschein vortäuschen sollte, war Lee fast überwältigt von so viel schöner, weicher, nackter Haut unter glänzenden Stoffen, vom süßen und aromatischen Duft extravaganter Parfüme, vom lässigen Umgang dieser Leute mit ihrem eigenen unglaublichen Reichtum. Es war ein krasser Gegensatz zu ihrer Arbeitswelt, der Rohheit und dem Gossengestank der Untersuchungshäftlinge oder der vornehmen, alten Kanzlei mit ihren Ledersesseln und Holztäfelungen, in die Will eingestiegen war.

»Wie geht's dir, Lee?« fragte Robin.

»Prima«, erwiderte sie, während sie beobachtete, wie Jazz die Erbin eines Warenhauses umschmeichelte, deren Diamanten heller leuchteten als das Lächeln, das sie Jazz zurückgab. »Ich sehe ihm gern bei der Arbeit zu.«

»Er macht sich nicht schlecht«, meinte Robin, warf den Kopf zurück und lachte über ihr eigenes Understatement. Ihr langes, blondes Haar, das nur von einem Samtband gehalten wurde, glänzte im weichen Licht. Jazz schaute in ihre Richtung und winkte ihnen zu. »Er ist ein Genie, was gesellschaftliche Umgangsformen angeht. Kennst du sonst noch jemand, der so entspannt und natürlich ist?«

Lee schüttelte den Kopf. Sie war froh, daß Robin da war, denn sie fühlte sich überhaupt nicht entspannt und natürlich. Aus der Cocktailstunde waren schon zwei geworden, aber niemand außer ihr schien von der endlosen Parade der Prächtigkeit und dem Mangel an Horsd'œuvres betrunken zu sein. Sie brauchte ihre Schwester. Und doch wünschte sie sich Robin an einem anderen Ort. Es störte sie, daß sich im Leben ihrer Schwester nichts verändert hatte. Mit siebenundzwanzig Jahren war sie immer noch freiwillige Mitarbeiterin in einer Kindertagesstätte, immer noch ohne Collegeabschluß, wohnte nach wie vor zu Hause und fuhr mit ihren Eltern in die Ferien. Aber Robin hatte sich als Mensch verändert, war aus ihrer Selbstbezogenheit erwacht und eine zärtliche Schwester, eine verläßliche Tante und eine liebevolle Schwägerin geworden. Lee und Jazz unternahmen oft etwas mit ihr, nicht aus familiärer Verpflichtung, sondern weil Robin eine angenehme Gesellschaft war.

Jazz kam zu ihnen herüber und schloß sie beide in seine ausgebreiteten Arme. »Alles klar?« fragte er, als das Licht aufflackerte und das Dinner ankündigte.

»Uns geht es gut!« sagte Robin glücklich.

»Sehr gut«, bekräftigte Lee. Er geleitete sie in harmonischem Einklang mit der übrigen eleganten Menge in den wunderschönen Ballsaal an ihren Tisch. Kein Ellenbogen wurde angerempelt, auf keinen Saum getreten. Er rückte ihnen beiden einen Stuhl zurecht, und Lee beobachtete, daß Leonard seine Höflichkeit nachahmte und für Sylvia das gleiche tat.

Während sie aß, fiel ihr auf, daß ihr Mann kaum etwas zu sich nahm, weil er zu sehr damit beschäftigt war, den Goldjungen zu spielen. Er winkte, er stand auf, um mit Leuten zu schwatzen, die von einem Tisch zum anderen hüpften. Er schüttelte Hände, küßte Wangen, reagierte auf Komplimente mit freundlicher Bescheidenheit und lachte. Nur als er sich wieder gesetzt hatte, sah sie, wie er in einem flüchtigen Moment seinen müden Rücken gegen die Stuhllehne preßte und einen Augenblick die Augen schloß. Als er sie wieder öffnete, war nicht mehr die Spur eines Lachens in seinem Gesicht. Seine Augen wirkten so alt wie die des neunzigjährigen

Schuhmoguls, der im Rollstuhl am Nachbartisch saß. Älter, denn der Schuhmogul drehte den Kopf hin und her, damit ihm ja nichts entging, riß kleine Brotstückchen ab und stopfte sie sich in den Mund – entzückt von dem Hier und Heute und dem Bankett. Erst da erkannte sie, daß Jazz sich in dieser glanzvollen Gesellschaft genauso elend fühlte wie sie selbst.

Sie war jetzt mit den Fällen beschäftigt, die Chuckie ihr übergab: unerlaubter Besitz gestohlener Güter, schwerer Diebstahl und ähnliches. Doch auch die Fälle, die ihr dann und wann ein Anwalt, mit dem sie als Staatsanwältin zu tun gehabt hatte, vermittelte, waren relativ unbedeutende Sachen. Sie wußte, daß sie sich als Strafverteidigerin erst noch beweisen mußte. Den alten Knaben und auch den jüngeren fiel es nicht schwer, sie mit der Bemerkung abzuspeisen, daß jeder gewinnen kann, wenn er das Volk vertritt – die einfache Wahrheit sei immer auf der Seite des Volkes.

Wie komme ich an einen großen Fall ran? fragte sie Will während eines ihrer täglichen Telefongespräche. Ich möchte einen Vorzeigefall, mit dem ich beweisen kann, zu was ich fähig bin. Will sagte einfach: Bitte sie darum. Was soll das heißen, *bitte sie darum?* Lad andere Anwälte zum Mittagessen, riet er ihr. Erzähl ihnen, daß du eine eigene Kanzlei aufmachen und dich nicht nur auf Chuckie verlassen willst. Red mit ihnen über die Arbeit. Laß sie spüren, daß du eine Kollegin und kein kleines Mädchen bist. Wenn jemand ein fettes Mandat hat, dann frag ihn, ob er deine Hilfe brauchen kann. *Einfach fragen?* stieß sie hervor und schnappte nach Luft. Es ist dein Beruf, mit dem du dir deinen Lebensunterhalt verdienst – okay, Lee? Es ist nicht so, als ob du einen Jungen um ein Rendezvous bitten würdest. Es ist durchaus üblich. Es ist auch zulässig, daß du versuchst, dir ein dickes, fettes, saftiges Mandat zu schnappen, bevor es ein anderer tut.

Die Elf-Uhr-Nachrichten am Sonntagabend sind in der Regel eine nachrichtenfreie Sendung. Politiker verkünden am Sonntag nichts Neues. Keine einzige Pressemitteilung wird in Umlauf gebracht, und niemand marschiert, um gegen etwas zu protestieren. Also beschäftigen sich Fernsehjournalisten an diesem Abend ausführlich mit Sport und Wetter und bieten entsetzliche Berichte über Brände, Vergewaltigungen und Mord an. An einem kalten, graupeligen Sonntagabend im Februar hörte sie, daß man Eddie Urquhart aus Locust Valley morgens im Bett brutal zusammengeschlagen hatte. Er lag im Koma und würde, wie jemand aus dem Glen Cove Hospital verlauten ließ, wahrscheinlich nicht mehr aufwachen – auch wenn der Sprecher dazu keine Erklärung abgeben mochte. Lee hatte an diesem sonntäglichen Tag mit Val und Kent Valentinsschmuck gebastelt, ihre Tücher und Pullover nach Farben geordnet, während Vals Mittagsschläfchen mit Jazz geschlafen und mit ihren Eltern und Robin in einem neuen und mittelmäßigen italienischen Lokal gegessen. Jetzt setzte sie sich im Bett kerzengerade auf. »Hast du das gehört?« fragte sie Jazz. »Heute morgen in seinem Bett erschlagen! Eine Million Dollar, daß es kein Einbrecher war. Welcher Einbrecher schleicht sich schon an einem Sonntagmorgen in ein Haus?«

Er blickte über den Rand der Wirtschaftsseite der *New York Times*. »Was?«

»Pscht«, sagte sie, als der kaum der Pubertät entwachsene Reporter vor einem prachtvollen Haus im Kolonialstil mit weißen Säulen stand und ihr erzählte, daß Urquhart die Spectacle-Kette gehörte, eine Reihe von Optikerläden. »Auf Long Island!« krähte Lee. Die Polizei sei gerade dabei, Mrs. Urquhart zu befragen, hieß es. Vielleicht könne sie eine Beschreibung des Eindringlings geben. »Sie hat es getan!« verkündete Lee.

»Wer?«

»Die Frau.« Ihr Puls raste.

»Woher willst du das wissen?« fragte Jazz. Und ohne ihre Antwort abzuwarten, vertiefte er sich wieder in einen Artikel über regionale Handwerksverbände.

»Ich spüre es«, sagte sie und legte beide Hände auf ihr Herz.

Am nächsten Morgen um sieben Uhr holte sie Chuckie mit einem Anruf aus dem Schlaf und fragte ihn, wer Spectacle vertrat. Er wußte es nicht. Um acht Uhr rief sie Will zu Hause an, der ihr mitteilte, daß es nicht das Büro De Ruyter, Lefkowitz and Stewart sei, daß er sich aber gleich erkundigen würde, ob es irgend jemand wüßte. Um neun Uhr zwanzig hatte sie herausgefunden, daß es sich um Keelan und Stern handelte, Woodleigh Hubers frühere Kanzlei. Verdammt! sagte sie. Machst du dir Sorgen, daß er dich schlechtmachen könnte? fragte Will. Seine ehemaligen Partner trauen ihm wahrscheinlich auch nicht mehr zu als wir. Okay, sagte Lee. Probieren wir's aus. Will wünschte ihr viel Glück und nahm ihr das Versprechen ab, sich sofort zu melden, wenn es Neuigkeiten gäbe.

Um zehn Uhr dreißig saß sie im Zimmer von Peter Pappas, einem der älteren Partner von Keelan and Stern – ein ähnliches Kaliber wie Huber, der am liebsten hohe, viktorianisch anmutende Kragen trug, die den ganzen Hals verdeckten. Folglich saß sein Kopf wie eine riesige Blase direkt auf seinem Hemd.

»Sie müssen mir nicht Ihren Lebenslauf erzählen«, sagte er. »Ich hab von Ihnen gehört.«

»Von Woodleigh Huber?« fragte sie und stellte sich darauf ein, ihre Verteidigung zu übernehmen.

»Näh!« knurrte er ziemlich grimmig. »So hier und da. Gerüchte.«

»Gut«, sagte sie. »Ich danke Ihnen, daß Sie mich so schnell empfangen haben. Ich möchte Ihre Zeit nicht unnötig in Anspruch nehmen.« Pappas nickte: prima Idee. »Mir ist zu Ohren gekommen, daß Sie Eddie Urquhart vertreten. Schrecklich, was ihm zugestoßen ist. Aber ich interessiere mich für seine Frau.«

»Warum?«

»Ich habe den Eindruck, sie könnte eine Verteidigerin gebrauchen. Es wäre nett, wenn Sie mich ihr empfehlen würden. Für eine Frau mit ihrem sozialen Hintergrund wäre ich wahrscheinlich die ideale Wahl.«

»Meinen Sie?«

»Ich will Ihnen auch sagen, warum.«

Um die Mittagszeit sprach Lee in Locust Valley mit Paula Urquhart und fand heraus, wieviel die Frau der Polizei schon erzählt hatte. Zwei Stunden später führte Paula Urquhart Lee in die Bibliothek, einen Raum mit niedriger Decke und in Leder gebundenen, ungelesenen Büchern. Es roch wie in einer Krypta. Paula zog die staubigen Damastvorhänge zurück und zeigte ihr die unzähligen Dellen und Narben, die Eddie ihr in zwanzigjähriger Ehe zugefügt hatte. Um Viertel vor drei unterschrieb Paula einen Scheck für Lees Zehntausend-Dollar-Vorschuß. Dann kochte sie Kaffee, und sie redeten, bis die Polizei kam und Paula wegen vorsätzlicher Tötung verhaftete.

»Sie haben nicht zufällig eine Wahnsinnsmenge Arbeit für mich«, sagte Terry Salazar zu Lee. Er hatte gerade sein eigenes Detektivbüro eröffnet und sah in seinem Anzug, der nur eine Spur heller als marineblau war, und seinen braunen Wildlederschuhen mit Kreppsohlen einem Cop immer noch ähnlicher als einem Unternehmer.

»Ich habe keine Wahnsinnsmenge Arbeit«, gab Lee zur Antwort. »Paula hat den Cops erzählt, sie sei unten gewesen und hätte Zeitung gelesen. Als sie ungefähr um elf Uhr wieder hinaufging, um zu duschen, stand das Fenster auf, und Eddie lag mit eingeschlagenem Schädel auf dem Boden. Sie dachte, er wäre tot.«

»Doch das war er nicht.«

»Genau. Nur bewußtlos. Der erste Cop am Tatort stellte fest, daß das Fenster nur etwa zwanzig Zentimeter offenstand. Der Einbrecher hätte ziemlich dünn sein müssen.«

»Und wer wäre, nebenbei bemerkt«, fügte Chuckie von der Couch in Lees Büro hinzu, »so beschäftigt damit, Eddie den Kopf zu zertrümmern, daß er vergäße, etwas mitzunehmen.«

»Diese Paula hört sich nicht gerade nach einem kriminellen Genie an«, bemerkte Terry.

»Wahrscheinlich hat Eddie ihr einmal zuviel auf den Kopf gehauen«, meinte Lee.

»Willst du auf Unzurechnungsfähigkeit plädieren?« fragte Chuckie höflich.

»Ich bin mir noch nicht sicher, aber ich glaube nicht. Sie macht keinen verrückten Eindruck. Ist richtig nett. Hat eine Kanne Kaffee gekocht und für die Mannschaft am Tatort einen gedeckten Apfelkuchen aufgetaut. Außerdem ist Unzurechnungsfähigkeit der letzte verzweifelte Ausweg der Verteidigung. Funktioniert fast nie.«

»Fast nie«, pflichtete Chuckie bei.

Lee rieb sich die Wangen und versuchte, ihre Müdigkeit zu vertreiben. Nun war sie mit dem Urquhart-Fall betraut und wußte nicht, wie sie ihn angehen sollte. Immerhin hatte sie jetzt eine eigene Mandantin, die es sich obendrein noch leisten konnte, Terry zu bezahlen. Und Chuckie Phalen saß in ihrem Büro und nicht sie in seinem. Das war doch alles – sie lächelte sich selbst zu – sehr erfreulich.

»Welche Waffe hat sie benutzt?« fragte Terry.

»Einen Kinderschlittschuh. Die Kufe. Sie sagt, sie sei oben auf dem

Dachboden gewesen und hätte nach einem Baseballschläger gesucht, doch dann habe das Licht geflackert, und sie hätte es mit der Angst zu tun bekommen und sich das Nächstbeste gegriffen, was sie finden konnte. Sie wußte, daß es nicht so gut wie ein Baseballschläger war. Deshalb schlug sie gleich am Anfang hart zu, genau zwischen die Augen.«

»Und nun ist er Brei?«

»Jetzt und für immer.« Sie schloß einen Augenblick lang die Augen und versuchte sich vorzustellen, wie Paula Urquhart mit der Schlittschuhkufe zuschlug. Dann rief sie sich den vernarbten, verunstalteten Körper ihrer Mandantin ins Gedächtnis. »Sie hatte Todesangst«, erklärte Lee, als sie die Augen wieder aufschlug. »Deswegen hat sie versucht, ihn umzubringen.«

»Notwehr?« fragte Terry glucksend.

»Das hat schon in einigen Staaten funktioniert«, sagte Chuckie, und Terry hörte auf zu glucksen. Chuckie wandte sich an Lee. »Hat Eddie nicht geschlafen, als sie auf ihn losging?«

»Trotzdem war es Notwehr«, sagte Lee. »Er hat sie geschlagen, er hat sie seit Jahren terrorisiert. Sie lebte ganz allein in diesem großen Haus am Sound. Ohne Haushälterin, völlig vereinsamt. Nachdem das zweite Kind auf dem College war, hat er ihr den Wagen weggenommen. Er sagte, man könne ihr nicht mehr vertrauen, weil sie schon mehrmals eine Beule in den Kotflügel gefahren hätte. Er erlaubte ihr nicht, dieses verdammte Haus zu verlassen! Nur zweimal im letzten Jahr kam sie heraus, als sie in die Notaufnahme gebracht wurde. Sie war seine Gefangene. Sie wußte, daß es nur noch eine Frage der Zeit war, bis er sie umbringen würde. Folglich mußte sie ihr eigenes Leben retten.«

Bedauerlicherweise sah Paula Urquhart so aus, als könne sie jeden Schicksalsschlag in ihrem Leben verkraften. Mit dreiundvierzig Jahren, kaum mehr als durchschnittlich groß, wirkte sie derartig kräftig und stabil, als ob man sie zusammengedrückt und komprimiert hatte. Ihr Haar war so hell, daß man das Grau auf den ersten Blick nicht sah. Sie trug es straff zurückgekämmt und schien getroffen, als sie ihr im Nassau-County-Gefängnis den unechten Schildpatthaarreif wegnahmen. Sie war weder hübsch noch reizlos, sondern bloß jemand, den man gerne übersah. Nur wenn man sie forschend anblickte und ihr

Gesicht nach Spuren der Frau mit der Schlittschuhkufe in der Hand absuchte, bemerkte man, daß die eine Wange höher lag als die andere, die von wiederholten Schlägen eingedrückt war.

»Paula, gibt es in Ihrem Haus ein Telefon?« fragte Lee. Sie unterhielten sich in einem kleinen Zimmer in der Frauenabteilung des Gefängnisses, die man als das Waldorf bezeichnete und in der sich die Häftlinge befanden, deren Fall für großes öffentliches Aufsehen sorgte. Im Waldorf gab es einen Gemeinschaftsraum für die Mahlzeiten und zum Fernsehen, ein paar Zellen und ein kleines Zimmer für Vernehmungen oder Gespräche zwischen Anwalt und Mandant. Es war in Anbetracht der Umstände ziemlich luxuriös eingerichtet, mit zwei Stühlen, die nicht am Boden festgenagelt waren, und einer Couch aus blauem Kunstleder. In ihrer blauen Uniform wirkte Paula wie ein Teil der Einrichtung.

»Ein Telefon?« wiederholte Paula, die den Sinn der Frage nicht ganz begriff. »Natürlich haben wir ein Telefon.« Sie zählte an ihren Fingern ab. »Sechs Anschlüsse. Nein, warten Sie, sieben. Einer ist im Keller.«

»Und wie oft ging Eddie zur Arbeit?«

»Sechs Tage in der Woche.« Ihre Stimme klang kräftig, aber freundlich, wie die einer Lehrerin in den ersten Grundschulklassen.

»Wenn ich Sie in den Zeugenstand rufe, wird Sie der Staatsanwalt fragen, warum Sie – in all den Jahren – nicht um Hilfe gerufen haben.«

»Er sagte, er würde mich umbringen, wenn ich über unsere Privatangelegenheiten sprechen würde. So hat er es immer genannt: eine ›Privatangelegenheit‹. Wenn er nach Haus kam und übel gelaunt war … man konnte es ihm nur schwer ansehen, weil er so ein nettes Gesicht hat. Freundlich. Mit Sommersprossen. Die Leute halten Sommersprossen immer für ein Zeichen von Gutmütigkeit.«

»Eine Privatangelegenheit?«

»Ja. Er kam heim, stellte seine Aktentasche ab und gab mir seinen Mantel zum Aufhängen. Wenn ich zurückkam und er dann sagte, Paula, ich muß mit dir eine Privatangelegenheit besprechen, wußte ich, daß es Probleme geben würde.«

»Und dann? Fing er dann an, Sie zu schlagen?«

»Nein. Zuerst erzählte er mir immer, was ich falsch gemacht hätte.

Wie wenn es ihm leid täte und er mir helfen wolle, meine Fehler zu erkennen. Dann wurde er wütend und meinte, ich würde nicht richtig zuhören oder irgendwas in der Richtung. Und dann fing er an zu brüllen, und bald danach schlug er zu.«

»Schlug er Sie mit den Händen?« Lee beobachtete Paula genau und versuchte festzustellen, ob sie irgendeine Gefühlsregung erkennen ließ, aber vergebens; sie sprach, als ob sie die Situation einer Frau schilderte, die sie gar nicht kannte. Lee wußte, daß die Sachverständigen diesen scheinbar unbeteiligten Bericht erklären konnten und daß Paula sich von dem Entsetzlichen, das ihr widerfahren war, distanzieren mußte, um zu überleben. Aber doch nicht so, dachte Lee. Heul doch wenigstens ein bißchen. Hilf mir bei meinem Job. Schenk mir ein paar Tränen für die Geschworenen.

»Normalerweise prügelte er mit den Fäusten, aber wenn etwas herumlag, nahm er auch das.«

»Was zum Beispiel?«

»Alles mögliche. Einen Kleiderbügel. Einen Krug. Einen Besen.«

»Sie haben zwei Kinder, einundzwanzig und neunzehn Jahre alt. Richtig?« Paula nickte. Lee vermißte das automatische Lächeln, das die meisten Mütter zeigen, wenn man ihre Kinder erwähnt. »Verstehen Sie sich gut mit ihnen?«

»Oh ja. Sehr gut.«

»Haben sie jemals gesehen, wie Eddie Sie schlug?«

Paula runzelte die Stirn. Sie faßte an ihren Ringfinger, wahrscheinlich, um an ihrem Ehering zu spielen, aber der lag in einem Umschlag im Safe des Gefängniskellers. »Nicht wirklich.«

»Was heißt das?«

»Sie sahen, daß er wütend war und mich schubste. Vielleicht auch ein- oder zweimal, daß er mir eine Ohrfeige gab. Aber in ihrer Gegenwart nahm er sich immer sehr zusammen. Er wartete, bis ich nach dem Abendessen aufgeräumt hatte. Dann sagte er: ›Entschuldigt, Kinder. Mom und ich müssen eine Privatangelegenheit besprechen.‹«

»Aber er hat Sie brutal verprügelt. Glauben Sie nicht, daß Ihre Kinder etwas gehört haben?«

»Ich hoffe nicht. Ich hab mich immer bemüht, ganz still zu sein. Ich wollte sie nicht erschrecken.«

»Meine Damen und Herren Geschworene, guten Morgen. Mein Name ist Lee White, und ich bin die Anwältin von Paula Urquhart. Mrs. Urquhart wird ein gemeines Verbrechen vorgeworfen: versuchter Totschlag. Wie Ihnen die Anklage geschildert hat, betrat jemand am Sonntag morgen, dem zehnten Februar, das Schlafzimmer der Urquharts in Locust Valley und schlug auf Eddie Urquhart so heftig ein, daß er nun im Koma liegt und wahrscheinlich nie mehr daraus erwacht. Dieser Jemand war kein wahnsinniger Mörder, kein Einbrecher, sondern seine Frau Paula, die Sie in der rosa Hemdbluse am Tisch der Verteidigung sitzen sehen. Sie fragen sich vielleicht: Wieso plädieren wir hier, wenn wir die Tat zugeben, auf nicht schuldig?«

Der Verhandlungssaal war bis auf den letzten Platz besetzt. Chuckie, Will und einige seiner Partner, Barbara Duberstein und ein Dutzend früherer und gegenwärtiger Staatsanwälte des Distrikts lümmelten bequem, Arme über die Rückenlehne gehängt, in den Holzbänken, um deutlich zu machen, daß sie sich in diesen heiligen Hallen der Justiz zu Hause fühlten. Sie waren jedoch nicht nur gekommen, um Lee oder die Anklage zu unterstützen; sie wollten den ersten Prozeß im County miterleben, in dem es um das Verteidigungsrecht einer mißhandelten Frau ging. Terry Salazar saß in einem neuen Anzug direkt hinter dem Tisch der Verteidigung. Er hatte sich unbeliebt, ja sogar verhaßt gemacht, aber ganze Arbeit geleistet. Lee war verblüfft, als er herausfand, wie viele Leute wußten, was Eddie Paula antat, und noch verblüffter, daß Terry die meisten davon überzeugen konnte, als Zeugen auszusagen.

Auch die Presse war gekommen, ebenso wie jedermann, der mit irgend jemand verwandt war: von der unglaublich fruchtbaren italienischen Sippe des Richters, die drei Reihen beanspruchte, über Eddie und Paula Urquharts Familie, die sich auf verschiedene Seiten des Gerichtssaals verteilt hatte, bis hin zu Lees Angehörigen. Ginger und Fos paßten gut hierher; aber Sylvia, Leonard, Robin und Jazz waren so attraktiv, so modisch gewandet, daß man sie für die VIPs in der ersten Reihe bei Thierry Muglers neuster Modenschau hätte halten können. Lee bemühte sich, nicht in ihre Richtung zu schauen, um sich nicht zu verraten; die Geschworenen hätten es vielleicht befremdlich gefunden, daß sie zu diesen Überprivilegierten gehörte. Doch auch ohne hinzusehen, wußte sie, daß ihre Mutter ihr graues Kleid mit weißem

Kragen und Manschetten zutiefst mißbilligte. Die wenigen übrigen Sitze wurden von Stammgästen des Gerichtssaals eingenommen, darunter ein Briefträger im Ruhestand, der bei allen Prozessen von Lee anwesend war. Bevor er sich setzte, hatte er auf eine weiße Nelke an seinem Revers gedeutet. »Weiß«, hatte er gerufen und gewinkt.

»Wir sind hier, weil Eddie Urquhart diese Frau in den zwanzig Jahren ihrer Ehe regelmäßig, manchmal einmal wöchentlich verprügelt hat. Nicht geschubst, nicht geohrfeigt, nicht verhauen. Mit Fäusten mißhandelt, mit Besenstielen, mit einer Lampe. Als er ihr zum erstenmal das Nasenbein und die Wangenknochen brach, schlug er ihr mit voller Kraft das Telefon ins Gesicht. Nicht nur einmal, sondern immer wieder.« Lee machte eine Pause und holte tief Luft. Luft, die es ihr ermöglichte, über etwas zu sprechen, das so ekelhaft war, daß sie es kaum ertragen konnte. Sie, nicht Paula, mußte der Jury, den Geschworenen, die schreckliche Spur von Eddie Urquharts Gewalttätigkeit vor Augen führen, da nichts Paulas freundlichen Gesichtsausdruck zerstören konnte. Sie betete, die Jury möge am Ende des Prozesses begreifen, daß dies die grausamste Wunde von allen war.

»Als ich von diesem Fall hörte, stellte sich mir als erstes die Frage: Warum hat sie nicht die Polizei gerufen, wenn es wirklich so schlimm war? Eddie war ein erfolgreicher Geschäftsmann und arbeitete jeden Tag – außer am Sonntag. Paula hatte ein Telefon. Bis vor kurzem, bevor er es ihr wegnahm, hatte sie auch ein Auto. Wenn sie zu stolz oder zu ängstlich war, die Polizei zu rufen, hätte sie ihre Kinder nehmen und abhauen können. Sie hätte einem der Ärzte von der Notaufnahme, der ihre gebrochenen Rippen behandelte, sagen können: Mein Mann hat mir das angetan. Sie hätte ihren Bruder oder ihre Schwester anrufen und schreien können: Helft mir! Versteckt mich! Und wenn sie völlig verzweifelt gewesen wäre, hätte sie sich eine Waffe besorgen und ihn in Notwehr erschießen können. Hätte sie das getan, säße sie heute nicht hier im Gerichtssaal. Nun, um sie für nicht schuldig zu befinden, müssen Sie verstehen können, warum Paula nicht um Hilfe schreien konnte, warum sie abwartete und ihren Ehemann in der Situation niederschlug, in der er nicht als ihr persönlicher Feind, als ihr ureigener Folterknecht auftreten konnte: im Schlaf.«

Lee stellte der Jury in groben Zügen die Zeugen vor, die Eddies

Grausamkeit bestätigen konnten. Während sie die ganze lange Geschworenenbank abschritt, faßte sie zusammen, was ihre Sachverständigen aussagen würden. »Meine Damen und Herren, Sie werden hören, daß Paula eine Gefangene des Terrors war. Die einzige Realität in ihrem Leben war, daß dieser übermächtige Mann sie schlagen würde, wann immer ihm etwas mißfiel. Das war keine Möglichkeit, sondern die Wirklichkeit. Er hat dieser Frau fürchterliche Schmerzen zugefügt, zwei- oder drei- oder viermal im Monat. Denn ihm mißfiel leicht etwas. Als ein Hemdknopf lose war, schlug er ihr mit der Faust so hart auf den Mund, daß sie drei Zähne verlor. Und als sie es wagte, ihm ein Steak vorzusetzen, das er für zu lang gebraten hielt, zerschlug er eine Weinflasche auf ihrem Kopf. In der Notaufnahme brauchten sie zwei Stunden, um alle Glassplitter aus ihrer Kopfhaut zu entfernen. Sie erzählte den Ärzten, daß sie und Eddie in einer Bar gewesen seien und sie etwas abbekommen hätte, als zwei Männer aufeinander losgingen. Wenn das die Strafen für einen lockeren Hemdknopf und ein gut durchgebratenes Steak waren, können wir uns dann nicht vorstellen, was sie befürchten mußte, wenn sie die Wahrheit sagte? Der Staatsanwalt wird versuchen, die Sache so hinzustellen, als wäre alles ganz einfach gewesen. ›Nummer 911. Was ist denn daran so schwer?‹ Am Ende dieses Prozesses werden Sie mit entsetzlicher Deutlichkeit erkennen, warum das so schwer war.«

Nach ihrem Eröffnungsplädoyer küßte Jazz sie und sagte: »Mir fehlen die Worte.« Dann fand er doch eins: »Unglaublich.« Robin echote »unglaublich«, und Sylvia und Leonard zögerten einen Augenblick, bevor sie sie umarmten, als ob sie auf ihre Erlaubnis warteten. Sie waren nicht nur stolz, das spürte sie, sondern hatten auch ein wenig Angst vor ihr.

»Guter Anfang«, sagte Chuckie und kniff sie in die Wange.

»Eins plus, Whitey!« rief der Briefträger.

»Ich kann es nicht fassen«, sagte Barbara Duberstein. »Ich hätte es nie für möglich gehalten! Aber du hast mich überzeugt.«

Will wartete auf sie am Springbrunnen. Er schien sich über den Wirbel, der um sie gemacht wurde, zu amüsieren und gleichzeitig zu freuen. Sie verließ die anderen und ging auf ihn zu. Er war von solcher Anmut, solche Statur, daß alle anderen im Flur vor dem Gerichtssaal blaß aussahen. »Nun?«

»Eine großartige Eröffnung. Wirklich. Du bist auf dem richtigen Weg.«

»Aber noch nicht angekommen. Hast du den Geschwo …«

»Nummer vier?« fragte Will. »Mit dem verkniffenen Mund, als ob er sagen wollte: ›Da bleibt mir doch die Spucke weg. Mußte ihr eigenes Leben retten, indem sie ihm mit einem Schlittschuh den Kopf spaltete, während der arme Kerl schlief. Ha!‹ Nummer vier ist ein harter Brocken, Lee. Du mußt um seine Seele kämpfen.« Aber er sagte es zuversichtlich, wie wenn es ein guter Kampf werden würde, einer, der sich lohnte, gleichgültig, ob sie gewann oder verlor.

»Irgendwelche Ratschläge?« fragte sie.

Er dachte kurz nach. »Es ist bloß ein Prozeß. Du hast schon Hunderte geführt. Meß diesem nicht zuviel Bedeutung bei. Er wird deine Karriere weder behindern noch befördern. Wenn du verlierst, wird man wissen, daß du gute Arbeit geleistet hast, und du wirst neue Mandanten bekommen. Wenn du gewinnst, bekommst du eine Menge netter Anrufe und noch ein paar Mandanten mehr, aber trotzdem keine Titelseite bei der *Time.*« Sie nickte, weil er objektiv recht hatte, auch wenn sie es nicht ganz glauben konnte. Dann besprach sie noch das Für und Wider einer besonderen Art der Befragung, die sie bei dem Regierungsexperten für Gewalt in der Familie anwenden wollte – und wünschte sich die ganze Zeit über, daß Will sie umarmt hätte, statt ihr zu sagen, wie toll ihr Eröffnungsplädoyer gewesen sei.

Sie war absolut nicht darauf vorbereitet. Sie war so erschöpft nach der ersten Verhandlungswoche, daß sie am liebsten jemand eingestellt hätte, der ihr die Zähne bürstete. Am Sonntag morgen saß sie neben Kent am Küchentisch und zeigte ihm, wie man Erdbeeren putzte. Seine Hände und Arme waren voll mit rotem Saft. Val warf in ihrem hohen Stuhl trotzig mit Apfelscheiben um sich, als ob sie ihren gesamten Vorrat an unartigem Benehmen in dieser Stunde verbrauchen müßte.

Jazz war vor zwei Minuten hereingekommen und packte die Lebensmittel aus, während er vor sich hinsummte. Er wirkte sehr glücklich, deshalb fühlte sie sich nicht allzu schuldig, daß sie ihm nicht mehr Aufmerksamkeit schenkte. Sie wandte sich von Val ab – die die letzte Apfelscheibe umklammert hielt und sich nicht entscheiden konnte, ob sie sie essen oder werfen sollte – und kümmerte sich um Kent, der sich gerade ein paar Erdbeeren ins Haar schmierte. »Was hälst du jetzt von einer Dusche, Kleiner?« fragte sie.

»Nichts.«

»Und vom Haarewaschen?«

»Nichts.«

»Neue Seife, neues Shampoo.«

Kent dachte über ihr Angebot nach und entschied, der Versuchung nachzugeben. Immer wenn sie in die Ferien fuhren, sammelte Lee im Hotel die kostenlosen Toilettenartikel ein, weil sie wußte, daß Kent nichts glücklicher machte als sein eigenes neues Seifenstück. Sie beschloß, ihn zu begleiten, um zu verhindern, daß er ein paar Erdbeeren an die Tapete drückte, während er die Treppe hochging. »Paßt du auf Val auf, Jazz?«

»Na klar«, sagte er. Lee schaute auf die Uhr. Fast elf. Sie versuchte, nicht an den Prozeß zu denken. Aber ungefähr zur gleichen Zeit hatte sich Paula Urquhart an einem anderen Sonntag gesagt, daß sie handeln mußte, bevor Eddie aufwachte.

In der Schachtel, die sie im Wäscheschrank aufbewahrte, fand Lee ein Stück Seife – The Breakers, Palm Beach, wo sie im vorigen Winter eine Woche verbracht hatten. Doch ein Haarwaschmittel war nicht zu entdecken, nur vier Flaschen Pflegespülung. »Paß auf«, sagte sie zu Kent. »Du gehst schon mal unter die Dusche, und ich suche derweil ein Shampoo für dich.«

»Ich warte«, sagte er, weil er befürchtete, daß sie ihn übers Ohr hauen wollte. Sie lachte über seinen argwöhnischen Gesichtsausdruck und ging ins Schlafzimmer, an den Schrank von Jazz. Sie langte ins oberste Fach hinauf und holte seine Reisetasche herunter. Neben einer Minidose Gillette-Schaum und der kleinsten Flasche Tylenol förderte sie auch ein winziges Shampoofläschchen aus einem Hotel zutage. Sie seufzte erleichtert. Problem gelöst. Sie zog den Reißverschluß der Tasche wieder zu und stellte sie ins Fach zurück. »Siehst du?« sagte sie zu Kent. »Würde ich dich denn beschwindeln, wenn es um ein neues Shampoo geht?« Sie schaute auf die Flasche. Hotel Carlyle. New York. New York? Wieso hatte Jazz ein Shampoo aus einem Hotel in New York?

»Gib es mir!« Kent wurde ungeduldig, Lee schaute noch einmal hin, weil sie dachte, falsch gelesen zu haben. Hotel Carlyle. New York. Kent griff sich das Fläschchen und ging unter die Dusche.

Na ja, vielleicht gehörte das Carlyle zu einer Kette, und Jazz hatte das Shampoo in Wirklichkeit in Toronto eingesteckt, wo er bei einer großen Pelzmodenschau gewesen war. Oder es stammte von ihrer Reise nach Portland, wo sie ein langes Wochenende bei seiner Schwester Irene verbracht hatten.

Doch tief in ihrem Innern wußte sie, wie das Shampoo aus dem Hotel Carlyle in die Reisetasche ihres Mannes gekommen war.

Die Staatsanwältin Lee wartete, bis Jazz eingeschlafen war. Um Mitternacht stand sie leise auf. Er rührte sich nicht. Methodisch durchstöberte sie seinen Schrank. In seiner Kameratasche fand sie eines dieser Miniaturbücher, die in Buchläden neben der Kasse liegen: Elizabeth Barrett Brownings *Sonette aus dem Portugiesischen.* Als sie die Stelle aufschlug, an der das kleine, rote Bändchen lag, las sie den ersten Vers des wohl am häufigsten zitierten englischen Gedichts: »Wie ich dich liebe? Laß mich die Weisen zählen.« Sie suchte mit klopfendem Herzen, fand aber keine Widmung, kein »JT in Liebe von Wemauchimmer«. Schlau. Sie waren vorsichtig. Ihr fiel ein, daß das blöde Lied, das er heute morgen gesummt hatte, »Secret Love« hieß.

Du hast sie doch nicht mehr alle, wandte die Strafverteidigerin ein. Er hat das Buch in einem sentimentalen Augenblick auf irgendeiner Geschäftsreise gekauft und es in seiner Phototasche vergessen. Und das Shampoo? Das konnte ihm der Einkäufer eines Warenhauses aus einer anderen Stadt gegeben haben, der zu Besuch in New York gewesen war. Glaubst du das wirklich? gab die Staatsanwältin zu bedenken. Nein, sie glaubte es nicht.

Leise schlich sie sich nach unten. Sie wußte, daß Jazz nicht so dumm war, eine Affäre mit ihrer gemeinsamen American-Express-Karte zu bezahlen; trotzdem wühlte sie sich durch die Abrechnungen der vergangenen zwölf Monate: kein Hinweis. Um zwanzig nach zwölf weckte sie Terry Salazar telefonisch und bat ihn, eine private Sache für sie zu regeln. Terry verstand, daß die Sache nicht am nächsten Morgen zu regeln war. Als sie ihn um halb zwei wieder anrief, konnte er ihr mitteilen, daß ein J. Taylor von einer Firma Le Fourreur im letzten Jahr zweiundzwanzigmal im Carlyle abgestiegen war. Sie schrieb sich die Daten auf. Danke, sagte sie zu Terry. Bitte gib mir deine Rechnung persönlich. Schick sie nicht an die Kanzlei. Es gäbe keine Rechnung, meinte er. Und übrigens, Lee, ich habe schon vergessen, was ich gerade herausgefunden habe. Sie bedankte sich nochmals, und er sagte ihr, wie leid es ihm täte, daß sie solche Probleme habe, und daß es auch den Stärksten aus den Latschen hauen würde, ist doch wahr, wenn er sich während eines Prozesses mit einem solchem Scheiß herumschlagen müsse.

Sie hatte vergessen, daß sie Paula Urquhart verteidigte. Völlig vergessen. Zweiundzwanzigmal. Also traf er sich mit ihr zweimal im Monat. Lebte sie in New York? War sie verheiratet? Er war doch nur zwei oder drei Nächte im Monat unterwegs. Die Einkaufsreisen nach Skandinavien und in die Sowjetunion ausgenommen. Und die Tagungen. Oder wenn ein Kaufhausmanager besonderer Aufmerksamkeit bedurfte. Eigentlich war er häufiger auf Reisen, als sie sich bisher eingestanden hatte.

Sie nahm die Liste mit den Daten, das Büchlein mit den Sonetten und das Shampoofläschchen und versteckte die Beweise in einem Turnschuh. Dann legte sie sich wieder ins Bett, in dem der Mann, der sie betrogen hatte, friedlich schlief.

»Nicht jetzt«, sagte Will.

»Ich muß aber«, beharrte Lee.

»Natürlich mußt du. Aber du hast noch zwei oder drei Wochen Verhandlung vor dir.« Um acht Uhr fünfzehn am nächsten Morgen saßen sie im leeren Gerichtssaal. Lee war klar, warum Will hier war. Er war einfach davon ausgegangen, daß sie nicht allein sein wollte und etwas Zuspruch brauchte; er hatte sie begrüßt und eine Tüte mit zwei Kaffeebechern und einem Sesambagel auf den Tisch gestellt. Er zuckte mit keiner Wimper oder schien in keiner Weise überrascht, als sie ihm von ihrer Entdeckung erzählte. Sie wollte nicht fragen, ob er etwas an Jazz bemerkt hatte, das ihr nicht aufgefallen war, ob Will die ganze Zeit über gespürt hatte, daß er ein Scheißkerl war. Im Augenblick gab sie sich damit zufrieden, daß Will der welterfahrenste Mann war, den sie kannte und daß ihn daher nichts überraschen konnte. »Wenn du dich jetzt mit deiner Ehe beschäftigst«, meinte er, »hast du nicht mehr die Energie, dich für Paula Urquhart einzusetzen.«

»Wie kann ich denn nicht daran denken?« fragte sie und starrte in die braunen Tiefen ihres Kaffees.

»Von ›denken‹ habe ich nichts gesagt. Ich meinte, daß du nichts unternehmen sollst – außer wenn du das Gefühl hast, unmittelbar eingreifen zu müssen.«

»Wer könnte es sein?« fragte sie. »Warum? Was hab ich getan?«

»Ich nehme mir den Tag nach der Urteilsverkündung frei. Dann setzen wir uns zusammen und reden über alles. Ich lad dich zum Lunch ein. Okay? Aber jetzt erzähl mir erst mal: Was ist dein größtes Problem in diesem Fall?«

»Du versuchst mich von Jazz abzulenken.«

»Ja.«

Lee wußte nicht mit Sicherheit, ob ihr ein Lächeln gelungen war oder ob sich ihr Gesicht bloß verzogen hatte. »Mein größtes Problem?«

»Genau.«

»Im Gerichtssaal bin ich von der Notwehrtheorie völlig überzeugt. Diese Frau war so verängstigt, daß sie ihren Mann als übermächtig empfand. Sie war nicht in der Lage, um Hilfe zu bitten, weil Eddie das irgendwie herausfinden würde. Er war ihr Universum. Er war Gott, und ihr Schicksal lag in seinen Händen.«

»Was ist daran problematisch?« fragte Will.

»Daß ich, wenn ich nicht im Gerichtssaal bin, wenn ich nach Haus fahre oder meine Beine rasiere, still und leise denke: Diese Frau ist ein Stück Scheiße.«

»Wirklich?«

»Meine eigenen Sachverständigen erklären, daß sie nicht zum Telefon gehen und die Cops rufen konnte – oder einen Priester oder sonst jemand. Sie schwören, daß es ihr nicht möglich war, mit der Wahrheit herauszurücken, wenn sie sich im Krankenhaus behandeln ließ. Sie sagen, sicher, die Kinder hörten, was da vor sich ging, und ja, sie trugen Schäden davon, aber sie hat dafür gesorgt, daß sie das Allerschlimmste nicht mitbekamen. Und was soll ich dir sagen? Ich glaube es nicht! In mir sagt eine Stimme: Was auch geschieht, du mußt Verantwortung für dein Leben übernehmen. Es fordert von dir vielleicht alles, was du hast, es kann dich vernichten, aber sogar einfache Menschen beweisen jeden Tag erstaunlichen Mut. Und wenn sie sich schon nicht selbst vor den Mißhandlungen schützen konnte, wieso brachte sie dann nicht wenigstens ihre Kinder aus dieser Hölle weg?«

»Du glaubst also nicht, daß der Mord Notwehr war?«

»Ich glaube, daß sie sich von ihm befreien mußte. Auf die eine oder die andere Art: durch einen Anruf bei der örtlichen Taxigesellschaft – oder indem sie den Schlittschuh nahm. Ich denke, sie hat ihn gehaßt. Aus gutem Grund. Er hat ihr Schreckliches angetan. Er raubte ihr alle Lebensfreude und Hoffnung. Sie haßte es, was aus ihr geworden war. Ich zweifle nicht daran, daß sie das Opfer eines entsetzlichen, fortgesetzten Verbrechens war. Und wenn ich in meiner Jury säße, würde ich mir sagen: Notwehr? Quatsch! Sie hat ihn kaltblütig ermordet.«

»Hält die Jury die Angeklagte Paula Urquhart im Punkt der vorsätzlichen Tötung ersten Grades für schuldig oder nicht schuldig?«

»Die Jury hält die Angeklagte für nicht schuldig, Euer Ehren.«

In der darauffolgenden Nacht schlief Lee dreizehn Stunden lang. Am nächsten Abend gab sie ihrer Kinderfrau frei und brachte Kent bei seinen Eltern unter. Val schickte sie mit fünf Stofftieren zum Haus ihrer Eltern hinüber. Sie wußte, daß sie bei Robin gut aufgehoben war.

Jazz stürmte um sieben Uhr mit einem riesigen Strauß weißer Rosen und Lilien und einer guten Flasche Rotwein ins Haus, um ihren Sieg zu feiern. Als er hörte, daß Kent und Val heute woanders schlafen würden, konnte er seinen Trenchcoat nicht schnell genug an den Haken hängen. Er raste in die Küche zurück, aber Lee war nicht da. Als er ins Wohnzimmer stürzte und sie auf der Couch sitzen sah, die Füße brav auf den Boden gestellt, sagte er: »Hey, die Blumen sind noch in der Küche. Du hast sie gar nicht ins Wasser gestellt.«

»Die Blumen sind mir gleichgültig.«

»Was ist los, Honey?« Er setzte sich neben sie und runzelte besorgt die Augenbrauen. Sie wußte, daß er darauf wartete zu hören, wie erschöpft sie sei, wie leer und ausgepumpt sie sich nach all den Aufregungen des Prozesses fühle. Lee stand auf und setzte sich ihm schräg gegenüber. »Irgendwas nicht in Ordnung?« fragte er.

»Du hast eine Affäre.« Er bekam gerade noch das »Wov …« von

»Wovon redest du« über die Lippen, bevor sie ihm das Wort abschnitt. »In den Nächten, in denen du angeblich geschäftlich unterwegs warst, hast du im Carlyle übernachtet. 35 East 76th, Ecke Madison.« Es heißt, daß Menschen, die einen Schock bekommen, aussehen, als hätte man sie in den Magen geboxt. Lee fand, daß Jazz aussah, als ob man ihn ins Gesicht geschlagen hätte. Seine Züge wurden schlaff und so weich, als hätte man ihm die Wangenknochen zertrümmert.« Aber die Adresse brauche ich dir eigentlich nicht zu sagen, denn du hast sie ja zweiundzwanzigmal gefunden.« Sie beobachtete ihn, wie er vergeblich nach einer passenden Erwiderung suchte. Er legte die Hände vors Gesicht. Sein Ehering sah trübe aus im Lampenlicht, als ob man ihn mit Seifenschaum eingerieben hätte.

Schließlich sprach er durch die Finger. »Wann hast du es herausgefunden?«

Eigentlich wollte sie ihm sagen, wie entsetzlich es für sie gewesen war, als sie diese kleine Shampooflasche gefunden hatte. Zwölf Tage habe ich es für mich behalten! Es war, als würde mir das Herz brechen. Nun, ich hatte zwei Wochen lang Stiche in der linken Brust. Manchmal schreckliche, bohrende Schmerzen. Sie weiteten sich aus und überwältigten mich, wenn ich aufstand, um Einspruch zu erheben, oder mitten in der Nacht. »Wer ist sie?« schrie sie statt dessen und ließ erkennen, wie wenig sie tatsächlich wußte. Er saß da, den Kopf immer noch in die Hände gestützt, und schwieg. »Verdammt, ich habe ein Recht zu wissen, wer sie ist!«

»Nein, das hast du nicht.« Er stand auf, ging durch das Zimmer und goß sich ein großes Glas Wodka ein. Er fragte nicht, ob sie auch einen wollte.

»Liebst du sie?« rief sie seinem Rücken zu.

Mit der ihm eigenen Gelassenheit drehte er sich um. »Ich weiß nicht«, sagte er ruhig. Dann fügte er hinzu: »Ja.«

Es war schlimmer, als sie angenommen hatte. In all ihren Phantasien hatte er immer angefangen zu weinen und sie um eine neue Chance gebeten. Bitte verzeih mir, Lee! »Was willst du jetzt tun?« fragte sie.

»Ich weiß nicht.«

»Möchtest du dich scheiden lassen? Oder willst du die Beziehung zu ihr beenden?«

»Ich wünschte, ich wüßte, was ich will. Ich würde gern wissen, was das Richtige ist.«

»Wie konntest du mit mir schlafen, während du mit einer anderen ein Verhältnis hast?«

»Hör auf.«

»Aufhören, womit?« schrie sie. »Damit, mir vorzustellen, wie mein Mann sich im Carlyle um den Verstand fickt und kleine Shampooflaschen einsteckt, du mieser Hund?«

»Oh«, sagte er. »So also hast du es herausbekommen.«

Sie wollte nicht, daß er dachte, nur diese eine Nachlässigkeit hätte ihn verraten. »Unter anderem. Du hast deine Spuren nicht gut verwischt.« Sie wartete darauf, daß er den Kopf hängen ließ oder seinen Drink abstellte, vor ihr auf die Knie sank und schluchzte, wie sehr es ihn in der Seele quälte, sie verletzt zu haben. Aber er nippte nur langsam und überlegt an seinem Wodka, als ob er auf einer langweiligen Juristenparty in Colgate betrunken werden wollte, ohne daß ihm schlecht würde. »Du hast bis morgen Zeit, dich zu entscheiden«, verkündete sie.

Er wirbelte die Flüssigkeit in seinem Glas herum. »Ich brauche mehr Zeit, Lee.«

»Die hast du nicht. Ich habe genug gelitten. Wenn du dich bis morgen nicht für mich entschieden hast, hast du sie gewählt.«

Am nächsten Morgen um halb acht teilte Jazz Lee mit, daß er bei ihr bleiben wolle.

Am späten Nachmittag, als er gegangen war, um Val und Kent abzuholen, fiel Lee auf, daß sie sich nie gefragt hatte, ob sie bei ihm bleiben wollte.

21

Meine Bildung weist Lücken auf. Nehmen wir zum Beispiel Spanisch. Noch heute kann ich mich auf spanisch unterhalten, sofern es nicht um komplizierte Theorien geht und ich im Präsens bleiben kann. Ich kann sogar einige Schlüsselstellen aus *La casa de Bernarda Alba* zitieren. Dennoch hat es fünf Jahre gedauert, bis ich gemerkt habe, daß das Schild EL VATO im Gefängnis von Nassau County, das ich für eine rüde, diskriminierende Weisung an die lateinamerikanischen Insassen hielt, dadurch zustande gekommen war, daß jemand die Buchstaben e und r aus dem Wort *elevator* entfernt hatte, das über dem Fahrstuhl im Gebäude C prangte.

Eine weitere Lücke? Ich hatte ein bißchen Psychologie gehört und natürlich jahrelang Strafrecht, aber ich hatte nicht die leiseste Ahnung, wie man mit einem Mandaten umgehen sollte, der sich weigerte, den Knast zu verlassen. Also sagte ich bloß: »Norman, Sie können hier nicht länger bleiben.«

»Verschwinden Sie«, knurrte er. Viel mehr konnte er nicht sagen, weil er sich mit zwei Gefängnisbeamten herumbalgte, die sich bemühten, ihn mir zu übergeben. »Sie machen einen schrecklichen Fehler!« schrie er seine Begleiter an, während er versuchte, seine Arme aus ihrem eisernen Griff zu befreien.

»Mach, daß du rauskommst, du Arsch«, grunzte der bulligere von beiden, der sich überhaupt nicht dafür zu interessieren schien, warum ein Häftling so erpicht darauf war, in diesem Gebäude zu bleiben.

»Hört zu«, keuchte Norman atemlos. Er war jetzt nur noch anderthalb Meter von mir entfernt und rückte unaufhaltsam näher. »Ich habe Bobette Frisch getötet! Ihr dürft mich nicht gehen lassen.« Der kleinere Beamte – trotz allem aber ein Kerl, der das Stierrennen in Pamplona hätte anführen können – zeigte Anzeichen von Unschlüssigkeit.

»Überprüfen Sie die Papiere«, riet ich ihm. »Jemand anderes hat gestanden. Sie haben sie verhaftet. Er versucht sie zu schützen.«

»Ich habe Bobette erwürgt!« Norman streckte die Finger aus, um zu veranschaulichen, wie man das machte, da aber seine Arme so weit und fest auseinander gehalten wurden, gelang ihm die Vorstellung nicht. »*Ich* war es. Ich habe es getan.«

»Die, die sie verhaftet haben, ist seine Freundin«, erläuterte ich. Unbeeindruckt von Normans Ritterlichkeit, schleppten ihn die Wärter weiter.

Da die Neonlampen im Gefängnis ziemlich stark sind, gibt es genaugenommen gar keinen Grund, warum jeder, der entlassen wird, die Augen vorübergehend zusammenkneift, als müsse er sie vor dem hellen Licht der Sonne schützen. Norman stand vor dem geschlossenen Tor der Anstalt und benutzte seine Hand als Schirm. Sein rotweiß-kariertes Hemd und die grauen Hosen – die Kleidungsstücke, die er bei seiner Verhaftung getragen hatte – waren ihm jetzt zu groß. Mit den scharfen Knicken, die durch das lange Lagern in der Plastiktüte entstanden waren, wirkten sie außerdem noch schäbig.

Ich weiß nicht, was ich dafür erwartete, daß es mir gelungen war, Norman freizubekommen und die Mordanklage gegen ihn zu Fall zu bringen. Sicher kein Dankeschön, denn schließlich hatte ich ausdrücklich gegen seinen Wunsch gehandelt. Auch keinen tätlichen Angriff, weil ich mir sicher war, daß Norman seinem Ärger nicht auf gewaltsame Art Luft machen würde. Ich stellte mir vor, daß er mich heftig beschimpfen würde, brüllen und mit den Fäusten auf den Kofferraum irgendeines Wagens schlagen würde.

Was ich nicht erwartete, war, daß er mich einfach ignorierte. Als Norman sich an das Sonnenlicht gewöhnt hatte, steckte er die Hände in die Taschen und ging. »Norman.« Ich versuchte ihn einzuholen, aber er war mir mit seinen langen Beinen immer zwei Schritte voraus, so daß ich mich erst entschuldigen konnte, als er, offenbar verwirrt durch die Zahl und Häßlichkeit der bleichen, gesichtslosen Gefängnisgebäude, stehenblieb. »Es tut mir leid«, sagte ich. »Das war nicht das, was Sie gewollt haben ...«

»Genau das Gegenteil.« Weil er so groß war, fiel es ihm leicht, so zu tun, als sei ich nicht da. Erhobenen Hauptes blickte er hierhin und dorthin und bemühte sich, einen zielgerichteten Anschein zu erwecken.

»Wohin gehen Sie?« fragte ich.

Er warf mir einen Was-für-eine-blöde-Frage-Blick zu. »Mary besuchen.«

Es war offensichtlich, daß er gar nicht wußte, wo er sich befand. »Ich bringe Sie hin.« Als ich an diesem Freitag von zu Hause aufgebrochen war, hatte liebliches Vorfrühlingswetter geherrscht, doch der riesige Betonparkplatz in East Meadow schien die ganze Wärme der Sonne aufzusaugen. Langsam, mit schleppenden Schritten, wie Wanderer, die sich in einer wüsten Ödnis verirrt hatten, bewegten wir uns auf den Eingang des Frauentraktes zu. »Können Sie sich irgendwie ausweisen?« fragte ich.

»Lassen Sie mich in Ruhe.«

»Norman, Sie werden sie nicht sehen können, wenn Sie nicht wenigstens einen Führerschein oder eine Geburtsurkunde vorweisen können. Die Vorschriften werden hier sehr genau eingehalten«, erklärte ich. »Das wissen Sie doch.« Er nickte kaum merklich, mit einer einzigen Bewegung seine Kopfes. »Ich fahre Sie gern zu Ihrer Wohnung, obwohl ich annehme, daß die Cops sie nach Marys Verhaftung durchsucht haben. Ich glaube nicht, daß Sie die falschen Pässe, die Sie unter Umständen dort aufbewahrt haben, noch finden werden.«

Er erwog seine Möglichkeiten und preßte seine kleine Schnabelnase direkt zwischen den Augen mit Daumen und Zeigefinger zusammen. »Sie können mich mitnehmen. Ich ziehe mich um und besorge mir eine Geburtsurkunde.«

Als wir uns seiner Wohnung näherten, sprach er wieder mit mir, wenn auch nicht besonders freundlich. »Ich verstehe«, sagte er. »Sie waren mit einem moralischen Problem konfrontiert und lösten es, so gut Sie konnten. Dennoch muß ich Ihnen sagen, daß das, was Sie getan haben, in einem höheren Sinn weder ethisch *noch* moralisch vertretbar ist.«

Auf der einen Seite, dachte ich, war er jenseits von Gut und Böse. Ein Betrüger, der sich über Moral verbreitete! Auf der anderen Seite tat er mir sehr leid. Was für ein Verlust! Mary war es gelungen, Empfindungen in ihm zu wecken, die er bis dahin nicht gekannt hatte: die Liebe zu einer Frau. Alles an ihr war ideal für ihn gewesen: ihre Schönheit, ihre niedliche Dummheit, ihr diebisches Herz. Sogar ihr Verbrechen hatte sich für ihn bezahlt gemacht, weil es ihn in die Lage versetzte, Edelmut zu beweisen, sich selbst zu opfern, um sie zu retten. Wie sehr mußten diese beiden fremdartigen Gefühle – Liebe und Opfermut – eine miese Ratte wie ihn aufgewühlt haben. Es erschien mir beachtlich, daß dieser berufsmäßige Schleimbeutel nicht ein einziges Mal versucht hatte, sich herauszuwinden und die Schuld auf die wahre Täterin zu schieben.

Und jetzt war all seine Güte umsonst gewesen. Sicher, er war frei. Und die Gerechtigkeit hatte gesiegt. Aber was kümmerte ihn die Gerechtigkeit? Die einzige Person, die seinem Leben Sinn gab – Mary Dean –, saß im Block D und wartete auf ihren Prozeß, damit sie die

Fahrt nach Bedford Hills antreten konnte, wo sie die nächsten fünfzehn bis zwanzig Jahre verbringen würde.

Ich wollte mich nicht zur Komplizin einer strafbaren Handlung machen und ihn bei der Beschaffung von gefälschten Dokumenten begleiten, deswegen setzte ich ihn vor der Wohnung ab, in der Mary und er so glücklich gewesen waren. Einer momentanen Eingebung folgend, sagte ich, ich würde ihn zum Abendessen einladen, dann könnten wir uns weiter über Marys Fall unterhalten. Er schien nicht überrascht – und, ehrlich gesagt, auch nicht sonstwie anders zu sein. Er wirkte wie ferngesteuert, sagte mit monotoner Stimme »in Ordnung« und fragte, wann er in meinem Büro vorbeikommen solle. Ich war versucht, mich aufzuplustern und zu verkünden: Hey, ich habe noch nie einen Mandanten zum Essen ausgeführt, noch nie! Aber ich sagte nur sieben Uhr dreißig – und keine Umstände bitte.

Norman tauchte im Nadelstreifenanzug mit Krawatte auf; er sah ein bißchen mehr nach Al Capone als nach Wall Street aus. Aber er schien sich ausgesprochen bürgerlich zu fühlen, wenn nicht sogar wie ein Anwalt. Da er sich so fein gemacht hatte, gab ich die Pläne für die bessere Hamburger-Salat-Bar auf, die ich ins Auge gefaßt hatte, und führte ihn in ein Restaurant im Garden City Hotel, wo es viel weiches Licht gab, rosa Marmor und Kellner, die so besorgt um dein Wohlergehen sind, daß du um ihren Blutdruck fürchten mußt.

»Ich möchte den besten Anwalt für Mary«, teilte er mir mit.

»Sie hat einen sehr guten.«

»Ich rede von jemandem mit nationalem Ruf.« Mir fiel auf, daß Norman für einen Burschen, der in die Spalte unter »Beruf« Ganove hätte schreiben müssen, über ungewöhnlich gepflegte Tischmanieren verfügte. Er hatte sich Schnecken bestellt und handhabte die Zange mit meisterhafter Geschicklichkeit. Ich fragte mich, ob er Schnecken wirklich mochte oder ob er sie gewohnheitsmäßig bestellte, um seinen Opfern zu zeigen, wie kultiviert er war. »Ich habe Geld«, sagte er. »Ich kann es mir leisten.«

»Schauen Sie«, erwiderte ich und legte meine Gabel nieder. »Sie können jeden bekommen, den Sie wollen. Und es ist verständlich, wenn man sich angesichts der Haftstrafe, die Mary bevorsteht, einen Prinzen wünscht, der auf einem weißen Roß daherreitet und, Abrakadabra, alles ins reine bringt. Das Problem ist nur: Es wird keine Verhandlung geben, also brauchen Sie niemand, der den Ruf hat, die Geschworenen zu hypnotisieren. Und es gibt keine komplizierten Probleme, die nur ein juristisches Genie lösen könnte.«

»Aber wenn jemand einen Richter überzeugen könnte ...«

»Kennen Sie jemand, der das besser als Barbara Duberstein kann, die Anwältin, die sie jetzt hat? Ich nicht. Sie arbeitet hier schon seit zehn Jahren. Sie ist gut, und die Richter mögen sie und, was noch wichtiger ist, sie vertrauen ihr. Wenn Sie meine Meinung hören wollen, sind Sie mit einem guten örtlichen Rechtsbeistand viel besser bedient als mit einem aalglatten Typen aus der Stadt, von dem der Richter weiß, daß er nur gekommen ist, um ihn einzuwickeln.«

»Was wird das kosten?« fragte Norman. Zwei Frauen im mittleren Alter an einem anderen Tisch – im fortgeschritteneren Mittelalter als ich – beobachteten ihn. Ich glaubte Sehnsucht in ihren Augen zu lesen. »Nicht, daß Geld eine Rolle spielt.«

»Ich weiß nicht genau. Das müssen Sie mit Ms. Duberstein besprechen.«

»Nur eine ungefähre Schätzung.«

»Ein paar Tausend.«

Er schien erstaunt zu sein. »Das ist ja rein gar nichts.« Er schaute sich um und fing den Blick der beiden Frauen auf. Er wirkte eher traurig als erfreut: Er mochte das Spiel nicht mehr. Er wollte nur noch Mary. »Wäre es nicht möglich, vielleicht mit einem sechsstelligen Betrag, einen Richter zu finden ...«

»Nein.«

»Ich weiß, daß Sie mir so antworten müssen ...«

»Ich bezweifle nicht, daß Sie genau darüber Bescheid wissen, was ich Ihnen sagen darf und muß. Also spare ich mir die Worte. Aber es könnte für Sie nützlich sein zu wissen, daß ich aus meiner beruflichen Erfahrung in dieser Gegend – als Staatsanwältin und als Verteidigerin – sicher sagen kann, daß Sie sich mit ihrem sechsstelligen Betrag nur eine Rückfahrkarte in den Knast kaufen. Nun, vielleicht irre ich mich. Vielleicht gibt es in Nassau County einen Richter, der gekauft werden kann oder gekauft worden ist. Ich, ehrlich gesagt, kenne keinen. Und ich kenne hier auch keinen Anwalt, der bei einem solchen Handel mitmachen würde.« Das stimmte nicht ganz – ich war mir in diesem Punkt bei ein oder zwei meiner Kollegen nicht sicher –, aber das mußte ich Norman nicht auf die Nase binden.

Wir waren schon beim Hauptgang – Prime ribs für ihn, Seeteufel für mich –, als ich mich wunderte, warum er sich erkundigt hatte, wieviel Marys Anwalt kosten würde. »Was ist mit den Achtundvierzigtausend geschehen, die Sie von Bobette bekommen haben?« fragte ich direkt, wohlwissend, daß die Menschen eine zudringliche Frage am ehesten beantworten.

»Das meiste davon hab ich an den Ort geschickt, wo ich mein Geld aufbewahre. Deswegen muß ich wissen, welche Ausgaben für Marys Verteidigung ... oder vielmehr Vertretung auf mich zukommen werden.«

»Atlanta?« fragte ich forschend, weil ich mich an etwas erinnerte, das Mary erwähnt hatte. Norman lachte zu herzlich. Dann schien es ihm peinlich zu sein. Ob es das falsche Lachen oder eine unangenehme Erinnerung war, konnte ich nicht entscheiden. »Haben die Leute aus Ihrem Gewerbe jetzt ihr Geld auf einer Bank in Atlanta statt wie früher auf einem Nummernkonto in der Schweiz?«

»Atlanta habe ich nur für Mary eingerichtet«, räumte er ein. »Ich muß nach Grand Cayman Island.« Die Cayman Islands im karibischen Meer, nicht weit von Jamaika, waren zum internationalen Zentrum für schmutziges Geld geworden. Ich war überrascht, denn die meisten Hochstapler gaben ihr Geld zügig aus. Ihr Leben war ein unaufhörlicher Kreislauf aus Betrug und Verschwendung und wieder Betrug.

»Wollen Sie dort längere Zeit bleiben?« fragte ich. Nicht daß ich neugierig gewesen wäre, aber selbst wenn wir den Nachtisch ausfallen ließen, mußten wir noch unsere Erbsen mit Minze essen und die Rechnung verlangen. Ich fürchtete, daß uns der Gesprächsstoff ausgehen könnte. »Ein bißchen ausspannen, Sonne tanken?«

»Diesen Luxus kann ich mir nicht leisten. Ich will Mary morgen wieder besuchen. Vielleicht bekomme ich am Sonntag noch einen Flug, kann Montag früh das Geschäftliche erledigen und mittags wieder hier sein.« Er seufzte und spielte gedankenverloren Hockey mit seiner Gabel und einer Erbse. Sein Ziel schien ein Karottenbällchen zu sein, aber bevor er es getroffen hatte, sah er auf. »Gibt es irgendeine Möglichkeit, sie auf Kaution freizubekommen?«

»Nein, Norman. Begreifen Sie doch, sie wartet nicht auf ihren Prozeß. Sie hat einen Mord gestanden und wird Ende nächster Woche verurteilt werden. Am Anfang der übernächsten Woche wird sie schon nach Bedford Hills gebracht.«

»Ich werde ein hübsches Sümmchen abheben«, sagte er. »Ich kaufe ein Haus.«

»Ein Haus?«

»Ja. Da oben, nicht weit vom Gefängnis. Ich habe schon mit einer Maklerin in Katonah gesprochen. Sie sagt, daß sie mir in meiner Preislage viel anbieten kann. Ein bescheidenes, kleines Haus. Mehr brauche ich nicht, weil es ja nur für mich ist. Ich betrachte es als Geldanlage. Wenn Mary rauskommt, können wir es verkaufen und an einen warmen Ort ziehen.«

»Was werden Sie in Katonah tun?« fragte ich.

»Mary in Bedford Hills besuchen, so oft ich nur kann, jeden Tag.« Er betupfte seinen Mund mit der Serviette, für meinen Geschmack ein wenig zu geziert. »Ich will Sie nicht anlügen. Was glauben Sie, werde ich in meinem Alter tun? Mir einen Job suchen, von neun bis fünf? Glauben Sie, daß ich so bin wie alle anderen hier«, er fegte mit der Hand durch die Luft, »und jeden Tag aus dem Haus rennen muß, um mich zu beschäftigen? Ich habe die Muße immer geliebt. Ein bißchen Zeitung lesen, fernsehen, Pläne schmieden. Ich lese gern. Ich lese unglaublich viele Bücher. Keiner von den Leuten, mit denen ich mich mehr als fünf Minuten unterhalten hatte, wollte mir abnehmen, daß ich nicht aufs College gegangen bin.« Da er offenbar ein Das-wundert-mich-nicht-Nicken von mir erwartete, tat ich ihm den Gefallen. »Jedenfalls besitze ich das nötige Kleingeld. Ich kann gut von dem leben, was ich zurückgelegt habe.«

»Sie sind eine Ausnahme«, erwiderte ich.

Er wußte, was ich damit sagen wollte. »Sie meinen, daß es die meisten Betrüger auf den Kopf hauen würden.«

»Das ist richtig.«

»Ich aber nicht. Ich habe genug für den Augenblick und auch genug für Florida oder wo immer wir landen werden.«

Ich winkte dem Kellner zu, daß wir bezahlen wollten. »Was ist mit Ihrer Tätigkeit als Heiratsschwindler?« fragte ich.

»Was soll damit sein?«

»Es hört sich an, als wollten Sie in den Ruhestand treten.«

»Ich will Ihnen mal was sagen.« Norman lehnte sich zurück und sah mir geradewegs in die Augen. »Ich hab es nicht nur des Geldes wegen getan. Das müssen Sie mir glauben. Es hat mir Spaß gemacht. Die Reisen, die Vorbereitung, das Spiel. Und die Damen: Ihr Juristen und Psychofreaks denkt doch immer, daß wir es bloß darauf abgesehen haben, sie zu vögeln oder, genauer gesagt, sie durchzuvögeln, wenn Sie den volkstümlichen Ausdruck entschuldigen. Richtig daran ist, daß das Geld wirklich nebensächlich ist, auch wenn ich mir ein hübsches Sümmchen verdient habe. Was ihr nicht begreifen wollt, ist, daß es jedes einzelne Mal ein prickelndes Erlebnis ist. Ein *Erlebnis*. Ich habe mich immer wieder aufs neue verliebt. Können Sie sich das vorstellen? Ein Abenteuer nach dem anderen.« Er lehnte sich zurück. »Aber dann traf ich Mary. Und natürlich sind wir rumgezogen, und ich bin meinen Geschäften nachgegangen. Sie hat mir sogar dabei geholfen. Doch in dem Moment, als ich Mary kennenlernte, wußte ich, daß das Spiel vorbei war. Ich konnte mich nie mehr in eins meiner Mädel verlieben.« Er faltete seine Serviette zusammen und legte sie neben den Teller. »Es ging einfach nicht mehr. Ich schaffte mein Programm kaum noch. Ich weiß nicht, wie ich es bei den letzten Damen hingekriegt habe. Besonders bei einem so ausgekochten Fuchs wie Bobette. Sie muß sehr verzweifelt gewesen sein.« Er schüttelte seinen Kopf. »Armes, liebes Ding.«

Nachdem ich Norman los war, rief ich nicht hurra und tanzte ausgelassen im Kreis herum. Aber ich fühlte mich erleichtert, weil ich glaubte, den Fall Torkelson abgeschlossen zu haben. Doch dann versuchte Mary Dean mich telefonisch zu erreichen. Ich wollte nicht mit ihr sprechen und sagte Sandi, meiner Sekretärin, sie möge sie an Barbara Duberstein verweisen. Damit wäre die Angelegenheit erledigt gewesen, wenn Sandi nicht immer noch an der Schuld Marys gezweifelt hätte. Bitte, flehte sie mich an, *bitte* reden Sie mit ihr. Mary rief Mittwoch morgens zweimal und Mittwoch abends einmal an.

Am Dienstag und am Mittwoch rief auch Norman an. Mary sei in schlechter Verfassung, berichtete er. Sehr aufgeregt. Nicht deprimiert. Wütend. Sie flippte aus und brüllte. Sie mußten sie aus dem Besucherraum in die Beruhigungszelle bringen. Sie flehte Norman an, sie rauszuholen. Er wisse, daß das nicht in seiner Macht stünde, sagte er, aber gäbe es nicht irgend etwas, *irgend etwas*, das er tun könne? Vielleicht könnte man sie in eine Nervenklinik verlegen lassen? Eine private wäre gut. Ich erwiderte ihm, daß Mary den Mord schon gestanden hatte. Wenn sie jetzt auf geistige Verwirrung oder Unzurechnungsfähigkeit plädieren wollte, müßte sie sich mit Barbara in Verbindung setzen. Und ich gab ihm weiter zu verstehen, daß ich eine solche Verteidigungsstrategie in Marys Fall für wenig aussichtsreich hielte. Doch Norman schien so tief verstört über Marys Verhalten, daß er sie im Geiste schon in einem Sanatorium mit Rosengarten sah.

Bei Marys drittem Anruf an diesem Nachmittag war meine Sekretärin in größter Sorge um Mary und voller Wut auf mich, so daß ich ihr riet, nach Hause zu gehen. Sie sagte, sie wolle nicht gehen. Ich sagte, ich wolle, daß sie ginge – und daß sie auch morgen nicht zu kommen brauche, wenn sie den Belastungen des Jobs nicht gewachsen wäre. Es sei Urlaubszeit, die schönste Zeit des Jahres, um wegzufahren.

Natürlich war sie am Donnerstagmorgen schon vor mir im Büro. Aber sie ging noch vor dem Lunch. Sie hatte Tränen in den Augen. Ich kann es nicht aushalten, sagte sie. Wenn Sie nur die Stimme dieses Mädchens hören könnten. Sie ist so süß, so unschuldig, so …

Der Gedanke, wegzufahren, schien mir immer verlockender. Mein Typ, der Anwalt, war gerade mit einem Prozeß vor dem Bundesgericht beschäftigt und war weder als Begleiter noch als moralische Stütze verfügbar. Ich rief meine Tochter an, die Schauspielerei studiert (und in einem Restaurant in TriBeCa billiges Essen serviert) und fragte sie, was sie von einem verlängerten Wochenende in einem luxuriösen Kurort in den Berkshires hielte. Normalerweise wäre sie bei einem solchen Vorschlag in Jubel ausgebrochen. Doch sie hatte eine kleine Rolle in einem Fernsehfilm bekommen, der ab Montag auf Staten Island gedreht wurde, und mußte sich vorbereiten. Also entschied ich mich für einen Abend in der Stadt und rief einen alten Freund an. Wir einigten uns auf ein Lokal in Little Italy.

Just als ich gehen wollte, ungefähr um sechs, klingelte das Telefon. Ich nahm ab, was ich mir wie immer zweimal hätte überlegen sollen. »Lee?« Es war Barbara Duberstein, und sie klang völlig fertig. Natürlich, dachte ich, sie hat einen langen Arbeitstag hinter sich und muß zu Hause noch zwei heranwachsende Kinder versorgen.

»Wie geht's denn so?« fragte ich.

»Hast du es schon gehört?«

»Was?«

»Mary.«

Mit einer theatralischen Geste, die meine Tochter entsetzt hätte, schlug ich mir an die Stirn. Aber ich spürte, daß sich ein Drama ereignet hatte. Vielleicht sogar eine Tragödie. »Was ist passiert?«

»Sie hat versucht, sich aufzuhängen.« Mir stockte der Atem. »Sie haben sie gerade noch rechtzeitig gefunden.«

»Hat sie gesagt, warum sie es getan hat?«

»Nein.« Ich konnte hören, wie Barbara tief Atem holte. »Sie hat nur gesagt, daß sie dich gebraucht hätte.«

22

Nehmen wir doch eine beliebige Gruppe von Menschen – Freundinnen, die nationale Konferenz katholischer Bischöfe, professionelle Bowlingspieler – und fragen sie, was sie von Betrug halten. Alle werden dir eines versichern: Wenn jemand dich einmal betrogen hat, wirst du ihm nie wieder wirklich vertrauen. Du kannst versuchen, die Gründe zu verstehen. Sogar verzeihen. (Als Bischof bleibt dir ja kaum etwas anderes übrig.) Aber du wirst es niemals vergessen, nicht wirklich.

Geschwätz. Vielleicht pflegt man in jenen sorgenvollen, schwermütigen Nationen, wo die Witwen für den Rest ihres Lebens Schwarz tragen, Treuebruch wie eine perfide Leidenschaft. Aber die Amerikaner, diese buntgekleideten Optimisten, sind stets zu einem Neuanfang bereit. Freilich, in den Tagen und Wochen nach der Entdeckung der Treulosigkeit oder des Ehebruchs scheint die Verletzung unerträglich; es gibt keinen brennenderen Schmerz, als wenn dir jemand, dem du vertraut hast, das Messer in den Rücken stößt. Doch dann verheilt die Wunde, und du stürzt dich aufs neue ins Meer der oberflächlichen Beziehungen. In den folgenden Monaten ist die Abwesenheit des quälenden Kummers so wohltuend, daß du dich wie ein guter Amerikaner ab und zu unter den Schirm eines zaghaften Lächelns begibst. Und deine Mitbürger, die dich glücklich sehen und erleichtert sind, daß du nicht länger ein Verlierer bist, klopfen dir auf den Rücken und laden dich zum Mittagessen ein, und bald bist du wieder – vorausgesetzt, der lügende, betrügende, haltlose Bastard spielt nicht verrückt – du selbst.

Das heißt nun nicht, daß Lily Rose White nicht verletzt gewesen wäre, wenn ihr jemand *Die Gesammelten Werke von Elizabeth Barrett Browning* zum Geburtstag geschenkt hätte. Und Jazz war verständig genug, die Madison Avenue zu meiden, wenn sie einen Abend in Manhattan verbrachten – weil sie sonst direkt am Hotel Carlyle vorbeigekommen wären. Doch alles in allem war Lee im Oktober 1980, sechs Monate nach ihrer schrecklichen Entdeckung, wieder eine glückliche Ehefrau mit einer lebendigen, befriedigenden sexuellen Beziehung – wenn auch nicht ganz so intensiv wie früher. Jazz war, das mußte sie zugeben, ein liebevoller Vater, der früh nach Hause kam, um die dreijährige Val zu photografieren, die sich zu Halloween trotz Lees Bedenken mit einem grellrosa Kostüm herausgeputzt hatte, weil sie nicht davon abzubringen gewesen war, als Erdbeertörtchen zu gehen. Jazz und Lee begleiteten das kleine Mädchen auf dem aufregenden Rundgang durch die Nachbarschaft. Wenn sie einen Schritt zurücktraten, damit Val sich auf die Zehenspitzen stellen konnte, um zu klingeln, berührten sich ihre Schultern, und ihre Hände fanden zueinander. Und die Nachbarn staunten über das Erdbeertörtchen und strahlten gerührt die jungen und offenkundig sehr verliebten Eltern an.

Anfang November dachte Lee darüber nach, ein zweites Kind zu bekommen. Sie sagte sogar etwas in der Art zu Chuckie Phalen: Weißt du, irgendwann werde ich wahrscheinlich noch ein Baby haben. Chuckie sagte, das wundere ihn nicht. Ein wenig besorgt, wie es Lee vorkam, und als sie ihm erzählte, daß sie plane, nur ihren dreimonatigen Mutterschaftsurlaub zu nehmen, schien seine Empörung darüber, daß sie jetzt zwei kleine Bengel allein lassen wollte, geringer als seine Freude über die Aussicht, daß bei Phalen & White alles seinen geregelten Gang gehen würde.

Eine Woche später saß Lee am Sonntag abend auf dem Boden des Wohnzimmers vor einem prasselnden Feuer, dem ersten in diesem Herbst, küßte Jazz und flüsterte: »Meinst du nicht, daß es an der Zeit wäre, das Diaphragma in die Flammen zu werfen?« Er nahm sie in die Arme und sagte: »Wundervoll!« Genau so. Ohne zu zögern, ohne ein Stocken in der Stimme, ohne den geringsten Widerstand. Sie hörte, was sie hören wollte: uneingeschränkte Zustimmung. »Wundervoll!« rief er begeistert und hingerissen aus. Lee gestattete sich nicht zu denken: Holla, er geht verdammt lässig mit so einer wichtigen Entscheidung um. Oder daß er mit diesem »Wundervoll!« genau so einem Einkäufer aus Milwaukee hätte antworten können, wenn er seine Bestellung aufstockte (Wundervoll! Sie werden sehen, die Ware wird Ihnen aus der Hand gerissen werden!).

Wundervoll? Also gut. Sie war genau in der Mitte einer Periode. Fruchtbar und bereit. Doch am nächsten Abend, am Montag, wurde an der West Coast Football gespielt. Das verstand sie. Am Dienstag und Mittwoch mußte Jazz nach Minneapolis und Detroit. Gute Kunden, erklärte er ihr stolz. Und am Donnerstag, Freitag, Samstag und Sonntag, war er erschöpft, genervt, zermatscht, kurz gesagt: völlig daneben. Nicht mehr er selbst.

Und als sie ihn am folgenden Donnerstag beobachtete, wie er ihr an der Thanksgiving-Tafel ihrer Eltern gegenübersaß – gutaussehend, die breiten Schultern in der Kaschmirversion eines Harris-Tweed-Jacketts verpackt – und Greta anstrahlte, als sie ihm Ananas und süße Kartoffeln servierte, wurde es auch Lee klar, daß er nicht mehr er selbst war. »Wundervoll!« flötete er Greta zu. Ja, Jazz spielte den Filmstar, der für das unscheinbarste Mädchen in seinem Fanclub das strahlendste Lächeln aufsetzte; aber als Greta wieder in der Küche war, erlosch das Strahlen. Er war nicht gut genug als Schauspieler, um seine Rolle durchzuhalten.

Nicht er selbst? Was war er dann?

Er war so müde und gereizt, daß er Kent für den Feiertag loswerden wollte. Seinen eigenen Bruder, der bei ihm zu Hause war: Schaff ihn mir für ein paar Tage vom Hals, befahl er Lee. Sie hatte sich gefügt, doch ihr war nicht wohl dabei, Kent bei seinen Eltern abzuladen, die ihn nicht haben wollten.

Lee fiel auf, daß Jazz nur auf seinen Teller starrte. Warum konnte er ihrer Familie nicht in die Augen sehen? Warum schaute er Leonard nicht an, der den Ärmel seines zweireihigen Blazers streichelte, den das jüngste Enfant terrible der Männermode entworfen hatte. Oder Sylvia, die Messer und Gabel anmutig zwischen den Fingerspitzen hielt, um ihren Nagellack nicht zu beschädigen: tiefes Granatapfelrot, der letzte Schrei in den tropischen Zonen; morgen würden sie und Leonard nach Palm Beach fahren. Und Robin, die Val über den Tisch zuwinkte – blaß und wunderschön in ihren feinen italienischen Wollwaren, von denen allein die kostbare, kleine purpurrot-blau-grüne Weste mehr als der monatliche Durchschnittslohn einer Kindergärtnerin kostete.

Jazz konnte seine Augen nicht von dem Essen wenden, das auf seinem Teller lag. Die Preiselbeer-Himbeer-Leckerei von der Größe eines menschlichen Herzens schien ihn besiegt zu haben. Nicht er selbst. Dieses Fest war eine Qual für ihn. Da plötzlich wurde es Lee bewußt: Jazz war ganz und gar er selbst. Und dieses Selbst war ein Lügner und Betrüger. Aber einer aus Leidenschaft. Der Grund für seine schreckliche Qual war ein tiefes, tiefes Gefühl. Nicht ein Schuldgefühl wegen ehebrecherischen Herumhurens: nein, das größte aller Gefühle. Ihr Mann hatte sich verliebt. Nicht in sie.

»Bist du sicher?« fragte Will Stewart. Er schenkte ihr so diskret einen Brandy nach, daß sie es erst bemerkte, als sie den nächsten Schluck nahm.

»Ja.« Sie setzte ihr Glas ab.

»Mach dir keine Sorgen. Ich fahre dich nach Haus. Mir wird schon was einfallen, wie wir deinen Wagen morgen zurückbringen.« Sie hatte Jazz vor dem Fernseher sitzengelassen, einen verzweifelten Mann, der das Spiel der Giants beobachtete. Als sie ihm sagte, daß sie für ein, zwei Stunden ins Büro fahren würde, klang sein »Gut« mehr als erleichtert.

»Er will weg«, sagte Lee. »Deswegen ist er unglücklich.«

»Er leidet, weil er sich scheiden lassen will?«

Sie hörte ihr Lachen – ha! –, den harten, wutschnaubenden Laut, den einsame Frauen ausstoßen. »Machst du Witze? Nein, er arbeitet doch in der Modebranche. Wenn er etwas ist, dann auf der Höhe der Zeit. Und ein- oder zweimal geschieden zu sein, zeigt nur, daß du kein uncooler, häuslicher *Schmuck* bist.« Sie mußte sich zusammennehmen. Sie klang so verbittert. Vom anderen Ende seines kleinen Wohnzimmers beobachtete Will sie besorgt. »Jazz hat ein größeres Problem«, fuhr sie fort. »Selbst wenn er einen sagenhaften Eindruck in seiner alten Kanzlei hinterlassen hätte – was nicht der Fall ist –, hat er seit fast fünf Jahren nicht mehr als Anwalt gearbeitet. Aus gutem Grund; er haßt den Beruf. Es wäre sehr schwer für ihn, wieder als Anwalt zu arbeiten, selbst mit der Hilfe seines Vaters.«

»Aber er ist doch so erfolgreich im Pelzgeschäft ...« Will hielt inne und verbesserte sich. »Im Pelzgeschäft deines Vaters.«

»Er würde auch jederzeit einen anderen Job bekommen. Sie sind alle so angetan von ihm in diesem Gewerbe, daß sie ihm einen roten Teppich ausrollen würden, wenn er den Raum betritt.«

Will erhob sich, legte ein paar Holzscheite in den Ofen und entfachte die Glut. Natürlich besaß er keinen einfachen, schwarzen Eisenofen, sondern einen hohen, alten aus gelber und weißer Keramik, den er in Schweden gekauft hatte. Sein ganzes Haus, das an einem Meeresarm von Middle Bay an der Südküste von Long Island lag, war bescheiden, männlich und schlichtweg schön: ein Zuhause für eine Person mit auffallend gutem Geschmack. Sie war vorher nur einmal dagewesen, zu einem chinesischen Essen, das Will für seine alte Truppe von der Mordabteilung gekocht hatte; aber sie hatte sich sofort in das Haus verliebt. »Also wird Jazz, wenn er die Firma deines Vaters verlassen muß, zwar woanders einen Job finden, aber nicht mehr der Schwiegersohn sein.«

»Ich glaube nicht, daß es nur das Geld ist, das ihn zögern läßt – auch wenn er woanders bei weitem nicht so viel verdienen würde wie jetzt. Es sind die Privilegien: die besten Restaurants, die besten Plätze in der Stadt für alles, was er sich ansehen will, der Wagen und der Fahrer. Jeden Tag geht er mit meinem Vater ins Geschäft, und noch bevor sie sich hingesetzt haben, kauft ihnen der Fahrer zwei Exemplare der *New York Times,* zwei *Wall Street Journal* und zwei *Women's Wear Daily* – damit jeder seine eigene, unbenutzte Zeitung lesen kann. Er muß einen ganzen Lebensstil aufgeben. Er kann alles als Geschäftskosten abrechnen ...« Sie schloß die Augen und lauschte dem unaufhörlichen Rauschen des Wassers draußen vor der Tür.

»Du meinst seine Affäre?«

»Ja«, flüsterte sie, weil sie ihrer Stimme mißtraute. Lee hatte weniger Angst zu weinen, als daß sie irgendein widerliches, gurgelndes Geräusch von sich geben könnte, das noch einen Mann abstoßen würde. Nicht, daß Will jemals vorgab, von ihr angezogen zu sein. Er war ihr Freund. Ihr bester Freund. Es verging kaum ein Tag, an dem sie nicht mindestens zweimal miteinander sprachen. Doch von seiner Seite kam nicht die kleinste Andeutung, nicht der leiseste Ton. Vielleicht, dachte Lee, die sich jetzt aufrechter hinsetzte, blasiert ihren Brandy herumwirbelte und hoffte, daß er nicht über den Rand des Glases schwappte, vielleicht wenn sie mehr wie Maria aussähe – wie eine Büste von Nofretete und nicht wie eine Statue von Easter Island –, würde er auch gern bei ihr die Glut entfachen und nicht nur in seinem bescheuerten Ofen.

Sie mußte betrunken sein. Sie fühlte sich nicht betrunken, merkte aber, daß sie ihre Nasenlöcher unter gewöhnlichen Umständen nicht so bewußt wahrnahm. Jazz liebte eine andere. Sie liebte ihn seit ihrem fünfzehnten Lebensjahr, und er hatte sie zu ihrer großen Verblüffung geheiratet. Er liebte jemand anders. Eine andere Frau würde sich anziehen und spüren, wie sich Jazz gegen ihren Rücken preßte. Sie würde sich umdrehen und ihn küssen, dann langsam in die Knie gehen, während ihre Zunge an seinem Hals, seiner Brust und seinem Bauch hinabwanderte.

Vielleicht war sie wirklich betrunken. Sie fühlte die Ohren an den Seiten ihres Kopfes und betastete ihr Ohrläppchen. Weich, so weich wie Valeries Haut. Weich wie ein Rosenblatt. Ihr zweiter Name: Rose.

»Will?«

»Ja?«

»Weißt du, wie mein richtiger Name ist, der, mit dem ich geboren wurde?«

Er zuckte die Achseln. Sie mußte zugeben, daß er kein dringendes Bedürfnis zeigte, es zu erfahren. Scheiß drauf, sie würde es ihm auch so erzählen. »Lily.«

»Oh«, sagte er höflich. Aber dann murmelte er ihren Namen vor sich hin: Lily White. Er warf den Kopf zurück und lachte zum erstenmal, seit sie ihn kannte, aus vollem Halse. »Lily White.« Ein tiefes und wunderbares Röhren. »Im Ernst?«

Und sie warf ihren Kopf zurück, um mitzulachen, was ihr aber nicht gelang, weil sie bereits angefangen hatte zu weinen.

Lee konnte nicht mehr klar denken, aber Will. Er ließ sie aussteigen, als er den halben Weg mit den tiefen Furchen zu ihrem Haus hinaufgefahren war. Dein Wagen war kaputt, instruierte er sie. Da du wußtest, daß Jazz das Spiel sah, hast du dir ein Taxi gerufen. Es ist besser, wenn er dich nicht aus meinem Auto steigen sieht. Wenn ihr über die Trennung redet, willst du doch nicht, daß er überlegt: Hmm, sie wollte am Sonntag noch ins Büro. Wie kommt es dann, daß sie ihr bester Freund heimgefahren hat? Gib ihm keinen Anlaß, sich weniger schuldig zu fühlen.

Okay, sagte Lee.

Du schaffst das, stärkte ihr Will den Rücken.

Ich weiß. Sie wußte es nicht.

Will nahm ihr das Versprechen ab – und sie hob instinktiv die rechte Hand zum Schwur –, daß sie den Mund halten würde. Du bist nicht mehr in der Lage zu denken, entschied er. Warte bis morgen.

Lee benutzte den Seiteneingang, um so zu tun, als käme sie aus der Garage. Der Abend ging in die Nacht über, und ein kalter Wind blies vom Sound landeinwärts, aber es herrschte immer noch das frische, wunderschöne Thanksgiving-Football-Wochenende-Wetter. Zweige knackten unter ihren Füßen. Sie roch die faulenden Blätter, das Feuer, das Jazz wahrscheinlich angezündet hatte. Sie zog ihren Blazer fester um sich. Gute Gerüche. Bevor ihr Verstand eingreifen konnte, reagierte ihr Körper auf die späte Herbstluft: Ah, wie schön. Eine Nacht, um sich an den warmen Ofen zu setzen. Schauer liefen ihr über die Haut.

Als sie am Wohnzimmer vorüberkam, sah sie, daß Jazz noch genauso auf der Couch saß und in den Fernseher starrte, wie sie ihn verlassen hatte. Besorgt, weil Cherry, die Kinderfrau, ihren freien Tag hatte, war Lee sofort wieder beruhigt, als sie in die Küche kam und Robin antraf, die geduldig zusah, wie Val mit einer Schüssel Nudelsuppe kämpfte. Im nächsten Moment hatte sie Val auf dem Arm. Lee ging zu Robin, legte wie gewöhnlich ihre Wange an die ihrer Schwester und ahmte die Küsse ihrer Mutter nach, indem sie mit den Lippen in die Luft zwitscherte.

»Jazz ist im Wohnzimmer«, sagte Robin.

»Miese Laune?« fragte Lee und trat zur Seite, damit man ihren Brandyatem nicht riechen konnte.

Robin zuckte mit der Schulter. »Nicht gerade guter Laune, wie ich leider zugeben muß.«

Das ist aber dumm, dachte Lee, setzte Val ab, fischte aus dem Suppentopf ein kleines Stück Huhn und eine Karotte und fing an, sie in Stücke zu schneiden.

»Nein!« knarzte Val und schüttelte beim Anblick der Karotte heftig den Kopf. Lee mußte ein Lächeln unterdrücken, denn sie liebte es, wenn ihre Tochter so ein neinsagendes, widerspenstiges Ungeheuer war. »Blöde Erbsen!« Für Val waren alle Gemüse Erbsen.

»Okay«, sagte Lee und griff nach der Karotte. »Ich esse sie.« Sofort streckte Val die Hand aus. »Was sagt man da?« fragte Lee und legte das Gemüsestückchen in die winzige Hand ihres Kindes.

»Tanke.«

»›Tanke‹«, wiederholte Lee. »Sie hört sich an wie Großmama Bella. Als nächstes sagt sie wahrscheinlich: ›Bitte, mein Lieblink‹.«

»Ich erinnere mich nicht mehr so gut an sie.« Robin war an den Herd getreten und starrte in den Topf. »Ich passe auf Val auf. Du solltest Jazz sagen, daß du zu Haus bist. Er kommt ständig angelaufen und fragt, ob du schon da bist.«

Will hat recht, sinnierte Lee, als sie ins Wohnzimmer ging. Unfähig zu denken. Sie sollte sich darauf konzentrieren, ein unbeteiligtes Gesicht aufzusetzen, doch in ihrem Kopf schwirrte alles durcheinander: der burgunderrote Pullover und die schwarze Strumpfhose, die kalt gewaschen werden mußten; der Artikel über Bühnenautorinnen, den sie vor zwei Sonntagen ausgeschnitten hatte und der noch auf ihrem Nachttisch lag; und der Proteinconditioner, der unbedingt noch auf ihre Einkaufsliste für die Drogerie mußte. Das blaue Licht des Fernsehers flackerte im Wohnzimmer. Lee stand in der offenen Tür. Sie hätte Wills Brandy besser ablehnen sollen, denn was sie wirklich brauchte, war ein Beruhigungsmittel. Nein, eine Vollnarkose: wenn sie doch nur in einen tiefen Schlaf fallen könnte, bis alles vorüber war. Sie zwang sich, durch die Tür zu gehen.

»Ich bin wieder da.« Sie war drauf und dran, sich um die eigene Achse zu drehen und abzuhauen.

»Komm rein«, sagte Jazz und stand auf. Er knipste eine Lampe an und stellte den Fernseher aus.

»Ich habe morgen massenhaft Arbeit.«

»Bitte. Ich möchte mit dir reden.«

»Okay«, erwiderte Lee. Da sie keine Anstalten machte, sich zu setzen, blieb Jazz ebenfalls stehen. Aber er warf immer wieder einen Blick auf die Couch. Lee spürte, daß er diese Szene im Geiste oft geübt hatte und daß sie sich so nicht abgespielt hatte. Ihr Kopf schmerzte. Betrunken. Was hatte Will gesagt, wie man einen Kater vermied? Wasser. Trink massenhaft Wasser. Sie überlegte, ob es dazu zu spät war.

»Es ist so«, begann Jazz. Dann schwieg er. Sie wartete, aber er schien zu erwarten, daß sie redete. Als sie still blieb, meinte er schließlich: »Ich weiß nicht, wie ich es dir sagen soll.«

»Sag es einfach«, fuhr Lee ihn an. Sie verschränkte ihre Arme und fühlte sich so unbeholfen, daß sie sich nicht entscheiden konnte, ob sie sie auf der Brust oder darunter ruhen lassen sollte. Mit einem forschenden Blick überprüfte sie, ob Jazz ihre Hilflosigkeit bemerkt hatte. Nein. Er sah an ihr vorbei. Lee drehte sich um. Robin stand in der Tür; sie hatte Val wie einen Säugling auf dem Arm. »Ich bin gleich bei euch«, sagte Lee zu ihrer Schwester. Aber Robin blieb einfach stehen. Lee seufzte. Wenn sie jetzt sagte, entschuldige Robin, aber Jazz und ich müssen allein miteinander reden, würde Robin antworten: Oh, natürlich, tut mir leid. Doch dann würde sie die nächsten paar Tage – ausgerechnet dann, wenn Lee ihre Schwester am dringendsten brauchte – schmollen und jeden Versuch einer Unterhaltung mit einsilbigen Worten belohnen.

»Komm rein«, sagte Jazz und beschrieb mit der Hand einen einladenden Mein-Haus-ist-dein-Haus-Bogen in der Luft. Bevor Lee einen diplomatischen Weg finden konnte, um sie rauszuwerfen, saß Robin schon mit Val in dem hohen Ohrensessel mit den breiten Armlehnen.

»Als du es herausgefunden hast«, sagte Jazz zu Lee, »habe ich dir versprochen, es zu beenden. Und dann habe ich dir erzählt, daß alles vorbei sei.«

Einen Augenblick lang begriff Lee nicht, wovon er redete, oder konnte zumindest nicht glauben, daß er in Gegenwart ihrer Schwester davon sprach. Und vor Val! Sie war zu jung, um die Worte zu verstehen, aber wie konnte man solch eine Unterhaltung vor dem eigenen Kind führen? »Bist du verrückt?« zischte sie.

»Es war *nie* vorbei.«

»Würdest du um Himmels willen den Mund halten.« Sie bemerkte, wie Val versuchte, vom Schoß ihrer Tante zu klettern, um zu ihren Eltern zu kommen.

»Ich bin verliebt«, sagte Jazz eigensinnig.

»Nein«, verbesserte ihn Robin. »Wir lieben uns.«

Bevor Lees Verstand reagieren konnte, reagierte ihr Körper. Er zerbröselte. Sie steuerte auf die Couch zu und fiel, dem Himmel sei Dank, darauf.

»Mommy?«

»Alles in Ordnung. Ich bin nur gestolpert.«

O mein Gott, dachte sie, ich bekomme einen Krampf. Ich muß Val nach oben bringen, damit sie mich nicht sieht. Sie sah zu ihrem Kind hinüber. Val war erst drei, aber kein Dummkopf. Robin versuchte, sie abzulenken, und bot ihr die Fernbedienung an, doch Val wußte, daß hier eine bessere Show lief. Energisch schüttelte sie den Kopf: Nein.

In der darauf folgenden Stille gingen Jazz und Robin in einer so fließenden Bewegung aufeinander zu, als probten sie eine Ballettszene. Jazz und Robin, so nah beieinander, daß Lee sie als Paar wahrnehmen mußte. Neben ihm schien Robin so zart und zerbrechlich, daß man sie und nicht die stramme, rotwangige Valerie für sein kleines Mädchen hätte halten können. Entsetzlich: Sie sahen wunderschön zusammen aus. »Wir lieben uns schon seit langem«, fing Jazz an.

»Natürlich«, fuhr Robin fort, »konnten wir uns das am Anfang selbst nicht eingestehen, geschweige denn dem anderen sagen.« Lee war überrascht, als sie feststellte, daß sie aufrecht stehen konnte. Sie ging zu Val und zog das Kind an sich, legte ihre Hände auf den Kopf des kleinen Mädchens und strich ihr über das seidige Haar. Mit einer Mundbewegung bedeutete sie ihrer Schwester, still zu sein. »Lee«, seufzte Robin gereizt, »ein Kind in diesem Alter verfügt nicht über diese Sprache. Sie kann uns nicht verstehen. Okay?« Jazz wurde rot. Auf seiner Oberlippe bildete sich ein Schweißbärtchen. Robin dagegen schwitzte nicht. »Du mußt zuhören, Lee. Weil sich nichts ändert, wenn du jetzt gehst. Es wird nicht besser dadurch.«

Robin trug einen weißen Angorapullover und weiße Wollhosen und sah aus, als wäre sie einer Wolke entstiegen. Lee erkannte, daß sich ihre Schwester für diese Verkündigung das passende Outfit besorgt hatte. Wann hat das angefangen, schrie Lee, nicht sehr laut. Doch ihre Schwester antwortete, als ob sie die Frage gebrüllt hätte. »Es ist passiert, als wir uns zum erstenmal begegneten.« Es folgte ein rasch unterdrückter Laut, der sich wie der Anfang eines fröhlichen Erinnerungsglucksens anhörte. »Nun, nicht beim ersten Mal, als ich meine schlimmste Drogenphase hatte, sondern während des«, Robin holte tief und tapfer Luft, »Heroinentzugs.« Das war in St. Bart's, dachte Lee. Was redete sie da? Warum unterbrach er sie nicht und korrigierte sie: Nein, nein, in St. Bart's warst du, kurz nachdem Lee und ich geheiratet hatten. Doch Jazz saß neben Robin und nickte: Ja, ja, damals habe ich mich verliebt.

Lee war erstaunt, als sie merkte, daß ein Teil von ihr – die Anwältin, die betrogene Ehefrau – sich noch mit klarem Verstand Notizen machen konnte, während der Rest von ihr zerfiel wie die toten Blätter, die sie vor ein paar Minuten zertreten hatte. Sie begriff, warum Jazz Kent zu den Taylors zurückgeschickt hatte. Diese Vorstellung war bis ins letzte geplant, und er und Robin wollten keine störenden Zuschauer haben. Robin, den Kopf hochgereckt, die Hände auf den Hüften, die Lippen leuchtend rot, preschte vorwärts. »Jazz sagte, daß er an dem Tag, als er mich zum erstenmal sah, noch gedacht habe, froh zu sein, daß sein Leben in ruhigen, sicheren Bahnen verlief. Aber dann hat er mich auf dem Bett liegen sehen. Vermutlich bleich wie ein Gespenst«, Jazz nickte bestätigend, »und nackt. Und da ist ihm das Herz stehengeblieben.«

»Zu schade, daß es wieder angefangen hat zu schlagen«, wisperte Lee.

»Robin«, sagte Jazz zögerlich. Er sprach den Namen mit einer Zärtlichkeit, einer schwärmerischen Leidenschaft aus, die sie ihm nie zugetraut hätte. »Das ist jetzt vielleicht nicht der richtige Zeitpunkt.«

»Nein … Jazz«, sagte Robin und stockte einen Augenblick, bevor sie seinen Namen aussprach; vermutlich hatte sie Liebling oder mein Herz sagen wollen. »Jetzt muß es heraus.«

»Du hast recht«, stimmte er zu.

Was ist er bloß für ein Anwalt, dachte Lee, daß er sie nicht davon abhält, die ganze Geschichte ihres Ehebruchs auszuplaudern? »Als wir damals in New York gelandet sind«, nahm Robin ihren Faden wieder auf, »hat Jazz mich aus dem Flugzeug zur Ambulanz getragen. Ich sah zu ihm auf«, Robin schluckte schwer bei der Erinnerung, »und erblickte diesen schönen Mann, den ich nie zuvor gesehen hatte. Und ich wußte, daß ich ihn für den Rest meines Lebens lieben würde.«

»Aber wir haben dem anderen nichts gesagt«, warf Jazz dazwischen. »Die lange Zeit nicht. Ich schwöre es. Und es ist nichts passiert, bis ...« Er blickte zu Val hinunter, die inzwischen auf dem Teppich saß. »Bis ...«

Lee kniete nieder und umarmte ihre Tochter.

»Ich habe dir gesagt, daß sie das Kind als Waffe einsetzen wird«, sagte Robin zu Jazz.

»Val«, sagte Lee zu ihrem kleinen Mädchen, »ich weiß, daß du hierbleiben möchtest, aber das hier ist Erwachsenensache. Also schlage ich dir ein Geschäft vor. Wenn du dich allein ausziehst«, sie sah, daß ihre Tochter neugierig wurde, »bekommst du zwei Löffel Vanilleschaum.« Widerstandsloser, als Lee erwartet hatte, eilte Val aus dem Zimmer; aber zwei Löffel waren auch ein Angebot, das Vals gierigste Träume überstieg.

Als Valerie gegangen war, veränderte sich die Atmosphäre im Raum. Unheilvolle Stille breitete sich aus, bis der Wind an einem Fenster rüttelte. Robin wartete offensichtlich darauf, daß Jazz die Sache in die Hand nahm; doch als sie ihn aufmunternd anblickte, ging er in die Hocke und begann die Sonntagszeitungen aufeinanderzustapeln, die um ein Sofa herum verstreut auf dem Boden lagen. Lee kniete sich neben ihn. »Du hast nicht einmal den Mut gehabt, es mir allein zu sagen«, flüsterte sie.

»Was?« rief Robin. »Das ist nicht fair.« Jazz erhob sich. »Was hat sie gesagt?«

»Nichts«, gab er zurück.

Lee versuchte vergeblich, mit einer einzigen eleganten Bewegung aufzustehen.

»Komm schon, Jazz«, gurrte Robin neckisch und leicht verärgert. »Erzähl mir, was sie gesagt hat.«

»Halt die Klappe, Robin«, bellte Lee.

»Du hast mir gar nichts zu sagen!«

Lee wandte sich dem Mann zu, den sie kaum mehr für ihren Ehemann halten konnte, so eng schien er mit Robin verbunden zu sein. Sie bemerkte, daß er auch einen weißen Pullover trug. »Was willst du jetzt tun, Jazz?«

»Es ist wohl klar, daß wir diese Ehe beenden müssen.«

»Völlig klar. Ich nehme an, du hast schon einen Anwalt.« Im Gegensatz zu Robin, die nickte, besaß Jazz genügend Anstand, sich zu schämen. Aber nicht allzusehr. Und nur deshalb, weil er sich so schnell einen Rechtsbeistand gesucht hatte. Nicht, weil er Ehebruch begangen, weil er sie und seine Tochter aufs schändlichste hintergangen hatte. »Ich brauche ungefähr einen Tag, um einen Anwalt zu beauftragen«, teilte Lee ihm mit.

»Du hast alle Zeit ...«

»Verschon mich mit deinen anmutigen Prep-School-Manieren. Du bist ein billiger Blender.« Lee schaute ihre Schwester an und erwartete fast die alte Robin zu sehen – ausgepumpt und von der Aufregung erschöpft. Aber Robin sah strahlend aus, und Lee wandte sich wieder an Jazz. »Ihr beide: schöne Haare, tolle Kleider, aber verrottet bis ins Mark. Ihr seid füreinander geschaffen.« Sie schickte sich an zu gehen. »Selbst wenn es keinen Gott gibt, werdet ihr kriegen, was ihr verdient.«

Das wäre ein wunderbarer Abgang gewesen, aber Robin rief ihr nach: »Wir wollen das Sorgerecht für Valerie.«

Lee erstarrte nur eine Sekunde lang. Dann wirbelte sie herum, packte ihre Schwester vorn am Pullover und schüttelte sie, bis Jazz Lee mit einem Ringergriff um den Hals zurückzog. »Nein!« schrie Lee. »Niemals! Nur über meine Leiche!«

»Ich bin als Vater genauso gut wie du als Mutter!« brüllte Jazz. »Besser.«

»Viel besser«, verbesserte Robin. »Viel.« Sie sah ihre Schwester an. »Du bist nie zu Hause.«

»Ich glaub, du hast sie nicht mehr alle!« schrie Lee mit verwundetem Herzen, weil ihr einfiel, daß sie in dieser Woche zweimal sehr lange gearbeitet hatte. »Ich liebe mein Kind. Ich bin eine wunderbare Mutter.«

»Du verkehrst mit Kriminellen«, schoß Jazz zurück.

»Jetzt zitierst du deine idiotische Freundin«, fauchte Lee. »Ich ›verkehre‹ nicht, du Wichser. Ich vertrete. Du warst doch selbst mal ein Anwalt. Ein lausiger zwar, aber zumindest den Unterschied solltest du kennen.« An ihren Fingern hingen winzige Büschel weißer Angorawolle von Robins Pullover. Sie versuchte sie zu entfernen, aber sie blieben kleben.

»Ich hab dir ja gesagt, daß sie darauf rumreiten wird«, flötete Robin.

»Ich habe mit meinem Anwalt gesprochen«, sagte Jazz und nahm Robins Hand. »Wenn wir prozessieren müssen, dann prozessieren wir eben. Aber denk noch mal darüber nach. Wir haben nicht die Absicht, dich aus Vals Leben zu vertreiben. Es wäre nur besser für sie, wenn sie bei uns lebte. Bei mir. Wir haben Zeit für sie.«

»Freilich. Weil ihr beide keinen erwachsenen Job habt. Ihr müßt nicht arbeiten. Daddy sorgt für euch.«

»Ich hoffe, du glaubst nicht, daß du automatisch das Sorgerecht bekommst, weil du die Mutter bist. Die Zeiten haben sich geändert.«

Lee hätte sich am liebsten zu einer Kugel zusammengerollt und geweint. Nein, geheult. Sie hatte solche Angst, wenn sie an einige der blöden Richter am Familiengericht dachte. Wie leicht würden sie die Entscheidung für einen lächelnden, gutaussehenden, reichen, früh nach Hause kommenden Vater aus einer traditionsreichen Familie auf Long Island treffen und gegen jemanden wie sie. »Du hast nicht die geringste Chance, du Affenarsch.«

»Er *hat* eine Chance«, sagte Robin mit einer Stimme, die so klang, als sei sie es leid, Verständnis aufzubringen. »Er hat eine verdammt gute Chance ...«

Lee hatte keine Lust mehr, ihnen zuzuhören. Sie lief in die Küche, wo Valerie schon im Schlafanzug vor dem Kühlschrank stand. »Zwei Löffel.«

»Nicht jetzt, Val«, sagte Lee und packte ihre Tochter und ihre Handtasche. Noch ehe Jazz begreifen konnte, was sie vorhatte, fuhr sie mit seinem Mercedes die Auffahrt hinab und raste davon.

Als Lee am nächsten Morgen am späten Vormittag vor dem neuen Haus ihrer Eltern in Palm Beach ankam, sah sie so schlecht aus, wie sie sich fühlte. Ihr Haar war zerzaust, und sie war sicher, daß ihre Augen kleiner geworden waren. Ihre Kleider wirkten, als hätte sie darin geschlafen.

Das hatte sie auch. Aus Angst, daß Jazz die Polizei rufen könnte und die Cops mitten in der Nacht an ihre Bürotür klopfen würden, hatten sie die Nacht in einem Motel in Queens in der Nähe des Flughafens verbracht, wo sie bar bezahlte und sich als Lily Rose eintrug. Sie hatte für Val zwei große Becher Eiskrem gekauft, aber Val war mit der Bezahlung nicht zufrieden gewesen. Schokolade- und Vanilleeis konnten ihre geliebte Schaumspeise nicht ersetzen. Sie hatte noch ein bißchen gemeckert, schließlich war sie aber doch eingeschlafen. Lee hatte sich zu ihr gelegt und sich dicht an den warmen, kleinen Körper gekuschelt. Sie glaubte nicht, schlafen zu können, aber Vals Nähe beruhigte sie. Zu ihrem Erstaunen schlug sie am nächsten Morgen genau um halb sieben, zu ihrer gewöhnlichen Aufstehzeit, die Augen auf.

Die Reise nach Florida war die Hölle; das ganze Flugzeug war voller Menschen über Fünfundsechzig, die gar nicht versuchten, ihren Unmut über eine ungepflegte Frau, die ihr Kind im Pyjama aus dem Haus ließ, zu verbergen. Als die Maschine zur Landung ansetzte, freute sich Lee über den Anblick der ersten Palmen, bis sie sich an ihre Flitterwochen in St. Bart's erinnerte. Warum tue ich das nur? Warum renne ich zu Mommy und Daddy? Um mich über Robin auszuweinen? Mommy, sieh nur, was Robin gemacht hat! Um getröstet zu werden? Vielleicht, aber sie wußte doch aus Erfahrung, daß Sylvia und Leonard kaum einen Platz im Who's Who der großen Tröster finden würden.

In Wahrheit, gestand sie sich im Taxi ein, brauchte sie jemand, der mehr als ihre Schmach mit ihr teilte. Will wäre dazu in der Lage gewesen, aber sie hatte es nicht über sich gebracht, ihn anzurufen.

»Ist das kleine Mädchen krank?« fragte der Taxifahrer und sah in seinem Rückspiegel auf Vals Schlafanzug.

»Nein. Es ist nur bequemer so zum Reisen«, erwiderte Lee.

»Schöne Gegend, wo Sie hinwollen, Wohnen Sie dort?«

»Nein.« Er wartete auf nähere Auskünfte. »Meine Eltern.«

Diese Schande. Sie hatten Robin so sehr verwöhnt. Sie alle, Lee eingeschlossen. Wie konnte Robin ihrer Familie so etwas Abscheuliches antun, sich von ihren Eltern für immer entfremden, ihrer Schwester den Mann wegnehmen und, mit diesem Diebstahl nicht zufrieden, auch noch versuchen, sich das Kind ihrer Schwester unter den Nagel zu reißen? Gib mir, was Lee hat. Gib es mir! *Gib es mir!*

»*Sehr* schön, Ma'am«, sagte der Fahrer, als sie vor dem Haus ihrer Eltern hielten, und Lee fühlte sich verpflichtet, ihm ein zu großes Trinkgeld zu geben. Als sie ausstiegen, öffnete sich schon die riesige Eingangstür mit dem halbmondförmigen Klopfer. Lee hatte einen dunkelhäutigen Butler in weißer Jacke erwartet. Tatsächlich lauerte auch so jemand im Hintergrund. Aber im Vordergrund standen ihre Eltern und sahen fast ebenso aufgeregt aus wie Lee.

»Du bist hier!« schluchzte Sylvia, obwohl Lee bei näherer Betrachtung keine Spur von Tränen in den Augen ihrer Mutter entdecken konnte.

»Gott sei Dank!« Leonard beugte sich hinab und nahm Val auf den Arm. »Wir sind ganz außer uns!«

»Geschockt!«

»Entsetzt!«

»Pipi!«

»Lee, wie konntest du einfach das Baby nehmen ...«, sagte ihre Mutter vorwurfsvoll.

»Sei still, Sylvia«, wies Leonard sie zurecht.

»... mitten in der Nacht!«

Lee griff sich Val und fand mit Hilfe des Mannes im weißen Jackett ein Badezimmer ganz in der Nähe. Schwarzer Marmor mit schwarzen Armaturen. Es sieht aus wie eine Toilette in der Hölle, dachte Lee. Sie konnte kaum glauben, daß Jazz wirklich ihre Eltern angerufen hatte. Konnte er denn so blöd sein und glauben, daß sie Val etwas antun würde? »Was du für ein großes Mädchen bist!« sagte sie zu ihrer Tochter und riß einen Streifen Toilettenpapier ab. »Ich bin sehr stolz auf dich!«

Als Lee und Val aus dem Badezimmer kamen, war der weißberockte Butler verschwunden. Und Sylvia auch. »Wo ist Mom?«

»Sagt der Haushälterin, daß sie Kleider für Valerie besorgen soll.«

»Danke«, sagte Lee und ließ es zu, daß ihr Vater sie in den Arm nahm und sie behutsam, als litte sie an einer schweren Krankheit, in den hinteren Teil des Hauses führte. Eine riesige Veranda gewährte

Aussicht auf einen Pool und eine Wasserfläche, die nicht der Ozean war. »Sehr schön«, sagte sie.

»Swimmen?« piepste Val.

»Später«, versprach Lee.

Ihre Mutter kam mit dem Butler heraus, der ein Tablett mit Sandwiches, einem Krug Eistee und einem kleineren Krug Milch für Val trug. Lee wäre am liebsten vor Erleichterung in Tränen ausgebrochen, bis sie sah, wie ihre Mutter ihre Hose und ihren Blazer musterte. »Warum gehen wir nicht nach oben, und du nimmst eine Dusche?« fragte Sylvia. »Ich kann dir was zum Anziehen leihen. Weißt du, ich habe ein Kleid von Vivienne Westwood, das etwas nachgibt.«

»Später«, sagte Lee. »Danke.« Sie schnitt Vals Sandwich in fingerlange Stücke. »Was hat Jazz euch gesagt?«

»Es war nicht Jazz«, begann Sylvia. Sie brach ab, als Leonard sich räusperte.

»Robin hat euch angerufen?« fragte Lee.

»Sie sagte, ihr hättet eine Auseinandersetzung gehabt«, erläuterte Leonard. »Du hättest dich furchtbar aufgeregt, das Kind gepackt und wärst mitten in der Nacht abgehauen ...«

»Es war kurz vor sieben.«

»Oh. Du kennst doch deine Schwester. Großes Drama und so.« Er machte ein Pause. »Du hättest anrufen sollen, Lee.«

»Was hättet ihr denn um diese Zeit an einem Sonntagabend tun können?« Aus einer »Fun! Sun! Florida!«-Einkaufstüte zog Lee ein Feuerwehrauto mit kleinen, dicken Feuerwehrmännern, das sie am Flughafen gekauft hatte. Sie stand auf und setzte es ein Stückchen weiter ins Gras.

»Schau mal, Val«, rief sie. »Komm her. Das gehört alles dir.«

»Tanke, Ma!« Neben das Auto legte Lee ein Malbuch und eine große Schachtel mit Farbstiften. »Toll!«

»Ich meine«, sagte Sylvia, »du hättest anrufen sollen, damit sie sich nicht solche Sorgen machen ...«

»*Sie?*« rief Lee. Zu laut, wie ihr auffiel. Ihre Eltern wußten offensichtlich noch nicht, was passiert war. »Ich muß euch etwas sagen. Etwas sehr Schlimmes.« Leonard rückte an den Rand seines Stuhles. Sylvia lehnte sich zurück und schlug ihre enthaarrten Beine übereinander. Ihre granatroten Fußnägel paßten perfekt zu den rotgoldenen

Sandalen. Sie sah nicht aus, als ob sie irgendwas Schlimmes hören wollte. Und sicher nicht an Sylvias zweitem Tag als Jet-setterin. »Jazz und ich werden uns scheiden lassen«, sagte Lee, die sich entschlossen hatte, ihnen die gute Nachricht als erstes mitzuteilen.

»Uh-huh«, sagte ihr Vater.

»Oh«, meinte ihre Mutter.

»Er hat eine Affäre.« Dazu sagten sie nichts. »Er will die Frau heiraten.« Ihre Eltern saßen so steif da wie die Palmen in den riesigen Terrakottatöpfen, die längsseits der großen Veranda aufgestellt waren. Der Schock, dachte Lee. Sie sah ihren Vater an, der Jazz, wie sie wußte, sehr bewunderte. Der jeden Tag mit ihm zur Arbeit fuhr und wieder nach Haus. Der ihn ständig im Büro sah und mit ihm am Wochenende abends telefonierte. Ein Schock. Und er wußte noch nicht einmal über Robin Bescheid. Wartet nur. Der Schmerz, die Schande, der ...

In der Türöffnung erschien der Butler. »Brauchen Sie noch irgend etwas, Mrs. White?«

»Nein, danke, Gibbons«, zwitscherte Sylvia vergnügt.

Vergnügt? Moment mal, dachte Lee. Es war eine Sache, sich vor einem Butler namens Gibbons nicht bloßstellen zu wollen. Etwas anderes war es, daß ihre Mutter angesichts dieser schrecklichen Neuigkeiten ihre anmutigen, ladyliken Manieren bewahren konnte. Es sei denn, es waren keine Neuigkeiten. »Dad?«

»Ja, mein Liebling?«

»Tu mir einen Gefallen. Ruf in meinem Büro an und sag ihnen, daß ich hier bin. Ich möchte nicht, daß sie sich Sorgen machen.« Sie vergaß zu erwähnen, daß sie sich in ihrem Büro erst dann Sorgen machen würden, wenn sie in *Newsday* gelesen hätten, daß man den verstümmelten Körper einer dreißigjährigen Frau mit einer Visitenkarte zwischen den Zähnen gefunden hatte, auf der »Lee White, Rechtsanwältin« stand. Da Leonard jedoch den Eindruck erweckte, als wolle er diese Sekretärinnenaufgabe Sylvia übertragen, fügte Lee hinzu: »Es wäre mir lieb, wenn du persönlich mit Chuckie Phalen sprechen könntest, Dad. Er kann besser mit Männern umgehen. Sag ihm keine Einzelheiten. Sag nur, daß ich wegen einer wichtigen Familienangelegenheit hierherfahren mußte.«

»Natürlich, Honey.«

Leonard ging ins Haus. Lee winkte Val zu, die auf dem Rasen mit ihrem Feuerwehrauto spielte und so beschäftigt war, daß sie es gar nicht bemerkte. Sylvia lächelte ihre Tochter an. »Ich weiß. Eins dieser nichtsexistischen Spielzeuge. Aber warum Feuerwehrmänner? Igitt. Oh, jetzt ist die Gelegenheit günstig. Wollen wir das Kleid von Vivienne Westwood anprobieren?«

»Sicher!« Lee lächelte zurück, um kurz darauf wieder ein dem Anlaß entsprechendes trauriges Gesicht aufzusetzen. »Gleich. Mom, hat Robin dir von der ganzen Sache erzählt?« Sylvias Augen huschten umher und suchten Leonards Beistand, was Lees Frage beantwortete. »Sie hat dir von sich und Jazz erzählt.«

»Ja. Lee, um ehrlich zu sein: Ich weiß, daß du jetzt denkst, das sei das Ende der Welt, aber das ist es nicht.« Lee war schon zu lang Strafverteidigerin, um nicht zu wissen, daß die Zeugin etwas verschwieg. Beobachte ihr Verhalten. Augenbrauen gerunzelt. Okay, waren gerunzelte Brauen die angemessene Reaktion auf die Nachricht, daß deine jüngere Tochter mit dem Mann deiner älteren Tochter schlief? »Du bist noch jung, attraktiv ...«

»Darüber mag ich jetzt nicht nachdenken.«

»Ich weiß. Du kannst dir gar nicht vorstellen, was das alles für mich bedeutet.«

Gerunzelte Augenbrauen. Das war alles. War das die entsprechende Reaktion, wenn du erst vor ein paar Stunden durch einen Anruf erfahren hast, daß deine jüngere Tochter beabsichtigte, den Mann deiner älteren Tochter zu heiraten und mit ihm zusammen das Sorgerecht für dein einziges Enkelkind zu beantragen? Lee wollte es nicht wissen. Und dann wieder doch: Deswegen hatte sie ihren Vater weggeschickt, um Chuckie anzurufen. »Du weißt es schon eine ganze Weile, Mom.«

Da sie es als Aussage und nicht als Frage formulierte, brachte sie Sylvia in Verlegenheit. Lee sah ihre Mutter an: forschend und neugierig. Folglich sagte ihre Mutter: »So lang auch wieder nicht.«

»Dad hat es vor dir geheimgehalten?«

»Er wollte nicht, daß ich mich aufrege.«

»Das ist verständlich«, meinte Lee. »Es ist wirklich aufregend.«

»Ich weiß, Lee, es muß ein furchtbarer Schock für dich sein. Es tut mir so leid.«

»Vielen Dank. Es war schrecklich.« Hörte sie Schritte? »Also wird Jazz in der Firma bleiben?«

»Na ja, weißt du …«

»Dad hat sich so daran gewöhnt, sich auf ihn zu verlassen.«

»Nun, er hat einiges ins Rollen gebracht.«

»Und er wird immer noch mit einer Tochter verheiratet sein, somit kann das Leben weitergehen wie bisher.« Erst jetzt begriff Sylvia, daß Lee sie in eine Falle gelockt hatte. Und während sie noch mit offenem Mund dasaß, kam ihr Mann ins Zimmer.

»Was ist los?« fragte Leonard. »Was ist los?«

Bevor ihre Mutter etwas sagen konnte, sagte Lee: »Ich erzähle euch, daß mein Mann mich verlassen hat, und du fragst, was los ist?«

»Entschuldige«, stieß Leonard hervor. »Ich hab mit Mr. Phalen gesprochen. Origineller Typ! Er sagt, ich soll dir …«

»Du hast gewußt, daß sie das Sorgerecht für Val beantragen wollen, nicht wahr?« Lee ging fast auf ihn los. Ihr Vater war so erschrocken, daß er zwei Schritte zurückwich. »Nicht wahr?« rief sie lauter.

»Schsch!« flehte Sylvia.

Lee ignorierte ihre Mutter und ging auf ihren Vater zu. »Wenn du mir nicht erzählst, was ich wissen will, fange ich an zu schreien und werfe dir die schrecklichsten Dinge an den Kopf. Die Angestellten werden es hören.« Sie legte eine Pause ein. »Die Nachbarn werden es hören. Ich werde dich der gemeinsten Verbrechen bezichtigen, die ich jemals in meinem Büro oder im Gerichtssaal gehört habe. Ich werde dir alles, was mir je zu Ohren gekommen ist, anhängen.« Sie nahm den Zeigefinger und piekste ihrem Vater in die Brust. »Du hast gewußt, daß sie das Sorgerecht beantragen wollen?«

»Bitte, Lee, es ist besser für uns alle …«

Aus voller Kraft brüllte Lee: »Was würde Gibbons dazu sagen, wenn er wüßte, daß du …«

»Ich wußte es«, flüsterte Leonard. »Ich wußte es.«

»Seit wann?«

»Seit ein paar Wochen. Jazz hat es mir gesagt, nachdem er mit einem Scheidungsanwalt gesprochen hatte.«

»Und wie lange hast du schon davon gewußt, daß sie ein Verhältnis haben?«

»Nur ein paar Wochen länger.«

»Du lügst!« gellte Lee.

»Lee, *bitte*«, flehte ihre Mutter. »Wir lieben dich. Es tut uns so leid, daß ...«

Lee warf einen vernichtenden Blick in Richtung ihrer Mutter. »Seit wann weißt du Bescheid über Robin und Jazz? Versuch nicht, mich anzulügen. Ich werde die Wahrheit herausfinden, und wenn es mich das Leben kostet. Ich quetsche sie aus dir heraus, egal, wie lang es dauert und wie laut ich brüllen muß.«

»Hör auf, mir zu drohen, Lee«, sagte Leonard und reckte entschlossen sein Kinn vor.

»Wie soll der erste Anklagepunkt lauten? Unterschlagung? Versicherungsbetrug? Nein, das ist langweilig. Warum fangen wir nicht gleich mit einem netten Sexualdelikt an?«

»Hör mit dem Theater auf. Das bringt doch nichts.« Er schaute ins Haus und nach dem unsichtbaren Gibbons. »Ich habe es entdeckt, kurz nachdem es begonnen hatte.«

»Das war, als ...«

»Als du schwanger warst. Der Buchhalter war wegen einiger Ausgaben besorgt, die Jazz als Geschäftskosten abgerechnet hatte. Und ich auch. Also habe ich mit ihm geredet.«

»Und er sagte: ›Alles in Butter, Dad. Ich habe nur etwas rumgefickt.‹«

»Bitte nicht dieses Wort!« rief Sylvia.

»›Ich hatte nur unerlaubten sexuellen Kontakt mit deiner jüngeren Tochter, während deine ältere Tochter dein Enkelkind unter dem Herzen trug. Mach dir keine Sorgen wegen der Kosten. Es bleibt alles in der Familie.‹«

»Glaubst du, daß mir die Geschichte gefallen hat?«

»Was hast du denn getan?«

»Was denkst du denn? Ich hab mit ihm gesprochen. Mit Robin, von Angesicht zu Angesicht. Ich hab zu ihr gesagt: Es ist nicht richtig.«

»Hast du einmal gedroht, ihn aus dem Geschäft zu werfen, wenn er seinen Schwanz nicht in der Hose behalten würde?«

»Lee!« rief Sylvia und stand auf.

»Glaubst du wirklich, daß die Sache damit zu Ende gewesen wäre?« fragte Leonard.

»Ja. Wenn du gedroht hättest, ihn zu feuern. Oder diese Schlampe aus dem Haus zu werfen, so daß sie ihren Lebensunterhalt selbst verdienen müßte. Ja, allerdings. Aber du konntest nicht, nicht wahr?« Leonard sah an ihr vorbei, als ob er auf ein Schiff wartete, das ihn holen käme. »Weil du Angst vor Robin hast. Aber das ist nicht der wahre Grund. Der wahre Grund ist nicht Angst, sondern Liebe. Du liebst Jazz mehr als irgendeinen von uns, mehr als uns alle. Wenn du eine dritte Tochter hättest und Jazz sie wollte, würdest du ihm auch das verzeihen. Du würdest ihn beschützen und nicht sie.«

»Du hast dich in deine verrückte Theorie verstiegen«, sagte Leonard ruhig. »Und nichts, was ich sage, könnte dich davon abbringen.«

»Stimmt genau. Also bestelle deinem Jungen bitte, daß er das Sorgerecht nicht bekommt.« Sie wandte sich an ihre Mutter. »Ruf mir ein Taxi.«

Sylvia sah Leonard an. »Mach schon«, befahl er ihr.

»Ich weiß nicht, wen ich rufen soll.«

»Gib Gibbons Bescheid«, sagte Leonard barsch. »Er wird sich darum kümmern.« Sie eilte ins Haus.

»›Gib Gibbons Bescheid‹«, wiederholte Lee, während ein unerwartetes Lächeln ihr Gesicht erhellte.

Sie lief auf den Rasen, um Val zu holen. »Swimmen?« fragte das kleine Mädchen.

»Bald«, sagte Lee und hob ihre Tochter hoch.

»Swimmen, *bitte*.«

Lee betrachtete Val, die danach fieberte, in den Pool ihrer Großeltern zu springen und herumzuplanschen. In diesem Augenblick faßte Lee den Entschluß, nicht das nächste Flugzeug nach New York zu nehmen. Wozu die Eile? Alles, was sie noch hatte, hatte sie auf dem Arm. Chuckie würde sie im Büro vertreten. Sie würde den Familienrechtsexperten in Wills Kanzlei anrufen und ihn beauftragen, sich an die Arbeit zu machen. Und sie würde ein Hotel mit Pool finden – und mit ihrer Tochter ein, zwei Tage Swimmen gehen.

Joe Clark, Lees Scheidungsanwalt, war ein großer, durchtrainierter, breitschultriger Mann in den Vierzigern mit blondem Bürstenschnitt. Er und Will, die Schulter an Schulter in De Ruyter, Lefkowitz and Stewart's eichengetäfeltem Konferenzraum saßen, wirkten, als ob der eine das Negativ vom anderen sei.

»Kann er das Sorgerecht bekommen?« fragte Lee und schämte sich, daß sie so sonnengebräunt und gesund aussah. Sie sollte bleich und hinfällig aussehen und vielleicht ein bißchen zittern. So wie sie sich auch fühlte. Sie war mit Val eine Woche lang in Florida geblieben und hatte jeden Tag vor Angst, daß Jazz das Sorgerecht bekommen könnte, leise geweint, wenn sie vor dem großen Doppelbett gestanden und ihr schlafendes Kind betrachtet hatte.

Schließlich war sie nach New York zurückgekehrt. Jazz' Anwalt war nicht der aalglatte, schicke Typ für reiche Ehemänner aus Manhattan, den sie sich vorgestellt hatte. Nein, es war schlimmer: Jazz hatte sich Manny Plotkin genommen, einen kleinen, kahlköpfigen, stotternden Anwalt aus Long Island, einen Torpedo in Menschengestalt, der sich in letzter Zeit den Ruf erworben hatte, daß er für Männer Sorgerechtsprozesse führte und sie häufig auch gewann.

»Realistisch betrachtet?« fragte Joe. »Es ist eher die Ausnahme als die Regel, daß Väter das Sorgerecht erhalten. Besonders wenn das Kind ein kleines Mädchen ist. Es ist einfach nicht üblich.«

»Sie werden behaupten, daß ich als Mutter nicht geeignet bin.«

»Du bist verrückt!« sagte Will.

»Sie werfen ihm Ehebruch vor«, fügte Joe hinzu. »Mit Ihrer Schwester. Wer ist da nicht geeignet?«

Sie spürte, daß sie ungeduldig mit ihr wurden. »Schauen Sie, ich habe mir ein paar Präzedenzfälle angesehen. Es gibt einen neuen Trend. Mütter bekommen nicht mehr automatisch das Sorgerecht. Und er hat keinen New Yorker Spitzbuben engagiert. Alle sagen, daß dieser Manny hier draußen viele Fälle gewonnen hat und ...« Vor lauter Angst konnte sie nicht weitersprechen. Sie dachte an all die Abende, an denen sie spät nach Haus gekommen war, an denen Jazz ihrer Kinderfrau mit den Worten freigegeben hatte: Mir macht es nichts aus, zu Hause zu bleiben. Ich liebe es, herumzukramen und das Abendessen vorzubereiten. Robin war an jedem dieser Abende dagewesen. Sie paßte so gut dazu. Als ob sie zur Familie gehörte. Ihre Anwesenheit war für Val ganz selbstverständlich. Der Richter würde Val in sein Amtszimmer führen, wo Jazz und Robin säßen, und bevor der Richter das kleine Mädchen fragen konnte, wie es ihm zumute war, würde es zu ihnen rennen und auf Robins Schoß klettern.

Und was hatte sie anzubieten? Jazz hatte Cherry engagiert. Damit sie für ihn und Robin arbeitete. Zuerst war Lee über seine Chuzpe amüsiert, bis sie begriff, wie sicher er sich seines Sieges war. Wußte er etwas über diesen Richter, der ihr und Joe Clark und Will unbekannt war? Jazz hängte sich mit seiner ganzen Energie in diesen Fall. Er wollte ein Urteil. Er wollte gewinnen. Jeder Tag brachte eine neue Flut von Papieren aus Mannys Büro, Einzelheiten – an welchem Tag, an welchem Abend, zu welcher Zeit sie gearbeitet hatte, nicht zu den Mahlzeiten gekommen oder mit Will essen gegangen war.

»Glauben Sie, daß er einen Detektiv beauftragt hat, um mich zu überwachen, wenn ich mit Will zum Essen gegangen bin?« fragte sie Joe leise. Ihre Hände waren eiskalt.

»Scheint so.« Mit seinen kurzgeschorenen Haaren, der rauhen Stimme und dem vorspringenden Kinn sah er aus wie der Ex-Marine, der er auch wirklich war.

»Das ist eher ein Punkt für uns«, fügte Will hinzu. »Nichts ist passiert. Ich bin mit Maria seit Jahren zusammen. Er weiß, daß du und ich nur Freunde sind.«

Beide sahen sie Joe an. »In dem Fall habt ihr nichts zu befürchten«, meinte Joe. »Was kann so ein Bild schon zeigen? Einen Mann, der einen Teller Spaghetti ißt und mit einer Frau spricht, die ein Fleischklößchen verzehrt?«

»Was ist, wenn ein schwarzer Mann und eine weiße Frau vor dem Wagen der Frau stehen und sich unterhalten?« erwiderte Lee.

»Sie sind wirklich verrückt«, sagte Joe und nickte Will entschuldigend zu, weil er ihm vorhin nicht hatte glauben wollen.

»So verrückt nun wieder auch nicht«, gab Will nach einem Moment des Überlegens zurück. »Was sie sagen will, ist, daß es darauf ankommt, was der Richter in seinen Eingeweiden fühlt, wenn er mit einer Beziehung zwischen verschiedenen Rassen konfrontiert wird. Nach dem Gesetz ist es bedeutungslos. Aber wenn sich sein Inneres zusammenzieht beim Anblick einer weißen Frau mit einem schwarzen Mann, wird uns das Gesetz nicht viel nützen.« Er stützte seine Ellenbogen auf den Konferenztisch und sah Lee an. »Doch ich glaube nicht, daß das ein entscheidender Faktor in diesem Prozeß sein wird. Der Mann, den du geliebt hast, hat dein Vertrauen mißbraucht. Das ist schrecklich, aber es passiert. Irgendwo in deiner Seele, Lee, weißt du, daß es vorkommt, daß Männer ihren Frauen untreu werden. Und manchmal wollen sie sie auch wegen einer anderen Frau verlassen. Auch wenn das ein harter Schlag ist: du wirst damit fertig werden.«

»Ich habe es so verdammt satt, stark zu sein«, sagte Lee. »Was mich durchhalten läßt, ist nur noch Valerie. Und sie wollen sie mir wegnehmen.«

»Das werden wir nicht zulassen«, sagte Will.

Lee schob ihren Stuhl zurück und stand auf. »Kannst du mir das versprechen?«

Will zögerte und blickte seinen Partner an. »Nein«, meinte Joe Clark. »Ich wünschte, ich könnte es, aber ich verspreche nie etwas. Tut mir leid. Besonders nicht mit einem Anwalt wie Manny Plotkin auf der anderen Seite.«

»Du bist wahnsinnig, Lee«, meinte Terry Salazar.

»Ich könnte mit ihr irgendwohin gehen. Ohio … Iowa …«

»Ja? Und wovon willst du leben?«

»Ich muß nicht als Anwältin arbeiten.«

Terry vertraute sie an, was sie Will nicht sagen konnte. Daß sie jetzt, wo die Verhandlungstermine für das Sorgerechtsverfahren feststanden, vor Angst fast irre wurde. Joe Clarks vernünftige Sprüche wie »höchst unwahrscheinlich« und »keine Sorge, wenn nötig, kann ich ein harter Brocken sein« beruhigten sie nicht. Genausowenig wie Wills Zuspruch und seine Versuche, ihr begreiflich zu machen, warum sie sich so entsetzlich fürchtete: Hatte sie Angst vor dem rasenden Zorn, der in ihr loderte? Wurde sie von Schuldgefühlen gepeinigt, weil sie eine arbeitende Mutter war – nicht nur eine Mutter, die arbeiten gehen mußte, sondern eine Mutter, die ihre Arbeit fast so sehr liebte wie ihre Tochter? Hatte sie tief verborgen das Gefühl, daß Robin – die hübsche, modebewußte, nicht für Geld arbeitende Robin – Jazz mehr verdient hatte als sie selbst, weil Robin so war, wie eine echte Frau sein sollte? Oder daß sie ihrer Schwester etwas schuldete, weil sie erfolgreich war und Robin versagt hatte?

Sie hatte Wills ständige Gesellschaft und Loyalität und kluge Analysen so satt, daß sie wirklich erleichtert war, wenn er ging, um sich mit Maria zu treffen. Nun, so erleichtert auch wieder nicht. Lee sagte sich, daß sie von ihm nicht erwarten könne, eine jahrelange Liebesbeziehung zu beenden, nur weil sie jetzt frei war. Sie sagte sich auch, daß ihr seine innige und unverbrüchliche Freundschaft und die liebevolle Zuwendung, die er nicht nur Val, sondern auch Kent bewies, vollauf genügten. Aber tief in ihrem Herzen wollte sie Will ganz für sich allein haben.

»Hör zu, du willst wie ein erwachsener Mensch behandelt werden, aber du redest wie eine blöde Kuh«, sagte Terry. »Dir ist der Verstand so in den Arsch gerutscht, daß du nicht mehr klar denken kannst. Du läufst mit dem Kind davon, er findet dich. Wenn der Bastard irgendwas hat, dann sind es die Mittel, mit denen er Kerle wie mich kaufen kann, von den Cops und dem FBI, die nach dir suchen werden, wenn du auf der Flucht bist, ganz zu schweigen. Weißt du, was dieser Typ wert ist?« Er wühlte in den Papieren, die auf seinem Schreibtisch lagen. »Die eine Million, die er dir und Uncle Sam gezeigt hat, und noch fast zwei Millionen mehr.«

Lee saß auf der weißen Couch in Terrys reinweißem Büro und paßte ausnahmsweise einmal zu ihrer Umgebung. Sie war bleich, fast farblos. Als sie sich heute morgen im Spiegel angeschaut hatte, hatte sie das Gefühl gehabt, sich aufzulösen, zu schrumpfen. Jazz war am Gewinnen. Sie war dem Tode nah. Sie war so müde, daß sie kaum sprechen konnte. »Was soll ich also tun?«

»Tun? Du hast einen guten Anwalt. Du hast Beweise bis zum Gehtnichtmehr. Ich hab dir den Kellner besorgt, der nicht mehr im Carlyle arbeitet und über sie und ihn aussagen wird. Welcher Detektiv hätte dir so etwas präsentieren können, besonders wenn man bedenkt, daß ich dir einen Rabatt einräume, der mich an den Rand des Ruins bringt? Du hast sein eigenes Eingeständnis, um Himmels willen. Verdammt, er lebt mit deiner Schwester in deinem Haus. Jesus, du hast dir das gefallen lassen wie ein verdammter Schwächling. Dabei hättest du doch nur sagen müssen: ›Hey, verpiß dich, du Arsch, und ...‹«

»Das ist mir egal. Ich will dieses Haus nicht haben. Er hat es unter Vorspiegelung falscher Tatsachen gekauft, es war von Anfang an ...«

Lee hörte auf zu sprechen, weil Terry anfing, auf einer imaginären

Geige zu spielen. Sie sagte ihm nicht, er solle sich zum Teufel scheren, weil sie wußte, daß er nur darauf wartete. »Weißt du, was mir so auf den Geist geht?« fragte Terry streng. »Du bist so stark. Kein Mannweib, meine ich. Das bist du nicht. Du bist okay, wenn man solche Kampfbienen mag. Doch sieh dich jetzt an: ein verdammtes Nervenbündel. Und weswegen? Wovor hast du Angst? Vor einem Wasp, der ausersehen war, das ganze gottverfluchte Land zu führen, und als Pelzverkäufer endete? Was ist denn das für ein Mann? Um Gottes willen, Lee, du bist eine Powerfrau. Er ist ein Miezekätzchen! Was ist mit dir los?«

»Was soll ich bloß tun?«

»›Was soll ich bloß tun?‹« wimmerte er. Er ließ die Hände schlaff baumeln und sackte demütig zusammen. »›Oh, was soll ich ...‹«

Die Wut trieb sie quer durch sein Büro. Erst als Terry ihren Arm packte und ihn zur Seite hielt, fiel ihr auf, daß sie ihre Hand zur Faust geballt hatte und gerade zuschlagen wollte. Nicht einen Hör-schon-auf-du-Blödmann-Puff an die Schulter, sondern einen harten Schlag auf den Mund. Da standen sie sich nun Auge in Auge gegenüber, mit ausgestreckten Armen, aufrecht und steif, als wollten sie einen Tango parodieren.

»Mach die Faust auf, und ich lasse dich los.«

»Hör sofort auf, du Blödmann.«

»Ich denke nicht daran«, sagte Terry. Nur seine Stimme war weich wie Samt.

»Komm schon«, sagte sie leichthin, als ob diese Begegnung ein ärgerlicher Zwischenfall sei und sie die Hitze unter seinem Hemd nicht spüren würde.

Er streckte ihren Arm noch weiter aus und zog sie enger an sich. Sie preßte ihr Gesicht an seines, das ganz feucht vor Erregung war. »Komm schon«, sagte er und wiegte sich in den Hüften. »Komm schon.« Er küßte sie, nicht sanft und zärtlich. Sondern leidenschaftlich, mit Zunge und Zähnen. Sie befreite ihr Handgelenk aus seinem Griff und legte die Arme um ihn, um ihn näher an sich zu ziehen.

Terry war gut. Besser als gut. Keine Kunstgriffe, keine Technik, keine lieblichen Worte. Heiß und hart und ausdauernd: Das war alles, was sie wollte.

Das war alles, was sie bekam.

Jazz lehnte es ab, sich mit ihr zu treffen, ohne daß ihre Anwälte dabei waren. Zu gefühlsbetont, für jeden von uns. Tut mir leid. Das sagte er, als sie anrief, um ihm mitzuteilen, daß sie gern mit ihm und Robin sprechen würde. Zu gefühlsbetont? Terry lachte. Das ist nicht der Grund. Nachdem er eine weitere Woche auf Jazz' Spuren verbracht hatte – nur um in Übung zu bleiben, wie er ihr sagte –, war Terry ihm und Robin in die Praxis eines Arztes gefolgt. Eines Gynäkologen. Und Geburtshelfers. Diesmal brauchte es kein Bestechungsgeld; ein bißchen Flirten reichte aus, um von der niedlichen Laborantin in dem medizinischen Labor, an das der Arzt seine Proben schickte, zu erfahren, daß eine R. R. White, achtundzwanzig Jahre alt, schwanger war. Es ist nicht »zu gefühlsbetont«, sagte Terry. »Diese dünne Schlampe hat wahrscheinlich schon einen dicken Bauch.«

Lee stürmte bei Le Fourreur an den zwei Juniorverkäufern mit französischem Akzent vorbei, an fünf verblüfften Kunden, an Dolly Young, ihrem Vater, der ihr nachrief: »Ich bitte dich, Lee, bitte ...«, und in Jazz' Büro, wo sie die Tür zuknallte und schrie: »Du hast mir das Leben zur Hölle gemacht!«

»Raus hier. Das wird gegen dich sprechen, daß du so unbeherrscht bist ...«

»Ich werde dir das Leben zur Hölle machen.«

»Das hast du schon getan. Jahrelang. Schlimmer geht's nicht mehr.«

»Punkt eins: Meine Schwester ist schwanger. Sie kann es abtreiben lassen ...«

»Hör auf!«

»... oder eine ledige Mutter werden, weil ich diesen Rechtsstreit auf ewig hinauszögern werde. Wenn ich mir keinen Anwalt mehr leisten kann, trete ich *pro se* auf, und bis dahin werde ich eine solche Expertin im Familienrecht sein, daß ich aus diesem Winkeladvokaten, den du dir genommen hast, Hackfleisch machen werde. Es wird sich *Jahre* hinziehen.«

»Halt die Klappe!«

»Um die Zeit wirst du dein drittes, uneheliches Kind haben. Und das ist nur der Anfang. Ich werde dich ruinieren. Du wirst unter einem Papierberg ersticken. Du wirst keinen Pfennig mehr haben,

Mannys Frau wird fünf Zobelmäntel besitzen, und du wirst ihm immer noch Hunderttausende schulden.«

»Glaubst du, du kannst mir Angst einjagen?« fragte Jazz wütend.

»Das hoffe ich, weil du ein Narr wärst, wenn du jetzt in deinen Guccis nicht zittern würdest. Ich will keinen Unterhalt. Ich will, daß du mit deinen Eltern sprichst. Sie wollen Kent nicht. Willst du ihn?« Jazz sagte nichts. »Nun, ich schon. Ich möchte sein Vormund werden. Er soll bei mir leben. Was Val betrifft, will ich Unterhalt für das Kind und die Zusage, daß du die Hälfte ihrer Ausbildungskosten übernimmst. Ich bekomme das Sorgerecht.« Sie schwieg einen Augenblick. »Ich bekomme, was ich will. Oder du bekommst ein Leben, das nicht mehr lebenswert ist.«

Am Neujahrstag 1981 waren Lee und Will an dem Strand, der von Wills Haus schnell zu erreichen war. Die Luft war kalt – sogar frostig –, aber es wehte kaum ein Wind, und sie hockten sich gegen die Dünen, sahen über den Pudersand auf das aufgewühlte, graue Meer und aßen, ohne die Handschuhe auszuziehen, ihre Wurst-und-Paprika-Sandwiches.

»Frisch«, sagte Will. »Gut für den Kopf, gut für die Seele.«

»Frisch? Das nennst du frisch? Ich nenne es eisig.« Sie nahm ihren Becher Kaffee in die Hand. »Mein Gesicht ist so taub, daß ich es gar nicht merken würde, wenn er mir das Kinn hinunterläuft und ich Verbrennungen zweiten Grades kriege, also versuch ich es.« Sie nahm einen Schluck.

»Bis jetzt ist noch alles in Ordnung.« Er hob seinen Styroporbecher und stieß mit ihr an. »Frohes neues Jahr, Kindchen.«

»Frohes neues Jahr«, sagte sie. »Ich werde nicht selbstmitleidig und kleinlich sein und sagen: Hoffentlich wird es besser als das letzte.«

»Ich bewundere deine Zurückhaltung.«

Sie setzten ihre Becher in den Sand und widmeten sich wieder ihren riesigen, matschigen, tröstlichen Sandwiches. Nach einer Weile fühlte sich Lee wärmer und munterer. Wie einer von diesen verrückten, winzigen Leuten, die jeden Winter auf Coney Island in den Atlantik sprangen, über den Sand rasten, sich in die Brandung stürzten und untergingen, nur um fröhlich grinsend wieder aufzutauchen. Sie sah Will an. »Hattest du gestern abend eine schöne Silvesterparty mit Maria?«

Er legte sein Sandwich zur Seite. »Ich war nicht mit Maria zusammen.«

»Du hast mir erzählt …« Anfang Dezember hatte er einmal erwähnt, daß er und Maria am Silvesterabend immer zu derselben Party gingen. Beiläufig erwähnt, aber in der Absicht, daß sie sich keine falschen Hoffnungen machte.

»Ich weiß, was ich dir gesagt habe. Es war gelogen.«

»Es war gelogen?« Sie wußte, daß sie für eine Strafverteidigerin seltsam fragte. Sie hatte gelernt, an den Worten der Menschen zu zweifeln. Und doch hatte sie nie daran gezweifelt, daß Will immer die absolute Wahrheit sprach. »Wo warst du?«

»Das ist eine lange Geschichte«, sagte er ruhig. »Eine lange und komplizierte Geschichte.«

Lees Herz fing an, schneller zu schlagen. Vielleicht war Maria nur verreist oder hatte die Grippe, aber die »komplizierte Geschichte« konnte auch bedeuten, daß sie sich endlich entschlossen hatten zu heiraten. Nicht jetzt, betete sie. Bitte, plane die Hochzeit im Juni und erzähl mir davon im Mai. »Willst du sie mir erzählen?« fragte sie.

»Ja. Deswegen wollte ich mit dir hierhergehen. Wo wir ungestört sind.«

»Okay.«

»Du weißt, wieviel du mir bedeutest, Lee. Deine Freundschaft.« Uh-oh, dachte sie. Jetzt kommt's. Sie nickte und versuchte erfreut auszusehen. »Für mich ist es jedenfalls eine lebenslange Freundschaft.«

»Für mich auch«, meinte sie.

»Also will ich es dir sagen.« Sie wartete, aber er schwieg. Es war sicher nicht leicht für ihn. Sie konnte sich jetzt noch aus dem Staub machen, verschwinden, sich seiner Geschichte entziehen, aber sie waren mit seinem Auto zum Strand gefahren, und er hatte die Schlüssel. Sie überlegte, ob es unhöflich war, wenn sie erneut in ihr Sandwich biß. Sie legte die Finger auf das warme, fettige, papierumhüllte Ungetüm und entschied sich für Ja. »Ich bin schwul«, sagte Will.

»Schwul?«

»Homosexuell.«

Schwul, dachte sie. Oh. Kein Wunder, daß seine Sportsachen immer so wundervoll saßen. Anzüge waren eine Sache, aber diese Hosen, diese Pullover. Dann überrollte sie eine Welle der Trauer, als sie erkannte, daß das, was sie sich jetzt am meisten wünschte, unerreichbar für sie war. Was für ein Mann! Sie könnte sich in ihn verlieben und hatte es schon getan.

Plötzlich wurde ihr bewußt, wie schrecklich es für ihn sein mußte, auf ihre Reaktion zu warten. »Das wußte ich nicht«, sagte sie heiter.

Zu heiter. »Lee? Sag mir, was du jetzt denkst.«

»Ich bin sehr, sehr überrascht.«

»Überrascht oder schockiert?«

»Schockiert.« Will sah auf das Meer hinaus. »Es muß dir nicht leid tun, daß du es mir gesagt hast. Du bist mein Freund, und ich liebe dich. Ich weiß, wie mutig es war, daß du dich mir anvertraut hast.« Sie rieb ihren Handschuh an seinem Ärmel: Ich halte zu dir, Junge. Sie hinterließ einen Fleck, der verdächtig nach einem zermatschten Streifen roter Paprika aussah. »Ich nehme an, daß das hier absolut vertraulich ist und ich nicht Schritt Nummer eins in deinem Coming out bin?«

»Um Gottes willen, nein!«

»Dann werde ich es mein ganzes Leben lang fest in meiner Brust bewahren.«

Wieder blickte Will suchend auf den Ozean hinaus. Ihr schien es, als ob er Tränen in den Augen hatte, aber es konnte auch bloß die Kälte sein. »Ich ging 1958 aufs College. Niemand hatte damals ein Coming out oder wenigstens kaum jemand.«

»Hast du damals schon gewußt, daß du schwul bist?«

»Ich weiß es seit meinem zwölften Lebensjahr. Ich wußte nicht, wie ich es nennen sollte. Ich hatte keine Ahnung, daß es einen Namen dafür gab. Und ich wußte auch nicht, daß es noch jemand auf der Welt gab, der so fühlte wie ich.«

»Es muß eine schreckliche Belastung gewesen sein.«

»Das war es. Aber auf der anderen Seite war ich ein fröhliches, gesundes Kind. Kein großer Sportler, nicht das, was man von einem schwarzen Jungen in Glen Cove zu jener Zeit erwartete. Aber gut genug, um mich zu behaupten. Und ich war klug. Sehr klug, sehr nachdenklich. Als Teenager ist das ein Segen und ein Fluch zugleich, aber es half mir zu verstehen, was ich war, und zu erkennen, daß ich nicht der einzige Junge auf der Erde war, der sich nicht dafür interessierte, was die Mädchen unter ihren Kleidern trugen.«

»Aber du hast darüber nachgedacht.«

»Ja, das hab ich.«

»Wann hast du zum ersten Mal mit jemand geschlafen?«

»Mit fünfzehn.«

»Und? War es gut? Traumatisch?«

»Es war schön. Sehr romantisch. Mit einer Menge Kerzen und Massageöl. Es war eine Beziehung, die vier Jahre lang dauerte. Deswegen ging ich nach Columbia. So konnte ich in New York bleiben, in seiner Nähe.«

»Wer war er?«

»Der Arbeitgeber meiner Eltern.« Will mußte fast lächeln, als Lees Mund sich zu einem großen O auftat. »Clement Giddings. Clem. Hört sich an wie ein Banjospieler, aber er war der kultivierteste Mann, den ich je getroffen habe.«

»Das glaub ich einfach nicht!« sagte sie wütend. »Er hat seine Macht und Position benutzt, um einen Jungen ...«

»Hör auf, Lily. Er hat mich nicht verführt. Ich habe ihn verführt. Natürlich war er dafür sehr empfänglich.«

»Du warst noch ein Kind.«

»Das stimmt. Und er war sehr gut zu mir. Kein großer Liebhaber, aber mit fünfzehn kommt es einem nicht auf Raffinesse an. Und er war ein anständiger Mann. Kein warmherziger, kein freundlicher Mann, aber anständig. Er bezahlte für das College auch dann noch, als ich ihm sagte, daß ich mit einem anderen zusammen wäre.«

»Wer war das?«

»Niemand. Verschiedene Typen. Ich wollte bloß nicht bei einem achtundvierzigjährigen Mann bleiben, der in seinem Leben nichts anderes getan hatte, als seine Weinsammlung zu katalogisieren, und eine Frau und zwei wirklich stinkige, abscheuliche Kinder hatte. Er hat mir übrigens auch angeboten, mein Jurastudium zu bezahlen.«

»Du mußt ihm viel bedeutet haben.«

»Natürlich. Ich war sein weißer Traum, der in Erfüllung gegangen war.«

»Und deine Eltern ...?«

»Sie hatten keine Ahnung. Das ist heute noch so.«

»Ich hatte auch keine Ahnung.«

»Ich weiß. Ich kann mich gut verstellen. Auch wenn es mir leid tut, daß ich es muß. Doch zu der Zeit, als es nicht mehr nötig war – als Männer, die offen schwul waren, kulturell akzeptiert wurden –, war ich in einem Vorort gefangen, wo ein Coming out bedeutet hätte …« Er schwieg, um seine Gedanken zu sammeln. »Nicht wirklich gefangen. Ich hätte in die Stadt gehen können. Es war meine Entscheidung, es nicht zu tun. Ich lebe gern hier.«

»Ich auch.«

»Aber es hat auch Nachteile. Du kannst das verstehen, als Frau, die in einer überwiegend von Männern beherrschten Berufswelt arbeitet: Du mußt doppelt so gut sein wie ein Mann, um auch nur halb soviel Anerkennung zu bekommen.«

»Das ist wirklich ein Nachteil.«

»Als schwarzer Mann reicht doppelt so gut nicht aus. Ich muß viermal so gut sein. Das glaube ich wirklich. Ich habe es *erlebt*. Und ich wußte, daß ich als Staatsanwalt auf Long Island, der mit den Cops und den anderen Leuten zusammenarbeiten mußte, achtmal so gut hätte sein müssen wie irgendein weißer Anwalt, wenn ich mich offen zu meiner Homosexualität bekannt hätte. Aber so gut bin ich einfach nicht.«

»Doch, das bist du.«

»Danke. Aber nicht achtmal so gut. Ein leuchtender Geistesblitz ein- oder zweimal im Jahr, ja, aber nichts, was ich durchhalten könnte.«

Lee schaute auf ihr Sandwich. Es war bestimmt kalt inzwischen. Sie biß hinein. Kalt, aber gut. »Was ist mit Maria?« fragte sie.

»Sie ist Lehrerin in einer privaten Mädchenschule. Und lesbisch. Sie lebt mit einer Frau zusammen. Wir haben uns bei einer schwulen Valentinsparty kennengelernt. Sie ist hochintelligent, gebildet, attraktiv und schwarz. In dem Augenblick, als wir uns begegneten, wußten wir es.«

»Das perfekte Paar.«

»Das perfekte schwarze Paar. ›Passen sie nicht wunderbar zusammen? Sind sie nicht nett? Und so höflich und gewandt!‹«

»Also liebst du sie nicht wirklich?«

»Nein, aber ich mag sie sehr. Sie ist ein erstaunlicher Mensch.«

»Und gestern abend?«

»Was? Oh, Silvester. Da war ich zu Hause. Allein. Ich habe mich mit einem kornischen Hähnchen vollgestopft, eine halbe Flasche Champagner getrunken und gefeiert.«

»Du hast niemand im besonderen?«

»Ich habe jemand im besonderen. Leider hat er auch jemand im besonderen, mit dem er seit zehn Jahren zusammenlebt, also bin ich wohl sein kleiner Seitensprung. Ich habe ein Apartment in der Stadt. Wir sehen uns ein-, zweimal die Woche. Meist einmal.«

»Was macht er beruflich?«

»Er ist Architekt. Künstler. Langes, wallendes Haar, bebende Nasenflügel. Ich muß über ihn lachen, wenn ich nicht mit ihm zusammen bin.«

»Danke, daß du es mir erzählt hast, Will. Ich weiß, daß du das Gefühl hattest, es mir sagen zu müssen, weil du gemerkt hast, daß ich in dich verknallt bin, und du nicht wolltest, daß unsere Freundschaft daran zerbricht.« Er sah beschämt aus, wie ein kleiner Junge, der sich ertappt fühlte. »Nun, ich hatte – oder habe – mich verknallt. Das geht vorüber. Mir ist klar, was du für ein Risiko auf dich genommen hast.«

»Lee.«

»Ja?«

»Ich kenne dich. Es war kein Risiko.«

Am 29. Februar 1981 entschied der Ehrenwerte Anthony J. Paterno vom Familiengericht in Nassau County in der Sache *Taylor gegen White*, der Mutter das Sorgerecht für das Kind, Valerie Belinda Taylor, zu übertragen.

23

Gefängnisse sind Orte der Qual. Ich kenne niemand, der so stark wäre, daß er nachts, wenn die Mitgefangenen schnarchen oder im Schlaf schreien, nicht wenigstens einmal daran gedacht hätte, sich umzubringen. Und die Tage sind keinen verfluchten Pfifferling besser. Ohne scharfe Gegenstände, ohne Pillen, ohne hohe Gebäude, von denen man springen könnte, ohne Auspuffgase, die man einatmen könnte, bleibt dir im Gefängnis kaum etwas anderes übrig, als dich aufzuhängen. So gesehen war Mary Dean keine Ausnahme. Den Wächtern sind diese Vorfälle so vertraut, daß sie sie scherzhaft als »unsere Durchhänger« bezeichnen. Wenn es keine ernsthaften Verletzungen gab – ich spreche nicht von emotionalen Wunden, sondern davon, ob der Häftling noch atmen und gehen kann –, erwartet man, daß er oder sie bei der nächsten Essensausteilung in der Reihe steht.

Mir war nicht nach Scherzen zumute. An jenem Donnerstag, unmittelbar nach Barbara Dubersteins Anruf, saß ich an meinem Schreibtisch und zitterte innerlich. Was hatte ich falsch gemacht? Ich hatte Mary nicht zu ihrem Geständnis getrieben, oder? Sie war erleichtert gewesen. Sie wollte gestehen, verdammt noch mal! Aber wollte sie gestehen, weil ich sie dazu gebracht hatte, es zu wollen? Ich versuchte mich mit dem Gedanken zu beruhigen, daß sie gewußt haben mußte, was sie sich einbrockte: Nach der Anklage wegen tätlichen Angriffs in Maryland und mehreren Verhaftungen wegen Prostitution konnte ihr das Innere einer Zelle nicht mehr unbekannt sein. Es gab nichts, was sie überraschen konnte. Oder doch? Nein, Norman war unschuldig, und sie war schuldig. Die Gerechtigkeit hatte gesiegt. Ich hatte getan, was ich tun mußte, Punkt und Schluß.

Meine Gelassenheit währte etwa drei Sekunden. Früher oder später haben die meisten Strafverteidiger einen Mandanten, der einen Selbstmordversuch unternimmt. Und du mußt entweder dumm oder unheimlich gleichgültig sein, wenn du dich nicht fragst: Hätte ich irgend etwas tun können, um es zu verhindern? Du hast ein Herz aus Stein, wenn dich ein solcher Vorfall nicht an irgendeine Zeit in deinem Leben erinnert, wo du überlegt hast, deinem Leid ein Ende zu setzen. Aber was mich so erschütterte, war, daß Mary von all den Leuten, die in dem Sessel auf der anderen Seite meines Schreibtisches gesessen hatten, am meisten am Leben zu hängen schien. Sie war niedlich und dumm, glücklich und unmoralisch, entzückt von ihrer eigenen Schönheit, von bunten Kleidern und Gutscheinen, auf die man Niagara-Wäschestärke zehn Cents billiger bekam, und wahnsinnig verliebt in Norman. Man konnte sich Mary am ehesten in leuchtenden Kleidern unter strahlender Sonne vorstellen. Natürlich wußte ich, daß sie im Gefängnis nicht blühen und gedeihen würde. Niemand tat das.

Meine Tür öffnete sich. Chuckie Phalen streckte wie jeden Abend den Kopf herein, um sich zu verabschieden, bevor er in die Kneipe TJ's trabte. Mein Gesichtsausdruck muß ihn aufgehalten haben. Er sagte, ich sähe aus wie der Zorn Gottes. Als ich ihm nicht an die Kehle sprang, wußte er, daß etwas nicht stimmte, und kam rein. Ich erzählte ihm, was geschehen war. Wir beide konnten hören, wie meine Stimme flatterte. Was willst du tun? fragte er. Ich treffe mich mit Barbara Duberstein. Ich werde das Mäuschen spielen.

Mary sah aus, als ob ihr Selbstmordversuch erfolgreich gewesen wäre. Ihre Augen waren erloschen, wenn auch immer noch betörend grün und von dicken, schwarzen Wimpern umrahmt. Sie ging nicht auf uns zu, sondern erlaubte einer Gefängniswärterin, ihren Körper zu uns zu geleiten. Die Beamtin war entweder außergewöhnlich menschenfreundlich oder außerordentlich beeindruckt von Marys Schönheit. Sie zerrte sie nicht mit der üblichen widerwilligen Ungeduld durch den Raum – Komm schon! Beweg dich! –, sondern begleitete sie mit einer Achtung, als sei sie eine Königin auf dem Weg zur Krönung. Mary wurde von der Beamtin nicht vorwärts geschoben, sondern liebevoll geführt. Hier entlang, das ist gut, da sind sie auch schon. Mary war sich der Sonderbehandlung ebensowenig bewußt wie der Gegenwart der Beamtin, die ihren Ellenbogen stützte und ihr half, sich zu setzen.

»Mary«, sagte ich, »ich mußte Barbara bitten vorbeizukommen. Ich möchte Ihnen helfen, so weit ich das kann. Aber da ich Norman vertreten habe, kann ich einige Dinge, die dringend erledigt werden müssen, nicht selbst tun.«

»Wie geht es Ihnen, Mary?« fragte Barbara.

»Es tut mir leid«, flüsterte sie mir zu.

Ich war mir nicht sicher, ob sie sich entschuldigte, weil sie versucht hatte, sich aufzuhängen, oder weil sie mich gebeten hatte, sie aufzusuchen. »Es muß Ihnen nicht leid tun. Sie müssen ziemlich fertig gewesen sein, wenn Sie versucht haben, sich selbst umzubringen.«

Sie schlug ihre großen Hände vors Gesicht, weil sie angefangen hatte zu weinen. Aber ich konnte noch das Wort »Norman« hören.

»Was ist mit Norman?« fragte Barbara und zog ihren Füllfederhalter und ein kleines Lederbuch heraus, die sie immer bei sich trug. Seit wir uns kannten, hatte ich sie nie ohne diese Dinge gesehen. »Ich mache mir nur ein paar Notizen.«

»Erzählen Sie uns von Norman«, meinte ich, nachdem ich sie eine Minute lang hatte weinen lassen.

»Er ist weg«, sagte Mary schließlich. »Weg.« Sie war heiser wie jemand, dessen Kehlkopf eine Schlinge gewürgt hatte.

»Weg?« fragte ich erleichtert. Ich war in der glücklichen Lage, ihr die Angst zu nehmen. Norman hatte am Dienstag und Mittwoch in meinem Büro angerufen, weil er sich Sorgen um sie machte und wissen wollte, ob es irgendeine Möglichkeit gäbe, sie in eine schöne Nervenklinik zu bringen. Er hatte sich nicht sehr verschwunden angehört, sondern sehr beteiligt. »Hat er Sie heute nicht besucht?« Ich gab mir selbst einen Tritt in den Hintern, weil ich auf ihren Selbstmordversuch so einfühlsam reagierte. Was für ein Trampel ich doch war! »Haben Sie sich so aufgeregt, weil Norman heute nicht aufgetaucht ist?«

»Er hat mich nicht mehr besucht«, die Tränen begannen erneut zu fließen, »seit letztem Freitag.«

Ich erstarrte. »Letzten Freitag?« Entweder log sie, oder sie war verwirrt. Sehr verwirrt. Oder Norman hatte gestern und vorgestern, als er mich anrief ... »Sind Sie sicher, Mary? Heute ist Donnerstag, richtig?«

»Glauben Sie, ich wüßte nicht, was für ein Tag heute ist?« fragte sie mit einer Stimme, die von den Wänden des höhlenartigen Raumes widerhallte. »Ich habe jeden Tag gezählt, seit er gegangen ist!«

»Ist ja schon gut«, versuchte ich sie zu beruhigen. »Helfen Sie mir, es zu verstehen, damit ich Ihnen helfen kann. Wann ist Norman gegangen?«

»Letzten Freitag.«

»Und wohin ist er gegangen?« fragte ich, obwohl ich die Antwort kannte.

»Atlanta, Georgia«, sagte Mary. »Dort hat er sein Geld. Er wollte den Schlüssel für den Safe aus seinem Versteck holen. Und am Montag wollte er zur Bank gehen.«

»Auf den Cayman-Inseln«, murmelte ich. »Aber die Öffnungszeiten sind die gleichen.«

»Wofür war das Geld?« fragte Barbara. Mary antwortete nicht gleich. Soweit ich von Norman wußte, brauchte er das Geld für Barbaras Vorschuß und für das Haus, das er in der Nähe des Gefängnisses, in das man Mary bringen würde, kaufen wollte. Doch Marys Schweigen war auch eine Antwort. Es bedeutete, daß Norman ihr eingeschärft hatte, nichts zu sagen. Sie schwankte zwischen Gehorsam und der natürlichen Autorität der kleinen Barbara Duberstein. »Raus mit der Sprache. Wir müssen wissen, was er mit dem Geld vorhat.«

»Er sagte, daß er es brauchte, um einen besseren Anwalt zu bezahlen.«

»Besser als ich?« fragte Barbara.

»Besser als Sie und ...«

»Und was?« half ich nach. »Reden Sie, Mary. Meinen Sie, einen besseren Anwalt als Barbara und besser als ich?«

»›Besser als ich‹«, wiederholte sie. »Das würde Norman gefallen.«

»Norman glaubt, er könnte einen besseren Anwalt finden? Einen aggressiveren? Oder was für einen?«

»Einen ... besseren. Entschuldigen Sie.«

»Ist schon in Ordnung.«

»Er sagte, daß er schon mit einem berühmten Anwalt in Texas gesprochen hätte, der wahrscheinlich meinen Fall übernehmen würde.«

»Kennen Sie den Namen dieses Anwalts?« fragte Barbara und legte ihren Füllhalter auf das Papier. Mary schüttelte den Kopf. »Also gut, Norman hat das Geld geholt ...«

»Das wollte er!« schrie Mary. »Aber ich habe nichts mehr von ihm gehört, seit Freitag nicht! Das habe ich Ihnen doch schon gesagt.«

»Augenblick mal«, warf ich ein. »Er hat mich angerufen. Gestern und vorgestern. Er sagte, daß er bei Ihnen gewesen sei und daß es Ihnen sehr schlecht ginge. Er suchte nach Möglichkeiten, Ihnen zu helfen.«

»Er war nicht bei mir«, sagte Mary geduldig wie eine Lehrerin zu einem begriffsstutzigen Schüler.

»Er war nicht hier? Bei Ihnen?«

»Nein. Am Montag wollte er zur Bank in Atlanta. Am Dienstag dachte ich, daß dort vielleicht am Montag ein Feiertag gewesen war, in Georgia oder im Süden, und daß er eben jetzt zur Bank ginge. Und dann, als die Besuchszeit am Mittwoch morgen vorbei war, dachte ich: Oh, lieber Gott, vielleicht ist er verletzt. Oder tot. Vielleicht war dort ein Bankräuber und hat ihn erschossen. Da rief ich Sie zum erstenmal an. Ich wurde allmählich hysterisch. Doch heute, da wußte ich es.«

»Wußten Sie was?« fragte ich. Mary legte die Fingerspitzen auf den Mund. Eine Ich-will-ja-nicht-schlecht-über-jemand-reden-Geste, aber auch ein Zeichen dafür, daß sie sich schämte, vor uns ohne Lippenstift zu erscheinen. Barbaras rosenroter Mund reichte aus, um sie abzulenken. Mary dachte wieder an Make-up, was mir die Hoffnung gab, daß sie leben wollte, auch wenn es ihr im Augenblick nicht bewußt war. »Was haben Sie gewußt, Mary?« wiederholte ich.

»Ich wußte, daß Norman nicht mehr zurückkommen würde. Und deshalb hab ich versucht ...« Ihre Finger glitten an ihrem Hals hinab. An der Stelle, wo sie das zusammengedrehte Laken gewürgt hatte, leuchtete ein roter Streifen.

»Aber warum hat Norman mich dann angerufen?« fragte ich laut und wandte mich an Barbara. »Warum hat er gesagt, daß er sie gesehen hätte, wenn es nicht stimmte?«

»Nun ...«, Barbara zögerte, aber nur, weil es ihr unangenehm war, daß sie es mir sagen mußte.

»Raus mit der Sprache«, verlangte ich.

»Weil er dich reinlegen wollte.«

»*Mich* reinlegen?«

»Du solltest denken, daß er hier war und sich um sie kümmerte. Du solltest nicht mißtrauisch werden. Er hat eine kleine Zusatzversicherung abgeschlossen. Er wollte nicht, daß du auf die Idee kämst, er würde sich aus dem Staub machen.«

»Aber warum?« beharrte ich. »Aus welchem Grund?«

Es war Mary, die an Barbaras Stelle mit ruhiger Stimme und trockenen Augen antwortete. »Weil er sichergehen wollte, daß ich mich wirklich schuldig bekannte. Heute ist es mir klargeworden. Ich weiß es.«

»Was wußten Sie?« bedrängte ich sie.

»Norman hat mich auch reingelegt.«

Mir blieb die Luft weg. Ich wollte es nicht glauben. »Wie hat Norman Sie reingelegt?« brachte ich gerade noch heraus.

»Er hat mir gesagt ...« Mary schloß die Augen, weil sie die Wirklichkeit nicht länger ertragen konnte.

»Bitte, Mary. Erzählen Sie es uns.« Mir war schlecht. Ich wußte es schon.

»Norman sagte, Sie würden denken, ich hätte es getan. Das brachte ihn auf eine Idee.«

Nein. Es war schlimmer: Ich hatte Norman nicht nur auf eine Idee gebracht. Er hatte mich manipuliert. Ich sollte glauben, daß vor mir ein Mann stand, der ein Mörder war, der ein wertloses Leben geführt hatte und jede Strafe verdiente, die er bekam. Der Alptraum, aber auch der Traum eines jeden Strafverteidigers. Ein aussichtsloser Fall: den man vielleicht gewinnen konnte! Er mußte den Plan in dem Augenblick entwickelt haben, als er wegen Bobettes Ermordung verhaftet wurde.

»Oh, mein Gott«, sagte ich. Barbara streckte den Arm aus und drückte mir die Hand. Es beruhigte mich nicht. »Erzählen Sie mir von seiner Idee.«

»Ich sollte sagen, daß ich Bobette getötet habe.«

»Haben Sie es getan?« fragte Barbara.

Mary sah sie verletzt und erstaunt an. »Nein. Natürlich nicht.«

»Wer hat es dann getan?«

Mary schenkte uns aus ihren feuchten Smaragdaugen einen mitleidigen Blick, als wollte sie sagen: Wie kann man bloß so begriffsstutzig sein. »Norman hat sie umgebracht.«

»Aber warum haben Sie dann gesagt, daß Sie es waren?« fragte ich unwirsch. »Haben Sie nicht gewußt, daß es um eine Mordanklage ging?«

»Warum? Weil ich ihn liebe.«

»Hat er Sie darum gebeten?«

»Nein! Natürlich nicht.« Mary fuhr sich mit den Fingern durch das Haar, das ihr fettig und kraftlos auf die Schulter fiel. Sie hob eine Locke hoch und starrte sie an, als könne sie kaum glauben, daß sie zu ihr gehörte. »Er erzählte mir, was ihn erwartete. Die ganzen langen Jahre. ›Du kannst nicht auf mich warten, Mary‹, meinte er. ›Es wäre, als würde man ...‹« Vor Scham, daß sie uns so private Dinge enthüllte, versank sie in verlegenes Schweigen und begann an der Innenseite ihrer Wange zu knabbern.

»Was hat er gemeint?« fragte Barbara. »Sie müssen sich vor uns nicht genieren. Wir sind hier, weil uns ihr Wohlergehen am Herzen liegt.«

Mary ließ sich überreden. »Er sagte, wenn ich wartete, wäre es, als ob eine schöne Blume in der Wüste verdorren würde. Das könne er nicht zulassen. Er wollte nicht einmal, daß ich ihn im Gefängnis besuchte. Er sagte: ›Laß uns jetzt Schluß machen, denn sonst wird es nur eine Qual.‹ Aber ich konnte nicht. Wie konnte ich den einzigen Mann auf der Welt verlassen, den Gott für mich bestimmt hatte? Da hab ich angefangen, darüber nachzudenken. Er hatte mir erzählt, daß Leute mit vielen Vorstrafen lebenslang kriegen und wie leid es ihm täte, daß er so ein Register hätte. Wenn man nicht so viele Vorstrafen hätte, würde die Strafe geringer ausfallen. Ich dachte mir, daß es für mich nicht so schlimm werden würde wie für ihn. Und ich wußte, daß er auf mich warten würde. Also habe ich es ihm erzählt.«

»Was haben Sie ihm erzählt?« fragte Barbara.

»Daß ich den Fall auf meine Kappe nehmen würde. Und er sagte: ›Kommt nicht in die Tüte!‹ Aber ich flehte und bettelte: ›Bitte Norman, laß es mich für dich tun. Ich hab doch kein richtiges Vorstrafenregister. Wenigstens kein schlimmes. Nicht so eins wie du.‹ Und schließlich meinte er, er würde drüber nachdenken. Er ist ein sehr gründlicher Denker, und deswegen brauchte er mehrere Tage, bis er die Lösung hatte. Er wollte diesen sehr berühmten Anwalt aus Texas mit der Verteidigung beauftragen. Er hat noch nie einen Fall verloren. Er ist immer im Fernsehen, sagt Norman, in allen Nachrichtensendungen. Und selbst wenn er verlieren würde, wenn die Jury zu einem Schuldspruch käme, müßte ich nicht lange ins Gefängnis, weil ich ja zum erstenmal so was gemacht hätte, so ein Gewaltverbrechen. Das Urteil könnte sich zwar hart anhören, aber ich müßte nicht lange drinbleiben.«

»Hat Norman Ihnen erzählt, wie lang Sie im Gefängnis bleiben müßten?« fragte ich.

»Er sagte, der Anwalt – der Anwalt aus Texas – hätte gesagt, vier Jahre im Höchstfall. Aber das würden bei diesem Anwalt, selbst wenn er verliert, nicht mehr als zwei sein.«

»Zwei Jahre?« sagten Barbara und ich gleichzeitig.

»Vielleicht nicht mal *so* lang, weil der Anwalt meinte, er könne mich in der Berufung freikriegen.« Marys Worte klangen einleuchtend und vernünftig. Mir wurde klar, daß sie immer noch nicht ganz aufgehört hatte, daran zu glauben.

Barbara starrte sie an. »Und Sie haben ihm geglaubt?«

»Norman liebt mich.« Sie beugte sich nach vorn. »Stimmt es nicht? Erzählen Sie es ihr. Hat er mich nicht wirklich geliebt?« Ich war todunglücklich. Bevor mir einfiel, was ich ihr Nettes sagen konnte, sackte Mary zurück. »Also?« fragte sie uns. »Wie viele Jahre werden es sein?«

»In diesem Fall?« meinte Barbara. »Die wirkliche Zeit? Ich schätze, so zwischen acht und zwanzig Jahren.« Sie sah mich an, und ich nickte bestätigend.

»Mary«, sagte ich, »Sie können sich wehren. Sie können ...«

Sie schüttelte den Kopf. »Es kommt nicht mehr darauf an«, sagte sie sehr gefaßt. »Gefangen, frei. Er ist weg. Ich werde sowieso sterben.«

»Nein! Jetzt hören Sie mir zu«, sagte ich so herrisch, daß sie zurückzuckte. »Sie wollen sterben. Sie denken, daß Sie sterben müssen, weil es keinen Sinn mehr hat zu leben. Wenn der einzige Mann, den Sie lieben, plötzlich mit dem Messer auf Sie einsticht – und dann wegläuft, weil er zu sensibel ist, um Sie bluten zu sehen –, sagen Sie: ›Okay. Ich gebe auf. Laßt mich verbluten, denn ich kann den Schmerz nicht ertragen. Außerdem will er es so. Vielleicht wird er mich wieder lieben, wenn ich tot bin.‹ Schluß mit dem Scheiß. Ich habe es gesehen. Ich weiß, daß Sie stark sind. Sie und ich, wir werden das verdammte Messer aus Ihrem Herzen ziehen. Eine große, häßliche Narbe wird zurückbleiben, aber Sie werden leben.«

Marys Augen wanderten von mir zu ihrem lieblichen, festen Busen. »Das mit der häßlichen Narbe ist doch nur ein Witz, nicht wahr?« flüsterte sie.

Ich weiß nicht, ob es die schlimmste Nacht meines Lebens war, aber bestimmt eine der zwei schlimmsten. Betrogen von meinem ureigensten Betrüger. Ich, die einzige Person, die keine Illusionen über Norman Torkelson hatte, war von ihm gründlich reingelegt worden. Wie er herausgefunden hatte, worum es mir wirklich ging! Nicht um Liebe: Er wußte, daß er damit bei mir nicht landen konnte. Dafür war ich viel zu mißtrauisch. Und was würde es ihm im Gefängnis schon nützen, wenn ich mich in ihn verliebte und den Kopf verlor. Nein, er brauchte meinen klaren Verstand. In Höchstform. Norman wußte genau, was ich war und was ich wirklich wollte: Ich war eine gewöhnliche Strafverteidigerin, die sich vom Kopf bis zu den Füßen in ihren flachen Vorstadtschuhen danach sehnte, etwas Besonderes zu sein. Justitias Schwester zu spielen. Einen unschuldigen Mann zu retten.

Und so hatte er mich ausersehen, ihn zu retten. Er wußte, daß Mary in Bobettes Haus gewesen war und überall ihre Fingerabdrücke hinterlassen hatte. Wahrscheinlich war er empört gewesen über die schludrige Arbeit der Polizei. Wie konnten sie ihn ohne weitere Nachforschungen verhaften! Wie wütend mußte er auf Mary gewesen sein, weil sie in ihrer Dummheit seinen Wagen auf den Namen angemeldet hatte, der die Polizei direkt vor seine Haustür führte! Also machte er sich an die Arbeit und tröpfelte sein Gift in mein Ohr, Tropfen für Tropfen. Und als es zu wirken anfing, als ich vermutete, daß Mary bei Bobette gewesen sein konnte, stellte er sich so schützend, so verteidigend vor seine Freundin, daß mein Verdacht sich erhärten mußte: daß Mary nicht nur im Haus gewesen war, sondern daß *sie* den Mord begangen hatte. Nicht er. Nicht mein Mandant, den ich freikämpfen würde!

Und als ich so viele Beweise gegen sie zusammengetragen hatte, konnte er es nicht länger leugnen. Ja, es stimmt, Mary hat es getan. Aber damit können Sie nichts anfangen. Ich werde die Schuld auf mich nehmen. Ich, der raffinierte Heiratsschwindler, der Verbrecher, der Abschaum, verdiene diese eine Chance, meine Sünden zu büßen. Meine Menschlichkeit zu beweisen.

Wie poetisch! Wie edelmütig! Daß ich darauf reingefallen bin! Daß ich ihm genauso wie seine bedauernswerten Opfer auf den Leim gegangen bin! Norman betrog mich und sandte mich aus, um Holly Nuñez zu betrügen, und ich enttäuschte ihn nicht. Ich wollte ihm so gern glauben.

Fünfundvierzig Jahre: Da war schon viel Wasser meinen Lebensstrom hinabgeflossen. Ich war eine lebenserfahrene Dame, nicht wahr? Wer hätte gedacht, daß man so jemand wie mich reinlegen konnte? Ein Schwindler. Wer sonst?

Vergessen wir mein angeschlagenes Selbstwertgefühl und denken an meine Karriere. Würde mein Partner meinem Urteil je wieder trauen? Würde Chuckie sich mit seinen Kumpels bei TJ's nicht darüber totlachen, wie man mich angeschmiert hatte? Und was war mit Holly und ihren Bossen im Büro des Staatsanwalts? Dort liebte man mich ohnehin nicht, nahm aber allgemein an, daß ich eine vertrauenswürdige Anwältin war. Meine Glaubwürdigkeit war mein Kapital. Nun, da es zerronnen war, hatte ich nichts mehr zu bieten.

Und Barbara? Sie hatte noch kein Geld bekommen. Ich bat sie – ich flehte sie buchstäblich an –, die Hälfte meines Vorschusses von Norman anzunehmen. Sei nicht albern, schimpfte sie. Eine richtige und großzügige Antwort. Doch der Fall, der nach ein paar Stunden leichter Arbeit ausgesehen hatte, der Fall einer Mörderin, die unbedingt gestehen wollte, raubte ihr inzwischen die Zeit, die sie für ihre anderen Prozesse brauchte.

Und der quälendste Alptraum von allen: mein Typ. Der nicht nur ein guter Anwalt war, sondern alles, was er anpackte, richtig machte. Was würde er von solch einem groben Schnitzer halten? Zweifellos würde er mich mit Mitleid überschütten und sagen: Es ist verständlich. Geh nicht so hart mit dir ins Gericht. Du bist nur ein Mensch. Mir hätte das genauso passieren können, Lee.

Tief in meinem Herzen glaubte ich nicht, daß es ihm hätte passieren können. Es war *mir* passiert. Jetzt würde er erkennen, daß ich nicht so gut war, wie er mir immer wieder versichert hatte. Und zwischen uns wäre es nie mehr so wie früher.

Vor Mary hatte ich große Töne gespuckt, daß wir das Messer herausziehen würden. Nun, dieses Messer ging mir nicht mehr aus dem Kopf. Und ich dachte daran, ein Bettlaken zu einem Seil zu drehen.

Es war keine gute Nacht.

Holly Nuñez' junge Stirn legte sich in Falten. Sie blinzelte, als ob sie dringend in einen abgedunkelten Raum gehen müßte. Im Prinzip sah sie wie eine Dame aus, die rasende Kopfschmerzen hatte und mir die Schuld dafür geben wollte. Nun, im Prinzip hatte sie recht. Und Barbaras Stirn war auch nicht gerade glatt. Wenn sie auch nicht so tat, als ob ich für ihre Kopfschmerzen verantwortlich wäre, konnte sie die Tatsache nicht verbergen, daß sie ziemlich gestreßt war. Schließlich war sie die Anwältin in einem Fall, den sie nie völlig in der Hand gehabt hatte – und nie in der Hand haben würde.

»Sie behaupten also, daß Norman Ihnen eingetrichtert hat, was Sie mir und Ms. White sagen sollen?« fragte Holly.

»Ja«, sagte Mary.

»Nun gut«, meinte Holly. »Erzählen Sie uns, was er Ihnen gesagt hat.«

»Er hat mir erzählt, was passiert war. Ganz genau. Er sagte, wenn ich es mit seinen Augen sehen könnte, wäre es so, als ob ich es selbst erlebt hätte.«

»Wollen Sie damit sagen, daß er Ihnen den Mord an Bobette Frisch geschildert hat?«

»Ja«, sagte Mary leicht ungeduldig. Offenbar hielt sie Holly für etwas begriffsstutzig. Aber Holly begriff sehr gut und wußte, daß sich ein riesiges Problem vor ihr auftat. Sie hatte vergeblich versucht, Mary Fallen zu stellen, in der Hoffnung, daß Marys Geschichte ein weiterer Schwindel war, Teil eines Verwirrspiels, das Norman sich ausgedacht hatte, um den Distriktstaatsanwalt dazu zu bringen, sie beide freizulassen. Aber am Ende war Holly, Barbara und mir sonnenklar: Norman Torkelson hatte Bobette Frisch ganz allein getötet.

Holly trug ein rosafarbenes Kostüm, das wie ein ernster Fehler zu Ostern wirkte. Vielleicht sah es aber nur so schrecklich aus, weil seine Trägerin nicht in ihrer üblichen, rosenwangigen, rosalippigen, munteren Verfassung war. Als sie Mary vernahm, sah ich ihr an, daß sie überlegte, wie sie die ganze Situation so drehen und wenden konnte, daß sie ihr selbst nicht zum Nachteil gereichte. Ihr schien nichts einzufallen. Es sprach für sie, daß sie es weiter versuchte.

»Erzählen Sie, wie Norman Torkelson den Mord beschrieben hat«, herrschte Holly Mary an.

»Er war sauer. Sie hatte die ganze Zeit an ihm gehangen, bevor sie zur Bank gingen. Er konnte ja nicht sagen: Hey, laß die Finger von mir, Fettsack. Nicht wahr?«

»Hatten sie miteinander geschlafen?« fragte Holly.

»Nein, und das war ein Teil des Problems. Weil er ihn nicht für sie hochkriegte.«

»In Ihrem Geständnis erzählten Sie mir, daß Sie gesehen haben, wie sie miteinander schliefen«, sagte Holly.

»Nicht an dem Tag, als sie getötet wurde. Am Tag davor. Glaube ich. Also wollen Sie jetzt hören, wie sie getötet wurde, oder nicht?«

In Anbetracht der Tatsache, daß Marys ganzes Leben an dem seidenen Faden von Hollys Mitarbeit hing, hielt ich ihr Verhalten für etwas unklug. Ich dachte kurz an ein Augenzwinkern oder einen anderen Hinweis, aber da ich Mary kannte, sagte ich: »Seien Sie nicht böse auf Holly. Sie ist die einzige, die Ihnen helfen kann, und wenn sie jetzt den Raum verläßt, werden Sie viele, viele Jahre in Bedford Hills verbringen.«

»Es tut mir leid«, sagte Mary mit einer Stimme, die immer noch etwas heiser von ihrem Selbstmordversuch war. Doch sie zögerte weiterzureden.

»Was ist los, Mary?« fragte Barbara.

»Kann Norman dadurch Ärger kriegen?« Sie hatte mit dem nervösen Wangenkauen aufgehört und biß jetzt genervt auf ihrer Unterlippe herum.

Wir drei Anwältinnen schauten von einer zur anderen. Sie schützte ihn immer noch. »Was für Ärger könnte er wohl bekommen? Wie, glauben Sie, stehen die Chancen, daß Norman hier herumhängt und auf die Polizei wartet?«

»Er ist nicht mehr hier«, sagte Mary ruhig.

»Und glauben Sie, daß er so unvorsichtig sein wird, eine Verhaftung zu riskieren, wenn er doch weiß, daß Ihnen mit zwanzig Jahren Gefängnis vor Augen gar nichts anderes übrigbleibt, als die Wahrheit zu sagen? Er wird sich für lange Zeit verstecken müssen. Nun sagen Sie mir, wie sollten Sie Norman Ärger machen können, selbst wenn Sie wollten?«

»Ich weiß nicht.«

»Dann erzählen Sie bitte Holly alles, was er Ihnen gesagt hat«, meinte Barbara.

»Wo war ich stehengeblieben?« fragte Mary.

»Daß er ihn nicht hochkriegte«, erinnerte ich sie.

»Oh, genau. Er kriegte ihn nicht hoch, und auf dem Weg zur Bank sagte sie immer wieder zu ihm: ›Vielleicht mache ich einen Fehler. Vielleicht kaufe ich ja die Katze im Sack.‹ Bloß weil er nicht konnte.«

»Hatte er früher schon einmal solche Probleme?« Holly stellte diese Frage weniger aus strafrechtlichen Gründen, wie mir schien, sondern weil sie vor Neugier platzte.

»Bei mir nicht!«

»Bei Bobette?«

»Ich weiß nicht genau. Sehen Sie, er wußte nicht, daß ich wußte, daß er es mit ihr trieb. Ich glaub aber nicht, daß es ein Problem war, denn wenn es vorher schon mal passiert wär, wäre sie sicher nicht mit ihm zur Bank gegangen, oder? In jedem Fall machte sie diese fiesen Bemerkungen. Und dann brauchte sie unheimlich lang in der Bank, und er sah durch das Fenster, wie dieser Typ im Anzug mit ihr redete. Norman war total sauer. Wegen der Katze im Sack und weil seine Damen *nie* mit jemand in der Bank reden oder so. Ich kann Ihnen auch sagen, warum. Norman meint, sie wollen nicht, daß man sie davon abhält, einen Fehler zu machen. Tief im Innern wissen sie Bescheid, aber sie wollen es gar nicht wissen, wenn Sie verstehen, was ich meine.«

»Hat er gewußt, was der Mann in der Bank zu Bobette sagte?« forschte Holly. Ich hatte mir die Aussage des Bankangestellten in den Vernehmungsprotokollen noch nicht durchgelesen, aber ich war mir sicher, daß sie die Antwort kannte.

»Da noch nicht. Aber später. Sie kamen nach Haus, und Bobette wollte es noch mal probieren. Norman sagte, daß er zu aufgeregt sei, weil sie ihm die Chance gab, sein Leben neu zu beginnen. Dann erzählte sie, daß der Typ in der Bank zu ihr gesagt hätte: Hey, das ist ein schöner Batzen Geld, und sie sagte was von einer Investition, und er riet ihr, vorsichtig zu sein. Weil sich hier in der Gegend so viele Betrüger rumtreiben würden! Norman hat angefangen zu lachen, und sie ist einfach weggegangen.«

»Und was dann?« fragte Holly.

»Sie kam zurück. Sie stopfte sich ein Snickers in den Mund und sagte: ›Vielleicht bist du ja auch ein Schwindler.‹ Wie wenn sie ihn necken wollte, aber er wußte, daß es nicht nur Spaß war. Und da, sagte er, hat er einen Fehler gemacht.«

»Er brachte sie um?«

»Nein. Er nahm die Bankumschläge mit dem Geld. Er sagte, daß, wenn er sie liegengelassen hätte und beleidigt rausgegangen wäre, sie ihm nachgelaufen wäre. Aber er hat sie genommen. Und sie hat versucht, sie ihm wieder abzunehmen.«

»Und?« meinte Barbara.

»Und so fingen sie an zu kämpfen; sie war ziemlich stark, also machte er Schluß.«

»Wie?« fragte ich.

»Er hat sie erwürgt.« Alle drei von uns sahen zur selben Zeit auf

Marys Hände. Groß, ja. Aber nicht so groß wie Normans. Mit sich verjüngenden, weiblichen Fingern. Mary dachte, daß wir auf ihre abgeknabberten Nägel starrten, und schob ihre Hände unter die Achseln.

»Als Sie den Mord beschrieben haben«, sagte Holly, »erzählten Sie eine Menge Einzelheiten. Es klang so, als ob Sie das alles selbst erlebt hätten.«

»Das hab ich auch. Nicht im wirklichen Leben. Aber wenn ich Normans Ex-Frau spielte oder Ms. McDonald vom Pinnacle-Inkassobüro. Wir haben geübt. Oft. Norman sagte, ich müßte es immer wieder tun, bis es sich nicht nur *gut* anhörte, sondern ganz *natürlich.* Und das haben wir auch in diesem Fall gemacht. Immer wieder. Er hat mir die Geschichte erzählt, und er spielte Bobette. Wissen Sie, er tat so, als würde er sich fürchten, wenn er mich sah. Er ist so gut, daß ich wirklich glaubte, er fürchtete sich. Wir haben unsere Wohnung umgeräumt, daß es aussah wie in ihrem Wohnzimmer. Es war sehr echt. Wenn Norman sagte: ›Bitte, bitte, ich geb dir alles, was du willst. Ich kann dir Geld besorgen‹, wurde ich richtig wütend auf sie. Aber es war er! Er ist ein perfekter Schauspieler.« Sie wackelte unruhig mit dem Kopf. »Ein paarmal, wie in der Nacht, als ich versuchte ... das mit dem Laken, wissen Sie ... da hatte ich dieses echt eitrige Gefühl. Wie wenn ich es getan hätte. Aber es war noch schlimmer, weil ich mich *erinnerte,* daß ich es getan hatte. Nur daß ich es nicht wirklich getan hatte. Norman hat es getan.«

»Nun«, sagte ich, »glauben Sie, daß Norman deswegen auch so ein eitriges Gefühl hat?«

»Norman?« sagte Mary und lächelte fast. Dann schüttelte sie den Kopf: Nein.

Bevor Holly bereit war, den Fall abzusegnen, ließ sie im Polizeilabor Abdrücke von Marys Händen nehmen. Es dauerte zwei Tage, aber dann stellten sie schließlich fest, daß die Hände zu klein und die Finger zu dünn waren, um Bobette Frisch erwürgt zu haben. Zu der Zeit war ich ein Wrack, so erschöpft von meinen ständigen Entschuldigungen und so beschämt über diesen Torkelson-Wirrwarr, daß ich Zuflucht zu außerjuristischen Phantasien nahm: Gründe doch einen Lieferservice, der geplagten berufstätigen Frauen selbstgekochte

Mahlzeiten anbietet, die sie als ihre eigenen ausgeben können: O Mom, das war ein toller Hackbraten! Mach einen kleinen Wolladen auf und biete Knüpfkurse an. Ich träumte davon, daß meine Tochter der Star einer Fernsehserie wurde und zu mir sagte: Ma. Es ist Zeit, daß du aufhörst zu arbeiten und dein Leben genießt. In Wirklichkeit aber ging ich mit Barbara zu einer Besprechung bei Holly, die sich schließlich zu einer Einigung mit uns bereit fand. Mary würde entlassen werden. Für Norman Torkelson würde sie einen Haftbefehl ausstellen: Gesucht wegen Mordes. Und wieder einmal entschuldigte ich mich, etwa zum fünfzigsten Mal.

Holly rief mich eine Stunde später an. »Es tut mir leid, Lee«, fing sie an.

»Was?«

»Woodleigh Huber will sie nicht entlassen.«

»*Wie bitte?*«

»Er glaubt ihrem Widerruf nicht. Er hält sie für schuldig.«

»Das ist doch nicht möglich. Sie haben doch die Abdrücke ihrer Hände. Haben Sie nicht ...«

»Er sagt, es sei eine richterliche Anordnung. Er glaubt, daß sich das Labor irrt. Seine Pflicht sei es, hart zu bleiben.«

Ich sagte, daß ich in paar Minuten bei ihr sein würde. Als ich einhängte, dachte ich: Dieser Fall wird nie ein Ende haben.

»Was zum Teufel wollen Sie damit erreichen?« fragte ich Jerry McCloskey, den Chef der Mordabteilung, der vor Woodleigh Huber im Staub kroch. »Wir hatten ein Abkommen.« Ich brüllte ihn nicht an. Er rang die Hände, und ich merkte, wie er zwischen Holly und Huber hin und her gerissen war. Was mich verblüffte, war, daß er Hollys Position in Betracht zog. Und daß Holly, mit übereinandergeschlagenen Beinen und verschränkten Armen, zu mir hielt. »Wir hatten ein Abkommen«, sagte ich zu Jerry.

»Ganz ruhig, Lee.«

»Sie kennen mich seit Jahren, Jerry. Ich bin ganz ruhig. Nun, raus mit der Sprache, was geht hier vor?« McCloskey schaute sich in seinem Büro um, als hätte ich irgendwo eine versteckte Kamera angebracht. »Ich sagte, raus mit der Sprache.«

»Der Boß hat sich Ihnen gegenüber fair verhalten, Lee. Keine Tricks, keine Finten. Sie haben Ihren Kerl freibekommen, ohne Wenn und Aber. Aber dieses Mal … Nein. Sie hat es getan. Und der Boß fühlt sich hintergangen. Sie hatten Ihren Erfolg, und nun …«

Ich schnitt ihm das Wort ab. »Schauen Sie, ich hab mich entschuldigt. Ich wurde reingelegt. Sie wurden reingelegt. Aber das Schlimmste ist, daß Mary Dean reingelegt wurde, und sie muß mit zwanzig Jahren Knast rechnen. Um alles in der Welt, ich begreife nicht, warum.«

Ich dachte, daß dieses Gespräch von mir und McCloskey geführt wurde, aber Holly mischte sich ein. »Das ›Warum‹ ist einfach zu beantworten. Woodleigh Huber will nicht eingestehen, daß er reingelegt wurde. Er will sie lieber im Gefängnis verrotten lassen als zugeben, daß er einen Fehler gemacht hat. In einem knappen Jahr steht die nächste Wahl an.«

»Holly!« McCloskey schnappte förmlich nach Luft.

»Oh, hör schon auf, dich so aufzublasen, Jerry«, sagte sie. Ich konnte es kaum fassen. Ihre Worte sprudelten mit der üblichen Frische und Fröhlichkeit aus ihr heraus, aber sie blieb standhaft – um meinetwillen. »Diese Frau ist das Opfer eines gerissenen und gemeinen Verbrechers. Sie und der Boß sollten um Gottes willen etwas Menschlichkeit zeigen!« Da sie in meinem Sinne sprach, lehnte ich mich zurück und schwieg.

»Dieses ›Opfer‹«, schoß er zurück, »ist nicht nur eine Nutte, sondern wegen tätlichen Angriffs vorbestraft.«

»Dieses Opfer ist von Männern seit Jahren benutzt und mißbraucht worden«, erwiderte Holly. Ich hatte den Eindruck, daß sie die Dinge ein wenig übertrieb. Vielleicht war Mary ein Opfer, aber sie hatte auch bereitwillig mitgemacht. Dennoch war ich Mary Deans Anwältin und nicht die von Woodleigh Huber. Holly fuhr fort: »Sie und der Boß ziehen die alte, männliche Flagge auf. ›Eine Nutte!‹ Sie ist zweiundzwanzig Jahre alt! Wollen Sie sie den politischen Ambitionen Ihres Chefs opfern?« Holly stellte die Beine nebeneinander und beugte sich vor. »Wirklich, Jerry. Das muß doch nicht sein.«

»Abgelehnt!« bellte McCloskey. Dann machte er eine Handbewegung: Hinaus!

»Wenn nötig«, sagte Holly, »wende ich mich an die Presse.«

»Dann wenden Sie sich eben an die Presse, Ms. Nuñez, und jetzt verlassen Sie mein Büro. Wie die Dinge liegen, bewegen Sie sich auf dünnem Eis. Sehr, sehr dünnem Eis.« Er ruckte mit dem Kopf in Richtung Tür: Hinaus! Holly erwiderte nichts mehr, sondern tat etwas: Sie ging.

»Überlegen Sie es sich noch einmal, Jerry,« bat ich.

»Da gibt es nichts zu überlegen.«

»Jemandem aus politischen Gründen so etwas anzutun! Wie können Sie das nur machen? Es sind nicht einmal gute politische Gründe.«

»Nichts, was der Boß tut, ist in Ihren Augen gute Politik, und glauben Sie mir, das weiß er sehr gut.«

»Jerry, tragen Sie es nicht auf Mary Deans Rücken aus. Nehmen Sie meinen.«

Er stand vom Schreibtisch auf, schritt männlicher als je zuvor in seinem Leben zur Tür und öffnete sie. »Das werden wir«, sagte er lächelnd.

24

Sie waren nur drei: sie selbst, Val und Kent. Trotzdem kaufte Lee ein ausgesprochen großes Fachwerkhaus in Port Washington. Als Lee mit dem Immobilienmakler zum erstenmal durch das Haus ging, konnte sie schon fast die abfälligen Fragen der Leute hören: Bist du verrückt, Lee? So ein Besitz ist nur eine Belastung! Ihr seid doch nur drei: Kent, Valerie und du. Sie aber sah das Haus an diesem späten Nachmittag, während das Licht der Sonne durch ein Buntglasfenster fiel und weiche, bunte Farben auf die breiten Eichendielen zauberte, und dachte, daß niemand da war, der die vernünftigen Einwände, die es sicher gab, erheben konnte. Sie war allein. Und sie wollte dieses Haus.

Also sagte sie dem Makler, daß das Objekt für sie nicht geeignet sei. Zu groß! Ganz unmöglich für eine geschiedene Frau. Am nächsten Tag gingen die Besitzer – Bill und Mopsy Tuccio –, die in zwei Wochen nach Santa Fe ziehen wollten, um zehn Prozent runter. Am Tag darauf schüttelten sie sich alle die Hände, und Lee kaufte sich ihren Eßtisch, an dem zwanzig Leute Platz fanden, und die fünf Schaukelstühle aus der Jahrhundertwende für die große Veranda, die um das Haus herumlief. Die Tuccios steuerten ihr Gleitboot bei. Im Sommer sind wir immer nach dem Mittagessen damit rausgefahren, erzählte Bill. Die ganze Familie in dem alten Ding. Eine tolle Sache, die Familie. Mopsy schenkte ihm einen unauffälligen Laß-den-Quatsch-Knuff und Lee ein allzu sonniges Lächeln. Familie.

Die Familie verursacht Amerikanern häufig Unwohlsein. Manchmal bringt sie sie auch aus dem Gleichgewicht. Wenn sich an einem Feiertag die Liebsten alle versammeln, läßt eine beachtliche Minderheit ihre Valiumrezepte erneuern. Wenn man ihnen mehr als ein bißchen Mutterliebe anbietet, flüchten dreißig Prozent quer durchs ganze Land. Doch in dem Augenblick, wo Amerikaner in den Genuß ihrer fünften Freiheit kommen – von der Familie –, was machen sie? Sie halten natürlich Ausschau nach einer Familie.

Der Duft eines Truthahns muß von einer großen Gruppe eingeatmet werden. Feuerwerke müssen unbedingt von vielstimmigen »Oohs« begleitet sein. Und es gibt wohl kaum etwas Gemütlicheres, als Schulter an Schulter an Schulter um einen Krug Eierflip zu sitzen. Die Cro-Magnon-Menschen drängten sich auch nicht nur um das Feuer, um sich vor dem Säbelzahntiger zu schützen. Sie brauchten das Clangefühl. Wir Amerikaner, die mit dem Werbefernsehen großgeworden sind, die wir Gefühlsduselei dem Gefühl vorziehen, glauben nicht nur, daß uns die entscheidende Unterstützung der Gemeinschaft fehlt, wenn wir bloß einer oder zwei oder drei sind, nein: So schmerzhaft die Einsamkeit auch sein mag, es ist fast ebenso verstörend, wenn die anderen merken, daß man allein ist. Da stellt sich nämlich die Frage: Was hast du getan, um dich unbeliebt zu machen?

Also kaufte Lee für sich und Val und Kent ein Haus, das danach verlangte, gefüllt zu werden. Zu ihrem ersten Thanksgiving lud sie Will, Chuckie Phalen, zwei von Chuckies Junggesellenkumpeln aus TJ's und Melanie Tucker aus dem Büro des Staatsanwalts von Manhattan ein.

Als sie hörte, daß Lee eine Haushälterin suchte, stellte ihr eine Kollegin, die sich in einem Arbeitskreis gegen Gewalt in der Familie engagierte, Puella Thorne vor. Puella hatte ihren schlägernden Ehemann so erfolgreich verklagt, daß er abgehauen war – und sie mit einem sieben Monate alten Sohn und zwanzigtausend Dollar Schulden zurückgelassen hatte. Sie und ihr Baby, Harley, saßen mit Lees Familie Weihnachten zusammen um den Tisch.

Lee hätte in diesem Jahr sogar eine Chanukka-Feier zustande bekommen, aber zu der Zeit hatte sie ihre Religion schon fast vergessen. Doch unmittelbar nach Neujahr kam sie mit einem Paar ins Gespräch, das vor ihr in der Schlange im Kino in der Main Street anstand. Sie hatten einen Sohn in Vals Alter und erwähnten, daß sie ihn zur Sonntagsschule in der örtlichen Synagoge angemeldet hätten und daß er sich sehr darauf freute. Am folgenden Morgen ging Lee zum ersten Mal in ihrem Leben in ein jüdisches Haus der Andacht. Nach einer überraschend lebendigen Diskussion mit dem Rabbi über die Kodifizierung des rabbinischen Rechts im Mittelalter trug sie Valerie Weissberg-Weiss-White-Taylor für die Sonntagsschule ein.

Die Schule erfreute nicht nur die Tochter, sondern auch die Mutter. Lee wußte, daß Jazz Val von der Synagoge abholen und mit ihr zu Leonard und Sylvia fahren würde. Val, theatralisch bis in den letzten Winkel ihrer fast fünfjährigen Seele, würde Großpapa und Großmama hebräische Liedchen vorsingen – und zwar nicht nur gut, sondern auch laut. Immer und immer wieder. An diesem Passahfest nahm Lee an ihrem ersten Seder teil: bei sich zu Hause. Sechsundzwanzig Leute quetschten sich um den Tisch, der für zwanzig gedacht war. Später erzählte sie Will, daß sie an ihre Großmutter gedacht hatte, als sie die Kerzen anzündete. Bella hätte gelächelt. Nicht aus frommer Ergriffenheit – sie war gar nicht so fromm –, sondern weil sie durch ihre Enkelin, Ms. White, endlich ihren Mann, Nat, den Kommunisten, überlistet hatte, der Gott haßte und ihn nicht in seinem Hause dulden wollte.

Aber es gab zu wenig Feste und zu viele Tage, an denen sie vom Gericht ins Büro und zum Essen nach Haus hetzte, dann zu einer Veranstaltung der Anwaltskammer peste oder zu einer dringenden Sitzung des Eltern-Lehrer-Verbands oder einer Selbsthilfegruppe für Familien mit erwachsenen Kindern mit Down-Syndrom. In diesen Jahren vermißte Lee nicht so sehr die Unterhaltung oder den Sex, schon gar nicht die Pelze, sondern die schlichte Tatsache, verheiratet zu sein: die Verbindung zweier Erwachsener. Einen anderen Menschen, an den sie ihre Bemerkungen richten konnte, während sie die Abendnachrichten sah. Jemand, der bereit war, sich um einen neuen

Wagen zu kümmern oder den Klempner anzurufen. Jemand, der sich die gemeinsame Bürde teilte.

Ein ganzes Jahrzehnt lang war Lee meistens müde und erschöpft. Sie begann schwarze Strumpfhosen zu tragen, weil sie oft nicht mehr die Kraft hatte, ihre Beine zu rasieren. Sie schaffte es nur noch, die Hälfte der *Times* zu lesen, und verließ sich auf den staatlichen Rundfunk, um sich über Außenpolitik zu informieren, und auf Will Stewart, wenn es um wirtschaftliche Nachrichten ging – eine riskante Angelegenheit, denn er war zwar ein gemäßigter, aber doch ein Republikaner.

An manchen Abenden war Lee so müde, daß sie vergaß, sich abzuschminken, die Zähne zu putzen oder ihr Nachthemd anzuziehen. Doch wenn sie dann im Bett lag, konnte sie stundenlang nicht einschlafen und wälzte sich von der linken auf die rechte Seite und wieder zurück. In jenen Nächten dachte sie an gar nichts oder an alles.

In jeder Nacht dachte sie an Will.

Ab und zu dachte sie an Terry Salazar. Ein gutes Jahr nach Beginn ihrer Affäre hatte sie im Wartezimmer ihres Zahnarztes in einem Magazin gelesen, sich nicht länger von einem Mann, der es nicht wert war, erniedrigen zu lassen. Mit geröteten Wangen und selbstbewußt geschwellter Brust, vollgepumpt mit Lachgas und Novocain, war Lee in Terrys Büro gefahren und hatte ihm ein Ultimatum gestellt: Keinen Sex mehr auf seiner weißen Couch, seinem weißen Teppich oder weißen Schreibtisch. Wenn er sie treffen wollte, dann in einem anständigen Motel. Natürlich würde sie – als Feministin – die Hälfte bezahlen. Gut, sagte Terry und sah auf die Uhr. Scheiße, wir haben nur eine Stunde. Hab 'ne Überwachung in Roslyn Harbor. Hey, meinte er, während er die Hand zwischen die Knöpfe ihrer Seidenbluse steckte und mit den Fingern am Rand ihres Büstenhalters herumfummelte, warum gehen wir nicht ins Regal Motor Inn. Ungefähr sieben Minuten von hier. Aus der Genauigkeit seiner Angabe konnte sie entnehmen, was für ein Trottel sie gewesen war, sich den Hintern und die Knie auf seiner steifen Polyesterbrücke wundzuscheuern. Das hatte er seinen anderen Frauen nicht zugemutet.

Wahrscheinlich hatte er das Regal für so viele außereheliche Begegnungen benutzt, daß in Zimmer 204 schon ein Schild mit seinem Namen an der Tür hing.

Terry war weder interessant noch nett. Aber ein guter Liebhaber. Oder, wie Lee im vierten Jahr ihrer Affäre feststellte – eigentlich kein Liebhaber. Ein Sexpartner. Er war immer bereit, meistens geil und niemals nicht in Stimmung. Und bei allem Mangel an wirklicher Intelligenz war Terry doch schlau genug, um Arbeit und Vergnügen zu trennen. Wenn er für sie arbeitete, war er ausschließlich im Dienst. Oder zumindest überwiegend. Er starrte vielleicht mal auf ihre Schenkel, wenn ihr Kostümrock eng genug war, oder stand näher bei ihr, als es der Anstand erlaubte, wenn er ihr über die Schulter blickte, um einen Bericht zu lesen, aber er faßte sie nicht an, bevor sie ihm zu verstehen gab, daß sie es wollte.

Im sechsten Jahr ihrer Beziehung, als sie das Regal nach drei Stunden verließen, sie über ihre Ausdauer nur noch staunen und kaum mehr auf den Beinen stehen konnten, bot Terry ihr schließlich an, seine Frau zu verlassen. »Hör zu, meine Ehe ist am Ende. Schon seit Jahren. Wir müßten nicht mehr in ein Hotel gehen. Wir könnten zusammenleben.«

»Du betrügst mich doch jetzt schon, wo wir nur eine Affäre haben.«

»Das ist nicht wahr!«

»Außerdem lügst du. Wenn wir verheiratet wären, würdest du dich verpflichtet fühlen, doppelt soviel herumzuvögeln. Du wärst ein Windhund. Völlig nutzlos. Und ich müßte mich um deine dreckige Wäsche kümmern.«

»Darum müßtest du dich kümmern«, sagte er und legte ihre Hand auf seinen Penis, der sich in wundersamer Weise aufs neue regte. »Denk drüber nach. Wir könnten eine Menge Spaß haben.«

Als sie an diesem Abend nach Hause fuhr, lächelte sie still vor sich hin: Denk drüber nach. Ihr fielen nur zwei Argumente für eine Heirat mit Terry ein: Regelmäßiger Geschlechtsverkehr und eine Ausrede, um neue Töpfe zu kaufen. Was dagegen sprach, war, daß sie nicht mit ihm und Val und Kent unter einem Dach leben wollte. Puella würde sehen, wie er ins Haus stolzierte, und wäre fünf Minuten später verschwunden. Alle Anwälte würden sich schief- und krummlachen. Will ... Sie konnte sich Wills Reaktion nicht einmal vorstellen. Denk drüber nach!

Immerhin dachte sie mehr als ein Jahr darüber nach. Zweimal war sie in Terrys Armen eingeschlafen, und es war überraschend schön gewesen, mit ihm aufzuwachen. Er küßte sie auf den Kopf und sagte »Hi!«, als ob er sie seit langer Zeit nicht mehr gesehen hätte. Ihr gefielen seine männlichen Fertigkeiten: Er konnte einen Reifen in drei Minuten wechseln, einen elektrischen Anschluß reparieren, einen Angreifer mit ein paar beruhigenden Worten oder einem Karateschlag besänftigen. Sie fand es ganz toll, daß er immer ein Schweizer Armeemesser bei sich trug. Aber am Ende zählte nur, daß sie ihn schlicht und einfach nicht liebte. Sie wollte nicht, daß er unter all den Menschen, die sie liebte, an ihrem Tisch saß und an Thanksgiving den Truthahn zerteilte. Es war nicht schwierig, Terry ihre Entscheidung mitzuteilen, weil er nie mehr wieder von der Ehe sprach, außer von seiner eigenen mißglückten.

Sie bemühte sich wirklich, einen Mann zu finden. Denn sie war sich ganz sicher, daß irgendwo einer herumlief, der genau zu ihr paßte. Schließlich mußte selbst die zynischste Anwältin Optimistin sein, wenn sie all die grimmigen Richter und finster blickenden Geschworenen ertragen wollte. Lee war es jedenfalls. Sie ging zu jeder Verabredung, die Freunde, Nachbarn und Kollegen für sie arrangiert hatten. Man kann nie wissen, wann der Richtige auftaucht, sagte sie sich. Sie drückte sich nie um diese Begegnungen, reinigte sich stets die Zähne mit Zahnseide, schminkte sich vor einem Vergrößerungsspiegel im hellen Licht und öffnete immer die Tür mit einem strahlenden Lächeln.

Mitte der achtziger Jahre ging Lee über ein Jahr mit Robert Mandelbaum aus, einem Pathologen aus New Jersey, den sie kennengelernt hatte, als er in einem Mordfall als Sachverständiger für Chuckie auftrat. In den ersten Monaten war sie Robert sehr dankbar, weil er sich im Unterschied zu vielen Gerichtsmedizinern beim Essen nicht über verwesende Gliedmaßen ausließ, und sah über die Tatsache hinweg, daß sie sich in seiner Gesellschaft nicht wohl fühlte. Er ist ideal, schwärmte sie Will vor. Ein Witwer, der keine Ex-Frau hat, die er haßt. Ich bin es so leid, auszugehen und von einer geldgierigen, selbstsüchtigen, dominierenden, beschissenen Mutter-Hexe-Hure zu hören. Robert ist ein wirklich netter Kerl. Wir wandern viel. Er bringt mir und Val das Skilanglaufen bei. Er liebt Musik. Er spielt Cello in einem Streichquartett. Er hat einen wundervollen Hund, einen süßen, irischen Setter. Ein paar Wochen später bemerkte Will: Du erzählst mehr von dem Hund als von dem Mann. Lee bemühte sich wirklich, Robert zu lieben oder ihn wenigstens zu mögen. Es gelang ihr nicht. Während sie mit ihm schlief, erwischte sie sich zweimal dabei, daß sie gähnte und es zu verbergen suchte, indem sie den Kopf hin und her warf und stöhnte. Sie täuschte Leidenschaft vor und wunderte sich, daß ein Arzt, der gelernt hatte, die geringten Beweisspuren an einem menschlichen Körper zu entdecken, nicht merkte, daß er sie kaltließ. Will meinte: Alles, was er vermutlich mitbekommt, ist, daß du nicht tot bist, was dich insgesamt sehr begehrenswert macht. Nach einem Jahr gestand sie sich und später Will ein, daß Roberts Frau an Langeweile gestorben sein mußte.

Sie traf sich wieder mit Terry Salazar: manchmal einmal im Monat, manchmal vier- oder fünfmal die Woche.

Und sie sah Will. Bei gesellschaftlichen Anlässen ließ er sich manchmal von Maria begleiten. Lee ging allein zu Hochzeiten, Bar-Mizwas, Taufen und Juristenbällen. Doch dann ergab es sich, daß er einmal in der Woche zu ihr zum Abendessen kam und bald schon vier- und fünfmal. Sie versuchten, gemeinsam zu kochen, gerieten sich aber so oft in die Haare, daß er sie aus der Küche jagte und selbst kochte. Sie sahen fast jeden Film gemeinsam. Sie hatten ein Abonnement für die Philharmonie. Sie spielten zweimal in der Woche Tennis. Er war derjenige, der sie dazu brachte, Vals künstlerisches Talent ernst zu nehmen, und der sich nach den Schauspielschulen in der Stadt und den entsprechenden Sommerlagern erkundigte. Morgens telefonierten sie im Büro miteinander und abends, wenn Will nach Hause gekommen war. Sie traf keine Entscheidung, ohne sich vorher mit ihm beraten zu haben.

25

Verzweiflung. Reue. Angst. Qual. Kein einzelnes Wort kann beschreiben, welche Gefühle Woodleigh Hubers Entscheidung, Mary Dean weiter strafrechtlich zu verfolgen, in mir auslöste. Übelkeit trifft es ziemlich gut, bringt aber meine Wut über diese Ungerechtigkeit ebensowenig zum Ausdruck wie die Scham, die ich empfand, weil ich mich so hinters Licht hatte führen lassen.

»Das Schlimmste daran ist«, sagte ich zu Will Stewart, während wir auf meiner Veranda im Schaukelstuhl saßen, »daß mir nichts einfällt, was ich tun könnte, um die Waagschalen Justitias wieder ins Gleichgewicht zu bringen – außer, Huber mit meinem Jeep zu überfahren.«

Will legte seine Hand auf meine Schulter. »Gib's auf. In diesem Fall hilft keine ironische Distanz. Du bist mit den Nerven völlig am Ende.«

»Stimmt.«

Will war selbst Anwalt, und bevor man Jerry McCloskey in die Arena geschickt hatte, um die für Mordfälle zuständige Abteilung der Staatsanwaltschaft zu entehren, hatte Will diese Abteilung geleitet. Inzwischen hatte er sich im Bereich des Zivilrechts einen Namen gemacht. Seine Hand lag also nicht bloß auf meiner Schulter, weil er ein mitfühlender Mensch war. Er wußte genau, was ich getan hatte: Ich hatte mir eine alternative Version von Bobettes Ermordung ausgedacht, die meinen Mandanten als unschuldig darstellte. Zugegeben, Anwälte machen so etwas ständig. Sie erzählen eine Es-war-einmal-Geschichte, die die Fakten des Falls in einem weichen rosafarbenen Licht zeichnet. Wenn es sich um ein wirklich faszinierendes Märchen handelt, kommt es gelegentlich vor, daß eine Jury die Geschichte schluckt. Manchmal schluckt sie sogar der Anwalt selbst.

Aber ich dachte nicht bloß: Hmm, gute Argumentation. Besser als das, was die Staatsanwaltschaft zu bieten hat. Nein, ich verhexte mich selbst – mit Norman Torkelsons Hilfe. Und weil ich die Geschichte so hundertprozentig glaubte – Liebe triumphiert über das Böse! Verderbter, betrügerischer Taugenichts bringt Opfer, um Buße zu tun! –, gaben mir mein Glaube und meine Leidenschaft anschließend die Kraft, alle anderen zu becircen. Will Stewart wußte Bescheid: Ich hatte nicht als Anwältin gehandelt, sondern versucht, Justitias Toga an mich zu reißen und selbst hineinzuschlüpfen. Aber sie paßte mir nicht. Ich war zu einem großen Teil verantwortlich dafür, daß ein Mörder frei herumlief und eine Unschuldige für das Verbrechen bezahlte. Ein paar Stunden zuvor hatte ein Bus Mary Dean und zwölf andere weibliche Gefangene nach Bedford Hills gebracht.

»Du solltest Huber lieber nicht überfahren«, riet mir Will. »Du wärst die Hauptverdächtige. Sobald die vom Labor die Profilabdrücke auf seinem Gesicht mit deinen Jeepreifen verglichen hätten, würdest du …« Er verstummte.

»Sprich weiter. Los, sag's schon: Ich würde mir mit Mary eine Zelle teilen.«

»Nein. Ich will dich nicht schon wieder daran erinnern, daß sie im Gefängnis sitzt, während Norman sich wahrscheinlich gerade zurücklehnt und irgendwo in der Sonne eine Margarita schlürft. Ich bin gekommen, um dich aufzuheitern.«

»Du solltest dir lieber eine leichtere Aufgabe suchen.«

»Nein. Ich verlasse dich erst wieder, wenn es dir bessergeht.«

»Dann steht dir lebenslänglich bevor.« Ich versuchte möglichst beiläufig zu klingen, um Will nicht merken zu lassen, wie verlockend ich die Vorstellung fand, ihn für immer bei mir zu haben. Wir schaukelten eine Weile in einträchtigem Schweigen vor uns hin – zwei Oldies, die auf der Veranda saßen und zusahen, wie es langsam Nacht wurde. Die Sterne kamen heraus und mit ihnen ein fast voller Mond. Ein Hauch von Süße stieg mir in die Nase. Das erste Mal, daß ich in diesem Jahr den Duft des Geißblattes roch. »Will?«

»Was?«

»Fällt dir nicht irgendein schlauer Schachzug ein, mit dem ich Huber zwingen könnte, Mary gehen zu lassen? Etwas, das ich übersehen habe? In meiner Trickkiste herrscht gähnende Leere. Wenn ich wenigstens eine zündende Idee hätte, wie ich Huber eins auswischen könnte!«

»Ich kann dir nur raten, was du ohnehin schon machst – auf der Habeaskorpusakte herumzureiten.«

»Aber wir wissen beide, daß es nicht funktionieren wird.«

»Richtig.« Will lehnte den Kopf gegen die Lehne des Schaukelstuhls und schloß die Augen, als würde er den Duft des Geißblatts in sich aufsaugen. Aber ich kannte ihn zu gut, um mich durch einen tiefen Atemzug täuschen zu lassen. Er dachte nach, und für ein paar Minuten schöpfte ich wieder Hoffnung. Er war ein so ausgezeichneter Anwalt. Ein kluger Stratege. Ein geschickter Diplomat: Wenn die andere Seite vom Tisch aufstand, hatte sie nie das Gefühl, den kürzeren gezogen zu haben, selbst wenn Will sie nach allen Regeln der Kunst auseinandergenommen hatte. Aber sein größter Trumpf war seine Kreativität. Wenn er nicht durch Logik oder das Gesetz gewinnen konnte, dann gewann er oft, indem er die Gegenseite einfach überraschte. »Lee.«

Ich kippte meinen Schaukelstuhl nach vorn, sozusagen in Startposition, um sofort aufspringen und handeln zu können. »Was?«

»Verlaß dich auf mich.«

»Du hast eine Idee?«

»Um Mary Dean freizubekommen? Nein. Da fällt mir nichts ein.« Ich ließ den Stuhl zurückschwingen. »Jedenfalls nicht auf Anhieb. Aber du steigerst dich da in was hinein und willst nicht zulassen, daß dir jemand hilft. Das ist verrückt. Es ist nicht deine Schuld, daß sie im Gefängnis sitzt. Du hast schlimmstenfalls einen Fehler gemacht. Anwälte machen jeden Tag Fehler.«

»Aber nicht solche.«

»Doch. Solche und noch schlimmere.«

»Jeder weiß, daß ich reingelegt worden bin. Jeder weiß, daß dieses arme Mädchen die besten Jahre seines Lebens im Gefängnis verbringt, weil ich die große Heldin spielen mußte.«

»Jeder weiß, daß du Norman Torkelson falsch eingeschätzt hast. Holly Nuñez hat ihn genauso falsch eingeschätzt. Glaubst du, sie sitzt jetzt auch in einem Schaukelstuhl und hat einen psychotischen Anfall?«

»Nein. Bestimmt überlegt sie gerade, wie sie möglichst schnell hundert Meilen zwischen sich und mich bringen kann. Wie alle anderen. Außer dir.«

»Du sagst mir doch immer, wie klug ich bin.«

Ich sah zu ihm hinüber. Mit seiner dunklen Haut wirkte er in der Dunkelheit fast wie ein Schatten. »Das bist du auch. Der Klügste.«

»Warum kannst du es dann nicht akzeptieren, wenn ich sage, daß du zwar einen Fehler gemacht hast, aber keinen verheerenden? Glaubst du, daß mein Urteilsvermögen mich gerade in diesem einen Punkt im Stich läßt und ich nicht einschätzen kann, wie sehr du versagt hast?«

»Ich weiß es nicht.«

»Vertrau mir, Lee. Was, glaubst du, wird passieren? Glaubst du, daß alle verstummen werden, sobald du die Anwaltskammer betrittst? Daß dann – wie in den alten Western – jemand auf den Fußboden spucken wird? Ich sage dir das nur ungern, mein Kind, aber du bist bloß die Attraktion dieser Woche, und deine Woche ist morgen vorbei.«

»Du irrst dich, Will.« Ich war in sehr schlechter Verfassung. Sicher, ich würde mich weiterschleppen und mein Leben irgendwie zu Ende bringen, vielleicht sogar noch ein paar große Siege erringen und ein, zwei Enkelkinder haben, aber ich empfand selbst bei dieser Aussicht nur ein tiefes Gefühl von Stumpfheit, als würde ich mich nie wieder über etwas freuen können.

»Ich weiß nicht, ob es daran liegt, daß du eine Frau bist, aber aus irgendwelchen Gründen scheinst du zu glauben, dir dürfte so etwas nicht passieren. Jeder kann mal was verbocken, nur nicht Lee White. Vielleicht liegt es aber auch daran, daß du von diesem *Schmuck* betrogen worden bist, deinem Mann ...«

»Ex.«

»... deinem Ex-Mann, und du deswegen nicht glauben willst, daß es noch mal passieren konnte.«

Ich erhob mich aus meinem Schaukelstuhl, lehnte mich an einen Pfosten und starrte auf die Straße. »Laß mir die Wahl zwischen Wahrheit und Schein, und wofür entscheide ich mich letztendlich jedesmal?«

»Für die Wahrheit«, sagte er.

»Einen Teufel tue ich.«

»Du bist doch eine realistische Person. Warum erschreckt es dich so, daß manche Männer mit einem Mord davonkommen?«

Ich drehte mich wieder zu Will um. »Ich habe es geschehen lassen.«

»Jetzt hör aber auf, Lee. Du hast es nicht geschehen *lassen*. Es ist einfach geschehen. In deinem Beruf bist du doch jeden Tag mit irgendwelchen Ungerechtigkeiten konfrontiert. Glaubst du, du selbst bist dagegen immun? Wer zumTeufel hat dich geimpft?«

»Ich war nicht in der Lage, unter die Oberfläche zu sehen. Ich habe geglaubt, ich könnte es. Ich war der festen Überzeugung, *recht* zu haben. Das ist es, was mich so fertigmacht. Ich habe mir eingebildet, anders zu sein, den nötigen Tiefgang zu besitzen. Ich habe geglaubt, wenn ich mein Herz an einen Menschen oder eine Sache hänge, dann nur, wenn es sich wirklich lohnt, für diesen Menschen oder diese Sache zu kämpfen. Und was ist passiert? Ich bin reingelegt worden.«

»Ja, das bist du.«

»Und?«

»Und was? Warum ziehst du nicht los und erschießt dich, bloß weil du zweimal im Leben etwas geglaubt hast, das wie die Wahrheit aussah? Ach, Lee. Warum mußt du es dir selbst so schwer machen? Nicht einmal Woodleigh Huber, dieser Scheißkerl, würde es wagen, dir das anzutun, was du dir selbst antust.«

»Ich soll es also einfach vergessen?«

Er erhob sich aus seinem Schaukelstuhl und stellte sich neben mich. »Nein. Noch nicht ganz.«

Meine Tochter, Valerie, war eine Augenweide: Kaskaden kastanienbraunen Haars, eine Pfirsichhaut und riesige, intelligente Haselnußaugen, die ihr Gesicht beherrschten – und jeden Raum, in dem sie sich aufhielt. An diesem Sonntag beherrschte sie um zwei Uhr nachmittags gerade die Küche und die Waschküche. Sie hatte eine Schauspielerkollegin – ein großes Mädchen aus Chicago, das versuchte, wie die geborene Tragödin zu wirken – eingeladen, das Wochenende bei uns zu verbringen. Beide Mädchen hatten eine kleine Rolle in einem Fernsehfilm, der gerade für einen Privatsender gedreht wurde, und hatten offenbar die Dreckwäsche der ganzen Filmcrew mitgebracht. Während die Waschmaschine lief, sahen sie sich alle Filme von Maggie Smith an. Val hatte gesagt: Willst du die Künste fördern? Also hatte ich nicht nur die Leihgebühr für die Videos bezahlt, sondern auch ihren Beutezug zu *Ben & Jerry's* finanziert – und das eine halbe Stunde, nachdem ich Val dabei zugesehen hatte, wie sie einen Kopf grünen Salat in kleine Stücke riß, eine Zucchini würfelte, Pilze in Scheiben schnitt und mit größter Sorgfalt einen Viertelteelöffel Parmesan abmaß, während sie sich über den Fettgehalt des Käses aufregte.

»Was hast du vor, Ma?« fragte sie. Der Löffel schwebte über dem Eis, bereit, erneut einzutauchen.

»Nichts Bestimmtes«, antwortete ich, weil ich hoffte, daß sie sagen würde: Hey, du hast für das Zeug bezahlt. Warum nimmst du dir nicht auch einen Löffel? Los, bedien dich. Statt dessen sagte sie: »Falls du an der Videothek vorbeikommst – wir haben *Hotel International* vergessen.«

»Ich weiß noch nicht genau, was ich mache. Eigentlich wollte ich ein paar Pflänzchen Kapuzinerkresse einsetzen, aber wenn ich wirklich noch wegfahre, werde ich ...«

Val lächelte mich an. Es war ein breites, unglaublich freundliches Lächeln, das bei einem so klassisch hübschen Gesicht sehr überraschend wirkte. Ein Teil ihres Charmes, dachte ich zum millionsten Mal. Wirklich verblüffend. Daß diese hübsche junge Frau selbst mit Fruchtsoße auf den Zähnen und Schokoeis am Kinn noch attraktiv aussah ... Irgend etwas hinderte mich plötzlich daran, in meine übliche Ist-sie-nicht-wundervoll-Schwärmerei zu verfallen. Irgend etwas war überhaupt nicht wundervoll. Irgend etwas stimmte nicht. Meine Mutterinstinkte sind ziemlich gut entwickelt. »Ma, du siehst mich so komisch an.«

»Nein, das tue ich nicht.«

»Tust du doch.« Aber nein, es hatte nichts mit Val zu tun.

Es war die Schokolade.

Hektisch suchte ich nach meinen Autoschlüsseln. »Die Schokolade«, sagte ich. »Ich muß sofort los.«

»Was?« Sie wußte, was mein plötzlicher Aufbruch bedeutete – sie würde ihre Wäsche selbst zusammenlegen müssen. Auch wenn sie sich für den Beruf der Schauspielerin entschieden hatte, war sie doch die Tochter einer Anwältin. Wenn sie in einem Punkt nicht gewinnen konnte, versuchte sie es mit einem anderen. »Führst du uns zum Sushi-Essen aus, wenn du wieder da bist?«

»Liebend gern. Aber jetzt ... Tut mir leid, daß ich so davonstürme, aber ...« Ich sah Bobettes Lippen vor mir, die mit Schokolade verschmiert waren, nachdem sie den Snickers-Riegel gegessen hatte. »Ich muß nach Bedford Hills, bevor die Besuchszeit vorbei ist.«

Wider Erwarten machte Mary Dean einen glücklichen Eindruck – und das nicht erst, als sie mich entdeckte, übers ganze Gesicht zu strahlen begann und mir mit beiden Händen zuwinkte. Na gut, vielleicht ist glücklich etwas übertrieben, aber zumindest war ihr Gesichtsausdruck irgendwo zwischen sorglos und unbeschwert anzusiedeln.

»Hi!« sagte sie in überschwenglichem Ton. »Es ist ja *so* lieb von Ihnen, mich zu besuchen. Erst vorhin habe ich zu einem der Mädchen gesagt: ›Der Besuchstag wird ganz schön frustrierend für mich werden, weil ich nicht aus New York bin und niemanden kenne. Wer soll mich da besuchen?‹ Und schon sind Sie da!«

»Sie klingen ziemlich fröhlich«, sagte ich. »In Anbetracht der Umstände.«

»Tja, was bleibt einem anderes übrig?« Anders als im Gefängnis von Nassau County, wo die Frauen blaue Anstaltskleidung trugen, bevorzugte man in New York State aus irgendeinem Grund Dunkelgrün, eine Farbe, die Mary mehr entgegenkam, weil sie zum dunkelgrünen Glitzern ihrer smaragdgrünen Augen paßte. »Ich habe mir überlegt, die High-School fertigzumachen. Das bieten sie einem hier an. Um ehrlich zu sein, sie drängen einen fast dazu. Ich meine, man kann nicht einfach in der Wäscherei oder in der Küche anfangen. Nein, bevor von einem Job überhaupt die Rede ist, muß man erst mal Englisch pauken und Geschichte und – lieber Himmel, ich hoffe, nicht auch noch Mathe! Aber das ist typisch New York. Ein sehr kluger Staat.«

An der Art, wie Mary immer wieder die anderen Frauen anlächelte oder deren Freunde oder Kinder mit einem Ooh-ist-der-süß-Gesicht bedachte, merkte ich, daß sie sich nach Kräften bemühte, einen guten Eindruck zu machen. Und sie tat gut daran. Eine so schöne Frau wie sie hatte es im Gefängnis nicht leicht. Falls die anderen sie nicht mochten und es zum Streit kam, würden sie zuerst auf ihr Gesicht losgehen. Beim ersten Mal würden sie ihr bloß ein paar blaue Flecken verpassen, aber nach dem zweiten Mal wäre sie auf Dauer entstellt. Im Grunde war ihre ganze überschwengliche Art – ihr strahlendes Lächeln, ihr fröhliches Geplapper – für die anderen ein Affront. Zumindest stellte ich erleichtert fest, daß die anderen Insassinnen mit einem gewissen Grad an Herzlichkeit zurückwinkten, weil ihnen zweifellos auffiel, daß Mary das ungeschriebene Gesetz befolgte, das da lautet: Jeden Augenkontakt mit dem Mann einer anderen vermeiden!

Ich reichte ihr eine Tüte blaue und grüne Weintrauben, die ich von zu Hause mitgebracht hatte. »Ich wußte nicht genau, was Sie brauchen.«

»Das ist ja *so lieb*«, sagte sie. »Hier bekommen wir nur Orangen. Zum Frühstück gibt es manchmal Bananen, aber die sind …« Sie machte ein ziemlich häßliches, kehliges Geräusch.

»Braungefleckt?«

»Völlig braun!« Ihre übertriebene Fröhlichkeit machte langsam einer netteren, echteren Freundlichkeit Platz. Sie begann sich richtig mit mir zu unterhalten. Vorausgesetzt, ich plauderte weiter über eklige Bananen oder ließ mich auf eine vergleichende Analyse von Augen-Make-up-Entferner-Pads ein, würde es bestimmt ein netter Besuch werden. »Man müßte schon ganz genau schauen«, sie kniff die Augen zusammen, »um auf so einem braunen Ding auch nur einen winzigen bananengelben Fleck zu entdecken.«

»Mary.« Sie spürte, daß etwas Ernstes kam, und sandte gehetzte Blicke nach links und rechts: Laßt mich hier raus! »Ich werde versuchen, keinen allzu ernsten Ton anzuschlagen, okay?« versicherte ich ihr. »Ich weiß, daß Sie sonst weinen müssen, und wahrscheinlich wollen Sie nicht, daß die anderen Frauen wissen, was Sie im Moment durchmachen.« Sie nickte. »In Ordnung«, sagte ich mit einem breiten, aufgesetzten Grinsen. »Wenn es Ihnen zuviel wird, reiben Sie sich die Nase. Dann werde ich einen langen Lobgesang auf meinen Freund oder so was in derArt anstimmen.«

»Ist er süß?«

»Wer? Mein Freund?« Sie nickte. »Ja, ziemlich süß. Und ein wirklich netter Typ.«

»Gut, ich hab mir nämlich schon Sorgen um Sie gemacht. Ich meine, in Ihrem Alter und noch immer ohne Ehering. Ich hab mir gedacht, oh, oh, da muß was passiert sein. Ich weiß noch, wie ich zu Norman …« Sie starrte auf das rote *Exit*-Zeichen über der Tür.

»Weil Sie ihn gerade erwähnen, Mary: Sie wissen, daß Bobettes Leiche erst ein paar Tage nach der Ermordung entdeckt worden ist.«

»Mm-hmm.«

»Als die Polizei kam und …«

»Reden Sie weiter. Sie können seinen Namen ruhig aussprechen. Es macht mir nichts aus.«

Ich lächelte. »Danke. Als Norman verhaftet wurde, trug er nicht mehr dieselben Sachen wie an dem Tag, an dem er Bobette umbrachte, oder?«

»Ähm … Nein.«

»Es würde uns möglicherweise helfen, wenn Sie sich erinnern könnten, was er an dem Freitag anhatte, als er zur Bank fuhr. An dem Tag, an dem Bobette ermordet wurde.«

Mary verzog den Mund und runzelte nachdenklich ihre schöne Stirn. Vielleicht übte sie auch bloß, für ihre High-School-Klasse möglichst durchgeistigt auszusehen. Aber hinter dieser schönen Stirn passierte nichts. Normalerweise dachte ich in einem solchen Fall immer: Hmm, bestimmt ist dieser Mensch nur deswegen so stumpfsinnig, weil er eine schlimme Kindheit hatte. Oder: Diese Person ist bestimmt mal auf den Kopf gefallen. Vielleicht hatte ich damit ja auch recht. Auf jeden Fall dachte ich nie: Heiliger Strohsack, ist die dumm! Zumindest nicht bis zu diesem Augenblick in Bedford Hills. »Hat Norman erwähnt, daß er bei dem Kampf mit Bobette sein Hemd oder seine Hose zerrissen hat? Oder daß Bobette versucht hat, ihn abzuwehren? Vielleicht hat sie sich recht hektisch bewegt, und dabei ist etwas auf seine Sachen geraten?«

»Schokolade!«

»Schokolade«, wiederholte ich.

»Auf dem Ärmel. Knapp über der Manschette. Ein kleiner Schokoladenfleck.«

»Von Bobette. Von dem Snickers-Riegel, den sie gegessen hat.«

»Richtig!«

»Haben Sie den Fleck bemerkt oder ist er Norman selbst aufgefallen?«

»Na ja, ich hätte ihn bestimmt bemerkt, weil ich mir die Wäsche immer genau ansehe, bevor ich sie wasche oder in die Reinigung gebe, weil man Flecken besonders behandeln muß. Ich habe ein Mary-Ellen-Buch, in dem steht, wie man die verschiedenen Flecken entfernen kann.«

»Aber Norman hat den Fleck selbst entdeckt?«

»Das kann man wohl sagen. Ich meine, als er nach Hause kam, ist er halb durchgedreht. Der Fleck war direkt neben dem DW. Den Initialen auf seiner Manschette. Denton Wylie. Das heißt, ich weiß nicht, wessen Initialen es in Wirklichkeit sind. Norman hat am Flughafen mal einen teuren Koffer gestohlen. Es war ein kleiner Flughafen, Santa Barbara. Er hat ihn einfach genommen und ist damit hinausspaziert. Er hat gesagt, der Typ hatte seine Größe – und es passierte nicht jeden Tag, daß ihm ein so großgewachsener, reicher Typ unterkam, weil die meisten reichen Typen winzig kleine Zwerge sind, mit winzig kleinen ... Aber das brauche ich Ihnen wohl nicht erzählen. Sie sind schließlich Anwältin. Jedenfalls, an dem Abend damals, nach der Sache mit Bobette ... Er hat sich das Hemd vom Leib gerissen. Wirklich *gerissen.* Es sind sogar ein paar Knöpfe abgesprungen.«

»Und dann?«

»Und dann? Das habe ich vergessen. Ich schätze, er hat mir erzählt, was passiert ist. Nein, warten Sie, er wollte einen Drink. Chivas auf Eis. Man sagt da nicht ›on the rocks‹. Das hat keine Klasse. Ich hab ihm den Drink gemacht, aber als er ausgetrunken hatte, ist er sofort zur Flasche rüber und hat sich nachgeschenkt. Ein ganzes Glas. Randvoll.«

»Und das Hemd?«

»Oh, er hat gesagt: Laß es verschwinden.«

»Sofort?«

Sie dachte eine Weile nach. »Erst später. Er hat so viel getrunken und so schnell. Ich meine, wir nehmen beide gern mal einen Drink, aber Sie wissen schon ... wir nippen nur daran. Er selbst hat mir beigebracht, nur zu nippen, aber an dem Tag nippte er nicht. Er schüttete das Zeug nur so runter und erzählte mir nebenbei, was passiert war.«

»Und er hat Sie aufgefordert, das Hemd verschwinden zu lassen?«

»Ja. Er war ziemlich betrunken, aber Norman war nie so betrunken, daß er nicht mehr denken konnte. Er sagte: ›Laß es verschwinden‹, und dann ging er ins Bett. Und als er am nächsten Morgen aufstand, hat er gefragt: ›Hast du es verschwinden lassen?‹«

»Und? Haben Sie es verschwinden lassen?«

»Fragen Sie mich das jetzt auch noch? Lieber Himmel! Niemand traut mir etwas zu. Ich habe zu ihm gesagt: Norman, entspann dich. Ich erzählte ihm, daß ich die halbe Meile bis zu dem Autofriedhof in unserer Nähe gegangen war – Norman wußte, welchen ich meinte. Ich erzählte ihm, wie gruselig es nachts dort war. Und daß ich eine ganze Schachtel Zündhölzer verbrauchte, es aber schließlich schaffte, das Ding zu verbrennen. Anschließend trampelte ich die Asche in den Boden.« Ich muß sie wohl angesehen haben, als hätte mein letztes Stündlein geschlagen, denn Mary beugte sich vor und musterte mich mit einer Mischung aus Mitleid und Neugier. »Hätte ich das Hemd nicht verbrennen sollen?«

»Es spielt keine Rolle mehr.« Ein paar Wärterinnen schritten die

Gänge ab. Die Gefangenen begannen, sich von ihren Familien zu verabschieden. Man merkte gleich, welche von ihnen als Problemfälle galten. Bei diesen Frauen achteten die Wärterinnen darauf, daß sie ihre Verwandten den Vorschriften entsprechend nicht berührten. Bei den anderen Frauen drückten sie in dieser Hinsicht ein Auge zu. Mütter küßten ihre Kinder und streichelten ihren Eltern über die Wange. Manche Frauen fuhren sich durchs Haar oder befeuchteten ihre Lippen, damit ihre Männer sie möglichst hübsch in Erinnerung behielten. Ich stand auf. »Bitte machen Sie sich wegen des Hemds keine Gedanken«, sagte ich zu ihr. »Wahrscheinlich hätte es sowieso nichts gebracht. Kein Grund, sich deswegen graue Haare wachsen zu lassen.«

»Dann ist es ja gut«, sagte sie nur allzu bereitwillig. Einen Moment später fügte sie hinzu: »Weil ich es nämlich nicht übers Herz gebracht habe.«

»Was haben Sie nicht übers Herz gebracht?«

»Das Hemd zu verbrennen.« Ich setzte mich wieder. »Es war aus *Seide.* Weißer Seide. Norman liebt diese Hemden. Aber man kann sie nicht in die Reinigung geben. Die kriegen die Schokolade zwar raus, aber es bleibt ein kleiner Fleck zurück. Wie von einem Regentropfen. Und er hat ausdrücklich gesagt: ›Komm ja nicht auf die Idee, es in die Reinigung zu bringen. Laß es *verschwinden.*‹ Aber ich habe mir gedacht: Wieso eigentlich? Manche Seidenhemden – nicht alle, aber manche – kann man kalt waschen, im Schonwaschgang, und dann einfach aufhängen. Man darf sie nicht schleudern, sondern nimmt sie *naß* aus der Maschine …«

»Mary, haben Sie es gewaschen?«

»Ich versuche mich daran zu erinnern. Ich weiß noch, daß ich dachte: Wenn der Fleck rausgeht, wird er gar nicht merken, daß es das Bobette-Hemd ist, weil sie alle gleich aussehen. Weiße Seide. Sie waren so teuer und schön, und sie hatten alle die DW-Initialen. Er hätte sie weiter tragen können. Es gibt viele Namen mit D. Dennis und Dwayne und Dick …«

»Versuchen Sie sich zu erinnern, was Sie mit dem Hemd gemacht haben, Mary. Sagen Sie mir, was Sie vor Ihrem geistigen Auge sehen.«

Sie schloß die Augen. »Ich habe es in einen Wäschebeutel gesteckt. Eines dieser Dinger, wo man seine Slips reintut. Und dann …« Ich wartete. »Ich habe den Reißverschluß zugemacht. Es war einer von diesen Beuteln mit Reißverschluß.«

»Und dann?«

»Hab ich ihn in die Maschine gesteckt.«

Ich holte tief Luft. »Haben Sie die Maschine eingeschaltet? Können Sie sich erinnern, das nasse Hemd herausgenommen und zum Trocknen aufgehängt zu haben?«

»Nein. Oh, jetzt weiß ich, warum. Weil Norman das ganze Wochenende zu Hause war. Er war wirklich schlecht drauf. Trank die ganze Zeit. Hatte keine Lust, was zu unternehmen. Lag bloß im Bett und trank und schlief. Deswegen konnte ich nicht waschen, nicht, solange er zu Hause war. Ich mußte warten.« Sie seufzte. »Das ist bei solchen Flecken gar nicht gut. Und jetzt sitze ich die nächsten zwanzig Jahre hier fest.«

»Sie haben das Hemd auch dann nicht gewaschen, als Norman im Gefängnis war?«

»Nein. Ist das nicht seltsam? Ich habe zwar ein paar Maschinen gewaschen, aber das Hemd habe ich wieder herausgenommen, weil ich mir dachte: Warum nicht warten, bis mehr Sachen für eine Kaltwäsche zusammengekommen sind? Ich meine, wenn es ihr Blut gewesen wäre oder so was, hätte ich es separat gewaschen. Oder ich hätte es tatsächlich verbrannt. Aber es war ja nur ein Schokoladenfleck.«

»Wo ist das Hemd?«

»In dem Wäschesäckchen.«

»Und wo ist das Wäschesäckchen, Mary?«

»Lassen Sie mich nachdenken. Ich habe ein paar Slips hineingetan und einen Teddy und … eigentlich müßte es noch immer da sein, wo ich es hingelegt habe.« Sie schloß die Augen, hob den linken Arm und machte eine Handbewegung, als würde sie etwas tätscheln. »Ganz oben auf dem Regal, im Besenschrank. Gleich neben der Fusselbürste.«

Neben der Fusselbürste! Auf dem Nachhauseweg versuchte ich ruhig zu bleiben. Ich fuhr nur zehn Stundenkilometer schneller als erlaubt. Fünfzehn. Als ich die Throgs Neck Bridge erreichte, rief ich meinen Ermittler Terry Salazar an und bat ihn, sich vor Marys Wohnung mit mir zu treffen. Seit ihrer Verhaftung war erst eine knappe Woche vergangen, und ich hoffte, daß den Cops selbst dann, wenn Jerry

McCloskey eine gründliche Durchsuchung der Wohnung angeordnet hatte, das Wäschesäckchen entgangen war. Da Mary ein Geständnis abgelegt und sich schuldig bekannt hatte, hatte es eigentlich keinen Grund gegeben, irgend etwas aus der Wohnung zu beschlagnahmen. Oder doch?

Leider hatte ich keine Gelegenheit, das herauszufinden. Als ich den Wagen am Randstein zum Stehen brachte, erwartete Terry mich bereits mit dem Daumen nach unten. »Was ist los?«

»Versiegelt«, sagte er.

»Versiegelt?« Ich konnte es nicht glauben. Schnell stieg ich aus dem Wagen und rannte zum Haus hinauf. Tatsächlich! Die Cops hatten die Wohnungstür versiegelt.

»Soll ich durchs Fenster einsteigen?« fragte Terry.

»Nein!« fauchte ich.

»Schlecht drauf?«

»Was haben wir davon? Dann wäre ich auf illegale Weise an das Hemd gekommen. Wie ich Huber kenne, würde er außerdem behaupten, ich hätte das Beweismaterial manipuliert.«

»Wenn Bobettes Speichel mit ihrer DNA drauf ist …«

»Was, wenn nicht? Was, wenn bloß ein bißchen Snickers-Saft drauf ist und sonst nichts? Dann wird er behaupten, ich hätte mir ein Seidenhemd besorgt …«

»Jetzt übertreibst du aber, Lee. Beruhige dich. Ich bin mir sicher, daß sie im Lauf der Ermittlungen alles mögliche von Norman untersucht haben. Blut, Haare, et cetera. Oder etwa nicht?«

»Doch.«

»Wenn wir also ein paar Haare mit Wurzeln auf dem Hemd finden, egal, ob von seinem Kopf oder seinem Körper, dann beweist das, daß es Normans Hemd ist. Daß du nichts manipuliert hast.« Ich stieg wieder in meinen Wagen und knallte die Tür zu. »Hey, nachdem mein Sonntag ohnehin im Arsch ist und wir schon mal hier sind«, sagte Terry, »könnten wir genausogut was trinken gehen. Was meinst du?«

Ich startete den Wagen und ließ Terry einfach stehen. Ich fuhr nach Hause, um Val und Chicago zum Sushi-Essen auszuführen. Und mir eine Möglichkeit auszudenken, das Hemd in die Finger zu bekommen, das Norman an dem Tag getragen hatte, als er Bobette Frisch erwürgte.

Ich hätte die ganze Nacht mit Will telephonieren können, aber um halb zwölf sagte er, daß er unbedingt ein paar Stunden Schlaf brauche. »Aber eines kann ich dir schon jetzt sagen: du wirst es nicht schaffen, Huber umzustimmen. Er ist zu dem Schluß gekommen, daß er Mary nicht laufen lassen kann, weil sonst offenkundig wäre, daß er reingelegt wurde, folglich ein leichtgläubiger Mensch ist und somit nicht geeignet, ein öffentliches Amt zu bekleiden. Ich habe ihn von meiner Liste gestrichen. Und was andere Möglichkeiten betrifft, an das Hemd zu kommen – die einzige, die mir einfällt, ist Holly Nuñez. Sie hat zwar am Ende einen Rückzieher gemacht, aber eine Weile hat sie auf deiner Seite gestanden. Sie hat McCloskey die Stirn geboten.«

»Und verloren.«

»Entscheidend ist, daß sie zumindest den Mut hatte, es mit diesem erbärmlichen Stück weißem Müll aufzunehmen.«

»Soll ich sie anrufen?«

»Ich glaube, du solltest gar nichts tun. Laß mich in diesem Fall dein Anwalt sein.«

»Verlangst du ein Honorar?«

»Nein. Ich verlange ein paar Stunden Schlaf, damit ich wieder einen klaren Kopf habe. Einverstanden?«

»Einverstanden«, antwortete ich und legte auf.

Es schien Will nicht besonders zu überraschen, daß ich vor seinem Büro wartete, als er kurz vor drei in die Kanzlei kam. Er hatte mich um zehn Uhr morgens angerufen und mir als mein Anwalt mitgeteilt, daß er sich mit Holly Nuñez zum Lunch verabredet habe. »Was habt ihr gegessen?« fragte ich. »Ein Fünf-Gänge-Menü?« Er führte mich in sein Büro. Kaum hatte Will die Tür hinter sich zugezogen, sagte ich: »Alles. Den Ton deiner Stimme, als du sie begrüßt hast. War ihr Händedruck herzlich oder weniger herzlich? Ich will alles wissen, angefangen von dem Moment, als sie das Restaurant …«

»Im Moment fährt sie mit Sam Franklin rüber zu Marys Wohnung. Sie werden das Siegel aufbrechen, nach dem Hemd suchen und es, falls sie fündig werden, ins Labor bringen. Die ersten Ergebnisse müßten eigentlich bis Mittwoch oder Donnerstag vorliegen.«

Völlig verblüfft saß ich da. Ich konnte mir einfach nicht vorstellen, wie er das angestellt hatte. »Wie hast du es geschafft, sie zu überzeugen? Mit welchen Argumenten hast du sie dazu gebracht, ein solches Risiko einzugehen? Sie wird ihren Job verlieren!«

Will antwortete: »Sie wird ihn nicht mehr brauchen. Sie wird für die Demokraten als Bezirksstaatsanwältin kandidieren.«

Ich legte die Hände an die Wangen. Ich muß ausgesehen haben wie eine verblüffte Disney-Figur. »*Was?*«

»Ich habe ihr klargemacht, daß deine Forderungen berechtigt sind. Mary Dean hat Bobette Frisch nicht umgebracht. Es besteht kein Grund, sie für das Verbrechen büßen zu lassen. Außerdem habe ich Holly klargemacht, daß einzig und allein Woodleigh Huber sie davon abhält, ihrem Instinkt zu folgen – ihrem noblen, lobenswerten Instinkt –, Woodleigh Huber und sein erbärmlicher weißer Lakai.«

»Und es gibt keine andere Möglichkeit, ihn aufzuhalten, als Holly gegen ihn antreten zu lassen?« Will haute mich einfach um; ich konnte kaum glauben, auf welch waghalsiges Unternehmen er sich da einließ.

»So ist es.«

»Aber sie ist doch Republikanerin.«

»Das läßt sich leicht beheben. Huber kandidiert alle vier Jahre ohne ernsthafte Konkurrenz, weil alle ihn für einen Siegertyp halten. Laute Stimme, keine Kontroversen, eine Menge ehrwürdiges weißes Haar. Nun, Holly wird dafür sorgen, daß es Kontroversen gibt. Mary Dean: Sie war das Opfer eines Mannes, Norman. Und nun ist sie das Opfer eines weiteren Mannes.«

»Huber?«

»Ja. Er reißt Justitia die Augenbinde herunter und spuckt ihr ins Gesicht.«

»Mein Gott!« sagte ich. »Wenn du diesen Satz zu Holly gesagt hast, wird sie ihn bestimmt weiterverwenden.«

»Ja, wahrscheinlich.«

»Ich könnte jetzt ein bißchen was von Chuckies Sauerstoff gebrauchen. Die ganze Sache … raubt mir den Atem.«

»Huber hoffentlich auch. Holly möchte den Leuten zeigen, daß er so sehr auf sein Image fixiert ist – auf die alte Politik –, daß er nicht zugeben kann, hereingelegt worden zu sein. Er ist bereit, eine Unschuldige fünfzehn bis zwanzig Jahre ins Gefängnis zu sperren, nur um seinen politischen Arsch zu retten. Sie weiß, daß er sie sofort feuern wird, wenn er herausfindet, daß sie die Versiegelung der Wohnung aufgehoben hat. Sie *möchte* gefeuert werden.«

»Und du glaubst, die Demokraten wollen sie?«

»Lee«, sagte Will geduldig.

»Sie werden begeistert sein«, räumte ich ein.

»Genau. Und sie werden vollends in Ekstase geraten, wenn sie erfahren, daß ich mit meiner Partei breche, um für ihren Wahlkampf die Werbetrommel zu rühren. Ich werde Holly die nötigen Mittel beschaffen, damit sie diesem geschniegelten Aas einen ordentlichen Kampf liefern kann.« Er nahm meine Hand. »Ich tue das, weil ich glaube, daß Woodleigh Huber absolut viertklassig ist, und weil meiner Meinung nach jeder, der nicht zumindest zweitklassig ist, eine Gefahr darstellt, wenn er die Macht eines Staatsanwalts in Händen hält. Ich tue es auch für Mary Dean, weil ich eine Schwäche für große Gesten habe. Im Namen der Liebe die eigene Freiheit zu opfern! Sie hat zumindest verdient, ihre Freiheit zurückzubekommen. Ich tue es auch für mich selbst, weil ich alles erreicht habe, was ich mir je erträumt habe – und mein Leben, um ehrlich zu sein, ein bißchen langweilig geworden ist. Ich brauche einen billigen Kick. Na ja, ganz so billig wird dieser Wahlkampf wohl nicht werden. Macht nichts. Aber in erster Linie tue ich es aus einem anderen Grund. Du weißt, warum, Lee.«

»Du tust es für mich.«

»Ja. Für dich.«

Ich mußte zwar bis Freitag warten, aber dann bestätigte das Labor, daß die Schokolade auf der Manschette von einem Snickers-Riegel stammte. Außerdem stimmte der Speichel, der an derselben Stelle gefunden wurde, mit der DNA der verstorbenen Bobette Frisch überein. Darüber hinaus wurde am Kragen des weißen Seidenhemds eine fast mikroskopisch kleine Blutspur gefunden, die von einer kleinen, wahrscheinlich beim Rasieren entstandenen Schnittverletzung stammte und mit der Blutprobe übereinstimmte, die man dem Gefangenen 1025567-95 abgenommen hatte, Norman Torkelson.

Ich hatte eigentlich vor, bei Holly Nuñez' Pressekonferenz dabeizusein, aber ich mußte zu einer Urteilsverkündung. Erst als ich wieder in der Kanzlei war und in Chuckies Büro den Fernseher anschaltete, um mir die Fünf-Uhr-Nachrichten anzusehen, durfte ich miterleben, wie Holly ihre Kandidatur für das Amt des Bezirksstaatsanwalts von Nassau County bekanntgab. Sie hatte eine neue Frisur, einen gerade geschnittenen Pagenkopf mit Pony, irgendwo zwischen Kleopatra und Betty Boob, aber statt damit wie ein Vamp zu wirken, sah sie rein und unschuldig aus, wie eine Madonna in einer puertorikanischen Kirche. Sie trug ein marineblaues Kostüm und eine strenge weiße Bluse, korrekt und geschäftsmäßig, wie der Anlaß es erforderte. Ob man ihr geraten hatte, sich zurückzuhalten, oder ob sie ein angeborenes Talent für Fernsehauftritte hatte, weiß ich nicht. Statt sich wie sonst übertrieben munter zu geben, wirkte sie einfach nur klug und energisch. Ich wartete darauf, daß sich die Kameras ihrer Gefolgschaft zuwenden würden, weil ich hoffte, einen Blick auf Will zu erhaschen, aber die Kameras waren zu sehr auf Holly fixiert.

Natürlich wurde nicht alles gesendet, was sie gesagt hatte, bloß ein, zwei Ausschnitte in den verschiedenen Lokalnachrichten. Sie sprach über den Fall Bobette Frisch und darüber, daß Bobette nur einem Mann zum Opfer gefallen sei, Norman Torkelson, während Mary Dean, die Frau, die für den Mord im Gefängnis saß, das Opfer von zwei Männern geworden sei: von Norman – und Woodleigh Huber.

»Es ist leicht, hart zu *wirken*«, erklärte sie den Kameras. Hollys Worte klangen so sehr nach dem Evangelium, daß alle bloß dazu nickten. »Wir brauchen jemanden, der den Mut und die Integrität besitzt, hart zu *sein* – also jemanden, der für die Gerechtigkeit eintritt, egal, wie hoch der politische Preis dafür ist.« Ihre dunkelbraunen Augen wanderten von Kamera zu Kamera, schenkten jedem Sender den ihm zustehenden Blick. »Es reicht nicht aus, als Staatsanwalt Meinungsumfragen durchzuführen, Pressekonferenzen abzuhalten und Haarspray zu benutzen. Nassau County hat mehr verdient als eine Politik des guten Aussehens. Aus diesem Grund trete ich gegen Woodleigh Huber an.«

Will kam zum Abendessen, und wir sahen uns gemeinsam die Zehn-Uhr-Nachrichten und später die Elf-Uhr-Nachrichten an. Inzwischen hatten ein paar Reporter Woodleigh Huber aufgespürt. Er kam gerade von einer offiziellen Veranstaltung, bei der er sicher seine übliche Juden-sind-gute-Menschen-Rede gehalten hatte, um Spenden locker zu machen. Er wirkte wie aus dem Ei gepellt. Aus der Brusttasche seiner Smokingjacke lugte ein blaues Seidentaschentuch, und sein Haar sah aus, als hätte Michelangelo es aus Carrara-Marmor gemeißelt. »Ich möchte zum gegenwärtigen Zeitpunkt noch keinen Kommentar abgeben«, kommentierte er. »Im Moment kann ich nur soviel sagen.« Er machte eine effektvolle Pause. »Holly Nuñez wurde nicht *ohne Grund* aus dem Büro des Bezirksstaatsanwalts entlassen.« Keine besonders aussagekräftige Äußerung und auch keine besonders schreckliche. Zumindest nicht, bis sämtliche Produzenten der verschiedenen Spätnachrichten den gleichen Einfall hatten: eine Nahaufnahme von Hubers Gesicht, die sein üppiges weißes Haar im grellen Licht der Fernsehkameras wie gefroren aussehen ließ, gefolgt von Hollys Erklärung: »Es reicht nicht aus, als Staatsanwalt Meinungsumfragen durchzuführen, Pressekonferenzen abzuhalten und Haarspray zu benutzen.«

Ich sah zu Will hinüber, der sich in einem bequemen Sessel niedergelassen und die Beine auf eine Ottomane gelegt hatte. Er lächelte. »Sie ist besser, als ich dachte.«

Manche Männer kommen mit Mord davon. Aber manche von ihren Opfern können ein neues Leben anfangen. Bobette Frisch natürlich nicht. Bei Mary Dean sah es schon anders aus.

Am Tag nach Holly Nuñez' Auftritt hielt Woodleigh Huber seine eigene Pressekonferenz ab. Er sagte, es sei unter seiner Würde, sich zu den Haarspray-Bemerkungen seiner Opponentin im einzelnen zu äußern. Alles, was er zu diesem Thema zu sagen habe, sei, daß er kein Haarspray benutze. An diesem Tag sagte er die Wahrheit, aber er machte den Fehler, von der Treppe des Gerichtsgebäudes aus zu sprechen. In seinem dunklen Nadelstreifenanzug war er zunächst vom Scheitel bis zur Sohle der Herr Bezirksstaatsanwalt. Doch unvermittelt begann ein leichter Wind mit seinem Haar zu spielen. Zuerst flog es nach oben, als wäre es elektrisiert, dann legte es sich nach links, so daß es aussah wie das Haar eines wahnsinnigen Genies. Huber faßte sich mehrmals an den Kopf, um seine Frisur wieder in Ordnung zu bringen. Den meisten Leuten, die ihn im Fernsehen sahen, blieb von seinem Auftritt nur im Gedächtnis, daß der Bezirksstaatsanwalt von Nassau County schrecklich viel Aufhebens um sein Haar machte.

Was er sagte, registrierten sie nicht: Er begrüße die Gelegenheit, die anstehenden Fragen mit Ms. Nuñez zu diskutieren. Er sei stolz auf seine Leistungen, verdammt stolz sogar, und habe keine Angst, auf dieser Basis zu kandidieren. Und es treffe keineswegs zu, was seine Opponentin unverfrorenerweise – und völlig zu Unrecht – behauptete: daß er eine unschuldige Frau im Gefängnis schmoren lasse, weil er sich schäme zuzugeben, daß er hereingelegt worden sei. »Ich heimse nicht nur die Lorbeeren für die Erfolge dieses Büros ein, sondern bin durchaus bereit, die volle Verantwortung für meine Fehleinschätzungen zu übernehmen. Zwar hat es davon nicht viele gegeben, aber in diesem Fall habe ich – genau wie alle anderen beteiligten Anwälte und Beamte – Mary Deans Geständnis Glauben geschenkt. Wie sich später jedoch herausstellte, war sie von Norman Torkelson, einem notorischen Betrüger, für seine Zwecke benutzt worden. In dem Moment, als ich die Wahrheit erfuhr, war mir klar, daß sie freigelassen werden mußte. Aber im Gegensatz zu Ms. Nuñez schieße ich nicht aus der Hüfte. Ich neige nicht zu vorschnellen Aussagen oder Handlungen. Es gilt in solchen Fällen einen Amtsweg einzuhalten, und den konnte ich nicht umgehen. *Ich habe mich per Eid verpflichtet, das Gesetz zu hüten.* Ich habe mein Leben der Aufgabe verschrieben, das Gesetz zu hüten. Und jetzt, da der Amtsweg eingehalten worden ist«, er strich sein Haar glatt und verlegte sich auf seine *60-Minuten*-Stimme, »ordne ich an, Mary Dean umgehend auf freien Fuß zu setzen!«

Ich holte Mary am nächsten Morgen in Bedford Hills ab und fuhr sie zurück zu ihrer Wohnung auf Long Island. »Lieber Himmel«, sagte sie, während sie das Wagenfenster öffnete und sich den Wind ins Gesicht blasen ließ. »Ein paar Wochen im Knast, und man vergißt, was frische Luft ist. Das fühlt sich vielleicht gut an.«

Als wir vom Sprain Brook Parkway zum Bronx River abbogen, fragte ich sie: »Haben Sie irgendwelche Pläne?«

»Sie meinen, fürs Mittagessen?«

»Eigentlich habe ich an Pläne für Ihr Leben gedacht.« Dieses Thema schien sie nicht besonders zu interessieren, deshalb fügte ich hinzu: »Aber ich habe gehofft, daß Sie sich von mir zum Mittagessen einladen lassen.«

»Sie wollen mich wirklich einladen?«

»Ja.«

»Eigentlich sollte ich Sie zu einem Champagner-Abendessen einladen. Dafür, daß Sie mich da rausgeholt haben. Ich schwöre bei Gott, daß ich geglaubt habe, erst mit vierzig oder so wieder rauszukommen.« Sie schloß die Augen und wandte ihr Gesicht der Sonne zu. »So kann ich unmöglich unter Leute gehen. Ich brauche erst mal eine Dusche.«

»Kein Problem. Ich muß im Büro ohnehin noch etwas erledigen. Ich fahre Sie nach Hause und hole Sie eine Stunde später ab, okay?«

»Was soll ich anziehen?« fragte sie, als ich vor dem Haus hielt, in dem sie wohnte. Sie warf einen Blick auf mein graues Leinenkostüm und sah mich dann mit einem schwer zu deutenden Gesichtsausdruck an. War es Mitleid, was da aus ihren Augen sprach? »So etwas habe ich nicht.«

»Das ist doch egal«, antwortete ich. »Es spielt keine Rolle, was Sie tragen. Sie sehen immer wunderbar aus.«

»Danke«, sagte sie, erfreut über das Kompliment, wenn auch nicht übermäßig begeistert: Es war nicht von einem Mann gekommen. »Oh, und tausend Dank dafür, daß Sie mich da rausgeholt haben.« Sie lachte. »Ich wünschte, ich könnte Ihnen tausend Dollar zahlen.«

»Das müßten Sie nicht«, sagte ich. »Ich würde Ihnen Rabatt geben.«

Ich fuhr ins Büro, um meine Post durchzusehen, und kehrte eine Stunde später zu Mary zurück. Sie war nicht mehr da. Ich habe nie wieder etwas von ihr gehört.

Wenn ich über den Fall nachdenke und guter Laune bin, stelle ich mir vor, wie Mary in einem Zugabteil sitzt und New York verläßt. Neben ihr sitzt ein netter Mann im Anzug, der weiß, daß sie nicht die Sorte Mädchen ist, die seine Mama sich als Schwiegertochter wünscht, der sie aber trotzdem mit nach Hause nehmen wird. Ich sehe sie schwanger in einem hübschen Haus sitzen und Coupons ausschneiden. Wenn ich einen schlechten Tag habe, sehe ich vor meinem geistigen Auge, wie ein betrunkenes Schwein von einem Mann ihr ins Gesicht schlägt oder mit dem Fuß gegen ihren Kopf tritt und ihr die fünfzig Dollar wieder abnimmt, die er ihr gerade gegeben hat.

Und hin und wieder, mitten in der Nacht, geht mir der Gedanke durch den Kopf, daß sie die ganze Zeit gewußt hat, wo Norman ist, und daß sie wieder zusammen sind.

26

Natürlich war der Fall Torkelson nicht einmal die halbe Geschichte. Um Lily Whites Geschichte zu Ende zu erzählen, müssen wir ein paar Jahre zurückgehen, in eine Zeit, lange bevor sie Norman im Besuchsraum des Männergefängnisses kennenlernte, ja sogar noch bevor Mary Norman begegnete, als sie in der Bar der Paloverde Cocktail Lounge im Maricopa Motor Inn in Phoenix arbeitete. Wir müssen ins Frühjahr des Jahres 1991 zurückkehren, kurz nach Lees einundvierzigstem Geburtstag.

Sandi Zimmermann glitt in Lees Büro und schloß die Tür. Sie ließ die Hände hinter ihrem Rücken auf dem Türknauf liegen und kniff die Augen auf die heimlichtuerische Weise zusammen, wie es die Nebenfiguren in Humphrey-Bogart-Filmen oft tun. »Draußen ist ein Mann, der behauptet, Ihr Vater zu sein«, sagte sie. »Sein Name ist Leonard White.« Lees Kopf füllte sich mit Blut. Ihr wurde schwindelig. Sie versuchte sich selbst zu beruhigen: Das war bloß die Aufregung – völlig normal. Oder war es mehr als nur Aufregung? Womöglich ein Schlaganfall? »Stimmt das?« hörte sie Sandi fragen.

»Stimmt *was*?« fauchte Lee. Ihr Schädelknochen schien sich gegen ihre Kopfhaut zu drängen, als wollte er dem Druck in ihrem Kopf entfliehen. Bis Sandi ihren Vater hereinführte, würde sie wahrscheinlich nicht mehr sprechen können. Sie würde verzweifelt versuchen, den D-Laut zu formen – Dad –, aber sie würde nicht mehr in der Lage sein, ihre gelähmte Zunge an ihre oberen Schneidezähne zu heben, und der einzige Laut, der dabei herauskäme, wäre ein barbarisches Knurren.

»Ist er wirklich Ihr Vater?«

»Sandi, Sie stehen vor einer verschlossenen Tür. Ich kann ihn nicht sehen.« Lee wurde klar, daß Sandi wahrscheinlich Angst hatte, der Mann könnte nicht ihr Vater sein, sondern ein unzufriedener ehemaliger Mandant mit einer halbautomatischen Feuerwaffe unter dem

Regenmantel. Es ärgerte Lee, daß alle anderen einen Freibrief zum Verrücktsein hatten, während sie immer vernünftig sein mußte. Widerwillig brachte sie ihre schwere Gehirnblutung zum Stillstand. »Wenn es sich um einen todschick gekleideten Mann Mitte Sechzig handelt, ist es wahrscheinlich mein Vater.«

Der Mann, der gleich darauf durch die Tür kam, war tatsächlich ihr Vater. Allerdings wirkte er keineswegs todschick. Leonard hatte stark abgenommen. Er war inzwischen nicht mehr schlank, sondern dünn, aber seine Hose hatte diese Veränderung nicht mitgemacht. Sie wurde von teuren Hosenträgern gehalten – perlgrau, mit einem schwarzen Muster. Sein Haar, das früher nur an den Schläfen vornehm silber gewesen war, hatte sich in das weiße Haar eines alten Mannes verwandelt. Sein Gesicht hatte überhaupt keine Farbe.

»Hallo.« Lee stand wie angewurzelt da und machte keine Anstalten, ihm die Hand zu geben oder hinter ihrem Schreibtisch hervorzukommen, um ihn zu begrüßen. Das war nicht die bewußte Taktik einer Anwältin. Ihr Körper verweigerte jede Bewegung, und ihr Geist war nicht in der Verfassung, einen Gegenbefehl zu erteilen.

»Entschuldige, daß ich einfach so hereinplatze«, fing er an. Er klang nervös, aber sie stellte erleichtert fest, daß seine Stimme noch die gleiche war. »Wahrscheinlich hätte ich vorher anrufen sollen.«

»Bitte setz dich«, sagte sie.

Vorsichtig ließ er sich auf einen der Stühle vor ihrem Schreibtisch sinken. Sein Daumen streichelte über die Armlehne und prüfte automatisch den Stoff, als würde er ihn als Futter für einen seiner Mäntel in Betracht ziehen. »Ich weiß nicht, wieviel Valerie dir erzählt hat«, sagte er.

»Worüber? Ich weiß nichts. Ich mache dir nichts vor. Val ist vierzehneinhalb. In dem Alter hat man genug mit sich selbst zu tun.«

»Unsere kleine Schauspielerin. Sie hat dir wirklich nichts erzählt?«

»Sie redet nicht viel über das, was sie macht, wenn sie bei euch oder ihrem Vater ist. Außer wenn ihr mit ihr ins Theater geht. Wovon hätte Val mir denn erzählen sollen?«

Leonard schüttelte den Kopf. »Ich weiß nicht, wo ich anfangen soll.«

Da etwa neunzig Prozent ihrer Mandanten des gleiche sagten, wenn sie ihr zum ersten Mal gegenübersaßen, wußte Lee wenigstens, was zu tun war: Sie mußte etwas fragen, irgendeine Frage stellen, die eine Antwort erforderte. »Wie geht es Mom?«

»Das weißt du doch!«

»Nein. Wieso? Ist mit ihr etwas nicht in Ordnung?«

»Nicht in Ordnung? Sie hat Magenkrebs. Mit Metastasenbildung.«

Lee schlang die Arme um ihren Oberkörper. »Das tut mir sehr leid.«

»Sie hat nur noch zwei oder drei Monate zu leben, sagt der Arzt.«

»Ist sie im Krankenhaus?«

»Nein. Was können sie dort noch für sie tun? Sie ist zu Hause.«

»Hat sie Schmerzen?«

»Nein.«

»Wer kümmert sich um sie?«

»Ich habe mich inzwischen ziemlich aus dem Geschäft zurückgezogen. Ich tue, was in meiner Macht steht.«

»Gibt es etwas, das ich tun kann?«

Leonard lehnte sich zurück und schlug die Beine übereinander, eine Geste, die zu weltmännisch wirkte, wenn man gerade über Krebs sprach. »Gibt es etwas, das du tun kannst?« überlegte er. »Ich werde dir erst mal ein bißchen was erzählen. Obwohl ich annehme, daß du den Wirtschaftsteil der Zeitung liest. Du bist schließlich Anwältin.«

»Den Wirtschaftsteil?«

»Warte. Laß mich ausreden. Die Pelzindustrie steckt zur Zeit in einer schweren Krise, wie es so schön heißt.« Er lachte heiser. Es war die Art Lachen, das man fast nicht hört, weil die Lippen so fest aufeinandergepreßt sind. »*Unserem* Geschäft geht es auch nicht gut. Keine Angst. Ich bin nicht gekommen, um dich anzupumpen. Ich bin gekommen, weil ich das Gefühl hatte, daß du über deine Mutter Bescheid wissen solltest.«

»Ich kann gar nicht glauben, daß Val mir das nicht erzählt hat«, antwortete Lee.

»Weißt du ...«

»Habt ihr ihr überhaupt gesagt, daß ihre Großmutter Krebs hat?«

»Nein«, gab er zu. »Nicht so direkt. Sie weiß, daß es Sylvia nicht gutgeht. Man redet mit einer Vierzehnjährigen nicht über Krebs.«

»Doch, das tut man.«

»Nun, wir nicht. Wie dem auch sei, wir waren gerade beim Geschäft. Ich wollte dir etwas erzählen. All diese Pelzgegner sind vor dem Salon auf und ab marschiert.« Er stellte die Beine wieder nebeneinander und lehnte sich vor. »Drei Jahre lang! Sie haben jeden *angeschrien,* der hineinwollte. Sie haben sich vier oder fünf Geschäfte ausgesucht, und wir waren eines davon. Wegen unserer Kunden. Wir stellten Wachleute an, aber das hielt sie bloß davon ab, rote Farbe zu werfen. Mehr Kunden kamen deswegen auch nicht ins Geschäft. Sie hatten Angst. Diese Tierschützer sind verrückt. Hast du davon gehört? Sie bewerfen die Pelze mit Farbe!«

»Ich habe davon gehört.« Das war nun etwa ein Jahr her. Will war da gewesen. Sie hatten es sich angewöhnt, jeden Abend zusammen die Nachrichten und den Johnny-Carson-Monolog zu gucken, ehe Will nach Hause fuhr. Auf dem Bildschirm war eine Gruppe von Pelzgegnern zu sehen gewesen, die schreiend und fluchend vor einem Kaufhaus standen und alle pelztragenden Frauen ausbuhten. Will und Lee hatten spontan Beifall geklatscht.

»Und es sind nicht bloß diese Irren. Das eigentliche Problem ist, daß wir nicht mehr in den Achtzigern leben.«

»Das Geschäft ging doch auch schon vorher gut.«

»Aber das war nichts im Vergleich zu den Achtzigern. Wir konnten das Geld gar nicht schnell genug auf die Bank tragen. Und jetzt … alles tot.« Er rieb die Hände aneinander. Es klang wie Schmirgelpapier. »Wir mußten *Le Fourreur* schließen. Hat Valerie dir das nicht erzählt?«

»Nein. Es tut mir leid, das zu hören.«

»Letztes Jahr haben wir schon keinen Gewinn mehr gemacht. Nichts. Und dieses Jahr wird es noch schlimmer. In unseren Billigläden ist der Umsatz so zurückgegangen, daß wir nicht mal mehr die Miete davon zahlen können. Die beiden in Jersey haben wir bereits geschlossen. Was soll ich sagen? Es ist alles nicht mehr das, was es mal war.«

»Was ist mit dem vielen Geld passiert, das du in den Achtzigern verdient hast?«

»Das war alles angelegt. In Immobilien. Wir hatten beide eine Eigentumswohnung in der Stadt. Ich und Jazz. Jasper.«

Sie mußte fast lächeln. »Ich weiß, wen du meinst. Aber ich habe nicht gewußt, daß ihr Wohnungen in der Stadt hattet. Val ist nicht gerade eine Klatschtante.«

»Es überrascht mich, daß sie dir das nicht erzählt hat. Sie ist in beiden Wohnungen gewesen. Sie waren sehr schön. Meine lag an der Fifth, in der Nähe des Museums. Jazz hatte eine in der Park Avenue, in einem der exklusivsten Wohngebäude der Stadt. Und ich hatte außerdem noch das Haus in Palm Beach.« Er betrachtete die Wand mit den gerahmten Photographien, die Will gemacht hatte. »Nicht das Haus, in dem du warst«, sagte er zu den Photos gewandt. »Ein anderes. Am Meer. Und Jazz hatte eines ganz in der Nähe und eines in Vermont. Sie sind alle großartige Skifahrer …«

»Ich will ja nicht unhöflich sein, aber mich würde interessieren, warum du gekommen bist.«

»Wir haben alles verkauft. Du ahnst nicht, zu welchem Preis. Heutzutage versuchen alle, das wieder loszuwerden, was sie in den Achtzigern gekauft haben, als die Preise schwindelerregende Höhen erreicht hatten. Jetzt sind die Preise natürlich im Keller. Schrecklich. Die Bilder, die deine Mutter gekauft hatten. Wir haben sie praktisch hergeschenkt. Robins Schmuck. Edwardianisch. Er ist bei *Sotheby's* versteigert worden. Sie hätten ihn nicht genommen, wenn es nicht erste Qualität gewesen wäre. Alles. Wir haben alles ins Geschäft gesteckt. Wir haben einen gefragten neuen Designer engagiert. Du ahnst nicht, was wir für Werbung und PR ausgegeben haben. Aber am Ende … nichts. Wir mußten sogar Greta entlassen.«

»Ich weiß, daß sie nicht mehr für euch arbeitet.«

»Hat Val es dir erzählt?«

»Nein. Greta kommt jeden Donnerstag zum Abendessen.«

»Wirklich? Wie geht es ihr?«

»Gut, glaube ich. Sie kommt schon seit Jahren einmal die Woche zum Essen – seit Jazz die Schwester gewechselt hat. Es war die einzige Möglichkeit für sie, mich und Kent zu sehen.«

»In Gottes Namen!« Lee war sich nicht sicher, ob ihr Vater wütend war, weil sie die Bemerkung über Jazz gemacht hatte oder weil seine Haushälterin ein heimliches Doppelleben geführt hatte. »Greta hat dir nicht erzählt, daß wir die Geschäfte schließen mußten oder daß wir gezwungen waren, sie zu entlassen?«

»Nein. Wir reden nie über euch. Vor ein paar Monaten hat sie mir erzählt, daß sie zu arbeiten aufgehört hat. Sie hat nie viele Worte gemacht. Sie ist sehr stolz. Sie würde nie sagen, daß sie entlassen worden ist.«

»Glaub mir, ich habe mich dabei wirklich mies gefühlt. Aber sie hatte Rücklagen. Sie war immer sehr sparsam.« Er schüttelte müde den Kopf. »Ich habe es in meinem ganzen Leben nicht geschafft, etwas zu sparen. Es liegt einfach nicht in meiner Natur. Aber es war auch nicht schlecht, anders zu sein, großzügig, weil ich dadurch gezwungen war, mir den Lebensstil, den ich wollte, erst mal zu verdienen. Das war ein Anreiz. Je besser ich leben wollte, um so mehr Geld mußte ich verdienen.« Er schüttelte den Kopf. »Aber die Zeiten sind vorbei. Ich muß das Haus verkaufen. Das Haus, in dem du aufgewachsen bist. Weißt du, warum? Weil wir das Geld zum Leben brauchen! So weit ist es gekommen. Ich bete jeden Abend um einen Käufer. Jazz und Robin müssen ihres auch verkaufen. Ein richtiges Schmuckstück. Direkt am Sound. Ich wünschte, du könntest es sehen!«

Lee wußte, daß sie später, wenn sie diesen Satz vor Will wiederholte, darüber lachen würde, aber in dem Moment konnte sie noch nicht lachen. »Warum wünschst du dir, ich könnte es sehen?«

»Entschuldige. Ich wollte dich nicht verletzen.«

»Damals oder jetzt?« Leonard tat, als hätte er ihre Frage nicht gehört. »Weißt du, weil wir gerade über damals reden ... Nachdem Jazz mich verlassen hatte, dachte ich anfangs: Es ist nur verständlich, daß Robin ihm gefällt. Sie ist so hilflos, so schön. Sie gibt Jazz das Gefühl, wichtig zu sein. Nützlich. Männlich. Ich gab ihm anscheinend das Gefühl, klein und unwichtig zu sein. Aber inzwischen ... inzwischen sehe ich das etwas anders. Sobald Jazz klargeworden war, daß er sich durch die Ehe mit mir übernommen hatte, gab es für ihn eigentlich nur eine Alternative: Robin.«

»Das verstehe ich nicht«, sagte Leonard mißtrauisch.

»Natürlich verstehst du es. Als Anwalt hatte er keinen Erfolg. Da hast du ihm den perfekten Ausweg angeboten: ein blühendes Geschäft. Was für ein Leben er mit dir hatte! Er mußte nur noch einen Weg finden, dieses Leben ohne mich führen zu können. Und er fand einen Weg. Er fand eine Frau, die das, was ich erreicht hatte, genauso haßte wie er. Zusammen waren sie in der Lage, ihre Träume wahr zu machen: mich vom Podest zu stoßen und selbst ihren hohen Lebensstil beizubehalten – mit deiner Hilfe. So ist das damals gelaufen.«

»Dann machen dich diese Neuigkeiten wohl glücklich. Wahrscheinlich denkst du jetzt: Geschieht ihnen recht. Sie haben bekommen, was sie verdient haben. Die ganze Bagage.« Er wartete, aber Lee sagte nicht: Es macht mich nicht glücklich, oder: Ihr habt nicht verdient, daß es so weit gekommen ist. »Ich werde dir sagen, warum ich hier bin«, fuhr Leonard fort, bevor das Schweigen unerträglich wurde. »Abgesehen von der Sache mit deiner Mutter. Willst du es hören?«

»Willst du es mir erzählen?«

»Hart's Hill.«

»Was ist damit?«

»Fos und Ginger können es nicht mehr halten.«

»Das konnten sie schon vor zwanzig Jahren nicht mehr.«

»Das Haus ist jetzt für ein Taschengeld zu haben. Drei Millionen. Das ist *geschenkt.*«

»Und?«

»Wir hoffen, daß es in der Familie bleibt.« Lee musterte den dünnen, grauen Mann, der ihr gegenübersaß. Lebte er schon so lange mit seinen Illusionen, daß er inzwischen glaubte, er und die Taylors wären eins? »Ich weiß, daß das ein heikles Thema ist, aber hör mir erst mal zu. Hart's Hill ist nicht einfach irgendein Haus. Es hat eine besondere Bedeutung. Vor allem für deine Tochter. Es ist ihr Erbe. Ihre Geschichte. Sie ist eine Taylor.«

»Es mag ein Teil ihrer Geschichte sein. Aber der Rest ihrer Geschichte sieht anders aus. Sie ist ein vierzehnjähriges jüdisches Mädchen aus Port Washington, das von mir zehn Dollar Taschengeld die Woche bekommt und sich den Rest durch Babysitten verdient. Drei Millionen sind ein bißchen viel für sie.«

»Lee«, sagte ihr Vater, während er ganz nach vorn auf die Stuhlkante rutschte und seine trockenen Hände auf den Schreibtisch legte. »Sag schon«, drängte er. »Was meinst du dazu?«

»Wozu?«

»Wäre das nichts für dich? Gibt es einen besseren Käufer als dich? Denk darüber nach. Bei dir leben gleich zwei Taylors! Valerie und

Kent. Er ist sogar dort aufgewachsen. Und kannst du dir vorstellen, wie begeistert Valerie wäre, in das Haus zu ziehen …«

»Soviel Geld habe ich nicht.«

»Du brauchst gar nicht soviel, wie du glaubst. Jazz hat die ganze Sache mit Fos durchgesprochen. Er ist bereit, dir besondere Konditionen zu bieten. Er sagt, er hat dich immer gemocht. Fos, meine ich. Und wenn das Haus an einen Fremden geht … Verstehst du denn nicht? Dann wäre es nicht mehr im Besitz der Familie.«

»Das ist mir egal. Es ist nicht meine Familie. Meine Familie lebt bei mir in Port Washington.«

Leonard wollte sich hochziehen, indem er sich auf den Rand des Schreibtisches stützte, aber er kam nicht sehr weit. Verlegen tat er so, als hätte er gar nicht versucht aufzustehen. »Du bist Anwältin. Ich habe dir ein gutes Geschäft vorgeschlagen. Wenn die Immobilienpreise wieder anziehen, könntest du dein Geld verdoppeln.«

»Bis dahin bin ich doppelt so alt wie jetzt.« Er stützte die Hände auf die Armlehnen des Stuhls, versuchte aber nicht aufzustehen. »Bist du in Ordnung?« fragte sie. »Gesundheitlich, meine ich.«

»Es geht mir gut.« Er gab sich einen Ruck und schaffte es schließlich, sich mit einem Ächzen zu erheben. »Denk noch einmal darüber nach, Lee. Um deiner Tochter willen.«

»Um ihret- und um meinetwillen wird sie sich ihren eigenen Weg in die Welt suchen müssen.« Leonard drehte sich um und machte Anstalten zu gehen. Lee kam hinter ihrem Schreibtisch hervor und hielt ihm die Tür auf. »Braucht Mom eine Krankenschwester?« Er zuckte mit den Achseln. »Was das betrifft, würde ich gern helfen.«

»Dafür hast du genug Geld?«

»Ja, dafür habe ich genug Geld. Mein Scheckbuch ist zu Hause. Ich werde dir morgen einen Umschlag schicken.« Aus der Nähe konnte sie direkt neben seinem Mund einen kleinen Fleck weißer Barthaare sehen, die seinem Rasierapparat entgangen waren.

»Weißt du, was interessant ist?« fragte Leonard.

»Was?«

»Deine Mutter liegt den ganzen Tag in unserem Schlafzimmer. Und weißt du, was das einzige ist, was man vom Bett aus sehen kann? Hart's Hill.«

Am nächsten Tag schrieb Lee einen Scheck aus. Sie brachte ihn selbst zu dem Haus, in dem sie aufgewachsen war. Als ihr Vater ihr aufmachte, reichte sie ihm den Scheck zusammen mit einer Liste mit Krankenpflegeeinrichtungen. Es war vier Uhr nachmittags, und er war noch nicht rasiert. Sie erklärte ihrem Vater, daß der Scheck die Kosten für eine Woche Krankenpflege decken würde. Danach solle die Agentur die Rechnungen direkt an sie schicken.

Sie wußten beide, daß sie ihm nicht traute. Sie bezweifelte, daß er freiwillig Tausende von Dollar für eine sterbende Frau ausgeben würde, die keine Schmerzen hatte.

Lee fragte, ob sie ihre Mutter sehen könne. Er sagte, er müsse erst nach oben gehen und nachsehen, ob es ihr recht sei. Während Lee in der Eingangshalle wartete, warf sie einen Blick ins Wohnzimmer. Es überraschte sie nicht, daß ihr die Möbel nicht bekannt vorkamen. Asiatisch, dachte sie. Irgendein Land, das in den Achtzigern modern geworden war. Vielleicht Sri Lanka oder Burma. Will würde das wissen. Auf dem Steinboden lagen keine Teppiche. Sie fragte sich, ob das ebenfalls modern geworden war oder ob sie die Teppiche verkauft hatten. Leonard kam wieder nach unten und sagte: »Du kannst hinaufgehen. Ich brauche dir den Weg wohl nicht zu zeigen.«

Obwohl sie nur noch sieben Wochen vom Tod trennten, sah Sylvia besser aus als ihr Mann. Ihr graublondes Haar, das sie locker hochgesteckt hatte, betonte den feinen Schnitt ihres Gesichts und ihren langen, dünnen Hals. Sie sah aus, wie Katharine Hepburn ausgesehen hätte, wenn ihre Vorfahren aus einem galizischen Städtchen gekommen wären. »Komm herein«, forderte sie Lee auf. Asien hatte auch den Weg in den ersten Stock gefunden. Sylvia lag in einem großen Vierpfostenbett aus weißem Holz, das über und über mit Schnitzereien verziert war. Blumen und Tierköpfe. Das Bett war das einzige Möbelstück im Raum. Aus irgendeinem Grund, der Lee nicht ganz klar war, stand es in einem Fünfundvierzig-Grad-Winkel mitten im Raum. »Gefällt es dir?« fragte Sylvia.

»Ja. Sehr schön.« Lee stellte sich ans Fußende des Bettes.

»Jahrhundertwende. Ceylon.« Lee bemerkte, daß ihre Mutter aufmerksam registrierte, wie sie den kahlen Raum mit den weißen Wänden und dem weiß gestrichenen Holzboden musterte. »Du hast bestimmt schon mal den Satz ›Weniger ist mehr‹ gehört.«

»Ja. Mies van der Rohe.«

»Ich bin mir nicht mehr so sicher. Ich weiß nicht, ob er recht hatte.«

»Wie ich höre, geht es dir nicht gut«, sagte Lee. Sie mußte sich zwingen, ihre Mutter anzusehen.

»Haben sie dir gesagt, was es ist?«

»Ja. Es tut mir leid.«

Sylvia gab ein zynisches Geräusch von sich, halb Schniefen, halb Lachen. »Wie ist es dir ergangen?«

»Gut.«

»Ich war mir sicher, daß du wieder heiraten würdest.«

»Nein.« Lee wußte, daß ihre Schwester, wenn sie an ihrer Stelle gewesen wäre, sich auf der Bettkante niedergelassen und ihrer Mutter von jedem einzelnen Mann erzählt hätte, mit dem sie sich je getroffen hatte. Sie hätte ihre Vorzüge aufgezählt – ein festes Kinn, eine gutgehende Rheumapraxis, eine kräftige Rückhand – und über ihre zahllosen Fehler gelacht. Warum brachte sie das nicht fertig? Die Frau lag schließlich im Sterben.

»Triffst du dich mit jemand Bestimmtem?« Sylvia richtete sich ein bißchen in dem Berg weißer Kissen auf. Sie wirkte interessiert, fast hoffnungsvoll. Die Kissen waren reinweiß und schlicht: man hatte ihnen weder ein Satinband noch eine Rüsche zugestanden. Sylvias Nachthemd war ebenfalls weiß und ohne jede Verzierung. »Ich meine, triffst du dich mit jemandem, den du als Ehemann in Betracht ziehst?«

»Nein.« Sie sah, daß ihre Mutter zumindest noch einen Satz zu diesem Thema erwartete, deswegen fügte sie hinzu: »Es wäre schön, wenn es jemanden gäbe. Ich bemühe mich ja, nicht zu hohe Ansprüche zu stellen, aber wenn ein Typ auf den Toilettensitz pinkelt …«

»Uriniert.«

»Oder ein Kettchen mit einem goldenen Namensschild am Arm trägt, dann kann ich ihn unmöglich heiraten, geschweige denn lieben.«

Ihre Mutter lächelte. »Den Sitz kann man abwischen, aber das Kettchen mit dem Namensschild … Bist du je über Jazz hinweggekommen?« fragte sie leise, als hätte sie Angst, jemand könnte ihnen zuhören.

»Ja. Und willst du wissen, warum?« Überrascht stellte Lee fest, daß sie plötzlich doch neben ihrer Mutter auf der Bettkante saß. »Weil es gar nicht soviel gab, über das ich hinwegkommen mußte. Seine lebhafte Art fehlte mir eine Weile. Seine Energie. Wo Jazz war, war immer eine Party. Und mir fehlte der Sex.« Sylvia wurde nicht kreidebleich, nur ein bißchen blasser. »Ich werde deine unausgesprochene Frage beantworten«, fuhr Lee fort. »Ja: Auch wenn das mit Robin vielleicht schon Jahre ging, hat er bis zum Schluß mit mir geschlafen.«

»Ich habe mich das immer gefragt«, sagte Sylvia leise.

»Jetzt weißt du es. Aber zurück zu deiner Frage, ob ich über ihn hinweggekommen bin …«

»Du bist wirklich die geborene Anwältin. Wie mein Vater. Von dem hast du das geerbt. Du verstehst es, immer genau da anzuknüpfen, wo du aufgehört hast.«

»Meistens zumindest. Ich bin über Jazz hinweggekommen, weil meine Liebe zu ihm wohl nie so tief war. Dafür hatte er selbst nicht genug Tiefgang. Ich nehme an, das bedeutet, daß ich selbst auch nicht viel davon hatte. Aber abgesehen davon, war er nicht besonders interessant. Er war nicht gut.«

»Gut worin?«

»Er war kein guter Mensch.«

Sylvia betrachtete ihren Ehering. »Tja …«, sagte sie. Eine bedeutungsschwangere Silbe. Zieh es mir aus der Nase, schien sie zu sagen. Es *will* heraus. Es wird dich vielleicht nicht überraschen. Vielleicht werde ich sagen: Er ist ein guter Vater. Er hat ein Händchen fürs Geschäft. Oder: Er ist ihr ein guter Mann gewesen. Nein, kein guter. Der beste. Mit unglaublich feinen Antennen für ihre Stimmungen. Aber vielleicht sage ich auch genau das, was du hören willst. Er hatte kein Händchen fürs Geschäft: Wenn dieser Narr ein bißchen Weitblick besessen hätte, würden wir immer noch Nerzmäntel an die Elite von Manhattan verkaufen. Oder: Er taugt nichts. Er betrügt Robin. Schon seit Jahren.

Nun, warum sollte Lee nicht Hebamme für all die unerledigten Dinge ihres Lebens spielen. Es war keine schwere Aufgabe. Sie wußte, daß sie bloß zu sagen brauchte: Komm schon, Mom. Bitte? Nicht drängend. Auf nette Weise. Mit einem neckenden Unterton. Und schon würde es herausquellen. Ein so geringer Aufwand, und schon wäre sie die Tochter, die sich diese sterbende Frau immer gewünscht hatte. Und die sterbende Frau hatte soviel zu erzählen.

»Es dauerte zwei oder drei Jahre, bis ich über Jazz hinweg war«, sagte Lee. »Worüber ich nie hinweggekommen bin, ist die Art, wie meine Mutter, mein Vater und meine Schwester mich verraten haben.«

»Oh.«

»Es tut mir leid, aber das ist die Wahrheit.«

»Wenn ich ehrlich sein soll«, sagte Sylvia, »habe ich das Ganze damals auch schrecklich gefunden. Geschmacklos.«

»›Geschmacklos‹ ist wohl nicht ganz das richtige Wort. Es war ein gemeiner Verrat.«

»Wie auch immer. Jedenfalls habe ich deswegen geweint. Ich wollte auch etwas dazu sagen. Damit meine ich nicht bloß Robin. Zu ihr *habe* ich etwas gesagt. Ich habe gesagt: ›Hast du denn überhaupt kein Gefühl? Ist es dir völlig egal, was die Leute sagen werden? Der Mann deiner Schwester!‹ Und ich wollte auch etwas zu dir sagen.«

»Was denn?«

»Ich weiß es nicht mehr. Es ist so lange her. Aber dein Vater hat gemeint: ›Halt den Mund, Sylvia.‹ Nein, er hat ›Rand‹ gesagt, nicht ›Mund‹. ›Halt den Rand. Wir können nichts dagegen tun. Wir dürfen nicht Partei ergreifen. Wir haben zwei Töchter. Und Jazz ist mein Geschäftspartner.‹«

»Und du hast auf ihn gehört.«

»Er ist mein Mann.« Sylvia schloß die Augen. Ihr Kopf schwankte hin und her, bis er einen Platz auf einem Kissen fand. Ihr Atem ging tief und ruhig. Lee glaubte, sie wäre eingeschlafen. Sie erhob sich von der Bettkante. Sylvia schlug die Augen auf. »Was hätte ich tun sollen?« fuhr sie fort. »Mich gegen meinen Mann stellen? Glaubst du, das hätte etwas gebracht?«

»Ich weiß es nicht. Wir werden es nie erfahren.«

»Ich konnte dieses Risiko nicht eingehen. Er hätte mich verlassen können.«

»Ich habe Dad gesagt, daß ich das Pflegepersonal für dich bezahlen werde.«

Sylvia hob den Kopf. Das war ihr offensichtlich neu. »Ab wann?«

»Ab jetzt. Solange du sie brauchst.«

»Danke.«

»Gern geschehen.«

»Sie werden mich baden.«

»Ja. Was du willst. Ich werde sie gut bezahlen, also laß dich behandeln wie eine Königin.«

»Kannst du dir vorstellen, daß es mit uns so weit gekommen ist? Kein Geld.« Sylvia klang nicht traurig, sondern beleidigt, als hätte ihr jemand einen grausamen Streich gespielt. »Er hat den Gärtner abbestellt. Gut, daß es in diesem Frühjahr so wenig geregnet hat.«

»Ich bin froh, daß ich dir helfen kann.«

»Wieso tust du das? Damit du später kein schlechtes Gewissen haben mußt?«

»Ich tue es«, Lee beugte sich hinunter und küßte ihre Mutter auf die Wange, »weil es getan werden muß. Okay?«

»Okay. Ich habe es nicht so gemeint. Das mit dem schlechten Gewissen. Es ist mir einfach so rausgerutscht.«

»Mach dir deswegen keine Gedanken. Wenn du irgend etwas brauchst, ruf mich an. Oder Dad oder die Krankenschwester soll anrufen.«

»Lee.«

»Ja?«

»Du hast schöne Schuhe an.«

Lee küßte ihre Mutter zum letzten Mal. Was sollte sie sagen? Alles Gute? Ich liebe dich? Viel Glück? Auf Wiedersehen? Bon voyage? Sie sagte gar nichts. Während sie ihr Gesicht von der Wange ihrer Mutter abwandte, warf sie einen Blick aus dem Fenster. In Augenhöhe ihrer Mutter konnte sie den grünen Rasen sehen, den türkisfarbenen Pool, die Bäume und dahinter die mit Giftefeu überwucherte Baumgruppe am Rand des Whiteschen Grundstücks, wo der Boden zum Grundstück der Taylors hin anzusteigen begann. Ihr Vater hatte sie angelogen. Man konnte Hart's Hill von diesem Bett aus nicht sehen. Es lag viel zu hoch.

Lee White und Will Stewart blieben nicht lange auf der Siegesfeier, die an jenem ersten Dienstag im November stattfand. Da sie Holly Nuñez als erste unterstützt und außerdem so großzügig gespendet hatten, waren sie inzwischen nicht nur Mitglieder von Hollys engstem Kreis, sondern zählten darüber hinaus zu denen, die sie umarmen durften. Als die Band an diesem Abend zum einhundertzweiundsechzigsten Mal »Happy Days Are Here Again« spielte, umarmten sie Holly pflichtbewußt, gratulierten ihr ein weiteres Mal und verabschiedeten sich.

Will begleitete Lee auf den Parkplatz. »Und?« fragte er. »Was ist es für ein Gefühl, eine Königin auf den Thron gehoben zu haben?«

»Sie hat heute abend Haarspray benutzt. Ich habe es gerochen, als ich sie umarmte.«

»Ein Fauxpas, der nicht als Amtsvergehen verfolgbar ist.« Lee suchte in ihrer Handtasche nach ihrem Jeep-Schlüssel. »Bist du müde?« fragte Will.

»Ich bin fünfundvierzig und stehe kurz vor den Wechseljahren. Wie sollte ich da nicht müde sein? Aber das Entscheidende ist, ich bin nicht übermäßig müde. Und du?«

»Ich stehe nicht vor den Wechseljahren.« Sie nahm ihren Schlüssel heraus, aber er lehnte sich neben ihr gegen die Jeeptür.

»Was ist?« fragte sie.

»Wie spät ist es?«

»Kurz vor Mitternacht. Ist deine Uhr kaputt? Du zahlst hundert Billionen Dollar für dieses vornehme Schweizer Ding, und jetzt ist es kaputt? Man kann ja noch nicht mal von einer Uhr sprechen. ›Zeitmesser‹ trifft es eher.«

»Sie ist nicht kaputt«, sagte Will. »Es ist später, als ich dachte.«

Lee sah ihn an. Wenn das harte gelbe Licht der Parkplatzbeleuchtung Will schon nicht schmeichelte, konnte sie sich in etwa vorstellen, wie sie selbst kurz vor Mitternacht in diesem Licht aussah. »Meinst du mit ›später, als ich dachte‹ die Uhrzeit? Oder ist das eine kosmische Feststellung?«

»Eine ziemlich kosmische Feststellung.«

»Fühlst du dich alt?«

»Ich bin zehn Jahre älter als du, mein Kind. Vergiß das nicht.«

»Aber euch sieht man das Alter nicht so an wie uns.«

»Was meinst du mit ›euch‹?« fragte Will. »Farbige oder Schwule?«

»Ich habe eigentlich an die Farbigen gedacht, aber jetzt, wo du es erwähnst ...« Er verlagerte sein Gewicht von einem Fuß auf den anderen, dann wieder zurück. »Was ist los?« fragte Lee. »Fehlt dir was? Du benimmst dich so seltsam. Irgendwie nervös.«

»Willst du meine Frau werden?« Lees Kopf fuhr herum, als würde sie nach jemandem Ausschau halten, den sie fragen konnte: Ist denn das die *Möglichkeit?* Aber sie waren allein. All die glücklichen Demokraten waren noch im Saal. Sie wandte sich wieder zu ihm um. »Ich meine es ernst«, sagte Will.

»Tut mir leid. Ich kann es einfach nicht glauben.« Zögernd fügte sie hinzu: »Es ist eine Sache, wegen einer Wahl die Partei zu wechseln. Aber seine sexuelle Identität zu wechseln?«

»Ich bitte dich! Glaubst du wirklich, ich gebe mich der Illusion hin, daß man durch irgendeine komplizierte Zeremonie zur Heterosexualität bekehrt werden könnte? Jetzt hör aber auf. Ich habe dir eine Frage gestellt. Willst du meine Frau werden? Ich habe eine Antwort verdient.« Es ging kein Wind, aber es war eine kalte Nacht. Sie sah ihn an, um zu sehen, ob er fror. Nein. Ob er die Hände in die Taschen geschoben hatte. Nein. »Es gibt auf der Welt keine besseren Freunde als uns beide«, fügte er hinzu.

»Ich weiß«, sagte sie.

»Wir gehören beide nicht gerade zur sentimentalen Sorte, aber trotzdem lieben wir uns.«

Sie nickte. »Lee, du kannst ruhig ›ja‹ sagen. Damit vergibst du dir nichts.«

»Ja, natürlich lieben wir uns. Siehst du, ich habe es gesagt. Bist du jetzt zufrieden?«

Er stieß sich vom Wagen ab und stellte sich vor sie hin. »Noch nicht.«

»Ich glaube auch nicht, daß du es je werden wirst.«

»Das erste, was wir morgens tun, ist, miteinander zu telefonieren. Das letzte, was wir abends tun, ist, miteinander zu telefonieren.« Lee hatte ihn so viele Male vor Gericht gesehen. Will war ein großer Stratege. Er glaubte daran, seine Plädoyers vorher zu proben. Aber vor Gericht machte er des öfteren Pausen, als müsse er erst nachdenken, bevor er weitersprach. Damit niemand merkte, daß er geprobt hatte. Damit er nicht zu glatt wirkte. Seine Auftritte verfehlten nie ihre Wirkung. Diesmal jedoch zögerte er nicht. Sie wußte, Will wäre nicht Will gewesen, wenn er sich nicht alles, was er sagte, vorher zurechtgelegt hätte. Aber er hatte es nicht geprobt. Diesmal gab es kein einziges berechnetes Stolpern, keine einzige einstudierte

Pause. Er erlaubte sich, seine Gefühle so direkt zum Ausdruck zu bringen, wie es ihm möglich war. »Wir sind eine Einheit. Es gibt keine Entscheidungen – außer in Sachen Sex –, die wir nicht miteinander absprechen.«

»Außer in Sachen Sex? Das ist einer der Hauptgründe, warum die Leute überhaupt heiraten.«

»Und was ist mit den anderen Gründen? Die Leute heiraten, um nicht mehr allein zu sein. Um gemeinsam etwas zu unternehmen. Aus Liebe. Um eine Familie zu gründen. Um sich finanziell abzusichern. Und weil es gesellschaftliche Vorteile bringt. In unserer Beziehung spielt jeder einzelne dieser Gründe eine Rolle. Wir haben noch nie miteinander geschlafen und werden es auch nie tun. Aber sagt es nicht etwas über uns aus, daß wir jeden Urlaub gemeinsam verbringen? Hat es nicht etwas zu bedeuten, daß wir einander sofort anrufen, wenn wir einen Fall gewonnen oder verloren haben oder wenn wir von einem neuen Zubehörteil für die Küchenmaschine lesen oder wenn wir hören, daß eine neue Sondheim-Ausstellung eröffnet wird? Wir verbringen fünf oder sechs Abende die Woche zusammen. Ich halte deine Wolle, wenn du sie aufrollst. Du begleitest mich zu Mets-Spielen. Ist dir überhaupt bewußt, daß wir uns vor drei oder vier Jahren beide einen privaten Telefonanschluß ins Büro haben legen lassen? Warum wohl? Bestimmt nicht, um unser Sexualleben zu vereinfachen. Die betreffenden Typen müssen sich immer noch an unsere Sekretärinnen wenden. Wir haben es machen lassen, weil es uns bessergeht, wenn wir sieben- oder achtmal am Tag miteinander telefonieren. ›Hi, ich bin's. Ich bin gerade von der Verhandlung in Suffolk zurückgekommen und habe ausgesprochen zarte Maiskolben mitgebracht.‹«

»Warum können wir nicht einfach so weitermachen wie bisher?« fragte sie.

»Weil es später ist, als wir beide gedacht haben. Weil ich nicht mehr allein sein möchte. Weil es mir jedesmal so schwer fällt, abends nach Hause zu fahren. Jedes verdammte Mal. Und dir genauso.«

Will stand mit dem Gesicht zu ihr, so daß er nicht sah, wie die Türen aufgingen. Ein paar Gäste verließen die Siegesfeier und steuerten auf ihre Wagen zu.

»Wir würden uns nur gegenseitig weh tun«, sagte Lee.

»Wie? Ich weiß alles über Terry. Und du weißt, daß ich ein, zwei Abende die Woche in die Stadt fahre. Würdest du mit dem Nudelholz neben der Tür stehen, wenn ich zurückkomme?«

Lee lehnte den Kopf gegen das kalte Glas der Fensterscheibe. »Was, wenn einer von uns beiden den absoluten Traummann kennenlernt?« fragte sie. »Einen *verfügbaren* Traummann?«

»Darüber habe ich auch schon nachgedacht. Ziemlich lang sogar, weil ich dieses Gespräch mit dir eigentlich schon führen will, seit diese ganze Torkelson-Geschichte ausgestanden ist. Als du dich bei mir bedankt hast, weißt du noch, was du da gesagt hast?«

»Ich glaube schon.« Sie erinnerte sich daran, daß sie eine ganze Menge gesagt hatte, wußte aber nicht genau, worauf er sich im besonderen bezog.

»Du hast gesagt, du würdest mich für das, was ich getan habe, nicht nur lieben, weil ich brillant war und Mary freibekommen habe – obwohl das auch nicht geschadet hat. Vor allem würdest du mich lieben, weil ich wußte, daß mein Platz an deiner Seite war, sogar als die Scheiße am Dampfen war. *Gerade,* als die Scheiße am Dampfen war. Deshalb lautet meine Antwort: Ich glaube wirklich nicht, daß ich dich hintergehen könnte, und ich glaube auch nicht, daß du mich hintergehen könntest. Ich liebe dich. Ich möchte dein Mann sein. Das heißt, in guten wie in schlechten Tagen ...«

»Ich kenne die Worte.«

»Lee, du bist von einem professionellen Betrügerpärchen hereingelegt worden. Du bist verletzt worden. Hast du daraus denn gar nichts gelernt? Weißt du immer noch nicht, was falsch und was echt ist?«

»Aber es wäre keine echte Ehe.«

»Es wäre keine Ehe mit Geschlechtsverkehr. Und insofern, als diese Ehe für mich einen Deckmantel liefern würde, so daß ich als der glückliche Hetero herummarschieren könnte, wäre es tatsächlich eine Scheinehe. Aber das, was zwischen dir und mir existiert, ist wahr und echt, und du weißt es.« Er nahm ihr Gesicht in beide Hände. »Das heißt nicht, daß ich mit einem Traummann heute keine Affäre haben würde. Es heißt auch nicht, daß es mir nicht das Herz brechen würde, falls er sich wieder verabschieden würde. Nein, nicht falls. Wenn. Aber das Wichtigste ist: Ich möchte den Rest meines Lebens mit dir verbringen.« Er ließ die Arme sinken. »Ich möchte ein *Zuhause*. Ich habe nie eines gehabt. Ich war ein schwarzer Junge in einer weißen Welt, ein schwuler Mann in einer heterosexuellen Gesellschaft. Wenn ich bei dir zu Hause bin, bei dir und den anderen, dann fühle ich, was ich noch nie gefühlt habe: Ich gehöre hierher. Dies ist mein Zuhause. Und jetzt sag du mir, was für dich das Entscheidende an unserer Beziehung ist.«

Ihr Gesicht war noch immer warm von seinen Händen. Sie wünschte, er würde sie wieder an ihre Wangen legen. »Also gut. Das Entscheidende ist für mich, daß ich es liebe, mit dir zusammenzusein. Alles ist schöner, wenn du dabei bist.« Sie zögerte. »Mit einer Ausnahme.« Sie wartete darauf, daß er amüsiert ihren Kopf tätscheln würde. Oder daß er sie auf die Wange küssen würde. Als er es nicht tat, stellte sie sich auf die Zehenspitzen und küßte ihn auf die Wange. »Faß das nicht als Ermutigung auf.«

»Ich möchte, daß du fragst: Was springt für mich dabei heraus?« sagte Will. »Los, frag mich.«

»Was springt für mich dabei heraus?«

»Eine Familie.«

»Ich habe eine Familie. Hast du plötzlich das Gefühl, Anhang zu brauchen, um akzeptiert zu werden?«

»Zu *brauchen*? Nein. Die Leute akzeptieren mich auch als Junggesellen. Ich muß nicht sagen: ›Das ist meine Frau.‹ Ich brauche keine Familie zum Vorzeigen. Ich rede von einer richtigen Familie.« Er hörte Stimmen und wandte sich von ihr ab. Als er sah, daß die Leute die Party verließen und die ersten Autotüren zugeschlagen wurden, drehte er sich wieder zu ihr um. »Du weißt, was für eine wichtige Rolle Valerie und Kent in meinem Leben spielen.«

»Und du in ihrem.«

»Aber die beiden sind erwachsen. Du bist nicht die Art Frau, die sich über ein leeres Nest freut. Alles, was ich über dich weiß – und ich weiß eine ganze Menge –, sagt mir, daß du gern noch einmal Mutter weden würdest.« Sie wußte, daß er eine Pause machte, um zu sehen, ob sie es fertigbringen würde, das zu leugnen. Sie konnte es nicht. Will fuhr fort: »Und ich habe mir mein ganzes Leben lang ein Kind gewünscht.«

»Du willst ...«

»Wir könnten zusammen ins Labor gehen. Du könntest meine Hand halten.«

»Während du in ein Reagenzglas onanierst? Vergiß es!«

»Wenn du nicht mehr schwanger werden möchtest oder wenn es gesundheitlich für dich nicht ratsam wäre, könnten wir auch ein Kind adoptieren.«

»Du könntest auch allein ein Kind adoptieren.«

»Aber ich möchte, daß das Kind eine Mutter hat. Und noch mehr möchte ich, daß du meine Frau wirst.«

Scheinwerfer leuchteten auf. »Du möchtest bloß losziehen und eine Babydecke kaufen.«

»Jetzt hast du mich durchschaut. Und sie dann mit dem Wappen der Weissbergs besticken lassen. Nun, Lee? Was sagst du dazu?«

Sie konnte nichts sagen, denn in diesem Augenblick brach Holly Nuñez über sie herein, gefolgt von ihrer Pressesekretärin und zwei Wahlkampfhelfern. »Hi!« zirpte Holly. »Mein Gott, ihr seid immer noch da! Ich hoffe, ich habe euch nicht bei etwas Wichtigem gestört. Habe ich mich überhaupt schon richtig bei euch bedankt? Bei euch beiden! Ihr wart *so* großartig. Ich dachte, ihr wärt schon längst weg. Wieso seid ihr noch da? Es ist so *kalt* hier draußen. Ihr steht doch nicht etwa hier herum, um meinen Sturz zu planen?«

Will schüttelte den Kopf. »Ganz im Gegenteil. Wir haben Ihren nächsten Wahlkampf geplant, Frau Gouverneurin.«

»Frau Senatorin«, gab Holly zurück.

»Ich bezweifle nicht, daß es soweit kommen wird«, meinte Lee. »Aber wißt ihr, was Will und ich in Wirklichkeit geplant haben?«

»Was?«

»Unsere Hochzeit.«

Sobald sie Hollys Umarmungen, die Glückwünsche der Pressesekretärin und das »Hey, phantastisch!« der Wahlkampfhelfer hinter sich gebracht und den anderen zum Abschied gewinkt hatten, schob Lee ihre Hand in die ihres zukünftigen Mannes. »Ich muß dir etwas gestehen.«

»Was?«

»Ich hätte nie geglaubt, daß sich irgendwann ein farbiger Schwuler als die Liebe meines Lebens entpuppen würde.«

»Ich habe es immer schon gewußt.«

»Ach ja?«

»Natürlich. Schon vor langer, langer Zeit, als ich noch dieser erstaunliche Sexbolzen mit den größten Muskeln und dem besten Afro nördlich von Niger war, wußte ich, daß ich irgendwann mit einer mittelalterlichen Anwältin enden würde.«

»Erzähl mir mehr davon«, sagte Lee. »Es stand in den Sternen geschrieben, richtig?«

»Richtig. Aber die meisten Leute können diese Art Schrift erst lesen, wenn sie alt genug für eine Bifokalbrille sind. Es steht nämlich im Kleingedruckten.«

Und wie es oft der Fall ist, wenn man eine Entscheidung mit offenen Augen und weisem Herzen trifft, stellte sich heraus, daß es gut war. Nicht so, wie sie es sich erträumt hatten, als sie noch träumten. Aber sehr, sehr gut.

Epilog

Lily White hatte das erste Wort, aber sie kann nicht das letzte haben.

Zum Fall Torkelson bleibt nur noch eines anzufügen. An einem Donnerstag im März 1996, einem Abend, als Lee White und Will Stewart, die inzwischen geheiratet hatten, mit ein paar Freunden in der Oper waren, ging Carolee Eckhart aus Portland, Oregon, zur Polizei, um zu melden, daß ihr Verlobter, Douglas Wallace, seit achtundvierzig Stunden abgängig war. Ms. Eckhart hatte Angst, daß ihm etwas passiert sein könnte. Seine Ex-Frau war eine labile, haßerfüllte Person, die sich seinen Ruin wünschte. Nein, sie habe diese Ex-Frau nie kennengelernt, aber sie habe einmal mitbekommen, wie sie eine Nachricht auf Dougs Anrufbeantworter hinterließ. Eine schreckliche, bösartige Verrückte.

Ted Sato, der Beamte, der die Meldung entgegennahm, hatte gerade erst in der Vermißtenabteilung angefangen und war ein ziemliches Arbeitstier. Er feuerte eine Frage nach der anderen ab. Nach fast einer Stunde höflicher Befragung kam er dahinter, daß außer Mr. Wallace auch fünfundsiebzigtausend Dollar in Form von Inhaberobligationen fehlten, die Ms. Eckhart von ihrem Großvater geerbt hatte.

Detective Sato brauchte nur sieben Minuten an seinem Computer, um herauszufinden, daß der modus operandi von Douglas Wallace dem eines gewissen Norman Torkelson entsprach, und weitere fünfzehn Sekunden, um zu erfahren, daß Norman wie Douglas einsfünfundneunzig groß war, blaue Augen hatte und »Bright College Years« auswendig konnte, die Hymne von Yale. Kurze Zeit später führte Sato eine Unterhaltung mit Sergeant Sam Franklin aus Long Island, der ganz richtig prophezeite, daß die Polizei von Portland die Inhaberobligationen nie finden würde, da Douglas Wallace längst das Weite gesucht habe – und daß Carolee froh sein solle, daß sie noch am Leben war. Manche Leute lernen es nie.

Manche schon.

MAEVE HARAN

»... ist eine wundervolle Erzählerin!«
The Sunday Times
Exklusiv im Goldmann Verlag

41398

43584

42964

43055

GOLDMANN